L.A. Confidential

LA QUARTET

洛城四部曲 3

艾洛伊洛城四部曲系列3

鐵面特警隊 L.A. Confidential

作　者	詹姆士・艾洛伊 James Ellroy
譯　者	黃非紅
封面設計	ZERO
責任編輯	朱玉立
業　務	陳玫潾
行銷企畫	陳彩玉、崔立德
總 編 輯	劉麗真
總 經 理	陳逸瑛
發 行 人	凃玉雲
出　版	臉譜出版 台北市民生東路二段141號5樓　02-25007696
發　行	英屬蓋曼群島商家庭傳媒股份有限公司城邦分公司 台北市民生東路二段141號11樓 讀者服務專線：02-25007718；25007719 服務時間：週一至週五9：30～12：00；13：30～17：00 24小時傳真服務：02-25001990；25001991 讀者服務信箱E-mail：service@readingclub.com.tw 劃撥帳號：19863813 書虫股份有限公司 城邦讀書花園網址：http://www.cite.com.tw 臉譜推理星空網址：http://www.faces.com.tw 臉譜出版噗浪網址：http://www.plurk.com/faces 臉譜出版部落格網址：http://facesfaces.pixnet.net/blog
香港發行	城邦(香港)出版集團 香港灣仔駱克道193號東超商業中心1樓 電話：852-25086231／傳真：852-25789337 email：hkcite@biznetvigator.com
馬新發行	城邦(馬新)出版集團 Cite(M) Sdn. Bhd.(458372 U) 11,Jalan 30D/146,Desa Tasik, Sungai Besi, 57000 Kuala Lumpur,Malaysia 電話：603-90563833／傳真：603-90562833 email：citekl@cite.com.tw
初版一刷	2010年11月30日 版權所有・翻印必究 (Printed in Taiwan)
	定價399元 (本書如有缺頁、破損、倒裝，請寄回本社更換)

城邦讀書花園
www.cite.com.tw

國家圖書館出版品預行編目資料

鐵面特警隊／詹姆士・艾洛伊（James Ellroy）作
；黃非紅譯. -- 初版. -- 台北市：臉譜出版
：家庭傳媒城邦分公司發行，2010.11
面； 公分. --（艾洛伊洛城四部曲系列；3 ）
譯自：L.A. Confidential
ISBN 978-986-120-363-8（平裝）

874.57　　99018663

推薦序——紛亂黑暗的原慾，單純信念的堅持

臥斧

我們容易對某些行業產生不同的判準。

這裡說的，並不是「藝術家都放浪形駭、科學家都不修邊幅」這類一點都不正確的「刻板印象」，而是我們就算知道某些職業的工作者不可能那麼完美地符合我們希望的形象，卻仍會在下意識裡嚴厲地提高檢視他們的道德標準。

比如政治人物。比如警務人員。

因為民主社會裡，平民百姓允許這些人掌握特權，好讓他們使用這些超乎常人應有的力量，來替其他人服務——政治人物決定政策走向或安排稅金用途，警務人員合法攜帶槍械或使用肢體暴力，最核心的出發點，都該是「維護大多數人的利益和安全」；從另一方面看，因為這些人握有更大的權力，所以假若他們的道德操守不佳，那麼，使用這種力量時，就可能造成更大的傷害。

長期以來，我跟一些同事都在圍堵重大犯罪，就是為了有朝一日可以享受分紅。

這句話出自《鐵面特警隊》故事裡，某個警界人士之口，回顧方才提及的道德

J a m e s E l l r o y

判準，不難發現這句話完全無法符合應有的標準——百姓賦予警方的權力去制止犯罪，為的應該是百姓安身立命的生活環境，而非某種聽起來油水四溢的「分紅」；但，可怕的是，這正是《鐵面特警隊》時空背景中，社會真正的骯髒模樣。

那是一九五〇年代，美國西岸，人稱「天使之城」的洛杉磯。

《鐵面特警隊》是美國作家詹姆士・艾洛伊「洛城四部曲」的第三部，也是四部曲當中時間線拉得最長、情節最複雜、衝突最精采的一部。第一部《黑色大理花》及第二部《絕命之鄉》皆已出版中譯本，故事裡的角色有些重疊，但情節並無相關。

故事從一九五〇年二月，黑道份子巴茲・米克斯的逃亡講起。

在序章的米克斯逃亡之後，時間跳了將近兩年，來到一九五一年的聖誕夜，洛城警局發生警察痛毆無武裝嫌犯的「血腥聖誕節」醜聞，部分警察被懲處、部分警察因而升官。接著，一九五三年四月份，一家廿四小時營業的餐館發生慘案，這樁稱為「夜鴞大屠殺」的血案，讓洛城警局承受巨大的破案壓力；而在偵察落幕之後，當初參與其事的幾個關鍵警官，卻在一九五八年不約而同地發現：真正的黑幕，其實還穩妥地罩著醜惡的真相……

閱讀《鐵面特警隊》，會得到幾個特殊的經驗。

一是艾洛伊的特殊風格：這種被稱為「電報體」的敘事方式，用字簡短、跳接快速，讀者一旦跟上節奏，便會發現箇中承載的資訊量極大；另一是故事裡主要的偵辦警官有三個，不過偵察的方向與注意的重點完全不同，牽扯出來的旁枝人物於是更多，但艾洛伊最終漂亮的收攏手法，令人讚嘆；再者，這三個警官不但個性天差地遠，彼此還互有仇怨，案子要如何查下去？也在閱讀過程當中令人不時好奇。

更要緊的是，《鐵面特警隊》的重要角色當中，完全沒有所謂的「好人」。

就算不論原來就屬於歹角的幾個人物，在這個故事當中，沒有任何一個角色不存著私慾（無論是金錢、權力，還是自我偏執的正義），沒有任何一個角色對自己「服務人民」的工作完全認同。艾洛伊簡潔快速的文字，畫出了一張巨大的網，網內，是錯綜複雜的人際之間利害關係，網外，則是混雜著光鮮外衣與污穢內裡的洛城眾生樣貌——那是充滿歡樂的迪士尼樂園（編按：書中以夢幻時刻樂園之名諧擬。）正要開張、爵士樂由咆哮酷派轉進自由爵士的夢想年代，也是毒品交易、情色泛濫、政商勾結、黑金肆流的混濁年代。

雖然龐雜，但一九九七年時，《鐵面特警隊》曾被搬上大銀幕。

這個改編版本不可思議的成功，有部分得歸功於凱文史貝西、羅素克洛等主要演員的精湛演出，但更重要的是身兼編導二職的柯提斯・韓森，乾脆地刪去大量枝節，但仍精準地掌握了原著當中的多線發展型態及核心精神：關於紛亂黑暗的原慾，以及對於單純信念的堅持；有些人或許無法符合應有的道德標準，但他們具備的特質，仍能將這個世界朝比較好的方向推動一點點。

這是《鐵面特警隊》的世界。

也是我們的世界。

（本文作者為文字工作者）

推薦序——春蘭秋菊各擅勝場

景翔

詹姆士·艾洛伊的傳世之作「洛城四部曲」中，首先被改編搬上大螢幕的是排在第三部的《鐵面特警隊》。對於身兼編劇之一的導演柯提斯·韓森為什麼只選這部作品來拍成電影的原因，似乎並未看過相關的報導，但可以想見的是韓森只中意這一部小說，而無意將「洛城四部曲」整個系列映像化。這種說法還有一項強而有力的佐證：「洛城四部曲」雖是一套書，實際上第一部《黑色大理花》是一個完全獨立的故事。由第二部《絕命之鄉》開始的後面三部，則在故事情節和人物關係之間互有牽扯，但柯提斯·韓森卻在影片中讓一個原書第四部裡還很活躍的主要角色喪生，以使電影的情節完整，有圓滿的結局。

生長於洛杉磯的詹姆士·艾洛伊不但有不少長、短篇小說搬上銀幕或電視，本人也參與了很多電影電視製作與編劇的工作，甚至還擔任過演員，或是在一些紀錄片和短片中現身。他的電影相關知識十分豐富，表現在寫作技巧上的「開麥拉眼」，讓他的文字讀來有如電影一般，甚至有人覺得可以直接拍成電影而不需另行改編。

以艾洛伊作品篇幅之大，這種想法顯然很不切實際（除非是拍攝成連續劇）。所以面對「兵多將廣」的原著，柯提斯・韓森採用了「精兵勇將」的策略，將原著中的很多情節刪除，故事線集中在幾個主要人物身上，但即便如此，韓森卻依然保留原著多線並進的特色，也延續艾洛伊獨樹一格的語言風格，以犀利的對白將人物塑造得十分鮮活，並在明快的節奏中始終維持著強烈的懸疑感和戲劇張力。韓森的做法真是得到改編的精髓：既貼合原著，又有改編的創意。

影片除了有出色的編、導之外，片中一批重量級演員：凱文・史貝西、羅素・克洛、蓋・皮爾斯、金・貝辛格、丹尼・狄維多……個個都是演技精湛，再加上製作的用心，使這部電影不但忠實重現原著中五、六〇年代的洛城風光，還在叫好叫座之餘，被譽為最佳改編電影；而電影的成功，使更多人注意到詹姆士・艾洛伊的作品，也是不爭的事實。

當然由於刪節甚多，也引起了看過原著的觀眾批評。像是原著中開場的廢棄汽車旅館槍戰，在艾洛伊的筆下寫來，分明就是一場精彩的動作好戲，影片中卻根本不見，的確頗為可惜。此外，書裡提到一個繪製卡通起家，進而成為遊樂事業大亨的人物，很明顯是在影射華德・迪士尼。讀者不免想看到映像化後，這個人物和迪士尼究竟有幾分相似，尤其是相關卡通角色，在造型上和我們熟知的迪士尼卡通角色有何不同。可惜影片終究未能滿足讀者的好奇心。另外還有一條追緝連續殺人凶手的副線情節，故事曲折，過程精采，幾乎可以單獨改編成一部懸疑動作電影，也因篇幅關係而無法放在電影裡，頗為令人遺憾。

這也正是改編暢銷小說時，最令編劇困擾之處。基本上，讀者隨著情節起伏，腦海中自然會產生畫面，尤其是像艾洛伊這樣寫得動感十足，映像鮮明的作家，更是容易使讀者對很多章節留下深刻印象。日後在改編上映的影片中，見不到自己想像的畫面、橋段或對白，便不免感到失望。

事實上，要成功改編作品最重要的一點就在擺脫原著的框架，並保持原著的精神。「洛城四部曲」第一部《黑色大理花》的電影成績不如理想，便是因為想把所有的情節都包含在內，以致反不如《鐵面特警隊》電影那樣更能抓住原著的感覺。

電影和小說本就是兩種不同的藝術表現形式，但是，詹姆士．艾洛伊的作品卻能融合二者的特色，尤其在「洛城四部曲」更加明顯。在《鐵面特警隊》原著裡，艾洛伊除了沿用「開麥拉眼」（敘述方式有如透過攝影機的鏡頭來觀看）、「人身攝影機」（以角色主觀的位置去審視一切細節）與電影中獨有的「蒙太奇」手法，用文字敘述架構出清晰的影像之外，在結構上也更接近電影場景的安排，最明顯的便是全書章節不似一般長篇小說那樣字數相近而平均，反倒是有一些特別短小的章節，其作用相當於電影中的「過場戲」，這類內容看似簡單，卻起著關鍵性的作用，或是具有承先啟後的功能，或是對某個人、事、物加以說明，甚至可能是在簡單的敘述中埋下伏筆、設下誤導的陷阱，是篇幅雖短但卻不可或缺的橋段。

艾洛伊在《鐵面特警隊》小說裡新增的另外一個元素是「文字媒體」，因為書中的電影感很強烈，而在加入以文字敘述為主的仿報章雜誌文體後，反讓人有了多媒體的假象。特別值得一提的是，書中勾勒出專門報導小道消息的「內幕雜誌」（即現在流行的「八卦雜誌」），這種「羶色腥」風格的媒體和警方「掛鉤」，相互利用來牟利，艾洛伊不但藉著揭露這個現象來維持他「四部曲」裡對五、六〇年代洛城警方的批判風格，也用「小說」和「報導」的不同，展現了文字的多面性，以及他駕馭文字的功力。

不過再怎麼說，電影和小說還是應該分別就各有的特色來欣賞。至於另一個常見問題是，內容涉及謎團的推理懸疑小說改編成電影，先看書或先看電影，是否會對另一種媒體的欣賞造成影響？就這一點來說，《鐵面特警隊》的改編方式卻正可以讓觀眾和讀者都免於煩惱這些問題。

先看過原著的觀眾會發現電影並不僅僅是原著的「摘要」，還有原著中所沒有的一個關鍵線索：一個其實不並存在的人物。而先看過電影的讀者，由於影片篇幅的關係，原著中還有太多未收入的情節，在艾洛伊的生花妙筆下，能讓讀者沉溺其中，獲得閱讀的趣味。

（本文作者為資深影評人／文字工作者）

導讀——你若不回轉小孩的樣式，斷進不得地獄

唐諾

——在這裡，高死亡率與金錢共生而金元上的光澤並非得自黃金而是來自鮮血。這彈丸之地簡直是上天特地製造出來單單放在一邊，爺爺說，讓它做為暴力、不義、流血和所有人類貪婪、殘忍的惡魔欲望的演出場所，讓所有被排斥的賤民與所有遭天譴者都來發洩最後的讓人寒心的憤怒——一個小島，鑲嵌在笑吟吟、潛藏著憤怒與無法描摹的靛青色的大海中，那是我們稱之為弱肉強食的林莽與我們說它是文明這兩者的交叉點，也是個會合處。——

請猜猜看這說的是哪兒？原來的答案是海地，時間是約兩百年前。寫出這段文字的人是威廉．福克納，在他的小說《押沙龍，押沙龍》裡。這是一段回憶中的回憶，哈佛的大學生昆丁日後跟他的室友講述他爺爺年輕時知道的一則故事，那是個山裡長大才十四、五歲的男孩，超齡念小學時聽老師講海地是淘金發財的好地方，他沒有錢、語言不通、誰也不認識而且什麼也不知道，就上了船渡了海前去，果然發了財回來，但也成為個惡魔式的人物，造成《押沙龍，押沙龍》故事裡仿舊約聖經兩代血親之間的殘殺和毀滅。

福克納的描述是百分之百對準彼時的海地說的，包含著實體實物（如小島、大海、賤民、林莽、黃金云云），並非有意模糊，奇怪它仍然自動適用於其他時間的其他地點，所有海地的特定實物自自然然成為隱喻。事實上，類似這樣子的一段文字，可以出自任何時代任何國度的書寫者筆下，而我們也確實在不同的書裡一再讀到，這是怎麼回事呢？是說人類永遠會愚蠢的重複同樣的壞事和傻事？還是更絕望的，人自身即是罪惡，或至少罪惡是他本性裡自有的、洗滌不掉的重要成分，他攜帶著前行，任何時間任何地點，他總有辦法把世界弄成這個模樣？而且，這一切究竟有在消褪呢還是更增強更顯根深蒂固？

這裡，一樣完完全全適用的是廿世紀中葉的美國天使之城。這個有湖人隊（你看，這支原生於寒冷萬湖之州明尼蘇達的球隊也被吸引了過來）、有好萊塢、有最典型也最廉價美國夢的西岸大城，我們讀推理小說、犯罪小說的人一直知道，它本來就是美國本土式那種混雜著幫派槍戰、毒品、賣淫、八卦小報消息四下流竄（謝謝好萊塢）、政治人物和演員不分、警員單位視同於最大黑道角頭的冷硬派小說原生地，而且正正好就是那段時間沒錯，二次大戰前中後，雷蒙．錢德勒的菲力普．馬羅一天賺廿五美元的歲月。

後來的L.A.慢慢的就變得比較好、比較安全文明了不是嗎？一度看起來好像如此，但沒有好像太久，半世紀後的今天它又從芝加哥、從紐約手中奪回美國首席犯罪城市的寶座，而且，和芝加哥大屠宰城式的大老粗凶暴、也和紐約那樣始終對罪惡有著某種凝視、某種試著一探究竟且若有所思的東岸知性況味不同，過去現在，L.

A.依然有著一股暴發戶的喬張作致之感，這朵罪惡之花假假的，格調不高，帶著軟膩廉價的人工脂粉香味。這極可能和它全球唯一的好萊塢有關，好萊塢負責不絕的供應廉價的皮肉和虛偽的表演，既成為它的犯罪底層黑色腐殖土，又決定了它的表現樣式。用福克納的說法，它金元上的光澤不僅來自鮮血，而且還是大型妓院式的無助的、沒抵抗力的、任人宰制的生鮮血肉，它的犯罪者既是老鴇，又像演員，硬漢惡徒殼子裡的實質內容軟噹噹的，不堪壯夫一問。

而他們不是才從這裡選出個話都講不清的肌肉男演員當州長嗎？只因為他從頭只喃喃同一句：「讓我們終結他們。」別問這話什麼意思，因為它本來就只是電影劇本裡的一句照念的台詞。

這回，我們要讀的L.A.四部曲，一樣講的是廿世紀中葉當時的新興L.A.犯罪，但不一樣的是，書寫者的詹姆士・艾洛伊是現役的作家，還活著，這組著名的四部曲小說寫於一九八七年到一九九二年，係源於記憶通過回溯，或應該這麼講，像聖經舊約故事裡那個羅德之妻，回首看自己被天火擊打焚燒的惡人家鄉，幸運的是，他沒化成鹽柱，他因此名利雙收——這顯然是個比較聰明、比較狡猾的羅德之妻。

熟知詹姆士・艾洛伊戲劇性生平的人都可合理的知道，何以他把小說中的犯罪推回半世紀之前，但這不僅僅是浪漫的夜深忽夢少年事而已，而是少年事如今依然在上演，而且乘著更暴烈的勢頭而來，做為一個類型作家又擁有如此的相關戲劇性人生經歷，你怎麼好不伸手抓住這個浪頭呢？

很多看似不共容的東西其實都是可共容的，這裡頭有一部分是詹姆士・艾洛伊不寐不解的傷慟記憶，但也有一部分是好萊塢式的。好萊塢最懂什麼時候要復古、要回到過去、要重拍首部曲——話說回來，既能為自己的真正心事書寫，又應乎大眾的需求，這不是很兩全其美的事嗎？

童年時母親被殺的小說家

L.A.四部曲中，如今最有名的極可能是第三部的《鐵面特警隊》，這的確是好萊塢總會偶一為之，或說每隔一陣子總會意外拍出來的一部好電影，通常不會在上片首映就造成轟動，而是事後在觀影者私底下口耳並錄影帶光碟相傳，演員有羅素．克洛、金．貝辛格、凱文．史貝西等人；但純就小說自身的效果而言，第一部的《黑色大理花》才真正是、而且已經是震撼性的里程碑作品。這不單純是內容誰更好的問題，而是《黑色大理花》當時暴烈的登場力道和宣告力道，這部凶殘如把人直接扔回地獄的小說，題材直接使用了一九四七年L.A.那樁震撼全美但始終石沉大海的懸案。《黑色大理花》是個開始，坊間的評論相關資料會告訴你，這本書是詹姆士・艾洛伊正式從之前不甚出奇幫派小說掙脫出來、成為高水準、明星級作家的日昇之作。但其實更重要的是，他從《黑色大理花》開始才算真正找到他要的、嵌合於他獨特生命內容的小說書寫形式——對的形式是非常非常重要的，幾乎是夢寐以求的。對書寫者而言，它可不僅僅只是表達，而是它的開發、捕捉或者說磁石般的吸取功能。愈對的形式，愈能叫出潛藏在書寫者生命底層的東西，就像《百年孤寂》裡第一代的老約瑟・阿加底奧・布恩狄亞拖那兩塊大磁鐵，朗誦著吉卜賽人梅爾魁德斯的咒文，吸出來一套十五世紀的甲冑。

《黑色大理花》其實也拍了電影，導演是曾經很棒、有接希區考克衣缽味道但後來弱下去的狄帕瑪——詹姆士・艾洛伊的作品拍成電影的很多，他的作品裡有一部分很合適好萊塢要的，但也有一部分是相斥或說好萊塢不容易處理好的。

但凡看過任一篇詹姆士・艾洛伊生平簡介的人都會知道而且從此記得，他生命裡便杵著一樁可怖的凶殺懸案，發生在一九五八年他才十歲時候。當時他由離了婚、當護士的母親隻身帶著，而凶案的受害人正是他母親——和黑色大理花命案一樣，凶手是誰杳如黃鶴從未破案。

因此他只好回頭和他那個半流浪漢的父親同住。這個一樣等不及他十八歲長大成人就死去的爸爸（自己死的，沒人殺他），據說他臨終對兒子的諄諄叮囑是：「想辦法搭上每一個招呼你的女侍。」——壯哉斯言。有這樣的好爸爸，我們差可想像詹姆士・艾洛伊是過什麼日子長大的。他經常不回家夜宿公園，順手牽羊各種東西，還闖入順眼女生屋裡偷內衣，喝酒，嗑藥，入監服刑，還在成人書店工作過；比較特別的是，他酷嗜坊間的犯罪小說，據他自己回憶閱讀數量總有個幾百本。

也就是說，今天事後來看，詹姆士・艾洛伊做為一個犯罪小說書寫者筆下所需要的各式元素，他在廿歲成為有投票權的社會公民之前差不多已收集完成了。配合著他堪稱特別的犯罪小說書寫形式（把原本帶著寫實意味的冷硬犯罪小說推回到五十年前云云），這組原來可以很職業性的、和書寫者本人分離的類型小說，於是和詹姆士・艾洛伊似乎有種恍惚的、呼之欲出的聯繫，隱隱約約夾帶著私密記憶，有種難以言喻的自傳感乃至於那種所謂「童年幸福時光小說」的氣味。在冷酷暴現著社會黑街陰森死角和更多駭人真相同時，其世故剛硬到虛無的靈魂裡，奇怪總有哪裡某一處是柔軟的、天真的、戒慎恐懼的，是那種成長小說特有的發現世界方式、艱苦啟蒙方式。

這大概是L.A.四部曲極特別之處，這組可以循吉姆・湯普遜、詹姆士・凱因直接上溯到達許・漢密特的小說，詹姆士・艾洛伊似乎用某種奇特的方式簽上了自己的名字，讓它們沒那種理所當然被納入這個書寫譜系裡僅僅是一個環節，讓它們只在這道書寫之流被辨識而已。它們有可以讓詹姆士・艾洛伊以個人書寫者獨立宣稱這是我的小說的地方。

得提醒一下的是，從少年時光嗜讀犯罪小說並實踐性的無惡不作這個小混混詹姆士・艾洛伊，到多年以後汲取這些記憶成為一流犯罪小說家的詹姆士・艾洛伊之間，絕對是沒必然性、沒決定性，別相信那些酷愛打造人性公車專用單行道如台北市政府交通局的心理學者附會胡扯。成為一個好的犯罪作家有各式各樣的途徑和書寫準備乃至於不可逆料的人生際遇，要當個犯罪作家更不能成為人之前十年廿年放心為惡的藉口；事實上，有著詹姆士・艾洛伊這樣子類似年少歲月的人所在多矣，他們日後很少有人提筆寫東西，更沒聽說過哪個像詹姆士・艾洛伊如今這樣子。

這麼樣好心提醒，一方面是基於社會公益，另一方面是為著嘉許詹姆士・艾洛伊。這些記憶、這些經歷能化為小說的珍貴資產是比較後來的事，之前有一堆麻煩得一一闖過去，這是可想像的，證諸詹姆士・艾洛伊生平也的確如此，比方說他得戒掉很多自己的喜愛和習慣，像他去了匿名戒酒協會戒除了重度酒癮，比方說他書寫的初期一無保證一無餘裕，很長一段時間他在高爾夫球場上背球袋當桿弟養活自己和他的小說。他在一九八一年出版了第一本書*Brown's Requiem*，一九八四出版了他幫派小說*Lloyd Hopkins*三部曲的第一部*Blood on the Moon*，然而又一直要到一九八七年他才交出了《黑色大理花》，也就是說成為正式書寫者足足六年以上的漫長時光，他這才緩緩摸索出合用於他自身的真正小說書寫方式，從而可讓那一堆年少的不堪記憶破繭，像一刀切中大動脈般鮮血高速噴濺而出。這自動嗎？半點也不自動。

所謂的電報體文字

詹姆士・艾洛伊的小說文字極簡，這亦可一直上溯回達許・漢密特。他把這稱為「電報體」——話說有人詢問電報局人員費用怎麼計算。「一字五毛，發報人的姓名不要錢。」「好極了，我是印地安人。我的名字叫『星期五早上歸來』，沒有正文行不行？」

把小說文字弄得像錙銖必較的電報文字是什麼意思？從實際的文句構成來看，這意味著沒有子句，然後沒有副詞，再來是沒有形容詞，於是只剩名詞和動詞；再然後呢？有人強調動詞（「動詞是文字的骨頭」云云），有一部分做為主詞或受詞的名詞仍可隱去，也有人主張乾脆再拿動詞開刀吧，名詞和名詞自己會找到關係、建立聯繫，如兩個獨立星體有想像的蟲洞相聯。強調動詞，讓文句生猛的動起來，讓它高速運行，緊張的、驚悚的小說頗合適此道；至於名詞和名詞的直接驚奇相遇，像波赫士那樣讓一枚鏡子和一部百科全書直接相遇，一般是詩的手法，它看似全然靜態如一幅大圖、如星空般靜默不動，但它以縱跳替代線性運動，有時反而是更快更一眨眼的，說有光，就有光。

電報體的小說，就書寫形態來看，通常會是只說故事、只走情節而不解釋的寫法；也就是說，書寫者自己不主動挖深，不把解釋權壟斷手中，不把想法直接塞給你，他只引領你看到東西，至於它是什麼意思、何種意義開放予你抱歉恕不提供。當然，情節的設定和安排就是某種引導、某種隱藏性的詮釋沒錯，一定要火氣甚大的講成是操控也行，但它仍是間接的，也是相對開放性的，這和書寫者一人直接解釋一切的方式實質性的大有區別，也必須區別。

好，通過有關電報體文字的兩個普遍性層面的簡單討論，我們可以繼續詹姆士·艾洛伊的特定話題了——把時光倒回半個世紀前，而且把小說架構在當時的實際懸案上書寫，這當然引發好奇，也就引起話題。其中有兩種主要的猜測誰都能馬上想到，一是詹姆士·艾洛伊要私密的回頭料理他的母親之死，面對他童年就埋入心裡甚或靈魂深處的創傷和夢魘，也就是說，小說書寫的意義是心理學的；另一則是詹姆士·艾洛伊不甘心要破案，要追獵當年殘害他母親的可惡凶手，以某種遲到但恢恢天網的正義告慰他娘。這種，他不再像前者那樣扮演舒服躺椅上喃喃和記憶乃至於潛意識對話的患者，而是踩著風火輪索命而來的復仇偵探，做比方說派翠西亞·康薇爾寫《開膛手傑克結案報告》同樣的事，只是更激動、更憤怒、更事事關己而已。

但做這兩種想當然耳猜測的人可能都得失望了，至少爽然若失。我們光從書寫的技術性層面來看，就能簡單發現詹姆士·艾洛伊的電報體文字和這兩種可能企圖並不容易相容。不管你要當半世紀後的心理病患或當半世紀後的破案偵探，你都勢必得踩深進去不可，而且文字主要用於挖掘和重新解釋。後者也許不像前者得動用到那麼多心理學玩意兒，但半世紀後滄海已成桑田，你無法寄望有什麼新事證冒出來，你能做的仍然是在泛黃乃至於已朽爛掉一大部分的故紙文件上重新串組、重新比對並做出推理性的甚至心理學的解答，就像康薇爾面對開膛手傑克案那樣，而不是開著快車滿街追犯人。

事實是不是如此呢？事實大抵就是如此。詹姆士·艾洛伊的第二本書*Clandestine*就是直寫他母親的懸案，但書中他卻讓自己父親成為凶手，這絕對不是真的，因為詹姆士·艾洛伊承認，事發當時他爸爸人和他在一起，有鐵一般的不在場證明，而且證人就是他老兄自己。

更刺激的可能是，詹姆士·艾洛伊自己還老實透露，之所以寫*Clandestine*以及會這樣子寫*Clandestine*，是因為他當時真正的書寫目標是日後果然讓他一戰成名的《黑色大理花》。他拿出母親的謀殺案並虛構如此戲劇性的結局，用他自己選的字眼是promote，為《黑色大理花》的登場鋪路並促銷。因此，詹姆士·艾洛伊以為他母親的慘死是「禮物」，他甚至無法想像如果母親不在那時候那樣子死，一直在身旁活下來如同大部分人的母親，他還能否像今天這樣子「富有、出名、而且娶到一個這樣聰明、好到難以置信的老婆」（說這話時大概老婆大人正好守在身邊）。

自己也心知肚明的，詹姆士・艾洛伊承認這樣做差不多等於朝他母親之死再補上一槍，還好人死了不會死得更死，大概也因為這樣，他在一九九六年寫了自傳性的那本*My Dark Places*，「稍微認真」的回憶一九五八年那一次他生命中最重大的黑色死亡。是的，童年很重要，母親很重要，黯黑的記憶很重要，但它們有很多種使用方式。

在母親屍體上再開一槍之後

冷酷但就事論事來說，人生畢竟不是那種坊間的武俠奇情小說，某個小男孩在某個夜黑風高的晚上目睹了母親之死，遂決定拜訪名師學成絕世武功（包括試著從懸崖掉下去，好找到某個山洞裡的怪老人，或一部秘笈配一把秋水一泓般的名劍再附贈一顆增加一甲子內力的類固醇式仙丹），從此天涯海角非手刃仇人不可。

一個母親被殺，對一個才十歲大的男孩會是什麼意思？我們可以確定的是，意思不會在當下就顯露就完成，他得如卡爾維諾說的攜帶著它，和它相處，並難以窮盡的慢慢去發現。隨著不可逆料又不可逆轉的細碎人生際遇和次次抉擇，它可以如佛洛伊德說的是某種創傷、某種遺忘在潛意識裡很久之後某一天猛爆出來的夢魘，也可以如詹姆士・艾洛伊所說帶來名利的禮物，也可以兩樣都有以上皆是。但這都是遙遠日子後的不確定效應，真正當下就發生的是，這個異質東西從此嵌入生命之中，成為某種生命構成的基本事實，成為某種獨特的生命負擔，它相當程度的參予了人格心性的形塑，也相當程度的影響著人看得世界的位置和視角，這些作用才是當下就發生的，而且每天每時的（包括不回憶不思考的時刻），又不會中止不會完成。

不是說一定要當個小說書寫者你才有機會把這個黑黯記憶轉化成為生命的禮物；但我們得說，選擇成為個小說書寫者確實大幅度提昇它成為禮物的機率。這是小說（也包括其他的文學創作形式）這門行當很特別的地方，它如漢密特所說是留下來數屍體的人，如葛林所說是殯葬業者，或如波赫士較溫和的講法，它負責把苦慟、創傷、絕望等等別的行業想摒除的這些東西，轉化成詩歌。

也因此，詹姆士・艾洛伊把母親之死說是禮物的講法，其實太自嘲了些（如馮內果講他寫德勒斯登五萬人死去大轟炸的成名作《第五號屠宰場》：「平均每死一個人，我就得到四塊錢美元版稅。」）、太防衛了些之外，還太物質性。事情的真相毋庸是，至少從他選擇小說書寫那一刻開始，這個代價不菲的祝福就發生作用了，它提供或至少「提醒」了詹姆士・艾洛伊獨特的視角，獨特的看待L.A.方式，獨特的書寫L.A.方式（回憶或說重建人們以為消逝在時間大河裡的那個L.A.），是先有了這些，然後才有那些錢、那些聲名還有那個只有他自己寸心知的老婆。

詹姆士・艾洛伊的電報體文字不是小說書寫的放大鏡顯微鏡，而是馬力十足的跑車，他逮不到也無意像找出某種病毒般的藉此逮出那個殺母凶手，但是他駕馭著這樣的文字穿梭鬧街、鑽入暗巷、掠過一戶戶住宅區裡看似平靜的人家，勾勒出一個地獄般的犯罪大城總體圖像——個人的悲劇已矣，但集體的悲劇猶方興未艾。

這樣的視角和書寫方式一直跟著他，也一直持續性的再展開。寫完了L.A.四部曲，詹姆士・艾洛伊把他的地獄發見和打造工作擴展成全美的規模——接下來他寫的是*American Underworld*三部曲，仍採用他收屍者的記憶回溯方式，仍站穩他社會底層人生的視角，從六〇年代約翰・甘迺迪總統被刺開始，試著指給我們看，在這一長段二次戰後號稱美國最繁榮最飛躍的歲月下頭，存在著怎麼樣的地獄基礎。

此時此刻，詹姆士・艾洛伊猶埋首於第三部的書寫工作，惟書名已經有了，叫*Police Gazette*，警察公報或者警察單位的官方說法之類的。

他的地獄和我們的地獄

有關天堂與地獄，無神論（或鬆一點，不可知論）的波赫士有一些美妙的說法，他先依循宗教者、神學者的思維，把它們分別定義為「永恆的獎賞和懲罰之地」，然後自反而縮，查帳般一一檢視過自己一輩子的所作所為，他莞爾但彷彿鬆了口氣的宣告：「我這一生所做的任何一件事，都當不起這樣的獎賞和懲罰。」——我們有限的人生，有限的為善為惡能力和智慧，不至於也不值得上帝動用這麼誇張的重手法重裝備來侍候，因此，就算祂心血來潮動支預算蓋了這兩處地方，極可能也跟台灣的這個館那個館一般，只空盪盪的閑置養蚊子。

所以波赫士不直講有無，他只說：「想到天堂與地獄只是誇張的說法，這讓我感覺很舒服。」一如他讚歎上帝真的是人最偉大的發明。

而這裡我們想引用查爾斯・巴克萊的忠告，這位昔日NBA的超級巨星、如今阿拉巴馬州的州長候選人曾勸誡年輕人多讀書來替代繁美如花的籃球夢。巴克萊以草根經濟學者的姿態指出，NBA千萬美元年薪的位置其機率和中樂透大獎差不多，全世界千萬上億的籃球員，每一年能進入NBA且站穩腳跟的只有十人之譜甚或更少，遑論在其中再脫穎而出成為巨星。當你看到贏家拿這麼多，就應該想到那些輸得一無所有的人有多少。所以多讀書，去當醫生、律師、電子工程師或木匠吧，是沒那麼過癮，但安穩、踏實而且不懼馬齒漸增年華老去，更不會落個流浪街頭、什麼也不會的光溜溜賭徒。

一樣，當你看到好萊塢總是只有那幾個名額的明星拿多少，你就應該想到懷抱美夢卻只能站落日大道淒風中兜售春天的女孩有多少。

這個再簡明不過的道理是不是也告訴我們，如果真有所謂的天堂和地獄，不必搭乘太空船探入宇宙深處，不必用挖土機潛盾機到地底搜尋，它們其實就只是我們每時每刻生命處境的某種誇張說法；而且更具警誡意味、更該讓我們謹記不忘的，是我們某種不當意志及其相關作為的誇張說法——我的意思是，當人們意圖打造一處天國，要身居其中的人每一個都俊美喜樂，要裡面的一切事物都純淨潔白，那你總得同時配套的搭建個垃圾堆積場掩埋場之類的地方，好把那些不合格的人們，把那些污穢的、瑕疵的、耗損的、多餘無用的東西傾倒在那裡。也就是說，地獄不僅僅是不幸的副產品而已，它正是搭建天堂非有不可的功能性設施和基礎。

循此，我們於是不得不想到，做夢天堂的好萊塢並非只存在黑色大理花案發當時的一九四七年，它今天還在，而且勢力更大、夢得更誇張不是嗎？

同樣，大美國夢也不只發生在六〇年代而已，夢仍持續、仍在生長不是嗎？

所以地獄怎麼可能離我們遠去呢？

讀L.A.四部曲的人們，不會把它們單純看成是某種純資料性、知識性的歷史著述，某個像聖經舊約裡已毀於天火化為埃塵的索多瑪城3D圖像重建如我們在Discovery或國家地理頻道看到的那樣。這其實是常識了，不一定要提出解釋，要拿出什麼驚人的新發現新結論，人但凡重新敘述一件事，便又賦予了這件事某個視角，產生了新的意指，還印上手澤般埋進了自己的想望和預言。當詹姆士・艾洛伊重返他的童年，告訴我們他曾眼見的、置身其中的地獄一角，其中也不會沒有我們的當下，乃至於我們的可見未來，否則是什麼這樣觸動我們？否則我們幹什麼會感覺噁心、駭怕、憤怒不平和某種程度的絕望呢？

L.A. Confidental

洛城四部曲 3

James Ellroy

鐵面特警隊

詹姆士·艾洛伊——著　黃非紅——譯

獻給

瑪莉・朵荷提・艾洛伊

耗費一切卻毫無意義的光榮——

——史提夫・艾瑞克森（Steve Erickson）

序幕——一九五〇年二月二十一日

聖柏納迪諾山麓，一座廢棄的汽車旅館；巴茲・米克斯入住時，帶著九萬六千美金、十八磅頂級海洛英、十號口徑散彈槍、點三八口徑左輪手槍、點四五自動手槍、與在邊界跟墨裔小混混買的一把彈簧刀——當時他立刻發現馬路對面停著一輛車：米基・柯恩的手下坐在洛杉磯警局便衣警車裡，墨西哥提華納市的警察在旁待命，等著要分一份米克斯身上的好東西，再把他的屍體丟進聖思多羅河。

他已經逃亡一個星期；花了五萬六千美金保命：數輛車、一晚得付四、五千塊的藏身地點——風險可以抬高價碼——老闆知道柯恩正在追殺米克斯，因為米克斯搶走他大量的毒品與他的女人，而洛城警察也要抓米克斯，因為他做掉一個警察。柯恩下令全面禁止毒品買賣——因為害怕被報復，沒人敢交易這玩意兒；米克斯頂多只能把貨托給恩格凌醫生的兩個兒子——醫生會把貨藏起來重新拆成小包裝，等風頭過去再賣貨分一些錢給他。醫生曾經跟柯恩合作過，也上道地明白這狠毒的混蛋值得畏懼；醫生的兒子收了他一萬五，送他去瑟蘭諾汽車旅館，並策畫他的逃亡。今天傍晚，兩個男人——做走私生意的墨裔偷渡客——會開車載他去飛機起降地，用走私白粉專機送他去瓜地馬拉市。他留了二十多磅的海洛英在美國——如果**他**可以信任醫生的兩個兒子，而且**他們**可以相信這兩個走私客的話。

米克斯把車丟在松樹林，拉出手提箱，觀察環境：旅館呈馬靴型，有十二間房，背對丘陵——無法從後方進入。

院子寬鬆鋪著礫石，遍布小樹枝、紙片、空酒瓶——走在上面會發出聲響，輪胎壓過則會碾碎木頭與玻璃。

只有一個入口——他駕車進去的那條路——斥侯將必須困難地穿越廣大的森材才能夠守株待兔開槍襲擊。或者他們已經等在某個房間裡。

米克斯抓起散彈槍，開始逐一踹破房門。一、二、三、四——蜘蛛網、老鼠、廁所馬桶不通、腐爛的食物、西班牙文雜誌——走私客可能在運送中南美洲偷渡客北上克恩郡奴隸農場的途中，用這個地方窩藏他們。五、六、七、賓果，他猜對了——老墨家庭圍抱在床墊上，害怕一個帶槍的白人。用「沒事，沒事」安撫他們。最後一排房間是空的；米克斯拿起肩背包，丟進十二號房裡：可以看到正面與庭院，床架上棉花從床墊裡掉出來。對在美國的最後一夜來說還不壞。

清涼寫真月曆釘在牆上；米克斯翻到四月找他的生日，是星期四——模特兒的牙齒很醜，但看起來還是漂亮，讓他想起奧黛麗：她當過脫衣舞孃，曾是柯恩的情婦，也是米克斯殺警察，破壞柯恩與德拉格納海洛英交易的理由。他一頁頁把月曆翻到十二月，想著自己能活過今年的機率有多高，然後開始恐懼：腸胃翻攪，額頭的血管跳個不停，讓他冒汗。

心裡愈來愈緊張。米克斯把軍火放在窗台上，把子彈塞滿口袋：點三八子彈，自動手槍的彈匣。他把彈簧刀插進腰帶，用床墊蓋住後窗，打破前窗好讓空氣進來。一陣微風吹乾他的汗；他往外望見幾個老墨孩子丟著棒球玩。

他被困在這裡。老墨偷渡客聚在外面：指著太陽彷彿是在看現在幾點，急切地等著卡車抵達——為了三餐與一張床出賣勞力。日暮；老墨開始嘰嘰喳喳；米克斯看到兩個白人——一胖一瘦——走進庭院。他們過度熱情地揮手；老墨也揮手回禮。他們看起來不像條子或柯恩的打手。米克斯走出戶外，散彈槍藏在身後。

那兩個人揮手：大大的微笑，毫無惡意。米克斯看向那條路——一輛綠色轎車停在交叉路口，擋住某個淡藍色的東西，它太亮了，不可能是冷杉後面的天空。他發現金屬塗漆的反光，突然間想到：貝克菲德市，與那些需要時間弄到錢的男人剛碰面。一分鐘後，**一輛淡藍色雙門轎車就試圖從側面撞死他**。現在這車又出現了。

米克斯微笑：友善的傢伙，沒有惡意。一根手指放在扳機上；他認出那個瘦子：麥爾·藍斯福，好萊塢分局的打手——他以前常在斯克里溫納的免下車餐廳，色瞇瞇地盯著女侍，挺起胸膛好炫耀他的手槍徽章。那個胖子靠近了一點說，「飛機已經在等我們了。」

米克斯把散彈槍拿出來，射出散彈。胖子中彈往後飛，掩護了藍斯福——撞退了他。偷渡客作鳥獸散；米克斯跑進房間，聽到後窗被打破，他拉開床墊。活動人靶：兩個男人，近距離送上三發散彈。

這兩人被打爆；玻璃與血蓋在另三個沿著牆壁入侵的男人身上。米克斯跳窗到外面的地上，對著三雙靠在一起的腳開槍；他沒拿槍的手一揮，從一個死人的腰帶上抓起一把左輪手槍。

庭院傳來尖叫聲；礫石上有人奔跑。米克斯丟下散彈槍，跌撞到牆邊。他走到那三個男人旁，嚐到血的滋味——近距離開槍爆了三顆頭。

房間裡有腳步聲；兩支步槍來到他伸手就抓得到的距離。米克斯大喊，「我們逮到他了！」他聽到房內的人歡呼回應，看到手腳伸出窗戶。他撿起最近的槍設成全自動，火力全開：標靶無路可逃，牆板碎片爆炸，乾燥的木頭起火。

跨過屍體，走進房間。前門大開；他的兩把手槍還在窗台上。一聲奇怪的悶響；米克斯看到一個男人趴在地上——從床架後面瞄準他。

他臥倒一踢，沒踢中。那人開了一槍差點擊中；米克斯抓著彈簧刀一跳，刺脖子、刺臉，那人尖叫，開槍，流彈四射。米克斯割開他的喉嚨，爬到門口用腳趾關門，抓起兩把手槍，然後就是呼吸。

火勢蔓延：燃燒著屍體、松樹；前門是他唯一的出路。**外面還有多少人持槍等著他？**

槍聲。

來自庭院：大口徑子彈打飛牆壁碎片。米克斯開槍打中一人的腳；一槍擦過他的背。他臥倒在地板上，槍彈繼續往他招呼過來，門板倒下——他在火網裡中彈。

槍聲止歇。

米克斯把槍塞在胸口下，像個死人般趴在地上。過了若干秒；四個男人拿著步槍進屋。悄聲說：「死人一個」——「我們真的要小心點」——「一個跑路的瘋狂混蛋。」腳步聲穿過門口，藍斯福不在這四人之中。

米克斯身側被踢，他聽到沉重的呼吸聲與譏笑。一隻腳伸到他身體下。有聲音說，「死胖子。」

米克斯用力一扯那隻腳；此人往後跌倒。米克斯轉身開火——近距離，全部擊中。四人倒下；米克斯仰倒看著庭院，藍斯福正要逃走。

杜德利·史密斯踏過火焰，穿著消防隊員的大衣。米克斯看到他的手提箱——九萬四千元、毒品——在床墊旁。「老杜，你是有備而來。」

「小伙子，我就像童子軍一樣準備周全。你有遺言要說嗎？」

自殺行徑：搶劫史密斯圍事的毒品交易。米克斯舉起槍，史密斯先開火。米克斯死了——最後一個念頭：瑟蘭諾汽車旅館看起來就像阿拉莫碉堡[1]。

1 Battle of the Alamo，德州脫離墨西哥的獨立戰爭中，重要一役的發生地。

第一部

血腥聖誕夜

第一章

巴德・懷特坐在便衣警車裡，看著市政府聖誕樹上「一九五一」字樣閃爍。後座塞滿了警局派對要喝的酒；他整天都在向商家索討東西，藉此避帕克局長的命令：已婚弟兄可以休二十四號跟聖誕節，所有輪值都由單身漢負責，中央區刑警隊被派去抓流浪漢。局長要街頭遊民都被抓起來，以免他們破壞波朗市長[1]的貧童慈善草地派對，把所有的餅乾都吃光。上個聖誕節，某個瘋掉的黑鬼拉出了老二，在給孤兒院頑童的檸檬水壺裡小便，還命令波朗夫人「婊子，給我過來。」威廉・H・帕克當上洛城警局長的第一個聖誕假期，忙著送市長夫人去中央醫院鎮定心神，一年後，他為此付出了代價。

後座塞滿各色的酒瓶，扛這些酒讓他背都彎了。助理值勤主管艾德・艾斯黎是個剛正不阿的人，對於超過一百個警察在大會議室裡喝酒這種事，他可能會自視清高而反對。而強尼・司坦普納托已經遲到二十分鐘。

巴德打開無線電。雜訊隨之傳來：數起商店偷竊案，中國城有一家酒鋪被搶。乘客座車門打開，強尼・司坦普納托上了車。

巴德打開儀表板的燈。司坦普納托說，「佳節快樂。狄克・史坦斯蘭人呢？我有東西要給你們兩個。」

巴德打量他。米基・柯恩的保鏢已經失業一個月——柯恩因為逃漏聯邦稅被關，要在麥尼爾島監獄待三到七年。司坦普納托回老家吃自己。「你該稱他史坦斯蘭巡佐。他正在抓遊民，反正規費還是一樣。」

「太可惜了。我喜歡狄克的風格。溫德爾，你知道這一點吧。」

可愛的強尼：義大利人後裔的俊俏，髮型又高又捲。巴德聽說他的老二像馬一樣長，還在褲襠裡塞了東西。「廢話少說。」

「**懷特警官**，狄克比你有禮貌多了。」

「是我讓你勃起，還是你只想閒聊？」

「拉娜・透納會讓我勃起，而打老婆的人會讓你興奮。我也聽說你對女人很好，連外貌都不太挑剔。」

巴德折折指節。「你是靠整死別人過活，而米基拿些錢來做公益，不會讓他比毒販跟拉皮條的更高尚。所以我修理那些打老婆的人而被他媽的投訴，並不會讓我變成你。**懂嗎**，你這屎蛋？」

司坦普納托微笑——緊張；巴德望出車窗。一個救世軍聖誕老人，從袋子裡掏出硬幣發送，他看了對街的酒舖一眼。司坦普納托說，「你想要情報，我需要錢。米基與大衛・戈德門正在坐牢，而墨里斯・捷耳卡在這段期間則是當家。墨只想賺小錢，沒有工作給我做。傑克・惠倫不可能雇用我，而米基也沒發薪水給我。」

「沒有薪水？米基削翻了。我聽說他跟德拉格納交易泡湯後，有把毒品拿回來。」

司坦普納托搖頭。「你聽到的風聲不對。米基逮到那個搶匪，但是沒找到毒品，那傢伙還帶走了米基的十五萬大洋。所以，懷特警官，我需要錢。如果你的線人費還有餘額，我會幫你偵破他媽的大案子。」

「強尼，脫離黑幫吧。像我跟狄克・史坦斯蘭一樣當白道。」

司坦普納托竊笑——但沒笑太大聲。「小偷關二十年，偷商店又打老婆的關三十年。告訴你一件讓你興奮的事，我過來的時候看到他正在歐巴哈百貨公司偷東西。」

巴德拿出一張二十塊跟一張十塊；司坦普納托抓住鈔票。「拉菲・金納。金髮肥胖，大約四十歲。穿麂皮休閒外套跟灰色法蘭絨褲。我聽說他一直打老婆，還讓她賣淫以彌補賭撲克輸掉的錢。」

1 Fletcher Bowron（1887-1968），美國政治人物，於一九三八到五三年間曾四度連任洛城市長。

巴德寫了下來。司坦普納托說，「溫德爾，聖誕節快樂。」

巴德抓起領帶一拉，司坦普納托的頭撞上儀表板。「義大利佬，新年快樂。」

□

歐巴哈百貨公司裡滿是人——購物民眾塞在櫃臺與服飾架之間。巴德擠到三樓，這裡是商店偷竊犯的主要地盤：珠寶與高級酒類。

檯面上有成排的手錶；收銀台前排了超過三十個人。巴德搜尋著金髮男子，許多家庭主婦與小孩與他擦身而過。然後——瞬間一瞥——一個穿著麂皮外套的金髮男人正躲進男廁裡。

巴德擠過人群進了廁所。兩個老傢伙站在小便斗前；灰色法蘭絨褲垂在隔間廁所地板上。巴德蹲下往內看——賓果，有雙手正在撫摸珠寶。兩個老人拉起拉鍊走出去；巴德敲敲隔間門。「快點出來，聖誕老人來了。」

門快速打開，一個拳頭飛出來。巴德被打個正著，撞到洗手台，臉上有袖扣印痕。金納拔腿就跑，巴德爬起來追上去。

出了門口，購物者擋住他的路；金納從側門閃了出去。巴德追上——沿著消防梯而下。停車場沒有動靜：沒有車子移動，也沒有金納的蹤影。巴德跑到他的巡邏車，拿起無線電。「四A三一呼叫中心，請求支援。」

靜電雜訊後：「收到，四A三一請說。」

「請查最後所知地址。白人男性，姓金納，名拉菲。我猜拼法是K–I–N–N–A–R–D。動作快點？」

那人回覆收到；巴德對空揮拳：砰砰砰砰砰。無線電響起：「四A三一，回覆你的請求。」

「四A三一，收到。」

「確實查到拉菲・湯瑪斯・金納，白種男性，出生日期——」

「我跟你講過，給我地址就好——」

調度員咂舌表示不悅，「屎蛋，給你放在聖誕襪裡吧，地址是長青路一四八六號，我希望你——」

巴德把無線電關上，驅車往東去洛城泰瑞斯區。時速四十英哩，喇叭拚命按，五分鐘之內就可到。一千二百、三百號瞬間就過去，一千四百號——給退伍軍人住的組合屋——跳了出來。

他停車，沿著人行道門牌走到一四八六號——灰泥牆壁，屋頂上有霓虹聖誕老人雪橇。屋內有燈光；二次大戰前的福特車停在車道。透過玻璃窗可以看到：拉菲・金納正在恫嚇一個穿裕袍的女人。

那女人顏面腫脹，約三十五歲。她後退離開金納；她的裕袍敞開。她的雙乳有淤青，肋骨有撕裂傷。

巴德走回車上拿手銬，看到無線電燈號閃爍便回覆。「四A三一在此。」

「收到，四A三一，有襲警案發生。在河岸路一九九〇號的酒館外，兩名巡警遭到攻擊，六名嫌犯在逃。已從車牌取得嫌犯身分，通報過其他單位了。」

巴德感到一股震顫。「我們的人狀況很糟嗎？」

「這樣算你回應了調派指示。請到林肯高地五十三號大道五三一四號，逮捕迪納多・山契士，名字拼法是D—I—N—A—R—D—O，二十一歲，墨裔男性。」

「收到，你派一輛巡邏車到常青路一四八六號。白人男性嫌犯被捕。我人不會在這裡，但他們會看到他的。告訴他們我會負責填逮捕報告。」

「送到賀倫貝克分局？」

巴德回覆收到，抓起手銬。他回到那棟屋子，站在戶外電路箱前——他切掉電源，燈光熄滅。聖誕老人的雪橇還亮著；巴德抓住一條電線猛拉。燈飾摔到地上，馴鹿爆開。

金納跑出來，馴鹿讓他跌了一跤。巴德銬住他的手腕，把他的臉壓在人行道上。拉菲吃痛一叫卻吃到碎石；巴德說出他講給打老婆嫌犯聽的台詞，「你關一年半就會出來，而我會知道是哪一天。我會查出你的觀護人是誰，跟他混熟，我會去拜訪你打個招呼。你要是再動她一根汗毛，我會知道，然後我會讓你因為強姦兒童罪而被捅菊花。你知道在聖昆丁監獄他們會怎麼對付強姦兒童的傢伙？嗯？教宗可不是個他媽的義大利佬？」

電燈亮起——拉菲・金納的老婆正弄著電路箱。她說，「我可以去我媽那邊嗎？」

巴德掏空拉菲的口袋——鑰匙、一捲鈔票。「開那輛車走，把自己打理一下。」

金納吐出幾顆牙。拉菲太太抓過鑰匙，抽出一張十塊鈔票。巴德說，「嘿，聖誕節快樂。」

拉菲太太給他一個飛吻，倒車出去，輪胎壓過閃爍的馴鹿。

□

五十三號大道——二號情況，不開警笛。一輛黑白警車比他早一點到；兩個藍色制服員警跟狄克・史坦斯蘭下車聚在一起。

巴德輕按喇叭；史坦斯蘭走過來。「那裡面是誰，搭檔？」

史坦斯蘭指著一棟破房子。「裡面有無線電指名要抓的那個人，也許還有其他人跟他在一起。打傷我們弟兄的可能有四個墨佬、兩個白人。受傷的是布朗奈與赫倫諾斯基，布朗奈可能有腦部創傷，赫倫諾斯基也許會一眼失明。」

「很多的也許。」

史坦斯蘭口氣很臭：漱口水和琴酒的氣味。「你想計較這些小細節？」

巴德下車。「不囉唆。有幾個已經被抓了？」

「零。我們要來抓第一個。」

「叫穿制服的原地待命。」

史坦斯蘭搖頭。「他們是布朗奈的朋友，他們也想抓人。」

「不行，這是我們的案子。我們要帶他們回局裡，寫逮捕報告，在輪值換班之前趕上派對。我這邊有三箱威士忌，約翰走路黑牌、吉賓牌與卡蒂牌。」

「艾斯黎是助理值勤主管。他很討人厭，我打賭他不會准許值勤時喝酒。」

「對啊，不過弗雷凌才是值勤主管，他跟你一樣是他媽的酒鬼。所以別擔心艾斯黎。我還有份報告得先寫——所以我們就動手吧。」

史坦斯蘭笑了。「對女人的重傷害罪？那是什麼——加州刑法第六二三條第一款？所以我是個混蛋酒鬼，你是個混蛋善心人士。」

「對，而且你階級比我高。現在怎麼做？」

史坦斯蘭眨眼；巴德走側翼——從露台而上，拔槍。這間破屋被窗簾遮蔽，屋內陰暗；巴德聽到一則廣播廣告：菲力貓雪佛蘭汽車。狄克踹門而入。

大叫聲，一對老墨男女在移動。史坦斯蘭槍口指著頭部高度；巴德擋住他的射擊範圍。巴德追向走道，史坦斯蘭喘著氣，踢倒了家具。廚房裡：兩個老墨瑟縮在窗戶邊。

他們轉身，舉起雙手：一個是青少年混混，另一個漂亮女孩可能懷孕六個月。

男孩撞上牆壁——接受專業的搜身。巴德從他身上搜出：山契士的身分證明，一點錢。那女孩大聲啜泣；警笛在屋外響起。巴德把山契士轉身過來，踢了他陰部一腳。「老墨，這是為我們的弟兄報仇。算是輕鬆放過你了。」

史坦斯蘭抓住女孩。巴德說，「甜心，快走吧，免得我的朋友檢查你的綠卡。」

「綠卡」嚇到她——**我的媽！我的媽！**——史坦斯蘭把她推到門口；山契士呻吟著。巴德看到制服員警擠滿車道。「我們讓他們把老墨帶回局裡。」

史坦斯蘭稍緩過氣來。「我們把他交給布朗奈的朋友吧。」兩個菜鳥走過來——巴德看著犯人被帶走。「給他上銬並羈押，罪名是襲警並拒捕。」

菜鳥們把山契士拖走。史坦斯蘭說，「你對女人這麼好。接下來你要拯救小孩跟狗？」

拉菲太太——全身淤青過聖誕節。「我正在努力中。來吧，我們把酒搬回去。你要是乖乖的我就讓你自己喝一瓶。」

第二章

普雷斯頓・艾斯黎用力把布幕一拉。他的賓客們發出驚嘆聲；一個市議員拍手，把蛋酒灑在一個社交名媛身上。艾德・艾斯黎心想，這不是一般警察的聖誕夜。

他看了手錶——八點四十六分——他必須在午夜以前回到局裡。普雷斯頓・艾斯黎指著模型。

這座模型占了他書房一半的面積：是一個遊樂園，充滿用紙糊的山丘、火箭太空船、西部城鎮。大門有卡通人物：咪老鼠、史酷特松鼠、丹老鴨[1]——這些是雷蒙・迪特凌的心血結晶——在夢幻時刻節目與許多卡通裡出現過。

「女士先生們，為您呈現夢幻時刻主題樂園。艾斯黎建設將會在加州波摩納興建這座樂園，預計將於一九五三年四月隆重開幕。這將是史上最精緻的遊樂園，它是自成天地的世界，各個年齡層的孩子都能在其中享受快樂與善意，而這正是現代動畫之父雷蒙・迪特凌的正字標記。夢幻時刻主題樂園將會有所有您喜歡的迪特凌卡通人物，這裡將是孩子與有赤子之心的人共同的避風港。」

艾德盯著父親看：五十七歲的他看起來像四十五，家族裡世世代代都是警察的他，正在漢克公園的大宅裡長篇大論，只要他彈拇指作響，政客們就會放棄自己的聖誕夜跑過來。賓客鼓掌；普雷斯頓指著一座峰頂積雪的山。「女士先生們，這是『保羅的世界』，它精確複製了內華達山脈中的一座山。其中將有刺激的雪橇旅程

1 三個名字皆與迪士尼的卡通人物諧音。

以及滑雪旅館，咪老鼠、史酷特與丹老鴨會在旅館裡為全家人表演幽默短劇。『保羅的世界』的保羅是誰？他是雷蒙・迪特凌的兒子，一九三六年還是青少年的他，不幸在露營途中遇雪崩而喪生——他出事的地點就像眼前這座山一樣。所以，從悲劇中，產生了對純真的肯定。女士先生們，您在『保羅的世界』所花的每一分錢，都會捐給兒童小兒麻痺基金會。」

眾人大力鼓掌。普雷斯頓對提米・瓦伯恩點點頭——他在夢幻時刻節目裡飾演咪老鼠——總是用他的大門牙在啃乳酪。瓦伯恩推推他旁邊的男人；那男人也回推一下。

艾德注意到亞瑟・迪斯潘；瓦伯恩開始表演咪老鼠的那一套。艾德把迪斯潘帶到走道。「亞瑟，這可真是大驚喜。」

「迪特凌在夢幻時刻節目上宣布過了。你爸沒告訴你？」

「沒有，我也不知道他認識迪特凌。他是在阿瑟頓案跟他認識？小威利・溫納荷不是迪特凌旗下童星之一？」

迪斯潘微笑。「那時我是你爸的低階助理，我不認為這兩個偉人曾經交會過。普雷斯頓就是人面很廣。順帶一提，你有注意到演咪老鼠的跟他的同伴？」

艾德點頭。「他是誰？」

書房傳來笑聲；迪斯潘帶艾德走回去。「他是比利・迪特凌，雷蒙的兒子。他是《榮譽警徽》的攝影師，那部影集每週對數百萬電視觀眾讚揚我們所熱愛的洛城警局。也許提米會在他那玩意上抹點乳酪，然後再幫他吹喇叭。」

艾德大笑。「亞瑟，你這討厭鬼。」

迪斯潘躺坐在椅子裡。「艾德，我以退役警察對現役講話的方式告訴你，你要是用『討厭鬼』這種字眼，聽起來就會像個大學教授。此外你也不該被稱為『艾德』，你的名字是『艾德蒙』。」

艾德把眼鏡扶正。「謝謝長輩的諄諄教誨。我之所以待在巡邏隊，是因為帕克是這樣當上局長。我靠擔任行政職晉升，因為我沒有當過領導職。」

「你一點幽默感也沒有。還有你不能拿掉眼鏡嗎？你可以瞇眼看或什麼的。除了賽德・葛林之外，我想不到局裡還有誰戴眼鏡。」

「天啊，你很懷念警局。我想如果你可以放棄艾斯黎建設年薪五萬的工作，當個洛城警局的菜鳥，你會願意的。」

迪斯潘點起一根雪茄。「前提是你爸跟我一起轉行。」

「就這麼簡單？」

「就這麼簡單。你爸當督察長時，我是他的副手，現在我還是他的副手。要是能跟他平起平坐應該不錯。」

「要不是你懂木材的話，艾斯黎建設就不會存在了。」

「謝了。還有你別戴眼鏡了。」

艾德拿起一個相框：他的哥哥湯瑪士穿著制服——他死前一天拍的照片。「如果你是菜鳥的話，我會因為你不服從而整死你。」

「你也會跟我有同樣的下場。你考副隊長升級測驗時第幾名？」

「二十三個應考，我是第一名。我是最年輕的應考人，其他人至少大我八歲，我當巡佐的時間最短，當警察的年資也最短。」

「而你要進刑事警察局。」

艾德放下相框。「對。」

「那麼，首先你必須至少等一年，才會有職缺開出來，然後你必須認清那職缺可能只是巡邏隊，然後你必須明白轉到刑警局可能得花好幾年，還得討好很多人。你現在二十九？」

「對。」

「那你三十或三十一歲時可以當上副隊長。那麼年輕的長官會引起反感。艾德，說正格的。你跟那群人不一樣。你不是蠻力型的。**你不適合刑警局**。帕克當上局長已經為巡邏警官登頂創下先例。這一點你好好想想。」

艾德說，「亞瑟，我想要辦案。我有人脈，也拿過銅十字英勇勳章，某些人可能會認為這表示我很夠力。我將**會**被分配到刑警局。」

迪斯潘把煙灰從他禮服腰帶上刷掉。「小伙子，我們可以說實話嗎？」

被人當小孩子讓他不舒服。「當然。」

「嗯……你很優秀，再過一陣子你可能會真的很厲害。對你的競爭本能我毫不懷疑。你的父親雖然鐵石心腸，卻討人喜歡。而你卻不是這種人，所以……」

艾德握緊拳頭。「亞瑟叔叔，所以呢？你是為錢離開警局的警察，對一個永遠不會這麼做的警察，你有何建議？」

迪斯潘突然畏縮了一下。「那就當個馬屁精，討好有力人士。諂媚威廉・H・帕克，並祈禱你會一帆風順。」

「就像你跟我父親？」

「小伙子，**你說的沒錯**。」

艾德看著自己的制服，就如掛在衣架上的藍色制服。熨線筆直，巡佐的箭標徽章，一條資深弧線。迪斯潘說，「艾德，你很快就會升一槓副隊長，然後警帽上會有金穗。我是關心你，才會要你停下來想想。」

「我知道。」

「而且你還是個戰爭英雄。」

艾德改變話題。「今天是聖誕節。你想到了湯瑪士。」

「我一直在想，我明明可以提醒他一些事情。他甚至連槍套都沒打開。」

「扒手會帶槍？他不可能料想得到。」迪斯潘把雪茄熄掉。「湯瑪士是天生的警察，我一直以為是他該教我東西。這就是為什麼我老是想把事情說清楚給你聽。」

「他已經死了十二年，我會以警察的身分把凶手給埋了。」

「我會忘記你說過這句話。」

「不，記住這句話。等我進了刑警局也要記得這句話。等父親提議舉杯紀念湯瑪士與母親，你別過度感傷，這會讓他好幾天都很難過。」

迪斯潘站起來，面紅耳赤；普雷斯頓・艾斯黎帶著一瓶酒與白蘭地酒杯走進來。

艾德說，「父親，聖誕快樂。恭喜你。」

普雷斯頓倒酒。「謝謝你。艾斯黎建設為一隻輝煌老鼠打造的王國，超越了乾河谷高速公路[2]工程，我再也不吃乳酪了。兩位，乾杯。願我的兒子湯瑪士與我的妻子瑪格麗特永遠安息，也為我們此刻團聚在一起舉杯。」

2 Arroyo Seco Freeway，加州第一條高速公路，現被稱為一一〇號公路。

一杯下肚；迪斯潘再幫大家倒了一杯。艾德以他父親最愛的名義舉杯：「敬需要絕對正義去對付的犯罪。」

又乾了三杯。艾德說，「父親，我不知道你認識雷蒙・迪特凌。」

普雷斯頓微笑。「我在生意上認識他已經好多年。在雷蒙的要求下，亞瑟跟我一直讓合約祕而不宣——他想要在他那個幼稚的電視節目上宣布這個消息。」

「你是在阿瑟頓案認識他？」

「不是，當然我那時也還不在營建業。亞瑟，你有什麼舉杯的提議嗎？」

迪斯潘這次酒倒得少一點。「敬我們即將晉升的副隊長調任刑事局。」

笑聲，附和聲。普雷斯頓說，「艾德蒙，瓊安・莫洛在問你有沒有女朋友。我想她愛上你了。」

「你有辦法想像年輕富家女嫁給警察當老婆？」

「沒辦法，但我可以想像她嫁給一個高階警官。」

「刑警局長？」

「不，我想的比較像是巡警局長。」

「父親，湯瑪士本來要當你的刑警局長，但他已經死了。別不給我機會。不要強迫我實現你過去的夢想。」

普雷斯頓凝視兒子。「我了解你的意思，我也欣賞你勇於說出心聲。沒錯，那確實是我本來的夢想。但老實說，我不認為你有察覺人類弱點的眼光，可是要當一個好刑警，必須要有這種眼光。」

「湯瑪士有這種眼光？」他的哥哥：一個為漂亮女生瘋狂的呆子。

「有。」

「父親，那個扒手伸手進口袋的那一瞬間，我就會開槍射他。」

迪斯潘說，「他媽的」；普雷斯頓要他閉嘴。

「艾德蒙，沒關係，我回去陪賓客之前，再問你幾個問題。一、你是否願意在明知有罪的嫌犯身上放置證據，以確保他會被起訴？」

「我必須——」

「回答會或不會。」

「我……不會。」

「你是否願意從背後射殺死不悔改的搶匪，以免他們利用司法漏洞獲得釋放？」

「我……」

「會或不會，艾德蒙。」

「不會。」

「你是否願意毆打明知有罪的嫌犯以讓他們招供？」

「不願意。」

「你是否願意竄改刑案現場的證據，以支持檢察官的假設？」

「不願意。」

普雷斯頓嘆氣。「那麼看在上帝的份上，你就待在不需要做那些選擇的位置上，善用神賜給你的超卓智能。」

艾德看著自己的制服。「我會以刑警的身分用我的智能。」

普雷斯頓微笑。「不管你是不是刑警，你有湯瑪士所沒有的堅持精神。我的戰爭英雄，你會出類拔萃。」

電話響起；迪斯潘接起來。艾德想起日軍的壕溝——無法直視普雷斯頓的眼睛。迪斯潘說，「警局的弗雷凌來電。他說拘留室幾乎滿了，今晚稍早兩個警察被攻擊。有兩名嫌犯被羈押，還有四個在逃。他說你應該早點進去值勤。」

艾德轉回來要找他父親。普雷斯頓已經到走道盡頭，跟帶著咪老鼠帽子的波朗市長交換笑話。

第三章

軟木塞板上有剪報：「緝毒先鋒於槍戰中受傷」；「警方突襲大麻煙館，演員米區姆被捕」。《噤聲祕辛》雜誌的文章裱框立在他書桌上：「緝毒戰將大顯神威，毒蟲恐懼戰兢」；「《榮譽警徽》電視劇寫實逼真，歸功於強悍警務顧問」。關於《榮譽警徽》那篇報導，附帶了一張照片：警佐傑克・溫森斯與該劇明星布瑞特・崔思。這篇文章並未揭露主編祕密檔案裡的骯髒事：布瑞特・崔思是個戀童癖，犯過三次雞姦罪但都被壓下來。

傑克・溫森斯四顧緝毒組辦公區——陰暗且別無他人——只有他的辦公隔間有燈光。再過十分鐘就是午夜；他向杜德利・史密斯保證過，他會幫忙打一份組織犯罪的報告送情資局；他也向弗雷凌副隊長保證過，會幫警局派對弄一箱酒。席德・哈金斯應該會去弄蘭姆酒來，但他還沒打電話過來。杜德利的報告：幫這個忙對他來說輕而易舉，因為他每分鐘可打一百個英文字；明天杜德利會還這個人情，他將與老杜跟艾里斯・洛威在「太平餐坊」碰面吃午餐——這與工作有關，讓他跟地檢署打好關係。傑克點起一根菸，閱讀著。

真不賴的報告，長達十一頁，非常咬文嚼字，非常杜德利。主題：米基・柯恩入獄後的洛城幫派活動。由傑克潤稿打字。

柯恩正關在麥尼爾島聯邦監獄：三至七年，罪名逃漏所得稅。大衛・戈德門是米基的帳房，也在同一所牢裡：三到七年，犯下六樁聯邦稅詐欺。史密斯預期到柯恩的手下墨里斯・捷耳卡跟「執法者」傑克・惠倫可能會起衝突；黑手黨太上皇傑克・德拉格納已經被驅逐出境，這兩人是最有可能控制放高利貸、賭博、賣淫與賭馬的人。史密斯寫道：捷耳卡無關緊要，根本不需要警方監控；約翰・司坦普納托與亞伯・郜多鮑姆是柯恩的主要打手，他們似乎已經金盆洗手。李・華其斯是柯恩雇用的殺手，他正在搞宗教詐財——販售保證可引發神祕體驗的專利藥物。

傑克繼續打字。老杜的理解錯了，司坦普納托與綽號是「奇基」的郜多鮑姆是百分百的壞胚子——他們永遠不可能走上正途。他放一張白紙進打字機。

一個新的主題：一九五〇年二月柯恩與德拉格納的和談會議——據稱有二十五磅海洛英與十五萬美元被偷。傑克聽過謠言，一個名叫巴茲・米克斯的退役警察到此會議行搶，跑路之後在聖柏納迪諾附近被槍殺——柯恩的手下跟洛杉磯的壞條子殺了他，這是米基下的命令。米克斯搶走米基的東西，還睡過他的女人。毒品應該早就找不到了。杜德利的理論：米克斯把錢跟毒品埋在某個隱密處，後來被「不知名的個人或數人」殺害——可能是柯恩的槍手。傑克微笑：如果洛城警局有參與槍殺米克斯的行動，老杜才不可能把警局也扯進來——就算是在內部的報告裡。

接著是史密斯的總結：米基・柯恩入獄之後，黑幫活動減弱；洛城警局應該保持警戒，注意試圖接管柯恩不法勾當的新面孔；在郡警局的約束下，賣淫活動仍未越過郡界。傑克在最後一頁簽名「副隊長史密斯敬呈」。

電話響起。「緝毒組，溫森斯。」

「是我。你餓不餓？」

傑克忍住不發脾氣——這並不難——但哈金斯手上可能有他的把柄。「席德，你遲到了。派對已經開始了。」

「我帶來的東西比酒還棒，現金。」

「說吧。」

「聽我說：譚咪・雷諾是《希望的豐收》的主角之一，這部電影明天會在全市上映。我認識一個傢伙剛賣給她一些大麻，保證可以逮到她犯罪。她正在好萊塢丘瑪拉維拉路二二四五號欲仙欲死。你動手抓人，我在下一期給你一篇人物特寫。因為是聖誕節，我也把消息透露給《洛杉磯鏡報》的莫提班・第許，所以你也來得及上明天早報。再送上五十塊現金與你的蘭姆酒。我真是他媽的聖誕老人！」

「照片呢？」

「肯定有。你穿那件藍色獵裝，跟你的眼珠顏色很搭。」

「席德，一百塊。我需要分兩個巡邏警察一人二十，好萊塢分局輪值主管也要給十塊。你把一切準備好。」

「傑克！看在聖誕節的份上！」

「不行，這是非法持有大麻。」

「狗屎。半小時之後到？」

「二十五分鐘。」

「我會到，你這是他媽的敲竹槓。」

傑克掛上電話，在日曆上畫下一個X。又一天沒喝酒，沒吸毒——已經保持了四年又兩個月。

□

他的舞台已經等著他——瑪拉維拉路被封鎖線圍住，兩個員警站在席德・哈金斯的派克轎車旁，他們的警車停在人行道上。街道昏暗寂靜；席德已經準備好弧光燈。他們可以看到日落大道——也可看見中國大戲院

——這拿來做逮捕鏡頭的背景很棒。傑克停車走了過去。

席德拿現金跟他打招呼。「她坐在黑暗中，對著聖誕樹發楞。那扇門看起來很薄。」

傑克拔出點三八手槍。「叫弟兄們把酒放在我的後車廂。你要不要用中國大戲院當背景？」

「我喜歡這個點子！傑克，你是西岸最棒的警察！」

傑克觀察他：像稻草人一樣瘦，年紀在三十五到五十歲之間——他是超級內幕醜聞的收藏者。他可能知道一九四七年十月二十四日的事，也可能不知道；如果他知道，他們的合作關係就會持續一生。「席德，我把她帶出門口時，不要用那種小型聚光燈打在我眼睛上。告訴你的攝影師這件事。」

「我會搞定。」

「好，現在數到二十。」

哈金斯數著數字；傑克走近門口，踹開門板。弧光燈亮起，照亮一整個客廳：聖誕樹，兩個年輕人穿著內衣親熱。傑克大喊「警察！」；這對情侶僵住不動；沙發上有鼓鼓一袋大麻。

女生開始號哭；男生伸手去拿長褲。傑克一腳踩在他的胸口上。「雙手舉起來，慢慢地。」

男生兩手手腕緊靠；傑克單手給他上了手銬。員警衝進來收集證據：傑克想起這男的是誰。洛克・洛克威爾，雷電華電影公司的小生。女生跑了，傑克抓住她。他抓住兩個嫌犯的脖子——走出門口，下了階梯。

哈金斯大叫，「趁有光的時候拍一下中國戲院！」

傑克把兩人帶到定位。兩個穿著內衣褲的漂亮男女。閃光燈一亮；哈金斯大喊，「卡！收工！」

員警接手，洛克威爾跟哭泣的女孩被拉上巡邏車。窗戶裡電燈亮起，看熱鬧的人打開門。傑克回到屋內。

大麻煙味——就算過了四年這氣味仍然聞起來很香。哈金斯正在開抽屜，拉出假陽具、帶刺狗項圈。傑克找到電話，檢查電話簿看有沒有毒販——沒找到。一張名片掉落：「鳶尾花。二十四小時營業——隨您所欲」。

席德開始喃喃自語。傑克把名片放回去。「把報導念來聽聽。」

哈金斯輕輕喉嚨。「天使之城的聖誕節凌晨，奉公守法的市民正在心安理得地睡覺，毒蟲卻四處找大麻這種根植地獄的毒草。譚咪・雷諾與洛克・洛克威爾，兩個一腳踩進地獄的電影明星，在譚咪時髦的好萊塢住處吸大麻，渾然不知自己沒戴隔熱手套就在玩火，也不知道一個男人正要過來撲滅這場火：那就是威風任俠的溫老大，名人犯罪剋星傑克・溫森斯，他是各地毒蟲的鬼見愁。收到不具名線民的通報後，溫森斯警佐……傑克，你喜歡嗎？」

「你寫得可真婉轉。」

「直接又露骨，但發行量是九十萬而且還在成長。我想我還會寫你離婚兩次，因為你的老婆們受不了你為正義奮鬥，而你是得名於印第安納州溫森斯市的一間孤兒院。溫・老・大。」

他在緝毒組的綽號，「垃圾桶」傑克——因為他曾經抓過「菜鳥」查理・帕克，並把他丟進三寶顏夜總會外面的垃圾箱。「你應該寫一些《榮譽警徽》的事情。米勒・史丹頓是我兄弟，我怎麼教布瑞特・崔思扮演警察。警務顧問之重要地位那類的事。」

哈金斯笑了。「布瑞特還是喜歡童子？」

「黑鬼會跳舞嗎？」

「只有傑佛遜大道以南的才會。傑克，謝謝你幫忙這篇報導。」

「小事。」

「我是說真的。看到你總是很開心。」

你這他媽的蟑螂，你馬上就會眨眼睛，是因為你知道隨時可以向那個注重操守的混蛋威廉・H・帕克告發我——四八年起就收你的錢去進行逮捕，你大概已經把文件證明都搞定了，好讓你全身而退，而我則徹底完蛋。

哈金斯眨眨眼。

傑克心想，他是否已經白紙黑字把一切都寫好了。

第四章

派對熱鬧非常，大會議室連坐的空間都沒有。

開放式酒吧：蘇格蘭威士忌、波本酒、「垃圾桶」傑克・溫森斯帶來的一箱蘭姆酒、狄克・史坦斯蘭的老烏鴉威士忌與蛋酒放在冰桶裡。留聲機流洩出下流的聖誕歌曲：聖誕老人與他的馴鹿又肏又吸。到處都站滿了人：夜班的員警、中央區刑警隊——驅趕流浪漢讓他們口乾舌燥。

巴德看著這一大群人。佛瑞德・屠倫丁對著通緝要犯海報射飛鏢；麥克・克魯曼與瓦特・杜克錫勒玩著「叫出黑鬼姓名」的遊戲，他們一次賭二十五分，看誰可以說出黑人大頭照裡的人叫啥名字。傑克・溫森斯喝著蘇打水；弗雷凌副隊長在辦公桌前已經喝掛。艾德・艾斯黎試過要讓大夥安靜下來，但還是放棄，他待在拘留區登錄犯人，歸檔逮捕報告。

幾乎每一個人都醉了，或正在努力灌醉自己。

幾乎每一個人都在大談赫倫諾斯基跟布朗奈的事，打警察的幾個傢伙已經被羈押，還有二人在逃。

巴德站在窗邊。誇張扭曲的謠言揪著他的心：布朗奈的嘴巴被割開到鼻子，一個老墨把赫倫諾斯基的左耳咬了下來。狄克・史坦斯蘭抓起一把散彈槍要去獵殺老墨。他認為這是件好事，他看著狄克把散彈槍帶到停車場。喧囂聲愈來愈大——巴德走到戶外停車場，懶洋洋地靠在一輛巡邏車上。

開始下起小雨。拘留室門口發生騷動——狄克・史坦斯蘭把兩個人推進去。一聲尖叫；巴德心中猜想史坦斯蘭順利服務二十年退休的機率有多少，如果自己盯著他，賠率是一比一，如果史坦斯蘭光靠自己，賠率就是二比一。從大會議室傳來法蘭克・杜賀提的男高音，帶哭腔的「銀色鈴鐺」。

巴德遠離音樂來源──以免他想起媽媽。他點了根菸，還是想到了她。

他親眼目睹母親被殺：那時才十六歲，無力阻止。老爸回到家；他一定是信了他兒子的警告──你要是再打媽媽，我就殺了你──所以把兒子的手腕與腳踝銬起來。他看著那個王八蛋用拆輪胎的鐵棒把媽媽打死。他把喉嚨都喊啞了；他被銬著跟屍體同處一室，一週都沒喝水，精神錯亂──他看著母親腐爛。一個查訪曠課學生的人發現了他；洛杉磯郡警找到了老爸。審判時，被告以行為失能辯護，最後認罪把罪刑降到第二級過失致死罪。終身監禁，但老爸十二年後就假釋出獄。他的兒子──洛杉磯警局溫德爾・懷特警官──決定要殺了他。

老爸卻不見蹤影。

他棄保潛逃，還在當巡邏員警的巴德在洛杉磯四處尋找卻沒有發現。他繼續尋找，依然會在睡夢中聽到女人尖叫聲而驚醒。他總是在調查，卻僅是捕風捉影。有一次他破門而入，發現只是一個女人燙著了手。有一次他闖入民宅，但那對夫妻只是在做愛。

老爸仍不見蹤影。

他升上刑事警察局，跟狄克・史坦斯蘭成為搭檔。狄克帶他入行，傾聽他的故事，教他挑選罪犯來報復。雖然找不到施暴老爸，但是對付打老婆的人或許可以把夢魘趕走。巴德挑選了很好的首度下手對象：家庭糾紛，報案人長期挨揍，被逮捕的人已經是第三度犯案。他在往警局的路上繞到別處，問那傢伙是否想要改跟男人打架看看──不上手銬，打贏了就可以走人。那傢伙同意了；巴德打斷了他的鼻子跟下巴，用飛踢讓他脾臟破裂。狄克說的沒錯：他不再做噩夢了。

他**這個**洛城警局最悍警察的名聲愈來愈響亮。

他繼續幹下去，並緊追不捨：如果這些混蛋被釋放，他會上門威嚇；如果他們假釋出獄，他會用暴力歡迎他們回家。他強迫自己不要接受被援救女性出於感謝的性服務，去別的地方找女人。他手上有一張開庭與假釋日期清單，並會寄明信片給苦窯裡的那些混帳；他被申訴執法過當，但他用強悍手段解決。狄克・史坦斯蘭把他變成一個好刑警；現在他則扮演師父的看護：讓他在值勤時不要太醉茫茫，當他卯起來要揍人的時候拉住他。他已經學會控制自己；但史坦斯蘭現在只剩下壞習慣：在酒吧鬧事，接受搶劫犯用毒品賄賂脫身。

室內的音樂走了調——不對，那不是音樂。巴德聽到刺耳的聲音——拘留室傳來尖叫。吵鬧的音量變成兩倍、三倍。巴德看到一群人從大會議室跑到拘留室。他念頭一閃：史坦斯蘭抓狂了，又是酒又是派對——他去揍打傷警察的那幾個人。巴德跑了過去，衝到門口。

走道擠滿人，囚室門大開，後面還有人想擠進來。艾斯黎大聲維持秩序，想要擠進這群人之間卻沒辦法動彈。巴德找到拘留清單，在「迪納多・山契士」、「璜・卡比加」、「艾澤基・賈西亞」、「雷耶斯・賈斯柯」、「丹尼斯・萊斯」、「柯林頓・瓦魯匹克」的名字後面發現打勾記號——六個襲警嫌犯都被羈押。

囚室裡的醉鬼遊民煽動警察動手。

史坦斯蘭衝向四號房——揮舞著銅質手指虎。

威利・崔坦諾把艾斯黎壓到牆邊；克倫利搶了他的鑰匙。

一群警察推擠進入一間間囚房。艾莫・藍茲身上有著血跡，獰笑著。傑克・溫森斯站在值勤主管辦公室旁，弗雷凌副隊長在辦公桌前呼呼大睡。

巴德衝了進去。他沿途被眾人手肘撞了好幾下；大夥看到是他便讓開一條路。史坦斯蘭闖進三號囚室，巴德擠了進去。狄克正在修理一個皮包骨的墨裔渾小子——用警棍攻擊頭部——那小子跪倒在地滿地找牙。巴德抓住史坦斯蘭；老墨啐了口血。「嘿，懷特先生，我認識你這**婊子**養的。你海扁我的朋友卡多，因為他鞭打他的**婊子**老婆。她是他媽的**妓女**，你這白癡。你他媽有沒有大腦啊？」

巴德放開史坦斯蘭，老墨對他比中指。巴德一腳把他踢趴在地上，再掐住他脖子拉他起來。真帶種，這王八蛋。巴德一舉讓這混混的頭撞上天花板；一個穿制服的用力擠進來。艾德．艾斯黎那有錢少爺的聲音：「住手，這是命令！」

老墨踢了巴德的命根子一腳——他懸空時出擊。巴德跪倒撞上柵欄。那小子跌跌撞撞出了囚室，撞上了溫森斯。「垃圾桶」很震驚——他的喀什米爾獵裝沾到了血跡，他揮拳左右開弓讓那混混躺平；艾斯黎跑出了拘留區。

吶喊、吼叫、尖叫，比一千支緊急警報警笛更大聲。

史坦斯蘭拿出了一瓶琴酒。巴德看到那裡的每個人都醉得七葷八素。他踮腳清楚地看到艾斯黎正把酒丟進庫房裡。

有人說：「幹得好，大塊頭巴德。」那些聲音的臉孔扭曲、不正常。艾斯黎還在丟酒，這個滴酒不沾的傢伙目睹了一切。巴德從走道跑過去，把艾斯黎牢牢地反鎖在庫房裡。

第五章

被關進八英呎平方的房間裡。沒有窗戶、沒有電話、沒有對講機。架子上塞滿了表格、抹布、掃把，堵塞的洗手台裝滿了伏特加與蘭姆酒。這扇門加了鋼板；烈酒混在一起聞起來像嘔吐物；暖氣出風口傳來吼聲與重擊聲。

艾德用力捶門——無人回應。他對著出風口大喊——熱風吹上他的臉。他看到自己被關又被扒，刑警局的那群傢伙以為他絕對不會說出去。他心想他的父親不知會怎麼做。

又過了些時間，拘留室的噪音止息，又再起，停止後又開始。艾德大力敲門——還是無人搭理。庫房變熱；酒臭味令他窒息。艾德感覺像回到瓜達卡那爾島[1]：躲避日本鬼子攻擊，屍體堆疊在他身上。他的制服濕透了；如果開槍射門鎖，子彈可能會從鋼板上反彈殺死他。這場施暴事件必須讓大眾知道：政風處調查、民事訴訟、大陪審團。有警察會被指控施暴，有人的職業生涯會被沖進馬桶。艾斯黎警佐因為無法維持秩序而被懲處。艾德下了決心，用他的腦袋反擊。

他在正式的警局表格背後寫字。第一版，真相——

一個謠言引發這一切：約翰•赫倫諾斯基一眼失明。史坦斯蘭警佐把萊斯跟瓦魯匹克帶回警局——是他在

1 Guadalcanal，簡稱瓜島，位於西南太平洋，是所羅門群島中最大的一座島嶼。二次大戰期間，中途島戰役日軍失利後，美日搶占瓜島，發生了為其六個月的激戰，最後美國取得了勝利。

散布這個謠言。整場事件突然引爆；值勤主管弗雷凌副隊長在睡覺：違反警局內規四三一九條在值勤時喝酒，因此失去意識。現在的負責主管是艾斯黎警佐，他發現他辦公室鑰匙被擅自拿走了。參加警局聖誕派對的人大多數都衝進了拘留區。囚房裡有六個被控襲警的人，囚房門被人用擅自取走的鑰匙打開了。艾斯黎警佐試圖重新鎖上囚室，但是毆打事件已經開始，崔坦諾警佐把艾斯黎警佐抓住，而克倫利警佐偷走了他腰帶上的備份鑰匙。艾斯黎警佐並未用武力把備份鑰匙拿回來。

更多細節——

史坦斯蘭發瘋了，警察毆打無助的嫌犯。巴德・懷特一手掐住某個受傷倒地嫌犯的脖子，把他舉起來。艾斯黎警佐命令懷特警員住手，懷特警員忽視命令。艾斯黎警佐看到那名嫌犯脫身而鬆了口氣，因此決定不需進一步與懷特對抗。

艾德皺著眉繼續寫下去——一九五一年十二月二十五日，中央區警局拘留室攻擊事件詳情。這件事可能會帶來大陪審團起訴、警局內的審議委員會——帕克局長將會威信掃地。另拿了一張紙，他想到羈押犯作為人證——其中大多是醉鬼，又想到幾乎每個警察都大量飲酒。**他們**都是不符標準的人證；只有**他**神智清醒，符合標準，也曾試圖控制狀況。**他**需要一個漂亮的下台階；警局需要挽回面子；高階警官將會感謝一個試圖阻止負面報導的人——這個人有先見之明並預先計畫。他寫下了第二版——

與第一版不同之處，將錯誤歸咎於少數警察身上：史坦斯蘭、布朗奈、懷特與幾個已經或將要期滿可拿退休俸的警察——克魯曼、塔克、漢內克、霍夫、狄斯博、杜賀提。如果起訴熱潮升高的話，可以把這些老鳥丟給地檢署。一個主觀的觀點，特別寫來符合被羈押的醉鬼所看到的景象，襲警犯試圖逃出拘留區並釋放其他囚犯。幾處真相被扭曲了——但其他人證是不可能反駁的。艾德簽名，透過出風口聆聽第三個版本。

第三個版本慢慢揭露。有人催促「史坦斯蘭，快醒醒」；懷特離開了拘留區，喃喃說這一切真是浪費時間。克魯曼與塔克大聲咒罵；有人悄聲回應。沒再聽到懷特或布朗奈的聲音；蘭茲、霍夫與杜賀提在走道上走來走去。啜泣聲，不斷有人用西班牙文說**我的媽啊**。

清晨六點十四分。

艾德寫下第三個版本。沒有嗚咽，沒有我的媽啊，襲警嫌犯煽動了其他囚犯。他心想父親不知會如何評估這兩件罪刑：警察弟兄被攻擊，襲警者被痛毆。哪一件需要絕對的正義？

出風口傳來的聲響愈來愈小；艾德想要入睡卻睡不著；一把鑰匙插進門鎖。

弗雷凌副隊長臉色慘白，全身顫抖。艾德把他推到一邊，沿著走道走去。

六間囚房大開，牆壁上有斑斑血跡。璜・卡比加躺在床上，他頭底下的襯衫被染成紅色；柯林頓・瓦魯匹克用馬桶裡的水把臉上的血洗掉；雷耶斯・賈斯柯有很大一片挫傷；丹尼斯・萊斯正在弄自己的手指——淤青腫脹，骨折；迪納多・山契士與艾澤基・賈西亞靠在醉鬼囚室旁，蜷縮在一起。

艾德打電話叫救護車。「郡立總醫院監獄病房」這幾個字幾乎讓他作嘔。

第六章

杜德利・史密斯說，「小伙子，你半口都沒吃。昨晚跟朋友鬼混讓你沒了食慾？」傑克看了盤子一眼：丁骨牛排、烤馬鈴薯、蘆筍。「只要是地檢署買單，我就一定點大份特餐。洛威在哪？我要他看看他請我們吃的是些什麼。」

史密斯大笑；傑克打量他西裝的剪裁：寬鬆，很好的偽裝——讓他看起來像是舞台上的愛爾蘭人，掩蓋了他的點四五自動手槍、手指虎與皮革包覆的鐵棍。「洛威心裡有什麼打算？」

杜德利看看手錶。「是的，在我們偉大救世主的誕辰紀念日，三十多分鐘的禮貌招待應該足以當作我們談正事的序曲。小伙子，洛威想要當我們美麗城市的地方檢察總長，然後當加州州長。他已經當副檢察總長八年了，一九四八年他競選檢察總長失利，一九五三年三月將有一場地方選舉，艾里斯認為他能夠勝選。他是個對犯罪人渣不手軟的檢察官，也是警局的好盟友，儘管他有猶太血統，但我喜歡他，也認為他會成為一個傑出的檢察總長。小伙子，你可以幫忙讓他順利當選，這能讓你獲得一個非常有價值的朋友。」

他打昏了那個老墨——整件事可能會搞大。「我可能很快就需要他幫忙。」

「小伙子，他將會很樂意提供協助。」

「他要我去收黑錢？」

「小伙子，我覺得收黑錢是個冒犯人的字眼。『友誼互惠』是比較適合的詞，尤其加上你有絕佳人脈。洛威先生最需要的就是錢，我要是不一開始把這件事講清楚，就是我的疏忽了。」

傑克把盤子推到一邊。「洛威要我去勒索《榮譽警徽》那票人，捐獻競選經費。」

「對，還有別讓那可惡的《噤聲祕辛》醜聞刊物糾纏他。既然互惠是我們的通關密語，他也有些特定的東西要回報。」

「例如？」

史密斯點了根菸。「影集製作人麥斯・佩爾茲，他多年來都有稅務問題，洛威將會處理這件事，讓他再也不必忍受帳務被查。布瑞特・崔思，你教他扮演警察教得很棒，他是個墮落的雞姦者，而洛威永遠不會起訴他。洛威會把地檢署的警局檔案貢獻給劇組的劇情編輯，你也會有如下的獎賞：包伯・高羅戴警佐是地檢署在刑事局裡的總管，他要去念法學院，一通過司法考試就會順利加入檢察署當檢察官。然後你就會有機會接他職位——再加上讓你升副隊長。小伙子，我的提議有沒有讓你心動？」

傑克從杜德利的菸盒拿出一根菸。「老大，你明知道我永遠不會離開緝毒組，你也知道我會答應。我剛剛才知道洛威會到場，對我說聲謝謝，但不會留下來吃甜點。所以，我答應。」

杜德利眨眨眼；艾里斯・洛威坐進座位裡。「先生們，抱歉我遲到這麼久。」

傑克說，「我會做這件事。」

「喔？史密斯副隊長有跟你解釋過狀況？」

杜德利說，「有些小伙子不需要詳細的說明。」

洛威摸著他的美國優等生榮譽學會項鍊。「警佐，謝謝你。如果有我可以幫得上忙的，不論是在任何方面，立刻打電話給我。」

「好的。長官，要來點甜點嗎？」

「我很想留下來，但是我還有證詞等著我看。我們下次再一起用餐，一定還有機會。」

「洛威先生，不管你需要什麼，請吩咐。」

洛威在餐桌上放了張二十塊大鈔。「再次謝謝你。副隊長，我們再聊。兩位先生，聖誕快樂。」

傑克點頭，洛威離開。杜德利說，「小伙子，還有件事。」

「其他工作？」

「也算是某種工作。威爾頓・莫洛今年的聖誕派對保安是不是你負責？」

他每年都有這筆外快，酬勞是百元大鈔一張。「對，是今晚。洛威想要邀請函？」

「不是。你曾經幫過莫洛先生一個大忙，不是嗎？」

一九四七年十月——太太的恩惠。「是的。」

「你跟莫洛家仍然友好？」

「當然，但僅限於雇用關係。怎麼了？」

杜德利大笑。「小伙子，艾里斯・洛威想討個老婆。最好是出身名門的非猶太人。他在幾次聚會中看過瓊安・莫洛，對她有興趣。你可以扮演邱比特，去問美麗的瓊安對此有什麼想法？」

「老杜，你是要我幫未來的洛杉磯檢察總長找他媽的約會對象？」

「確實如此。你認為莫洛小姐會配合嗎？」

「值得一試。她熱中於提高社會地位，也一直想嫁個好丈夫。但我不知道她對猶太佬有沒有興趣。」

「小伙子，狀況是這樣沒錯。但你還是會提這件事吧？」

「當然。」

「然後就不干我們的事了。順帶一提，昨晚在警局狀況很糟嗎？」

現在他提到這件事了。「非常糟。」

「你認為這件事會鬧大嗎？」

「我不知道。布朗奈跟赫倫諾斯基如何？他們傷勢有多嚴重？」

「僅有些淤青，小伙子。我認為報復行動有點過了火。你有參加嗎？」

「我被打到，打回去，然後離開。洛威怕起訴警察嗎？」

「他只怕起訴會失去些朋友。」

「他今天交了我這個朋友。告訴他，我會給他第一手情報。」

□

傑克開車回家，倒在沙發上睡著了。他一直睡到中午，聽到送報生把《洛杉磯鏡報》丟到門廊時醒來。第四版「《希望的豐收》主演明星們震驚過聖誕」

沒有照片，但莫提・班第許有把他的「溫老大」表演寫進去；「他的許多線民之一」這句話聽起來彷彿傑克・溫森斯有很多小弟四處跑，口袋裡都裝滿了他的錢——大家都知道溫老大會用自己的薪水充作緝毒資金。

傑克剪下這篇報導，然後翻閱報紙找布朗奈、赫倫諾斯基與襲警嫌犯的新聞。

沒上報。

可想而知：兩個警察受到輕傷只是小事件，那些流氓還沒有時間去找律師告警察。傑克拿出他的帳本。

頁面分成三欄：日期、銀行本票號碼、金額。金額大小從一百到兩千都有，支票是開給住在愛荷華州錫達拉皮茲的唐諾與瑪莎・史考金。第三欄底部有個累積總計，三萬二千三百五十美金。傑克拿出自己的存摺，確認了目前存款，決定下一次要付五百元整。聖誕節禮金五百元。在傑克叔叔掛點之前，都會不斷寄大錢——再多錢也永遠不夠。

每到聖誕節他都會想起這兩件事情——莫洛家的事，然後回想起史考金一家；他是個孤兒，他也讓史考金家的孩子變成孤兒。他強迫自己回想這個故事。

一九四七年九月下旬。

老局長沃頓找他幫忙。威爾頓・莫洛的女兒凱倫跟一群嗑藥的高中生混——他們是從一個名叫萊斯・威斯考的薩克斯風手那裡弄到毒品。莫洛是個非常有錢的律師，對洛城警局的募款活動有很大貢獻；他想要有人去嚇嚇威斯考——但不要讓媒體知道。

傑克認識威斯考：他賣嗎啡，像個年輕女人一樣戴髮箍。沃頓告訴他，完成這個任務就會升警佐。

他找到威斯考，跟一個十五歲的紅髮女孩睡在床上。女孩匆匆溜走；傑克揮手槍打威斯考，把他的床墊掀開，發現一個裝滿甲基安非他命與安非他命錠的行李箱。他整箱帶走，打算要賣給米基・柯恩。威爾頓・莫洛給了他負責保安的工作，傑克接受了；凱倫・莫洛被送去寄宿學校。他晉升警佐；米基・柯恩對這批毒品沒興趣——他只對海洛英動心。傑克留著這箱毒品，自己嗑裡面的安非他命錠，好讓他在整晚盯梢時可以有精神。他的第二任妻子琳達跑了，跟他的一個線民私奔；那人是伸縮長號樂手，副業是賣大麻。之後，傑克開始猛嗑行李箱裡的毒品，把兩種毒品混著威士忌一起吞，他把爵士音樂雜誌上一半的人抓了起來——搞爵士樂的是人民頭號公敵。然後到了一九四七年十月二十四日——

他躲在自己的車裡，監視著「馬里布約會」俱樂部的停車場：他盯著派克轎車裡兩個海洛英毒販。將近午夜：他喝了威士忌，沿途抽了根大麻，他吞下去的安非他命錠還沒發揮藥效，酒意仍濃。這場午夜交易的線報：兩個海洛英毒販，買家是一個瘦黑人，七呎高，一個真正的怪胎。

老黑於十二點十五分出現，他走到派克轎車旁，接下一包物品。傑克下車時絆倒；黑人開始逃跑，毒販拔槍下車。傑克跌撞爬起來並拔槍，黑人猛然轉身開槍。他看到兩個人影接近，判斷是黑鬼的幫手，於是把整個彈匣的子彈都打出去。兩個人影倒下。毒販開槍打黑人跟他；黑鬼倒在一輛四六年司蒂蓓克牌轎車上。

傑克倒在水泥地上，心中暗念聖母玫瑰經。一發子彈打穿了他的肩膀，另一槍擦過他的雙腿。他爬到車子底下；一陣輪胎壓過路面的噪音，一大堆人尖叫。一輛救護車出現，一個大塊頭男人婆警察把他抬上擔架。警笛，醫院病床，一個醫生跟那個男人婆低聲談論他身體裡有毒品——驗血證實了這一點。他因為藥物而睡了很久，大腿上有一份報紙：「馬里布槍戰造成三死——警察英雄倖存」。

毒販安全脫逃，三條人命都算在他們頭上。

黑鬼死在現場。

兩條人影不是黑鬼的幫手——他們是史考金夫婦，來自愛荷華州錫達拉皮茲，他們是十七歲唐諾與十六歲瑪莎的父母。

那群醫生一直用異樣的眼神看他；那男人婆原來是桃．羅斯坦，她是「奇基」．郃多鮑姆的表妹，而大家都知道郃多鮑姆是傳奇人物杜德利．史密斯的同夥。

例行的驗屍將會顯示，史考金夫婦體內的子彈來自傑克．溫森斯的槍。

這對夫婦的一雙兒女救了他。

他在醫院擔心地過了一星期。賽德．葛林與沃頓局長來探過病；緝毒組的同事也來過。杜德利．史密斯提議要罩他；他心想史密斯究竟知道多少。席德．哈金斯是《噤聲祕辛》雜誌的主筆，他也過來談合作：傑克逮捕嗑藥名人，逮捕時讓《噤聲祕辛》也在現場——現金祕密地轉手。他接受了這個提議；心想到底哈金斯知道多少。

死者兒女沒要求解剖驗屍：這家人是基督復臨安息日會的教友，解剖是一種褻瀆。因為郡法醫相當清楚開槍的人是誰，所以他就把史考金夫婦的遺體送回愛荷華火化。

傑克·溫森斯警佐逃過一劫，還額外得到報紙給他的讚譽。

他的傷口癒合。

他戒了酒。

他戒了毒品，把那個行李箱丟掉。他把戒毒戒酒的日子標示在日曆上，並履行他跟席德·哈金斯的協議，建立他在本地的名聲。他幫杜德利·史密斯的忙；史考金夫婦讓他的夢想化為泡影；他曾以為酒和毒品會澆熄他的怒火，卻讓他差點被殺。席德幫他弄到《榮譽警徽》影集警務顧問的工作，那時還只是廣播劇。財源滾滾而來。把錢花在衣服跟女人身上，並未如他所想像中的爽；勒索酒吧與毒販是很糟的誘惑；恐嚇毒蟲稍微有點幫助——但還不夠。於是，他決定要付錢賠償那兩個孩子。

他第一張支票是兩百塊；他附上一封信：「無名氏朋友」關於史考金夫婦慘劇的一篇陳腔濫調。一週後他打電話給銀行，支票被兌現了。從此之後他就持續資助這兩個幫了他大忙的孩子；除非哈金斯有一九四七年十月二十四日的文件紀錄，否則他安全無虞。

傑克排列出他的派對服裝。獵裝是倫敦服飾行買的——用的是逮捕米區姆時，席德給的賄賂。買流蘇皮鞋與灰色法蘭絨褲的錢，來自《噤聲祕辛》踢爆爵士樂手與共產黨陰謀有關連的報導——他強逼一個貝斯手說出一些共產黨同路人的材料，這個樂手因為身上有針孔而被他逮捕。他穿好衣服，噴上幸運之虎香水，駕車前往比佛利山莊。

□

花園派對，整整一英畝都搭了棚子。大學生把車停好；自助餐的主菜有高級肋排、煙燻火腿與火雞。侍者端著開胃冷盤；一棵巨大的聖誕樹露天聳立，淋著小雨。賓客們拿著紙盤吃東西；瓦斯燈照亮草坪。傑克準時抵達，跟大家打招呼。

威爾頓・莫洛帶他去見第一批賓客：一群高等法院法官。傑克打呵欠。

「查理・帕克曾試圖用一個淡膚色黑人妓女收買他……他如何破夏皮洛一案：米基・柯恩有個娘娘腔囉囉在賣亞硝酸戊酯——他的客戶是同性戀酒吧的變裝癖脫衣舞男。但溫老大再度解決了危機；傑克・溫森斯一個人逮捕了一整間店裡所有的男人，他們正在比賽打扮成女星麗塔・海華絲。」大家鼓掌；傑克鞠躬。他看到瓊安・莫洛站在聖誕樹旁——獨自一人，也許感到無聊。

他走了過去。瓊安說，「傑克，佳節愉快。」

漂亮，身材好，三十一或二歲。沒有職業或丈夫讓她變得憔悴，她大多時候都在撇嘴。「嗨，瓊安。」

「嗨。我今天在報紙裡讀到你的新聞。你逮捕了一些人。」

「沒什麼。」

瓊安笑了。「這麼謙虛。他們接下來會怎麼樣？我是指那個叫什麼洛克的跟那個女孩。」

「女生關九十天，洛克威爾可能要坐牢一年。他們應該雇用你爸——他可以把他們弄出來。」

「你其實根本不在乎，對吧？」

「我希望他們可以弄到認罪減刑，省得我還要去法庭作證。我也希望他們關一段時間，學點教訓。」

「我大學時曾抽過大麻。它讓我很餓，我吃了一整盒餅乾，好想吐。你應該不會逮捕我吧？」

「不會，你人太好了。」

「我跟你說，我**無聊**到想要再試抽看看。」

他的開場白。「瓊安，你的感情生活如何？」

「沒有什麼感情生活。你認識一個叫艾德蒙・艾斯黎的警察嗎？他很高，還戴可愛的眼鏡。他是普雷斯頓・艾斯黎的兒子。」

剛正不阿的艾德：戰爭英雄，屁股裡彷彿插了根撥火棒，站姿挺拔。「我知道他是誰，但我跟他不熟。」

「他真帥。我昨天晚上在他父親的房子裡見到他。」

「有錢人家小孩當警察的都不怎麼樣。但我認識一個不錯的男人對你有意思。」

「是嗎？誰？」

「他名叫艾里斯・洛威。他是副檢察總長。」

瓊安微笑，皺眉。「我有一次曾聽他在扶輪社演講。他不是猶太人嗎？」

「對，但你要看光明面。他是共和黨人也是黃金單身漢。」

「他人好嗎？」

「當然，他是甜心一枚。」

瓊安輕拍了聖誕樹，假雪在空中盤旋。「那就叫他打電話給我。告訴他我最近行程滿檔，但是他可以排隊。」

「謝了，瓊安。」

「謝謝你扮演紅娘。我想我看到爹地比手勢叫我過去。再見，傑克！」

瓊安快步離去；傑克準備好要說些趣聞——也許說說米區姆那件案子，比較輕鬆的版本。一個柔軟的聲音：「溫森斯先生，哈囉。」

傑克轉頭。凱倫・莫洛穿著綠色晚宴小禮服，她的肩膀有雨珠。他上次見到她的時候，她還是個高瘦、笨手笨腳的孩子，被迫對一個恐嚇毒販的條子說謝謝。四年後，她還是很高——但已經從女孩變成女人。「凱倫，我幾乎認不出來是你。」

凱倫微笑。傑克說，「我本來要說你變漂亮了，但是你八成聽過這句話好多遍了。」

「還沒聽你說過。」

傑克大笑。「大學如何？」

「一言難盡，我現在冷死了，也沒辦法告訴你。我叫我爸媽辦室內派對，待在英國也沒讓我少怕冷一點。我準備了一些話要告訴你。你要跟我一起去餵鄰居的貓嗎？」

「我正在工作。」

「跟我姊姊講話是你的工作？」

「我認識一個男的喜歡她。」

「可憐的傢伙。不，可憐的瓊安。狗屎，這不是我計畫跟你聊的方式。」

「狗屎，那麼我們就去餵那些貓吧。」

凱倫微笑，然後走在前面帶路，她踩著高跟鞋走在草地上左右搖晃。打雷、閃電、下雨——凱倫踢掉鞋子，赤腳跑步；傑克在隔壁的門廊追上她——全身淋濕，幾乎在笑。

凱倫打開門，玄關的燈亮著；傑克看著她——顫抖，雞皮疙瘩。凱倫把頭髮上的水甩掉。「貓在樓上。」

傑克把獵裝脫下。「不，我想要聽你那一番話。」

「我確信你知道內容是什麼。我確信很多人都已經感謝過你。」

「你還沒謝過我。」

凱倫發抖。「媽的。抱歉，但這跟我計畫的方式不同。」

傑克把自己的外套披在她的肩膀上。「你在英國有洛杉磯的報紙可以看嗎？」

「有？」

「你有讀到我的報導嗎？」
「有。你──」
「凱倫，報紙有時會誇大。他們會炒作新聞。」
「你是說我讀到的事情都是謊話？」
「不能這麼──不，不是謊言。」
凱倫轉身。「那就好，我知道那些報導是真的，所以接著是我要講給你聽的話，還有不要看我，因為我很緊張。第一，你讓我遠離毒品。第二，你說服我的父親把我送到海外，讓我在國外接受優良教育，遇到一些很好的人。第三，你逮捕了那個賣我藥的壞人。」
傑克碰觸她，凱倫往後退縮。「不，讓我說完！第四，我本來不想提這件事：威斯考可以免費給女生毒品，只要她們跟他睡覺。那時父親給我的零用錢很少，我早晚也會用同樣的方式換毒品。所以我說出來了──你保住了我天殺的貞操。」
傑克笑說。「那我是你天殺的英雄嗎？」
「對，我今年二十二歲，不是胡亂暗戀人的女學生。」
「很好，因為我想要找時間帶你去吃晚餐。」凱倫轉身。她的睫毛膏已經毀了；大部分的口紅也被她咬掉了。「好。母親與父親會心臟病發，但我還是答應你。」
傑克說，「這是多年來我第一次做出愚蠢的舉動。」

第七章

倒楣的一個月。

巴德把一九五二年一月從他的日曆上撕下，數數自己逮捕了多少罪犯。一月一日到十七日：零——他在一個電影拍攝地點負責控制群眾。帕克想要找個肌肉棒子在現場，把那些想要簽名的影迷趕開。一月十四日：襲警案嫌犯無罪開釋，赫倫諾斯基與布朗奈則完蛋了——老墨找來的律師讓案情看起來像是警察惹起這個事件。被告威脅提起民事訴訟；「找好律師了嗎？」在這日期旁巴德寫下這句話。

一月十六、十九、二十二日：各有毆妻犯人假釋，去拜訪並為他們「洗塵」。一月二十三到二十五日：他跟史坦斯蘭盯梢一個偷竊集團，司坦普納托提供的線報，他似乎就是知道這些事情，根據謠言：他以前搞過敲詐勒索。黑幫怪異地沒什麼活動跡象，司坦普納托得拚命想辦法賺錢，墨里斯・捷耳卡——他打理米基・柯恩的生意——也許害怕過度使用暴力。一個月總共逮捕七人，對他的配額來說是夠了，但報紙卻在炒作那場警局的騷動，還稱之為「血腥聖誕節」。謠傳地方檢察署已經聯絡帕克，將要調查那些在聖誕夜開派對的警察，郡方大陪審團等著要聽檢方說明案情。更多註記：「跟狄克談」「**找律師**???」「**什麼時候找**??」

這個月的最後一週——喜劇調劑橋段來了。狄克休假中，在二十九棕櫚市的戒酒中心接受治療；小隊長以為他去參加他爸爸在內布拉斯加州的葬禮——隊裡的人還集資送花到並不存在的殯儀館。二十九日註記了兩次逮捕：透過司坦普納托另一條線報，他逮到兩個違反假釋條件的人——但他必須痛揍他們，並把他們從郡警地盤綁架到洛城警局管區，這樣業績才不會算在郡警頭上。三十一日：處理齊克・納戴爾，他是月光酒館的經營者並兼賣家電贓物。突襲臨檢；齊克手上有一批被偷的收音機，情資來自那些偷走運貨卡車的傢伙，他們躲在聖地牙哥，洛城警察抓不到他們。因此他改抓齊克——收受贓物而且還有前科。這個月逮捕十人——至少有二位數的成績。

完全是霉運當頭——還延伸到二月。

再度穿上員警制服，指揮交通六天——帕克的點子，刑警局的人輪流去當巡警，每年輪值一個星期。按照字母順序排，因為他的姓字首是W，所以很晚才輪到。晚起的鳥兒沒蟲吃，而且那六天全都下雨。值勤時雨下不停，在女人方面卻是連日乾旱。

巴德翻閱他的地址簿。銀星的洛琳、辛巴酒吧的珍、軌道酒館的南茜——最近的獵豔紀錄。她們都有相同的樣貌：年近四十、貧困、感恩來個比較年輕的男人對她們好，並讓她們知道並非所有的男人都是混蛋。洛琳體格壯碩——床墊彈簧總是撞到地板。珍會放歌劇唱片來營造氣氛——聽起來像是貓在性交。南茜是個酒鬼，對愛跑酒吧的女人來說不算特例。她們都是歷盡滄桑的型，分手的速度比他還快。

「懷特，你看這個。」

巴德抬頭看。艾莫‧藍茲拿起《洛杉磯前鋒報》的頭版。

頭條：「被警察毆打的受害者將提告」。

副標：「大陪審團準備聽取證言」、「帕克誓言洛城警局全力配合」。

藍茲說，「這可能是大麻煩。」

巴德說，「福爾摩斯，你所言不虛。」

第八章

普雷斯頓·艾斯黎讀完了報告。「艾德蒙，這三個版本都很棒，但你早該立刻去找帕克。現在事情鬧這麼大，你才出面說話會讓人以為你是慌了。你準備好要當個告密者？」

艾德扶正眼鏡。「是。」

「你準備好要被局裡的人鄙視？」

「是，我也準備好面對帕克將提出什麼條件表示他的謝意。」

普雷斯頓翻閱了一下資料。「有趣。把大部分的罪過掛到年資已經可拿退休年金的人頭上，這件事值得致敬，這個懷特警官聽起來有些可怕。」

艾德感到一股寒意。「他很可怕。政風處明天要問我的話，但跟他們報告懷特對墨西哥人做的事並不會讓我開心。」

「擔心被報復？」

「並非如此。」

「艾德蒙，不要忽視你的恐懼，那是一種缺點。懷特與他的朋友史坦斯蘭不在乎警局內規，這點令人厭惡，而且他們顯然都是惡棍。你準備好接受問話了嗎？」

「是。」

「他們會很狠。」

「我知道，父親。」

「他們會強調你無法維持秩序的失職，以及你讓那些警察偷走你的鑰匙。」

艾德臉紅了。「當時情況很混亂，對抗那些人會製造更多混亂。」

「不要大聲說話，也不要為自己的弱點找藉口。不論面對我或政風處的人都不要這麼做。這會讓你看起來——」

艾德的聲音開叉。「父親，不要說『弱』這個字。不要拿我跟湯瑪士進行任何的比較。也不要預設我不能處理這個狀況。」

普雷斯頓拿起電話。「我知道你能力很強。但是你有辦法在比爾‧帕克展現謝意之前讓他先感謝你嗎？」

「父親，你曾告訴我，湯瑪士天生是你的繼承人，而我身為你的繼承人卻是個機會主義者。這不就說明了我的作風嗎？」

普雷斯頓微笑，撥了個電話號碼。

「比爾？哈囉，我是普雷斯頓‧艾斯黎……對，很好，謝謝你……不，我打你私人的電話不是要談那件事……不是，比爾，這件事跟我的兒子艾德蒙有關。聖誕夜他在中央區警局值勤，我想他會提供你很有價值的情報……對，今晚？當然，他會到……是，幫我跟海倫問好……好，再見，比爾。」

艾德覺得他的心臟在猛跳。普雷斯頓說，「今晚八點在太平餐坊跟帕克局長碰面。他會安排私人包廂，讓你們能好好聊聊。」

「我應該給他看哪一個版本的證詞？」

普雷斯頓把那些報告還給他。「這種機會是難得一遇。我遇到阿瑟頓案，瓜達卡那爾島戰役則讓你有了不錯的機遇。翻一翻家族資料剪貼簿，**記住那些先例**。」

「是，但是要給哪一個版本的證言？」

「你自己想。好好享受今晚的餐點，局長邀你吃晚餐是個好徵兆，還有比爾不喜歡挑食的人。」

□

艾德開車回自己的公寓，閱讀並回憶。剪貼簿裡有依時間順序排列的剪報；報紙沒告訴他的事情，都已經烙印在他的記憶裡。

一九三四年──阿瑟頓案。

兒童：墨西哥人、黑人、東方人──三男兩女──被發現陳屍在洛杉磯區域的排水溝裡，只剩軀幹。四肢被切除，內臟被挖掉。媒體稱這個凶手是創造科學怪人的弗蘭克斯坦博士。普雷斯頓・艾斯黎督察領導此案的調查工作。

他認為弗蘭克斯坦博士的綽號很適當：在五個犯罪現場都發現了網球拍線，第三個受害者的腋下有縫衣針孔。艾斯黎的結論是，這個惡魔正用切割與縫補的方式再造新的小孩；他開始把很多性變態與假釋中的瘋子抓進警局。他心想那殺手為了一張臉不知會做出什麼事情──一週後他知道答案了。

小威利・溫納荷是雷蒙・迪特凌旗下的童星，他在電影公司的演藝學校被綁走。隔天他的身體被人在格蘭戴爾區的鐵軌上發現──頭被斬下。

好一陣子沒有案子：格蘭海芬州立精神病院的行政人員打電話給洛城警局──洛倫・阿瑟頓有猥褻兒童的前科，而且迷戀吸血鬼，兩個月前他假釋出院回洛杉磯──目前為止還沒向觀護人報到。

艾斯黎在遊民、酒鬼聚集的貧民窟找到阿瑟頓：他在一個血庫做洗瓶子的工作。監視之後發現他會偷血，把血混在廉價紅酒裡喝下去。艾斯黎的人馬在市中心的電影院裡逮捕阿瑟頓──他正在邊看恐怖電影邊自慰。

艾斯黎搜查他落腳的旅館房間，發現一組鑰匙——一座廢棄儲藏室兼車庫的鑰匙。他去那裡——看見了地獄。

一個製造中的小孩被包在乾冰裡：黑人男孩雙手，墨西哥男孩雙腿，中國男孩軀幹嵌了女孩生殖器，加上小威利・溫納荷的頭。從鳥類切下來的翅膀被縫在拼裝小孩的背部。工作所需的裝備就擺在旁邊：恐怖電影膠捲、線被抽掉的網球拍、創造拼裝小孩的圖表。兒童在不同截肢狀態的照片，一個衣櫃改裝的暗房裡充滿了沖洗底片需要的材料。

地獄。

阿瑟頓坦承犯下這些命案；他受審、定罪、在聖昆丁監獄被絞死。普雷斯頓・艾斯黎拷貝了這些死者的照片；他給兩個當警察的兒子看這些照片——為的是讓他們知道面對殘酷的犯罪需要絕對的正義。

艾德翻動頁面：母親的訃文，湯瑪士的死。除了他父親的成功事蹟之外，艾斯黎家只在有人過世時才會登上版面。他曾經上過《洛杉磯觀察家報》：一篇談名人兒子打二次大戰的報導。就像血腥聖誕節一樣，真相不只一個版本。

《洛杉磯觀察家報》所刊的版本，讓他榮獲傑出表現十字勳章：艾德・艾斯黎下士，全排士兵在肉搏戰中統統陣亡，只有他倖存，他一個人解決了三條塞滿日本鬼子步兵的壕溝，總共殺死二十九人，如果有軍官在場看到他的英勇行徑，他應該可以拿到國會榮譽勳章。第二個版本：當日軍即將展開刺刀衝鋒之前，艾德・艾斯黎抓住機會離隊去偵察敵情，拖延回到陣地的時間，回來時他發現全排弟兄都被殺，有個日軍巡邏士兵往他走來。他躲在彼得斯中士與沃斯尼基一等兵的屍體下面，當日本鬼子掃射屍體時，他感覺到屍體彎曲扭動；他咬住沃斯尼基的手臂，還把他整條錶帶都啃爛了。他等待著日落，在死屍掩護之下，渾身汗溼，屍體之間有一條細小的通道，讓他有空氣可呼吸。然後他恐懼地要逃回營本部——但另一個殺戮場景，讓他停下了腳步。

一個小小的神道教神社立在一塊空地上，上方蓋著迷彩掩護網。死去的日本鬼子躺在草席上，皮膚因黃疸而發綠，身形瘦弱。每個人都把肚子切開到胸腔為止；刀柄有雕飾的武士刀，沾著血塊，整齊地排列。集體自殺——這些軍人非常自傲，不願意被敵人俘虜或死於瘧疾。

神社後面有三條壕溝，武器在附近——充沛的雨量讓步槍與手槍生鏽。一具火焰噴射器被包在迷彩布裡——還可以使用。

他拿著火焰噴射器，只知道一件事：他不可能活著從瓜達卡那爾島回去。他會被分派到新的排；他藉偵察之名脫離戰場的臭名不會消失。他不能要求被分派到總部，他的父親會認為這是懦夫的行為。他必將受人鄙視度日，其他洛城警局弟兄則在戰場裡受傷並獲得勳章。

「勳章」讓他想到「以戰爭英雄事蹟行銷戰爭債券」，又讓他想到刑案現場重建。他看到了自己的機會。

他發現了日軍的機槍。他把那些切腹的士兵拖進壕溝，把沒用的武器放在他們手上，讓他們面向通往空地的開口。他把機槍丟在那裡，指向壕溝的開口，機槍彈還剩三圈。他拿起火焰噴射器，把日軍屍體與神社燒得無法被法醫鑑識。他把自己的故事想清楚，逃回回營本部。

偵察結果證實了他的故事：艾德・艾斯黎利用日軍武器奮戰，把二十九個小王八蛋烤成薯條。

銅十字英勇勳章——是美國第二高等級的獎章。他回美國現身說法推銷戰爭債券，受到英雄式的歡迎，凱旋歸建洛城警局。

普雷斯頓・艾斯黎對他有種小心翼翼的尊敬。

「去看看家庭剪貼簿。記住那些先例。」

艾德把剪貼簿收起來，還是不確定他要怎麼處理血腥聖誕節——但很確定父親話中的含意。

機會稍縱即逝——之後你會付出代價。

「父親，自從我拿起火焰噴射器那一刻，我就明白了這個道理。」

第九章

「如果案子送到大陪審團面前，你不要改變立場。地方檢察總長與我會盡量不要讓案情往那裡發展。」

傑克暗數他已經幫洛威多少忙。籌措一萬六到洛威的競選經費基金——米勒・史丹頓幫他打點了《榮譽警徽》那票人。他親自料理布瑞特・崔思，一個精準的小小威脅——《噤聲祕辛》將會踢爆他的同性戀傾向。麥斯・佩爾茲拿出不少錢——洛威把查稅行動凍結。還扮演愛神邱比特——今夜洛威將會與嘁嘴的瓊安・莫洛碰面。「艾里斯，我甚至不想提出證詞。明天我要跟一些政風處的傢伙談，這件案子也會到大陪審團面前。所以解決這個問題吧。」

洛威把弄著他的美國優等生榮譽學會的鍊子。「傑克，一個囚犯攻擊你，你以某種方式回應。你是清白的。你也算是個公眾人物，而來自原告律師的初步證詞顯示，四個被毆打的受害者認出了你。傑克，你必須出庭作證。但你不會改變立場。」

「我只是想要得到你的同意。但如果你要我供出其他弟兄，我他媽的會告訴庭上我有失憶症。檢座，你懂我意思吧？」

洛威斜靠在辦公桌上。「我們不應該爭執——我們合作無間。懷特警員與史坦斯蘭警佐才是我們該擔心的人，不是你。此外，有人告訴我你的生命中有了新女性出現。」

「你是指瓊安・莫洛告訴你了？」

「對，老實說，她跟她的父母都不贊同。你比那女孩大了十五歲，你還離過婚。」

凱蒂，滑雪教練——是個孤兒，擅長服務有錢人。「瓊安有說細節嗎？」

「只說她妹妹瘋狂迷戀你，並相信媒體對你的報導。我向瓊安保證這些新聞都是真的。凱倫告訴瓊安，你到目前為止的行為都像個紳士，但我覺得難以置信。」

「我希望我的紳士行徑到今晚為止。在我們兩對情侶的小約會之後，是《榮譽警徽》的殺青派對，然後會在某處有親密的插曲。」

洛威扭著他背心上的鍊子。「傑克，瓊安是故意讓人難追，還是真的有那麼多追求者？」

傑克故意刺激他。「她是個受歡迎的女生，但是那些電影明星都不算什麼。你要堅持下去。」

「電影明星？」

「艾里斯，他們只是長得帥，沒有內涵。」

「傑克，我要感謝你今晚一塊來。我確定你跟凱倫是拉近大家距離的專家。」

「那麼我們就走吧。」

□

海灘尋寶家餐廳——兩個女人已經在一個小包廂裡等待。傑克引見雙方。「這是艾里斯・洛威，這兩位是莫洛家姊妹凱倫與瓊安。凱倫，他們是不是很配？」

凱倫說，「哈囉。」沒握手——經過六次約會，她只肯在晚上分別時親吻一下。洛威坐在瓊安旁邊；瓊安打量著他——也許在尋找他身為猶太人的跡象。「艾里斯跟我已經在電話上聊得很開心，不是嗎？」

「確實。」——洛威拿出在法庭用的聲音。

瓊安喝光自己的酒。「你們兩個是怎麼認識的？警察跟地檢署在工作上密切合作？」

傑克忍住笑意：我是幫猶太小子收黑錢的人。「我們一起辦案。我收集證據，艾里斯起訴壞人。」

一個侍者過來。瓊安點了島嶼雞尾酒；傑克要了咖啡。洛威說，「皇家衛兵牌馬丁尼。」凱倫把手蓋在她的杯子上。「那麼這個血腥聖誕節的案子，應該會讓警察與洛威先生的單位關係緊張。不會嗎？」

洛威迅速回話。「不會，因為洛城警局高層希望看到犯錯的人被嚴厲懲處。傑克，對不對？」

「當然。這種事情會讓所有的警察丟臉。」

飲料被送來——瓊安三口就喝完了。「傑克，你人在現場對不對？爸爸說你每年都去參加警局派對，至少從你第二任妻子離開你之後就是這樣。」

凱倫：「**瓊安！**」

傑克說，「我在那裡。」

「你有沒有以正義之名修理一下那些人？」

「對我來說並不值得。」

「你的意思是說這麼做不能登上新聞版面？」

「瓊安，閉嘴。你喝醉了。」

洛威的手指摸著領帶；凱倫摸著菸灰缸。瓊安把剩下的酒喝乾。「不喝酒的人總是這麼愛評斷別人。你第一任老婆跑了之後，你也會去參加那種派對，對不對，警佐？」

凱倫緊抓著菸灰缸。「你這天殺的婊子。」

瓊安大笑。「如果你想要當個警察英雄，我知道一個名叫艾斯黎的人至少曾經為國家冒過生命危險。沒錯，傑克光鮮亮麗，但你們看不出來他是什麼樣的人嗎？」

凱倫丟出菸灰缸——撞上牆壁，然後掉到洛威的大腿上。洛威埋頭看菜單；瓊安這婊子怒目瞪視。傑克帶著凱倫離開了餐廳。

□

來到綜藝國際電影公司——凱倫不停咒罵瓊安。傑克把車停在《榮譽警徽》片場旁邊；裡面傳出鄉村音樂。凱倫嘆息。「我爸媽會習慣的。」

傑克打開儀表板的燈。這女孩有波浪棕髮、雀斑、上顎咬合有一點突出。「習慣什麼？」

「嗯……習慣我們的交往。」

「交往進度很緩慢。」

「這部分是我的錯。上一分鐘你還在告訴我那些很棒的故事，下一分鐘你就不說了。我一直在想你在想什麼，也在想你有好多事情不能告訴我。這讓我覺得你認為我太年輕，所以跟我保持距離。」

傑克拉開車門。「你要是一直聽我的故事，你就不會太年輕了。告訴我一些你的故事，因為有時候我對我的故事很厭倦。」

「那在派對之後就聽我的故事？好嗎？」

「一言為定。順帶一提，你覺得你姊跟艾里斯・洛威如何。」

凱倫沒有眨眼。「她會嫁給他。我的父母會忽視他是猶太人，因為他有野心又是共和黨員。他會容忍瓊安在公眾面前出糗，然後私下打她。他們的小孩會很糟糕。」

傑克大笑。「我們去跳舞吧。不要被明星光環給嚇傻了，否則大家會覺得你是土包子。」

他們勾著手臂進場。凱倫天真爛漫；傑克看到他所見過最大的殺青派對。

史貝德・庫利跟他的伙伴們在舞台上，史貝德站在麥克風前，旁邊是他的貝斯手「兩點」伯特・亞瑟・柏金斯，他的外號來自他曾坐牢服勞役兩年：罪行是對狗有不正常的行為。史貝德抽鴉片；「兩點」嗑海洛英——《噤聲祕辛》現場直擊逮捕眼看就快發生。麥斯・佩爾茲過度熱情地歡迎攝影組；布瑞特・崔思在他旁邊，跟首席攝影師比利・迪特凌講話。比利看著他的老相好提米・瓦伯恩，此人是夢幻時刻節目裡扮咪老鼠的演員。桌子靠在後牆上——擺滿了酒瓶跟冷盤。「奇基」・郃多鮑姆在食物旁邊——佩爾茲可能用他的熟食店為派對提供餐飲。約翰・司坦普納托跟奇基在一起，米基・柯恩的老部下重聚。《榮譽警徽》的每個演員、工作人員與一些跟班都在吃、喝、跳舞。

傑克把凱倫推到舞池裡：跟著快節奏集錦舞曲旋轉，當史貝德改唱情歌，他倆慢了下來。凱倫閉上眼睛，傑克則張著眼——這樣比較能享受矯情的音樂。他感到肩膀被拍了一下。

米勒・史丹頓插了進來。凱倫張開眼睛倒抽一口氣——一個電視明星想跟她跳舞。傑克鞠躬。「這位是凱倫・莫洛，他是米勒・史丹頓。」

凱倫的尖叫聲比音樂還大。「嗨，我看過每一部你主演的迪特凌電影。你好棒！」

史丹頓以跳方塊舞的姿勢抬起她的手。「我那時只是個小鬼！傑克，你去找麥斯——他想要跟你講話。」

傑克走到片場後面——這裡安靜下來，只隱約聽得到派對的音樂。麥斯・佩爾茲給他兩個信封袋。「這是本季的紅利，另一份是給洛威先生。史貝德・庫利給你們的。」

給洛威的信封很厚。「庫利想要什麼？」

「我認為是確保他的習慣不會被你們打擾。」

傑克點了根菸。「我對史貝德沒興趣。」

「他名氣不夠大？」

「麥斯，別這麼凶。」

佩爾茲往前靠了點。「傑克，你才應該別這麼凶，因為你在業界開始有了壞名聲。大家說你不按規矩辦事。你為洛威先生勒索布瑞特・崔思，那也罷了，他是天殺的同性戀，他活該。但是你不能恩將仇報，更何況業界裡有一半的人偶爾會嗑嗑藥。你對付那些黑人就好了，那些搞爵士樂的很適合上新聞。」

傑克看了片場一眼。布瑞特・崔思跟同路人比利・迪特凌、提米・瓦伯恩在一起——同性戀例行聚會。郃多鮑姆跟司坦普納托在聊天，「兩點」、李・華其斯也加入他們。佩爾茲說，「說真的，傑克，按規矩來玩遊戲。」

傑克指著那些黑道。「麥斯，我的生活就是這場遊戲。你看到那邊那些人嗎？」

「當然。那又——」

「麥斯，那是警局所稱的黑道份子聚會。柏金斯以前是黑幫的車手，喜歡跟狗搞；亞伯・郃多鮑姆在假釋中。那個留小鬍子的是李・華其斯，他幫米基・柯恩至少做掉了一打人。那個英俊的義大利佬是強尼・司坦普納托。我懷疑他還未滿三十歲，而他的犯罪紀錄已經跟你的手臂一樣長。洛城警局賦予我權力，只要有疑慮就可以逮捕這些王八蛋，現在我沒這麼做就已經是怠忽職守，因為我正在**按規矩玩遊戲**。」

佩爾茲揮著雪茄。「那就繼續玩下去——但不要搞剽悍那一套。米勒正在緊盯著你的小妹妹。天啊，你喜歡年輕美眉。」

謠言：麥斯喜歡高中女生。「跟你的比起來不算年輕。」

「哈！去吧，你這他媽的壞蛋。你的女朋友正在找你。」

凱倫站在海報旁：布瑞特・崔思扮演凡斯・文生副隊長。傑克走過去，凱倫的眼睛發亮。「天啊，這真是棒透了！告訴我誰是誰！」

音樂轟隆作響，庫利交替真假音演唱，「兩點」彈著貝斯。傑克帶著凱倫在舞池裡共舞——最後到了一個塞滿弧光燈的角落。一個完美的地點——安靜，可以觀察到所有人。

傑克把樂手指出來。「布瑞特・崔思你已經認識。他不跳舞的原因是他搞同性戀。那個抽雪茄的老頭是麥斯・佩爾茲。他是製作人，這部影集大多數是他導演的。你跟米勒跳過舞，所以你認識他了。那兩個穿內衣的男人是奧吉・魯格跟漢克・克雷夫特——他們是技工。那個拿著寫字夾板的是潘妮・傅威德，就算她想也無法停止工作的工作狂——她是場記。你知道這部影集的場景怎麼這麼現代主義風？這你就要問舞台對面的金髮男人，大衛・馬登斯，他是布景設計師。有時候你以為他醉了，但其實沒有——他患有某種罕見的癲癇，他為此必須吃藥。我聽說他是在意外中撞到頭，然後才開始有這種病。他脖子上有疤，所以也許真的是如此。他旁邊那個是副導菲爾・申克，再旁邊那個是傑利・瑪撒拉斯，他是照顧馬登斯的男護士。泰利・瑞傑是扮演傑弗利隊長的演員，他正在跟那個紅髮高個跳舞。站在飲水機旁邊的是比利・迪特凌、查克・麥斯威爾跟狄克・哈威爾，他們是攝影組，其他人都是被帶來參加派對的伴。」

凱倫直視著他。「這是你的地盤，你也愛這個環境。而且你關心這些人。」

「我喜歡他們——米勒是個好朋友。」

「傑克，你騙不了我的。」

「凱倫，這裡是好萊塢。好萊塢百分之九十是由胡說八道組成。」

「別掃興。我準備要當個魯莽的人，所以不要掃興。」

她挑戰他。

傑克彎腰；凱倫靠過去與他接吻。他們接觸、品嚐、同時間往後退——傑克放開抱住她的手，感覺頭昏。

凱倫的手仍在他身上。「鄰居仍然在度假。我們可以去餵貓。」

「好啊……當然好。」

「我們離開之前，你可以幫我拿杯白蘭地嗎？」

傑克走到放食物的桌子。「兩點」說，「溫森斯，你選的酒不賴。你的品味跟我一樣。」

「兩點」是個出身南方窮人家的瘦子，他身穿黑色帶粉紅格紋的牛仔襯衫。靴子讓他身高接近六呎六吋；他的手很大。「柏金斯，你的酒聞起來像消防栓。」

「史貝德可不會喜歡你這樣對我講話。尤其是你口袋裡還裝著那袋錢。」

李・華其斯跟亞伯・郃多鮑姆看著他們。「柏金斯，閉嘴。」

「兩點」咬著牙籤。「你的小姑娘知道你從勒索黑鬼中獲得樂趣？」

傑克指著牆壁。「捲起袖子，把腿打開。」

柏金斯把牙籤吐出來。「你不會這麼瘋狂吧。」

司坦普納托、華其斯、郃多鮑姆——都聽得到他們講話。傑克說，「頭給我貼牆壁，王八蛋。」

柏金斯抵著桌子彎腰把手掌放在牆壁上。傑克拉起他的袖子——新近的注射痕跡。掏空他的口袋：賓果——皮下注射針筒。一群人聚集過來，傑克對他們表演起來。「針孔與毒品注射用具可以讓你在州立監獄關三年。你說出誰賣你這支針筒，我就放你走。」

「兩點」開始冒汗。傑克說，「你只要在你這群朋友面前告密，就不用被抓。」

柏金斯舔舔嘴唇。「巴尼・史丁生，他是天使之后醫院的看護。」

傑克踢翻他的雙腿。

柏金斯面部先撞到冷盤；整張桌子垮在地板上。

室內所有人都驚嘆一聲。

傑克走到戶外，一群一群的人分開讓他穿過去。

凱倫站在車子旁，顫抖著。「你一定得這麼做嗎？」

他的襯衫被汗濕透。「對，非這麼做不可。」

「我希望我沒看到這一幕。」

「我也不希望。」

「我想讀到那類的事情是一回事，親眼看到又是另一回事。你可願意試著——」

傑克抱住她。「我不會讓你再看到這種事情。」

「但你還是會告訴我你的故事？」

「不……當然會。」

「我希望我們可以讓今晚的時間倒流。」

「我也希望。你想吃晚餐嗎？」

「不想。你還想要去看貓嗎？」

□

總共有三隻貓——當他們做愛時，這些友善的傢伙想要霸占這張床。凱倫叫灰貓「人行道」，虎斑貓叫「老虎」，瘦貓叫「艾里斯・洛威」。傑克聽任這些貓兒玩耍——牠們讓凱倫呵呵笑，他心想凱倫笑愈多，就愈能把「兩點」的事拋到腦後。他們做愛、聊天、跟貓玩耍；凱倫嘗試抽菸——猛烈咳嗽。她拜託他講故事，傑克借了一些溫德爾・懷特的事蹟來講，至於自己的案子則講比較溫和的版本：最少的暴力，扮演蜜糖老爹——心胸寬大的溫老大，保護孩子們不受毒品侵害。一開始說謊很難，但是凱倫的溫暖讓說謊愈來愈容易。將破曉時，女孩睡著了；他仍相當清醒，那些貓讓他快瘋了。他一直希望她可以醒來，好讓他可以說更多的故事給她聽；他是有點擔心，他永遠不記得那些虛假的部分，她會發現他在說謊，兩人的關係也就吹了。凱倫睡覺時，身體愈來愈暖，傑克緊靠著她，想著要如何圓謊時也睡著了。

第十章

一條四十呎的走廊，兩邊都排著長凳：上面斑痕累累，有灰塵，剛從某個倉庫拉出來。這裡擠滿了人：便衣與制服警察，大多數都在閱讀——報紙用大字體印著「血腥聖誕節」。巴德認為自己跟史坦斯蘭被報紙抹黑：那些老墨跟他們的律師搞的鬼。他被通知清晨四點出席，這純粹是政風處嚇唬人的策略。狄克在走道另一端——從戒酒中心回來，等著入監。政風處訊問了六個人——他們都沒有告密。這是例行的聖誕節團圓，大夥都在，除了艾德・艾斯黎之外。

時間流逝，人潮移動：偵訊室裡正進行拷問。艾莫・藍茲丟出炸彈：廣播說大陪審團要求兩造出庭——一九五一年十二月二十五日在中央區警局的警察，明天都必須來排排站，而當晚被關的人會在場指認施暴者。帕克局長的門打開，賽德・葛林走出來。「懷特警員，請進。」

巴德走過去，葛林指著門口要他進去。一個小房間：帕克的辦公桌，有幾張椅子面向他。牆壁上沒有紀念品，透著灰色的鏡子——也許是可從背面透視的雙面鏡。局長坐在辦公桌後，穿著制服，肩膀上掛著四顆金星。杜德利・史密斯坐在中間的椅子上，葛林坐在離帕克最近的椅子上。巴德坐在受訊問人所坐的位置——其他三個人都可以看到他的地方。帕克說，「警員，你認識副局長葛林，我也確定你認識史密斯副隊長。在我們這場危機中，副隊長一直以顧問的身分協助我。」

葛林點了根菸。「警員，我們給你最後的合作機會。政風處已經反覆地訊問你，你也再三地拒絕合作。一般來說，你應該被停職。但你是個好刑警，帕克局長跟我相信，比較起來，你在那場派對上的行動，是不該受到責怪的。警員，你那時被挑釁，而且你不像其他被指控的人一樣隨便使用暴力。」

巴德正要說話；史密斯打斷他。「小伙子，我相信在這件事情上我可以替帕克局長說話，所以我就打開天窗說亮話了。那六個攻擊我們弟兄的人渣沒被當場射殺，真是可惜，我認為他們後來遭遇的暴力也不算嚴重。但是順帶一提，那些無法控制衝動的人，沒有資格當警察，外面那些傢伙搞出來的鬧劇，已經讓洛城警局變成笑柄。這一點不能被寬容。有人得被開除。我們需要願意合作的警察證人，這樣才能抵銷警局形象所受到的損害——在帕克局長的領導下，本局形象已經大有改善。我們已經有了一個重要的警察證人，檢察官艾里斯・洛威不起訴洛城警察的立場也很堅定——就算是大陪審團決定起訴也不動搖。小伙子，你可以作證嗎？為了警局，而非為了起訴警察。」

巴德檢視了那面鏡子——一定是透視鏡——讓地方檢察署的傢伙可以作筆記。「不，長官，我不會作證。」

帕克瀏覽了一張紙。「警員，你掐脖子舉起一個人，並試圖把他的腦漿給撞出來。這看起來很糟，雖然你被人用言語挑釁，但你行動的結果比起其他人施虐的總和更嚴重。這對你不利。但是當你離開拘留室時，有人聽到你喃喃說，『這真是天殺的可恥』，這一點則對你有利。現在你明白了嗎？自願當證人可以抵銷你有創意的施暴行徑所帶來的劣勢。」

巴德突然明白：艾斯黎是他們的人，**他**被鎖在儲藏室裡，聽得到我說的話。「長官，我不會作證。」

帕克的臉紅透了。史密斯說，「小伙子，我們有話就直說了。我欽佩你拒絕背叛同僚，我也覺得忠於拍檔，是你拒絕的理由；我尤其欽佩這一點。帕克局長授權我跟你談條件。如果你對狄克・史坦斯蘭的行動提出證詞，而大陪審團決定起訴他，史坦斯蘭就算被定罪也不會入獄服刑。艾里斯・洛威向我們保證過這一點。史坦斯蘭將會被警局革職，且不得領退休金，但他的退休金將會祕密地撥付給他，透過警察孤寡基金來轉給他。

小伙子，你會作證嗎？」

巴德凝視著那面鏡子。「長官，我不會作證。」

賽德・葛林指著門口。「明天九點於四十三區大陪審團室報到。準備好站出去被指認，並上庭作證。如果你拒絕作證，就會收到傳票，你在審判期間被停職了。懷特，出去。」

杜德利・史密斯微笑——幾乎看不出來的微笑。巴德對鏡子比出中指。

第十一章

雙面透視鏡上有斑點——人的表情有些模糊。賽德・葛林很難解讀；帕克則很簡單——他非常火大。杜德利・史密斯——喜歡用花俏詞藻，城府極深，摸不清他的思緒。巴德・懷特簡直太單純了：局長引述「這真是天殺的可恥」，他就立刻想到「艾德・艾斯黎就是告密者」。比中指致敬只是個開始。

艾德拍拍喇叭，爆擦噪音傳出。衣櫃裡很熱，但還沒中央區警局拘留室的倉庫那麼悶。他想到最近的這兩個星期。

他勇敢地面對帕克，提出他三個版本的證詞，同意以警局關鍵證人的身分作證。帕克認為他對狀況的評估很傑出，具有優秀警官的特質。他把三份證詞中最不具破壞力的版本交給艾里斯・洛威，以及洛威最寵信的調查員包伯・高羅戴——一個年輕的法學院畢業生。責任被過度轉移到史坦斯蘭警佐與懷特警員身上；另三名已經獲得退休金資格的警察則被輕輕放下。局長對這位傑出證人的獎勵：調職到刑警隊——這是破格晉升。而艾德在副隊長資格考試名列前茅，一年之內他就會成為艾斯黎刑警副隊長。

葛林離開辦公室，艾里斯・洛威與高羅戴走進來。洛威與帕克交談，高羅戴打開門。「溫森斯警佐，請進。」——喇叭傳出爆擦噪音。

「垃圾桶」傑克穿著光鮮的白條紋西裝。沒有任何禮節，他坐在中間的座位看手錶。他與洛威交換一個眼神。帕克看著溫森斯，他的表情很容易解讀——純粹的鄙視。高羅戴站在門邊抽菸。

洛威說，「警佐，我們就開門見山說了。你與政風處非常合作，這對你有好處。但是九個證人指認你毆打璜・卡比加，四個因酒醉被拘留的人看到你帶了一箱蘭姆酒。你知道，你惡名昭彰，就連酒鬼也會看醜聞版面。」

杜德利・史密斯接手。「小伙子，我們需要你的名氣。我們有一個重要證人會告訴大陪審團，你是在被打之後才還手，因為這可能是真相，所以其他囚犯的證詞會證明你的清白。但是我們需要你承認帶了酒讓弟兄們喝醉。只要你承認違反了警局內規，就不必接受審判。洛威先生保證若是有犯罪起訴的話，他會把它壓下來。」

「垃圾桶」保持沉默。艾德讀出溫森斯的想法：巴德・懷特帶了大部分的酒，他不敢告懷特的密。帕克說，「警局內會有大規模的整頓。你要是作證，人評委員會就只對你做些簡單的處理，不會停職、不會降級。我會保證你只受到輕微的處罰——被調到風化組一年左右。」

溫森斯對洛威說，「艾里斯，我不是已經跟你講好了嗎？你明知道在緝毒組工作對我來說很重要。」洛威迴避他的問題。帕克，「一點也不重要。我還沒說完，你明天必須站出去接受指認，我們還希望你作證指控克魯曼警員、塔克警佐與普拉特警員。這三個人都已經服務期滿可以拿退休金。我們的主要證人會有力地提出證言，但關於其他人的質問，你可以告訴庭上你不知情。老實說，我們必須放棄一些弟兄，才能滿足大眾嗜血的聲浪。」

杜德利・史密斯：「小伙子，我認為你從未做過傻事。現在也別幹傻事。」

「垃圾桶」傑克：「我會作證。」

大家都微笑。高羅戴說，「警佐，我會跟你順過你的證詞。洛威先生會請你到太平餐坊吃午餐。」溫森斯站起來，洛威陪他走到門口。

喇叭傳來低語聲：「……我告訴庫利你不會再這麼做了」——「好的，老闆。」帕克對鏡子點點頭。

艾德走進來，直接坐到拷問席上。史密斯說，「小伙子，你真是危機時刻的英雄。」

帕克微笑。「艾德，我讓你旁觀的原因是你對此狀況的評估非常精明。在你作證之前還有什麼想法嗎？」

「長官，大陪審團起訴之後，洛威先生會在後續程序中拖延或壓下指控，我這樣理解是否正確？」

洛威臉部扭曲。他擊中敏感神經——就像他父親所說。「長官，我是否說對了？」

洛威擺出架子，「警佐，你有念過法學院嗎？」

「長官，我沒念過。」

「那麼你那地位崇高的父親一定給了你很好的建議。」

聲音平穩。「不，他沒給我建議。」

史密斯說，「讓我們假設你說的沒錯。讓我們假設我們正在全力促成所有忠貞警察想要的目標：沒有弟兄會公開受審。假設是這樣，你有何建議？」

他已經演練過以下這個提案——逐字逐句練習。「大眾要的不僅是大陪審團起訴、拖延戰術與無效的起訴。警局內人評會、停職與職務大搬風是不夠的。你告訴懷特警員，有人必須被革職。我同意，為了局長與警局的威嚴，我認為我們需要將某些人定罪並判刑坐牢。」

「小伙子，你剛說的那些風涼話讓我很震驚。」

艾德對帕克說：「長官，您把警局從前任局長霍洛與沃頓手中帶回來。你的名聲卓著，警局也有大幅的進步。您可以確保我們不走回頭路。」

洛威說，「艾斯黎，你就說清楚吧。你這個告密的資淺警察認為我們該怎麼做？」

艾德的眼睛只看帕克。「對那些已經服務滿二十年的弟兄撤回起訴。宣傳調職整頓措施，並把大多數的涉案弟兄送上人評會並停職。起訴約翰·布朗奈，叫他要求在沒有陪審團的狀況下出庭，然後讓法官判他緩刑放他一馬——他的弟弟是被襲擊的警察之一。起訴、審判狄克・史坦斯蘭與巴德・懷特，並將他們定罪。讓他們入獄坐牢。把他們踢出警局。史坦斯蘭是爛醉的惡棍，懷特幾乎殺了一個人，而且提供的酒比溫森斯還多。拿他們去餵鯊魚。保護你自己，保護警局。」

寂靜不斷延長。史密斯打破沉默，「先生們，我認為這位年輕警佐的建議草率且虛偽。史坦斯蘭確實有些舉止不當，但懷特是個有用的警察。」

「長官，懷特是個有殺人傾向的惡棍。」

史密斯正要開口講話，帕克舉起一隻手，「我認為艾德的建議值得考慮。孩子，明天在大陪審團面前好好表現。穿一套帥西裝，拿出你的本事。」

艾德說，「是，長官。」他高興到得要強迫自己別叫出來。

第十二章

聚光燈，身高量表：傑克五呎十一吋；法蘭克・杜賀提、狄克・史坦斯蘭跟約翰・布朗奈比較矮；威伯特・赫夫跟巴德・懷特超過六呎高。中央區警局拘留室的那些混蛋在鏡子對面，跟檢察署的警察們一起記下名字。

一個喇叭傳出聲音，「向左轉」；六人轉身。「向右轉」「面對牆壁」「面對鏡子」「先生們，稍息」。安靜了一會兒，然後：「杜賀提、史坦斯蘭、溫森斯、懷特與布朗奈各被十四人指認，霍夫被四人指認。媽的，對講機還開著！」

史坦斯蘭發了狂。杜賀提說，「吃屎吧，混蛋。」懷特面無表情——彷彿他已經在監獄裡保護史坦斯蘭不被黑鬼欺負。喇叭傳來：「溫森斯警佐到一一四室，懷特警員到葛林副局長辦公室報到。剩下的人解散。」

一一四室——大陪審團證人的房間。

傑克往前走，穿過布幕進入一一四室。裡面很擠：血腥聖誕節案原告人，艾德・艾斯黎穿著過新的西裝，袖子上還有線頭。幾個原告人面露譏諷之意；傑克上前質問艾斯黎，「你是關鍵證人？」

「沒錯。」

「我早該知道是你。帕克給你什麼好處？」

「給我好處？」

「對，艾斯黎，**給你好處**。交易、回報。你以為我是免費作證嗎？」

艾斯黎把弄著他的眼鏡。「我只是在盡我的義務。」

傑克笑了。「大學生，你一定在玩什麼把戲。你必定從中獲利，所以你不需要巴結那些他媽的高階警官，而他們將會恨你竟敢告他們的密。如果帕克承諾把你調到刑警局，你要提高警覺。有些刑警將會在這樁案子裡被整得很慘，而你將會跟他們的朋友共事。」

艾斯黎畏縮了一下；傑克大笑，「我得承認這甜頭還不賴。」

「你是甜頭專家。我可不是。」

「很快你的階級就會比我還高，所以我應該要乖一點。你知道艾里斯・洛威的女朋友對你有意思嗎？」

一個職員喊道，「艾德蒙・J・艾斯黎進法庭。」

傑克眨眼。「去吧。把外套上的線頭剪掉，不然你看起來會像個鄉巴佬。」

艾斯黎走在穿堂裡——修飾著自己的儀表，把線頭拉掉。

□

傑克殺時間——想著凱倫。殺青派對之後已經過了十天，生活大致上挺如意。他必須向史貝德・庫利致歉；威爾頓・莫洛對他與凱倫交往的事很不爽，但瓊安與艾里斯・洛威不冷不熱的交往則幾乎讓他將功贖罪。去旅館開房間是不小的負擔——凱倫住在家裡，他的住處則破破爛爛。為了付大使飯店的住宿費，他已經一陣子沒寄錢給史考金兄妹。凱倫喜歡禁忌的戀情，他則很高興她喜歡這段戀情。真棒。但席德・哈金斯都沒打電話來，而洛城沒什麼海洛英在流通——所以緝毒組的外快也沒了。在風化組蹲一年，就像是把他送進毒氣室一樣。

他感覺像個準備好衝鋒的戰士。血腥聖誕節的那些混蛋一直瞪著他；他打過的那個流氓戴著鼻樑支架——

可能是某個猶太律師叫他作假戴著。大陪審團室的門沒關，傑克走過去往裡面看。一張面對證人席的桌子邊坐了六個陪審團員，艾里斯・洛威拋出問題——艾德・艾斯黎坐在證人席上。

他沒有把弄著他的眼鏡，也沒有支支吾吾。他的聲音比平常低了八度，而且保持平穩。他是個瘦子，體型不像警察，但仍有一種權威——他講話的抑揚頓挫拿捏完美。洛威投出完美的外角滑球，艾斯黎明知道會是這種球路，卻表現出驚訝的樣子。不管是誰指導過他，都他媽的幹得漂亮。

傑克仔細聽著細節，感到艾斯黎正在努力釐清他的論點，他是戰爭英雄——在充滿莽漢的拘留室裡並非弱者。洛威對這件事點到為止；艾斯黎的答案也很精明：他無法以寡敵眾，他的鑰匙被偷走，他被鎖在庫房裡——這樣就解釋完了。他是個知道自己斤兩的人，也知道廉價英雄行徑是無謂的。

艾斯黎長篇大論：他告密指控布朗奈、霍夫、杜賀提。他稱狄克・史坦斯蘭的行為最為惡劣，告巴德・懷特的狀時毫不眨眼。當傑克被提及時，他微笑：一切都被扭曲朝向對我們有利的方向。因為他的證詞，克魯曼、普拉特、塔克都可安然拿退休金——一切都講好了。史坦斯蘭跟懷特——準備被起訴。真是他媽的精采演出。

洛威要求證人總結證言。艾斯黎配合，鬼扯些關於正義的高調。洛威讓他離開法庭；陪審團員對他幾乎神魂顛倒。艾斯黎走出證人席時有點跛——八成是把自己的腳壓麻了。

傑克在外面遇到他。「你很厲害。帕克應該會很喜歡你的表現。」

艾斯黎伸伸腳。「你認為他會讀法庭紀錄嗎？」

「他十分鐘之內就會收到紀錄，而巴德・懷特會因此恨死你，即便要耗費一生也要復仇。在指認之後，他被叫進賽德・葛林辦公室，你可以打賭葛林已經讓他停職。你最好祈禱他會談好條件後留在警局，因為你絕不希望他變成平民之後來找你麻煩。」

「這就是為什麼你沒告訴洛威，是他帶了大部分的酒？」

一個職員喊道，「溫森斯，五分鐘後出庭。」

傑克恢復了些勇氣。「我要出賣的是三個老傢伙，他們下週就會退休在奧瑞岡州釣魚。跟你比起來，我算是清白，**而且聰明**。」

「我們都在做正確的事。只不過你恨自己做這件事，這並不是聰明。」

傑克看到洛威和凱倫在走道另一頭。洛威走過來，「我告訴瓊安你今天作證，她又跟凱倫說。抱歉，我以為瓊安不會說出去。**傑克，我很抱歉**。我告訴凱倫她不能進來看，她只能在我辦公室裡透過喇叭聽過程。**傑克，我很抱歉**。」

「猶太小子，你真的很懂得如何確保證人不臨場變卦。」

第十三章

巴德慢慢地喝著威士忌調酒。

點唱機的噪音轟炸他，他坐在酒吧裡最糟的位置——公用電話邊的沙發。他過去打美式足球的舊傷隱隱作痛——就像他對艾斯黎的怒火。沒有警徽與手槍，很快就會被起訴——那個四十多歲的紅髮女人看起來像是他見過最漂亮的美女。他帶著酒過去。

她對他微笑。紅色髮色看起來是假的——但她有張仁慈的臉。巴德微笑，「你喝的是老派的調酒？」

「對，我叫安琪拉。」

「我叫巴德。」

「沒有人生下來就叫做『巴德』。」

「如果父母給你取名『溫德爾』的話，你就會想找個綽號。」

安琪拉笑了。「巴德，你做那一行？」

「我現在有點像是在等著換工作。」

「喔？那你以前是做哪一行？」

我被停職！妳他媽蠢豬不識抬舉！「我不肯配合我老闆玩遊戲。安琪拉，你覺得——」

「你的意思是指工會紛爭之類的事？我是教師聯合會的成員，我的前夫是卡車司機工會的談判代表。你遇到的是這類——」

巴德感覺到有人把手放在他肩膀上。「小伙子，我可以跟你聊聊嗎？」

杜德利‧史密斯。**這是政風處在跟蹤**。

「副隊長，是談公事嗎？」

「確實是公事。對你的新朋友說晚安，然後到後面的桌子來找我。我已經叫酒保把音樂關小點，讓我們可以講話。」

一首舞曲變得輕柔；史密斯走開了。一個水手開始跟安琪拉搭訕。巴德慢慢往酒吧區走過去。舒服：史密斯，兩張椅子，一張桌子——一份報紙蓋在兩坨物事上。巴德坐下。「政風處在跟蹤我嗎？」

「對，也跟蹤其他可能被起訴的人。這是你好兄弟艾斯黎的點子。那傢伙有辦法讓帕克局長聽他的話，他告訴局長你跟史坦斯蘭有幹出傻事的可能。小伙子，在證人席上，艾斯黎誹謗你跟許多弟兄。我已經讀過法庭紀錄。他的證言背叛了我們，也是對全體可敬警察之公開侮辱。」

史坦斯蘭——躲起來猛喝酒。「報紙不是說我們已經被起訴了嗎？」

「小伙子，稍安勿躁。我也有辦法讓局長聽我的，我已經想辦法取消了對你的跟監，所以我是友非敵。」

「副隊長，你想要怎樣？」

史密斯說，「叫我杜德利。」

「**杜德利**，你想要怎樣？」

呵呵呵——他的男高音嗓音很好聽。「小伙子，我對你印象深刻。我欽佩你拒絕作證，也佩服你對搭檔的忠誠，儘管你沒有理由這麼做。我欽佩你幹警察的方式，尤其是你堅持認為適當使用暴力是這份工作必要的附屬品。我最佩服你懲罰那些打女人的傢伙。小伙子，你恨他們嗎？」

冠冕堂皇的話——令讓他頭昏。「對，我恨他們。」

「從我對你背景所知，你有很好的理由去恨他們。有什麼東西是你同樣痛恨的嗎？」

他握緊拳頭，用力到手都發痛。「艾斯黎。他媽的艾斯黎，『垃圾桶』傑克也同樣混帳。因為這兩個人告密，讓狄克・史坦斯蘭喝到快肝硬化。」

史密斯搖頭。「小伙子，別恨溫森斯。他是警局派出的幌子，我們需要他把一些人交給檢察署開鍘。他只告發服務滿二十年的人，他也為你擔起帶酒到派對上的罪責。不，小伙子，你不應該恨傑克。」

巴德上身往桌子靠。「杜德利，你想要怎樣？」

「我想要讓你不被起訴並復職，而且我有方法可以做到。」

巴德看著桌上的報紙。「怎麼辦到？」

「為我工作。」

「做什麼？」

「慢著，我還有問題要問。小伙子，你是否認為有需要圍堵犯罪，讓犯罪只留在傑佛遜大道以南的黑人區？」

「當然。」

「你是否認為某些組織犯罪應該獲准存在，因為其犯下的罪可被接受且不會傷害他人？」

「當然如此。警界本來就應該要往這個方向發展。但這跟我有什麼——」

史密斯拉開報紙——警徽與點三八手槍發出亮光。巴德的頭皮發麻。「我就知道你有料。你搞定葛林了？」

「是的，小伙子，我搞定了——帕克。艾斯黎還沒完全蒙蔽他的判斷。他說如果大陪審團不起訴你，你拒絕作證這件事就不會受到懲罰。現在拿走你的東西，以免這裡的老闆報警。」

閃閃發亮——巴德抓起他的東西。「我不會被他媽的起訴？」

呵呵呵——嘲弄。「小伙子，局長知道他允許我做的事或許不會成功，而且我很高興你還沒看四星級的《洛杉磯前鋒報》。」

巴德說，「**怎麼會這樣？**」

「小伙子，我還不能告訴你。」

「狄克會怎麼樣？」

「小伙子，他完了。你別抗議，因為這無法避免。大陪審團已經決定起訴他，接著必將定罪。他是警局的代罪羔羊，這是帕克的命令。是艾斯黎說服他把狄克交出去，他會被判刑事罪名並且坐牢。」

室溫酷熱——巴德把領帶拉開，閉上眼睛。

「小伙子，我會幫狄克在苦窯裡找個好臥鋪。我認識那裡一個女警可以搞定事情，等他出獄之後，我保證讓他有機會報復艾斯黎。」

巴德睜大眼睛，史密斯把《洛杉磯前鋒報》整張攤開。標題：「血腥聖誕節醜聞案警察遭起訴。」底下有一欄被圈起來：史坦斯蘭警佐因四項罪名起訴，三個老警察以一項罪名起訴，而蘭茲、布朗奈與霍夫各有兩項罪名。畫底線的部分：「懷特警員（三十三歲），並未被大陪審團起訴，雖然地方檢察署內的幾個消息來源曾指出，他似乎必然會以一級傷害罪起訴。大陪審團主席表示，四名被警察毆打的受害者撤回了先前的證詞，其中包含關於懷特警員試圖掐死璜・卡比加（十九歲）的陳述。此證詞被撤回，與洛城警局艾斯黎警佐的證詞直接抵觸，他曾立誓作證懷特事實上曾試圖重傷卡比加。艾斯黎警佐的證詞並未被認為有問題，因為他的證詞造成其他七名警察可能成為被告；雖然大陪審團員懷疑撤回證詞的理由是否可信，但他們認為這已足以否決地檢署對懷特警員所提出的指控。檢察官艾里斯・洛威告訴記者：『有些可疑的事情發生，但我不知道實情為何。

在法律上，四人撤回證詞必然超越單一證人的證詞，即便我們的證人是像艾斯黎警佐這位戰爭受勛英雄這麼傑出。』」

新聞紙天旋地轉。巴德說，「為什麼？為什麼你要幫我？怎麼辦到的？」

史密斯把報紙折起來。「小伙子，我需要你去做一件帕克允許我去做的新任務。那是圍堵措施，掛在凶殺組名下。我們將稱它為『監視小組』，這個名字聽起來不起眼，但很少人能夠勝任，可是你天生就是做這件事的料。這是需要動刀動槍的工作，也不能提出質疑。小伙子，你懂我意思嗎？」

「就像特藝彩色電影那麼清楚。」

「帕克宣布人事調整時，你會被調離中央區警局。你願意為我工作嗎？」

「要是不願意，我就是瘋了。杜德利，為什麼？」

「小伙子，什麼為什麼？」

「你整了艾里斯・洛威來幫我，而局裡每個人都知道你跟他交情很好。為什麼？」

「小伙子，因為我喜歡你的風格。這個答案可以嗎？」

「我猜也只能對這個答案滿意了。那接著問題是，『你是怎麼辦到的？』」

「小伙子，什麼怎麼辦到的？」

「你怎麼讓那些老墨撤回告訴？」

史密斯把銅手指虎放在桌上：有缺角，血跡凝結成塊。

摘錄：《洛杉磯鏡報》，三月十九日

警察打人醜聞：惡徒受審前　警方自行清理門戶

這場警察施暴與平民提告的複雜事件被稱為「血腥聖誕節」醜聞。對此，洛城警察局局長威廉・H・帕克承諾他將尋求正義——「無論調查會帶來什麼後果」。

去年聖誕節凌晨於中央區警局拘留室，七名警察的行徑導致他們以襲擊傷害等罪被起訴。這些警察與其被起訴罪名為：

◆沃德・塔克警佐，第二級襲擊罪。
◆麥克・克魯曼警員，第二級襲擊與傷害罪。
◆亨利・普拉特，第二級襲擊罪。
◆艾莫・蘭茲，第一級襲擊致傷害罪。
◆威伯特・霍夫警佐，第一級襲擊致傷害罪。
◆約翰・布朗奈警員，第一級襲擊與加重襲擊罪。
◆李察・史坦斯蘭，第一級襲擊、加重襲擊、第一級傷害與惡意重傷罪。

帕克並未詳細談論遭起訴警察的罪刑，亦未說明被警察毆打之六名受害者，迪納多・山契士、璜・卡比加、丹尼斯・萊斯、艾澤基・賈西亞、柯林頓・萊斯、雷耶斯・賈斯柯，對洛城警局及個別警察所提出的數十項告訴。帕克宣布，以下的警察將會移送跨部門人評會，如果未被證明無罪，他們將受到警局內部嚴厲懲處。

瓦特・克倫利警佐、瓦特・杜錫勒警佐、法蘭克・杜賀提警佐、查爾斯・漢茲警員、喬瑟夫・賀南德茲警員，威利・崔坦諾警佐、佛瑞德・屠倫丁警員、詹姆斯・弗雷凌副隊長、溫德爾・懷特警員、約翰・漢內克警員與傑克・溫森斯警佐。

帕克在記者會的尾聲，稱讚艾德蒙・J・艾斯黎警佐，這位中央區警局警官挺身而出，在大陪審團前作證。「艾斯黎所做的事，需要極大勇氣。」局長說，「這個男人讓我非常欽佩。」

摘錄：《洛杉磯觀察家報》，四月十一日

「血腥聖誕節」五位嫌犯被撤回告訴；帕克公開人評會懲戒結果

地檢署今日宣布，去年「血腥聖誕節」警方施暴醜聞五位將被起訴的被告，將不必面臨審判。麥克・克魯曼警員、亨利・普拉特警員以及沃德・塔克警佐，因為涉嫌本案而被迫辭職，但因為部分證詞被撤銷，而不會遭到起訴。奉命起訴以上警察的檢察官艾里斯・洛威解釋，「去年聖誕節被關在中央區警局拘留室的許多非重要證人都行蹤不明。」

另外一個相關的發展，洛城警局局長威廉・H・帕克宣布他警察人事「大整頓」的結果。以下遭起訴或未遭起訴的警察，在去年聖誕節凌晨的行為，被認為違反了多項警局內部規範。

◆ 瓦特・克倫利警佐，無薪停職半年，調至賀倫貝克分局。

◆ 瓦特・杜錫勒警佐，無薪停職半年，調至牛頓街分局。

◆ 法蘭克・杜賀提警佐，無薪停職四個月，調至威爾夏分局。

◆ 查爾斯・漢茲警員，無薪停職半年，調至南區遊民處理小組。

◆ 喬瑟夫・賀南德茲警員，無薪停職四個月，調至七十七街分局。

◆ 威伯特・霍夫警佐，無薪停職九個月，調至威爾夏分局。

◆ 威利・崔坦諾警佐，無薪停職三個月，調至牛頓街分局。

- 佛瑞德・屠倫丁警員，無薪停職三個月，調至東聖費南度谷分局。
- 詹姆斯・弗雷凌副隊長，無薪停職半年，調至洛城警校教務處。
- 約翰・漢內克警員，無薪停職四個月，調至威尼斯分局。
- 艾莫・蘭茲警佐，無薪停職九個月，調至好萊塢分局。
- 溫德爾・懷特警員，不停職，調至凶殺附屬監視小組。
- 傑克・溫森斯警佐，不停職，調至風化組。

摘錄：《洛杉磯時報》，五月三日

警方醜聞被告獲得緩刑

約翰・布朗奈（三十八歲），是第一位因涉及「血腥聖誕節」而公開受審的洛城警察，今日他被提訊時認罪，並請求亞瑟・J・費茲修法官立刻為他所面對的第一級襲擊與加重襲擊罪指控宣判刑罰。

布朗奈是洛城員警法蘭克・D・布朗奈的哥哥，去年聖誕夜，六名青少年在酒館鬥毆中打傷兩位警察，法蘭克員警是其中之一。費茲修法官念在布朗奈為了弟弟受傷而情緒不穩，並且他已被洛城警局開除，不得領取退休金，故於庭上朗讀洛杉磯郡緩刑局之報告，其中建議將被告處以緩刑，不需坐牢。然後法官判被告入獄一年，得緩刑，並命令他向本郡緩刑局長藍道・米蒂爾報到。

摘錄：《洛杉磯觀察家報》，五月二十九日

史坦斯蘭判刑確定——洛城警察將入獄

……由八名男性與四名女性組成的陪審團，認為史坦斯蘭有以下四條罪名：第一級襲擊、加重襲擊、第一級傷害與惡意重傷罪。以上指控源自去年「血腥聖誕節」醜聞中，這位刑警涉及對中央區警局拘留室囚犯有不法行為。在指控有罪的證詞中，洛城警局的艾斯黎警佐，描述史坦斯蘭「狂暴對待手無寸鐵的人」。史坦斯蘭的律師雅各·凱勒蒙攻擊艾斯黎的可信度，他表示艾斯黎在案發當日凌晨幾乎都被關在庫房。結果，陪審團相信艾斯黎警佐，接著凱勒蒙引用血腥聖誕節被告約翰·布朗奈被判緩刑的案例，請求費茲修法官寬大處理他的委託人。法官並未接受他的請求。他將已被洛城警局開除的史坦斯蘭，判處於郡立監獄服刑一年，並將被告發還郡警押送至威賽監獄。當史坦斯蘭被帶走時，他對艾斯黎警佐大罵髒話，而本報無法聯絡到後者訪問其反應。

專題：《騎兵隊週末雜誌》、《洛杉磯鏡報》，七月三日

艾斯黎兩代獻身洛城警局

普雷斯頓·艾斯黎與其公子艾德蒙引人注意的第一件事，就是他們講話並不像警察，儘管普雷斯頓曾在洛城警局服務十四年，而艾德自一九四三年起便於警局服務。艾德加入警界沒多久便上了戰場，並在太平洋戰區獲得銅十字英勇勳章。事實上，在艾斯黎家族移民至美國之前，他們代代都有人當上蘇格蘭場的警探。所以警察工作深植於他們族系的血脈之中，但更深沉的是他們追求出人頭地的渴望。

例如，普雷斯頓年輕時，白天在危險的市中心巡邏，晚上則到大學上課，拿到了南加大的工程學位。

又如，普雷斯頓的長子湯瑪士，他生前創下洛城警校最高的學科成績紀錄，在警校的行政大樓還有一塊紀念他的銘牌。不幸的是，湯瑪士在畢業後沒多久便於值勤時被殺。

進一步的例證，洛城警校史上學科成績第二高是艾德所創下，他於一九四一年以第一名從加州大學洛杉磯分校畢業——而且是十九歲就拿到大學文憑！這類的證據可以追溯好幾代——艾斯黎家族講話不像警察，這是因為他們並非一般的警察。

這對父子最近都成了新聞人物。今年五十八歲的普雷斯頓，與世界知名的卡通畫家／電影工作者／電視節目主持人雷蒙．迪特凌合作，打造夢幻時刻主題樂園，這座廣大的樂園在半年前開工動土，預定在明年四月下旬完工開幕。普雷斯頓於一九三六年離開洛城警局之後，開始投入營建業，並帶了他的左右手亞瑟．迪斯潘副隊長一起出來打拚。在他位於漢克公園的寬敞豪宅裡，普雷斯頓與《洛杉磯鏡報》記者狄克．聖吉曼對談。

「我有工程學位，而亞瑟懂建材。」他說。「我們把一生積蓄加起來，並從一些欣賞冒險精神的獨立投資者借到資本。我們創辦艾斯黎建築公司蓋廉價房屋，然後蓋好一點的房子，接著蓋辦公大樓，然後是乾河谷高速公路。我們的成果遠超過我最瘋狂的夢想。現在我們打造夢幻時刻樂園，它在兩百英畝的土地上實現了數百萬人的夢想。在某種層面上，這個建案將難以被超越的。」

普雷斯頓微笑，「雷蒙．迪特凌是個有願景的人。」他說。「夢幻時刻樂園將給大家機會，體驗他在電影與動畫中創造的許多世界。他稱為『保羅的世界』的山，就是最好的例子。保羅是雷蒙的兒子，他不幸在三〇年代中期死於雪崩。現在將出現一座山來紀念這個孩子，這座山會帶給人們歡樂，一部分收益則會捐給兒童慈善組織。這項創舉也很難超越。」

但他會想辦法超越嗎？

普雷斯頓再度微笑。「下星期我將對洛杉磯郡委員會與州議會演講。」他說，「主題是南加州大眾運輸系統的成本，以及洛杉磯以高速公路連接的最佳方法。老實說，我想要這個案子，我也準備好將誘人的標案投給郡政府。」

然後呢？

普雷斯頓微笑並嘆息。「然後有一堆政客纏著我。」他說。「他們認為我是天生當市長、州長、參議員什麼的料，即便我一直告訴他們，富萊契・波朗、尼克森跟厄爾・華倫[1]都是我的朋友。」

但他是否排除參政的可能性？

「我不排除任何可能性。」普雷斯頓說，「處處設限不符合我的本性。」

如本報記者群所發現，他的兒子艾德也抱持同樣的態度。艾德目前是洛城好萊塢分局的刑事警佐，最近他在與「血腥聖誕節」警界醜聞相關的審判中出庭作證，因此上了新聞。艾德前途無可限量——儘管他只打算將警察當成唯一事業。在他家族位於箭簇湖的小屋中，艾德接受本報記者訪問，他說，「我只想當個有價值的刑事警官，面對有挑戰性的案子。我的父親辦過洛倫・阿瑟頓案」——這是一九三四年的兒童謀殺案，死者有六名，包括童星小威利・溫納荷——「我想要爬上那樣的位置，辦那樣重要的案件。天時地利很重要，而我有解決問題、從混亂處境中創造秩序的深層需要，我相信這對一個刑警來說是很好的動力。」

一九四三年的秋天，艾德確實獨占天時地利，在刺刀攻擊之下，他那排士兵只有他倖存，而他單槍匹馬收拾掉三條壕溝裡滿滿的日本步兵。在重大警察施暴醜聞中，他再度獲得天時地利，勇敢地作證指稱同僚犯罪。

談到這兩件事，艾德說：「這都過去了，現在我正在追求未來的發展。身為好萊塢的刑警，我獲得了紮實的經驗，我的父親、亞瑟・迪斯潘與我，晚上一起練習訊問，幫助我磨練偵訊技巧。我的父親想要全世界，但我只想要在洛城警局盡量發揮。」

湯瑪士與艾斯黎家女主人瑪格莉特（娘家姓堤貝茲）都已經過世，她在六年前患癌症身亡。普雷斯頓與艾德是否感覺個人生活中悵然若失？

普雷斯頓說，「天啊，是的，每天都有這種感覺。他們母子都無人能取代。」

同一個主題，艾德就有比較深刻的省思。「湯瑪士

1 Earl Warren（1891-1974），美國政治人物，曾於一九四三到五三年間三次連任加州州長。

是湯瑪士。」他說，「他死的時候我十七歲，我認為我根本還不了解他。我的母親則不同，我了解她，她很慈祥、勇敢且堅強，還帶著某種悲傷的氣質。我思念她，我認為我娶的太太可能會像她一樣，只是可能善變一點。」

本週人物特寫主角是這對父子——這兩個男人事業順利，並且在過程中為洛城服務。

標題：《洛杉磯時報》，七月九日

洛威宣布參選檢察總長

標題：《洛杉磯前鋒快報》社交版，九月十二日

洛威與莫洛兩家盛大婚禮 好萊塢與司法界名流前來祝賀

摘錄：《洛杉磯時報》，十一月七日

麥佛森與洛威在地方檢察總長初選中勝出：春天選舉再決勝負

威廉・麥佛森尋求第四度連任洛杉磯地方檢察總長，在明年三月的普選中，他將面對新秀艾里斯・洛威的挑戰。這兩位同事在八人參加的初選中大幅領先。

五十六歲的麥佛森，獲得百分之三十八的選票；四十一歲的洛威，獲得百分之三十六。最接近他們票數的參選人是前任市立公園局局長唐諾・崔普曼，他獲得百分之十四的選票。剩下的五位參選人被認為勝選希望渺茫，總共才獲得百分之十二的選票。

麥佛森在預定的記者會中，預測下一次的選戰將到

最後一刻才能分出勝負，並強調他把現任公僕的身分放在第一位，政治參選人的身分則放在其次。在家陪妻子瓊安的洛威也呼應這樣的看法，他預測明年三月將會勝選，並感謝廣大選民，也要特別感謝警界給予的支持。

一九五三年紀事

洛杉磯警局年度考績報告
機密，一九五三年一月三日
考核人：杜德利・史密斯副隊長
副本送人事行政處

一九五三年一月二日
年度考績報告
在職日期：一九五二年四月四日至十二月三十一日
考核對象：溫德爾・A・懷特，警徽編號九一六
級職：警員（刑警，四職等公務員）
單位：刑事警察局（凶殺附屬監視小組）
主管：杜德利・L・史密斯副隊長，警徽編號四一〇

敬啟者：

這份備忘錄為懷特警員之評估報告，並回報監視小組成立九個月來之近況。就本小組的十六位弟兄來說，我認為懷特是我最優秀的屬下。截至今日，他一直都專注、細心，長時間加班也無怨言。他的出勤紀錄完美，時常連續工作兩週並每日值勤十八小時。懷特被調到監視小組是因為去年聖誕節的不幸事件，副局長葛林提到懷特曾被四度申訴過度使用武力，而對此調職案有些顧慮（例如：懷特的暴力傾向與新工作可能涉及暴力的本質，將證明是災難性的組合）。這一點已被證明並非如此，在每一個評估項目上，我毫不猶豫地給懷特警員全部優等的考績。他也時常表現出了不起的英勇。為了舉例，我將描述幾件懷特超越職責預期的事蹟。

一、一九五二年五月八日。在監視某酒類商店時，懷特警員（一直受過去打美式足球的舊傷所苦）追逐一個逃逸的武裝嫌犯長達半英哩。嫌犯不斷回頭對懷特警員開槍，但他因為擔心傷及無辜而未回擊。嫌犯抓了一名女子作為人質，並用槍抵著她的頭部，使趕上懷特警員的增援警察無法靠近。嫌犯拒絕釋放該名女子，然後懷特近距離射殺嫌犯，人質毫髮無傷。

二、多起案例。監視小組其中一項重要任務，是在獲得假釋的囚犯回到洛杉磯時與其碰面，並嘗試說服他們在本市犯下暴力犯罪乃愚蠢舉動。這個工作需要強健的體魄，老實說，懷特警員起了重要作用，他將許多惡劣的罪犯嚇得乖乖度過假釋期。他花了許多下班時間跟蹤有特殊暴力犯罪紀錄的假釋犯，並逮捕了「大狗」約翰・凱西斯，此人因強姦與持械搶劫而兩度被判刑。一九五二年七月二十日，懷特正在某雞尾酒吧監視凱西斯，偷聽到他試圖教唆一名未成年少女賣淫。凱西斯企圖拒捕，懷特警員透過肢體方式讓他就逮。稍後，懷特與另兩名監視小組成員（布魯寧警佐、卡萊爾警員），廣泛地訊問他在假釋後的種種活動。凱西斯坦承犯下三件女人姦殺案。（請見凶殺組逮捕報告一六八―A，一九五二年七月二十二日。）凱西斯被審判、定罪，並在聖昆丁監獄被處決。

三、一九五二年十月十八日。懷特警員在監視假釋犯柏西・哈斯金時，觀察到哈斯金與兩名犯罪份子羅伯特・麥基與卡爾・卡特・郭夫聚在一起。這三人都有許多持械搶劫的前科，而懷特察覺到將有重大犯罪發生，並因此採取行動。他跟蹤哈斯金、麥基與郭夫來到南柏倫多路一六八三號的市場，發現三人搶劫市場。懷特試圖在外面逮捕他們，但三人拒絕交出武器。於是，懷特射殺郭夫，並重傷了麥基。哈斯金投降。麥基後來傷重不治，有前科的哈斯金則是承認持械搶劫，並被判無期徒刑。

總言之，懷特警員已經做出成績，並有重大貢獻，讓監視小組成軍第一年就有成就。我將在一九五三年三月十五日回到我本來所在凶殺組的職務，希望懷特警員能夠加入我的小組，成為全職的凶殺組刑警。就我所見，他具有成為優秀警探的條件。

杜德利・L・史密斯敬呈
凶殺組副隊長，警徽編號四一〇

洛杉磯警局年度考績報告
機密一九五三年一月六日
考核人：羅素・米勒德隊長
副本送人事行政處

一九五三年一月六日
年度考績報告
在職日期：一九五二年四月四日至十二月三十一日
考核對象：傑克・溫森斯，警徽編號二三〇二
級職：刑事警佐（五職等公務員）
單位：刑事警察局（風化組）
主管：羅素・A・米勒德隊長，警徽編號五〇〇九

敬啟者：

整體來說溫森斯警佐的考績是丁上，以下是我的評語。

一、因為溫森斯不喝酒，所以他是執行違反酒類管制條例的絕佳人選。

二、溫森斯遇到毒品時便會越權，在風化組的犯罪現場若發現毒品，他就會堅持要逮捕毒品持有者。

三、他並未如我所擔憂的，輕忽他在本組的職責，以協助他的導師杜德利・史密斯副隊長。這一點要給予溫森斯肯定。

四、溫森斯在去年聖誕節攻擊案所作的證詞，並未讓他遭到嚴重敵視，原因之一是，他失去了他非常

渴望的緝毒組職務；原因之二是，遭他密告的警察無人因此入獄。

五、溫森斯持續對我施壓要調回緝毒組。在他於風化組偵破大案之前，我不會簽他的調職令——這是本組申請調職的條款。溫森斯已經讓檢察官艾里斯・洛威對我施壓好讓他調職，我已經拒絕了。就算洛威選上檢察總長，我也會繼續拒絕。

六、有謠言傳出溫森斯把警局內的情資洩漏給《嚓聲祕辛》雜誌。我已經警告過他，「絕對不可以洩漏我們工作的資訊，否則我會剝你的皮。」

七、總的來說，溫森斯已經證明自己在本組只是勉強及格。他的出勤紀錄不錯，報告寫得不錯（我懷疑有加油添醋）。他知名度高，所以不會跟組頭勾結，在掃黃時也不會搞七捻三。他並未因為電視影集的外務而忽略職責，這一點也要予以肯定。風化組在接下來幾個月可能會進行掃蕩色情刊物，溫森斯有機會在此時證明他的奮鬥精神（破大案以獲得調職資格）。再度重申，他的整體考績是丁上。

羅素・A・米勒德 敬呈

風化組隊長，警徽編號五〇〇九

洛杉磯警局年度考績報告

機密，一九五三年一月十一日

考核人：阿諾・瑞丁副隊長

副本送人事行政處

一九五三年一月十一日

年度考績報告

在職日期：一九五二年四月四日至十二月三十一日

考核對象：艾德・J・艾斯黎，警徽編號一一〇四

級職：刑事警佐（五職等公務員）
單位：刑警（好萊塢分局刑警隊）
主管：阿諾・瑞丁副隊長，警徽編號五五六

敬啟者：

關於艾斯黎警佐：此人顯然具有警探天分。他細心、聰明，似乎沒有私生活且長時間工作。他才三十歲，只當了九個月刑警，但他已經累積了漂亮的逮捕紀錄，他偵破的案件有百分之九十五的定罪率（大多是不嚴重的竊盜犯罪）。他的報告既仔細又簡潔。

艾斯黎與搭檔合作的表現不佳，但獨立工作的表現很好，所以我讓他自己進行偵訊。他是優異的偵訊者，我認為他奇蹟似地讓許多罪犯坦承罪行（且不用蠻力）。他一切表現都很好，我給他的整體考績是實實在在的甲。

但他的同僚都討厭他，這是因為他在聖誕節醜聞案中扮演了告密者，而他因此被調為刑警，更讓他受到鄙視。（似乎大家都知道，艾斯黎轉成刑警是因為他告密。）此外，艾斯黎不喜歡對嫌犯施加暴力，大多數的弟兄認為他是懦夫。

艾斯黎已經高分通過副隊長考試，他可能很快就會占缺。但我認為他太年輕、太沒有經驗，不能擔任一個刑警副隊長的職務。這樣的晉升將會造成巨大的不滿，我認為他將會是被眾人討厭的主管。

阿諾・D・瑞丁敬呈
副隊長，警徽編號五五六

摘錄：《洛杉磯每日新聞》，二月九日

官方證實：營建大亨艾斯黎將用高速公路連接洛城

今日，三郡高速公路委員會宣布，普雷斯頓・艾斯黎這位曾在舊金山當送報生、在洛城當警察的大亨，將負責興建高速公路系統，這些高速公路將分別連接好萊塢與洛城市中心，市中心與聖佩卓，波摩納與聖柏納迪諾，南灣與聖費南度谷地。

「相關細節會另作說明，」艾斯黎在電話上告訴本報，「我明天會開電視記者會，州議會代表與三郡委員會將一同出席。」

《噤聲祕辛》雜誌，一九五三年二月號

洛城檢察總長暫離選戰休息——跟黑妞一起放鬆！

席德・哈金斯報導

洛城檢察總長比爾・麥佛森喜歡長腿巨乳辣妹——而且膚色要黝黑。從紐約哈林區到洛城黑人區，大家都知道這位五十七歲已婚有三個青春期女兒的男人，是喜歡大灑非法政治獻金的闊佬——他去的昏暗娛樂場所美酒如泉、酷派爵士樂迴盪、大麻煙味繚繞不去，黑白戀跟著高音薩克斯風的激昂樂音一同起舞。

爵士迷，你喜歡這種地方嗎？麥佛森正在進行連任選戰，在對抗犯罪剋星艾里斯・洛威的政治生涯戰役中，他需要放鬆的時間。他是去正經的強納森俱樂部游泳池嗎？不是。他是帶全家去麥克・李曼餐廳或太平餐坊用餐嗎？不是。那麼他**是**去哪兒呢？去黑人區的萱草花舞廳。

爵士迷，一切都在傑佛遜大道以南發生。那裡是不同的世界。把你的頭髮燙成波浪，穿上紫色亮面西裝，跟黑人一同翩翩起舞。檢察總長比爾・麥佛森就是這麼做——每星期四晚上。

但讓我們看看事實。瑪莉安・麥佛森，長年受苦的黃臉婆，一直以為比爾星期四晚上是去奧林匹克體育館看墨西哥輕量級拳擊手互毆。她錯得離譜——壞小子比爾星期四渴望的是不倫戀情，不是鬥毆。

第一項事實——比爾・麥佛森是米妮・羅柏茲「北非城堡」的常客——這是洛城南區最奢華的妓院。爵士迷，你可以稱這暗示了罪惡——但我們聽說他喜歡三十五塊美金一節的牛奶浴，由兩位非常壯碩的剛果美女來服侍。第二項事實——麥佛森被目擊在湯米．塔克的樂室聽「菜鳥」查理．帕克（惡名昭彰的毒蟲）演奏爵士樂，那裡濃烈的調酒讓麥佛森爽到九霄雲外。那晚他的玩伴是琳內特．布朗，十八歲黑皮膚美女，還未成年就兩度因持有大麻被逮捕。琳內特告訴《噤聲祕辛》的神祕特派員，「比爾喜歡黑妞。他說，『一旦你玩過黑妞，就不會想回頭了。』他喜愛爵士也喜歡慢慢飲酒作樂。他真的已婚？他真的是檢察總長？」

他當然是。但還能當多久？距離投票日還有很多星期四，壞小子比爾有辦法將他的黑暗慾望克制到那時候嗎？

親愛的讀者，記住，您在這裡搶先讀到的獨家新聞——不宜公開，隱密非常，讓人噤聲的祕辛。

摘錄：《洛杉磯前鋒快報》，三月一日

血腥聖誕節警察即將出獄

四月二日，李察．史坦斯蘭離開威賽監獄重獲自由。他在一九五一年血腥聖誕節警察施暴醜聞中，被指控四項攻擊罪名，去年被定罪，他出獄之後不再是警察，需要面對不確定的未來。

史坦斯蘭過去的拍檔溫德爾．懷特警員告訴本報，「那年聖誕節的事情，完全是陰錯陽差。我人也在那裡，有可能是我被開除。狄克只不過是倒楣。他讓我變成好警察，我欠他人情，我對他所遇到的事很氣。我仍是狄克的朋友，我猜警局裡他還有很多朋友在。」

史坦斯蘭在民間似乎也有很多朋友。他告訴本報記者，出獄之後他會去為亞伯．郤多鮑姆工作，此人是洛城西區亞伯快餐店的老闆。當他被問到是否對讓他坐牢的人有怨恨，他說，「只有一個。但我太守法了，沒辦法拿他怎麼樣。」

《洛杉磯每日新聞》，三月六日

醜聞使檢察總長競選從五五波變成一面倒

現任本市檢察總長威廉・麥佛森與檢察官艾里斯・洛威之間的選戰，原本預期要到最後關頭才見勝負。勝選的人將會是洛城未來四年打擊犯罪的最高首長。兩人都在同樣的議題上打選戰：「如何最好地運用本市的司法預算，如何最有效率地打擊犯罪。」可想而知，兩個男人都聲稱他們打擊犯罪最認真。洛城執法機關認為麥佛森對抗犯罪的態度軟弱，整體上過於自由派，於是轉而支持洛威。工會組織則支持現任者。麥佛森堅定主打他目前的政績，並盡量消除他好好先生的形象，而洛威嘗試年輕改革者的例行策略，但並不成功：他令人覺得過於誇張且渴求選票。一直到《噤聲祕辛》雜誌二月號上架之前，這場選戰仍是君子之爭。

大多數人對《噤聲祕辛》與其他醜聞刊物抱持懷疑態度，但現在是選舉時刻。一篇文章指稱，二十六年來婚姻美滿的麥佛森檢察總長，跟年輕黑人女性一同作樂。檢察總長忽視這篇報導，而報導還刊出他與黑人女孩的照片，拍攝地點是洛杉磯市區南邊的一家夜總會。麥佛森太太並未忽視這篇報導——她訴請離婚。艾里斯・洛威在選戰中並未提及這篇文章，而麥佛森的民調開始下滑。接著，在選舉三天前，郡警突襲日落大道上的紫丁香汽車旅館，因為一位「不具名線民」打電話通報，在九號房裡有不法的幽會。結果幽會者證實是麥佛森檢察總長與一位年僅十四歲的黑人妓女。郡警以法定強姦罪[1]逮捕了麥佛森，並聽取瑪薇・威金斯的說詞，她已有兩次拉客被捕的前科。

1 statutory rape，指與未成年少女發生性關係，無論對方同意與否，均構成強姦罪。

威金斯告訴警方，麥佛森在西大街南段挑上她，講好給她一小時二十塊作為酬勞，並載她到紫丁香汽車旅館。

另一方面，麥佛森則是宣稱自己失憶。他只記得在太平餐坊跟多位支持者進行晚餐會議時，喝了「幾杯馬丁尼」，然後上了自己的車。接下來的事他一概不記得。後來的事已成歷史：警察抵達沒多久，記者與攝影師來到紫丁香汽車旅館，麥佛森上了頭版新聞，在星期二投票日，艾里斯・洛威壓倒性地獲選為本市檢察總長。

整件事似有蹊蹺。醜聞媒體不應該決定選舉的議題，雖然《洛杉磯每日新聞》（本報公開支持麥佛森）永遠不會限制他們刊載任何骯髒事的權利。我們嘗試去找瑪薇・威金斯，但這個女孩被警方釋放之後，似乎已經消失在地球表面。本報無意指控任何人，但我們呼籲檢察總長當選人洛威，針對本案開啟大陪審團調查，即使這麼做的理由僅是成全他清白接掌新職的願望。

第二部

夜鴉慘案

第十四章

整個隊部只剩他一人。

樓下正在辦退休派對——他沒被邀請。他讀著每週犯罪報告，歸納重點，釘在公告欄上——其他人從不做這件事，他們知道他最擅長這個。報紙上大肆宣傳著夢幻時刻樂園開幕——其他警察學咪老鼠怪腔怪調講話，讓他厭煩。史貝德・庫利在派對上演奏；變態「兩點」柏金斯四處走來走去。已經午夜卻毫無睡意——艾德邊讀邊打字。

一九五三年四月九日：好萊塢大道上，一個小偷連偷四家商店，用柔道手刀把兩個店員打倒。四月十日：中國大戲院的帶位員被兩名白人男性刺殺致死——因為他叫他們把菸熄掉。嫌犯仍然在逃；瑞丁副隊長說他經驗不足，不能處理命案——所以他沒負責此案。四月十一日：一疊犯罪報告——近二週來，一車黑人青年在葛瑞菲斯公園的山上，數度被目擊對空發射散彈槍。身分不詳，這些小鬼開的是一九四八到五〇年份的水星雙門轎車。四月十一日至十三日：五樁日間竊盜案發生在日落大道以北的私人住宅，有珠寶失竊。目前這件案子尚未指派刑警。艾德做筆記：搶這件案子來辦，在其他人亂摸之前，採集竊賊入屋處的指紋。今天十四日——他可能還有機會。

艾德完成工作。空空蕩蕩的辦公室讓他開心：沒有討厭他的人，一個充滿辦公桌與檔案櫃的大空間。牆壁上有官方表格——當你逮到犯人或讓某人認罪時，得將上面的空白處填滿。認罪內容可能只是待解的密碼，除了承認犯罪之外什麼也沒告訴你。但如果你以正確的方式引導嫌犯——以精準的程度去愛他並恨他——然後他就會告訴你事情——小細節——這些事情將會創造一個現實來支撐你的案子，並給你更多智慧來讓你下一個嫌犯就範。亞瑟・迪斯潘與他父親教他如何找到突破點。他們有整箱的過去偵訊速記紀錄：兒童強姦犯、搶犯、曾向他們認罪的各種人渣。亞瑟會用手刀砍嫌犯頸背——但他威脅要打的次數比實際動手多。普雷斯頓・艾斯黎很少打人——他認為暴力代表罪犯打敗警察，並創造混亂。他們兩人會念出簡略的答案，然後讓他猜測問題為何；他們給他一般罪犯經驗的描述——讓他有個起頭來引嫌犯開口說話。他們讓他明白，人有不同程度的缺陷，這些缺陷能被人接受，是因為其他人可以諒解，但有些程度的缺陷會產生強烈的羞恥，除了面對優秀的告解神父之外，我們會隱藏這些缺陷。他們磨練他找到關鍵缺陷的直覺。這種能力變得如此敏銳，以致他有時難以注視鏡中的自己。

他們一直練習到深夜——兩個鰥夫跟一個未婚的青年。亞瑟對多重謀殺案有強烈興趣——他要他爸爸反覆重述阿瑟頓案：恐怖的片段、目擊者的證詞。普雷斯頓老大不願意地用心理學理論來分析該案——他希望這件讓他揚眉吐氣的案子可以完整封存在他心裡。亞瑟的老案子也被仔細檢視——而艾德獲得了三個聰明腦袋努力思考的成果：每個嫌犯都認罪，其中高達百分之九十五被定罪。但到目前為止，他精通犯罪知識的努力從未遇到挑戰——更別說獲得滿足。

艾德下樓走到停車場，湧生睡意。「呱，呱。」從他背後傳來——某人的手把他轉過身來。一個人戴著兒童面具——丹老鴨。左右開弓兩拳把他眼鏡打飛；腎臟挨了一拳讓他倒地。肋骨被踢讓他縮成一球。

艾德用力縮起身子，臉部被踢中。閃光燈泡一閃，兩個男人走遠：一個呱呱叫，另一個大笑。認出他們的身分很容易：狄克・史坦斯蘭刺耳的嗓音，巴德・懷特因打美式足球的舊傷而走路有點跛。艾德吐口血，誓言復仇。

第十五章

羅素・米勒德隊長對風化組第四小隊訓話——主題是色情刊物。

「各位，淫穢圖片刊物。近來於緝毒、簽賭與賣淫案件的相關犯罪現場，發現了很多這類玩意兒。通常這類東西是在墨西哥製作，所以並不在我們的管轄內。通常這是屬於組織犯罪組的兼管業務，因為大型黑幫有財力可製作，也有管道可以販售。但是傑克・德拉格納已經被遣送出境，米基・柯恩在監獄裡，他的清教徒道德觀可能也不會容許他搞這種東西，而墨里斯・捷耳卡已經快把自己玩完了。色情照片不是傑克・惠倫的風格——他是個組頭，希望可以染指賭城拉斯維加斯的賭場。被查獲的東西品質很高，洛杉磯區域的印刷廠沒辦法製作。牛頓街分局風化組去查過這些印刷廠，他們是清白的，因為他們沒有設備製作這種品質的雜誌。但是照片中的背景顯示是在洛杉磯拍攝：你可以看到某些窗外有類似好萊塢丘陵的山，很多場景裡的家具看起來像是典型的洛城廉價公寓。所以我們的任務是查出這本淫穢刊物的源頭，並逮捕製作它、為它擺姿勢以及幫助它流通的人。」

傑克嘆息，一九五三年就辦黃色刊物這種「大案」。其他刑警看起來對這本淫穢刊物很有興趣，也許可以燃起他們老婆的「性致」。米勒德吞了一顆控制心律不整的藥。「牛頓街的弟兄盤問了所有相關案件中的嫌犯，他們都否認持有這本刊物。印刷廠裡也沒人知道這是在哪印的。這本雜誌已經在刑事警察局與各分局風化組傳閱，照片內的模特兒我們都查不出身分。所以，各位自己看看吧。」

韓德森與基夫卡伸出手，史塔西看起來快流口水了。米勒德把色情刊物傳過去。「溫森斯，你不想待在這裡嗎？」

「是啊，隊長。我想去緝毒組。」

「喔？除此之外呢？」

「或許跟第二小隊去抓妓女。」

「警佐，破一件大案。我很樂意把你調離本組。」

喔啊聲、咯咯笑聲、哇賽聲；有三個人搖頭示意不看。傑克抓過這些刊物。

七本雜誌，高品質銅版紙，平凡的黑色封面。每一本十六頁，有彩色與黑白照片。其中兩本被扯成兩半，照片露骨：男人和女人，男人和男人，女人跟女人。插入特寫：異性戀、同性戀，女同性戀照片則用假陽具。窗戶外有「好萊塢」地標；在折疊床上性交的照片，廉價房子，灰泥牆壁，桌上擺個電熱爐，洛杉磯每個落魄單身漢都有一組。這些場景跟一般黃色書刊差不多——但是模特兒卻不是兩眼無神的毒蟲，他們是長相漂亮、身材健美的年輕男女——裸體、穿著戲服：伊莉莎白時代的古裝、日本和服。傑克把被撕開的雜誌拼在一起，賓果：巴比•英吉——他抓過這個男妓抽大麻——為一個穿著鯨骨馬甲的男人吹喇叭。

米勒德說，「溫森斯，有沒有認識的人？」

他有個想法。「隊長，裡面我誰都不認識。但你在哪裡發現這些被撕開的雜誌？」

「在比佛利山莊的公寓後面垃圾桶找到的。管理者是一個名叫洛瑞塔•道尼的老女人，她發現了這些刊物，並向比佛利山莊警局報警，他們又聯絡了我們。」

「你有那棟公寓的地址嗎？」

米勒德看了證物登記表。「查爾維爾路九八四九號。為什麼要問？」

「我只是想負責這部分的工作。我在比佛利山莊有不少人脈。」

「嗯，他們叫你『垃圾桶』可真沒錯。好吧，你去查比佛利山莊這條線索。韓德森你跟奇夫卡去找刑案報告中被逮捕的人在哪裡，再試試看查出他們在哪弄到這玩意兒——我等一下會給你們複寫本。告訴他們，如果說出真話，他們不會被指控任何罪名。史塔西，你從戲服供應商那邊下手追查，看看能不能在供應商庫存裡找到同樣的衣服，然後查出這些……表演者穿的戲服是誰租的。我們先嘗試這個方向——如果我們必須一一比對檔案照片找人，我們會耗掉整整一星期的時間。各位，會議到此結束。溫森斯，趕快去查案，不要再分心了——這裡是風化組，不是緝毒組。」

□

傑克開始行動：到檔案資料處調出巴比·英吉的檔案，他果然沒看錯。去比佛利山莊找這個負責管理的老太婆，看看能查出什麼，並追好這條他已知結論的線索——巴比·英吉犯了企圖散布淫穢刊物罪，這可是重罪。巴比將會供出跟他一起表演的人是誰，以及是誰拍了這張照片——這下就搞定了破大案的調職條件。

今日微風清涼；傑克走奧林匹克大道直接往西。他讓收音機開著，新聞節目裡艾里斯·洛威侃侃而談：地檢署刪減預算。艾里斯繼續他無趣的談話；傑克轉台——他要自己別想比爾·麥佛森的事。他轉到開心的百老匯歌曲，還是想到了他。

那篇《噤聲祕辛》的報導是他的點子：麥佛森喜歡黑女人，席德·哈金斯喜歡寫搞黑女人的醜聞。洛威知道並許可這件事，也認為自己又欠了溫森斯一份人情。麥佛森的老婆訴請離婚，洛威很滿意——他在民調上領先了。杜德利·史密斯想要更進一步，於是安排了汽車旅館那個陷阱。

輕而易舉的計謀：

桃·羅斯坦認識一個曾在少年感化院待過的黑女孩：那女孩因為賣淫被捕。坐牢時，桃與她有肉體關係。

桃讓這小小的陷阱得以啟動；杜德利與他的頭號手下麥克・布魯寧在紫丁香汽車旅館準備了一個房間，那裡是日落大道最惡名昭彰的買春地點，而且是郡警地盤，本市檢察總長在那裡僅不過是另一個光屁股被逮的嫖客。麥佛森去太平餐坊參加晚宴；杜德利與瑪薇・威金斯——十四歲、黑皮膚、像個巫婆——等在外面；布魯寧通知西好萊塢郡警與媒體；溫老大把安眠藥丟在麥佛森最後一杯馬丁尼裡。檢察總長離開餐廳時頭昏腦脹，胡亂開了他的凱迪拉克約一英哩，然後在威爾夏大道與阿法拉多街交叉口停車睡著了。布魯寧開車帶著誘餌跟上，瑪薇穿上了晚禮服。布魯寧坐進麥佛森的凱迪拉克駕駛座，把壞小子比爾跟那女孩送進幽會地點——接下來的事就是政壇歷史了。

洛威未被告知，他以為他只是運氣好。桃把瑪薇送到墨西哥的提華納市，所有的支出都打點好了——從女子監獄的預算挪用。麥佛森失去了妻子與職位；他被控與未成年少女發生性關係的案子則被撤銷——無法找到瑪薇。溫老大心裡突然動念——

念頭：他這次幫忙的鳥事太過火了。理由：一九四七年十月，桃・羅斯坦也在那輛救護車裡——她知道，那麼杜德利可能也知道。如果他們知道，他就必須配合他們玩下去，以免全世界都知道——以免凱倫知道。

他已經跟她交往整整一年，因為某種原因他們的關係認真了起來。他不再匯錢給史考金兄妹，花了四萬美金才結清債務——他需要現金才能追求凱倫，跟她在一起可以讓他稍微忘懷那年在馬里布發生的事件。瓊安・莫洛・洛威仍然對他很壞；威爾頓與他太太不情願地接受他——而凱倫這麼認真地愛他，幾乎讓他心痛。在風化組工作也令他難受——這份工作很無聊，所以他一有機會就會搞一些毒品的案子。席德・哈金斯打電話給他的次數也少了——他現在不是緝毒組的刑警。在麥佛森事件之後，哈金斯沒找他反而讓他高興——他不知道自己是否能夠再去勒索別人。

凱倫自己也在說謊——讓他繼續扮演英雄、信託基金、老爸付錢租的海灘別墅、研究所。這段感情只是半吊子：他三十八歲，他二十三歲，很快她自己就會明白了。她想要嫁給他，他抗拒；有艾里斯・洛威當連襟，意味著他必須幫連襟收黑錢到死為止。他知道為什麼自己可以扮演英雄角色：凱倫正是他一直想打動的觀眾，他明白她可以或不可以接受什麼。她的愛已經塑造了他的表演，所以他只需要舉止自然，並讓某些祕密不曝光。

開始堵車。傑克往北開上多亨尼路，再往西走查爾維爾路。九八四九號離威爾夏大道只有一個街區，是一棟兩層樓的都鐸式建築。傑克並排停車，檢查了郵箱。

六個郵箱口：洛瑞塔・道尼，還有其他五個名字——三對夫妻、一個男人、一個女人。傑克寫下這些名字，走到威爾夏大道，找到一座公用電話。他打電話到檔案資料處以及監理所的警用查詢專線；等了兩次。這些住戶都沒有犯罪紀錄；有輛車的紀錄相當突出：克莉斯汀・貝吉隆，郵箱上標著「小姐」，她曾因不當駕駛被罰四次，但駕照並未被撤銷。傑克從監理所職員處得到更多資料：這個女人三十七歲，她的職業欄填著演員、服務生，在一九五二年七月時，她在好萊塢的史丹免下車餐廳工作。

直覺：服務生不會住在比佛利山莊，也許克莉斯汀・貝吉隆有老相好來付租金。傑克回到九八四九號，敲著標有「管理人」的門。

一個老太婆開門。「年輕人，有什麼事嗎？」

傑克亮出警徽。「女士，我是洛城警察。是關於你先前發現的那些書。」

老太婆透過可樂玻璃瓶瓶底般的眼鏡瞇眼看他。「我過世的丈夫一定會自己查出真相，哈洛・道尼先生對這種骯髒事絕不寬貸。」

「道尼太太，是你自己發現這些雜誌嗎？」

「年輕人，不是我，是我的清潔婦。她把這些書撕破丟到垃圾桶，我就是在那裡找到的。我打電話向比佛利山莊警局報案後，我問過尤拉。」

「尤拉在哪裡找到這些書？」

「嗯……我……我不知道是否應該……」

突然轉換話題。「告訴我關於克莉斯汀・貝吉隆的事。」

哼一聲。「那個女人！還有她那個男朋友！我不知道誰比較糟！」

「女士，她是個難搞的房客嗎？」

「她無時不刻都在取悅男人！她穿著緊身女侍裝在地板上滑溜冰鞋！她有個沒用的兒子，總是不去上學！十七歲了，整天蹺課泡酒館！」

傑克拿出一張巴比・英吉的大頭照；老太婆把照片舉到眼鏡附近。「對，他是戴洛那群沒出息的朋友之一，我看過他在這裡出沒很多次。**他**是誰？」

「女士，尤拉是在貝吉隆的公寓發現這些淫穢書刊嗎？」

「這個嘛……」

「女士，克莉斯汀・貝吉隆跟她兒子現在在家嗎？」

「不在，我幾個小時前聽到他們出門了。因為我的視力不好，所以耳朵很靈。」

「女士，如果你讓我進去他們的公寓，而我找到更多淫穢書刊，你可以賺到一筆獎金。」

「這個嘛……」

「女士，你有鑰匙嗎？」

「我當然有鑰匙，我可是管理者。如果你保證不碰任何東西，而且我的獎金不必扣稅的話，我現在就讓你進去看。」

傑克把大頭照拿回來。「女士，一切照你的要求辦。」老女人上了樓到二樓的公寓。傑克跟著；老太太打開走道上第三戶的門。「年輕人，給你五分鐘。對裝潢與家具要謹慎——我妹夫是這棟房子的所有人。」

傑克走進去。客廳整潔，地板有刮痕——可能是溜冰鞋所造成。家具品質不錯，有磨損，沒什麼保養。牆壁空空洞洞，沒有電話，小桌上有兩個相框——像是宣傳照的照片。

傑克審視這兩張照片；道尼老太太跟得很緊。相同的白鑞相框——兩個俊男美女。美女——淡色頭髮，齊肩往內捲，眼睛散發出廉價的光芒。俊男看起來就像她——頭髮更金，眼睛又大又蠢。「這是克莉斯汀跟她兒子？」

「對，我得說這對母子很好看。年輕人，你剛提到的獎金有多少？」傑克無視她，走進臥室，搜尋抽屜、衣櫃與床墊下。沒有淫穢書刊，沒有毒品，沒有可疑跡象——褻衣是唯一值得察看的東西。

「年輕人，五分鐘已經到了。我要你書面保證我會收到這筆獎金。」

傑克轉身微笑。「我會寄給你。我還需要五分鐘檢查他們的通訊錄。」

「不行！不行！他們隨時都會回來！我要你立刻給我離開！」

「女士，只要一分鐘。」

「不、不、不！你立刻出去！」

傑克走向門口。「你讓我想到那個熱門電視影集裡的警探。」

「他會的一切都是我教的。」

□

他覺得應該很快就能破案。

巴比・英吉供出色情書刊的販賣者，被送進州立監獄，他跟戴洛・貝吉隆會被判某種道德罪刑：那孩子還未成年，巴比則是個惡名昭彰的玻璃，他的犯罪檔案滿是同性戀、皮條客的紀錄。緊密收網，認罪自白，找到嫌犯，給米勒德很多報告。了不起的溫老大破獲大型淫穢書刊組織，以英雄身分重回緝毒組。

北上來到好萊塢，繞到史丹免下車餐廳——克莉斯汀・貝吉隆穿著溜冰鞋送炸薯餅。嘟著嘴，姿態撩人——類似妓女的女人，也許會是願意嘴含老二拍照的那種女人。

傑克停車，讀著巴比・英吉的犯罪紀錄。有兩張法庭拘捕令：交通罰單，緩刑未出現服刑，最近的地址是西好萊塢北漢莫路一四二四號——「薰衣草峽谷」的心臟地帶。三家「圈內人」常泡的同性戀酒吧——李奧藏身處、裝甲武士、B.J.休閒中心——都在附近的聖塔蒙妮卡大道上。傑克開車前往漢莫路，拿出手銬準備抓人。

日落段商圈附近的成排小屋：郡警的地盤。郵箱上寫著「英吉—六號」。傑克找到房子，敲門，無回應。「巴比，嘿，甜心。」他用假聲說——仍沒反應。門鎖著，窗簾拉上，整個社區一片死寂。傑克回到車上，往南駛去。

同性戀酒吧區：英吉常混的地方離住處只有兩個街區。李奧藏身處四點才開門；裝甲武士空無一人。酒吧店員妖嬌地對他說話——「哪個巴比？」——彷彿他真的不知道似的。傑克來到B.J.休閒中心。

成簇狀的人造皮——牆壁、天花板、小小舞台邊的對坐長椅滿滿都是。吧台邊有同性戀；酒保立刻發覺條子來了。傑克走過去，把幾張大頭照放在檯面上。

酒保拿起照片。「這人叫巴比什麼的。他很常來這裡。」

「多常？」

「喔，一星期幾次。」

「下午還是晚上來?」

「都有。」

「你上次在這裡看到他是什麼時候?」

「昨天。其實正好是昨天這個時間左右。你是——」

「我要在那邊的座位等他。如果他來了,別跟他提我的事。懂嗎?」

「懂。可是你看,你已經讓整個舞池淨空。」

「今天的損失就從你們的稅金扣吧。」

酒吧呵呵笑;傑克走到舞台邊的座位。這裡視野清晰:前門、後門、吧台。黑暗掩護了他。他觀察著。同性戀求偶儀式:互拋媚眼,交頭接耳,走出門口。吧台上有面鏡子,讓玻璃們可以互相打量,眼神交會,歡喜發暈。過了兩小時,抽了半包菸——沒有巴比·英吉的蹤影。

他的肚子咕咕叫,他的喉嚨乾渴,吧台上的酒瓶對他微笑。無聊讓他坐不住,到四點他就去李奧藏身處。

三點五十三分——巴比·英吉走了進來。

他坐在高腳凳上,酒保倒了杯酒給他。傑克走上前去。

酒保嚇到了:兩眼凸出,雙手發抖。英吉轉身,傑克說,「警察。把手放在頭上。」

英吉把酒丟出去。傑克嘗到了威士忌的滋味,烈酒灼燒他的眼睛。他眨眼,跌跌撞撞,閉著眼睛摔倒在地板上。他拚命把酒味咳出來,站起來,恢復模糊的視線——巴比·英吉已經跑了。

他跑到外面。巴比不在人行道上,一輛轎車緊急加速,輪胎磨地。他的車在兩個街區外。

酒精讓他非常難過。

傑克跑過街,到了一間加油站。他衝進廁所,把獵裝外套丟進垃圾桶。他洗臉,把肥皂抹在襯衫上,拚命想把酒味嘔出來——還是不行。洗手台裡有肥皂水——他吞下去，猛喝，又嘔了出來。

他恢復過來，心臟不再猛跳，雙腳可以站穩。他拿出槍套包在紙巾裡，回到車上。他看到一座公用電話——跟著直覺撥了電話。

席德・哈金斯接起電話。「《噤聲祕辛》，不宜公開，隱密非常。」

「席德，我是溫森斯。」

「傑克，你回到緝毒組了嗎？我需要稿子。」

「還沒，我在風化組這邊有點搞頭。」

「精采情報？跟名人有關？」

「我不知道好不好，但如果案情精采的話，你可以拿去用。」

「傑克，你聽起來很喘。你才剛跟女人搞？」

傑克咳嗽——肥皂泡泡。「席德，我正在追一批黃色書刊，有圖片的那種。性交照片，但這些人看起來不像有毒癮的人，他們穿著昂貴的戲服。這玩意品質很好，我認為你可能聽過相關的消息。」

「沒有、沒有，我什麼都沒聽說。」

回答太快，沒有聰明的俏皮話。「那你有聽過一個叫巴比・英吉的男妓，或是一個叫克莉斯汀・貝吉隆的女人？她是免下車餐廳的女侍，也許兼差賣這玩意兒。」

「傑克，我從沒聽說過他們。」

「媽的。席德，你有聽過什麼獨立搞色情刊物的人嗎？你知道些什麼？」

「傑克，我知道的是，這是連我都不知道的祕密玩意兒。傑克，關於祕密這檔事，就是大家都有祕密，包括你在內。傑克，稍後再聊。有工作時打電話給我。」

電話被切斷。

大家都有祕密——包括你在內。

這不像席德平常的樣子，他以往不會用警告來結束談話。

他是不是他媽的知情？

傑克開車到史丹免下車餐廳，全身發抖，車窗搖下好讓肥皂味飄散。克莉斯汀・貝吉隆不在此處。他回到查爾維爾路九八四九號，敲敲她公寓的門——沒回應，門鎖與門框之間有空隙。他一推，門開了。

客廳裡衣服被丟了一地。相框不見了。

來到臥室，他開始害怕，因為槍還在車裡。

衣櫃與抽屜空蕩蕩。床單被剝下。進入浴室。

牙膏與衛生棉散落在淋浴間裡。玻璃隔板碎裂在洗手台裡。

跑路，十五分鐘內打包的樣子。

回到西好萊塢，車速飛快。巴比・英吉的門輕易就被踹開；傑克持槍進屋。

這裡也被清空，不過手段比較高明。

客廳乾乾淨淨，浴室什麼都不剩，臥室裡只有空洞的衣櫥抽屜。冰箱裡有一箱沙丁魚。廚房垃圾桶被清空，裡面放了全新的紙袋。

傑克把整間屋子拆了：客廳、臥室、浴室、廚房——架子被推倒，地毯被掀開，馬桶被拆掉。他住手，閃過一個念頭：垃圾桶，裝滿了，排在街道兩面[1]——

若不在那裡就沒有了。

他心想，遭遇英吉是一小時二十分鐘前的事，這王八蛋應該不會直接跑回老窩。他可能先離開那條街，慢慢開車回家，把車停在巷子裡，再冒險出來搬東西。他可能以為自己是因為法庭逮捕令或色情刊物生意而被追捕；他知道他已經水深火熱，不能再被抓到藏有淫穢書刊。他不能冒險把書放在車裡——車子被搜的機會太高了。排水溝或垃圾堆裡，靠近垃圾桶內頂端，也許「垃圾桶」傑克可以找到更多裸體男女的身分。

傑克走到人行道，翻找垃圾桶，成群的小孩在旁嘲笑他。一、二、三、四、五——還有兩個在街角還沒翻，最後一個垃圾桶沒有蓋子，光滑的黑色紙張露了出來。

傑克直線往其衝去。

三本色情刊物就在最上面。傑克抓出這三本，跑回他的車，開始翻閱——孩子們對著擋風玻璃行注目禮。同樣的好萊塢地標背景，巴比・英吉跟男生、女生的照片，不知名的俊男美女性交。翻到第三本書中間時，照片變得瘋狂起來。

雜交，口接生殖器的人肉連環，十二個人在鋪著被單的地板上。被切開的四肢，手腳噴出紅色液體。傑克瞇著眼看，眼睛覺得疲勞，這不是血而是紅色墨水，這些照片被處理過了。切割四肢是假的，紅墨水以漂亮的小漩渦在流動。

傑克試著辨識這些人的身分，極致的猥褻讓他難以集中注意力：流出紅墨水的裸體，沒有他認得的臉，直到最後一頁：克莉斯汀・貝吉隆跟她的兒子性交，她踩著溜冰鞋，站在有磨痕的硬木地板上。

1 美國常見的收垃圾方式，是把自宅的制式垃圾桶定時推到路邊讓垃圾車清空。

第十六章

一張照片掉進他的信箱：艾德・艾斯黎警佐流著血，面帶驚恐。背面沒寫字，也無此需要：史坦斯蘭跟懷特手上有底片，以確保他永遠不會嘗試對付他們。

艾德，獨自在辦公室，清晨六點。下巴的縫合處發癢，鬆脫的牙齒讓他無法進食。那一刻之後已經過了三十個小時——他的雙手仍在顫抖。

報復。

他沒告訴父親；他無法承擔去向帕克或政風處報告的恥辱。對巴德・懷特復仇會比較麻煩，他是杜德利・史密斯的人馬，史密斯才剛讓他占了凶殺組的缺，而且正在將他打造成重要的打手。史坦斯蘭比較容易對付，他在假釋中，為米基・柯恩過去的手下亞伯・郃多鮑姆工作。他仍是個酒鬼，遲早要再坐牢。

報復——已經開始進行了。

收買了兩個郡警，花的是他母親的信託基金。兩人一組跟蹤史坦斯蘭，一旦他稍微違反假釋條例就會立刻逮住他。報復。

艾德正在打報告。肚子發出咕嚕聲：毫無進食，槍套把寬鬆的褲子往下拉。廣播系統傳出一個聲音，大聲且惶恐。

「呼叫刑警隊！夜鴞咖啡館，徹若磯街一八二四號！多重命案！去找現場巡警！緊急警報！」

艾德站起來，撞到雙腿。沒有其他刑警值勤——這件案子是他的。

□

數輛巡邏車停在好萊塢路與徹若磯街交叉口；制服員警正在拉設刑案現場封鎖線。眼前沒有看到其他便衣刑警——這是他有機會能夠破的第一件命案。

艾德停車，熄掉警笛。一個巡警跑過來。「死了很多人，其中有些可能是女人。是我發現死者，我下車要買咖啡，看到門口掛著這個假告示『因病打烊』。拜託，夜鴞**從來不**打烊。店內很暗，我知道其中必定有鬼。艾斯黎，這不是你能辦的案子，應該找市中心刑警局的人，所以——」

艾德推開他，擠向門口。門沒關，「因病打烊」的告示貼在門上。艾德走進店內，用心記憶看到的細節。內部格局是長方形。右手邊是一排桌子，每張搭著四條椅子。牆壁貼了壁紙，上面有貓頭鷹棲息在路標上眨眼的圖像，方格圖案塑膠地板。左手邊有櫃臺——十二張凳子。後面有出菜通道，裡面是廚房，廚房最前面是廚師料理台：油炸鍋、掛在掛勾上的抹刀、用來放盤子的平台。左前方：收銀機。

敞開、空空如也——硬幣掉在收銀機旁邊的踏腳墊上。

三張桌子亂七八糟：食物翻落，盤子翻倒，餐巾紙盒跟破碎的盤子在地板上。拖行痕跡往廚房方向去，一隻高跟鞋掉在倒栽蔥的椅子旁。

艾德走進廚房。地板上有炸到一半的食物、打破的餐盤與平底鍋。廚師料理台下有一個嵌壁保險櫃——開著，硬幣散落。交叉的拖行痕跡跟其他拖行痕跡相連，深黑色鞋跟的磨痕停在食物儲藏室門口。門沒關，粗繩自穿孔脫落——冷空氣都跑掉了，無法再冷藏食物。艾德打開門。

多具屍體——地板上血流成河的屍體疊在一起。牆壁上有腦漿、血液與散彈槍彈孔。排水槽裡，血液累積兩呎深。數十枚散彈彈殼在血中漂浮。

近二週來，一車黑人青年在葛瑞菲斯公園的山上，數度被目擊對空發射散彈槍。身分不詳，這些小鬼開的是一九四八到五〇年份的水星雙門轎車。

艾德噁心想吐，試圖要數屍體。

沒有可供辨識的臉孔。也許這五人死於非命，僅只是為了收銀機、保險箱和死者身上的錢——「肏他媽的。」

一個看似菜鳥的警察——臉色蒼白，幾乎發青。艾德說，「外面有多少弟兄？」

「我……我不知道。很多人。」

「別昏頭了，把大家集合起來，去附近打聽消息。我們需要知道今晚這裡是否有人目擊某種型號的車輛。」

「長官，有個刑警局的人想要找你。」

艾德走了出去。天開始破曉，陽光灑在圍觀群眾身上。巡警阻擋著記者，看熱鬧的民眾大批聚集。喇叭聲大作，摩托車開道，救護車被群眾阻擋。艾德尋找高階警官的蹤影，大吼提問的記者幾乎將他踩在腳下。

他被推下人行道，釘在一輛巡邏車上。閃光燈啪啪啪——他轉身以免大家看到淤青。一雙強有力的手抓住他。「小伙子，回家。這裡的指揮權已經交給我了。」

第十七章

有史以來首度全員集合——市中心各單位的刑警都到齊待命。局長的簡報室擠滿了人。賽德・葛林跟杜德利・史密斯站在直立式麥克風旁，所有弟兄面對著他們，急著想要離開。巴德尋找艾德・艾斯黎的蹤影——想要察看他傷勢如何。沒看到艾斯黎——這意味了他接獲夜鴞事件報案的謠言並非事實。

史密斯抓過麥克風。「小伙子，你們都知道今日為何被召集。姑且不論『夜鴞大屠殺』這個誇張名詞，此案確實是惡毒的犯罪，需要迅速俐落地破案。媒體與大眾肯定會如此要求，而我們既然已經有了可靠的線索，就會讓大家看到案情水落石出。」

「儲藏室裡死了六個人——三男三女。我已經跟夜鴞的老闆談過，他說其中三名死者可能是派蒂・卻希瑪跟唐娜・狄路卡，晚班女侍跟收銀員，白人女性。另一人是廚師兼洗碗工吉伯特・艾斯克巴，墨裔男性。其他三名死者——兩男一女——幾乎可以肯定是客人。收銀機與保險箱都空了，死者的口袋與手袋也被搜刮得一乾二淨，這表示搶劫顯然是行凶動機。科學調查組現在正在勘驗現場——目前他們只發現收銀機與食物儲藏室門上有橡膠手套的印子。死亡時間仍未確定，但客人稀少與我們的另一條線索均顯示，命案發生時間為凌晨三點。儲藏室裡一共發現四十五枚十二口徑雷明頓牌散彈彈殼。這顯示有三人各帶一把彈容量五發的唧筒式散彈槍，每一人都填彈兩次。不需由我來告訴各位四十發子彈根本是無謂地凌虐。我們現在要對付的凶手簡直就是瘋狂的禽獸。」

巴德四處張望，在一百名抄寫筆記的刑警中仍未看到艾斯黎。傑克・溫森斯在角落，沒拿筆記本。賽德・葛林接過麥克風講話。

「戶外沒有血跡。我們希望找到腳印，好縮小嫌犯範圍，但是什麼也沒找到，科學調查組的雷・屏克說，調查至少會花四十八小時。法醫說因為屍體的狀況，要辨認客人死者的身分將會極度困難。但我們確實有非常棒的線索。

「好萊塢分局已經為此接獲四樁犯罪報告，所以大家聽清楚了。在過去兩週內，有人目擊一車年輕黑人，在葛瑞菲斯公園對空發射散彈槍。嫌犯共有三人，他們用的散彈槍是唧筒式。這些混蛋還沒被逮捕，但目擊證人說他們開的車是一九四八到五〇年份的水星雙門轎車，紫色。一個小時前，史密斯副隊長的訪談小組發現一名目擊者。他是報攤小販，看到一輛紫色水星雙門轎車，而且是四八到五〇年份的舊車款，昨夜凌晨三點左右停在夜鴞對面。」

室內一片譁然，轟隆作響。葛林比手勢要求肅靜。「還有更重要的消息，所以聽好了。在失竊車輛清單中，並沒有四八到五〇年份的紫色水星轎車，所以我們要找的可能不是失竊車輛，加州監理所已經給我們四八到五〇年份水星轎車的牌照登記清單。紫色是四八到五〇年份雙門車款的出廠車色，而黑人偏愛這款車子。超過一千六百部是登記在加州的黑人名下，在南加州只有很少數是登記在白人名下。在洛杉磯郡，有一百五十六輛登記在黑人名下，而在場的弟兄幾乎有一百名。我們已經整理了一張清單，上面有住家與公司地址。好萊塢刑警隊正拿這份資料交叉比對前科犯清單。我要你們分成五十個兩人小組，每組去查三個人。好萊塢分局設了一條專線，所以如果你們需要過往地址或同夥等資訊，可以打那支電話。如果你遇到可能的嫌犯，把他們帶到總局。我們預備了一排偵訊室，也安排了一個人負責偵訊。史密斯副隊長等一下會分發任務給你們，而帕克局長要跟大家講幾句話。首先，有沒有什麼問題？」

一個人大喊，「長官，是誰負責偵訊？」
葛林說，「好萊塢刑警隊的艾德・艾斯黎警佐。」
眾人發出噓聲。帕克走到麥克風前，「別鬧了。各位，去把嫌犯抓起來，有必要的話就動武。」
巴德微笑。帕克真正的訊息是，把黑鬼都殺光。

第十八章

傑克分配到的名單：喬治（無中名）．葉伯頓，黑人男性，南灘路九七八一號；藍納．提蒙西．畢威爾，黑人男性，南度達斯內路一〇〇六二號；戴爾．威廉．普利其佛，黑人男性，南諾曼地路八二一一號。

傑克的臨時搭檔：凱爾．丹頓，反詐騙組，以前是德州州立監獄的警衛。丹頓的車南下開到黑人區，無線電嗡嗡響著各方對話：「夜鴞大屠殺」的爵士樂。丹頓也在講話：藍納．畢威爾以前打過次中量級拳擊，他看過藍納跟嘉維蘭小子大戰十回合──他是個很悍的黑人。傑克擔憂著自己調回緝毒組的門票：巴比．英吉跟克莉斯汀．貝吉隆都跑了，其他同事也都沒有這批淫穢書刊的線索。雜交照片，就某個面向來看很美。他仍然可以嚐到酒味，仍可聽到席德．哈金斯說：「大家都有祕密。」

首先拜訪他跟丹頓的線民。黑人攤鋪、撞球場、理髮廳、店面、教堂──告密者被逮住，威嚇，訊問。黑人區掃過一遍──紫色車輛與散彈槍的傳言被模糊、扭曲──這些垃圾資訊消逝在酒味與髮油味裡。經過四小時，沒有問出具體的名字，再回頭找名單上的人。

南灘路九七八一號──瀝青氈搭成的破屋子，草皮上停著一輛四八年份的水星轎車。這輛車沒有輪子，生鏽的輪軸沉進草裡。丹頓靠邊停車。「也許這輛破車是他們的不在場證明。也許他們在犯下夜鴞命案後才把車子搞爛，好讓我們以為他們沒有開這台車出門。」

傑克指著那輛車。「野草都已經包住煞車內層。昨晚不可能有人開它去好萊塢。」

「你這麼認為？」

「我這麼認為。」
「你確定？」
「對，我確定。」
丹頓驅車前往南度逵斯內路的地址——另一間用瀝青氈搭的破屋。車道上停著一輛紫色水星轎車——這輛黑鬼座車有輪胎外裙框、擋泥板，車頭掛著「紫色異教徒」的牌子。門廊上裝了一套重拳／快拳訓練沙袋。傑克說，「你的次中量級選手住這裡。」
丹頓微笑，傑克走到門前按門鈴。屋內有狗叫——一頭真正的惡犬在嚎叫。丹頓側著站：車道，門上有個小孔。
一個黑人開門，結實強悍的肌肉棒子拉著一頭獒犬。狗低吼，黑人說，「這是因為我沒付贍養費？這樣也惹到警察了？」
「你是藍納・提蒙西・畢威爾？」
「沒錯。」
「是你的車停在車道上嗎？」
「沒錯。如果你們警察還兼做副業，追回繳不出貸款的車子，那你們也找錯對象了，因為我的愛車是用我自己的錢一次付清，錢是我與強尼・薩克頓那場雖敗猶榮的比賽賺來的。」
傑克指著那條狗。「把牠拉進屋內，把門關上，走出來把雙手放在牆上。」
畢威爾非常慢地完成這些動作；傑克搜他的身，把他轉過來。丹頓走過來。「小子，你喜歡十二口徑散彈槍嗎？」
畢威爾搖頭。「你講什麼？」傑克丟出一記變速球。「你昨晚凌晨三點人在哪裡？」

「我人就在家裡。」

「你一個人在家？如果有女人跟你睡，那你就走運了。告訴我你昨晚走桃花運，否則我的兄弟就要火大了。」

「這星期輪到我跟小孩住。他們跟我在一起。」

「他們在這裡嗎？」

「在睡覺。」

丹頓捅了他一下——用槍捅他肋骨。「小子，你知道昨夜發生什麼事嗎？我不是在開玩笑，很嚴重的事情。小子，你有散彈槍嗎？」

「拜託，我不需要什麼他媽的散彈槍。」

丹頓更用力戳他。「小子，跟我講話不准帶髒字。在我們把你的黑小孩帶出來之前，你告訴我昨晚誰跟你借車。」

「拜託，我才不把車借人！」

「那你把你的十二口徑散彈槍借給誰？小子，給我從實招來。」

「拜託，我跟你講過我沒有散彈槍！」

傑克插手。「告訴我紫色異教徒的事。這是一群喜歡紫色車子的人？」

「拜託，這只是我們社團的名字。我有紫色車，社團裡其他人也有紫色車。拜託，這到底是怎麼回事？」

傑克拿出他的監理所清單，水星車主的名字都打在上面。「藍納，你今天早上看過報紙嗎？」

「沒有，什麼——」

「噓。你聽廣播或看電視嗎？」

「我既沒收音機也沒電視。這究竟是——」

「噓。藍納，我們正在找三個黑人，他們喜歡亂開散彈槍，也有跟你一樣四八、四九或五〇年份的水星轎車。我知道你不會傷害任何人，我看過你跟嘉維蘭打拳擊，我喜歡你的風格。我們正在找一些**壞人**，那些人有跟你一樣的車，他們可能跟你參加同一個社團。」

畢威爾聳肩。「為什麼我要幫你？」

「因為如果你不幫我，我就會讓我的搭檔自由發揮。」

「對，你還會讓我當抓耙子。」

「不必密告，你什麼也不必說。你只要看這張清單指一下。來，從頭看一次。」

畢威爾搖頭。「他們很壞，所以我直接告訴你好了。『蜜糖』雷伊・柯提斯，他開四九年雙門轎車，很帥的車款。他有兩個好朋友，勒羅伊跟泰隆。蜜糖喜歡拿散彈槍來開派對，我聽說開槍射狗會讓他很爽。他曾想加入我的社團，但我們拒絕他，因為他是不折不扣的垃圾。」

傑克確認他的清單——賓果，「雷蒙（無中名）・柯提斯，南中央路九六一一號一一四室。」丹頓也拿出自己的清單。「離這裡只有兩分鐘。如果動作快的話，我們可能第一個到現場。」

成為英雄登上頭條。「出發。」

□

台伯河旅館，L形建築物，得走上一層樓梯才到大門，一樓是洗衣店。丹頓不踩油門滑進停車場，傑克看到向上的樓梯——只有一層樓，入口門戶大開。

上了階梯進樓，走道很短，房間門看起來很薄。傑克把傢伙掏出來，丹頓拿出兩把槍：一把點三八跟藏在腳踝槍套裡的自動手槍。他們算著房間號碼，來到一一四號房。丹頓、傑克抬腿往後仰，兩人同時一踹。房門從門框合葉脫落飛出去，他們有了乾淨的射擊視野：一個黑人少年從床上跳起來。

男孩舉起雙手。丹頓微笑，瞄準他。傑克阻止丹頓——丹頓的反射動作扣了兩次扳機，子彈打穿天花板。傑克跑進去，那孩子想逃跑；傑克逮住他，用槍柄打頭。抵抗結束，丹頓把他的雙手銬在背後。傑克套上手指虎握拳。「勒羅伊、泰隆，**在哪？**」

少年吐出幾顆牙齒，「一二一號」從他帶血的嘴說出來。丹頓拉著少年的耳朵拖行，傑克說，「你他媽不准殺他。」

丹頓把口水吐在男孩臉上。走道遠處傳來大叫聲，傑克跑出去，繞到L較長的那一側，滑步停在一二一號前面——

門關著。背景噪音很大，沒辦法聽到室內情況。傑克一踢，木頭碎裂，房門嘎吱一聲打開。兩個黑人在裡面——一個睡在行軍床上，另一個在床墊上打呼。

傑克走進去。警笛愈來愈近。床墊上的青少年驚醒——傑克用短棒把他打昏，然後在另一個混混動作之前也給他一棍。警笛發出尖銳噪音，停息。傑克看到櫥櫃上有個箱子。

散彈槍子彈，雷明頓十二口徑。一箱五十發，大部分都沒了。

第十九章

艾德翻閱傑克・溫森斯的報告。賽德・葛林一旁看著，任由他的電話響個不停。紮實、明確——「垃圾桶」懂得如何把逮捕報告寫得又快又好。

三個黑人男性被羈押：「蜜糖雷伊」雷蒙・柯提斯、勒羅伊・方譚、泰隆・瓊斯。這三人因拒捕而受傷，已接受治療。密告他們的是另一名黑人男性——他描述柯提斯是喜歡攜帶散彈槍並以轟狗為樂的傢伙。柯提斯在監理所給的名單上；線民也表示他跟另外兩個男人混在一起——「泰隆跟勒羅伊」——他們也住在台伯河旅館。三人穿著內衣被逮捕。巡邏車因為槍聲而來到現場，溫森斯把三人交給員警，然後搜索他們的房間找證據。他找到五十發一盒的雷明頓十二口徑散彈槍子彈，四十幾發不見了——但是沒找到散彈槍、橡膠手套、血衣、大筆現金或銅板，也沒找到其他武器。房間裡唯一有的衣物是：骯髒的T恤、平口內褲、乾洗店玻璃紙包著熨得整整齊齊的衣服。溫森斯檢查了旅館後面的焚化爐，裡面有東西在燒——管理員告訴他，他今早大約七點時看到柯提斯把一堆衣服丟進去。溫森斯說，瓊斯與方譚看起來茫醉，或者是嗑了藥。儘管有槍聲以及柯提斯拒捕的吵鬧聲，他們還是呼呼大睡。溫森斯交代較晚到的員警去尋找柯提斯的車——它並不在停車場內，在搜尋三個街區的範圍後仍未見蹤跡。全面追緝令已經發出。溫森斯寫道，這三名嫌犯的手腳都有香水味——如果對他們進行石蠟檢測[1]將會無效。

1 paraffin test，把石蠟抹在皮膚上，檢測皮膚毛孔內是否有發射槍枝後之細微火藥殘留物。

艾德把這份報告放在葛林辦公桌上。「他沒殺了這三個人，讓我很訝異。」

電話響起，葛林讓它繼續響。「還有別的新聞，他正跟艾里斯・洛威老婆的妹妹打得火熱。如果這些混混把手浸在香水裡，好讓石蠟檢測沒有結果，這我們就得感謝傑克——是他把這個小祕訣告訴《榮譽警徽》的人。艾德，你準備好要接這個任務嗎？」

艾德的胃往下沉。「是，長官，我準備好了。」

「局長想要讓杜德利・史密斯跟你合作，但我說服他別這麼做。雖然他是個好人，但他對有色人種容易感情用事。」

「長官，我知道這個任務有多重要。」

葛林點了根菸。「艾德，我要他們招供。在夜鴞所尋獲的十五發彈殼，都在撞擊點上有缺口，所以如果找到槍，我們就可以破案。我要知道槍在哪裡，作案用車在哪裡，並在法庭提起公訴之前讓他們招供。在他們見法官之前，我們還有七十一小時。在那之前，我要一切處理得**乾乾淨淨**。」

開始討論細節。「那幾個小鬼的前科紀錄？」

葛林說，「三人都有偷車兜風與闖空門的前科。柯提斯跟方譚有偷窺前科，而他們也不是小鬼——柯提斯已經二十一歲，其他兩人則是二十歲。這件案子確實是會讓他們被送進毒氣室。」

「葛瑞菲斯公園那方面呢？有收集到彈殼來做比對嗎？那些目擊他們發射散彈槍的證人呢？」

「如果我們可以找到，而且那三個黑人不招供的話，彈殼可能是很好的備用證物。報案的那個公園巡警正要過來嘗試辨識嫌犯是不是他們。艾德，阿諾・瑞丁說你是他所見過最棒的偵訊高手，但你從未處理過這麼——」

艾德起身，「我會執行這項任務。」

「孩子，如果你完成這個工作，你有朝一日將會接我的位子。」

艾德微笑——他鬆脫的牙齒疼痛。葛林說，「你的臉怎麼了？」

「我在追逐一個商店偷竊犯時跌倒了。長官，有誰已經跟嫌犯談過了？」

「只有那個治療他們的醫生。杜德利想要讓巴德·懷特先試試看，但——」

「長官，我不認為——」

「不要插嘴，我正要同意你的意見。我要的是**自願的**招供，所以懷特不准進去。你是第一個偵訊這三人的警察。我們會透過雙面鏡觀察，如果你想要一個夥伴跟你唱雙簧，你就摸摸領帶。我們有一群人會透過外面的喇叭聽偵訊情形，也會全程錄音。這三人各在不同的房間，如果你想讓他們聽到彼此的偵訊內容，你知道可以按哪些按鈕。

艾德說，「我會擊潰他們的心防。」

□

他的舞台：凶殺組辦公室旁的一條走道。三個隔間，正面裝了雙面鏡，也接了揚聲器——還有切換裝置可讓三個嫌犯聽到夥伴互相出賣。房間六呎見方，桌子被銲接在地上，椅子也被螺絲鎖在地上。房間編號一、二、三內各坐著「蜜糖雷伊」雷蒙·柯提斯、勒羅伊·方譚、泰隆·瓊斯。房外牆上貼著他們的前科紀錄——艾德把日期、地點、已知同夥記在心裡。他深吸一口氣壓住上場前的恐懼——走入了一號室。

「蜜糖雷伊」被銬在椅子上，穿著寬鬆的監獄牛仔布囚衣。高大，膚色較淡——接近黑白混血兒。他一隻眼睛腫得張不開，嘴唇腫起裂開，鼻子被打裂，兩個鼻孔都被縫過。艾德說，「看起來我們兩個人都被人打了一頓。」

柯提斯斜眼看他——只用一隻眼睛，令人發毛。艾德解開他的手銬，把香菸跟火柴丟到桌上。柯提斯動動手腕。艾德微笑。「他們叫你『蜜糖雷伊』是因為著名拳擊手雷伊・羅賓森？」
沒回答。
艾德拉開另一張椅子。「他們說雷伊・羅賓森可以在一秒之內連出四拳。我不太相信。」
柯提斯舉起雙臂——鬆垮垮、沒有力氣。艾德打開香菸盒，「我知道，手銬會讓血液循環變差。雷伊，你二十二歲對吧？」
沉默。
柯提斯：「這又怎麼樣。」他聲音嘶啞。艾德看看他的喉嚨——淤青，有指痕。「有警察掐你脖子？」
沒回答。艾德說，「溫森斯警佐？那個穿著光鮮的傢伙？」
「不是他？那是丹頓嗎？講話帶德州腔的胖子，他的口音像電視上的史貝德・庫利？」
柯提斯沒腫的眼睛抽動了一下。艾德說，「是吧，我感同身受——那個丹頓是特級怪人。你看到我的臉了嗎？丹頓跟我打了兩、三回合。」
沒上鉤。
「天殺的丹頓。『蜜糖雷伊』，你跟我看起來像羅賓森跟拉莫塔上回大戰之後的樣子。」
還是不上鉤。
「所以你是二十二歲，對吧？」
「拜託，你為什麼要問這個！」
艾德聳肩。「只是要確定事實。勒羅伊跟泰隆才二十歲，所以他們不會被判死刑。雷伊，你應該在兩年前犯這件案子。被判無期徒刑，到少年感化院蹲一陣子，轉到佛森監獄時就是個大人了。你可以找個娘娘腔情人，喝點監獄私釀美酒來助興。」

「娘娘腔」有效果，柯提斯的雙手微動。他拿起一根菸，點火，咳嗽。「我才不跟娘娘腔搞。」

艾德微笑，「我知道，孩子。」

「我才不是你的孩子，你這白種王八蛋。你才是娘娘腔。」

艾德大笑。「我得承認，你懂警察的程序。你曾經進過少年感化院，你知道我是試圖讓你招供的白臉警察。那個混蛋泰隆，我差點信了他的話。丹頓一定把我的腦袋打糊塗了。我怎麼可能會相信那種話？」

「說什麼？你是指什麼話？」

「沒事，雷伊。我們改變話題吧。你怎麼處理那些散彈槍？」

柯提斯揉揉脖子——雙手顫抖。「什麼散彈槍？」

艾德上身前傾。「你跟你朋友在葛瑞菲斯公園開的散彈槍。」

「我不知道什麼散彈槍。」

「你不知道？勒羅伊跟泰隆的房間裡有一盒子彈。」

「那是他們的事情。」

艾德搖頭。「那個泰隆是個討厭鬼。你跟他一起蹲過少年感化院，不是嗎？」

聳肩。「那又怎麼樣？」

「沒事，雷伊。我只是把心裡想的說出來。」

「你為什麼要談泰隆？泰隆的事與我無關。」

艾德把手伸到桌下，找到把聲音切換至三號室的開關。「雷伊，泰隆告訴我，你在感化院變成玻璃。你沒辦法忍耐坐牢，所以找了一個強壯的白男孩來照顧你。他說他們叫你『蜜糖』，是因為你的服務讓人好舒服。」

柯提斯搥桌子。艾德壓下開關。「**蜜糖**，你說什麼啊？」

「我說我是**享受**服務的！**泰隆**是服務別人的！拜託，我可是宿舍裡他媽的大哥大！泰隆才是娘娘腔！泰隆為了糖果可以幫人服務！泰隆喜歡搞這套！」

停止擴音。「雷伊，我們改變一下話題。你認為你跟你的朋友們為何被捕？」

柯提斯摸著香菸盒。「某個無聊的罪名，可能是在市區內發射槍枝之類的鳥事。泰隆怎麼說？」

「雷伊，泰隆說了很多事情，但是讓我們來講重點吧。昨晚凌晨三點你人在哪裡？」

柯提斯用菸屁股又點燃了另一根菸。「我在我家，睡覺。」

「你有嗑海洛英嗎？泰隆跟勒羅伊一定有，因為警察逮捕你們的時候，他們都不省人事。真是很棒的犯罪夥伴。泰隆說你是同性戀，然後你被爛人狂扁的時候，他跟勒羅伊還呼呼大睡。我還以為你們有色人種都很團結。雷伊，你有吸毒嗎？你無法承受你犯下的罪，所以你弄了毒品並……」

「承受什麼！你這話什麼意思！泰隆跟勒羅伊有嗑藥，我才沒有！」

艾德按下二號跟三號開關。「雷伊，你在感化院罩泰隆跟勒羅伊對吧？」

柯提斯咳出一大股煙。「沒錯，是我罩著他們。泰隆出賣身體，而勒羅伊怕得要命，幾乎要跳樓，還喝假酒喝得快瞎掉。笨蛋黑鬼的腦袋他媽的跟狗差不多。」

停止擴音。「雷伊，我聽說你喜歡開槍射狗。」

聳肩。「狗沒有活著的理由。」

「喔？你對人也有這種感覺？」

「拜託，你在講什麼？」

開始擴音。「你對勒羅伊跟泰隆一定有這種感覺。」

「媽的，勒羅伊跟泰隆幾乎笨到沒資格活著。」

停止擴音。「雷伊，你在葛瑞菲斯公園亂射的那些散彈槍在哪裡？」

「那些……我……我才沒有散彈槍。」

「你那輛一九四九年雙門水星轎車在哪裡？」

「我讓……它在安全的地方。」

「拜託，雷伊。這麼漂亮的車子在哪裡？如果是我，會把這麼好的車停在有鎖的地方。」

「我說過車在安全的地方！」

艾德雙掌大拍桌子。「你把車賣了？丟了？那是犯罪用車。雷伊，你不認為——」

「我沒有犯罪！」

「你說什麼鬼話！車在哪裡？」

「我不說！」

「散彈槍在哪裡？」

「我不——我不知道！」

「車在哪裡？」

「我不說！」

艾德的手指敲著桌子。「為什麼，雷伊？你的後車廂裡藏著散彈槍跟橡膠手套？座椅上有男人女人的錢包還有血跡？聽我說，你這白癡婊子養的，我正在想辦法讓你像你的夥伴一樣不必進毒氣室——他們跟你不同，還未成年，而這件案子總得有人負責——」

「我不知道你在講什麼！」

艾德嘆氣。「雷伊，我們改變話題吧。」

柯提斯又點了根菸。「我不喜歡你這些話題。」

「雷伊，為什麼今天早上七點你在燒衣服？」

柯提斯顫抖。「你說什麼？」

「我就說這個。你、勒羅伊跟泰隆今天早上被逮捕，你們卻都沒有昨晚所穿的衣物。七點鐘有人看到你燒一大堆衣服。再加上昨晚你們三人兜風的車被你藏起來。雷伊，這看起來不樂觀，但如果你給我一些好情報，讓我可以交給檢察總長，這樣我就有面子，然後我會說，『蜜糖雷伊跟他的娘娘腔夥伴不一樣，他不是壞蛋。』雷伊，給我一些情報吧。」

「像是什麼，你們給我亂扣罪名，但我根本是無辜的。」

艾德按下二號與三號擴音鍵。「你說了些關於勒羅伊與泰隆的壞話，你也暗示他們有毒癮。那我們談談這個問題：他們從哪弄來毒品？」

柯提斯盯著地板看。艾德說，「地檢署痛恨毒販。而你也碰過傑克・溫森斯，溫老大。」

「他媽的瘋子一個。」

艾德大笑。「對，傑克是有點瘋狂。就我個人看法，想要用毒品毀掉人生的人，應該有權力自暴自棄，這是個自由的國家。但傑克是新任檢察總長的好朋友，他們兩個都很想對付毒販。雷伊，給我一個毒販情報呈給檢察總長。一個小毒販就好。」

柯提斯彎彎手指示意艾德靠近；艾德打開擴音裝置，然後上身前傾。「蜜糖雷伊」悄聲說，「羅倫・那瓦瑞特，他住在邦克丘，他經營一個收容棄保逃亡假釋犯的藏身處，也賣紅魔鬼。我告訴你這件事不是為了他媽的檢察總長，而是因為泰隆他媽的亂說話。」

停止擴音。「好，雷伊。你已經告訴我羅倫・那瓦瑞特賣巴比妥酸鹽給勒羅伊跟泰隆，現在我們已經有了些進展。你怕得要命，你也知道這是要送毒氣室的重案，但你卻根本沒問我這是什麼案子。雷伊，你脖子上掛著大大的有罪牌子。」

柯提斯折指結作響，他沒腫的那隻眼睛突然盯著艾德，眼神閃爍。艾德按掉擴音。「雷伊，我們換個話題。」

「聊聊棒球好了，你這王八蛋。」

「不，我們聊聊女人。你昨晚有跟女人睡嗎？還是你故意噴香水讓石蠟檢測無效？」

緊張地抖動。

艾德說，「你昨晚三點在哪裡？」

沒有回答，抖得更厲害了。

「蜜糖雷伊，我觸動你的敏感神經了？**香水**？**女人**？就連你這種人渣都有關心的女性。你有媽媽？姊妹？」

「你別把我媽扯進來！」

「雷伊，如果我不了解你的話，我會以為你在保護某個好女孩的名節。她是你的不在場證明，你們在某處幽會。但是泰隆跟勒羅伊的手上也有同樣的香水味，你們可能是集體雜交，要不然就是你們在感化院學到石蠟檢測這回事，我打賭你們還有點人性，在殺害三個無辜女子之後會有些罪惡感。」

「**我沒有殺人！**」

艾德拿出今早的《洛杉磯論壇報》。「派蒂・卻希瑪、唐娜・狄路卡，還有一人身分不明。我出去透透氣，你在這裡讀這篇報導。我回來的時候，你會有機會告訴我案情，並談個可能救你一命的認罪條件。」

柯提斯全身震顫，囚衣都濕透了。艾德把報紙丟到他臉上，走了出去。

賽德・葛林在大廳裡；杜德利・史密斯跟巴德・懷特在監聽位置。葛林說，「公園巡警親眼看過之後已經證實——這三人**就是**在葛瑞菲斯公園開槍的人。你幹得漂亮。」

艾德聞到自己的汗味。「長官，柯提斯在女性方面很有嫌疑，我可以感覺得到。」

「我也這麼覺得，繼續往這方向問。」

「我們找到槍或車了嗎？」

「沒有，七十七街分局刑警隊正在查訪他們的親人與同夥。我們會找到的。」

「接著我想對付瓊斯。你可以幫我一個忙嗎？」

「說吧。」

「把方譚準備好。解開他的手銬，讓他讀早報。」

葛林指著三號室的鏡子。「**他**很快就會招供。愛哭的雜碎。」

泰隆・瓊斯——啜泣著，椅子旁邊的地板上有一攤尿。艾德轉頭不看。「長官，請史密斯副隊長透過擴音器念報導給他聽，慢慢念清楚，尤其是關於那輛車停在夜鴞旁被目擊的段落。我要這傢伙準備好招供。」

葛林說，「沒問題。」艾德打量泰隆・瓊斯——深色皮膚、肌肉鬆垮、皮膚坑坑疤疤。他放聲大哭，他被銬住不能動彈。

大廳另一邊傳來哨聲。杜德利・史密斯對麥克風說話，嘴唇無聲地動作著。艾德凝視著瓊斯。那小鬼扭動、起伏、腿軟，就像是警校裡放過的短片——電椅故障，死刑犯抖動了十幾次才被電死。走道遠方傳來淒厲的哨音；瓊斯往後一攤，雙腳張開，垂頭喪氣。

艾德走了進去。「泰隆，雷伊・柯提斯把你供出來了。他說夜鴞是你的主意，他說這是你們在葛瑞菲斯公園兜風時，你想到的點子。泰隆，告訴我實話。我認為這是雷伊的主意。他逼你幹的。告訴我槍跟車子在哪，我認為我們可以讓你免於死刑。」

沒有回答。

「泰隆，這是會送毒氣室處死的重案。如果你不告訴我真話，你六個月之內必死無疑。」

沒有回答——瓊斯一直低著頭。

「孩子，你只需要告訴我槍在哪裡，並告訴我雷伊把車停在哪裡。」

沒有回答。

「孩子，整件事可以在一分鐘之內結束。你告訴我答案，我就把你轉到安全的拘留室，雷伊沒辦法動你，勒羅伊也沒辦法動你。檢察總長會讓你成為污點證人。**你就不需要進毒氣室**。」

沒有回應。

「孩子，死了六個人，總得有人付出代價。可能是你，也可能是雷伊。」

沒有回答。

「泰隆，他說你是玻璃。他說你是娘娘腔、同性戀。他說你讓人插——」

「**我沒有殺人！**」

音量很大——艾德幾乎往後一跳。「孩子，我們有人證，我們有證據。柯提斯現在正在認罪。他說是你計畫了整件案子。孩子，救救你自己。散彈槍、車子，**告訴我在哪裡？**」

「我沒有殺人！」

「噓。泰隆，你知道雷伊・柯提斯還怎麼講你嗎？」

瓊斯抬起頭。「我知道他說謊。」

「我也認為他說謊。我不認為你是同性戀。我認為他才是玻璃，因為他討厭女人。我認為他喜歡殺那三個女人的過程。我認為你覺得這很糟——」

「我們沒有殺女人！」

「泰隆，昨晚三點你在哪裡？」

沒有回答。

「泰隆，為什麼蜜糖雷伊要把他的車藏起來？」

沒有回答。

「泰隆，為什麼你們要把在葛瑞菲斯公園亂射的散彈槍藏起來？我們有證人證實是你們在公園裡開槍。」

沒有回答。瓊斯低下頭，眼睛緊閉，淚水狂湧。

「孩子，為什麼雷伊要把你們昨晚穿的衣服燒掉？」

瓊斯開始慟哭哀號，如禽獸一般。

「衣服上有血跡對吧？你們他媽殺了六個人，身上都是血。雷伊負責善後，他把可能敗露的證物清理掉，是他把散彈槍藏起來，他才是老大。自從你在感化院讓人搞後庭花之後，他就是發號施令的人。你他媽給我全招了！」

「**我們沒有殺人！我不是他媽的同性戀！**」

艾德繞桌而行，步伐快，語調慢。「以下是我的想法。我認為蜜糖雷伊是老大，勒羅伊是傀儡，而你是雷伊喜歡逗弄的胖小子。你們都蹲過感化院，你跟雷伊是因為偷窺而被逮。雷伊喜歡偷窺女生，你喜歡看男生。你們都喜歡看白人，因為那是有色人種的禁果。你們有十二口徑散彈槍，你們有時髦的四九年水星轎車，你們還跟羅倫・那瓦瑞特買紅魔鬼。你們跑到好萊塢，白人的區域。雷伊嘲笑你是玻璃，你一直說那是因為身邊沒有女人。雷伊叫你證明自己不是同性戀，你們就開始偷窺。你開始不爽，你們都嗑了藥，夜深了，沒有東西好看了，那些漂亮的白人都把窗簾拉下來了。你們開車來到夜鴞，裡面有漂亮的白人——你們他媽的受不了。可憐的娘娘腔胖子泰隆，聽任雷伊主導情勢，帶你們進去夜鴞。裡面有六個人——其中三個是女的。你們把他們拖進儲藏室，你們搶了收銀機，還逼廚子打開保險櫃。你們搶走皮夾皮包，然後在手上噴香水。雷伊說，『娘娘腔，去上女人，證明你不是同性戀。』你辦不到，所以你開槍，大家都跟著開槍，你很高興因為你終於不再只是一個可憐、娘娘腔、肥胖的小黑鬼而——」

「不是！不是！不是！不是！不是！」

「是！槍在哪裡？你他媽的給我認罪，把證物交出來，否則你就會進毒氣室！」

「不要！我沒殺人！」

艾德拍桌子。「你們把車丟在哪？」

瓊斯猛打自己的頭，他的汗水四濺。

「你們為什麼要燒衣服？」

沒有回答。

「香水從哪來的？」

沒有答案。

「是雷伊跟勒羅伊先強暴女人？」

「不是！」

「喔？你的意思是你們三個都做了？」

「我們沒有殺人！我們根本不在那裡！」

「你們人在哪裡？」

沒有回答。

「泰隆，你們昨晚人在哪裡？」

瓊斯啜泣，艾德抓住他的肩膀。「孩子，如果你不開口，你很清楚接下來會發生什麼事。所以看在老天爺份上，快招認你做了什麼。」

「沒有殺人，我們都沒有。我們根本不在那裡。」

「孩子，你們有殺人。」

「沒有！」

「孩子，你有，告訴我。」

「我們沒有！」

「安靜下來。你只要告訴我——**慢慢地，清楚地說**。」

瓊斯開始說話但含糊不清。艾德跪在他椅子旁聆聽。

他聽到，「神啊，我只是不想再當處男」；他聽到，「我們無意把她傷得這麼重，現在我們死定了。」他聽到，「不應該為我們沒做的事來處罰我們……也許她沒事。她不死的話，我也不會死，因為我不是同性戀。」他覺得腦袋嗡然作響，彷彿看到電椅，上面掛著塊牌子：「**不是他們幹的**」。

瓊斯陷入幻想——耶穌、耶穌、耶穌、天父。艾德走進二號室。

惡臭：汗味與菸味。勒羅伊·方譚——大塊頭、膚色深黑、頭髮燙過，他把腳抬到桌上。艾德說，「別像你的朋友那麼蠢。就算是你們殺了她，也不如六條人命那麼嚴重。」

方譚抽動鼻子——包著的繃帶，遮住他半張臉。「這篇報導是狗屁。」

艾德把門關上，心裡害怕。「勒羅伊，你最好希望在法醫預估的死亡時間裡，她是跟你們在一起。」

沒有回答。

「她是妓女？」

沒有回答。

「你們殺了她？」

沒有回答。

「你想要讓泰隆脫離處男，但是事情失控。不是這樣嗎？」

沒有回答。

「勒羅伊，如果她死了而她是黑人，你們可以認罪協商；如果她是白人，你們也許還有機會。記住，我們可以讓你變成夜鴞命案凶手，而且也能讓你們定罪。除非你說服我你們在其他地方做壞事，否則我們就要把你們當成報紙裡大案件的嫌犯。」

沒有回答——方譚用紙板火柴清理指甲。

大謊言。「如果你們是綁架她，而她還活著，這並未違反聯邦綁架案件法案[2]。這不是死刑重案。」

沒有回答

「勒羅伊，槍跟車子在哪？」

沒有回答。

「勒羅伊，她還活著嗎？」

方譚微笑，艾德覺得背脊一涼。「如果她還活著，她就是你的不在場證明。我不是跟你開玩笑，這事可以

2 Little Lindbergh Law，因為飛行家林白之子綁架案件而通過的法案，授與聯邦執法機構偵辦各州綁架案件的權力。

變得很糟：綁架、強姦、傷害。但如果你們現在澄清不是夜鴞的嫌犯，可以節省我們的時間，檢察總長也會因此對你們多點好感。勒羅伊，快說出來吧，幫你自己一個忙。」

沒有回答。

「勒羅伊，你想想看這件案子可能有兩種走向。我認為你用槍威脅綁架了一個女孩。你們讓她在車裡流了血，所以把車藏起來。她的血沾到你們的衣服上，所以你們把衣服燒了。你們身上沾滿了香水味。如果你們沒有犯下夜鴞命案，我不懂你們為什麼要把散彈槍藏起來，也許你認為她可以認出那是你們的槍。孩子，如果那女孩活著，她是你們唯一的機會。」

方譚說，「我想她還活著。」

艾德坐下，「**你想？**」

「對，我是這麼想。」

「她是誰？**人在哪裡？**」

沒有回答。

「她是黑人？」

「她是老墨。」

「她叫什麼名字？」

「我不知道。看起來像大學生的婊子。」

「你在哪裡遇到她？」

「我不知道。東邊某個區域。」

「你在哪裡侵犯她？」

「我不知道……敦克街上某棟舊建築。」
「車子跟散彈槍在哪？」
「我不知道。是蜜糖雷伊處理的。」
「如果你沒殺她，為什麼柯提斯把散彈槍藏起來？」
沒有回答。
「勒羅伊，為什麼？」
沒有回答。
「為什麼？告訴我。」
沒有回答。
艾德拍桌子。「他媽的，告訴我！」
方譚也拍桌子——更大力。「雷伊，他用那些槍捅她！他怕那會變成證據！」
艾德閉上眼睛。「她現在人在哪裡？」
沒有回答。
「你把她留在那棟建築裡？」
沒有回答。
眼睛張開。「你把她丟在其他地方？」
沒有回答。
靈光一閃：他們三人身上都沒有現金，把錢也當成了證物——雷伊把衣服燒掉時也把錢藏起來。「勒羅伊，你們有賣她嗎？帶一些同伴到敦克街那個地方？」

「我們……我們開車載她跑了幾個地方。」

「哪裡?你朋友的家?」

「沒錯。」

「在好萊塢?」

「我們沒有開槍殺那些人!」

「勒羅伊,證明這件事。凌晨三點你們在哪裡?」

「拜託,我不能告訴你!」

艾德拍桌子。「那你們就為夜鴞命案償命吧!」

「不是我們幹的!」

「你把那女孩賣給誰?」

沒有回答。

「她現在人在哪裡?」

沒有回答。

「你是害怕報復嗎?你把那女孩留在某處對吧?**勒羅伊,你把她留在哪裡?留給誰?她是你們免進他媽的毒氣室的唯一機會!**」

「拜託,我不能告訴你,雷伊會殺了我!」

「勒羅伊,她在哪裡?」

沒有回答。

「勒羅伊,我會讓你成為污點證人,你會比雷伊跟泰隆早好多年出獄。」

無回應。

「勒羅伊，我會幫你弄一間單人囚室，沒有人可以傷害你。」

無回應。

「孩子，你必須告訴我。我是你唯一的朋友。」

無回應。

「勒羅伊，你是不是害怕那個買走女孩的人？」

沒有回答。

「孩子，他不可能比毒氣室還糟。**告訴我那女孩在哪。**」

門突然被撞開。巴德・懷特走進來，拉方譚去撞牆。

艾德無法動彈。

懷特拔出點三八手槍，退出彈室轉輪，把子彈倒在地上。方譚從頭到腳都在發抖；艾德仍然僵住不動。懷特把轉輪裝回去，把槍管塞進方譚的嘴裡。「六分之一的機率。那女孩在哪裡？」

方譚咬著鐵管；懷特扣了兩次扳機：咔，咔，都沒子彈。方譚沿著牆壁癱軟；懷特把槍拔出來，抓住他的頭髮把他拉起來。「**那女孩在哪？**」

艾德仍然無法動彈。懷特扣扳機，又一聲無子彈的咔嗒。方譚眼睛爆出。「席—席—席維斯特・費—費區，一〇九街跟艾維隆大道交叉口的灰色房子，拜託不要傷害我——」

懷特跑出去。

方譚昏過去。

走道傳來騷動聲——艾德努力想站起來，雙腿卻不願聽命。

第二十章

四輛車形成封鎖線：兩輛黑白警車，兩輛便衣警車。警笛在半英哩之前就關了，警車無聲滑行至灰色街角房屋旁。

杜德利．史密斯開領頭的巡邏車，巴德坐在助手席為手槍填彈。四輛車在側翼：黑白警車在巷子裡，麥克．布魯寧跟狄克．卡萊爾停在街道旁——拿著步槍瞄準灰房子的門。巴德說，「老大，他是我的。」

杜德利眨眼。「很好，小伙子。」

巴德從後面進屋——穿過巷子，手一撐翻過圍籬，到後門廊。一扇紗窗門，門栓裝在門內。他用筆刀把鎖扣挑起，躡腳走進屋。

昏暗、幽微的形體：一台洗衣機、蓋著百葉窗的門——穿過裂縫透出一條條光線。

巴德試著開門——沒鎖——輕輕把門打開。走道，光線從兩個邊間房折射進來。有地毯可走，音樂給他更多掩護。他躡腳走到第一個房間，迅速轉身進入。

一個裸體女人在床上躺成大字形——領帶綁住了她，嘴裡也塞了一條領帶。巴德大聲走進另一個房間。

一個肥胖的黑白混血坐在桌前——一絲不掛，大口吃著家樂氏米香脆片。他放下湯匙，舉起雙手。「先生，別開槍，我不想找麻煩。」

巴德對他的臉開了一槍，然後拔出另一把槍，從那黑鬼的方向朝外開了兩槍。那人倒在地板上攤平，致命槍傷正在冒血。巴德把槍放在他手上；此時前門被撞開。他把米香脆片倒在死人身上，打電話叫救護車。

第二十一章

傑克看著凱倫睡覺，把他們的爭吵拋在腦後。

報紙的照片引發爭吵：溫老大跟凱爾・丹頓逮捕三個黑人混混──洛城「世紀命案」的嫌犯。丹頓抓著方譚的鼻子拖他走，溫老大雙手挾住另兩人的脖子。凱倫說他們看起來像史考伯洛男孩[1]；傑克告訴她，他救了他們的命，但現在他知道他們集體強暴了一個墨西哥女孩，他希望當時就讓丹頓直接殺了他們。接著他們的爭論就愈演愈烈。

凱倫蜷曲背對著他睡──緊緊裹著棉被彷彿她認為他會打她。傑克邊穿衣服邊看著她，他回想起近兩天發生的事。

他離開了夜鴞命案專案小組，歸建風化組。艾德・艾斯黎的偵訊暫時證明三個黑人的清白──他們虐待婦女的案件仍待訊問。巴德・懷特玩了俄羅斯輪盤的把戲──現在三個人都閉嘴不說話了。到目前為止，沒辦法知道他們是否有時間丟下那女子，開車到夜鴞，再回到黑人區輪暴她。也許柯提斯或方譚讓瓊斯看管那女孩，然後跟其他同夥去殺人。運氣不好，散彈槍還沒找到，柯提斯的紫色水星轎車也無蹤跡。他們的旅館房間裡沒有從咖啡館搶來的贓物，焚化爐裡的殘渣根本無法進行纖維血跡分析。黑人嫌犯手上的香水讓後來的石臘檢測

1 Scottsboro Boys，一九三一年在阿拉巴馬州史考伯洛市，發生九名黑人青少年涉嫌強暴兩名白人少女的案件，此案因司法程序有種族歧視而引發軒然大波。

無效。刑事局被施加了巨大的壓力：迅速偵破這件他媽的命案。

法醫正在努力辨識客人死者的身分，將他們的牙齒狀態與體格資料，與失蹤人口公告及報案紀錄做交叉比對。已經證實身分的有：廚子兼洗碗工、女侍、女收銀員；三名顧客都還沒查出來，驗屍報告顯示那名女性並未遭性侵。也許柯提斯、瓊斯、方譚不是凶手。杜德利．史密斯負責這件案子——他的人馬正在拷問持械搶劫前科犯、假釋犯以及洛城每一個有過槍械相關前科的混混。那個目擊紫色水星轎車的報販再度被訊問後，改口說可能是福特或雪佛蘭汽車——這兩個品牌的車籍資料正在整理中。那個辨認嫌犯身分的公園巡警也說他不太確定了。艾德．艾斯黎告訴葛林跟帕克，那輛紫色車子可能是被人放在夜鴞外面，好嫁禍給那三個黑人；杜德利認為這個理論是狗屁——他說那可能只是巧合。本來是一樁穩破的案件，現在變成一狗票的可能性。

媒體大肆報導——席德．哈金斯已經打電話給他——席德絲毫不提淫穢書刊的事，也沒再說「我們都有祕密。」收五十塊錢讓席德寫一篇警界英雄逮捕嫌犯的報導——席德很快就掛了電話。

夜鴞命案讓他完全沒空去追色情書刊的案子。他確認過隊上的布告：沒有線索，其他人都沒在查這樁案子。他自己打了一份假報告：完全沒提克莉斯汀．貝吉隆與巴比．英吉的事，也不提他發現了其他色情刊物。他也沒寫自己淫亂的夢境：他的甜心凱倫搞雜交。

傑克親吻凱倫的頸子，希望她會醒過來微笑。

結果沒有。

□

首先進行周邊查訪。

查爾維爾路，提問，運氣不佳。克莉斯汀．貝吉隆公寓裡的住戶都沒聽到她跟兒子搬走；關於她所招待的男人們也沒人注意到任何事。到兩旁的分租房屋去問，也都得到相同的答案。傑克打電話到比佛利山莊高中，發現戴洛・貝吉隆經常蹺課，而且已有一週沒去上學了；副校長說那男孩靜靜的，不惹麻煩——他在校的時間太少不足以惹麻煩。傑克沒告訴他，戴洛也累到無法惹麻煩：媽媽穿溜冰鞋讓孩子操，會消耗孩子很多精力。

他下一個查訪地點：史丹免下車餐廳。店經理告訴他，克莉斯汀・貝吉隆前天就離職了，她接到一通電話，兩秒鐘後就走了。不，他並不知道來電者是誰；好，如果她出現，他會打電話給溫森斯警佐；沒有，克莉斯汀並未過度親近顧客，在端盤子時也沒有訪客來找她。

來到西好萊塢。

巴比・英吉的住處，訪談住戶與鄰居。巴比準時交房租，獨來獨往，沒有人看到他搬出去。隔壁那個打扮入時的傢伙說他「四處尋歡，並沒有固定的交往對象。」他問了跟「淫穢書刊」、「克莉斯汀・貝吉隆」、「小怪胎戴洛」——這個同性戀沒給他任何線索。

到西好萊塢查訪白忙一場——在B.J.休閒中心的遭遇之後，巴比不可能在同性戀酒吧區附近被逮到。傑克買了個漢堡吃，檢視英吉的犯罪紀錄——沒有同夥。他研究私藏下來的淫穢刊物，很難集中注意力，這些圖片裡的對立元素讓他難以專心。

有吸引力的模特兒，很爛的背景。漂亮的戲服會讓你對噁心的同性戀性行為多看一眼。有藝術氣息的雜交照片：紅墨水製作的血，在被單上連接起來的肉體——過度露骨的照片讓你無法直視女體。性器官的華麗表演，讓你想看這些女人僅僅只是裸體的樣子。這狗屁倒灶的色情刊物是為了賣錢而製作，但是過程中有某個藝術家參與。

腦力激盪。

傑克開車去廉價商店，買了剪刀、膠帶、繪畫本。他在車裡工作：把人臉從色情書刊裡剪下來，貼到圖畫紙上，男女分開，有重複的人物放在一起，這樣比較容易辨認身分。到市中心刑警局比對身分：拿白人的淫穢圖書來對照。瞇了四個小時的眼睛，眼睛酸痛，沒有任何成果。來到好萊塢分局比對他們的色情書刊檔案，又毫無所獲；在西好萊塢郡警派出所也同樣沒有發現。除了巴比・英吉之外，色情刊物裡的美女都是處女——意思是沒有犯罪紀錄。

下午四點半，傑克覺得自己的辦案方向迅速縮減。另一個點子，透過監理所查巴比・英吉，也查克莉斯汀・貝吉隆——徹底追查他們的檔案資料。再向檔案資料處要英吉的資料，確認前科紀錄有無更新。

他透過公用電話聯絡相關單位。巴比・英吉在監理所的紀錄清白：沒有罰單，也沒出過庭。貝吉隆的完整紀錄：交通違規日期、她幾位擔保人的姓名。檔案資料處唯一的新資訊，一年前的保釋報告。有一個名字將貝吉隆與英吉連結起來。

英吉因賣淫被逮捕，保釋人是雪倫・柯斯坦莎，住址是西好萊塢北哈文賀司街一六四九號。同一個女人也為貝吉隆的胡亂駕駛行為具保。

傑克再致電檔案資料處，查了雪倫・柯斯坦莎與她的地址——在加州沒有犯罪紀錄。他叫對方確認四十八州罪犯清冊裡有沒有這個人；這整整花了十分鐘。「警佐，不好意思，沒有這個名字的資料。」

再打給監理所。驚人的事實：沒有叫雪倫・柯斯坦莎的人持有或曾持有加州駕照。傑克開車到北哈文賀司街——沒有一六四九號。

腦袋裡思緒流轉：柯斯坦莎保釋男妓巴比・英吉出警局，妓女用假名，妓女為色情照片擺姿勢。北哈文賀司街長期以來是妓院區——他開始敲門。

迅速查訪了十幾個人，拜訪了附近的妓院。有兩家，分別在哈文賀司街一六一一與一五六四號。

傍晚六點十分。

一六一一號開門做生意；老闆沒聽過雪倫・柯斯坦莎、巴比・英吉、貝吉隆母子。從淫穢書刊裡剪下的人臉他也不認得；在裡面工作的女人們也沒見過這些臉孔。一五六四號的媽媽桑也配合調查——這些姓名與臉孔對她與她的妓女們都是陌生的。

又吃了一個漢堡，回到西好萊塢派出所。他檢閱了罪犯的別名化名檔案。又遇到死胡同。

七點二十分，沒有其他名字可查了。傑克驅車往漢莫路，停在可以看到巴比・英吉住處的門口。

他凝視著這批房子的院子。沒有人走動，路上沒什麼車，還要過幾個小時日落大道商業區才會熱鬧起來。他等待著：抽煙，腦袋裡想著色情照片。

八點四十六分，一輛軟頂敞篷車駛過，慢慢沿著人行道開。二十分鐘後，它又繞了一次。傑克嘗試要把車牌看清楚，但天色太黑什麼都看不到。直覺：這人在看窗戶有沒有透出燈光。如果他是來看巴比家有沒有燈光，那就為他開個燈吧。

傑克走進院子，很幸運沒被人撞見。手銬的棘齒撬開廉價的木材，門打開了。他摸索著牆上的電燈開關，開了燈。

仍舊是被清空的房間，床墊上仍是一團亂。傑克坐在門口，等待著。

無聊的時間愈拖愈長——十五分鐘、三十分鐘、一小時。有人敲前面玻璃窗。

傑克身體壓低：前門、眼睛高度的位置。他裝出同性戀的語調：「門沒鎖。」

一個俊小子大搖大擺走了進來。

傑克說，「媽的。」

提米・瓦伯恩，也就是咪老鼠——比利・迪特凌的相好。

「提米，你他媽在這裡幹嘛？」

瓦伯恩懶洋洋地站著三七步，一點都不害怕。

「巴比是我的朋友。如果你是想來查緝毒品的話，我可以告訴你他不吸毒。何況現在毒品也不是歸你管了吧？」

傑克關上門。「克莉斯汀‧貝吉隆、戴洛‧貝吉隆、雪倫‧柯斯坦莎。他們是你的朋友嗎？」

「我沒聽過這些名字。傑克，這是怎麼回事？」

「應該是你告訴我吧，你已經帶種到在幾小時內不斷來敲門。我們先從討論巴比人在哪裡開始？」

「我不知道。如果我知道，我還會在這裡嗎——」

「你跟巴比混在一起？你跟他交往嗎？」

「他只是朋友。」

「比利知道你跟巴比的事？」

「傑克，你很壞。**巴比只是朋友**。我不認為比利知道我們是朋友，但我們就只是朋友。」

傑克拿出筆記本。「所以我確信你們有很多共同的朋友。」

「沒有。把筆記本收起來，因為我完全不認識巴比的朋友。」

「好，你在哪裡認識他？」

「在一家酒吧。」

「店名？」

「李奧藏身處。」

「比利知道你背著他找男人？」

「傑克，不要這麼粗俗。我不是任你隨便擺布的罪犯，我是個公民，可以舉報你私闖這間公寓。」

變速球。「色情刊物、寫真集、異性戀跟同性戀。提米，你喜歡這類的東西嗎？」

眼神微微閃爍一下，但不致可疑。「你用這種方式找刺激？你跟比利帶著那種東西上床？」

毫不退縮。「傑克，別這麼凶。雖然你的風格凶惡，但別對我凶。記住我對比利有多重要，記住比利對那部影集有多重要。那部影集讓你有機會對明星卑躬屈膝。記住比利認識那些有力人士。」

傑克非常緩慢地移動，把色情刊物跟臉孔剪貼放在椅子上，拉過一盞燈來打光。「看看這些照片。如果你認識任何人，告訴我。我只想要做這件事。」

瓦伯恩的眼珠不屑地轉圈，然後看這些材料。首先是臉孔剪貼：他的表情困惑、好奇。接著是穿戲服的性愛照片：無動於衷，因為他很熟悉玻璃圈。傑克靠近他，注視著他的雙眼。

最後給他看雜交那本。提米看著紅墨水畫上的血，凝視著。傑克看到他脖子有一條青筋突起。

瓦伯恩聳肩。「我都不認識，抱歉。」

表情難以解讀——有技巧的演員。「你沒認出任何人？」

「沒有。」

「但是你確實認出巴比。」

「當然，因為我認識他。」

「但認不出其他人？」

「傑克，我說真的。」

「沒有熟面孔？在你們這種人去的酒吧裡，你沒有看過照片裡任何人？」

「**我這種人？**傑克，你不是已經在娛樂圈混得夠久，可以有話直說，並且保持良好態度？」

先別追問下去。「提米，你隱藏了你的想法。也許你咪老鼠演太久了。」

「你在找的是哪種想法？我是個演員，給我提示。」

「不是想法，而是**反應**。我已經幹了十五年警察，這是我看過最怪的玩意兒，而你的眼睛卻眨都不眨。十幾個人又幹又吸，還有藝術風的紅墨水從他們身上噴出來。這對你來說是家常便飯？」

優雅的聳肩。「傑克，我已經在好萊塢混太久了。我打扮成老鼠的樣子來娛樂兒童。這個地方沒什麼能讓我吃驚了。」

「我不覺得我相信這個說法。」

「我在跟你說實話。我不認識這些照片裡的人，以前也沒看過這些雜誌。」

「你這種人認識人脈很廣的人。你認識巴比・英吉，而他在那些照片裡。我想要看你的個人電話本。」

提米說，「不行。」

傑克說，「行的，要不我就告訴《噤聲祕辛》一點材料，抖出你跟比利・迪特凌是手帕交。《榮譽警徽》、夢幻時刻，以及你們這些玻璃。你喜歡這種大三元嗎？」

提米微笑。「麥斯・佩爾茲會因此開除你。他希望你客氣一點。所以你最好**客氣一點**。」

「你有帶電話本？」

「我沒有。傑克，記住比利的爸爸是誰。記住在你退休之後，可以在娛樂圈裡撈多少錢。」

現在傑克已經不爽，幾乎要發怒。「給我你的皮包。要是不給我，我就會生氣，把你壓在牆壁上。」

瓦伯恩聳肩，拿出一個皮夾。傑克搶走他想要的東西：名片、紙片上的名字與電話號碼。「我希望你還我這些東西。」

傑克把變輕的皮夾還給他。「當然，提米。」

「傑克，總有一天你會把自己搞臭。你知道嗎？」

「我已經把自己搞臭了，我也靠這一套賺錢。如果你決定要向麥斯告我的狀，記住我剛說的話。」

瓦伯恩走出去——姿態優雅。

□

同性戀酒吧的邂逅，有名無姓的電話號碼。一張名片，看起來很熟悉：「鳶尾花。二十四小時營業——隨您所欲。電話：HO〇一二三九。」名片背後沒有寫字——傑克絞盡腦汁，還是找不到任何連結。

新計畫：打這個電話，假裝是巴比・英吉，講一些關於色情書刊的話，看看誰會上鉤。留在這間公寓裡，看看誰會打電話來或出現，但這似乎可能性不高。

傑克撥打瓦伯恩皮夾裡的電話。「泰德——DU六八三二」——忙線中；「傑夫——CR九六四〇」——他輕聲說「嗨，我是巴比・英吉」，但沒人應答。「賓——AX六〇〇五」——沒人接；再打給「泰德」——「哪一個巴比？抱歉，但我不認為我認識你。」「吉姆」、「奈特」、「奧圖」，都沒人接；他還是想不透那張怪名片的事？只好使出最後一招：打給太平洋岸貝爾電信公司的警察服務專線。

鈴，鈴。「我是蘇德蘭小姐。」

「我是洛城警局的溫森斯警佐。我需要一個電話號碼的登記姓名與地址。」

「警佐，你沒有電話登記目錄嗎？」

「我人在電話亭，我想要查的電話區碼是好萊塢，號碼是〇一二三九。」

「好的，請稍待。」

傑克在線上等待；稍後那女人回覆。「這個號碼是空號。我們才剛開始發出五碼的電話號碼，並未使用你這個號碼。老實說，這個號碼可能永遠不會被用到，因為轉換的速度太慢了。」

「你確定？」

「我當然確定。」

傑克掛上電話。第一個念頭：偷接的電話。組頭有這種電話——電話公司裡的敗類調整線路，讓某些電話號碼不會被分發出去。免費的電話服務，警察單位也無法開傳票調通聯紀錄，打去的電話也無法查出來。

反射性地撥打監理所警用專線。

「喂，是哪位要查資料？」

「洛城警局的溫森斯警佐。幫我查提米．瓦伯恩的地址，白種男性，二十五至三十歲之間。我猜他住在威爾夏區。」

「收到。請稍待。」

傑克等待；那職員回覆了。「是威爾夏沒錯。四三二南盧森路。嘿，瓦伯恩不是那個在迪特凌節目上扮老鼠的人？」

「對。」

「嗯……呃……你為什麼要找他？」

「因為他持有走私的乳酪。」

□

到了咪老鼠的家：一棟法國鄉村風的老房子，搭配了豪華的配備——泛光燈、修剪出造型的灌木——有咪老鼠以及其他的迪特凌動物群。車道上有兩輛車：那輛在漢莫路出沒的敞篷車，以及比利．迪特凌的派克轎車——這輛車總是出現在《榮譽警徽》的片場。

傑克在監視的同時開始害怕：這群玻璃的背景太硬不能動，而他追查淫穢書刊的工作又沒有進展——「隨您所欲」，某種相關但又追不下去的線索。他可以把來龍去脈老實跟提米和比利說，逼他們說真話，訊問他們認識的人，認識巴比•英吉的圈內人——他就可以知道是誰製作了這些書刊。他開著收音機，音量放小，連串的情歌幫助他思考。

他想要追查色情書刊的骯髒真相，一部分是因為他好奇怎麼會有這麼醜陋又這麼美的東西，另一部分的原因純粹是查案讓他很爽。

他腳底發癢，急著想行動。一個嘶啞的男高音讓他下了車。

他沿車道而上，繞過泛光燈。窗戶：緊閉，沒拉窗簾。他往內看。

一大堆咪老鼠玩意兒，沒看到提米與比利。在最後一扇窗發現他們：這對戀人正在慌張地爭吵。

把耳朵貼到玻璃上——他只聽到模糊不清的腳步聲。一扇車門被大力關上，門口風鈴叮叮噹噹。趕緊往裡面看一下——比利正走向房子前面。

傑克繼續窺視。提米把手放在屁股上昂首闊步；比利帶了一個高壯的肌肉棒子回來。肌肉男拿出一些貨：一些藥罐，一個玻璃紙袋裡裝滿大麻。傑克跑向街道。一輛別克轎車停在人行道旁，前後車牌都沾著泥巴，車門鎖上——要是不打破玻璃，就只能空手而回。

傑克把駕駛座旁的車窗踢破。玻璃灑在前座的戰利品上——一個牛皮紙袋。

他抓過這個紙袋，跑向自己的車子。

瓦伯恩家的門打開。

傑克緊急加速往東開上第五街，然後蛇形轉上了西大道，停進一個又大又亮的停車場。他把紙袋拉開。

苦艾酒——標籤上寫著酒精純度一百九十，濃烈的綠色烈酒。

大麻。

黑白亮面雜誌：幾個戴著歌劇面具的女人幫馬吹簫。

「隨您所欲」。

第二十二章

帕克說，「艾德，前幾天你表現得很棒。我不贊成懷特警員擅自闖入，但後來的結果我也沒什麼好抱怨的。我需要像你這樣的聰明人，也需要像巴德這樣……直接的人。我要你們兩個一起辦夜鴞命案。」

「長官，我不認為我跟懷特可以共事。」

「你並不需要跟他共事。杜德利・史密斯指揮本案調查工作，而懷特會直接向他報告。另外兩個人，麥克・布魯寧跟狄克・卡萊爾，會跟懷特一起工作——一切聽從杜德利調度。好萊塢刑警隊也會參與偵辦，帶隊警官是瑞丁副隊長，他也將聽杜德利的指揮。我們已經分派了各部門聯絡窗口，刑事局裡每個人都要去找線民提供線索。葛林副局長說，羅素・米勒德想要暫離風化組，跟老杜一起辦這件命案，所以他也可能加入。這樣就有二十四名弟兄全職偵辦此案。」

「我確切的任務為何？」

帕克指著掛架上的案件圖表。「第一，我們還沒找到散彈槍或柯提斯的車，在那名被這些流氓侵犯的女孩證實他們案發時間的行動前，我們還是必須將他們預設為主要嫌犯。在懷特小小的莽撞行動之後，他們拒絕開口，現在是以綁架與強姦罪名收押。我認為——」

「長官，我會很樂於再嘗試偵訊他們。」

「讓我說完。第二，我們還沒有查出其他三名死者的身分。雷曼醫生正在加班查這件事，而每天都有擔心親友的民眾打四百通電話來詢問。仍有一個可能性是，這樁案子不只是搶劫殺人案。如果真是這樣，我要你在這方面進行調查。至於現在，你是專案小組對科學調查組、地檢署與各組聯絡人的窗口。我要你每天閱讀每一份調查報告，進行評估，然後向我本人報告。我要你每天寫總結報告，一份給我，一份給葛林副局長。」

艾德壓抑自己的微笑——他下巴傷口的縫線也讓他笑不出來。「長官，在我們談下去之前，可否報告一些想法？」

帕克讓椅子往後仰。「當然可以。」

艾德列舉重點。「一、在葛瑞菲斯公園搜索可拿來比對的彈殼，您覺得如何？二、如果受害女子在時間上證明我們的嫌犯沒有犯罪的可能性，那輛紫色的車停在夜鴞對面做什麼？三、我們發現槍跟車子的機率有多高？四、嫌犯說他們把那女孩先帶到敦克街。我們在那裡發現了什麼證據？」

「這幾點都很好。但是，一、找到可拿來比對的彈殼，機率很低。對後膛裝填的槍枝，彈殼可能會彈回這些混混開的車裡，而犯罪報告中列舉的案發地點很模糊，葛瑞菲斯公園又是山坡地，過去兩週來我們遇到下雨跟土石流，公園巡警在指認三名羈押嫌犯上又胡言亂語。二、指認夜鴞對面停放車輛的報攤小販現在說，那也可能是福特或雪佛蘭轎車，所以我們現在追查車輛的工作變成夢魘一場。如果你認為這輛車是停在那裡作為栽贓之用，我認為這講不通。誰會知道要把車先放在哪裡？第三，七十七街刑警隊為了追查槍枝與車輛，已經把天殺的南邊搞得天翻地覆，還威嚇與嫌犯有關的人士，惹出一堆事情。四、在敦克街那棟建築裡有個床墊，上面都是血跟精液。」

艾德說，「一切都回到那女孩身上。」

帕克拿起一份報告。「瑛內姿・索托，二十一歲。大學生。她人在天使之后醫院，今天早上才從麻醉中清醒過來。」

「有人跟她談過了嗎？」

「巴德・懷特陪她去醫院。三十六小時內，還沒有人跟她談過，我很同情你得去做這事。」
「長官，我可以單獨去見她嗎？」
「不行。艾里斯・洛威想要以綁架與強姦罪名起訴我們的嫌犯。他希望以此或夜鴞命案，或同時以兩案讓他們判死刑送毒氣室。他要一個地檢署調查員跟一位女警在場。一小時內，你去天使之后醫院跟包伯・高羅戴與一個女郡警會合。不必我說你也知道，索托小姐告訴你的話，將決定本案的調查方向。」
艾德站起來。帕克說，「我私下問你，你認為是那三個黑人犯下夜鴞命案嗎？」
「長官，我不確定。」
「你暫時洗脫了他們的嫌疑。你覺得我會因此對你生氣嗎？」
「長官，我們兩個都想要絕對正義。而且你太喜歡我了。」
帕克微笑。「艾德，不要把懷特那天的行為放在心上。你一個人可以抵一打懷特。他在值勤時曾殺過三個人，但跟你在大戰中的表現比起來不算什麼。記住這一點。」

□

高羅戴在那女孩的病房外跟他碰頭。大廳充滿消毒水的臭味——他熟悉的味道，他的母親就在下一層樓過世。「哈囉，警佐。」
「叫我包伯。艾里斯要我向你致上謝意。他很怕嫌犯會被活活打死，讓他沒辦法提起公訴。」
艾德笑了。「他們可能沒有犯下夜鴞命案。」
「我不在乎，洛威也不在乎。綁架加強姦是死刑重罪。洛威想要讓這三人入土為安，我也想要，等你跟這女孩談完，你也會想這麼做。所以現在最關鍵的問題是，夜鴞命案是不是他們幹的？」

艾德搖頭。「基於他們的反應，我認為不是。但是方譚說，他們載著這女孩四處跑。他對『賣她的皮肉』有反應。我認為柯提斯**可能**與幾個人臨時組成強盜集團，也許是她被賣的對象中的某兩人。這三人被逮補時身上都沒有錢，無論他們是犯下夜鴞命案或集體強暴案，我認為錢被藏在某處，沾有血跡——就像柯提斯燒掉的血衣。」

高羅戴吹了聲口哨。「所以我們需要這女孩關於時間方面的證詞，並且**指認**其他的強姦犯。」

「沒錯。**而且**我們的嫌犯現在緊閉嘴巴，巴德．懷特**又**殺了唯一一個可能幫助我們的人證。」

「懷特那傢伙很討人厭，對吧？你別看起來這麼害怕，畏懼他表示你精神正常。現在我們去跟這位小姐談談吧。」

他們走進病房。女郡警擋住了床——高大、肥胖、抹了髮蠟的短髮直直往後梳。高羅戴說，「艾德．艾斯黎。桃．羅斯坦。」女警點頭，站到一旁。

瑛內姿．索托。

黑色的眼珠，她的臉有割傷與淤傷。額頭的黑髮被剃掉，有傷口縫線。手臂插著管子，床單下也有管子。指節有割傷，指甲裂開——她有抵抗。艾德彷彿看到他的母親：沒有頭髮，在鐵肺裡只剩六十磅的體重。

高羅戴說，「索托小姐，這位是艾斯黎警佐。」

艾德靠在病床護欄邊。「很抱歉我們無法給你更多時間休息，我會盡量讓問話愈短愈好。」

瑛內姿．索托凝視著他，黑眼珠充滿血絲。她嘶啞著說，「我不要再看照片。」

高羅戴說，「索托小姐已經以檔案照指認出柯提斯、方譚與瓊斯。我告訴她，我們可能需要她看其他的照片，以指認其他人的身分。」

艾德搖頭。「目前無此必要。現在，索托小姐，我需要你試著回想兩夜前你遇到的事件順序。我們可以慢慢地進行，現在我們也不需要細節。等你休息充分之後，我們可以再來仔細回顧。請你慢慢回想，從這三個男人綁架你的時間講起。」

瑛內姿靠著枕頭坐起來。「他們不是人！」

艾德抓住護欄。「我知道。而且他們將要為對你做的事受到懲罰。但是在此之前，我們需要確認他們是不是另一樁案件的嫌犯。」

「我要他們去死！我聽過廣播！我要他們為那個案子被判死刑！」

「我們不能這麼做，因為其他傷害過你的人將會逍遙法外。我們必須依照正確的程序來做。」

瘖啞的低語。「正確的意思就是，六個白人比一個來自波伊爾高地的墨西哥女孩更重要。那些禽獸折騰我，還在我嘴裡搞那些事。他們把槍塞進我身體。我的家人認為，這是我自作自受，因為我不肯在十六歲嫁給一個愚蠢的墨西哥工人。我什麼都不會告訴你，混蛋。」

高羅戴：「索托小姐，艾斯黎警佐救了你的命。」

「他毀了我的人生！懷特警官說他讓那些黑鬼免於以謀殺罪起訴！懷特警官才是英雄，他殺了那個捅我屁眼的人渣！」

瑛內姿啜泣。高羅戴示意要艾德別問了。艾德出來，走到禮品店——熟悉的地方，母親臨終前的那段時間常來。買花送八七五號病房，每天都送一大束讓她振作精神的花。

第二十三章

巴德提早上班，在辦公桌上發現一張便條。

五三年四月十九日

小伙子——

辦公不是你的強項，但我需要你幫我查兩件檔案資料。（雷曼博士已經辨識出三個客人死者的身分。）用我教過你的標準程序，並首先看一下隊上十一號告示板。上面有本案的最新整體狀態，以及其他專案小組刑警的職責，這能讓你免於做一些無謂也無關的工作。

一、蘇珊・南茜・雷佛茲，白人女性，一九二二年一月二十九日出生，無前科。在聖柏納迪諾出生長大，最近才搬到洛杉磯。她在波樂克威爾夏百貨公司當售貨小姐（背景調查分派給艾斯黎警佐）。

二、戴伯特・馬文・凱斯卡，綽號「杜克」，白人男性，一九一四年十一月十四日出生。兩樁法定強姦罪被判刑定讞，在聖昆丁監獄服刑三年。曾三度被捕，未被判刑。（千辛萬苦才查出來。從服裝洗滌標示，以及屍體與監獄身材尺寸紀錄比對之後，才查出死者身分）。上班地點不詳，最後可查到的地址是銀湖區凡當街九八一九號。

三、麥爾坎・羅伯特・藍斯福，綽號「麥爾」，白人男性，一九一二年六月二日出生。查不到住處地址，職業是壯漢保全公司的保全，地址是北卡胡恩加路一六八〇號。曾任洛城巡警，服務十一年，大多數的時間都在好萊塢分局。五〇年六月因不適任而被開除。據知是夜鴞深夜時段的常客。我已經查過藍斯福的人事檔案，結論是此人為可恥的警察（每一個主管都給他丁等考績。）你去好萊塢分局查他留下來的任何文件（布魯寧跟卡萊爾會在那裡幫你處理一些瑣事）。

總結：我仍認為那三個黑人是我們要找的嫌犯，但凱斯卡有犯罪紀錄，藍斯福當過警察，這意味著我們應該進行稍微詳細的背景調查。在這項工作上，我要你當我的左右手，對你要成為真正的凶殺組警探來說，這是絕佳的洗禮。今晚（九點半）在太平餐坊跟我碰面。我們再討論這項工作與相關事項。

杜德利

巴德看了大告示板。夜鴞命案那部分有很多文件公告：調查報告、驗屍報告、種種歸納總結。他找到第十一號布告欄，快速瀏覽。

六個檔案資料處職員被派去查犯罪紀錄與汽車登記資料；七十七街分局刑警隊掃蕩黑人區找散彈槍跟柯提斯的水星轎車。布魯寧跟卡萊爾去逼問那些有槍械相關前科的人；夜鴞周邊區域已經進行過九次地毯式查訪，卻再也找不出一個目擊證人。黑人嫌犯拒絕跟洛城警察、地檢署調查員、甚至艾里斯·洛威本人交談。瑛內姿·索托拒絕協助澄清當晚事件發生的時間順序。艾德·艾斯黎搞砸了對她的訊問，還說什麼應該更體貼地對待她。

告示板下方：麥爾坎·藍斯福的洛城警局人事紀錄。壞消息——藍斯福常吃白食，什麼都不會；逮捕罪犯的紀錄很爛，還曾經因怠忽職守記過三次。跨部門資訊收集需求發出後，四個曾與藍斯福共事的警察回應——收賄者、笨蛋。麥爾值勤時會喝酒，會威脅妓女以獲得口交，也試圖勒索好萊塢商家付錢買他下班後提供的「保護服務」，或是在他因為欠繳房租被鎖在公寓外面時，讓他睡在店裡。一九五〇年六月的又一樁申訴，讓遭到多次申訴的他被革職。四名回應的警察都說，在夜鴞命案中，他可能不是刻意被鎖定的對象；他當警察時，就常去徹夜無休的咖啡店——通常是為了白吃白喝；他凌晨三點之所以在夜鴞，是他對迷幻藥上癮，也沉浸在大麻煙裡，而夜鴞看起來既舒服又暖和。

巴德開車到好萊塢分局——心裡想著瑛內姿、杜德利、狄克・史坦斯蘭。她帶種：她試圖爬出擔架，想報復躺在屍體運送架上的席維斯特・費區；她尖叫：「我已經死了！我要他們都死掉！」他把她拉出救護車，偷了嗎啡跟注射針筒，趁沒人看到的時候給她一針。最糟的時候已經過去，但是更糟的還在後頭。艾斯黎將會偵訊她，逼她說出細節，叫她看這些強暴犯的照片直到崩潰為止。艾里斯・洛威想要萬無一失的起訴案件——這意味著當面指認、出庭作證。對有史以來野心最大的檢察總長來說，瑛內姿・索托是首要的證人——而他唯一能做的就是去醫院看她，說聲嗨，試著減少她遭遇的衝擊。這個勇敢的女人叫艾斯黎滾蛋——那個不折不扣的膽小鬼。

思緒從瑛內姿轉到史坦斯蘭。

仇報得好：戴著丹老鴨面具出擊，艾斯黎嗚咽。那張照片是很好的保障；狄克依舊衝動好鬥——這讓他覺得自己仍然英姿煥發。他在部多鮑姆熟食店的工作很糟糕。那裡是騙子聚集的地方，他早晚會違反緩刑規定。史坦斯蘭睡在車裡、喝酒、賭博——監獄沒讓他學到任何教訓。

巴德在葡萄藤街轉向北開，陽光讓擋風玻璃上出現他的映影。他的領帶很顯眼，花樣是洛城警局警徽與「2」。「2」代表他已經殺掉的人數。他必須再訂作一些新領帶——殺了席維斯特・費區之後要改成「3」。這是杜德利的點子：監控小組的**團隊精神**。這點子挺帥的，女人覺得這種領帶很令人興奮。杜德利令人興奮——不管在生理或心理的層面上。

他欠杜德利的人情比欠史坦斯蘭的更多。這個男人降低血腥聖誕節的傷害，讓他進了監視小組，然後又把他弄進凶殺組。但當杜德利提拔你，你也成了他口袋裡的人。他比任何人都精明，你永遠不能確定他究竟想拿你怎麼樣，或他要如何利用你——在他花俏的語言之中，什麼你都聽不出來。這一點並不會使人耿耿於懷，但你就是感覺得到；看到麥克・布魯寧與狄克・卡萊爾對此人掏心掏肺的樣子，會讓人覺得害怕。杜德利可以改變你、形塑你、扭曲你、反轉你、指揮你，卻絕不會讓你覺得像個傀儡。但他總是讓你知道一件事：他對你的了解超過你對自己的理解。

路邊沒有停車位，每個位子都有車。巴德停在三個街區外，走回辦公室。艾斯黎不在，每張辦公桌都有人，警察們講著電話、作筆記。一個巨大的告示板上貼滿所有的夜鴞命案文件——厚達六吋。兩個女人坐在桌前，身後有台電話交換機，她們腳邊有個招牌：「檔案資料處／監理所查詢」。巴德走過去，以蓋過眾人講電話的音量說話。「我正在查凱斯卡的背景，我要你們查出他所有同夥與犯罪的紀錄。這傢伙曾經兩度與未成年少女發生性關係而被捕。我要兩名原告的完整資訊與目前住址。他曾經三度因拉皮條被捕，未被定罪，我要你們去問本市與郡警的風化組，看看有沒有他的檔案。如果有，我要他旗下的小姐名單。如果你們查到名字，那就再查出生日期，並透過檔案資料處、監理所、洛杉磯市或郡假釋官辦公室、女子監獄清查資料。我要所有的**細節**。懂嗎？」

兩個小姐開始操作交換機。巴德走到告示板，翻閱標示為「死者藍斯福」下的文件。有一條新訊息：一個好萊塢刑警隊警察，跟藍斯福在壯漢保全公司工作時的上司談過。事實：藍斯福幾乎每天凌晨都會去夜鴞。他六點到凌晨兩點在皮克威克書店大樓值班，下班後會過去；藍斯福是典型的酒鬼保全，不能佩槍；沒聽過藍斯福有什麼敵人，也沒有朋友或女性朋友，他跟其他的保全同事也不來往，睡在好萊塢露天劇場後面的帳棚裡。那頂帳棚已經被搜查並記錄了物品清單：一個睡袋、四套壯漢保全制服、六瓶老蒙特利牌麝香葡萄酒。

永別了，爛人——你在錯的時間出現在錯的地方。巴德查了一下藍斯福的逮捕紀錄：當差十一年，逮捕了十九名輕罪嫌犯，報仇可能是殺他的犯罪動機，但有可能殺六個人只為了收拾一個人！艾斯黎還是沒出現，布魯寧跟卡萊爾也沒蹤影。巴德記得杜德利的便條：去查警局檔案裡藍斯福留下的檔案。

這個調查方向正確：偵辦紀錄卡是以警察的姓來排列。巴德來到儲藏室，拉出編號L的櫃子——裡面沒有「麥爾坎・藍斯福警員」的檔案夾。花了一個小時由編號A檢查到Z看看有沒有排列錯誤——沒有，沒有偵辦紀錄。怪事，也許酒鬼麥爾從來不把偵辦紀錄歸檔。

幾乎快中午，該是吃飯時間——買個三明治，跟狄克談談。卡萊爾與布魯寧現身，無所事事，喝著咖啡。巴德找到一台沒人用的電話，打電話給幾個線民。

「老蛇」塔克什麼都沒聽說；胖子萊斯與強尼・司坦普納托也給了同樣的答覆。傑利・凱森巴赫說是羅森堡夫妻[1]幹的——他們在死刑犯大牢裡下達殺人令，還讓傑利再度開始吸毒。一個檔案資料處的小姐站在他面前。

她遞給他一張撕下來的紙張。「資訊不多。凱斯卡同夥方面一無所獲，除了他的犯罪紀錄之外沒有太多細節。對於法定強姦案的原告我無法獲得太多資訊，只知道她們那時十四歲，金髮，在戰時於洛克希德飛機公司工作。我猜她們只是在本地暫住。郡警總局風化組有凱斯卡的檔案，內含九名疑似賣淫女性的名單。我繼續查下去。兩個死於梅毒，三個未成年，離開本州以獲得緩刑，有兩個我查不到資料。剩下兩個在那張紙上。這樣有幫助嗎？」

巴德揮手示意布魯寧與卡萊爾過來。「有幫助，謝了。」

女職員走開；巴德看了她給的那張紙，兩個姓名被圈起來：珍・羅科（綽號「羽毛」），辛西雅・班納維德（綽號「罪惡辛蒂」）。兩人最近的地址與出沒地點：龐賽提亞路與裕加路上的房子，雞尾酒吧。

杜德利的兩名打手站在面前。巴德說，「這裡有兩個名字。你們兩個去查查底細？」

卡萊爾說，「這背景調查爛透了。我認為就是那三個黑人幹的。」
布魯寧抓過那張紙。「老杜說要做，我們就去做。」
巴德看看他們的領帶——總共殺了五個人。胖子布魯寧與瘦子卡萊爾，在某方面看來他們就像雙胞胎。
「那你們就去做吧。」

□

亞伯快餐店，沒有停車位，在這街區再繞一圈。狄克的車在店後面，座椅上有空酒瓶，這已經違反了假釋條件。巴德找到一個停車位，走到店前透過窗戶確認內部狀況：史坦斯蘭正在大口喝酒，跟幾個有前科的傢伙瞎扯淡——李・華其斯、「兩點」柏金斯、強尼・司坦普納托。一個條子模樣的人在櫃臺吃東西：吃一口，看這批罪犯一眼，再吃一口——就像時鐘運作一樣精準。回到好萊塢分局——他為自己仍在當保姆而不開心。
等著見他的人：布魯寧與兩個像妓女的女人，他們在偵訊室裡笑得震天價響。巴德敲敲玻璃，布魯寧走了出來。
巴德說，「誰是誰？」
「金髮的是『羽毛』羅科。嘿，你有沒有聽過那隻老二很長的大象？」
「你跟她們說了什麼？」
「我告訴他們這是針對杜克・凱斯卡進行的例行背景調查。她們看過報紙，所以她們並不訝異。巴德，是那三個黑鬼幹的。他們會為那個老墨妓女而被判刑，杜德利之所以搞這一堆複雜的程序，只是因為帕克想要一

1 Ethel and Julius Rosenberg，美國共產黨員，因涉嫌洩漏原子彈機密給蘇聯而被判死刑，一九五三年被處死。

個展示用的案件，而且他又聽那個艾斯黎小鬼頭唱高調——」

手指用力戳在他的胸口。「瑛內姿・索托不是妓女，也許命案並不是黑鬼幹的。所以你跟卡萊爾去做一點警察調查工作吧。」

服從指示——布魯寧拖著腳往後退，把襯衫撫平。巴德走進偵訊室。兩個妓女看起來很糟，雙氧水漂出來的金髮，染髮劑染出來的紅髮，太濃的化妝，太多的滄桑。

巴德說，「所以你們看過今天早上的報紙？」

羽毛羅科說，「對啊，可憐的杜克。」

「聽起來你不像是真心哀悼他。」

「杜克就是杜克。他討人厭，但絕不會打人。他很愛墨西哥辣醬漢堡，而夜鴞做得很好吃。杜克就是不幸那天又跑去吃漢堡，願他安息。」

「你們都相信報紙上寫的，搶劫是殺人動機？」

辛蒂・班納維德點頭。羽毛說，「當然，要不然還能是什麼？我是說，你不覺得是這樣嗎？」

「有此可能。杜克有沒有什麼仇人？」

「沒有。杜克就是杜克。」

「他旗下還有多少小姐？」

「只有我們。我們是杜克馬廄裡剩下的瘦馬。」

「我聽說杜克曾經管過九個小姐。後來怎麼了？有敵對的老鴇搶生意？」

「先生，杜克不切實際。他個人喜歡年輕女孩，他也喜歡中介年輕女孩。除非拉皮條的要狠，年輕女孩會厭倦並離開。杜克可以對其他男人耍狠，但是他對女性不會。願杜克安息。」

「那麼杜克一定還有搞什麼副業。光是經營兩個小姐應該賺得不夠。」

羽毛摳著她的指甲油。「杜克對某個新生意的計畫很興奮。不過他總是有某種新計畫在進行，他愛做夢。這些計畫讓他開心，讓他覺得辛蒂跟我幫他賺的小錢也不算太糟。」

「他有告訴你細節嗎？」

「沒有。」

辛蒂拿出口紅，在嘴唇上又塗了一層。「辛蒂，他有告訴**你**任何事情嗎？」

「沒有。」——聲音有點尖。

「沒提到仇家的事？」

「沒有。」

「女朋友呢？杜克最近有沒有搞什麼年輕美眉？」

辛蒂拿出一張面紙，吸拭嘴上多餘的口紅。「沒……沒有。」

「羽毛，你相信嗎？」

「我想杜克應該沒有勾搭誰吧。我們現在可以走了嗎？我是說——」

「走吧。街上往前走一點就會看到計程車招呼站。」

兩個小姐快速離去；巴德讓她們先走一段，然後跑向自己的車。他開到日落大道等在招呼站對面，等了兩分鐘。辛蒂跟羽毛走了過來。

兩人搭不同的計程車，往不同的方向。辛蒂轉上威爾考克斯街往北走，也許要回家——裕加路五八一四號。巴德抄捷徑；計程車準時出現。辛蒂走到一輛綠色迪索托轎車，往西駛去。巴德數到十，跟了上去。

接著走到高地街，從卡胡恩加隘口進入聖費南度谷地，往西開在文圖拉大道上。巴德跟車跟得很緊；辛蒂高速開在中間車道。經過一家汽車旅館時，她緊急轉彎靠邊停車。這裡的房間環繞著一座昏暗的游泳池。

巴德煞車，迴轉，觀察著。辛蒂走到左邊的一個房間，敲門。一個女孩——十五歲左右，金髮——讓她進房。年輕美眉，會讓杜克・凱斯卡犯下法定強姦罪的那種女生。

繼續監視。

十分鐘後，辛蒂走了出來——動作迅速——她駕車迴轉回好萊塢。巴德敲敲那女孩的門。

她開了門，眼睛裡有淚水。廣播大聲放送：「夜鴞大屠殺」、「南加州世紀命案」。女孩的眼神恢復焦點，「你是警察？」

巴德點頭。「小妹妹，你幾歲了？」

她的眼神又沒有焦點，雙眼迷茫。

「小妹妹，你叫什麼名字？」

「凱西・珍威，凱旋的凱。」

巴德關上門。「你幾歲了？」

「十四歲。為什麼男人老愛問這件事？」帶有北方大草原區口音。

「你老家在哪？」

「北達科塔州。如果你把我送回去，我只會再逃家。」

「為什麼？」

「你要我仔細說給你聽？杜克說很多男人聽這類話題會興奮。」

「別這麼強悍吧。我可是站在你這邊。」

「別說笑話了。」

巴德環顧房內。熊貓玩偶、電影雜誌、櫃子上有女學生罩衫。沒有賣淫的跡象，也沒有吸毒的玩意兒。

「杜克對你好嗎？」

「他沒有逼我跟男人做那件事，如果這是你想問的。」

「你的意思是你只跟他做？」

「不是，我的意思是我爹地跟我做這件事，另外一個人逼我跟其他男人做這件事，但是杜克從他那邊把我買走。」

神祕的皮條客。「那男人叫什麼名字？」

「不要！我不會告訴你，你也不能逼我說出來，反正我也忘了！」

「小妹妹，到底是哪一種狀況？」

「我不想說。」

「噓，所以杜克對你很好？」

「不要噓我。杜克是個熊貓娃娃，他只想要跟我睡在同一張床上，跟我玩撲克牌遊戲。這有那麼壞嗎？」

「甜心——」

「我爹地更壞！我的亞瑟叔叔壞到**極點**！」

「安靜下來，好嗎？」

「你不能逼我！」

巴德握住她的手。「辛蒂想要幹嘛？」

凱西把手抽走。「她告訴我杜克死了，每個有收音機的笨蛋都知道這件事。她告訴我杜克說，如果他出了什麼事，她應該要照顧我，然後她給了我十塊。她說警察正在煩她。我說十塊不太夠，她覺得被侮辱就對我大吼。你又怎麼知道辛蒂在這裡？」

「這你就別管。」

「這裡的租金是一週九塊，而我——」

「我會給你一些錢，如果你——」

「杜克**從來不會**這樣佔我便宜！」

「凱西，你先安靜，讓我問些問題，也許我們可以抓到那些殺了杜克的人。好不好？」

孩子般的嘆息。「好吧，你問吧。」

巴德輕柔地問，「辛蒂說，杜克叫她要照顧你，如果他有什麼萬一的話。你覺得他是不是已經想到有可能會出事？」

「我不知道。也許。」

「為什麼說也許？」

「我說也許是因為杜克最近很緊張。」

「為什麼他很緊張？」

「我不知道。」

「你有問他嗎？」

「他說『只是生意』。」

羽毛曾說杜克：「對某個新生意的計畫很興奮。」

「凱西，杜克是不是正在做新的生意？」

「我不知道，杜克說女生不要談生意經。但我**知道**他留給我的才不只十塊錢。」

巴德給她一張警局名片。「這是我辦公室的電話。你再打給我吧？」

凱西把床上的熊貓抓起來。「杜克很邋遢又很懶，但我不在意。他有可愛的微笑，胸口也有可愛的疤，他也從來不對我大呼小叫。我爹地跟亞瑟叔叔老是吼我，而杜克永遠不會。這樣不是對我很好嗎？」

巴德握握她的手之後離開。還沒走到街上，他就聽到她的啜泣聲。

□

回到車上，思考整理目前獲得的凱斯卡資訊。杜克的「新生意」與怪異的拉皮條方式，或許是薄弱的線索；夜鴞的墨西哥辣醬漢堡九成九是他遇害的理由。一個拉皮條的法定強姦犯與一個騙吃騙喝的離職警察死在一塊——很奇怪——但是好萊塢大道凌晨三點出現這些人也不算異常。如果把這當成幫杜德利一個忙——也許辛蒂不僅私藏杜克留下的現金，她還藏了更多的線索。他可以逼她把錢吐出來，再聽一些拉皮條圈子的流言蜚語，然後這樣就算把杜克．凱斯卡這邊處理完畢，就能要求老杜把自己派到黑人區。這樣做很簡單——但是辛蒂不知去向，而他又忍不住隨著凱西起舞：別無去處的拯救者。他突然想到告示板上少了樣東西：杜克的公寓沒人去搜過。有可能杜克的花名冊會在那裡——關於他的生意與他從哪個皮條客買回凱西會有更多線索——殺時間的好方法。

巴德前往卡胡恩加區。他看到一輛紅色轎車跟在後面——他認為這輛車也曾出現在那間汽車旅館前。他加速，繞到辛蒂的住處，沒看到綠色迪索托轎車或紅色轎車。他驅車前往銀湖區，看後照鏡確認，沒發現車子跟蹤——剛剛只是他的想像。

凡當街九八一九號看起來沒人住過——一棟灰泥小屋後方車庫上加蓋的公寓。沒有記者，沒有刑案現場的封鎖線，也沒有本地人出來曬太陽。巴德用手把門撞開。

典型的單身漢公寓：客廳與臥室不分隔、浴室、小廚房。打開燈迅速檢查屋內——以杜德利教他的方式。嵌壁式折疊床被放下。廉價的海景掛在牆上。一個櫥櫃，一個衣帽間。浴室與小廚房沒有門——乾淨整齊。整個公寓看起來太整潔了——跟凱西所說的不同：「杜克很邋遢又很懶。」

尋找細節——另一個杜德利的技巧。小桌上有座電話，檢查抽屜：鉛筆，沒有地址簿，沒有花名冊。一落黃頁目錄，隨意亂翻——洛杉磯郡、濱河郡、聖費南度郡、文圖拉郡。聖費南度那本是唯一用過的電話簿——頁面折捲，書脊裂開。檢查被翻到頁面捲角的地方：「印刷廠」這幾頁被翻爛了。有個連結，也許沒有意義：蘇珊・雷佛茲，在聖費南度土生土長。

巴德的眼睛繼續掃視，喀擦、喀擦、喀擦。浴室和廚房潔白無瑕，衣櫃裡的襯衫摺得整整齊齊。地毯很乾淨，角落有點髒。最後一個畫面：這個地方已經被搜查過、清理過——可能處理的還是個專家。

他檢查衣櫃：外套與褲子從衣架上滑落。凱斯卡的衣物整潔——有人已經整理過他的衣服，或者這是杜克的本性——凱西所謂的懶人——這個搜查者並未花時間翻衣服。

巴德檢查每一個口袋、每一件衣服：纖維、零錢，沒什麼重要的東西。靈光一閃：測試看看這個搜查者的能耐。他下樓走回車上拿出自己的蒐證工具組，拍掉上面的灰塵：衣櫃裡一定有殘留指紋。又閃過一個念頭：去污粉可以抹去指紋。這間公寓應該已經被專業人士抹除所有指紋了。

巴德收拾好東西，出了公寓，再腦力激盪一會兒——他想到賣淫同業的鬥爭，但又放棄這個想法——杜克・凱斯卡旗下只有兩個小姐，也沒有興趣為十四歲美少女攬客——他是個糟糕的皮條客。巴德嘗試把杜克的公寓遭到搜查跟夜鴞命案建立連結——沒找到凶槍，真凶是三個黑人犯罪的機率仍然很高。如果真有人搜查過杜克的公寓，這應該與他的「新生意」有關——「羽毛」羅科曾強調過——而這也正是罪惡辛蒂沒說的。接著去找辛蒂，她還欠凱西錢。

黃昏將至。巴德開車至辛蒂的住處，看到那輛綠色迪索托。半裂開的窗戶傳來呻吟聲。他掀起窗戶，跳了進去。

昏暗的走道，前面一扇門傳來喘息聲。巴德走過去，往內看。辛蒂跟一個穿著菱形花紋襪子的胖子在床上，床幾乎都要垮了。胖子的褲子掛在門把——巴德從裡面偷出皮夾，掏空，吹了聲口哨。

辛蒂尖叫；胖子繼續抽動。

巴德：「**混蛋，你跟我的女人在幹什麼!!**」

胖子抓著老二跑出房間；辛蒂躲到被單裡。「杜克有哪些仇家。說出來我就不抓你。」

辛蒂的頭探出來。「我……什麼……都不知道。」

「你他媽什麼都不知道。那你告訴我，誰有可能闖入杜克的住處？」

「我……不……知道。」

「最後一次機會。你在警局有話沒說，羽毛則都說了。你去凱西•珍威住的汽車旅館，給了她十塊。你還有什麼沒說出來？」

「聽我說——」

「說出來。」

「說什麼？」

「說出杜克的新生意與他的仇家。告訴我凱西之前的皮條客是誰。」

「我不知道她的皮條客是誰！」

「那就說出其他兩件事。」

辛蒂抹抹臉，口紅被抹開，妝也花了。「我只知道有一個人四處在雞尾酒酒吧找女人搭訕，行為跟杜克很像。你知道，同樣的俏皮話，杜克的那套伎倆。我聽說他想要找女人當他的應召女郎。他沒跟我或羽毛談過，我所聽說的只是舊聞，差不多兩星期前聽到的。」

念頭一閃：「這男人」可能就是搜索杜克住處的人，「這男人」試穿過凱斯卡的衣服。「繼續說。」

「我只聽到這些，別人是這麼說的。」

「這男人的長相如何？」

「我不知道。」

「誰告訴你他的事情？」

「我連這都不知道，就是在天殺的酒吧裡，隔壁桌幾個女人在講這些事。」

「好吧，放輕鬆。杜克的新生意，說出來。」

「先生，那只是杜克另一個白日夢。」

「那你先前為什麼不告訴我？」

「你知道那句老諺語，『不要說死人的壞話』？」

「我知道。那你知道女子監獄裡那些女同性戀男人婆嗎？」

辛蒂嘆氣。「杜克第六千號白日夢——販賣色情刊物。這不噁心嗎？杜克說他要去賣一種很怪的黃色書刊。我只知道這樣，我們在這話題上只講了兩三秒，杜克只說了這些。我沒多問，因為我一聽就知道這是白日夢。現在你可以離開了嗎？」

在局裡好像有聽說，風化組正在查色情刊物。「哪一種黃色書刊？」

「先生，我告訴過你我不知道，那只是一段兩秒鐘的對話。」

「你會把杜克留給你的錢還給凱西嗎？」

「當然，我會當個好人。分批每次給她十塊。如果一次給她所有的錢，她只會全部亂花在電影雜誌上。」

「我可能會回來找你。」

「我拭目以待。」

□

巴德停在郵筒旁，用限時專送寄現金：凱西•珍威，蘭花觀汽車旅館，貼了很多郵票外加一張友善的字條。超過四百塊美金——對一個孩子來說是不少錢。

七點鐘，在他去見杜德利之前還有點時間。去刑事警察局打發時間：風化組，隊部告示板。第四小隊在查色情刊物——奇夫卡、韓德森、溫森斯、史塔西——四個人在追查，沒有人回報線索。沒人在，他可以早上再過來一趟，反正他發現的事情可能沒有什麼用。他走到凶殺組，打電話到亞伯快餐店。

史坦斯蘭接電話。

「亞伯快餐店。」

「狄克，是我。」

「喔？**警官**，你來關切我嗎？」

「狄克，拜託。」

「我是說真的。你現在是杜德利的人了。也許老杜不喜歡買我鹹牛肉的客人。也許老杜想要線報，以為我會告訴你。你現在已經不再是自己的主人。」

「夥伴，你又喝酒了？」

「我現在喝酒有節制了。你跟艾斯黎這麼說，告訴他丹老鴨想跟他跳舞。告訴他我看到他老爸跟操他的夢幻時刻樂園的報導。告訴他我可能會去參加開幕典禮，丹老鴨要求混帳艾德・艾斯黎警佐出席，他媽的再跳一曲。」

「狄克，你太過火了。」

「你說什麼他媽的鬼話。再跳一曲，丹老鴨會打破他的眼鏡，嚼他的喉嚨——」

「狄克，天殺的——」

「嘿，操你媽！我看過報紙，我看到夜鴞案的調查人員。你、杜德利、艾斯黎，還有杜德利其他的愛將。你跟那個讓我被關的王八蛋是夥伴，你們現在在同一條船上，所以如果你——」

巴德把電話丟出窗戶。他走到停車場亂踢東西——然後他突然被腦中一幅景象踢醒。

血腥聖誕節本來應該讓他也丟掉工作的。

杜德利救了他。

目前艾斯黎變成夜鴞命案的英雄——他會把瑛內姿再送回地獄。

凱斯卡這邊有些古怪，這件案子可能牽連甚廣，不僅是一件瘋子搶劫案。他可以偵破這件案子，整整艾斯黎，找到方法幫助史坦斯蘭。也就是說：

不要把色情書刊的線索交給風化組。

不讓杜德利看到某些證物。

自己獨立當個警探——不再做莽夫。

他藉著醉言醉語放膽說出：

你現在已經不再是自己的主人。

你現在已經不再是自己的主人。

你現在已經不再是自己的主人。
他很害怕。
他欠杜德利人情。
他正在背叛這世上唯一一個比他更危險的男人。

第二十三章

第二十四章

雷・屏克帶著艾德重建夜鴞命案案發過程。

「砰、砰，我打賭事情是這樣發生的。首先，這三人進了咖啡館，亮出槍枝。其中一個對付收銀小姐、廚子跟女侍。這個人用散彈槍托打唐娜・狄路卡——她站在收銀機旁，我們在那裡的地板上發現一片她的頭皮。她拿收銀機與她皮包裡的錢給他，他把她跟派蒂・卻希瑪推進儲藏室，沿途在廚房順便對付吉伯特・艾斯克巴。吉伯特抵抗——你注意拖行的痕跡，鍋盆掉到地板上。頭部被槍托打了一下——砰、砰——就是你看到那一小灘被粉筆圈起來的血跡。在廚子的料理台下可看到保險箱，這三名員工死者其中之一將它打開，注意這些散落一地的銅板。砰、砰，吉伯特又再抵抗，又被槍托打，注意地板上標示1A的圓圈，在那裡我們發現三顆金牙，我們帶回去比對：是吉伯特・艾斯克巴的金牙。拖行痕跡從那裡開始，老吉伯特放棄對抗，砰、砰，一號嫌犯把一、二、三號死者關在食物儲藏室裡。」

回到餐廳裡——在命案發生三夜之後仍持續封鎖。看熱鬧的人貼著窗戶窺看；屏克繼續說下去，「同時間，二號與三號槍手把四、五、六號死者集中起來。拖行痕跡往儲藏室去，散落一地的食物與餐盤也證明了這一點。你可能看不到，因為塑膠地板太黑了，但是頭兩張桌子下有血跡：凱斯卡跟藍斯福的血，他們各坐一桌，各吃了一槍托。我們透過血液比對知道是誰坐在哪裡。凱斯卡倒在二號桌，藍斯福在一號桌。現在——」

艾德插話。「你有檢查餐盤上的指紋來確認嗎？」

屏克點頭。「藍斯福桌子下的餐盤有用過的髒污，還有兩枚可辨識的指紋。這就是我們查出他身分的方法

——我們發現指紋符合他加入洛城警局時所採的指紋。凱斯卡跟蘇珊‧雷佛茲的雙手都被轟掉，沒辦法比對他們的指紋，反正他們的餐盤也太髒了。我們是透過部分的牙齒與他的監獄身材尺寸記錄確認凱斯卡的身分，而雷佛茲則是有全口牙齒可比對。你看到地板上那隻鞋嗎？」

「有。」

「從它的角度來研究，這看起來像雷佛茲左搖右晃移向隔壁桌的凱斯卡，儘管他們坐在不同桌。愚蠢的恐慌，她顯然不認識他。她開始尖叫，其中一個槍手把一疊紙巾從那個容器裡拿出來塞進她嘴裡。雷曼醫師在解剖時，發現她喉嚨裡有一堆被吞下去的紙類纖維，他認為射殺開始時，她的喉嚨可能已經哽住無法呼吸。砰、砰，凱斯卡跟雷佛茲被拖去儲藏室，藍斯福用走的，這可憐的王八蛋可能以為這只是搶劫。在儲藏室，男女的皮包皮夾都被拿走——我們發現門內的血灘裡，有吉伯特的駕照碎片在漂浮，另外還有六顆浸過蠟的棉球。這些槍手聰明到會保護自己的耳朵。」

最後這句不符合目前的假設：他的三個黑人嫌犯非常莽撞。「三人要犯下這件案子似乎人手不夠。」

屏克聳肩。「可是他們成功了。你是認為有任何一個死者認識凶手嗎？」

「我知道，這不太可能。」

「你想去看看儲藏室嗎？想看就得趁現在，我們已經承諾老闆要把這地方還給他。」

「我那一晚看過了。」

「我看過那些照片。老天爺，屍體被轟得不成人形。你正在做雷佛茲的背景調查，對吧？」

艾德從窗外看出去，一個美麗的女子對他揮手。黑頭髮，拉丁裔——她看起來像瑛內姿‧索托。

「對。」

「然後呢？」

「然後我在聖柏納迪諾耗了一整天，一點進展也沒有。這個女人以前跟她媽媽一起住，她媽媽處於半夢半醒的狀態，不肯跟我講話。我跟熟人聊，他們告訴我蘇珊•雷佛茲長期失眠，整晚都在聽廣播。沒人記得她最近有男朋友，她也從未有仇家。我檢查過她在洛杉磯的公寓，裡面就是一般三十一歲售貨小姐住處的樣子。她老家一個認識她的人說，她有點放浪，有人說她曾在一家希臘餐廳跳過好幾次肚皮舞為樂。其餘的沒什麼可疑。」

「所以還是那三個黑人嫌疑最大。」

「是的。」

「那輛車或槍枝有任何線索嗎？」

「沒有，七十七街分局檢查垃圾桶與地下水道水柵，尋找皮包或皮夾。我知道一個方法可以完成調查並節省很多時間。」

屏克微笑。「去葛瑞菲斯公園找那些發射過的彈殼？」

艾德轉向窗戶——像瑛內姿的女人已經消失了。「如果我們找到這些彈殼，就可以確認是不是被羈押的三個黑人犯下命案。」

「警佐，這機率太低了吧。」

「我知道，我會幫忙。」

屏克看看錶。「現在十點半。我會去找那些公園射擊事件的報告，看看能不能找到他們開槍的地點，明天日出時我會帶一個工程小組跟你會合。在公園裡天文台旁的停車場集合？」

「我會在那裡等你們。」

「我應該去請示史密斯副隊長，取得他的許可嗎？」

「我說了就算，懂嗎？在這件事情上，我直接對帕克負責。」

「那就日出時在公園碰面。穿舊衣服，搜查過程會把人弄得髒兮兮。」

艾德在阿法拉多街吃中國菜。他知道為什麼他往這裡過來。天使之后醫院很近，瑛內姿・索托可能醒著。他會去醫院一趟：瑛內姿康復得很快，她的家人沒有來探病，她的姊姊打過電話，說爸爸媽媽認為這場夢魘是她的錯——撩人的衣服、世俗的生活方式。她曾哭著要她的填充動物娃娃；他要禮品店送各式各樣的娃娃——讓他良心不會不安的禮物——他想要她成為他第一件大案的主要人證，而且他只希望她會喜歡她，並收回她說過的一句話：「懷特警官才是英雄。」

他喝著最後一杯茶以拖延時間。縫合傷口，治療牙醫——他的傷在恢復，傷口變小了。他母親與瑛內姿的模樣糊在一塊兒。他聽到報告：狄克・史坦斯蘭跟一群持械搶劫前科犯鬼混，領現金薪水，而且常去妓女院。等他的人馬找到對史坦斯蘭不利的鐵證，他們會打電話給郡假釋局來逮捕他。

他想到「懷特警官才是英雄」，又想到瑛內姿恨自己入骨。相較之下，報復史坦斯蘭也沒什麼意思了。艾德付了帳，開車到天使之后醫院。

□

巴德・懷特正要走出醫院。

他們在電梯遭遇。懷特先開口。「你別急著想辦法升官，讓她睡覺吧。」

「你在這裡幹什麼？」

「我不是來逼問證人的。你別打擾她，你以後會有機會的。」

「我只是來探望她。」

「艾斯黎，她看透你了。你不能用泰迪熊玩偶來收買她。」

「你難道不想破案嗎？還是你很挫折，因為沒有其他人可以讓你殺？」

「你這個愛拍馬屁的告密者倒很會唱高調。」

「你是來這裡找女人睡覺嗎？」

「要不是這裡是醫院，你說這句話一定會被我痛扁。」

「我收拾你跟史坦斯蘭只是早晚的事。」

「彼此彼此。你是什麼戰爭英雄？當年那些日本鬼子一定是剛好死在你面前。」

艾德畏縮了一下。

懷特眨眼。

顫抖——一直抖到她病房門口。艾德敲門之前先看看裡面。

瑛內姿醒著，正在看雜誌。填充動物娃娃散布在地板上，床上只有一隻史酷特松鼠玩偶被拿來墊腳。瑛內姿看到他便說「不行。」

淤青已經漸消，她的五官清晰浮現。「索托小姐，什麼不行？」

「不行，我不會跟你說案情經過。」

「連問幾個問題都不行？」

「不行。」

艾德拉過一張椅子。「你這麼晚的時間看到我，卻似乎不覺得驚訝。」

「我不訝異，你是手段細膩的人。」她指著動物玩偶。「你買娃娃的錢可以拿去檢察總長那邊報帳嗎？」

「不會，那是我自己出的錢。艾里斯・洛威有來看過你嗎？」

「有，我也跟他說不行。我告訴他，三個**黑鬼雜碎**開車載著我四處跑，從其他**雜碎**那邊收錢，並把我留給懷特警官殺掉的那個**黑鬼雜碎**。我告訴他，我無法回憶，或不肯回憶，或不想回憶更多細節，他可任選以上一種說法，而我**絕對**只會說這麼多。」

艾德說，「索托小姐，我只是來說哈囉。」

她對他大笑。「你想聽剩下的故事？我的哥哥璜打電話給我，說我不能回家，因為我讓家族蒙羞。然後**混帳**洛威先生打電話來，說如果我合作的話，他可以把我送到旅館，接著禮品店的小姐拿這些**混帳**玩偶給我，說這是那個戴眼鏡的好警察送的。**笨蛋**，我念過大學。你不認為我可以理解這一連串的事件？」

艾德指著史酷特松鼠。「你沒有拋棄他。」

「他很特別。」

「你喜歡迪特凌的卡通角色？」

「我喜歡又怎麼樣？」

「我只是問問。你把巴德・懷特放在這串事件中的哪個位置？」

瑛內姿把枕頭拍鬆。「他為我殺了一個人。」

「他是為了他自己而殺人。」

「就算如此，那個**混蛋**禽獸還是死了。懷特警官只是過來打招呼。他提醒我你跟洛威先生會找我。他告訴我我應該合作，但他並沒有施壓。他討厭你這個手段細膩的人。我看得出來。」

「瑛內姿，你是個聰明女子。」

「我知道你想說『就墨西哥人來說』。」

「你錯了，你就是聰明。而且你很寂寞，否則你早叫我離開了。」

瑛內姿把雜誌丟下。「我寂寞那又怎樣！」

艾德撿起雜誌。被翻爛的頁面：一篇關於夢幻時刻樂園的報導。「我打算建議警方給你一些時間養傷，並建議當這件案子開庭時，你可獲准以書面方式作證。在夜鴞命案上，如果我們從其他來源獲得足夠的證據，你可能完全不需要作證。如果你不要我來的話，我就不會再來了。」

她凝視著他。「我還是無處可去。」

「你讀了那篇關於夢幻時刻樂園開幕的文章嗎？」

「有。」

「你有看到『普雷斯頓・艾斯黎』這個名字嗎？」

「有。」

「他是我父親。」

「那又怎樣？我知道你是富家少爺，可以亂花錢買填充玩偶。那又怎樣？我以後何去何從？」

艾德握住病床護欄。「我在箭鏃湖有間小屋。你可以住在那裡，我不會碰你一根寒毛，我也會帶你參加夢幻時刻樂園開幕。」

瑛內姿摸摸頭。「我的頭髮怎麼辦？」

「我會幫你準備一頂漂亮的女帽。」

瑛內姿啜泣，抱住史酷特松鼠。

□

艾德在破曉時與工程小組碰面，一夜多夢讓他昏昏沉沉：瑛內姿，還有其他的女人們。雷・屏克帶來手電筒、鐵鍬、金屬探測器；他還要求公共關係局發布警方公告：徵求葛瑞菲斯公園濫射散彈槍的事件目擊者，警方希望他們出面指認開槍者。此事件被通報的位置，標示在格狀地圖上——這些位置都在陡峭、長滿灌木的山坡。他們翻掘挖找著，用那台發出滴答聲的怪機器掃瞄地面——他們找到了銅板、馬口鐵罐、一把點三二左輪手槍。過了幾個小時，又過了幾個小時；太陽垂直往下照。艾德努力工作——吸入灰塵、冒中暑的危險。他那些夢又回來了，繞回到瑛內姿身上。

在瑪布羅女子高中舞會認識的安：他們在一九三八年份的道奇轎車裡做愛，他的腿蹬著車門。加州大學洛杉磯分校生物課認識的潘妮：在兄弟會的蘭姆酒調酒派對上，他們在後院迅速地完事。戰爭債券推廣之旅上，一連串的愛國浪女；跟一個較年長的女人有過一夜情——市中心分局的調度員。那些女人的臉孔很難記起來，他拚命想要回憶，卻老是看到瑛內姿——沒有淤青、沒穿醫院病人罩袍的瑛內姿。令人昏眩，高熱令人昏眩，他又髒又累——感覺很好。過了幾個小時，他無法再思考女人或其他的事物。又過了一段時間，遠方有人呼喊，一隻手放在他肩膀上。

雷・屏克拿出兩枚擊發後的散彈槍子彈彈殼，以及一張散彈槍子彈擊發後表面的照片。兩者完美符合：相同的撞針擊發痕跡。

第二十五章

調查鳶尾花背後真相已經兩天——還是無法判斷他能夠查到什麼程度。

查了兩天，只有一個嫌犯：拉瑪・希頓，二十六歲，因傷害罪被捕，被判持致命武器攻擊罪，在齊諾監獄關了兩年，一九五一年三月假釋出獄。目前工作：電信公司的電話安裝員——他的假釋觀護人懷疑他兼差幫組頭偷接電話。他的大頭照符合一張臉：在提米・瓦伯恩住處遇到的那個肌肉男。

查了兩天，案情仍是膠著：如果破了這案，就能讓他調回緝毒組；但是要破這案，瓦伯恩跟比利・迪特凌就得當重要證人——這兩個人脈很廣的玻璃，可以把他的好萊塢事業沖進馬桶裡。

兩天來四處翻查文件檔案——各種迂迴手法都用過。他查了相關的案件報告，跟被逮捕者談過——更多否認——沒人承認買了這批淫穢書刊。浪費了一天，風化組裡也沒有什麼有助於他調查的資料：史塔西、韓德森、奇夫卡全都回報無進展，米勒德拚命想共同指揮夜鴞命案調查——色情書刊他才不放在心上。

已經過了兩天：第二天過了一半時，他遇到有潛力的線索——地下電話號碼、肌肉男。

鳶尾花的電話沒有登記；動腦後他想到之前的一件事——他第一次看到這張名片的情景。

他斜仰起頭，回想到：

一九五一年聖誕夜，就在血腥聖誕節事件之前。席德・哈金斯安排好一場明星吸大麻被捕直擊——他抓了兩個呼大麻的毒蟲，在他們的住處發現了這張名片，那時並沒想太多。

可怕的席德：「傑克，我們都有祕密。」

但他還是繼續調查，這股潛在的暗流驅策著他：他想要知道誰製作這些黃色書刊，又為了什麼。他前往貝爾電信公司的人事處，交叉比對員工資料與那肌肉男的體型，終於找到了拉瑪·希頓——找到了、找到了、找到了——

傑克繼續追查。

昏眩。

傑克環顧隊部辦公室，大家都在講夜鴞、夜鴞、夜鴞，而溫老大正在追查打手槍用的書雜交照片。

□

希頓的服務路線：高渥街到拉布瑞亞街，富蘭克林街到好萊塢水庫。他早上的安裝行程：克雷斯頓路跟伊伐街。傑克在車上的地圖中找到克雷斯頓路——好萊塢丘陵一條往上開的死巷。

他開到那裡，看到電信工程車，停在一座假法國城堡旁。拉瑪·希頓爬上街道對面的電線桿上。光天化日下，他看起來跟怪獸一樣大。

傑克停車，檢查那輛工程車——貨廂門大開，工具、電話簿、史貝德·庫利的唱片——沒有可疑的牛皮紙袋。希頓瞪著他，傑克拿出警徽走過去。

希頓慢慢爬下電線桿：至少六呎四吋高，金髮，全身除了肌肉還是肌肉。「你是假釋局的人？」

「洛城警局。」

「那麼這跟我的假釋無關？」

「無關，這是關於你合作以免在假釋期被捕。」

「你是要——」

「拉瑪，你的觀護人其實並不贊成你做這份工作。他覺得你可能違法偷接電話。」

希頓伸展肌肉：脖子、手臂、胸口。傑克說，「鳶尾花，『隨您所欲』。你若不想要違反假釋條例，就告訴我實話。你不告訴我，就回齊諾監獄。」

他動了最後一條肌肉。「是你打破我的車窗。」

「你就像愛因斯坦一樣聰明。現在看你有沒有智慧當個線民？」

希頓動了一下；傑克把手放在槍上。「鳶尾花，誰在經營？流程為何？是誰在賣？迪特凌跟瓦伯恩。把這些告訴我，我五分鐘內就從你的生命中消失。」

肌肉男仔細考慮：他的T恤突起，浮現縐摺。傑克拿出一本色情刊物——一張全開跨頁的雜交照片。「企圖散布色情圖像，持有並販售法定毒品。我已經可以他媽的讓你回齊諾蹲到一九七〇年。現在告訴我，你有沒有幫鳶尾花賣這本黃色書刊？」

希頓點點頭。「有—有—有。」

「算你聰明。是誰製作的？」

「我不—不知道。真的，說實話，我不—不知道。」

「裡面的模特兒是誰？」

「我不知—知道，我只是送—送—送貨。」

「比利・迪特凌跟提米・瓦伯恩。**說下去**。」

「他們只—只是客戶。玻璃圈，你知道的，他們喜歡同性戀性派對。」

「你表現得很好，現在有個大問題。誰——」

「警官，請不要——」

傑克掏出他的點三八，把撞針往後板。「你想要搭下一班車回齊諾？」

「不—不要。」

「那你就回答我。」

希頓轉身，抓住電線桿。「皮—皮爾斯・帕切特。他經營這個生意。他—他算是正當生意人。」

「描述他的外型，他的電話與住址。」

「可能五十來歲。我想—想他住在布—布蘭塢，我不知道他的電—電話，因為我是透過郵—郵件收到酬—酬勞。」

「關於帕切特再多說一點。說。」

「他—他為打扮像電影明星的女人拉—拉皮條。他—他很有錢。我—我只碰過他一次。」

「誰介紹你們認識？」

「有一個叫卻—卻斯特的人，我以前在肌—肌肉海灘[1]認識的人。」

「姓什麼？」

「我不知道。」

希頓肌肉緊繃、伸展；傑克心想再一下子他就會全招了。「帕切特還賣什麼東西？」

「很—很多男—男妓跟妓女。」

「他透過鳶尾花賣什麼東西？」

1 Muscle Beach，洛杉磯威尼斯海灘其中的一段。

「隨—隨您所—所欲。」

「不是廣告詞，具體來說賣什麼？」

現在他不爽的成分大於害怕。「男生、女生、酒、毒品、寫真集、綑綁用具！」

「別激動。還有誰在送貨？」

「我跟卻斯特。他白天工作。我不喜歡——」

「卻斯特住哪裡？」

「我不知道！」

「別激動。很多有錢的高尚人士都用鳶尾花，對吧？」

「對—對。」

工程車裡的唱片。「史貝德·庫利？他是客戶？」

「不—不是，我只是跟伯特·柏金斯參加過同一個派對，他給我免費的唱片。」

「你他媽的竟然認識他。給我說出一些客戶的名字，說。」

「會—會。」

希頓緊抓著電線桿。傑克突然想到：這頭巨獸要是發狂，六把點三八都不夠。「你今晚會工作嗎？」

「地址。」

「不要……拜託。」

傑克搜他的身：皮夾、零錢、髮臘、鑰匙圈上有一把鑰匙。他拿起這把鑰匙；希頓用頭猛撞兩下——電線桿上沾了血。

「給我地址，然後我就走。」

又撞了兩下——這頭巨獸的額頭流血。「切拉莫雅路五二六一號B座。」

傑克把他的東西丟到地上。「今晚你不要去送貨。打電話給你的觀護人，告訴他你幫了我的忙，你告訴他你希望因為違反某項條例被抓起來，讓他把你關到某個地方。這樣你就不會有事了，如果我遇到帕切特，我會讓他覺得這是某個製作色情書刊的人告的密。**如果你把那個住址清空，你他媽絕對會回齊諾蹲苦窯。**」

「但—但是你**告—告訴**我。」

傑克跑向他的車，加速離去。希頓空手剝下電線桿的木頭碎片。

□

皮爾斯・帕切特，五十多歲，「算是正當生意人。」

傑克找到一具公用電話，聯絡檔案資料處跟監理所。找到一項資料：皮爾斯・莫豪斯・帕切特，出生日期：一九〇二年六月三十日，出生地：密西根州格羅波因區。沒有犯罪紀錄，住址：布蘭塢格瑞納格林路一一八四號。一九三一年以來，曾有三次輕度交通違規。

資料不多。接下來要對付席德・哈金斯——去他媽的色情書刊線索。電話連線訊號音，他打電話給《洛杉磯鏡報》的莫提・班第許。

「我是本市新聞組的班第許。」

「莫提，我是傑克・溫森斯。」

「溫老大！傑克，你什麼時候回緝毒組？我需要精采的緝毒報導。」

莫提想要勁爆消息。「等我擺脫羅素・米勒德，但得先幫他破件案子。**你**可以幫上忙。」

「說下去，我在聽。」

「皮爾斯．帕切特。有印象嗎？」

班第許吹了聲口哨。「這是怎麼回事？」

「我還不能告訴你。但如果案情跟他有關，你可以拿到獨家。」

「你會在告訴席德之前先告訴我？」

「對。現在換我認真聽你講。」

又吹了聲口哨。「資訊量不多但質精。帕切特是個高大挺拔的傢伙，可能有五十歲，但看起來只有三十八。他在洛杉磯也許已經混了二十五年。他是什麼柔道還是柔術的專家，他好像是專業化學家還是在大學主修化學。他非常多金，我知道他借錢給生意人，利息三成，還要分紅。我知道他在檯面下投資過很多電影。很有趣吧？現在你聽這個：謠傳他經常吸海洛英，流言說他曾在泰利．拉克斯的診所戒毒。總而言之，你可以稱他是有權勢的藏鏡人。」

泰利．拉克斯──明星御用整型醫師。他也經營療養院，營業項目：酒癮、毒癮、墮胎，還提供戒毒用的海洛英──警察當作沒看見，因為泰利免費治療洛城政客。「莫提，你就只有這些資訊？」

「這樣還不夠？我沒有的資訊，席德可能有。打電話給他，但記住我要有獨家。」

傑克掛上電話，又撥給席德．哈金斯。席德接電話說：「《噤聲祕辛》，不宜公開，隱密非常。」

「我是溫森斯。」

「傑克！你有什麼夜鴞獨家新聞要給我嗎？」

「沒有，但我會留意看看。」

「還是你有緝毒組獨家？我想推出毒蟲大特集──黑人爵士樂手跟電影明星，也許再跟共產黨扯上關係，因為羅森堡夫妻間諜案已經讓大眾激動狂熱。你喜歡嗎？」

「還不賴。席德，你有聽過一個叫做皮爾斯•帕切特的人嗎？」

無言——過了許多秒。席德就是席德的樣子。「傑克，我對這人唯一知道的，就是他非常富有，我稱這種人為『暮光』。他不是玻璃，也不是老共，他不認識任何一個我可以拿來爆料的對象。你從哪裡聽說他？」

席德唬弄他，他可以感覺得到。「一個賣黃色書刊的人告訴我的。」

沉默——急促呼吸聲。「傑克，色情刊物是無聊的東西，是那些連自己的骨灰都沒力氣拖的可憐蟲才會看的玩意兒。別管這檔事，有工作的時候寫信給我，**懂嗎**？」

電話被掛——砰！——一扇門被猛力關上，切斷與你的聯繫，一條讓你無法再回去的線。傑克開車到刑警局，那扇被關上的門上有「**馬里布約會**」字樣。

□

風化組辦公室空空蕩蕩，只看到米勒德跟賽德•葛林在衣帽間講話。傑克看了一下任務告示板——仍沒有線索——他悄悄地繞一圈走到儲藏室。沒有鎖，輕鬆便可進入要偷東西。下風處，高階警官正在談夜鴞命案。

「羅素，我知道你想參與。但是帕克要杜德利來處理。」

「副局長，他對黑人容易失控。我們都知道這一點。」

「**隊長**，你只在有所求的時候才會叫我『副局長』。」

米勒德笑了。「賽德，工程小組在葛瑞菲斯公園發現相符的彈殼，而我聽說七十七分局的人找到了死者的皮夾跟皮包。這是真的嗎？」

「對，一個小時之前，在下水道找到的。上面有血塊，指紋被擦掉。科學調查組辨識出上面有死者的血跡。羅素，就是那三個黑人幹的。我知道就是這麼回事。」

「我不認為是被羈押的三人幹的。你認為他們會在南區犯強姦罪之後離開現場，開車載這女孩給他們的朋友凌虐，**然後**再一路開車到好萊塢犯下夜鴞命案——而其中兩個還嗑了巴比妥酸鹽？」

「我承認這種可能性不大。我們需要找到其他的強姦犯，並讓瑛內姿‧索托開口講案情。到目前為止她拒絕配合。但艾德‧艾斯黎正在處理她，而他是個厲害角色。」

「賽德，我不會讓我的自尊影響調查。我是隊長，杜德利是副隊長。但我們會共同領導。」

「我擔心你的心臟。」

「五年前的心臟病發，並不會讓我變成廢人。」

葛林大笑。「我跟帕克講講看。老天爺，你跟杜德利可真是天生一對。」

傑克找到他要的東西：電話竊聽錄音機，用螺絲鎖的那一種，還有一副耳機。他把器材從一扇側門推出去，沒有被人發現。

□

黃昏，切拉莫雅路，好萊塢區，跟法蘭克林路只隔一個街區。五二六一號：都鐸式建築裡有四間公寓，一樓二樓各兩間。沒有燈光——也許要遇到「郤斯特」這個白天送貨員已經太晚。傑克按下B座電鈴，沒有回應。耳朵貼到門上聽，裡面無聲無息。拿了鑰匙進門。

中大獎了：才瞄一眼他就知道，希頓聽了他的話，沒有清理房子。他媽的變態烏托邦——從地板到天花板都堆滿了貨。

大麻：葉狀跟高檔的球狀。藥丸：安非他命、紅魔鬼、黃夾克、藍天堂。有品牌的迷幻藥，鴉片酊、可待因混和物，品牌名稱響亮好記：夢幻視野，好萊塢日出，火星月光。苦艾酒，品脫、夸特、半加侖裝的純酒精。乙醚、荷爾蒙藥片、紙包包裝的古柯鹼、海洛英。電影膠片盒，片名淫穢：《大老二先生》、《肛門之愛》、《群交》、《高中生強姦犯》、《強姦俱樂部》、《處女舔老二》、《黑人激愛》、《今夜來幹我》、《蘇西的菊花樂》、《戀愛中的男孩們》、《更衣室情慾》、《吹蕭直上九重天》、《耶穌搞教宗》、《吹蕭客天堂》、《鐵桿兄弟大戰後庭花》、《性慾高漲的洛威納犬雷克斯》。舊黃色書刊：場景在提華納，女人含老二、男孩含老二、插入特寫。上面有灰塵，不是暢銷商品；旁邊有空位，也許放的是暢銷品，他在追的那批淫穢書刊，可能就放在那裡。是拉瑪來搬走的嗎？為什麼？剩下的這些貨足以讓人關到西元二〇〇〇年。照片像是用迷你照相機偷拍真實生活裡沒有包裝的電影明星：露波・瓦列茲、賈利・古柏、強尼・魏斯穆勒、凱蘿・藍蒂斯、克拉克・蓋博。女星塔魯拉・班克赫德舔著女人私處，在殯儀館的平台上與屍體以69式進行性交。彩色照片：瓊・克勞馥跟一個有著出名大陽具的薩摩亞臨時演員「O.K.傅瑞迪」做愛。假陽具、狗項圈、鞭子、鐵鍊、亞硝酸異戊酯、內褲、胸罩、陰莖環、導尿管、灌腸袋、六吋高黑色厚底高跟鞋、蓋著防水布的女性假人——石膏製成、橡膠嘴唇、貼上去的陰毛，性器官是用花園澆花水管做的。

傑克找到廁所小便。一面鏡子把他的臉孔丟回來：衰老、陌生。他開始工作，把竊聽器裝在電話上，翻閱那些舊淫穢書刊。

廉價品，可能是墨西哥製造，瘦巴巴的毒蟲模特兒留著老墨髮型。昏眩，他覺得天旋地轉，就像嗑了好藥的感覺。架子上的毒品讓他流口水；他幻想凱倫也出現在色情照片裡。他在屋內踱步，踩到一個空洞的地方，把地毯拉起來，發現了一個藏物處：地下室，階梯通往空洞黑暗的空間。

電話響起。

傑克按下竊聽錄音機，接起電話。「嗨，隨您所欲」——模仿拉瑪・希頓的聲音。

電話掛斷，他不應該用這句廣告詞。半小時之後，電話響起。「嗨，我是拉瑪」——輕鬆語調。

停頓一下，電話掛斷。

連抽了幾根菸，讓他喉嚨痛。電話響起。

嘗試口齒不清地說話。「喂？」

「嗨，我是住貝艾爾的賽斯。你可以帶點貨過來嗎？」

「當然。」

「帶一桶苦艾酒來。你要是動作快，我小費就給得多。」

「呃……可以再給我一次地址嗎？」

「誰能夠忘記我住的這種豪宅？羅斯寇米爾路九四一號，別拖時間。」

傑克掛斷電話。電話又響。

「喂？」

「拉瑪，告訴帕切特我需要……拉瑪，是你嗎，小伙子？」

席德‧哈金斯。

模仿拉瑪——帶著顫音。「喔，對啊。你哪位？」

電話掛斷。

傑克按下重播鍵。哈金斯講話，他認得這個聲音——

席德認識帕切特。

席德認識拉瑪。

席德知道鳶尾花的不法勾當。

電話響起，傑克不接。快閃——拿起竊聽器，擦掉電話上的指紋，擦掉所有他碰過的淫穢物品上的指紋。

他走出門口的時候噁心想吐，夜晚的空氣讓他神經緊張。

他聽到一輛車加速的聲音。

一槍打破了前面窗戶，兩槍打穿了門。

傑克拔槍，開火——那輛車慢慢駛來，沒開大燈。

笨手笨腳：開了兩槍只打中一棵樹，讓木屑四射。再開三槍，沒命中目標，那輛車搖尾行駛。車門打開——車內的人看到傑克。

傑克上了自己的車，緊急加速前進，甩尾，一直開到法蘭克林路遇到車流才開車燈。無法辨識槍手的車款：太暗，沒有燈光。周遭的車看起來都一樣，漂亮但都不對勁。一根菸讓他緩口氣。他直接往西開向貝艾爾。

羅斯寇米爾路，蜿蜒的上坡路，許多門面有棕櫚樹的豪宅。傑克找到九四一號，開車進入車道。環狀的假西班牙式建築，一層樓，板岩砌成的屋頂。車子排列成行——一輛捷豹、一輛派克、兩輛凱迪拉克、一輛勞斯萊斯。傑克下車，沒有人來盤查他。他蹲下，抄下這些車牌號碼。

五輛車：高級車，在豪華的前座上沒有鳶尾花的商品袋。豪宅：明亮的窗戶，絲質螺旋裝飾。傑克走過去往內看。

他知道他永遠不會忘記這些女人。

一個長得活像電影《蕩女姬黛》裡的麗塔‧海華絲。一個長得像艾娃‧嘉娜的穿著翡翠綠禮服。一個貝蒂‧葛萊寶——亮片泳裝，網狀絲襪。穿著燕尾服的男人們混在其中，他們只是背景的殘渣。他的視線無法離開這些女人。

驚人的明星臉。希頓提到帕切特時說：「他為打扮像電影明星的女人拉皮條。」

「打扮」並不是準確的字眼。應該說這些女人是被專家精心挑選，精心培養塑造出來的。令人驚歎不已。薇若妮卡・蕾克[2]引起眾人注目。她不像其他女人有極相似的明星臉：她只是散發出那個明星的優雅氣質。背景裡的男人湧向她。

傑克貼著玻璃窺視。色情書刊帶來的昏眩，這些真實活生生的女人。席德關起的那扇門，切斷的那通電話。他開車回家，昏眩得厲害——又痛又癢又緊張。他看到《噤聲祕辛》的名片在他家門上，底下寫著「馬里布約會」。

他看到新聞標題：

緝毒英雄嗑藥嗑昏頭，槍殺無辜民眾！

知名警察以殺人罪被起訴！

風光一時的溫老大被判死刑！富家千金女友到死囚牢房道永別！

2 Veronica Lake（1919-1973），四、五〇年代好萊塢紅星，她半遮面的金色長髮造型，在當時曾引起全國女性仿效。蕾克主演過多部黑色電影，片中展現的神祕、優雅氣質為她贏得「好萊塢的賽倫女妖」之稱。

第二十六章

手勾著手進場——瑛內姿穿著最好的洋裝，戴著面紗掩蓋淤青。艾德亮出警徽——讓他們可以穿過媒體。服務員請賓客排隊——夢幻時刻樂園開幕營運。

瑛內姿驚歎不已，快速的呼吸吹動她的面紗。艾德環視周遭，每個細節都讓他想到自己的父親。

大徒步區：一九二〇年代的美國大街——汽水噴泉、五分錢電影院。跳著舞的臨時演員：巡邏警員、送報生丟蘋果表演雜耍、清純少女跳著查爾斯頓舞。亞瑪遜河：電動鱷魚、叢林冒險艇。頂峰被雪覆蓋的山；小販分送附老鼠耳朵的童帽。咪老鼠單軌列車、熱帶島嶼——數十英畝的魔幻之地。

他們搭單軌列車：第一車廂，首班車。高速、反轉、左斜——瑛內姿解開安全帶呵呵笑。到「保羅的世界」玩平底雪橇；午餐：熱狗、冰淇淋甜筒、咪老鼠乳酪球。

接著去「沙漠桃花源」、「丹老鴨歡樂屋」、「外太空旅行展覽」。瑛內姿似乎打算要玩到精疲力竭，貪婪地享受各種刺激娛樂。艾德打呵欠，昨晚熬夜讓他沒精神。

警局昨晚深夜接獲通報：切拉莫雅路發生槍戰，沒有逮捕到嫌犯。他必須去現場勘查：一棟公寓房屋，樓下那戶被開好幾槍。古怪：現場查獲點三八跟點四五彈殼，客廳都是架子——除了一些施虐受虐狂的裝備之外，空空如也，連電話也沒有。查不到屋主是誰，管理員說他的薪水是以每個月寄來的銀行本票支付，他每個月賺一百塊美金外加免費住處，所以他很滿意，不問任何問題——他連這棟爛房子的房客名字都不知道。這間公寓的狀況顯示，有人迅速將裡面東西清空，但沒人看到任何搬移跡象。他寫了四個小時的報告——偵辦夜鴞命案的時間也少了四小時。

展覽很無聊——他對文化絲毫不懂。瑛內姿指著女性廁所；艾德走到展覽館外。

為貴賓在徒步區進行導覽——提米・瓦伯恩帶領著一群顯貴。他想到《洛杉磯前鋒報》的頭版：只有夢幻時刻樂園跟夜鴞命案，彷彿其他事情都不重要。

他試過再度偵訊柯提斯、瓊斯跟方譚——他們一個字也不說。警局徵求葛瑞菲斯公園槍手的目擊者，回應的那些人都無法指認被羈押的三人就是槍手，他們說他們「沒辦法很確定」。調查的車輛範圍現在擴大到四八至五〇年的福特與雪佛蘭——目前沒發現什麼重要線索。本案調查領導權的爭奪：帕克局長支持杜德利・史密斯，賽德・葛林為羅素・米勒德撐腰。散彈槍還沒找到，蜜糖雷伊的水星轎車也沒有蹤跡。台伯河旅館幾個街區外的下水道裡，找到了死者們的皮包與皮夾，再加上葛瑞菲斯公園查獲與作案槍枝相符的彈殼，你就可以推論出報紙沒有報導的事；艾里斯・洛威對帕克施壓，要帕克對他施壓：「目前都只有間接證據，所以叫你們的艾斯黎繼續對那個墨西哥小姐下工夫，看起來他跟她關係不錯，讓他說服她接受訊問，並給她打潘多索[1]，弄到一些精采的綁架細節，一口氣把夜鴞命案的時間順序搞清楚。」

瑛內姿在他旁邊坐下。他們可以看到風景：亞瑪遜河、假山。艾德說，「你還好吧？你想回去嗎？」

「我想要一根菸，可是我根本不抽菸。」

「那就別開始抽。瑛內姿——」

「好，我會搬進你的小屋。」

艾德微笑。「你什麼時候做的決定？」

瑛內姿把面紗塞進帽子裡。「我在廁所看到報紙，艾里斯・洛威對我的事情沾沾自喜。他的語氣很開心，所以我想離他遠一點。對了，我還沒謝謝你送我的小圓帽。」

「別客氣。」

「我應該道謝，因為要是有白人對我好，我就自然而然會態度不佳。」

「如果你等著我說出條件，答案是沒有任何條件。」

「一定有條件。我再澄清一次，我不會告訴你細節，不會看照片指認，也不會作證。」

「瑛內姿，我已經把建議呈上去，我建議目前應該讓你休息。」

「『目前』就是條件，另一個條件是由你代替我出庭，這沒關係，因為我現在的狀況很糟，曾被**黑鬼**集體強姦過的墨西哥女生，沒有墨西哥男人會娶，不過我向來就不喜歡墨西哥男人。艾斯黎，你知道恐怖的是什麼嗎？」

「我跟你說過，叫我艾德就好。」

瑛內姿轉轉眼珠。「我有個討人厭的哥哥叫艾德度，所以我要叫你艾斯黎。你知道恐怖的是什麼？恐怖的是我今天心情很好，因為這個地方就像個美好的夢，但我知道事情會再變得很糟，因為發生在我身上的事比眼前這一切真實一百倍。你懂嗎？」

「我懂。但是，現在你應該試著信任我。」

「艾斯黎，我不信任你，『現在』不信任，或許永遠也不會相信你。」

「我是你唯一可以相信的人。」

瑛內姿把頭紗放下來。「我不信任你，因為你不恨他們的罪行。也許你以為你恨，但你其實同時想利用這個案子升遷。懷特警官，他痛恨他們。他殺了一個傷害我的人。他不像你那麼聰明，所以也許我可以相信

1 Pentothal，硫噴妥納麻醉劑。

他。」

艾德伸出手，瑛內姿閃開。「我要他們都死掉，**死得乾乾淨淨。懂嗎？**」

「我**懂**。但你**知道**你最愛的懷特警官是個天殺的惡棍？」

「我真希望你明白，你只是嫉妒他。你看，喔，天啊。」

雷蒙・迪特凌跟他的父親。艾德站起來，瑛內姿也站了起來，神情天真爛漫。「這位是雷蒙・迪特凌，這是我兒子艾德蒙。艾德蒙，你介紹一下這位小姐吧？」

瑛內姿直接對迪特凌說話。「先生，很高興認識您。我一直……喔，我只是您的忠實影迷。」

迪特凌與她握手。「親愛的，謝謝。你的大名是？」

「瑛內姿・索托。我看過……喔，我是您的忠實影迷。」

迪特凌微笑，心中難過——這女孩的故事是頭版新聞。他轉向艾德。「警佐，很高興認識你。」

兩人熱烈握手。「先生，這是我的榮幸。恭喜您。」

「謝謝，你的恭喜我要跟你父親分享。普雷斯頓，你兒子看女人真有眼光，對吧？」

普雷斯頓大笑。「索托小姐，艾德蒙很少表現出這麼好的品味。」他給了艾德一張紙條。「一個郡警打電話來找你。我把訊息抄下來給你。」

艾德把紙條放進手心。瑛內姿面紗裡的臉龐羞紅。迪特凌微笑。「索托小姐，你還喜歡夢幻時刻樂園吧？」

「很喜歡，喔，天啊，我很喜歡。」

「很高興聽你這麼說，我希望讓你知道，你隨時可以來這裡獲得一份好工作。你只要跟我說一聲就行。」

「先生，謝謝，謝謝您」——瑛內姿高興得站不穩。艾德扶住她，看著給他的紙條：「史坦斯蘭在延期改日酒館喝翻了，西蓋吉街三八七一號。罪犯聚會，已經通報觀護人。等你過來——基佛。」

兩個生意夥伴鞠躬後走開；瑛內姿對他們揮手。艾德說，「我會帶你回醫院，但我得先到另一個地方。」

□

他們開車回洛杉磯，廣播開著，瑛內姿跟在儀表板上打著節拍。艾德在心中想像著：自己說著俏皮話，看著史坦斯蘭被打垮。開到延期改日酒館花了一小時——艾德把車停在郡警便衣警車之後。「我幾分鐘就好。你留在車裡，好嗎？」

瑛內姿點頭。派特•基佛走出酒館；艾德下車，對他吹口哨。

基佛走過來；艾德帶他走向遠離瑛內姿的地方。「他還在裡面嗎？」

「對，爛醉如泥。我差點以為你不來，正打算要走。」

酒吧旁邊有條暗巷。「觀護人在哪裡？」

「他叫我逮捕他，這是郡警的管轄權。他的朋友們都走了，只剩下他。」

艾德指著那條暗巷。「銬了他，帶他出來。」

基佛進了酒館；艾德在通往暗巷入口的門等著。吼叫聲、撞擊聲，史坦斯蘭被架出來，全身酒臭味，衣衫不整。基佛把他的頭往後拉；艾德扁他，上半身、下半身都打，一直打到雙臂沒力為止。史坦斯蘭倒在地上乾嘔；艾德踢他的臉，然後腳步蹣跚地走開。

瑛內姿站在人行道。她調侃地說：「你說懷特警官是惡棍？」

第二十七章

巴德給那女人喝了咖啡——趕她出去，然後去拘留所看史坦斯蘭。

名叫卡洛琳什麼的，她在行星軌道酒館看起來還可以，晨光讓她多了十歲。他迅速帶了這個女人回家：如果他不能找到一個女人過夜，他就會去找艾斯黎並殺了他。她的床上功夫不賴，但他必須想著瑛內姿才能鼓起興致，這讓他覺得自己很賤。瑛內姿為了愛情而做愛的機率，大概只有六兆分之一。他停止想她，接下來的夜晚就是無趣的聊天跟白蘭地。

卡洛琳說，「我覺得我該走了。」

「我會再打電話給你。」

門鈴響了。

巴德帶卡洛琳走過去。在紗窗外，杜德利・史密斯跟一個谷地西區的條子——喬・迪山佐。杜德利微笑，迪山佐點頭致意。卡洛琳閃身出去——彷彿她明白他們了解這是怎麼回事。巴德看看自家的客廳：折疊床放了下來，一瓶酒，兩個酒杯。

迪山佐指著那張床。「那就是他的不在場證明，我本來就不認為是他幹的。」

巴德把門關上。「幹了什麼事？老闆，這是怎麼回事？」

杜德利嘆口氣。「小伙子，我恐怕得告訴你個壞消息。昨夜有個叫凱西・珍威的小妞，在她的汽車旅館房間裡被強暴後毆打至死。在她的皮包裡發現了你的名片。迪山佐警佐接到報案，他知道你是我在罩的，所以打電話給我。我去看過命案現場，找到一個指名給珍威小姐的信封，我立刻認出那是你不太工整的筆跡。小伙子，勇敢地說明一切。迪山佐警佐負責指揮調查，他希望可以洗清你的嫌疑。」

一個全身鏡頭——小凱西在啜泣。巴德整理好自己要說的謊話。「我正在調查凱斯卡的背景，有個凱斯卡旗下的妓女告訴我，珍威是凱斯卡最新一個女朋友，但他並沒有替她拉皮條。我跟那女孩談過，但她不知道任何值得報告的事情。她告訴我那個妓女把凱斯卡給她的現金扣下來，但那妓女不肯把錢拿出來，我去找她麻煩，把錢寄給那孩子。」

迪山佐搖頭。「你經常去勒索妓女嗎？」

杜德利嘆氣。「巴德對女性就是心軟，我覺得就這一點來看，他的說法具有可信度。小伙子，你說的這個『妓女』是誰？」

「辛西雅・班納維德，綽號『罪惡辛蒂』。」

「小伙子，在你填寫的各類報告中都沒有提到她，我覺得你的說法有些牽強。」

說謊隱瞞三件事：色情書刊、凱斯卡的住處被搜過、有個皮條客把凱西賣給凱斯卡。「我不認為她有什麼重要性。」

「小伙子，她是夜鴞命案的相關人證。我不是教過你，報告必須詳細？」

現在巴德生氣了——凱西躺在太平間裡。「對，你說過。」

「在我們的晚餐會議之後，你究竟完成了哪些工作？你早**應該**在那時跟我報告珍威小姐與班納維德小姐的事。」

「我還在清查藍斯福跟凱斯卡的同夥。」

「小伙子，藍斯福的同夥跟本案調查沒有關係。對凱斯卡的調查有任何收穫嗎？」

「沒有。」

杜德利對迪山佐。「小伙子，現在你應該相信巴德沒有嫌疑了吧？」

迪山佐拿出一根雪茄。「我相信。我也相信他不是非常聰明的人。懷特，給我點線索。你覺得是誰殺了那女孩？」

紅色轎車，汽車旅館，卡胡恩加區。「我不知道。」

「簡潔的答案。喬，讓我跟我的朋友獨處幾分鐘，麻煩你。」

迪山佐走出去抽菸，杜德利靠在門上。「小伙子，你不能去恐嚇妓女拿錢，再交給未成年少女。我理解你對女性的溫情，我也知道這是你警察性格的重要部分，但是你這樣過度涉入是不被允許的，現在你停止凱斯卡跟藍斯福的背景調查，去處理黑人區那邊的偵查工作。帕克局長跟我現在相信，被羈押的那三個黑人就是犯人，或者是另一個黑鬼犯罪集團幹的。我們仍未找到凶器或柯提斯的車子，艾里斯•洛威想要在面對大陪審團時提出更多證據。我們美麗的索托小姐不肯開口，恐怕我們必須讓她注射潘多索，並忍受一場偵訊。你的工作就是查閱檔案，並訊問黑人性侵前科犯。我們需要查出我們那三個惡徒曾讓哪些人糟蹋過索托小姐，我想這份工作正適合你。你可以幫我做這件事嗎？」

冠冕堂皇的字眼——巴德心中閃過更多凱西的畫面。「當然可以，老杜。」

「好傢伙。今後你在七十七街分局上下班，你的報告也要更仔細。」

「當然，老闆。」

史密斯打開門。「我是愛之深，責之切。小伙子，你知道嗎？」

「當然知道。」

「很好。小伙子，我經常在為你著想。帕克局長已經准許我進行新的圍堵方案，我已經找了狄克•卡萊爾跟麥克・布魯寧加入。等我們破了夜鴞命案，我會找你進來。」

「聽起來不錯，老闆。」

「很好。還有件事。我相信你已經知道狄克・史坦斯蘭已經被捕，是艾德・艾斯黎在背後搞鬼。你不可以去報復。懂嗎？」

□

紅色轎車——或許只是想太多。

凱斯卡的住處被搜過並徹底抹除痕跡，他的衣服被翻過——？？？？

罪惡辛蒂說，杜克有賣色情刊物的白日夢。

「羽毛」・羅科說，某件新生意讓杜克很興奮。

杜克的手下曾嘗試招募黑人小姐。風化組放棄了，他們查緝淫穢書刊的工作毫無進展。「垃圾桶」傑克，為報告加油添醋的高手，請求轉調至夜鴞命案專案小組——他說查緝黃色書刊很無趣。主管羅素・米勒德最後的結論：放棄偵辦，承認失敗。

他對杜德利說了謊，慢慢思考著這件事。

如果他把凱西送到少年組，現在她還能活著看電影雜誌。

把她賣給杜克的皮條客，「這個人逼我跟其他人做。」

艾斯黎艾斯黎艾斯黎艾斯黎艾斯黎艾斯黎艾斯黎——

□

罪惡辛蒂的犯罪紀錄——四個她常去的妓女出沒酒吧。先去她的家——辛蒂不在。「哈爾的窩」、「月霧酒館」、「螢火蟲」、羅斯福旅館裡的「辛納酒吧」——辛蒂不在。一個風化組老警察說：妓女會在小奈勒免下車餐廳聚集，女侍會幫她們找客人。到了那家餐廳，辛蒂的迪索托停在外面——車門上搭著個餐盤。

巴德停在她旁邊。辛蒂看到他，把餐盤丟掉，搖上車窗。轟——迪索托倒車。巴德衝上前，打開引擎蓋，把配電盤拉掉——車子熄火不動。

辛蒂把車窗搖下。「你偷了我的錢！你毀了我的午餐！」

巴德把五塊錢丟到她大腿上。「午餐我請客。」

「你真是了不起！你真是慷慨！」

「凱西・珍威被強姦後打死。告訴我她以前的皮條客是誰，告訴我她有哪些客人。」

辛蒂的頭靠在方向盤上，喇叭作響。她抬起頭時臉色蒼白，沒有眼淚。「杜特・吉列。他是很接近白人的黑白混血。她其他的老客人我就不知道了。」

「吉列開的是紅車？」

「我不知道。」

「你有地址嗎？」

「我聽說他住在鷹岩區。那裡只住白人，所以他也裝成白人。但我知道他沒有殺她。」

「你怎麼知道？」

「他是個娘娘腔。他很注意保養他的手，他也從來不把那話兒插進去。」

「還有嗎？」

「他帶著刀子。他旗下的小姐叫他『藍刀』，因為他的姓跟刮鬍刀牌子一樣。」

「對於凱西的死你似乎並不驚訝。」

辛蒂摸摸眼睛，乾乾如也。「她注定會遇到這種事情。杜克讓她平靜下來，所以她不再痛恨男人。再過幾年她就會懂事了。可惡，我以前應該對她好一點。」

「我也是。」

□

鷹岩區，檔案資料室給的資訊：杜特•吉列，綽號「刮鬍刀」或「藍刀」，住在鷹巢住宅區，木槿路三二四五號。六度因教唆賣淫被捕，沒被定罪，被登記為白人男性——如果他是黑人，那他不只膚色白而且還有錢。巴德找到這一區，這條街。舒服的灰泥外牆房子，木槿路有很棒的景觀：煙霧中的洛城市景。

三二四五號，桃色的粉刷，草地上有鐵鑄的紅鶴，車道上有輛藍色的車子。巴德走到門前，按下門鈴，發出音樂鈴聲。

一個淺褐皮膚的黑人開了門。三十來歲，矮小，微胖，穿著長褲搭配有B先生[1]式的翻領絲質襯衫。「我在廣播上聽到新聞，所以我想你們可能會過來找我。廣播裡說案子是午夜發生，我有不在場證明。他住在隔壁街上，我可以請他立刻過來。凱西是個好孩子，我不知道誰會幹出這種事情。你們警察不是都兩人一組嗎？」

「你講完沒？」

「還沒。我的不在場證明是我的律師，他住在下一條街，他在美國公民自由聯盟的地位很高。」

1 Mr. B, Billy Eckstine（1914-1993）五〇年代知名爵士樂手，因演唱抒情歌曲而大受歡迎，獲得情歌王子稱號。他也擅長吹奏小號，不時參與大型樂團的演出。他亮眼的服裝造型，在當時成為眾人仿效的對象，此處便是指他常穿的大翻領襯衫造型。

巴德用肩膀把他推開進屋，吹了聲口哨。

同性戀樂園：厚地毯、希臘神像。牆上掛著男性裸體像——畫在細絨布之上。巴德說，「漂亮。」

吉列指著電話。「兩秒鐘之內離開，不然我就要打電話給我的律師。」

直接切入。「杜克・凱斯卡。你把凱西賣給他，對吧？」

「凱西很倔強，杜克提議要跟我買。杜克因為可怕的夜鴞命案死了，所以不要告訴我你覺得我有嫌疑。」

不動聲色。「我聽說杜克在賣色情書刊。你有聽說過嗎？」

「這種東西很沒水準，我沒聽說過。」

繼續不動聲色。「杜克在業界有什麼傳聞？你聽說了什麼？」

吉列歪著一邊屁股站著。「我聽說一個人在打聽杜克的事，像是同業，也許打算毀了他的生意，不過我聽說他的應召生意也不怎麼樣。現在可否請你離開？否則我叫我的朋友來。」

電話響起，吉列走到廚房接聽分機。巴德慢慢走進去。設備很棒：電冰箱，電熱爐正在煮東西：蛋、滾水、燉菜。

吉列發出親吻的聲音，掛電話。「**你**還在？」

「杜特，很棒的房子。你的生意一定很好。」

「生意非常好，非常感謝。」

「很好。我需要凱西過去客人的名單，所以把你的花名冊交出來。」

吉列按下洗碗槽上的開關。絞碎廚餘的馬達發出吼聲，他把菜渣塞進洗碗槽裡的廚餘孔。巴德把開關關掉。「你的花名冊。」

「不給，**不行**，**不可以**，永遠都不可能。」

巴德給他肚子一拳。吉列轉身撈了一把刀，揮了過來。巴德往旁邊一閃，踢他的鼠蹊部。吉列彎腰，巴德打開開關。馬達發出尖銳運轉聲，巴德把這臭玻璃持刀的手塞進廚餘孔。

唧唧唧——洗碗槽射出了血跟骨頭。巴德把缺了手指的手拉出來，馬達運轉噪音大了五十倍。接著把那隻手放到電熱爐上，再放進冰箱時已經發出嘶嘶聲。「**給我他媽的名冊**」——整個廚房裡都是馬達噪音的迴聲。

吉列翻著白眼。「抽屜裡……電話旁邊……救護車。」

巴德丟下他，跑到客廳。掏空所有抽屜，回到廚房，躺在地板上的吉列正在吃紙。

勒住他的脖子；吉列把嚼了一半的紙張吐出來。巴德拿起那團紙，蹣跚走到戶外，人肉燒焦味讓他想吐。

他把紙攤平：姓名、電話號碼——一團髒污，但還有兩個名字可被辨認：琳・布列肯跟皮爾斯・帕切特。

第二十八章

傑克坐在辦公桌前，數著謊言。

他在上班中：一連串沒有進展的報告，其他同僚也沒查到任何線索。算是他走運，米勒德想要放棄查組色情書刊的案子。他值勤時蹺班也算是謊言——他曾花一整天查名字——想查出貝艾爾區那些車子的主人。找到四個名字，但是沒找到專門提供明星臉的模特兒經紀公司——而且這些小姐都不是淫穢書刊裡的人物。除了查到這些名字，一整天可說是毫無收穫——席德・哈金斯讓他無法再追查下去。他只想再見到那些像女明星的女人——這也算是他對凱倫說的謊言之一。

這天早上他們在她的海灘房子度過。凱倫想要做愛；他用胡說八道來敷衍她：他心不在焉，他要請調到夜鴞調查小組，因為正義非常重要。凱倫想要脫他衣服；他跟她說他的背拉傷了。他沒說他之所以沒有興趣，是因為他只想利用她，讓她跟其他女人做愛，重現色情書刊裡的畫面。他最大的謊言：他沒有告訴她，他已經陷入不幸的泥淖，他的處理方式可能會讓他被判死刑，他回緝毒組的門票上面寫著分手——因為她將查出一九四七年十月二十四日的事，以及他種種的謊言，他精心打造的英雄溫老大形象也將灰飛煙滅。

他沒有告訴她，自己早已嚇壞了。她也沒有感覺到——在表面上他仍很堅強。

在其他方面還沒出事——不過這純屬運氣。

席德沒有打電話來，他的《噤聲祕辛》雜誌準時送到家——沒有紙條，本期刊出麥斯・佩爾茲跟一個青少女疑似有染的八卦新聞——沒什麼令他害怕的新聞。他查過鳶尾花倉庫槍戰的報告：智多星艾德・艾斯黎接到這件案子。艾斯黎很困惑，查不出誰租這個祕密藏身處，架子都被清空，只剩下一些綑綁性愛用的道具，其他骯髒東西都被送到另一個祕密地點。讓拉瑪・辛頓為這場槍戰負責，他就可以全身而退——溫老大已經不辦這個案子，溫老大有了新的任務。

席德・哈金斯知道皮爾斯・帕切特跟鳶尾花的事；席德・哈金斯知道「馬里布約會」事件。席德藏著一大堆他私人的醜聞檔案。溫老大的工作：找到**他的**檔案，毀掉它。

傑克核對車牌清單，把名字跟監理所的車主照片對起來。

賽斯・大衛・克魯列克，擁有一棟貝艾爾豪宅——肥胖、滿臉油光，電影產業律師。皮爾斯・帕切特，鳶尾花的老闆——一派瀟灑。查爾斯・沃克・張伯倫，投資銀行家——理光頭、山羊鬍。琳・瑪格利特・布列肯，二十九歲——薇若妮卡・蕾克。沒有犯罪紀錄。

「小伙子，哈囉。」

傑克坐著轉身。「老杜，你好嗎？什麼風把你吹來風化組？」

「來跟羅素・米勒德聊聊，他現在跟我一起辦夜鴞命案。就這個話題我們談談，我聽說你想加入。」

「你聽說的沒錯。你可以幫忙嗎？」

史密斯給他一張油印紙。「小伙子，我已經幫了你。你將要參與對柯提斯車輛的搜尋行動。在這一頁地圖上的半徑之內，每一家停車場都要清查——不管所有人是否同意。你即刻開始行動。」

一張油印的地圖，洛城南區的街道圖。「小伙子，我需要你幫我個人一個忙。」

「請說。」

「我要你跟蹤巴德・懷特。有個雛妓不幸被殺的事件發生，而他個人涉入太深了，我需要他保持冷靜。你可以晚上跟蹤他嗎？我知道你是個跟蹤大師。」

壞小子巴德，總是對誤入歧途的女性非常心軟。「當然可以，老杜。他現在在哪裡工作？」

「七十七街分局。他已經被指派去清查有性犯罪前科的黑鬼。他白天在七十七街值勤，你也會改到那裡上下班打卡。」

「老杜，你真幫了我一個大忙。」

「小伙子，你想要仔細說明怎麼回事嗎？」

「不想。」

第二十九章

會議通知：「寄件人：帕克局長。收件人：葛林副局長、米勒德隊長、史密斯副隊長、艾斯黎警佐。會議地點：局長辦公室，一九五三年四月二十三日下午四時。主題：訊問證人瑛內姿・索托。」

他父親給的字條：「她人很好，雷蒙・迪特凌也很喜歡她。但她是重要證人，也是墨西哥裔，我建議你不要對她有太多感情。在任何情況下，你都不可以跟她住在一起。同居違反部門內規，她又是墨西哥女人，可能會嚴重影響到你的前途。」

帕克開始會議：「艾德，夜鴞命案嫌犯已經鎖定被羈押的三個黑人，或是其他的黑人犯罪集團。現在有傳言說你跟索托小姐很親近。史密斯副隊長跟我認為，她必須接受訊問，才能釐清案件時序，並確認那三名黑人有無不在場證明，以及辨認其他侵犯她的人。我們認為潘多索是取得成果的最好方法，要讓訊問對象放輕鬆，潘多索效果最好。我們要你說服索托小姐合作。她很可能會信任你，而你也能因此取得公信力。」

在史坦斯蘭事件之後，瑛內姿餘悸猶存，很難勸說她搬到箭鏃湖。「長官，我覺得我們目前所有的證據都是間接證據。我認為我們該在我接觸索托小姐之前，先獲得其他的實證，我想要再次嘗試偵訊柯提斯、瓊斯與方譚。」

史密斯大笑：「小伙子，他們前幾天拒絕跟你談，現在他們又有個左傾的公設辯護律師建議他們保持沉默。艾里斯・洛威想要在大陪審團前說明案情——夜鴞命案與綁架案，而你可以幫上忙。小心呵護並未讓我們從美麗的索托小姐那邊獲得進展，現在應該停止嬌寵她。」

羅素・米勒德：「副隊長，我同意艾斯黎警佐的意見。如果我們繼續在南區搜查，我們可能會找到強姦案的人證，或許可找到柯提斯的車子以及凶槍。我的直覺告訴我，這女孩當晚的記憶可能太過混亂，對我們沒有任何幫助。如果我們逼她想起來，這可能會讓她的人生變得比現在更糟糕。你們能夠想像洛威在大陪審團面前不斷煩她嗎？這應該不會是好看的場面吧？」

史密斯大笑——直接衝著米勒德。「隊長，你用盡手段好跟我共同領導專案小組，現在你卻說出這種婦人之仁的論調。這是殘酷的多人命案，需要快速與強勢地破案，這不是搞大學姊妹會。洛威是個優秀的檢察官，也是有同情心的人。我確信他會謹慎地處理索托小姐。」

米勒德吞了一顆藥丸，喝水把藥吞下去。「洛威是個追逐新聞版面的小丑，不是一個警察，不應該由他指揮這場調查的方向。」

「善良的隊長，我認為你的意見近乎反動——」

帕克抬起手。「各位，別吵了。賽德，可以請你帶米勒德隊長跟史密斯副隊長去喝咖啡，讓我跟這位警佐談談？」

葛林把兩人帶出去。帕克說，「艾德，杜德利說的沒錯。」

艾德保持沉默。帕克指著一疊報紙。「媒體跟大眾要求正義。我們如果不盡快破案，顏面將會掃地。」

「長官，我知道。」

「你關心那個女孩？」

「是。」

「你知道她早晚都必須合作？」

「長官，不要小看她。她內心很強悍。」

帕克微笑。「那麼讓我們瞧瞧你內心有多強悍。說服她合作，如果我們獲得足夠的證詞可以說服洛威，他可以向大陪審團提出精采的公訴案，我會讓你破格晉升。你會立刻成為刑警副隊長。」

「並且當主管？」

「阿諾・瑞丁下個月退休。我會讓你管好萊塢刑警隊。」

艾德感到一股震顫。

「艾德，你三十一歲。你父親一直到三十三歲才升上副隊長。」

「好，我去說服她。」

第三十章

巡邏查變態：克里歐提斯・強生，登記有案的性侵前科犯，他是新伯特利衛理錫安教會的牧師，瑛內姿・索托被綁架那晚他有不在場證明：他被關在七十七街分局醉鬼拘留室裡。戴維斯・瓦特・布希，登記有案的性侵前科犯，六個證人確認他有不在場證明：他們在新伯特利衛理錫安教會的休閒室裡整晚玩骰子賭博。富萊明・彼得・漢利，登記有案的性侵前科犯，他那一夜在中央醫院度過：一個變裝癖咬了他的老二；一群急診室的醫生努力挽救他的性器官，好讓他有機會再被判雞姦與傷害罪。

巡邏查變態。打了電話給鷹岩醫院：杜特・吉列活著被送進去。逃過一劫，這娘娘腔沒被他弄死。

另外四個性侵前科犯也有不在場證明。他到司法大廈看守所，史坦斯蘭酒醉正亢奮——一個監獄管理員給他喝監獄私釀酒。大吼大叫：艾德・艾斯黎，丹老鴨搞艾里斯・洛威。

回到家，沖個澡，向監理所查皮爾斯・帕切特跟琳・布列肯的資訊。打電話——有個朋友在谷地西區分局政風處當差。結果很好：吉列沒有申訴，有三個人在查凱西命案。

再沖一次澡——他身上還聞得到今天的氣味。

□

巴德開車到布蘭塢：質問皮爾斯・帕切特，這人沒有犯罪紀錄——對被寫在皮條客花名冊中的人來說很奇怪。格瑞納格林路一一八四號，西班牙式大宅：全漆成粉紅色，很多磚瓦。

他停好車，走向大宅。門廊燈亮起，有個男人坐在椅子上，燈光柔和地打在他身上。他確認這人的體型與監理所的數字相符，但看起來比出生日期年輕很多。「你是警察嗎？」

他的手銬掛在腰帶上。「對啊。你是皮爾斯・帕切特？」

「我是。你是來為警察慈善基金募款嗎？上一次，你們的人是到我辦公室拜訪。」

瞳孔縮小，可能嗑了某種海洛英。肌肉像是健美選手，緊身襯衫炫耀著肌肉。輕鬆的語氣──他聽起來像總是坐在黑暗中等著警察上門。「我是凶殺組刑警。」

「喔？誰被殺了？為什麼你覺得我可以幫到你？」

「一個名叫凱西・珍威的女孩。」

「這只回答了一半，你貴姓？」

「我是懷特警官。」

「那就是懷特先生了。我再問一次，為什麼你覺得我可以幫到你？」

巴德拉了張椅子。「你認識凱西・珍威嗎？」

「我不認識。她聲稱認識我？」

「沒有。你昨天午夜人在哪裡？」

「我在這裡，舉辦派對。如果你們要求的話，我希望不會，我會提供你們賓客清單。你為什麼──」

巴德插話：「戴伯特・凱斯卡，綽號『杜克』。」

帕切特嘆口氣。「懷特先生，我也不認識他──」

「杜特・吉列，琳・布列肯。」

大大的微笑。「我認識這兩位。」

「是嗎？那你說下去。」

「現在我插個話。他們有人給你我的名字？」

「我去逼吉列拿出花名冊。他想要把有你跟姓布列肯的女人那頁吃下去。帕切特，為什麼那個爛皮條客會有你的電話？」

帕切特上身往前傾。「你會管跟珍威命案無啥關連的犯罪問題嗎？」

「不會。」

「你也不會覺得有必要舉報這些犯罪？」

這王八蛋有他的風格。「沒錯。」

「那麼你聽清楚了，因為我只會講一次，如果有人說是我說的，我會否認。我經營應召站，琳・布列肯是其中一個。幾年前我向吉列買了琳，如果吉列試圖把我的名字吃下去，那是因為他知道我討厭警察也害怕警察。他心想如果我認為是他讓警察找上我——他的想法沒錯——我會把他當成蟲子捏死。我對我的小姐們很好。我自己也有成年的女兒，還有一個小女兒早夭。我不喜歡看到女人被傷害，老實說我也有很多錢可以讓我的幻想成真。這個凱西・珍威死得很慘嗎？」被活活打死，嘴裡、直腸、陰道裡都有精液。「對，很慘。」

「懷特先生，那就找到殺她的人。成功的話，我會給你很高的賞金。如果這不符合你的道德標準，我會把這筆錢捐給警察慈善基金。」

「謝了，但不用了。」

「違背你的道德標準？」

「我沒有這種東西。告訴我琳・布列肯的事。她在街上拉客？」

「不是，她應召。吉列的壞客人把她整得很慘。順帶一提，我對於旗下小姐的客人很挑剔。」

「所以你向吉列買了她？」

「正確。」

「為什麼？」

帕切特微笑。「琳看起來很像女星薇若妮卡．蕾克，我需要她來補齊我的小電影公司陣容。」

「什麼『小電影公司』？」

帕切特搖頭。「不。我喜歡你單刀直入的風格，也感覺到你已經拿出最好的言行舉止，但我只會告訴你這些。我已經配合你的調查，如果你還要追問下去，那我就會找律師一起跟你碰面。你想要琳．布列肯的地址嗎？我不認為她知道珍威小姐的事，但如果你想要的話，我可以打電話給她，請她配合。」

巴德指著房子。「我有她的地址。你是靠經營應召女郎買下這間豪宅？」

「我是個投資者。我有化學的高等學歷，我當了幾年藥劑師，並且做了聰明的投資。我想『創業家』是總結我一生的最佳名詞。懷特先生，不要用罪犯的黑話來扭曲我。不要讓我後悔曾經跟你說實話。」

巴德打量他。有一半的機率他**是**說了實話，他認為警察只是蟲子，有時候跟他們說實話會有用。「好，那我今天就到此為止。」

「麻煩你。」

拿出筆記本。「你說吉列曾經幫琳．布列肯拉過皮條，對吧？」

「我不喜歡『拉皮條』這個字眼，但沒錯。」

「好，你其他的小姐曾經在街上賣淫或接受電話應召嗎？」

「沒有，我所有的小姐如果不是模特兒，就是想當演員的女孩，她們夢碎好萊塢，我把她們救回來。」

突然改變話題。「你不太看報紙對吧？」

「沒錯。我盡量避免看到壞新聞。」

「但你聽說過夜鴞慘案。」

「有，因為我不是山頂洞人。」

「那個凱斯卡是死者之一。他是個皮條客，最近有個人在打聽他的事情，想要招募小姐。吉列讓凱西・珍威到街上拉客，而你認識他。我想也許你可能在生意上認識其他人，而他們或許能提供我關於吉列的資訊。」

帕切特交叉雙腿而坐，伸個懶腰。「所以你認為『這個人』可能殺了珍威？」

「我不這麼認為。」

「或者你認為他是夜鴞命案的幕後黑手。我以為是那幾個黑人青年被認為是凶手。懷特先生，你調查的到底是哪件案子？」

巴德用力一抓椅子——纖維裂開。帕切特抬起手，手心向外。「你問題的答案是沒有。杜特・吉列是他那類人中我唯一打過交道的。低層次賣淫不是我的專業領域。」

「那麼B跟E是你的專業嗎？」

「B跟E？」

「非法入侵（Breaking and entering）。凱斯卡的公寓被搜過，牆壁被擦過。」

帕切特聳肩。「懷特先生，你現在說的像是梵文，我聽不懂。我真的聽不懂你在講什麼。」

「是嗎？那麼色情書刊如何？你認識吉列，吉列把琳・布列肯賣給你，吉列把凱西賣給凱斯卡。凱斯卡據說要開始做黃色刊物的生意。」

「色情書刊」讓他有反應——微小的眼神閃爍。巴德說，「有想起什麼嗎？」

帕切特拿起一個玻璃杯，轉著冰塊。「沒想到什麼，你的問題愈來愈離譜。你的手段很新鮮，所以我才寬容你。但你已經讓我失去耐性，我開始認為你來此的動機相當混亂。」

巴德站起來，很不爽，這男人難以掌握。帕切特說，「你對調查中遇到的某個人有了感情，對吧？」

「對。」

「關於珍威那女孩，我所說的都是真心話。我或許教唆女人從事非法活動，但她們獲得很高的報酬，我對她們很好，並確保她們面對的男人會徹底尊重她們。晚安，懷特先生。」

□

開車時他心想：帕切特何以能這麼快掌握他的來意，他隱瞞證據是否造成反效果——杜德利起了疑心，他很聰明，知道自己可能會把艾斯黎打到什麼程度。琳・布列肯住在羅菲力茲大道跟諾丁罕街附近；他輕鬆找到這個地址——現代風格的三連棟房屋。窗戶射出彩色光束——他按門鈴之前先看屋內。

紅、藍、黃，三色光束前有人影穿過。巴德觀賞他獨享的色情秀。

一個像極薇若妮卡・蕾克的女人，一絲不掛：苗條，胸部豐滿。金色及肩長髮內捲，髮型完美。一個男人蹲著，在她體內使勁抽送。

巴德窺視著，街道的聲音漸漸消失。他忽視那男人，研究著這女人：她身體的每一吋，在每一種光線下的變化。他的視野縮減成隧道——只看得到她一人。

瑛內姿・索托在他家門口。

巴德走過去。她說，「我住在艾斯黎在箭鏃湖的房子。他說沒有什麼附加條件，然後他來告訴我，我必須打某種藥來幫助我回憶。我告訴他不要。你知道你是電話簿裡唯一一個溫德爾・懷特嗎？」

巴德把她的帽子調整好，把面紗鬆脫的一角塞進帽沿。「你怎麼過來的？」

「我搭計程車。花了艾斯黎一百塊，所以他至少還有點用處。懷特警官，我不想回憶。」

「甜心，你已經在回想了。來吧，我幫你找個地方住。」

「我想跟你住。」

「我只有一張折疊床。」

「我無所謂。我想總是得有第一次。」

「別想這件事，找個大學生會跟你比較配。」

瑛內姿站了起來。「我差點就相信了他。」

巴德開了門。他看到的第一樣東西是那張床——那個叫卡洛琳還是什麼的女人，把床弄得一團亂。瑛內姿倒在床上——不到一分鐘她就睡著了。巴德幫她蓋了棉被，自己躺在客廳，拿西裝外套當枕頭。他慢慢才入睡——他漫長怪誕的一天在腦海重播。他睡著的時候想到琳·布列肯；在破曉時分他驚醒，發現瑛內姿蜷曲在他身邊。

他讓她住了下來。

第三十一章

他知道自己在作夢，也知道無法中斷夢境。不斷的重播讓他畏縮。瑛內姿在小木屋：「懦夫」、「見風轉舵」、「利用我來讓你升官」。她出門前的氣話：「雖然他腦袋沒有你一半好，也沒有權貴爸爸，但是懷特警官的男子氣概是你的十倍。」他讓她走，然後想把她追回來。他回到洛杉磯，來到索托家的破房子。她的三個混混兄弟氣勢凌人，索托老爸加了一句墓誌銘：「我已經跟那個女兒斷絕關係。」

電話響起。艾德翻身，抓起電話。「我是艾斯黎。」

「我是包伯‧高羅戴。恭喜我。」

艾德把夢境推開。「為什麼？」

「我通過律師考試，我已經成為律師兼地檢署調查員。你不覺得我很厲害嗎？」

「恭喜，但你並不會早上八點打給我說這個。」

「你說的沒錯，那你聽好了。昨晚一個叫做簡克‧凱勒蒙的律師打電話給艾里斯‧洛威。他代表了兩個證人，一對兄弟，他們說可以證明杜克‧凱斯卡跟米基‧柯恩有關連。他們說他們可以讓夜鴞命案真相大白。他們因為賣苯甲胺興奮劑被洛杉磯通緝，艾里斯豁免他們的通緝；若他們與夜鴞命案有牽連，艾里斯也讓他們免罪。一個小時之內，我們會在米利瑪飯店跟他們碰面，你、我、洛威跟羅素‧米勒德。杜德利不會出席。賽德‧格林的命令——他認為米勒德是處理這件事比較好的人選。

艾德跳下床。「所以這兩兄弟是誰？」

「彼得與貝斯特・恩格淩。聽說過嗎？」

「沒有。這是偵訊嗎？」

高羅戴笑了。「要是這樣你就開心了。不是偵訊，凱勒蒙會念一份預先備好的聲明，我們再跟洛威討論要不要讓他們成為污點證人並負責他們的安全。詳情我會再跟你說。四十五分鐘後在米利瑪的停車場見？」

「沒問題。」

□

準時四十五分鐘後。高羅戴跟他在大廳碰面——沒有握手，立刻進入重點。「想要聽我們目前的狀況？」

「說吧。」

他們邊走邊講。「他們等著我們，還有速記員在場，彼得與貝斯特・恩格淩，年紀分別是三十六跟三十二歲，他們住在聖柏納迪諾……我想你可以稱他們是混混。四〇年代初期，他們都因為賣大麻而被關進少年感化院，他們除了賣興奮劑而被通緝之外，並沒有其他犯罪紀錄。他們在聖柏納迪諾有間合法的印刷廠，你可以稱他們是天才萬事通，他們過世的父親才是真正厲害。他是大學的化學教授，也算是發展出早期精神疾病藥物的第一批藥劑專家。很厲害吧？那你接著聽下去：他們的老爸在一九五〇年夏天過世，他曾經為老黑幫研發毒品配方——而米基・柯恩當年還是保鑣的時候，就是負責保護他。」

「這應該會很有趣。但**你**認為是柯恩造成夜鴞命案的嗎？可是他被關在監獄裡。」

「艾斯黎，我認為是被羈押的那三個黑人幹的。幫派**絕不**會殺無辜的平民。可是老實說，洛威喜歡往黑道涉入的方向偵辦。來吧，他們已經在等了。」

進了三〇九套房，他們在一個小小的客廳裡碰面。一條長桌，洛威跟米勒德面對著三個男人：一個中年律師跟一對穿著連身工作服、長相相仿的兄弟——頭髮開始稀疏，眼神機警，一口爛牙。臥室門口坐著一個速記員，她的速記機器已經就緒。

高羅戴拿了兩張椅子過來。艾德對大家點頭致意，然後坐在米勒德旁邊。律師確認文件；兩兄弟點了香菸。洛威說，「作為正式紀錄，現在是一九五三年四月二十四日早上八點五十三分。出席的有我本人，艾里斯・洛威，洛城檢察總長；地檢署的包伯・高羅戴警佐；洛城警局的羅素・米勒德隊長與艾德・艾斯黎警佐。雅各・凱勒蒙代表彼得與貝斯特・恩格凌。在今年四月十四日於夜鴞咖啡館發生的多人命案中，這兩位可能會成為檢方證人。凱勒蒙先生將會朗誦他客戶預先準備給他的陳述，這兩位將會在速記員聽打稿上簽名。為了感謝這份自發提出之陳述，地檢署會撤回對彼得與貝斯特・恩格凌的一六一一四號拘票，簽發日期為一九五一年六月八日。如果這份聲明導致上述多人命案的凶手落網，彼得與貝斯特・恩格凌與該案任何相關的陰謀與罪行都將不會被起訴。凱勒蒙先生，你的客戶是否理解以上所說？」

「洛威先生，他們了解。」

「他們是否明白在提出聲明後，他們可能會被要求接受訊問？」

「明白。」

「律師，請念出陳述。」

凱勒蒙戴上遠近兩用老花眼鏡。「我已經刪除了彼得與貝斯特較為粗魯的口語，並整理了他們的用詞與句法，請大家記住這一點。」

洛威拉拉他的西裝背心。「我們能夠辨別這一點。請繼續。」

凱勒蒙宣讀：「彼得與貝斯特・恩格凌在此宣誓，此陳述全屬真實。今年三月下旬，約在夜鴞命案發生三週前，在我們位於聖柏納迪諾的合法行號「快速大王印刷廠」，有人來接觸我們。這個接觸我們的人是戴伯特・凱斯卡，綽號『杜克』，他說他從某某先生聽說我們，這位某某先生是我們在少年感化院認識的人。某某先生告訴凱斯卡，我們經營一家印刷廠，裡面有我們自己設計的高速膠印印刷機，這乃是事實。某某先生也告訴凱斯卡，我們對於『快速撈一票』總是有興趣，這也是事實。」

眾人咯咯笑。艾德寫下，「蘇珊・雷佛茲來自南聖柏納迪諾——他們有連結？」洛威說，「凱勒蒙先生，繼續念。我們都有同時發笑又思考的本事。」

凱勒蒙：「凱斯卡給我們看露骨性行為的照片，其中一些是同性戀性行為。另有一些是『像是藝術，但是狗屁』的照片。這是指某些照片中，人們穿著五顏六色的戲服，上面以紅墨水做出立體又逼真的效果。凱斯卡說，他聽說我們能快速製作高品質書刊，我們說確實如此。凱斯卡也說，這些淫穢的照片已經製成了一些雜誌類型的書，他也告訴我們製作成本。我們知道我們可以用八分之一的成本製作這類書刊。」

艾德傳了張紙條給米勒德：「風化組不是在查一件色情書刊案？」兩兄弟露出洋洋得意的笑容；洛威與高羅戴說悄悄話。米勒德把紙條傳回去：「對——四個人去查，沒查出線索。追查（陳述中所謂「服裝怪異」）的書刊無功而返——我們正要放棄這件案子。目前遞交的偵辦報告都沒有能讓凱斯卡與色情連結起來的。」

凱勒蒙啜了口水。「那時凱斯卡告訴我們，他聽說過我們過世的父親法蘭茲・恩格凌，綽號「醫生」，曾是米基・柯恩的朋友，而這名洛城黑道老大目前正監禁在麥尼爾島監獄。我們說他所言為真。接著凱斯卡提出了基本的合作方案。他說這些色情書刊的流通必須侷限在『很小』的範圍內，因為這些拍照的『怪妞』似乎有許多不可告人之事。他並未進一步說明。他說他知道一群『有錢的變態』，他們會付大筆鈔票來買這些書刊，並提議我們也可以製作一些『一般的插入—口交照片』，拿來大量發行。凱斯卡聲稱他有一份『變態郵寄名單』，也可以找到一群『毒蟲與妓女』來當模特兒，他也找得到『高級應召女郎』，只要她們的『瘋狂老爹』同意的話，她們可能也可以來拍照。而凱斯卡對以上說法並沒有進一步說明，也沒有提及特定的人名或地點。」

凱勒蒙翻頁。「凱斯卡告訴我們，他會扮演採購、星探與中間人的角色。我們會是這些書刊的印刷者。我們也會去麥尼爾島監獄拜會米基・柯恩，讓他給我們經費來創辦這門生意。我們也要請他建議我們如何開創一個發行系統。交換條件是，柯恩可以抽成，『油水豐厚』。」

艾德傳了一張紙條：「沒有提到人名——這藉口未免太方便了。」米勒德悄聲說，「夜鴞命案也不是米基的風格。」貝斯特・恩格淩在竊笑，彼得用鉛筆戳自己的耳朵。凱勒蒙朗讀：「我們去麥尼爾島米基・柯恩的囚室拜訪他，時間大概是夜鴞命案發生兩週前。我們向他提出這個點子。當我們告訴他這是杜克・凱斯卡的主意，他拒絕幫忙而且很生氣，他說凱斯卡是個『跟未成年少女上床、惡名昭彰的混蛋』。結論是，我們相信米基・柯恩雇用槍手犯下了夜鴞大屠殺，因為他對杜克・凱斯卡的痛恨，導致槍手們殺了六人只為了解決其中一個。另一個可能性是，柯恩在監獄放風空地大談凱斯卡的計畫，然後柯恩的死對頭「執法者」傑克・惠倫聽說這件事，他總是在找新的勾當，他刺殺了凱斯卡，而另五個死者只是障眼法。我們發誓這份陳述句句屬實，並未遭受到任何精神上或心理上的脅迫。」

兩兄弟鼓掌。凱勒蒙說，「我的客戶歡迎提問。」

洛威指著臥室。「我先跟我的同事們商量。」

他們走進臥室，洛威關上門。「給我結論。包伯，你先說。」

高羅戴點了根菸：「米基・柯恩儘管有許多缺點，但他並不會因為怨恨就殺人，而傑克・惠倫只對賭博類的東西有興趣。我相信他們的故事，但就我們查出來與凱斯卡相關的事來看，他只是個可悲的笨蛋，他不可能搞這麼大的事。我認為這頂多是一份不相關的陳述。我還是覺得三個黑鬼才是兇手。」

「我同意。隊長，你的意見。」

米勒德說，「我喜歡其中一個可能的情節，但還有很多地方持保留意見。也許柯恩在麥尼爾島監獄談這個生意，外面有人聽說了，有人接著要做。但是，如果這是與色情書刊有關的生意，那麼恩格凌兄弟現在要不是被殺，就是已經被警方接觸過。我在風化組已經花了兩星期調查黃色書刊，我的組員對此沒打聽到任何消息，只是不斷碰壁。我認為艾德與包伯應該跟惠倫談，然後飛到麥尼爾島跟米基談。我會訊問房間外面那兩個雜碎，我也會跟我組裡的人聊聊。我已經讀過夜鴞專案小組每個人所寫的每份調查報告，沒有人提到色情刊物。我想包伯說的沒錯，我們現在遇到的是沒關連的事情。」

「我同意。包伯，你跟艾斯黎去找柯恩跟惠倫。隊長，你那件案子有厲害部下在查嗎？」

米勒德微笑。「三個有能力的部下跟『垃圾桶』傑克．溫森斯。艾里斯，我無意冒犯。我知道他跟你太太的妹妹有關係。

洛威臉紅。「艾斯黎，你有什麼要補充的嗎？」

「包伯與隊長的意見跟我的一樣，但我想提兩件事。一、蘇珊．雷佛茲來自聖柏納迪諾。二、如果不是在押的黑人或其他黑人幫派犯下本案，那麼停在夜鴞旁的汽車就是栽贓，而我們所面對的就是巨大的陰謀。」

「我覺得我們已經找到凶手。補充一點，你在索托小姐那方面有進展嗎？」

「我正在努力。」

「再努力一點。努力認真是學生的玩意兒，真正重要的是成果。各位，拿出成果來。」

□

艾德開車回公寓準備換套衣服去麥尼爾島。他在門上發現一張字條。

艾斯黎——

我還是認為你就是我說過的那種人，但是我打過電話回家，跟我妹妹談過，她說你去過我家，顯然是很關心我的安危，所以我的氣消了一點。你一直對我很好（在你沒有耍心機或扁人的時候），也許我自己也是個機會主義者，我只是利用你來獲得避難處，讓我有時間恢復健康，並應迪特凌先生之邀去上班，所以我也沒什麼立場好指責你。我不會向你道歉，我頂多只會跟你說以上的話，而我也會繼續拒絕合作。你懂嗎？在夢幻時刻樂園，迪特凌先生說要給我工作是真的嗎？我今天會拿你給我的錢剩下的部分去買東西。忙碌能讓我少去想那件事。我今晚會過來。留一盞燈。

瑛內姿

艾德換了衣服，把備份鑰匙用膠帶貼在門上。他留了一盞燈。

第三十二章

傑克坐在車裡，等著要跟蹤巴德・懷特。受傷的手、染血的衣服——一班警員破門進入車庫，強悍的黑人跟他們起了衝突——在屋頂上追打。沒有發現柯提斯的水星轎車；米勒德丟出的炸彈仍在爆炸，還好他是在電話上聽米勒德講話——要不然他一定會嚇到失禁。

「溫森斯，有兩個證人跟艾里斯・洛威聯絡。他們說杜克・凱斯卡跟某樁販售淫穢書刊的計畫有牽連，他雖然沒有賣成功，但他要賣的正是我們一直在追查的那批書。我猜這件案子跟夜鴞命案沒有連結，但你有查到什麼嗎？」

他說，「沒有。」他問組裡其他人有沒有查到重大線索。米勒德說，「沒有。」他沒有告訴米勒德自己的報告都是胡說八道。他沒有寫出自己根本不在乎色情書刊跟夜鴞命案，哪怕是兩案疊在一起堆到火星去。他也沒告訴米勒德，在他拿到席德・哈金斯的檔案，與看到被羈押的黑鬼進毒氣室之前，他無法安心。

眼睛盯著警局後門：制服員警把性變態拉進去。巴德・懷特在裡面，拿橡膠管刑求嫌犯。他昨天晚上把巴德跟丟了——杜德利很氣。今晚他要跟緊，然後去找哈金斯：銷毀馬里布約會的相關檔案。

懷特走出來。燈光明亮：傑克看到他的襯衫上有血。他發動車子，等待著。

第三十三章

這一次沒有五顏六色的燈光——緊閉的窗簾後透出白光。巴德按下門鈴。門打開——琳・布列肯逆光而立。「你是皮爾斯跟我提過的那個警察？」

「沒錯。他告訴過你這是怎麼回事嗎？」

她把門整個拉開。「他說你自己也不太確定，他也說我應該要誠實並跟你合作。」

「他叫你做什麼你就做什麼？」

「是。」

巴德走進屋。琳說，「這些畫是真品，而我是個妓女。我從沒聽說過那個凱西的事情，杜特・吉列絕對不會性侵一個女性。如果他要殺一個女人，他也不會用刀。我聽說過那個叫杜克・凱斯卡的男人，基本上他是個廢物，對旗下小姐很軟弱。以上就是所有適合刊出的消息。」

「你講完沒？」

「還沒。我對杜特其他的小姐一無所知，而我對夜鴞命案的理解都來自報紙。滿意了嗎？」

巴德幾乎笑出來。「你跟帕切特已經談了很多。他昨晚有打電話給你嗎？」

「沒有，今天早上打的。為什麼問這個？」

「你別管。」

「你是懷特警官，是嗎？」

「叫我巴德。」

琳笑了。「**巴德**，你相信我跟皮爾斯告訴你的話嗎？」

「挺相信的。」

「你也知道為什麼我們遷就你。」

「你用這種字眼，可能會讓我生氣。」

「是。但你明白的。」

「對，我明白。帕切特經營應召女郎，也許還有其他的副業。你們不想要我揭發你們。」

「沒錯。我們是出於自私的動機，所以配合你的調查。」

「布列肯小姐，你要聽我的建議嗎？」

「叫我琳。」

「布列肯小姐，以下是我的建議。繼續配合我的調查，不要他媽的試圖賄賂我或威脅我，否則我會讓你跟帕切特吃不完兜著走。」

琳微笑。巴德看出來了——她活像他看過某部爛片裡的薇若妮卡・蕾克。片中的亞倫・拉德從戰場返鄉，發現他那婊子老婆被殺了[1]。

「**巴德**，你要來杯酒嗎？」

「好，純蘇格蘭威士忌。」

琳走到廚房，回來時端著兩杯倒得不多的酒。「那個女孩被殺的案件在調查上有進展嗎？」

巴德一口把酒喝乾。「有三個人在調查。這是性侵案件，所以他們會去逼問那些變態慣犯。他們會花兩個星期認真偵辦，然後就讓它過去。」

「但你不會讓它過去。」
「也許。」
「為什麼你這麼關心？」
「過去的事。」
「你個人過去的事？」
「對。」
琳啜著她的酒。「我只是問問。夜鴞命案又如何？」
「已經鎖定我們逮捕的三個黑——有色人種。這案子操他媽的亂七八糟。」
「你常用『操』這個字。」
「你則是為了錢做這檔事。」
「你襯衫上有血。這是你工作中密不可分的一部分嗎？」
「對。」
「你喜歡嗎？」
「要是他們應該被揍的話。」
「你是指那些傷害女人的男人。」
「你是個聰明的小姐。」
「他們今天應該被揍嗎？」

1 此處是指一九四六年上映，由薇若妮卡·蕾克與亞倫·拉德主演的《藍色大理花》（*The Blue Dahlia*），該片的編劇是知名推理小說家雷蒙·錢德勒。

「對，只是私下告訴我。」

「對，就像你今天也無所謂地脅了六個男人。」

琳笑了。「其實只有兩個。你只要私下告訴我就好，你真的把杜特·吉列修理了一頓？」

「我私下告訴你，我把他的手塞進菜渣絞碎機裡。」

她沒有倒抽一口氣，沒有愣住。「你喜歡那樣做嗎？」

「嗯……不喜歡。」

琳清清喉嚨。「我真是個差勁的主人。你想坐一下嗎？」

巴德坐在沙發上；琳坐的位置離他只有一隻手的距離。「凶殺組刑警就是不一樣。你是五年來第一個沒有在一分鐘之內說我像薇若妮卡·蕾克的男人。」

「你比薇若妮卡·蕾克還好看。」

琳點了根菸。「謝謝你。我不會告訴你的女朋友你說過這句話。」

「你怎麼知道我有女朋友？」

「你的外套很皺，而且還有濃濃香水味。」

「你想錯了。我只是逢場作戲。」

「你是……」

「對，我是很少他媽的做這種事情。布列肯小姐，繼續合作，告訴我更多關於帕切特與他的勾當。」

「私下——」

「對，只是私下告訴我。」

琳抽煙，啜口酒。「除了他為我所做的事之外，皮爾斯是個多才多藝的人。他搞化學，懂柔道，把身體保養得很好。他喜歡欣賞漂亮的女人。他有過一次失敗的婚姻，有個早夭的女兒。他對旗下小姐很誠實，也只讓我們跟行為端正的有錢人約會。所以你可以說他有救世主情結[2]。他喜歡漂亮的女人，喜歡操控她們，利用她們賺錢，但他確實對她們有感情。我第一次遇到皮爾斯的時候，我告訴他我的小妹遭人酒醉駕車撞死。他真的哭了。皮爾斯・帕切特是個生意人，沒錯，他經營應召女郎，但他是個好人。」

聽起來是實話。「帕切特還有什麼生意？」

「都是合法事業。他撮合商業與電影的交易。他對旗下小姐提出生意上的建議。」

「色情書刊？」

「老天，皮爾斯才不會。他喜歡**做**這件事，而不是看。」

「他也不賣色情刊物？」

「對，他不會。」

簡直應對如流——好似皮爾斯・帕切特的色情行業需要這些粉飾。「我開始認為你在唬弄我。他一定有搞什麼變態玩意兒。當個好皮條客是一回事，可是你把這傢伙說成了他媽的耶穌。我們先來聊聊帕切特的『小小電影公司』。」

琳把菸熄掉。「如果我不想談那件事會怎樣？」

「如果我把你跟帕切特交給風化組呢？」

琳搖頭。「皮爾斯認為你正在進行個人的報復行動，不管你在調查什麼，排除他是嫌犯的可能性，並對他

2 savior complex，自戀狂的一種癥候。

的生意守口如瓶，這對你來說才是有利的。他認為你不會告他的密，如果你這麼做就是蠢蛋一個。」
「我的中間名就是蠢蛋。帕切特還有什麼想法？」
「他等你提出金錢的要求。」
「我不搞勒索這一套。」
「那為什麼——」
「也許我只是操他媽的好奇。」
「好吧。你知道泰利・拉克斯醫師是誰嗎？」
「當然，他在馬里布經營一個戒酒中心。他黑到骨子裡。」
「這兩點都正確，他也是個整型醫生。」
「他幫帕切特整型了，對吧？沒有人在他那年紀還看起來這麼年輕。」
「這我就不知道了。泰利・拉克斯確實有做的，是幫皮爾斯的小小電影公司改造小姐們的容貌。我們的小姐長得像艾娃・嘉娜、凱薩琳・赫本、麗塔・海華絲與貝蒂・葛萊寶。皮爾斯會找跟電影明星有些神似的人，然後泰利動整型手術讓她們跟明星一模一樣。你可以把這些女人稱為皮爾斯的姬妾。他們跟皮爾斯以及精選的客戶睡覺——這些客戶可以幫助他完成電影與生意上的交易。變態嗎？也許。但皮爾斯會從所有小姐的收入裡拿一部分出來，幫她們做投資。他讓小姐們在三十歲時退休，絕無例外。他不讓他的小姐吸毒，也不虐待她們，他對我有很大的恩情。以你們警察的心態可以理解這些矛盾之處嗎？」
巴德說，「操他媽的耶穌基督。」
「不，懷特先生，他只是皮爾斯・帕切特。」
「拉克斯把你整得像薇若妮卡・蕾克？」

琳摸摸頭髮。「沒有，我拒絕了。皮爾斯因此而欣賞我。我其實是棕髮，但其他都是天生的。」

「你幾歲了？」

「下個月我就三十歲了，我會開一間服飾店。你看時間還真的能改變事情？如果你一個月後遇到我，我就不是妓女，我會是個棕髮女子，看起來不會這麼像薇若妮卡・蕾克。」

「老天爺。」

「不，是琳・瑪格利特・布列肯。」

太快了——幾乎是脫口而出。「我想要再見到你。」

「你是要跟我約會嗎？」

「對，因為我付不起帕切特的收費。」

「你可以等一個月。」

「我不能等。」

「那你就別再用條子的方式講話。我不想變成嫌犯。」

巴德在空中畫了叉叉：把帕切特從凱西與夜鴞命案的嫌犯清單中塗掉。「我答應你。」

第三十四章

米基・柯恩的牢房。

高羅戴大笑：天鵝絨床單，貼著絨布的架子，絨布座墊的坐式馬桶。透過牆上的出風口吹進暖氣——華盛頓州，四月仍凍。艾德很疲倦：他們跟「執法者」傑克・惠倫談過，認為他沒有嫌疑，又搭飛機北上一千英哩。凌晨一點，兩個警察等著一個忙於深夜局牌的病態惡棍。高羅戴拍拍柯恩的寵物鬥牛犬：米基・柯恩二世，穿著時髦的天鵝絨毛衣。艾德看看他拜訪惠倫時寫的筆記。

講個不停——他們沒辦法讓他閉嘴。惠倫認為恩格凌兄弟的說法不值一哂，然後離提扯到洛杉磯的組織犯罪。

自從米基進牢之後，黑幫活動大體上陷入低潮。內行人觀點：米基的幫派已經破產，瑞士銀行的錢被藏起來——這些現金是未來的重建基金。墨里斯・捷耳卡——柯恩的幹部，搞到了一塊地盤，但他立刻搞砸，投資失敗，沒有錢可以付給手下。惠倫說，**他**自己混得不錯，並提出他對柯恩的分析。

他認為米基把簽賭、高利貸、毒品與賣淫事業分成許多小單位授權出去——他們對打交道的對象很挑；等到他假釋出來再整合起來，拿這些授權單位為他投資的錢來重建組織。惠倫的理論有其根據：柯恩先前的殺手李・華其斯似乎已經改邪歸正；約翰・司坦普納托跟亞伯・郃多鮑姆也是——這兩個無惡不作的傢伙不可能真的金盆洗手。研判這三個人仍然是黑道份子——也許負責保護柯恩的利益。帕克局長擔心現況可能導致黑手黨入侵——才剛部署了一條新防線對抗外地的黑道：杜德利・史密斯跟他的兩個手下，在嘉德納市的汽車旅館設立了辦公室：他們把幫派份子打個半死，把他們的錢搶來當作警察慈善捐款，再把他們丟上巴士、火車或飛機，送回他們來的地方——一切都是隱密行事。

惠倫總結說：

他之所以獲准運作，是因為得有人提供賭博服務，否則一群瘋狂的獨立組頭會用槍把洛城打爛。「圍堵」——杜德利用語——已經說明一切：警察機關知道他只有在被瞄準時才會開槍，他是個**照遊戲規則玩**的人。認為他或米基為了黃色書刊把六個人轟死，這純粹是胡說八道。不過江湖過於安靜，一定有什麼鳥事在醞釀。

米基・柯恩二世汪汪叫；艾德抬頭一看。米基・柯恩走進來，手裡捧著一盒狗餅乾。他說，「我從來不殺不該殺的人，我們有一套江湖的標準。我從來不賣用來手淫的猥褻東西，我之所以跟彼得與貝斯特・恩格凌聊天，只因為我喜歡他們過世的父親，儘管他是他媽的德國佬。願神讓他安息。我不殺無辜的路人，因為猶太戒律禁止濫殺無辜，也因為我堅守十誡，除了十誡影響到我生意的時候之外。霍普金斯典獄長告訴我你們為何而來，我之所以讓你們等，是因為你們必定是愚蠢的智障，才會認為我涉嫌這件惡毒與愚蠢的命案，顯然這是愚蠢黑人所犯的案子。但是既然米基二世喜歡你們，我會給你們五分鐘的時間。過來爹地這裡，乖乖！」

高羅戴大笑。柯恩跪在地上，把一塊餅乾咬在嘴裡。那條狗跑向他，搶過餅乾，親吻了他。米基用鼻子磨蹭狗兒；柯恩二世不高興地發出叫聲。艾德看到走道上有個人：大衛・戈德門，米基的頭號會計，他因為自己的逃稅罪行而被關進麥尼爾島監獄。

戈德門悄悄離開。高羅戴說，「米基，恩格凌兄弟說，當他們提到杜克・凱斯卡給他們這個點子時，你很生氣。」

柯恩把狗餅乾碎屑吐出來。「你知道有種說法叫『發洩情緒』？」

艾德說，「我知道，但是你有聽到其他的人名嗎？恩格凌兄弟有沒有提到凱斯卡之外的名字？」

「沒有，凱斯卡從來沒見過我，我聽說他曾經犯過法定強姦罪，所以我以此來判斷這個人。聖經說，『你們不要論斷人，免得你們被論斷。』可是既然我願意被評斷，我想那就『繼續論斷別人吧。』」

「你有給這兩兄弟任何關於設立販售體系的建議嗎？」

「沒有！上帝與我可愛的米基二世可以當我的見證，沒有！」

高羅戴：「米基，我要問你一個關鍵的問題。你有沒有在放風廣場談起這樁生意？你跟誰提過這件事？」

「我沒告訴任何人！打手槍的書是源自罪惡與飢餓！那對瘋狂兄弟來找我時，我甚至還把大衛趕開！大衛是我的耳朵，但我就是這麼尊重保密這項重要價值。」

高羅戴說，「艾德，你跟典獄長講話時，我打電話給羅素・米勒德。他說他跟風化組的弟兄確認過那件色情書刊案子，他們沒查到什麼。沒查到凱斯卡，也沒有這些書刊的線索。羅素讀過所有的夜鴞調查報告，也沒有任何發現。巴德・懷特調查凱斯卡的背景，他也沒報告任何事情。艾德，蘇珊・雷佛茲來自聖柏納迪諾只是巧合。凱斯卡就算嘗試，也沒辦法搞淫穢書刊生意。整件事只是恩格凌兄弟想辦法要撤銷通緝，鬧劇一場。」

艾德點頭。米基・柯恩懷抱著米基二世。「父親與兒子的關係真是值得深思，不折不扣的龐大議題。我的狗兒子跟我，法蘭茲醫生跟他牙齒有縫的白種垃圾雜碎兒子。法蘭茲是個化學天才，他為那些精神病患所做的事很偉大。很久以前，我有一整船的海洛英被偷，於是我想到了法蘭茲，要是我有他的腦袋，而不僅僅是個詩學天才，我早就重新創造出自己的白粉來賣了。回家吧，小伙子。淫穢書刊沒法幫你們偵破命案。是那些黑鬼幹的，就是那些他媽的黑鬼。」

第三十五章

一堆酒瓶：威士忌、琴酒、白蘭地。閃爍的店招牌：席列茲牌啤酒、佩斯特藍帶啤酒。水手暢飲冰啤酒，快樂的人們把自己喝得頭昏腦脹。哈金斯的住處離此一個街區遠——喝酒可以讓他壯膽。他跟蹤巴德・懷特時就知道自己得壯膽——現在他喝酒壯膽的理由更強了一千倍。

酒保大喊，「打烊前最後一次接受點酒。」傑克喝光汽水，把玻璃瓶抵在脖子上。他又再度回想起今天。

米勒德說，杜克・凱斯卡參與了某個計畫，要販售**他**正在追查的色情書刊。

巴德・懷特去拜訪琳・布列肯，其中一個明星臉妓女。他在她家裡待了兩小時；那妓女陪他走出來。他跟蹤懷特回家，開始思考證據：懷特認識布列肯，她認識皮爾斯・帕切特，而他認識席德・哈金斯。席德知道馬里布約會事件，杜德利・史密斯可能也知道。老杜下令跟蹤巴德的理由：為了一個**妓女**的命案，懷特做得太過火了。

啤酒招牌閃爍：霓虹怪獸。車裡有手指虎，席德可能會屈服，把手裡的檔案交出來——

傑克快速移動：哈金斯的家沒有開燈。他的派克轎車停在路邊。他家門口——用手指虎敲門。

過了三十秒仍無動靜。傑克試著開門——沒辦法開——他用肩膀撞門側框。門被撞開。

那種氣味。

慢動作：拿出手帕，掏出槍，手肘抵著牆壁——找到電燈開關，不能留下指紋。他用手肘壓下電燈開關，燈亮。

席德·哈金斯被剁碎在地板上——地毯吸了血變黑，地板上一片血海。

手腳被切掉，以奇怪的角度與軀幹分離。

身體從胯下到脖子被剖開，在血肉模糊中可以隱約看到白色的骨頭。

他身後的檔案櫃翻倒——不少檔案夾散落在一塊乾淨的地毯上。

傑克咬住手臂以免尖叫。

門口沿途進來沒有血跡，這表示凶手從後門出去。哈金斯一絲不掛，全身都是紅黑血塊。肢體與軀幹分離，傷口處有多條血跡，旋轉的方式就像淫穢書刊裡用紅墨水作的效果——

傑克狂奔。

繞過屋子，跑下車道。後門開著，透出燈光。裡面：濕亮的地板——沒有血印或足跡。他走進去，發現洗碗槽下面有購物袋。他步履不穩地走向客廳。裝滿骯髒事的檔案櫃：檔案夾、檔案夾、檔案夾——一、二、三、四、五袋——分兩次拿到他的車裡。

凌晨二點二十分，安靜的洛城街道，塵囂俱寂。

五十兆人都有動機行凶。沒人知道他曾看過那些畫紅墨水的色情書刊。切下四肢會被忽視——只是神經病會做的事。

他必須找到他的檔案。

傑克把燈熄了，用手銬鋸前門——讓他們以為這是侵入民宅的強盜幹的。他離開，沒有目的地，只是開著車。

□

光是開車就令他疲勞。他找到一家汽車旅館，以小時計費的那種：奧斯卡愛睏時間小屋。

他付了一個星期的住宿費，把他的袋子搬進來，沖了澡，再穿回發臭的衣服。一個蟑螂的皇宮：有臭蟲，床頭的牆壁上有油污。他聞到自己的氣味：處理骯髒的事物讓他發臭。他鎖了門，翻閱醜聞檔案。

《噤聲祕辛》過期雜誌、剪報、偷出來的警方文件。男明星檔案：蒙哥馬利・克利夫特的老二是全好萊塢最小；埃羅爾・弗林是納粹情報員。搶手檔案：弗林跟一個同性戀作家楚門・卡波提在一起。共產黨、共產黨同路人、名人間諜包括瓊・克勞馥與前任檢察總長麥佛森。一大票有毒癮的人：爵士樂界的查理・帕克、安妮塔・歐黛、亞特・派伯；影星湯姆・尼爾、芭芭拉・培頓、蓋兒・羅素。完整的《噤聲祕辛》文章：「黑手黨跟梵諦岡掛勾!!」「同性戀疑雲：洛・赫遜其實愛男人?」「大麻警戒：小心好萊塢的呼麻寶貝」。完整的檔案，內容不夠勁爆，應該不是哈金斯的祕藏資料——共產黨、男同性戀、女同性戀、毒蟲、色情狂、花痴、仇視女性者、被黑幫收買的政客。

沒有關於傑克・溫森斯警佐的材料。

沒有關於《榮譽警徽》的材料——哈金斯一向很注意這批人——他知道席德有個關於布瑞特・崔思的檔案。

奇怪。

更奇怪的是：《噤聲祕辛》刊過麥斯・佩爾茲的醜聞——這裡卻沒有他的資料。

也沒有皮爾斯・帕切特、琳・布列肯、拉瑪・希頓或鳶尾花的材料。

傑克打量他的第五堆檔案。很大一堆——如果凶手是來偷檔案的，他並沒拿走太多——他眼前這堆看起來可以把櫥櫃撐爆。

不在場證明。

傑克把檔案塞進衣櫥裡。把「請勿打擾」掛在門上，然後回自己的公寓。

清晨五點十分。

在門環下：「傑克——別忘了我們星期四的約會。」「親愛的傑克——你在冬眠嗎？凱倫。」他走進屋，拿起電話，撥了八八八。

「警察報案電話。」

他用懶洋洋的語氣說話。「老兄，有命案發生了。如果我說謊，我就是王八蛋。」

「先生，你說的事件是真的嗎？」

「是啊，如果我——」

「先生，你的地址是？」

「我的地址不存在，但我本來要進去一間房子偷東西，然後我看到一具屍體。」

「先生——」

「南亞歷山卓路四二一號，記下沒？」

「先生，哪裡——」

傑克掛掉電話，脫光衣服，躺在床上。他推測藍衣員警二十分鐘內會到，十分鐘內會查出哈金斯的身分。他們會像笨蛋一樣六神無主，判斷這是大案子，打電話給凶殺組。值勤人員想到主管，把一個主管從床上挖起來。賽德・葛林、羅素・米勒德、杜德利・史密斯——他們都會立刻想到溫老大——他的電話將會在一小時內響起。

傑克躺在那裡——汗濕一套乾淨的床單。鈴鈴鈴——六點五十八分。

傑克打著呵欠。「喂？」

「溫森斯，我是羅素・米勒德。」

「是，隊長。現在幾點？什麼——」

「別管那麼多。你知道席德・哈金斯住在哪裡嗎？」

「知道啊，在查普曼公園那邊。隊長，什麼——」

「南亞歷山卓路四二一號，溫森斯，你**立刻**過去。」

□

刮鬍子，沖澡，穿上乾淨的衣服。四十分鐘後抵達現場——一狗票警車停在席德・哈金斯家的草皮上。殯儀館的人抬著塑膠袋：血、肢體。

傑克站在草皮上。一個工作人員推出擔架：血腥的屍體被包起來。羅素・米勒德在門邊；唐・克雷納跟杜安・費斯克剛到車道口。員警把圍觀者趕開；記者擠在人行道上。傑克走到米勒德旁，「哈金斯？」——他沒怎麼被嚇到，夠專業。

「對，你的兄弟。他死狀滿慘的。一個小偷報的案。他本來要進屋偷東西，然後看到屍體。門框上有鑽挖的痕跡，所以我相信是這樣沒錯。如果你吃過東西，就別往裡面看。」

傑克往裡看。乾掉的血，白膠帶貼出屍體輪廓：手臂、腳、軀幹——切割點被標示出來。米勒德說，「某個人**恨透**他了。你有看到那邊的抽屜嗎？我想凶手幹掉他是為了他的檔案。我已經叫克雷納打電話給《噤聲祕辛》的發行人。他會打開辦公室，給我們看哈金斯最近報導的副本。」

老羅素想要聽他的意見。傑克在胸前畫了十字架：這是他離開孤兒院以來第一次這麼做，操他媽怎麼會做這個動作。

「溫森斯，你是他的朋友。你認為呢？」

「我認為他是個人渣！大家都恨他！整個洛城都有嫌疑！」

「別激動，你**別激動**。我知道你一直都把情報洩漏給哈金斯，我也知道你們兩個有交易。如果我們沒在幾天內搞定這件案子，我就會要你做筆錄。」

杜安・費斯克正在跟莫提・班第許說長道短——傑克必須讓《洛杉磯鏡報》拿到獨家。傑克說，「我什麼都會坦白。不然我還能怎麼做？妨礙警方調查？」

「你的責任感令人欽佩。現在我們來談談哈金斯。他喜歡男人還是女人？」

傑克點了根菸。「他喜歡醜聞。他是個天殺的醜陋小人。也許他看看自己的德性之後，決定自我了結，誰曉得。」

唐・克雷納走過來，手上拿著一份攤開的《噤聲祕辛》：「電視大亨喜歡窺淫——然後再搞!!他愛的場景是美少女!!」「隊長，我在街角書報攤買了這一本。發行人告訴我，哈金斯一直都對《榮譽警徽》很有興趣。」

「很好，唐，你開始訪談周邊住戶。溫森斯，過來。」

來到草皮。米勒德說，「這些都跟你認識的人有關連。」

「我是個警察，也在好萊塢混。我認識很多人，我知道麥斯・佩爾茲喜歡年輕女孩。那又怎麼樣？他已經六十歲，他不是會殺人的人。」

「我們今天下午再來判斷這件事。你正在夜鴞專案小組負責搜索黑人區，對吧？搜尋柯提斯的車？」

「對。」

「那你現在回去工作，兩點到局裡報到。我要請《榮譽警徽》的一些要角來局裡，接受友善的詢問。你可以在場幫忙好讓過程更順暢。」

比利・迪特凌，提米・瓦伯恩——「他認識的人」浮現腦海。「當然，我會到。」莫提・班第許跑過來。「傑克，這下子我可以拿到你**所有的**獨家消息了，對吧？」

□

闖進停車場，黑鬼大呼小叫——**真正的**工作得回到汽車旅館做。他正要進入黑人區時，突然想到一件事。

他往東走，停在「同花大順」旁邊。克勞德・丁寧的別克轎車停在前面——他可能正在男廁裡販毒。

傑克走進去。一切靜止：溫老大出現意味有人要倒大楣。酒保倒了雙份威士忌；傑克一口喝乾——五年戒酒至此破功。酒液讓他暖身。他把男廁門踢了進去。

克勞德・丁寧嚇了一跳。

傑克把他踢趴在地上，把插在他手臂裡的針拉出來。搜身，未遭抵抗——克勞德已經吸毒吸到九霄雲外。賓果：錫箔紙包著苯甲胺興奮劑。他乾吞了一條，把針筒沖到馬桶裡。他說，「我回來了。」

□

他精力十足地回到汽車旅館，準備好要推理一番。檔案檢查第二輪。

沒有發現新的東西；他靈機一動：哈金斯不會把『祕密』檔案放在家裡。如果凶手是為了某個檔案而殺他，他應該會先刑求出藏放地點。凶手並沒有帶走很多檔案——他偷出來的檔案跟檔案櫃的容量沒差太多。席德的溫老大檔案仍然下落不明——如果凶手找到，可能會保留，也可能會丟掉。

念頭一轉：哈金斯跟帕切特有關連，色情刊物跟色情行業有關連。先不管凱斯卡跟夜鴞命案的關連：米勒跟艾斯黎說這個偵辦方向不通——惠倫與米基都拒絕涉入，所以凱斯卡不可能搞起他的黃色書刊生意。米勒德的報告：恩格凌兄弟不知道誰拍這些照片；凱斯卡弄到一些淫穢書刊，對他粗糙的計畫興奮不已。先不想這個，專心思考他目前查到的事：

巴比・英吉、克莉斯汀與戴洛・貝吉隆——跑了。拉瑪・希頓，可能是在鳶尾花倉庫開槍的人——毫無疑問已經跑了。提米・瓦伯恩，鳶尾花的客戶，被他找過碴——他跟比利・迪特凌有關連，比利是《榮譽警徽》的攝影師，在米勒德的偵訊派對上找他談談——不過在這方面要保持冷靜。如果提米跟比利提過他去找碴；他砸爛希頓的車時，比利也在場。保持冷靜。這對玻璃要是承認跟鳶尾花有關，下場將會得很慘——而米勒德還不知道鳶尾花的存在。

腦力激盪，香菸抽不停。

哈金斯被分屍的方式，符合他在巴比・英吉住處外面垃圾桶找到的色情刊物裡那些畫紅墨水的照片。沒有其他警察看過這幾本——米勒德看過屍體，把四肢被切下當成一般的分屍手法。

哈金斯警告他不要管鳶尾花的事。琳・布列肯是帕切特旗下的妓女——也許她認識席德。閃過另一個念頭：杜德利・史密斯叫他跟蹤巴德・懷特。他的理由：懷特為了一樁妓女命案而擅自妄為。布列肯是妓女，帕切特拉皮條。但是：杜德利並沒提到這樁妓女命案與夜鴞命案或色情刊物有關係——帕切特／布列肯／淫穢書刊／鳶尾花與賣淫，這一切他可能不知道。恩格凌兄弟與凱斯卡先不管，在跨部門堆積如山的夜鴞命案文件報告中，絕不可能出現淫穢書刊／帕切特／布列肯／鳶尾花／哈金斯這一條線。

興奮劑與推理讓他亢奮不已。十一點二十分——在進局裡報到之前，他還有時間。兩個真正的線索——皮爾斯・帕切特、琳・布列肯。

布列肯比較近。

□

傑克開車到她的公寓，停在她的車子後面。給她一個小時，用耳朵聽她有沒有出門。嗑藥後時光飛逝；布列肯的門緊閉。十二點三十三分——一個孩子對著門丟了份報紙。如果莫提・班第許讓他的故事快速登上版面，而那個孩子丟的是《洛杉磯鏡報》——

門打開；琳・布列肯撿起報紙，打著呵欠走進屋。報童衝過他身邊，可以清楚看到裝報紙的袋子：《洛杉磯鏡報》。莫提，你可要把新聞刊出來。

砰！——布列肯用力關上門，跑向車子。她大力踩下油門，急轉彎往西走羅菲力茲大道。傑克讓她先走兩秒，然後跟上去。

往西南方向：從羅菲力茲大道轉上西大街再轉日落大道，接著超速直行十英哩。猜測：她恐懼地衝向帕切特的住處，她不想用電話。

傑克往南繞，抄捷徑，飛車趕到格瑞納格林路一一八四號。一棟西班牙式大宅，一片寬闊的草皮——琳・布列肯還沒出現。

心臟狂跳：他忘記嗑苯甲胺會有什麼代價。他停車，打量了這棟房子：沒有人在戶外或在附近。走向大門，彎腰繞著側邊走——找到一些窗戶。

所有窗戶緊閉。一個園丁在後院工作——不可能繞過去而不被看到。車門大力關上的聲音；傑克跑到前面的窗戶：關著，但窗簾有縫隙可供他窺看。

門鈴響起；傑克瞇著眼往內看。帕切特走到門口，開門。琳・布列肯把她的報紙塞給他——鏡頭拉近至恐慌二重奏：嘴唇無聲動作，恐懼非常。傑克把一隻耳朵貼到玻璃上——只聽到自己的心臟跳動。不需要聽聲音：他們不知道席德已經死了，他們很害怕，他們沒有殺他。

他們走到隔壁房間——窗簾緊閉，沒有辦法窺視或竊聽。傑克跑向自己的車。

□

他遲了十分鐘才到局裡。凶殺組辦公室擠滿了《榮譽警徽》：布瑞特・崔思、米勒・史丹頓、布景師大衛・馬登斯、他的看護傑利・瑪撒拉斯——一條長板凳擠得滿滿。站著的人有：比利・迪特淩，攝影組，六個拿公事包的人，當然是律師。這批人看起來緊張；杜安・費斯克跟唐・克雷納拿著帶夾寫字板走來走去。沒看到麥斯・佩爾茲或羅素・米勒德。

比利冷冷地看了他一眼；其他人對他揮手。傑克也揮手打招呼；克雷納攔下他。「艾里斯・洛威想要見你。六號室。」

傑克往前走。洛威從後牆雙面鏡凝視出去——雙面鏡另一端有一台測謊機。測謊時間：米勒德偵訊佩爾茲，雷・屏克操作機器。

洛威注意到他。「我希望麥斯能免去測謊一事。你可以去處理嗎？」

保護競選基金金主。「艾里斯，我拿米勒德沒辦法。如果麥斯的律師建議他接受測謊，他就得做。」

「杜德利有辦法處理嗎？」

「老杜也拿他沒辦法，米勒德是那種道貌岸然的人。在你問我之前，我先回答你，我不知道誰殺了席德，我也不在乎。麥斯有不在場證明嗎？」

「有，但他寧可不用。」

「她幾歲？」

「非常年輕。會不會——」

「會，米勒德會因此對他提出控訴。」

「我的天，這一切都為了哈金斯這種人渣。」

傑克大笑。「檢座，他的小小抹黑報導可讓你當選了。」

「對，政治會造成奇怪的盟友關係，但我懷疑會不會有人哀悼他。你知道，我們什麼線索都沒有。我跟外面那些律師談過，他們都向我保證，他們的客戶有確實的不在場證明。他們會作筆錄，然後被排除嫌疑，剩下的《榮譽警徽》劇組成員也會有不在場證明，然後我們就得從整個好萊塢去大海撈針。」

開場白。「艾里斯，你想要聽我的建議嗎？」

「好，給我你犬儒得剛剛好的觀點。」

「讓這件案子無疾而終。全力偵辦夜鴞命案，那是大眾希望破的案子。哈金斯是狗屎，調查只會撈出更多狗屎，我們也永遠抓不到凶手。讓它無疾而終。」

門打開；杜安・費斯克比出兩根朝下的大拇指。「洛威先生，沒辦法。每個人都有不在場證明，而且聽起來都沒破綻。法醫估計哈金斯是在午夜至凌晨一點之間死亡，而這些人都在其他地點清楚地給人看到。我們會去確認不在場證明，但我認為會白費力氣。」

洛威點頭；費斯克走出去。

傑克說，「別管這件案子。」

洛威微笑。「你的不在場證明呢？你有跟我的小姨子一起睡嗎？」

「我一個人睡。」

「這並不令我訝異——凱倫說你最近心情不好，很少露面。傑克，你看起來很煩躁。你是不是擔心你跟哈金斯的合作會被公諸於世？」

「米勒德要我的筆錄，我會給他一份。你認為席德跟我是好兄弟？」

「當然。杜德利・史密斯、我跟其他幾個高層都這麼認為。傑克，你對哈金斯的看法沒錯。我會跟比爾・帕克談這件事。」

呵欠——興奮劑開始失去藥效。「這是一件爛案子，你不會想起訴的。」

「對，因為死者幫助**我**勝選，他可能會留下什麼話，說是**你**把麥佛森的黑暗慾望爆料給他。傑克……」

「好，我會仔細調查他留下來的文件，如果發現你的名字，我會把它銷毀。」

「很好。如果我……」

「有件事你可以幫忙。追蹤本案的調查報告。席德藏著某些祕密醜聞檔案，如果你的名字被他寫下來，一定就在那裡面。如果我查出線索藏在哪裡，我會帶著火柴過去。」

洛威臉色發白。「就這麼辦，我今天下午會跟帕克談。」

雷・屏克敲敲雙面鏡，把一張圖表壓在玻璃上：兩條測謊機畫出的線——沒有激烈的起伏。他透過對講機說：「人不是他殺的，但他不肯說出不在場證明。他是不是在**偷情**？」

洛威微笑。米勒德透過對講機大聲說話。「溫森斯，去工作。別忘了你負責夜鴞命案在黑人區的搜索。到目前為止，你這個無聊電視劇組並沒有嫌疑，我要你提出與哈金斯往來的陳述。**明天早上八點**交給我。」

黑人區在召喚他。

□

往南來到七十七街分局。傑克又吞了一條興奮劑，然後進去取搜尋圖；輪值警佐告訴他，黑人們的抵抗愈來愈堅定，某些左傾煽動份子在操縱他們，警察更頻繁地遭到垃圾攻擊；三人一組去搜索停車場：一個刑警，兩個員警，停車場的街道對面還會有一組人。去一一六街跟威爾斯路交叉口跟他的組員碰面——從中午開始他們就在等他。

興奮劑發揮藥效——傑克又恢復活力。他開車到一一六街跟威爾斯路交叉口。這一帶都是空心磚搭的破房子，窗戶被紙板蓋住。泥土巷道，一堆腳踏車，黑人小孩正在包裝水果。他的組員走前面：左翼是兩個巡警，右翼有兩個員警跟一個便衣。帶好裝備：夾斷鐵鍊用的鐵鉗，長槍。傑克停好車，加入左翼組成三人小組。

純粹的狗屎任務。

敲門，獲得許可搜索停車場。四分之三的本地人裝傻；回到停車場，打開門，剪斷鎖鍊。右側那組根本不問——先剪鎖再說，四處閒逛，對騎腳踏車的小孩們揮舞傢伙。左側的小孩子想要耍狠；一個孩子丟蕃茄飛過他們頭上。員警對他的頭部上空開槍——射中鴿子窩，打穿棕櫚樹。搜查過一間又一間停車場——還是沒看到車牌號碼DG一一四的四九年水星轎車。

黃昏時分，一片荒廢的房屋——碎裂的窗戶，草皮野草蔓生。傑克開始覺得身體不舒服：牙痛，胸口很緊。他聽到對街有人抗議大呼小叫；右側小組開槍警告。他看著他的組員，然後他們都跑過去。

在鼠滿為患的停車場裡發現了聖杯：一輛紫色的四九年水星轎車，已經完全被搞爛了。加州車牌DG一一四——登記在「蜜糖雷伊」雷蒙・柯提斯的名下。

兩個巡警掏出了酒瓶。

一對騎著腳踏車的黑人小孩口齒不清地說話：紫色的車漆，一隻白貓在巷口遊蕩。

左側的組員已經開始大跳祈雨舞。

傑克瞇眼透過側面車窗看車內。三把散彈槍躺在兩張車座椅中間的底板上：大槍管，可能是十二口徑。

大叫聲——震耳欲聾；有人拍他的背——力道大到快震碎骨頭。小孩子也跟著大喊，一個巡警讓他們喝他瓶裡的酒。傑克喝了一大口酒，對著街燈把手槍的子彈打完，最後一發才把燈打碎。歡呼，號叫；傑克讓孩子們用他的槍玩迅速拔槍遊戲。他突然想到席德·哈金斯——喝了一大口酒，把他趕出腦海。

第三十六章

太平餐坊的一個包廂。杜德利・史密斯、艾里斯・洛威並排，坐在巴德的對面。他雙手起水泡，連續三天用橡膠管修理犯人：腦海裡閃過幾個性侵犯的模糊影像。

杜德利說，「小伙子，我們一個小時前發現了那輛車。沒有指紋，但是其中一把槍的撞針，完全符合夜鴞命案現場發現的彈殼擊發痕跡。我們在台伯河旅館附近的下水道柵欄撈出了死者的皮夾與皮包，這表示我們收集的證據已經十拿九穩。但是洛威先生跟我想要有絕對的把握。我們想要認罪自白。」

巴德把自己的餐盤推開。一切又回到那三個黑人——讓他沒辦法報復艾斯黎。「所以你會讓那個聰明小鬼再去偵訊三個黑鬼。」

洛威搖頭。「不會，艾斯黎太軟弱。我要你跟杜德利去訊問他們，在監獄裡，明天早上。柯提斯已經因為耳部感染住在醫護所，但明天一大早他們會讓他回普通牢房。我要你跟老杜清早就到監獄，七點左右。」

「卡萊爾跟布魯寧呢？」

杜德利笑了。「小伙子，有你在場比較可怕。這個任務上寫著『溫德爾・懷特』的名字，正如我最近開始的其他任務一樣。你會對這個任務有興趣的。」

洛威說，「警官，目前為止這一直是艾斯黎的案子，但現在你也可以沾光。而且我會回報你。」

「是嗎？」

「是的。史坦斯蘭已經被提起六項違反假釋條例的起訴。你去做這件事，我會撤銷其中四項，並讓他面對的是一個寬宏大量的法官。他頂多只被判入監九十天。」

巴德站起來。「洛威先生，成交。謝謝你請我吃晚餐。」

杜德利盯著他看。「小伙子，明早七點見。你為什麼這麼趕著要走，你跟哪個美女有約會嗎？」

「對啊，薇若妮卡・蕾克。」

□

她打開門，完全是薇若妮卡的模樣：亮片晚禮服，金色捲髮蓋在一隻眼睛上。「如果你先打電話過來，我就不會看起來這麼可笑。」

她看起來很緊張。她的染髮不均，髮根呈棕色。「剛剛的客人不好？」

「一個皮爾斯想討好的投資銀行家。」

「你假裝得成功嗎？」

「他非常自我投入，我連裝都不必裝。」巴德大笑。「等你到了三十歲，你做那檔事只是為了找刺激。」琳笑了，還是緊繃，她之所以先摸他，可能只是為了讓手有點事做。「如果男人不要想當明星亞倫・拉德，他們就可能遇到真正的琳・瑪格利特。」

「值得等嗎？」

「你明知道值得，而你在想皮爾斯是否叫我接待你。」

他想不出反駁的話。

琳挽著他的手臂。「我很高興你想到這一點，而且我喜歡你。如果你在臥室等我，我會把薇若妮卡跟那個投資銀行家從我身上刷洗掉。」

□

她赤裸地走向他，棕髮，她的頭髮還是濕的。巴德強迫自己慢慢來，緩緩地吻她，彷彿她是他愛到入骨的寂寞女人。琳跟著他的節奏：她回吻，撫摸。巴德一直在想她是裝的——他突然去舔她，好知道答案。

琳呻吟，把他的手放在她乳房上，讓他的手指感覺到她要的節拍。巴德跟著她的引導，感覺到她很敏感，聽到她喘氣不斷高潮很開心。這是真實的——真到他完全忘我，他聽到她好像說「插進來，拜託插進來。」他到床上讓自己硬起來，進入她的身體，雙手繼續像她所教放在她胸部上。他硬梆梆地進入她——然後她雙腿顫抖，屁股頂著他離開床單，此時他立刻讓自己射——然後他的臉埋在潮濕的頭髮裡，他們的手臂緊緊交纏。

他們休息，交談。琳大談她的日記：從在亞利桑納州畢斯比念高中的時候開始，已經寫了一千頁。巴德閒扯夜鴞命案，以及他早上的全武行任務——毆打沒有反抗能力的人，他無法再忍受這種工作。琳的眼神說，「那就別做了」，他沒有答案，所以他又扯到杜德利，以及那個讓他心碎的少女，她曾被強姦，曾經喜歡過他。接著講他多希望夜鴞命案可以轉往另一個偵辦方向，讓他可以打敗一個仇家。琳以輕柔的觸摸回應；巴德告訴她，他現在先放下凱西的命案，因為這太容易讓他發狂——就像他對付杜特•吉列那樣瘋狂。琳追問他的家庭；他告訴她「我沒有家人」；他回顧自己的祕密調查：凱斯卡，他的住處被搜過，他夢想要賣色情書刊，聖柏納迪諾電話簿翻到印刷廠目錄；接著是恩格凌兄弟提出作證條件，然後中斷一會兒，又提到他們羈押的三個黑人流氓。他明白她理解他的意思：他因為不夠聰明而很挫折，他並不是正格的凶殺組刑警——他們找他進來的用意是要把人嚇破膽。過了一會兒，他們愈聊愈廣——巴德覺得不安，對於自己太快說出太多事情而生氣。琳似乎也感覺到：她彎腰用嘴讓他欲仙欲死。巴德撫摸她的頭髮，還有點濕潤，他很高興她不必在他面前假裝。

第三十七章

證據——在台伯河旅館附近發現死者的物品；柯提斯的水星轎車與散彈槍也已找到；根據擊發痕跡的比對，鑑識結果確認射出現場那些彈殼的槍，就是其中一把。世界上沒有一個大陪審團會拒絕提起第一級謀殺公訴。夜鴞命案已經偵辦完成。

艾德坐在廚房桌前，寫著報告：帕克的最後總結。瑛內姿在臥室裡，現在已經是她的臥室了，他沒辦法鼓起勇氣對她說：「就讓我跟你睡吧，我們先看看會怎麼樣，另外那檔事不急。」她一直心情不好——看著關於雷蒙・迪特凌的書，準備鼓起勇氣向他要份工作。關於那些散彈槍的新聞並未讓她振作起來——儘管這表示她無須作證了。證據——她的外傷已經痊癒，已經沒有肉體上的痛苦會讓她難受。可是她卻一直覺得痛苦。

電話響起；艾德接起。另外一聲咔噠——瑛內姿在臥室裡拿起了分機在聽。

「喂？」

「艾德，我是羅素・米勒德。」

「隊長，你好。」

「孩子，警佐以上的警官稱我羅素就可以。」

「羅素，你聽說了車子跟散彈槍的事嗎？夜鴞命案已經成為歷史。」

「不盡然，這就是我打給你的原因。我剛跟一個認識的郡警副隊長談過，他是監獄管理局的人。他告訴我，他聽到一個謠言。明天一大早，杜德利・史密斯要帶巴德・懷特去讓我們的嫌犯屈打成招。我已經把三人移到另一區，讓他們沒辦法動手。」

「老天爺。」

「的確是需要救世主出場。孩子，我有個計畫。我們一早進監獄，拿出新證據來對付他們，試試看能不能合法地獲得認罪自白。你扮黑臉，我扮白臉。」

艾德扶扶眼鏡。「幾點？」

「七點如何？」

「好。」

「孩子，這表示杜德利會把你當敵人。」

臥室的分機被掛上。「那也沒關係。羅素，我們明天見。」

「孩子，睡個好覺。我需要你精神抖擻。」

艾德掛上電話。瑛內姿站在房門口，穿著他的睡袍——對她來說太大了。

「你不能這樣對我。」

「你不應該偷聽電話。」

「我在等我妹妹打電話來。艾斯黎，你不可以去。」

「你想要他們進毒氣室，他們會進去的。你不想作證，現在我也不認為會需要你作證。」

「我要他們被傷害，我要他們受苦。」

「這是不對的。這是一件需要絕對正義的案子。」

她大笑。「絕對正義適合你，就像這件睡袍適合我一樣，**懦夫**。」

「瑛內姿，你已經如願以償。別再執著，你還有人生要過下去。」

「什麼人生？跟你同居？你絕對不會娶我，在我面前你謙恭有禮得讓我想要尖叫，每一次我開始相信你是個不錯的男人，你就會做一些事讓我說，『**我的媽**，我怎麼會這麼蠢？』現在你還要拒絕我這件事？**這件小小的事**？」

艾德拿起他的報告。「幾十個人辨出這件案子。那些禽獸在聖誕節之前就會死。瑛內姿，他們全部都會死，**絕對會**。這樣還不夠？」

她笑得更大聲了。「不夠。十秒鐘之後他們就睡著了。他們打我、幹我、拿東西插我整整六個小時。不夠，那樣不夠。」

艾德站起來。「所以你會讓巴德・懷特危害我們的案子。瑛內姿，可能是艾里斯・洛威安排了這件事。他想要在大陪審團面前提出萬無一失的控訴，希望在兩天的審判中有半數的時間可以譁眾取寵。他已經在毀掉本來穩當的案子。動動腦袋你就會知道這一點。」

「不要，是你該知道這才是解決方法。**黑鬼**本來就該死。我只是個不再有人需要的證人，所以也許明天懷特警官會為了我的正義扁他們一頓。」

艾德握拳。「懷特是警界的恥辱，也是個狡猾、玩弄女性的混蛋。」

「不對，他只是個直率的人，他要過一條馬路不會前後左右上下看六次。」

「他是狗屎，**狗屎**。」

「那他就是我的**狗屎**。艾斯黎，我**了解**你。你根本不在乎什麼正義，你只關心你自己。你明天去做這件事，只是為了傷害懷特警官，而你傷害他，只是因為他看透了你是什麼貨色。你對待我的方式彷彿是想要愛我，但你卻只給我錢跟你的人脈，這兩樣你都很多，根本不在乎。你不會為了我冒險，懷特警官卻願意拿他**愚蠢**的生命冒險，完全不管後果。我身體比較好之後，你會想要幹我，把我放在一個地方，不讓人在公開場合看到我跟你在一起，真是令人作嘔。而且就算沒有其他理由我也愛愚蠢的懷特警官，因為至少他明白你是什麼貨色。」

艾德走向她。「我是什麼貨色？」

「只是一個乏味的懦夫。」

艾德舉起拳頭，她畏縮時他也縮回拳頭。瑛內姿脫下她的睡袍。艾德看了之後又別過頭——他看著牆壁與裱框的陸軍獎章。一個目標——他拿起獎章丟過去。還不夠。他拿起窗戶上的一顆珠子，猛力一丟，只打到柔軟的厚重窗簾。

第三十八章

傑克醒來時看到黃色書刊。

凱倫在雜交的照片裡——薇若妮卡．蕾克正在跟她做愛。血：性交照片就像法醫的照片，漂亮女人泡在血水裡。他首先看到的真實事物是破曉——然後是巴德．懷特的車停在琳．布列肯的住處外面。

嘴唇乾裂，全身骨頭酸痛。他吞下最後的興奮劑，讓他想起睡著之前最後的念頭。

檔案裡什麼都沒發現，帕切特跟布列肯是他辦哈金斯命案唯一的線索。帕切特有僕人住在家裡。布列肯獨居——等到懷特離開她的床之後再去質問她。

傑克在腦海裡編出一份跟蹤報告——拿來唬弄杜德利．史密斯的謊話。一扇門猛然關上——聲音像槍聲。巴德．懷特走向他的車。

傑克趴在座椅上。懷特的車走遠，過了幾十秒，又一聲像槍聲的關門聲。迅速看一眼：一個棕髮的琳．布列肯正要出門。

上了她的車，走上羅菲力茲大道，往東。傑克跟蹤：靠右線，遠遠跟著。清晨車流少：只能說這女人有事煩心沒注意到他跟車。

正東方，進入格倫戴爾市。往北走布蘭德路，在一家銀行前突然靠邊停。傑克停在街角一個可以觀察的位置——街角雜貨店——牛奶紙盒堆在門口。

他蹲下，觀察著人行道。琳正在跟一個男人講話：一個緊張、不牢靠的小個子。他開了銀行的門，讓她趕緊進去；一輛福特與道奇轎車停在更遠處——無法看到車牌號碼。拉瑪・希頓在旁拉著箱子。

檔案、檔案、檔案——一定是。

布列肯跟那個銀行怪人搬著箱子：搬到道奇跟琳的派克轎車上。怪人鎖了銀行的門，上了那輛福特，迴轉往南走；希頓跟布列肯形成車隊——分乘兩輛車往北開。

一秒一秒過去——傑克數到十，追了上去。

一英哩外他追上他們——迂迴前進，慢慢跟上又拉開距離——格倫戴爾市中心，往北進入山區。車流減少；傑克找到一個監視位置：可以清楚看到往上的蜿蜒山路。他停車，觀察：兩輛車繼續爬坡，過了一個叉路，消失。

他跟著他們的路線進入露營地——野餐桌、烤肉坑。兩輛車停在一列松樹之後，布列肯跟希頓扛著箱子——肌肉棒子另用小指吊著一個汽油罐。

傑克丟下車子，從一片低矮的松樹潛行而上。布列肯與希頓丟著東西：把文件丟進堆燒炭的大坑裡。他們轉身；傑克快跑過去、低下身子。

他們又回來，另搬了一批：布列肯拿出一個打火機，希頓抱了滿滿的紙。傑克站起來，踢腿，用槍管打陰部、再對臉部左右左開弓。希頓倒下，紙張散落，傑克打斷他的手臂——膝蓋抵住手肘，用力扳手腕——希頓臉色發白——開始出現休克症狀。

布列肯拿著瓦斯罐跟打火機。

傑克站在坑前，他的點三八已經拉開撞針。

僵局。

琳拿著汽油罐，蓋子鬆了，冒氣。喀擦——打火機冒出火焰。傑克拿槍指著她的臉。

希頓試圖爬行。傑克持槍的手開始顫抖。「席德．哈金斯、帕切特跟鳶尾花。若不是我就是巴德．懷特會查出來，不過我可以被收買。」

琳把火熄了，放下汽油罐。「拉瑪會怎樣？」

希頓：拍打著塵土，吐血。傑克把槍放下。「他不會死。他開槍打過我，所以現在我們扯平了。」

「他沒有開槍打你。皮爾斯……我就是知道他沒有。」

「不然是誰？」

「我不知道。真的。皮爾斯跟我不知道誰殺了哈金斯。我們看了昨天報紙才知道這件事。」

坑裡滿是躺在木炭上的檔案。「哈金斯的私藏醜聞，對吧？」

「對。」

「是的話就繼續說。」

「不，我們先談談你的價錢。拉瑪跟皮爾斯提過你，皮爾斯知道你是那個似乎老是出現在八卦媒體的警察。所以如你所說，你可以被收買。現在的問題是多少錢？」

「我想要的東西在那些檔案裡。」

「你是想——」

「我知道你跟其他帕切特旗下的小姐。鳶尾花以及帕切特在賣的髒東西我全知道，包括色情刊物。」

毫不慌張——這女人擺出撲克臉。「你們有些黃色書刊裡的照片上，有類似血的紅墨線條。我看過哈金斯的屍體照片。他被切開的方式跟那些照片一致。」

撲克臉不動聲色。「所以現在你要問我皮爾斯跟哈金斯的事。」

「對，還有是誰處理書裡那些照片。」

琳搖頭。「我不知道誰製作那些書刊，皮爾斯也不知道。他是跟一個墨西哥有錢人批貨。」

「我不認為你的話能信。」

「我不在乎。你也想要錢嗎？」

「不要，我打賭製作這些照片的人殺了哈金斯。」

「也許這些照片讓某人興奮而起了殺意。但無論如何你在乎嗎？我打賭哈金斯有你的把柄，而這就是你所有行為背後的理由？」

「聰明的小姐。我打賭帕切特跟哈金斯沒有一起打高爾夫球——」

琳打斷他。「皮爾斯跟席德正在計畫一起做生意。我只會告訴你這些。」

勒索——一定是這樣。「那些檔案是做生意用的？」

「不與置評。我沒有看這些檔案，我們就讓這件事和局收場，大家都沒有損失。」

「那就告訴我在銀行發生了什麼事。」

琳看著希頓試著要爬行。「皮爾斯知道席德把他的祕密檔案放在保險箱——也就是那家美國銀行的出租保險箱。我們看到他被殺的新聞，皮爾斯推測警察會找到這些檔案。席德有關於皮爾斯生意的檔案——警方不會喜歡的合法生意。皮爾斯賄賂分行經裡讓我進去拿檔案。然後我們就來到這裡。」

傑克聞著紙張與木炭的氣味。「你跟巴德‧懷特。」

琳握拳，緊押著她的雙腿。「他跟這一切無關。」

「還是告訴我。」

「為什麼。」

「因為我不會宣揚你們是一九五三年最佳情侶。」

從莫名的深處浮現一抹微笑——傑克也幾乎回以微笑。琳說，「我們不是要達成協議嗎？停戰協議？」

「對，互不侵犯條約。」

「那就把這也算進去。巴德接觸皮爾斯，調查一個名叫凱西．珍威的年輕女孩命案。他從一個以前認識她的男人那裡，知道了皮爾斯跟我的名字。當然，我們沒殺她，皮爾斯也不想讓警察再跑來。他叫我對巴德好……現在我開始喜歡上他。任何關於這一切的事，我都不希望你告訴他。**拜託**。」

她連懇求都很優雅。「成交，你可以告訴帕切特，檢察總長認為哈金斯案破不了，案子會被打入冷宮。如果我在那堆檔案裡找到我要的東西，今天的一切就算了。」

琳微笑——這一次他回以微笑。「去照顧希頓。」

她走向他。傑克翻找著檔案，找到姓名標籤，繼續挖。一連串的T開頭姓名，接著是一堆V，最後終於找到「傑克．溫森斯」。

目擊證人口述：那晚在那個海灘的好公民。一些好人看到他開槍打死史考金夫婦，一些好人為了錢把這件事告訴席德，一些好人因為害怕被「牽連」，所以沒有向「當局」報告。席德賄賂醫生把血液檢驗報告壓下來：溫老大的血裡有大麻、苯甲胺、酒精。在救護車裡他嗑藥後的陳述：承認犯下十餘起勒索。罪證確鑿的證明：在「馬里布約會」俱樂部外面槍殺了兩個無辜民眾。

「我把拉瑪送到我的車。我要載他去醫院。」

傑克轉身。「天底下沒這麼好的事。帕切特有複寫本，對吧？」

她再度展露那種微笑。「對，因為他跟哈金斯有協議。除了關於皮爾斯的檔案之外，席德把其他的檔案複寫本都給了他一份。皮爾斯要這些副本作為他的保障。我想他並不信任席德，因為這裡有哈金斯全部的檔案，我確定皮爾斯的也在裡面。」

「對，而你有我檔案的複寫本。」

「是的，溫森斯先生，我們有一份。」

傑克嘗試模仿她的微笑。「我對你、帕切特、他的勾當以及哈金斯所知的一切，都會寫成一份證詞，拷貝成**很多份**放在**很多個**銀行的保險箱裡。如果我出了任何事情，這些拷貝就會被送到洛城警局、地檢署跟《洛杉磯鏡報》。」

「那就是和局。你想要點火柴嗎？」

傑克鞠躬。把汽油潑到檔案上，點火。紙張燃燒發出聲音，變成火球——傑克凝視火焰直到眼睛發痛。

「警佐，回家睡一覺。你看起來氣色很差。」

□

他沒回家——到凱倫的住處。

他頭昏腦脹地開車，情緒激動。他開始覺得事情終結了——爛攤子以糟糕的方式了結，又是新的開始。他腦海浮現這個想法，就像他突然想到要勒索克勞德·丁寧一樣。他沒有說過那些話，也沒有預演。他打開收音機，讓他的這個想法保持新鮮度。

一個嚴肅的播報員說：

「……洛城南區現在成為加州歷史上最大緝捕行動的焦點。我們再重複一次，一個半小時之前，破曉時分，雷蒙·柯提斯、泰隆·瓊斯、勒羅伊·方譚，夜鴞大屠殺命案的三名嫌犯，從洛城市中心的司法大廈看守所脫逃。這三人被移至戒護措施等級最低的囚房區，等著被再度偵訊，他們逃獄的方法是將床單綁在一起，從二樓的窗戶跳出去。以下是逃獄事件後，洛城警局的羅素·米勒德隊長立即的回應錄音，他是夜鴞專案小組的共同指揮官。

「『我……為此事件負起全部責任。是我下令將三名嫌犯移至低戒護等級囚房。我……我們會盡一切努力，以最快的速度將他們再度逮捕歸案。我……』」

傑克把廣播關掉。羅素・米勒德的前途也終結了。動員令：他想到整個刑事局都會從床上被叫起來加入搜索網。在開車往凱倫家的路上，他不停打呵欠，按門鈴時視線已經模糊，看到雙重人影。

凱倫開門。「甜心，**你到哪裡去了**？」

傑克把她頭髮裡的髮捲拉出來。「你願意嫁給我嗎？」

凱倫說，「願意。」

第三十九章

艾德在一街與橄欖路盯梢。他帶著父親的散彈槍以防萬一，他再度想起自己的直覺。

「蜜糖雷伊」・柯提斯：「羅倫・那瓦瑞特住在邦克丘。他經營一個給棄保逃亡的人躲藏的地方。」

他是悄聲說出這個情報：監聽喇叭聽不到，柯提斯可能也記不得說過這句話。從檔案資料處調出那瓦瑞特的大頭照與地址：在橄欖路中段一棟隔間出租房屋，離司法大廈看守所監獄只有半英哩。他們在清晨逃獄──不可能神不知鬼不覺地逃回黑人區。他推測他們四人都有武器。

恐懼──就像一九四三年在瓜達卡那爾島。

違法行為──他沒有報告這條線索。

艾德開車到這個街區。一棟木板層疊外牆的維多利亞式房屋：四層樓，油漆脫落。他跳上階梯，檢查郵箱口：那瓦瑞特，四〇八室。

進了室內，他用西裝外套裹住散彈槍。一條很長的走道、玻璃電梯門、樓梯。走上樓梯──他感覺不到自己的腳步。第四層樓的樓梯間──沒有任何人影。來到四〇八室，丟下外套。腦海裡聽到瑛內姿的尖叫，讓他做好心理準備──他踹門而入。

四個人正在吃三明治。

瓊斯與那瓦瑞特坐在桌前。方譚坐在地板上。柯提斯站在窗邊，剔著牙。

眼前沒有武器。沒人動彈。

奇怪的聲音——「你們被逮捕了」從他喉嚨裡擠出來。瓊斯舉起雙手。那瓦瑞特舉起雙手。方譚雙手抱頭。蜜糖雷伊說，「娘娘腔，你天殺的說不出話啦？」

艾德扣下扳機：一次、兩次——散彈打爛蜜糖雷伊的雙腿。後座力——艾德靠在門口保持平衡，瞄準。方譚跟那瓦瑞特站起來尖叫；艾德扣下扳機，一發散彈轟死兩人。後座力，這發沒命中：半面後牆垮了。

血花噴得到處都是——艾德蹣跚前進，抹抹眼睛。他看到瓊斯衝到電梯前。

他追上去：滑步、跌倒、再追上去。瓊斯按著按鈕，大聲祈禱著「耶穌，拜託」——他離電梯玻璃門只有幾英吋。艾德走到近距離，扣了兩次扳機。玻璃跟散彈把他的頭轟掉。

艾德現在雙腿不再發軟，他媽的平民在周邊尖叫。

艾德跑下樓，走進一群警察中：制服員警跟便衣。有人大力拍他的背；有人大喊他的名字。旁邊有人告訴他：「米勒德死了。在局裡心臟病發作。」

第四十章

雨中葬禮。墳墓旁的儀式：杜德利・史密斯的哀悼詞、牧師的追思演講。

每個刑警都參加：賽德・葛林的命令。帕克找了媒體來：羅素・米勒德下葬之後，還有個小小典禮。巴德看著艾德・艾斯黎安慰著遺孀——擺出攝影機前他最帥的側臉。

一整個星期相機拍不停、新聞刊不停：艾德・艾斯黎，「洛城最偉大的英雄」——二戰期間忠貞的戰士，他讓夜鴞命案凶手與共犯伏法。艾里斯・洛威告訴媒體，這三人在逃獄前已經認罪——沒人提到這些黑鬼手無寸鐵。艾德・艾斯黎功成名就。

牧師的演說愈來愈激昂。遺孀開始啜泣——艾斯黎一手攬著她的肩膀。巴德走開了。

閃電，雨勢加大——巴德躲進小教堂。帕克的晚會已經準備好：油燈、椅子、一張擺了三明治的長桌。更多閃電——巴德從窗戶往外看，看到棺材入土。他媽的塵歸塵，土歸土——史坦斯蘭被判坐牢六個月，謠言說艾斯黎跟瑛內姿打得火熱：殺四個黑人，贏得美人心。

弔唁賓客走了過來——艾里斯・洛威滑倒，摔個四腳朝天。巴德也遇到了好事：因為調查凱西命案而遇上琳。現在先放過這個混球。

進入小教堂：雨具被丟下，眾人湧向座位。帕克跟艾斯黎站在油燈旁。巴德張腿攤坐在後面的椅子上。

記者們拿著筆記本。第一排座位：洛威、米勒德遺孀、普雷斯頓・艾斯黎——對夢幻時刻樂園來說有重大消息。

帕克用麥克風講話。「這是悲傷的場合，哀悼的時刻。我們追思一位仁慈的好人，他也是一位為公忘私的警察。對於他的過世，我們只有遺憾。羅素・A・米勒德隊長的死，是米勒德太太、家族與在場全體的損失。這是難以承受的損失，但我們會承擔起來。在文獻裡，我記得有一段是這麼寫的，『如果沒有神，我怎麼可能當隊長？』讓羅素・米勒德當上隊長的神，是他的領導者。這一位神也將帶領我們走過悲傷與失落。」

帕克掏出一個小小的天鵝絨匣子。「我們不斷失去親友，生命卻繼續前進。失去一位傑出警察的同時，也出現另一位優異警察。艾德蒙・J・艾斯黎，刑事警佐，在洛城警局服務的十年內，他累積了特出的功績，其中三年服役於美國陸軍時，艾德・艾斯黎曾因在太平洋戰場的英勇表現，榮獲銅十字英勇勳章，而上一週，他在值勤過程中又表現出令人欽佩的勇氣。我很榮幸在此頒發給他洛城警局的最高榮耀：英勇勳章。」

艾斯黎往前一步。帕克打開匣子，拿出一個掛在藍緞帶上的金色勳章，掛在他脖子上。兩人握手——艾斯黎眼裡含淚。閃光燈泡大閃，記者猛寫，沒人鼓掌。帕克拍拍麥克風。

「英勇勳章是非常大的肯定，但就日常用途來說並不實用。除了精神層面的鼓勵，它無法與正義、辛苦、具挑戰性的警察工作相比。今天我要行使我極少用的特權，用**工作**來獎勵艾德・艾斯黎。我要破格拔擢他兩級為隊長，並指派他為洛城警局的輪調主管，這個職位先前是由我們敬愛的同袍羅素・米勒德所擔任。」

普雷斯頓・艾斯黎站了起來。多位平民站了起來。刑警們依照指示也站起來——賽德・葛林對他們比出兩根大拇指。零星的掌聲，沒有熱情。艾德・艾斯黎站得如鐵桿一樣直；巴德仍攤坐在椅子上。他拿出佩槍，親吻，假裝吹了吹槍管冒出的煙。

第四十一章

盛大的草地婚禮，長老教會儀式——莫洛老人決定一切，並全部買單。一九五三年六月十九日：溫老大締結良緣。

米勒・史丹頓是伴郎；瓊安・洛威——喝香檳調酒喝到酒醉——是已婚伴娘。杜德利・史密斯是典禮上受歡迎的人物——又講故事又唱愛爾蘭歌謠。在艾里斯・洛威的邀請下，帕克跟葛林也出席；少年隊長艾德・艾斯黎也出現。莫洛家的友人占據了賓客清單大部分——老莫洛的廣闊後院幾乎快被擠爆。

用婚姻誓約來終結他的過去。爛攤子有了好收場：新的開始，他的「保險用證詞」被藏在十四個不同的銀行保險箱。誓言頗嚇人：他在聖壇上鼓起勇氣。

帕克讓哈金斯命案不了了之。布列肯跟帕切特這方面達成和局。杜德利叫他停止跟蹤懷特，相信了他的假報告：沒提到琳，只說懷特晚上在酒館流連。他在琳的住處監視了兩天，看起來她跟巴德的感情很好——他永遠都是個容易受騙的笨蛋。

就跟自己一樣。

牧師說了那些話；他們也依樣回答；傑克親吻新娘。擁抱，拍背——祝福的賓客把他們兩夫妻分開。帕克努力表現出溫暖的一面；艾德・艾斯黎應付著人群，他的墨西哥女人沒有出現。他現在的綽號：「散彈艾德」、「扳機男艾德」。「洛城最偉大的英雄」。這位英雄正對一個結婚的白手套警察微笑。

傑克在泳池小屋後找到一個地方——可以綜觀全場的高處。兩個人特別突出：凱倫、艾斯黎。他還是有厲害之處：抓住了機會，讓警局表現出英勇的形象。傑克不會有胃口做那種事——也沒有那種憤怒。

艾斯黎。懷特。他自己。

傑克回想種種祕密：他自己的，在醜聞揭客遇上色情書刊事件的邊緣，還有什麼未解之祕，跟夜鴞大屠殺又有什麼關係。他想到巴德・懷特、艾德・艾斯黎。在他婚禮之日他對上天祈禱：讓夜鴞命案永遠消逝，庇佑這些戀愛中的冷酷男人。

一九五四年紀事

摘錄：《洛杉磯前鋒快報》，六月十六日

卸任警察因連續搶劫殺人被捕

李察・艾力克斯・史坦斯蘭，四十歲，前洛杉磯刑警。在一九五一年「血腥聖誕節」警察醜聞中，他也是被告之一。今天早晨他遭到逮捕，並因六項持械搶劫罪與兩項第一級謀殺罪被提起告訴。跟他一起在帕可瑪區藏匿處被逮捕的有「黃鼠狼」丹尼斯・伯恩斯（四十三歲）與萊斯特・約翰・米奇克（三十七歲）。這兩人因四項持械搶劫與兩項第一級謀殺罪名被起訴。

逮捕行動是由艾德蒙・J・艾斯黎隊長領導，他是洛城警局輪調主管，目前奉派指揮洛城警局搶案組。協助艾斯黎隊長的是杜安・費斯克與唐諾・克雷納。

在血腥聖誕節醜聞中，艾斯黎的證詞讓史坦斯蘭於一九五二年入獄，他告訴記者：「目擊證人透過照片指認這三人是嫌犯。我們有決定性的證據，證明這三人應為洛杉磯市中心六起酒類商店搶案負責，包括六月九日在銀湖區發生的索爾酒類賣場搶案。該店的老闆與兒子於案發時被射殺身亡。目擊證人指稱史坦斯蘭跟伯恩斯都在現場。密集偵訊即刻就會開始，我們也期待解決其他許多未破的搶案。」

史坦斯蘭、伯恩斯與米奇克被捕時並未反抗。他們被送往司法大廈看守所，在那裡史坦斯蘭試圖攻擊艾斯黎隊長但被制止。

標題：《洛杉磯鏡報》，六月二十一日

史坦斯蘭認罪，陳述其搶案霸王之經歷

標題：《洛杉磯論壇快報》，九月二十三日

酒品商店凶手判刑定讞：卸任警察被判死刑

摘錄：《洛杉磯時報》，十一月十一日

史坦斯蘭因酒類商店命案伏法——凶手曾為警察

昨日早晨十點三分，曾為洛城警察的李察・史坦斯蘭（四十一歲），於聖昆丁監獄的毒氣室伏法，罪名是六月九日殺害索羅門與大衛・阿布朗莫維茲。命案發生於酒品賣場搶案的過程中。史坦斯蘭於九月二十二日被判刑定讞，並拒絕上訴。

雖然史坦斯蘭看起來酩酊大醉，但執行處決過程順利。在場的除了媒體與監獄官員，還有兩名洛城刑警：艾德蒙・J・艾斯黎隊長，他是領導逮捕行動的人，以及溫德爾・懷特警員，他是死刑犯過去的搭檔。懷特警員在處決前夕曾至死刑囚房探望史坦斯蘭，並且整晚陪伴他。助理典獄長B・D・特威利傑禁止懷特警員提供酒類給史坦斯蘭，也拒絕讓酒醉的懷特觀看處決過程。史坦斯蘭咒罵在場的監獄牧師，而他的遺言是針對艾斯黎隊長的髒話。

一九五五年紀事

《噤聲祕辛》雜誌，一九五五年五月號

誰殺了席德・哈金斯？

在墮落天使之城，正義令人想起那部充滿犯罪的聳動黑暗歌劇《乞丐與蕩婦》（*Porgy and Bess*）。正義就像個「男人」，是「沒定性」的。比方說：如果你人脈廣大，又是惡魔檢察總長艾里斯・洛威競選基金的金主，而你被謀殺了——凶手，你得小心啊!!——洛城警局局長威廉・H・帕克會不惜一切，將這個把你送上黃泉路的惡魔揪出來。但如果你是個敢言的本刊記者，而你在自家客廳裡被切成了狗飼料——凶手，你可以開開心啦!!——帕克局長跟他那些假道學、沒人性、沒大腦的蒙古症警察，會閒坐垂手（收黑錢收到起繭），吹口哨哼「正義沒定性」，而凶手也是逍遙法外，正輕鬆吹著口哨。

兩年前，席德・哈金斯在查普曼公園區住處的客廳遭到殺害。那時洛城警局的人力（僵化、貪腐問題嚴重）忙著處理惡名昭彰的夜鴞命案，而這件命案的解決方式，是由一位（傲慢、充滿野心、見風轉舵的）警察僭越司法，用散彈槍把拿散彈槍的嫌犯給送上西天。席德・哈金斯的命案被指派給兩個馬屁精刑警，而他們相加起來破過的案子數量是零。他們當然找不到凶手，他們花大部分的時間在《噤聲祕辛》辦公室讀過期雜誌找線索，大口喝咖啡吃甜甜圈，色瞇瞇地看我們編輯部可人的助理。她們來《噤聲祕辛》工作，是因為我們知道屍體都藏在哪裡……

我們《噤聲祕辛》追蹤墮落天使之城的脈動，也已經自行調查席德之死。至今我們仍無任何進展，但要問洛城警局以下的問題：

席德的住處被洗劫了。席德應該放在家裡的那些超級隱密、超級機密、超級噤聲的檔案到哪去了？——那些醜聞火燙到連我們都不敢刊出。

艾里斯・洛威檢察總長之所以當選，大部分的原因是本刊踢爆在位競選對手的罪愆，為什麼他不回報我們，用他的司法權力強迫洛城警局緝捕殺席德的凶手？

明星警探「傑克」約翰・溫森斯，知名的緝毒刑警——「溫老大」，是席德的好友，也是他揭發毒品威脅之無畏報導的主角。為什麼傑克（他跟艾里斯・洛威有緊密關係——我們不會用「白手套」這個詞，可是您可以這麼想）不自己進行調查？席德可是他的好友、好夥伴啊！

這些問題目前都沒有答案——除非您——閱讀大眾願意發出不平之鳴。請見未來幾期雜誌的後續報導——親愛的讀者，記住，您在這裡搶先讀到的獨家新聞——不宜公開，隱密非常，讓人噤聲的祕辛。

《噤聲祕辛》雜誌，一九五五年十二月號

司法瞭望：注意洛威與溫森斯勾結!!

親愛的讀者，我們已經小心謹慎夠久了。在本刊五月號中，我們紀念了《噤聲祕辛》王牌記者席德・哈金斯的慘案。我們哀悼他的命案仍未偵破，也溫和地促請洛城警局、檢察總長艾里斯・洛威與他的連襟洛城警佐傑克・溫森斯想辦法破案，並提出一些關鍵問題，卻未得到回應。經過七個月，冤屈仍未昭雪，所以我們有更多的問題：

席德・哈金斯**超級**勁爆、機密的檔案**在**哪裡？這些敏感檔案就連熱到發燙的《噤聲祕辛》也無法發表。

洛威檢察總長之所以壓下哈金斯命案調查，是否因為直言不諱的席德，死前剛發表過一篇揭發《榮譽警徽》製作人兼導演麥斯・佩爾茲喜好青少女的報導？

而一九五三年，佩爾茲曾經捐款（五位數!!）到檢察總長的競選基金。

洛威忽視我們對正義的呼籲，這是否因為他忙著要籌備一九五七年春天的連任競選？傑克・溫森斯（我們不會用「白手套」這個詞）是否再度幫忙連襟艾里斯，勒索好萊塢從業人員，因而無法調查席德之死？

關於了不起的溫老大還有幾件事：

緝毒天王溫森斯是不是又常沉迷酒鄉，跟富千金嫩妻爭吵？她說服他離開最愛的緝毒組，現在又為了他在危險的洛城警局監視小組工作而鬧脾氣？

親愛的讀者，以上值得深思——本文也再度溫和促請相關人士追求遲來的正義。為席德・哈金斯尋求正義的行動會繼續下去。親愛的讀者，記住，您在這裡搶先讀到的獨家新聞——不宜公開，隱密非常，讓人噤聲的祕辛。

一九五六年紀事

《噤聲祕辛》雜誌，「犯罪瞭望」特集，一九五六年十月號

柯恩假釋前夕江湖沉寂：老大出獄後會不會東山再起？

親愛的讀者，您可能還沒注意到，因為您是守法公民，需要《噤聲祕辛》雜誌來幫助您了解生命中黑暗與罪惡的一面。本刊被指為聳動八卦，但我們想告知您犯罪惡果（無論是不是組織犯罪）的心願是誠摯的，這就是為什麼本刊定期刊出「犯罪瞭望」特輯。這個月，我們針對洛城凶惡的黑幫活動或其銷聲匿跡，進行深入淺出的分析報導，我們的焦點人物是目前坐監的梅爾・哈里斯・柯恩（四十三歲），他就是憤世嫉俗、無與倫比的米基老大。

從一九五一年十一月開始，米基就在麥尼爾島聯邦監獄休息，明年某時他應該可以被假釋，最遲不會拖過一九五七年。你們都聽說過米基的威名：他是個瘦小俐落的男士，從四五年到五一年，洛城的非法勾當都歸他管，一直到山姆大叔以逃稅的罪名逮捕他為止。他時常登上新聞版面，他飽覽群書，說實在的：他是個紳士。而他現在正被關在麥尼爾島公認的豪華牢房裡受凍，他的寵物鬥牛犬米基二世溫暖他的腳，他的帳房大衛・戈德門也因為稅務罪名被關，與米基的牢房就在同一條走道上。自從米基進了苦窯之後，洛城黑幫活動就——享有（**忍受？**）一段怪異的低潮期，而本刊因為可以從許多祕密內部消息來源獲得情報，所以對於現況提出了一個理論。親愛的讀者，聽好了：這是不宜公開，隱密非常，讓人噤聲的祕辛。

一九五一年十一月：再會了，米基，記得要帶牙刷，別忘了寫信回來。在搭上麥尼爾島特快車之前，米基告訴他的二當家墨里斯・捷耳卡，墨里斯將會是

柯恩王國名義上的共主。他還把旗下事業分割，「長期借貸」給多位合法、無犯罪紀錄並且獲得他信任的生意人，整體規模急遽縮小，並低調地由外地黑道份子營運。米基可能讓人覺得他是個凶惡的小丑，但米基媽媽生的兔崽子可是很有腦袋的。

親愛的讀者，到目前為止您還懂我們的意思嗎？懂？很好，現在更仔細聽清楚了。

米基在牢裡無所事事，過著豪華舒適的監獄生活，時間就這樣過去了。米基從他的「授權經營者」那裡獲得分紅，直接匯到他的瑞士銀行帳戶，等他假釋出獄，他會獲得「補償津貼」，而柯恩王國將大政奉還。他會重建他的邪惡帝國，快樂的日子又將來臨。

米基神通廣大，所以幾年來沒有後起的黑道嘗試搶奪他低調、冬眠中的生意。然而，「執法者」傑克・惠倫這個知名的惡棍／賭徒，知道米基計畫在坐監時讓幫派沉潛，而警方也會心懷感恩地閒坐一旁玩手指，因為沒有黑道巢穴需要突襲了。惠倫並未攻擊規模縮小的柯恩王國——他只是建立起純搞簽賭的敵對王國，絲毫不畏懼報復。

同時間，米基的主要幹部境況如何？看起來像廢人的墨里斯・捷耳卡，幫授權經營者保管一式三份的帳本，彷彿是個數字的奇才；大衛・戈德門跟他老大一起蹲苦窯，而米基二世則在麥尼爾島監獄放風廣場漫步。柯恩的打手亞伯・郜多鮑姆經營一家熟食店，特色是以猶太人喜劇明星命名的油膩三明治。李・華其斯，曾經拿鑿冰錐插人耳朵，現在跑去賣成藥。而我們最喜歡的米基手下強尼・司坦普納托（有時候被稱為「奧斯卡」，因為他的那話兒跟奧斯卡獎座一樣大），小心呵護著他跟拉娜・透納的長期戀情，也許已經回歸他加入柯恩幫派前的本行：經營敲詐勒索的勾當。假設惠倫跟米基不會在米基出獄之後發生衝突，一切看起來就皆大歡喜、前途似錦了，不是嗎？江湖一片和樂融融？

或許真相並非如此。

證據一：一九五四八月，據稱是柯恩授權經營者的約翰・費雪・迪斯肯，在卡佛市的一家汽車旅館外被槍殺。沒有嫌犯、沒有人被逮捕，目前的狀態：本案躺在卡佛市警局的未破案件檔案中。

證據二：納森・甄克羅與喬治・帕列斯基，兩人據稱是柯恩賣淫事業的老闆，都是授權經營者，他們在一九五五年於濱河郡的火炬之歌酒館外被射殺。沒有嫌犯、沒有人被逮捕，目前的狀態：濱河郡警長說，因為沒有證據，本案停止調查。

證據三：一九五六年：毒販沃克・泰德・特洛最近曾表明他想「大量賣海洛英，變成一個大角頭」，卻在聖佩卓區自宅被發現遭射殺身亡。你猜對了：沒有嫌犯、沒有人被逮捕，目前的洛城警局港口分局的處理狀態：懸案，我們認為破案的可能性不高。

各位看倌，接下來可有趣了：這四個與幫派有關連，或即將與幫派掛勾的老兄，都是被三人槍殺小組給斃了。警方不怎麼花力氣去調查這些案子，是因為這些單位認為死者是人渣，死有餘辜。我們希望能說，彈道鑑識報告指出在三件槍擊案中都用了同樣的槍枝，但事實並非如此——雖然在這三起槍擊案中，凶手們都用點三〇口徑的手槍。《噤聲祕辛》知道，這些案子並沒有啟動跨部門的追緝行動。事實上，本刊是首先提出這三個案件有關連的理論。嘖、嘖。我們確實知道傑克・惠倫跟他的主要幹部，在案發當時都有牢不可破的不在場證明。本刊也知道米基跟大衛都被偵訊過，他們不知道那些壞人是誰。親愛的讀者，這很有趣吧？目前為止，午睡中的柯恩王國並沒遇到明顯的併吞攻擊，但我們聽說米基的手下墨里斯・捷耳卡已經嚇得屁滾尿流，打包好準備搬到佛羅里達州。

米基老大很快就會假釋出獄。屆時會發生什麼事!?親愛的讀者，記住，您在這裡搶先讀到的獨家新聞——不宜公開，隱密非常，讓人噤聲的祕辛。

一九五七年紀事

洛杉磯警局機密報告：政風處編纂，一九五七年二月十日
偵辦警官：政風處費斯克警佐，警徽編號六一二九
本案由刑警局副局長賽德・葛林下令偵辦
調查對象：凶殺組溫德爾・A・懷特

長官：

當您啟動這項調查時，您說懷特警員高分通過警佐升等考試讓你吃驚，他在局裡九年來已有兩次落榜紀錄，而杜德利・史密斯副隊長最近卻剛好升上隊長。我已經徹底調查過懷特警員，發現了許多您會感興趣的矛盾事項。因為您很容易可以取得懷特警員的逮捕紀錄與人事檔案，所以我就專注在以下這些事項上。

一、懷特未婚且沒有近親，過去幾年來不定期會與琳・瑪格利特・布列肯（三十三歲）來往。這個女人在聖塔蒙妮卡開了間薇若妮卡服飾店，據傳她曾是妓女（並無警方紀錄足以佐證）。

二、懷特是一九五二年由史密斯副隊長帶進凶殺組，當然，他並未成為現在的史密斯隊長所期望的辦案高手。一九五二—五三年間，他在史密斯副隊長監視小組的工作紀錄，當然廣為人知，其中包括懷特在值勤時殺了兩個人。自從（一九五三年四月）他射殺了夜鴞命案的間接嫌犯席維斯特・費區之後，懷特在史密斯副隊長／隊長的領導下並無傑出表現。然而（相當令人驚奇地），自此之後他就未遭申訴執法過當（請見懷特一九四八至五一年的人事檔案，可以查到他過去有多起申訴案，但他未被懲處）。大家也知道，在那幾年，一直到一九五三年春天為止，懷特會去找假釋出獄的毆妻犯，用言語、或暴力來凌虐他們。根據證據指出，他已經將近四年沒有非法突襲這類假釋犯。懷特仍然暴躁（如您所知，他在聽到前任伙伴史坦斯蘭警佐被判死刑時，用拳頭打破凶殺組辦公室的窗戶，因此遭記申誡），但據稱他有時候會避免跟史密斯副隊長／隊長的反黑組一起工作，與他的導師史密斯保持距離。在談到那類任務的暴力性質時，曾有人聽到懷特說「那種事情我受夠了」。考慮到懷特的暴力名聲與過往紀錄，他這樣的說法很有趣。

三、一九五六年春天，當艾斯黎隊長輪調成為凶殺組主管時，懷特總共請了九個月的病假與休假。（在一九五一年聖誕節的暴力事件中，兩人結仇，人盡皆知。）懷特請假期間，他（警校成績指出，他的智商平平，識字程度低於平均）去南加大修讀犯罪學與司法鑑識課程，並（自費）參加聯邦調查局「犯罪調查程序」研習營（於維吉尼亞州寬提科市舉辦）且順利結業。在開始以上的進修之前，懷特曾經兩度於警佐升級考試落榜，第三次則以八十九分通過。在一九五七年度結束之前，他應該會晉升警佐。

四、一九五四年十一月，史坦斯蘭在聖昆丁監獄被處決。懷特申請並獲得許可去處決現場。行刑前一晚他在死刑犯囚牢跟史坦斯蘭喝酒。（我聽說助理典獄長之所以對他們違反監獄規定睜一隻眼閉一隻眼，是看在史坦斯蘭曾經當過警察的份上。）艾斯黎隊長也在行刑現場，但不清楚他跟懷特在事件前後有無交談。

五、我把最有趣的事項留到最後。此事有趣之處在於，它說明了懷特過度投入受虐與近期遭謀殺女性案件的傾向不但延續，可能還變本加厲。舉例來說，懷特對於一些妓女被殺懸案表現出過度的好奇心，他相信這些命案互有連結：這些命案過去幾年在加州與西岸各地發生。死者的姓名、死亡日期與地點如下：

- 珍・米瑞・罕雪，一九五一年三月八日，聖地牙哥
- 凱西（無中名）・珍威，一九五三年四月十九日，

洛杉磯

◆雪倫・蘇珊・帕威克，一九五三年八月二十九日，加州貝克菲德市

◆莎莉（無中名）・狄韋恩，一九五五年十一月二日，亞利桑納州尼多市

◆克麗絲・維吉尼亞・藍弗，一九五六年七月十六日，舊金山

懷特告訴其他凶殺組警察，他認為證據上的相似處指出案件是同一個人所為，他也（自費）出差到以上案發城市。當然，跟懷特談過的刑警認為他很煩人，也不太願意分享情報給他。我們並不清楚他在偵辦前列案件上有無進展。迪山佐副隊長（谷地西區分局主管）表示，他認為懷特對妓女命案的執著可以追溯到夜鴞命案，那時懷特個人非常關心他認識的一個雛妓（凱西・珍威）的命案。

六、總而言之，這是令人驚訝的調查。就個人而言，我欽佩懷特為了晉升警佐展現的積極與堅持，而他偵辦妓女命案的執著（雖然不適當）也讓我佩服。我的查訪人士清單將另列一份呈上。

費斯克 謹呈

政風處警佐，警徽編號六一二九

洛杉磯警局機密報告：政風處編纂，一九五七年三月十一日

偵辦警官：政風處克雷納警佐，警徽編號六八八

本案由洛城警局局長威廉・H・帕克下令偵辦

調查對象：監視小組約翰・溫森斯警佐

長官：

針對溫森斯警佐每況愈下的工作表現，您表示希望研究讓他以工作壓力問題提早退休的可行性，而非等到他一九五八年五月服務滿二十年退休。我認為目前

這個作法不太適宜。確實，溫森斯顯然是個酒鬼；確實，他的酗酒也讓他丟了《榮譽警徽》的顧問工作，因此讓洛城警局得花一點錢做置入性行銷。也確實，四十二歲的他來做監視小組這類高風險任務也太老了。至於他的績效每下愈況的說法，這是因為溫森斯過去在緝毒組的黃金時期既勇敢又優秀，所以相較之下，現在表現較差。從訪談中我得到的結論是，他值勤時不喝酒，他的績效不彰頂多也只能說是「懶惰」跟「反應慢」所造成。此外，溫森斯若拒絕提早退休，我猜測退休金審核委員會將會支持他的決定。

長官，我明白您認為溫森斯是警察之恥。我同意您的意見，但建議您考量他與檢查總長洛威的關係。本局需要洛威來起訴我們的案件，您的新任主任祕書史密斯隊長也會這樣告訴您。溫森斯持續為洛威募款跑腿，如果洛威如預期地在下週連任，那麼當您決定要逼退溫森斯，他很有可能會干預。我的建議如下：讓溫森斯在監視小組留到五八年三月，那時新任主管被輪調過去，他會帶一批自己想用的弟兄，此時再把溫森斯調到巡警部門，讓他做枯燥的職務到五八年五月十五日獲得退休資格。屆時，被調回穿制服值勤而感到被貶抑的溫森斯，可能會被說服盡快退休離開警局。

克雷納 謹呈

政風處警佐，警徽編號六八八

標題：《洛杉磯時報》，三月十五日

洛威以壓倒性勝利連任；下一步選州議員？

摘錄：《洛杉磯時報》，七月八日

米基・柯恩於監獄放風廣場遇襲受傷

麥尼爾島聯邦監獄官員宣布，昨日黑幫角頭「米基」梅爾·哈里斯·柯恩與大衛·戈德門，在光天化日下遭到殘暴攻擊而受傷。

柯恩與戈德門預定要在九月獲得假釋，當時二人正在監獄廣場看壘球比賽，有三名穿連帽衣的凶手拿著鐵管與土製小刀突然出現。戈德門的肩部被刺兩刀，頭部遭受重擊，而柯恩僅是皮肉穿刺傷，安全逃脫。

監獄醫生說，戈德門的傷勢嚴重，可能留下無法治癒的腦部損傷。凶手們逞凶後逃逸，目前已經展開大規模調查，要查出他們的身分。麥尼爾島典獄長R·J·沃夫說，「我們相信這是所謂的殺人契約，由外部的人與監獄內囚犯所簽立。我們將進一切努力，讓真相水落石出。」

《噤聲祕辛》雜誌，一九五七年十一月號

米基·柯恩回到洛城!!他的犯罪黃金年代將再度來臨?

讀者們，他是墮落天使之城最多采多姿的黑道份子——看他在莫坎波夜總會或綽卡德羅舞廳的作風，就像看小提琴名匠史特拉第瓦里老爹用一段樹幹鑿出名琴一樣。他會講大衛·戈德門寫好的笑話，拿肥厚的鈔票袋給郡警警長的白手套，然後跟他的情婦奧黛麗·安得斯跳一段火辣的林迪舞（lindy hop），舞伴也可能是現場其他煙視媚行的美女。每隻眼睛都會射向他坐的那桌，淑女們都會偷瞄他的大保鑣，強尼·司坦普納托，並在心中猜想「他真的有那麼大嗎?」趨炎附勢、逢迎拍馬的人都會到米基老大的旁邊，等著聽笑話、被拍背、被打賞。米基對殘障孩子、流浪狗、救世軍跟猶太人慈善聯盟都很有愛心。但是他也經營簽賭站、高利貸、賭博、賣淫與販毒，每年平均殺十幾個人。讀者們，沒有人是完美的?你會把剪下來的指甲亂丟在浴室地板上，米基則是半夜把人送上黃泉路。

言歸正傳。《噤聲祕辛》的忠實讀者應該記得我們五六年的「犯罪瞭望特輯」，那時我們推測米基入獄之後黑幫活動「低潮」之原因。有些命案懸而未破，獄中攻擊讓米基受傷，他的手下大衛・戈德門則變成植物人？那幾個企圖讓米基與手下上西天、穿連帽衣的凶手也未被抓到……

讀者們，本文要提醒的是：米基是個紳士，是本地最突出的人物，他頭角崢嶸、他樂善好施，而且他很難殺死，因為無辜路人為他擋了寫著他名字的子彈。米基回來了，他的老幫派可能會死灰復燃。讀者們，當你在充滿罪惡魅力的日落大道商業區作樂時，記得帶一件防彈衣，以防米基・柯恩就坐在你身邊。

讀者們，更有趣的消息是：有人試圖殺米基!!像他那樣的紳士？不可能吧!!讀者們，千真萬確。問題是，米基比九命怪貓更怪，他周邊的人不斷倒下，可是他卻一直能躲過炸彈、子彈，還在麥尼爾島監獄平安活了六年，最近還閃過土製小刀跟鐵管的攻擊——而現在他出獄了！席狄沃高級西裝店注意：米基老大會過去訂作幾十套亮面西裝；綽卡德羅舞廳跟莫坎波夜總會的賣菸女郎，準備好收他給的百元小費。米基跟他的隨從很快就會降臨日落大道商圈，而且——噓，別嚷嚷——女士們，沒錯，強尼・司坦普納托真有那麼大，但是他眼裡只有拉娜・透納，據說他跟拉娜最近可不僅只在桌子底下腳勾腳而已……

摘錄：洛杉磯《前鋒快報》，十一月十日

柯恩躲過炸彈攻擊

今天清晨，假釋出獄的黑道份子米基・柯恩住家外發生炸彈爆炸案。柯恩與妻子樂芳並未受傷，但炸彈卻毀了他的衣帽間，以及其中的三百套訂作西裝。柯恩的寵物鬥牛犬當時在附近睡覺，牠因為尾巴烤焦，被送去西區獸醫院治療後已經出院。本報目前無法取得柯恩的回應。

機密信件，洛杉磯警局所有新任政風處主管都必須接受外部單位調查，此信為報告之附件。

下令調查者為威廉・H・帕克局長。

一九五七年十一月二十九日

親愛的威廉——

天啊，我們還一起幹過警佐！好像已經是一百萬年前的事，而你說的沒錯，我確實喜歡有機會重操舊業，扮演警探。背著艾德跟普雷斯頓去訪談其他警察，讓我覺得有點背叛他們，但你的做法還是沒錯：其一是你要外部單位調查新進政風處主管的政策，其二是你選了一個本來就喜歡艾德・艾斯黎的卸任警察去向弟兄們探詢他的事。嘿，比爾，我們都喜歡艾德。因此我很高興地在此陳述，除了基本的調查之外（地檢署也正在進行調查，對吧？），我要報告的只有正面的消息。

我跟一些刑警跟一些穿制服的弟兄談過。大家都有一個共識：艾德・艾斯黎深受敬重。有些警察認為他射殺夜鴞命案嫌犯並不明智，但大多數人認為這是大膽的行徑，有些則認為這是故作英雄姿態。無論如何，我認為這是艾德・艾斯黎最被人記住的事蹟，也大幅地消除了他在「血腥聖誕節」事件中密告所造成的不良觀感。很多人討厭艾德從警佐破格擢升為隊長這件事，但他擔任輪調主管時向人證明了他是有本事：這個男人在五年內管了七個單位，建立了很多寶貴的人脈，也獲得屬下的普遍尊敬。你關心的基本問題是：當大家知道他管政風處時，他「不能跟人打成一片」的個性會引起憤慨，你關心的程度證明這有其可能性。艾德將會在五八年初接掌政風處的風聲已經傳開，大家也都默認他會拚命爭取這個職位。我推測以他嚴謹與智慧的聲譽，將會嚇阻有貪腐傾向的警察，讓他們堅守正道。

大家也知道艾德已經通過督察長考試，在晉升名單上排名第一。在此有些異議出現。一般觀點認為賽德・葛林接下來幾年就會退休，艾德有可能會接他的職位，成為刑事警察局局長。我訪談過的大多數人表示，杜德利・史密斯隊長比較年長、更有經驗且具領導特質，應該由他接掌這個職位。

以下是我個人的觀察，可補充你這份外部單位調查報告。（一）艾德與瑛內姿・索托有肉體關係，但我知道他絕不會違反部門規矩與她同居。順帶一提，瑛內姿是個好孩子。她已經跟普雷斯頓、雷蒙・迪特淩跟我成為好朋友，她在夢幻時刻擔任公關的工作也表現得近乎優異。就算她是墨西哥人又怎麼樣？（二）我跟政風處的費斯克跟克雷納聊過艾德——這兩個人在搶案組是他的屬下，他們是年輕版的艾斯黎，同樣正直，很高興他們的英雄即將成為新主管。（三）我從小看著艾德・艾斯黎長大，我也是卸任警察，我在此正式表示意見：他就像他父親一樣傑出，我願意打賭，如果你有紀錄的話，你就會知道他破過的大案已經超過史上任何一個洛城刑警。我也願意打賭，他很清楚你出自關心正在對他進行調查：所有厲害的警察都有情報網。

最後我有一事相求。我想要寫本回憶警界生涯的書。我有可能借洛倫・阿瑟頓案的檔案嗎？拜託不要讓普雷斯頓跟艾德知道——我不希望他們認為我臨老才開始舞文弄墨。

我希望這份小小的補充報告對你有幫助。祝海倫一切都好，感謝你給我機會再當一次警察。

亞瑟・迪斯潘 謹此

洛杉磯警局調職公告

一、溫德爾・A・懷特，由凶殺組調至好萊塢警局刑警隊（晉升警佐），五八年一月二日生效。

二、約翰・溫森斯警佐，由監視小組調至威爾夏分局巡警隊，接任警官被指派之後立即生效，不得遲於五八年三月十五日。

三、艾德蒙・J・艾斯黎隊長由輪調主管轉為固定職務：政風處處長，五八年一月二日生效。

第三部

政風事務

第四十二章

太平餐坊還一副新年派對後的醉態：皺紋紙條垂落，「一九五八」字樣上的亮片脫落。艾德坐在他最喜歡的座位：可以縱觀飲酒區，並看到鏡中自己的模樣。他看了一下時間——一九五八年一月二日下午三點二十四分。包伯．高羅戴遲到沒關係——他想讓這一刻盡量延長。

在一小時內就會舉行典禮：艾斯黎隊長獲得固定職位——政風處處長。高羅戴正要把外部單位對他的調查結果帶來——地檢署已經用放大鏡檢視過他的個人檔案。他一定會通過——他的個人生活潔白無暇，槍殺夜鴞命案嫌犯，彌補了他在血腥聖誕節的密告行為——他幾年前就知道會有這個效果。

艾德啜口咖啡，眼睛盯著鏡子。他的映影：一個看起來四十五歲的男人，但其實他下個月才三十六歲。金髮已經轉白；額頭有縐紋。瑛內姿說他的眼睛愈變愈小，眼神愈來愈冷酷；他的金屬鏡框讓他看起來很嚴酷。他曾告訴她，嚴酷總比軟弱好——年輕隊長需要點架勢。她那時笑了——幾年前，當他們仍然能一起笑的時候。

他想起這段對話的時間：五四年年末，瑛內姿分析他——「你親眼看著那個史坦斯蘭被處死，未免太殘忍了。」那時夜鴞命案已經過了一年半；到今天則過了四年又九個月。看一眼鏡子就知道歲月催人老——也看出他與瑛內姿這些年的關係。

他槍殺嫌犯讓巴德．懷特相形見絀：他殺了四個，懷特只殺一個。剛開始幾個月她全心愛他；他已經證明自己符合她的條件。他在自家附近買了棟房子給她；她喜歡他們之間溫和的性愛；她接受雷蒙．迪特凌給她的工作。迪特凌喜歡瑛內姿與她的故事：一個美麗的強暴受害者，並且被家庭所拋棄，這符合他自己的多舛人生——離過婚、當過鰥夫、兒子保羅死在雪崩裡、兒子比利是同性戀。雷蒙跟瑛內姿變成父女——也是同事跟忘年之交。普雷斯頓・艾斯黎跟亞瑟・迪斯潘也跟迪特凌一樣衷心喜歡她——幾個強硬的男人因為有機會對人溫柔，而感謝她。

瑛內姿跟奇幻王國裡的人交上朋友：建築工人、第二代——比利・迪特凌，提米・瓦伯恩。這個小圈子很愛八卦：他們大談好萊塢流言蜚語，嘲弄男人的怪癖。「男人」這個字讓他們捧腹大笑。他們嘲笑警察，也在艾斯黎隊長買的房子裡玩比手畫腳猜謎。

一切的斷言都只有瑛內姿才能證明。

他槍殺嫌犯之後，多次夢魘：他們是清白的嗎？無能感造成的盛怒讓他扣下扳機；這個戲劇化的解決方式讓警局顏面有光，「手無寸鐵」、「不具危險性」這些小細節從未浮上檯面來威脅他。瑛內姿的證詞讓他的恐懼暫時停止：強暴犯們半夜開車載她去席維斯特・費區的房子，並把她留在那裡——給了他們時間去犯下夜鴞命案。她從沒跟警方提過這件事，因為她不希望回憶費區對她所做的種種獸行。他鬆了一口氣：嫌犯確實**有罪**，讓他的憤怒行動符合正義。

瑛內姿。

時光流逝，愛情的光輝漸褪——她的痛苦與他的英雄事蹟無法維繫兩人的關係。瑛內姿明白他永遠不會娶她：高階警官，墨西哥老婆——自毀前途。他對她僅存一絲愛意；瑛內姿變得陌生——實際上她僅是情婦罷了。他們兩人是由特殊事件所塑造，同時登場的還有另外兩個強大的配角：夜鴞命案、巴德・懷特。

在觀察室，懷特的臉：當史坦斯蘭吸進毒氣時，顯露出純粹的恨意。他邊看史坦斯蘭死去，邊看艾德，此外不必多說話。當艾德接掌凶殺組時，懷特請了長假，所以他們不必共事。艾德已經超越他的哥哥，也更接近父親的成就。他破大案的紀錄相當驚人；到五月他就會晉升督察長，再過幾年他就會跟杜德利•史密斯爭搶刑事局局長。史密斯總是對他敬而遠之，謹慎的敬意之中暗藏著蔑視——而這個洛城警局最令人畏懼的人，知道他的對手只怕一件事嗎？一個不動腦袋的惡棍警察對他進行報復。

酒吧人愈來愈多：地檢署的人與一些女人。上一次他跟瑛內姿的相聚很糟——她只是服務這個付房貸的人而已。艾德對一個高個子女人微笑——她轉身離開。

「隊長，恭喜。你就跟童子軍一樣背景清白。」

高羅戴坐了下來——緊繃也緊張。

「那你為什麼看起來那麼嚴肅？包伯，你說吧，我們是可是伙伴。」

「對**你的**調查沒問題，但是瑛內姿也被輕度監視了兩星期，這是固定程序。艾德……媽的，她跟巴德•懷特上床。」

□

就職典禮——朦朦朧朧就過去了。

帕克發表演說：「警察也像老百姓一樣會遇到誘惑，但是現在的社會受到共產主義、犯罪、自由主義與道德淪喪的不良影響，此時警察必須成為道德模範，控制住自己種種不良的衝動。而捍衛警察道德水準的部門，正需要一位剛正不阿的警察模範來擔任主管，艾德蒙•J•艾斯黎隊長既是戰爭英雄，也是偵破夜鴞命案的功臣，他是最佳人選。」

他自己也發表演說，更多關於道德水準的高調。杜安•費斯克跟唐•克雷納祝他好運；他透過渾沌的意識讀到他們的心思：他們想要卡位當他的左右手。杜德利•史密斯眨眨眼，這很容易解讀：「我會是下一個刑事局長——不是你。」他彷彿花了很久才能告辭脫身——趕到她家時，他渾沌的心突然豁然開朗。

六點——瑛內姿大概要七點左右回家。艾德自己開門進去，不開燈等待著。

時間慢慢過去；艾德看著手錶指針移動。六點五十分——一把鑰匙插進門。

「艾斯黎，你鬼鬼祟祟在幹嘛？我看到你的車在外面。」

「不要開燈。我不想要看到你的臉。」噪音——鑰匙敲擊，一個皮包掉到地板上。「我也不想看到你貼在牆上的那些夢幻時刻的娘炮垃圾。」

「你是指你付錢買的房子的牆壁？」

「這是你說的，不是我。」

聲響：瑛內姿靠著門。「誰告訴你的？」

「不重要。」

「你會因此毀了他？」

「**他**？不會，我沒辦法找到不讓自己出糗的方式去做這件事，而我已經很糗。你可以說出他的名字。」

沒有回答。

「是妳幫他通過警佐考試？他沒那麼聰明可以自己考得過。」

無回應。

「已經多久了？你們背著我搞多久了？」

無回應。

「多久了，**賤女人**？」

瑛內姿嘆息。「可能有四年了。斷斷續續，在我們各自需要朋友的時候。」

「你是指你不需要我的時候？」

「我是指當我厭倦被當成強姦受害者對待的時候。當我想到你為了讓我對你有好感，你可以不擇手段到讓我害怕。」

艾德說，「我把你從波伊爾高地帶出來，給你一個人生。」

瑛內姿說，「艾斯黎，你開始讓我害怕了。我只是想當一個普通女孩跟男人約會，巴德可以讓我有這種感覺。」

「你在這房子裡不准說他的名字。」

「你是指你的房子？」

「我給你不錯的生活。如果沒有我的話，你現在還在石頭上拍打玉米薄餅。」

「**親愛的**，你翻臉就跟翻書一樣快。」

「瑛內姿，你還對我說了多少謊？除了他之外還說了什麼謊話？」

「艾斯黎，我們別吵了。」

「不行，給我說清楚。」

無回應。

「還有多少男人？還有多少謊言？」

無回應。

「告訴我。」

無回應。

「你是他媽的妓女，虧我為你做了這麼多。**告訴我**。」

無回應。

「我讓你跟我爸爸當朋友。**普雷斯頓‧艾斯黎是因為我才跟你做朋友**。你背著我還睡了多少男人？我為你做了這麼多，而你對我說了多少謊？」

瑛內姿小聲地說。「你不會想知道的。」

「我想知道，你他媽的妓女。」

瑛內姿把門關上。「這是唯一重要的謊話，而且都是為了你才講的。就連我的愛人巴德也不知道，所以我希望你會因此覺得受重視。」

艾德站起來。「謊話嚇不倒我。」

瑛內姿笑了，「**每一件事**都能夠嚇到你。」

無回應。

瑛內姿冷靜地說。「那些傷害我的**黑鬼**不可能殺死夜鴞裡的人，因為他們整晚都跟我在一起。他們一直在我視線之內。我之所以說謊，是因為我不希望你在為我殺了四個人之後感覺很糟。你想知道真正的**大**謊言是什麼嗎？就是你跟你那寶貴的絕對正義。」

艾德推開門，雙手掩住耳朵不想聽到那轟然聲響。屋外陰暗寒冷——他看到史坦斯蘭被綁在椅子上死去。

第四十三章

巴德檢視自己的新警徽：原本的「警員」字樣換成了「警佐」。他把腳抬到辦公桌上，向凶殺組說再見。他的辦公隔間一團亂——五年份的各類文件。杜德利說他調到好萊塢刑警隊只是臨時——他升上警佐讓高層嚇了一跳。賽德・葛林因為他打破窗戶的事所以讓他外調：他聽到史坦斯蘭要被送進毒氣室時，左右開弓把玻璃打破。這也不算冤枉他：他從來沒破過什麼大案，因為他唯一在乎的案子都已經破案或停止調查。調職帶來的憂鬱：離開總部意味著他無法看到第一手的屍體通報——這是追查凱西・珍威命案與一連串妓女被殺命案的好方法，他知道兩者有關連。

要帶走的東西：

他的新名牌——「溫德爾・懷特警佐」、琳的照片：棕髮。再見了，薇若妮卡・蕾克。反黑組時期的照片：他跟老杜在勝利汽車旅館。反黑組的道具：銅手指虎、球狀圓頭的短棍——他可能不會帶這些東西。

他上聯邦調查局與法醫鑑識課程的證書。狄克・史坦斯蘭留給他的遺產：他搶劫所得的六千塊。狄克的遺言——警衛傳給他的一張紙條。

伙伴——

我對我所做的壞事感到後悔。我尤其後悔當警察的時候傷害了很多人，他們只是剛好在我心情不好的時候出現，很遺憾那個聖誕節打了那些人，我也後悔殺了那個酒品賣場老闆跟他兒子。一切都來不及挽回了。所我只能說很抱歉，但這也沒什麼意義。我會試著像個男子漢一樣面對制裁。我一直在想，你也有可能做出跟我一樣的行為，一切只是機運，我知道你可能也有同樣的想法。希望我的悔意也能代表你我這類的人。我曾經風光一時，但也已經付出慘痛代價。可是艾斯黎一直想盡辦法報復我；如果我還能提個最後心願，我希望你可以讓他得到報應。你不要像我一樣蠢，淨做傻事。用你的大腦，也用我告訴你該去哪裡拿的錢，好好修理他一頓，替狄克・史坦斯蘭警佐好好報復他。伙伴，祝你好運。當你讀到這些的時候我已經死了，真讓我難以相信。

狄克

最下一層抽屜有兩道鎖。

他偵辦珍威與妓女命案的檔案、他私人的夜鴞命案檔案——就跟教科書一樣整齊，如同他在學校所學。這兩件案子證明他是真正的刑警；也是幫狄克報復艾斯黎的方法。他把檔案拿出來，全部看一次——像個大學生整理出來的檔案。

從珍威起頭的連續命案。

當他跟琳漸漸穩定下來，他開始找能讓他興奮的東西。四處獵豔無法滿足他——他與瑛內姿斷斷續續的關係也不行。他曾兩度落榜警佐考試，他用狄克藏起來的錢付學費，也在反黑組打工：他去火車站、飛機場、巴士站等人，把潛在的犯罪份子帶到勝利汽車旅館，痛扁他們一頓，然後陪他們回去搭飛機、火車、公車。老杜說這叫「圍堵」；他認為這太過分，他仍然希望可以面對鏡中的自己。在凶殺組，他從來接不到好案子：賽德・葛林攔截這些案子分配給其他人。他在課程中學到有趣的東西，關於法醫鑑識、犯罪心理學跟辦案程序

——他決定運用所學，去偵辦他仍然關注的舊案：凱西・珍威命案。

他讀過喬・迪山佐的偵辦報告：沒有線索，沒有嫌犯，被當成隨機性侵殺人案。他讀過驗屍的死因分析：凱西被毆打致死，臉部受重擊，一個戴戒指的男人左右開弓。口腔、直腸、陰道裡有B型陽性血型的人所射的精液——三次不同時間的射精，這個畜生一點也不趕時間。他想到犯罪史的一條法則：像這種惡魔性侵犯不會只殺一次人，然後就回家用兩根大拇指繞圈閒坐。

他開始查閱文件——他以前討厭這種工作。

在洛城警局與郡警檔案中，沒有類似的已破或未破案件——這個搜查就花了他八個月。他也到其他警察單位去查——經費來自史坦斯蘭的錢。在橘郡、聖柏納迪諾郡都一無所獲；過了四個月，在聖地牙哥警局找到一樁相符案件：珍・米瑞・罕雪，十九歲，妓女，死亡日期為五一年三月八日，同樣的手法，同樣在三處逞獸慾：沒有線索，沒有嫌犯，調查終結。

他讀過洛城警局與聖地牙哥警局的犯罪手法檔案，毫無收穫；他記得杜德利警告他別管珍威命案——對於他瘋狂地執著在女性受虐案件也叨念不停。他還是繼續執著下去；在一條三州電報交換機的訊息上他有了新發現：雪倫・蘇珊・帕威克，二十歲，妓女，死亡日期為五三年八月二十九日，地點是加州貝克菲德市。同樣的模式：沒有嫌犯，沒有線索，偵查終結。老杜從來沒提過那條訊息——假設他知道有這個消息的話。

他前往聖地牙哥與貝克菲德——閱讀檔案，纏著偵辦這兩件案子的刑警。他們對偵辦這兩起案件都覺得無聊，並且把他趕走。他嘗試要重建案件的時間順序：在三起命案的案發日期，哪些人在哪些城市裡。他查過火車、巴士與飛機的紀錄，查不到重複的名字，而他也送出三州電傳訊息，請求提供這個凶手的犯罪手法資訊，也請各地警察如果發現有凶手以相同手法犯案，立刻來電通知。送出請求之後，什麼資訊也沒傳來；接著幾年間，陸續有三起命案通報：莎莉（無中名）・狄韋恩，十七歲，妓女，亞利桑納州尼多市，五五年十一月二日；克麗絲・維吉尼亞・藍弗，二十一歲，妓女，五六年七月十四日，舊金山；瑪麗亞（無中名）・沃度，二十歲，妓女，西雅圖，兩個月前才發生：五七年十一月二十八日。電話通報來得比較晚，但結果相同：零。每個角度、每種正規偵查方法都試過了——結果白忙一場。凱西・珍威與其他五個妓女被強姦、毆打致死——只有對他而言仍是偵辦中的案件。

這份一百一十六頁陷入瓶頸的調查檔案要帶到好萊塢刑警隊——他自己的案子，目前仍無進展。

還有一樁他主要在查的案件——他不斷翻閱這些文件資料。為了史坦斯蘭而辦的案子：要把艾德・艾斯黎整垮。光是說出這幾個字就讓他起雞皮疙瘩。

夜鴞命案。

從珍威命案可以追到夜鴞命案：杜克・凱斯卡與色情書刊有關連，證物他扣住了，等著要拿來整死艾斯黎。當時的時機對他不利：他沒有那個腦筋偵辦下去。三個黑鬼逃亡，艾斯黎斃了他們。夜鴞命案偵查終結，相關的疑點都被遺忘。過了好幾年；他回頭查珍威命案，發現這是連續殺人案。而小凱西讓他想到夜鴞命案，夜鴞命案，夜鴞命案。

腦力工作。

回到五三年，杜特・吉列跟辛蒂・班納維德——凱西・珍威的同夥——告訴他有個看起來像杜克・凱斯卡的人，放風聲要搶凱斯卡的拉皮條生意。哪有什麼「拉皮條生意」？——杜克旗下只有兩個小姐，但是他一直說要做色情書刊生意——一開始聽起來像是痴人說夢——但是恩格淩兄弟出面證實這件事，他們說凱斯卡找他們談一樁交易：他們印黃色書刊，由他來販賣，他們還去接觸米基・柯恩籌資。

接著看事實：

在夜鴞命案之後，**他**去過杜克的住處。房子被清理乾淨，指紋也被擦光，杜克的衣物被徹底翻過。電話簿聖柏納迪諾的那幾頁常被翻閱——尤其是印刷廠。恩格凌兄弟在聖柏納迪諾經營一家印刷廠；夜鴞命案死者蘇珊・南茜・雷佛茲來自聖柏納迪諾。

接著看驗屍報告：

勘驗的病理學家靠兩樣東西辨認出凱斯卡的屍體：假牙碎片與凱斯卡的監獄牙醫病歷交叉比對，還有屍體身上穿著「D.C.」姓名字首字母的獵裝。

接著看只有他知道的線索：

凱西・珍威提到杜克的胸口有一條「可愛」的傷疤。但是在雷曼醫師的驗屍報告中卻沒有提到這條疤，而凱斯卡的胸口並未被散彈給轟爛。最後意想不到的是：夜鴞裡的那具屍體身高五呎八吋；凱斯卡的監獄身高量表卻指出他有五呎九又四分之一英吋高。

結論：

一個扮成凱斯卡的人在夜鴞被殺死。

接著看：

色情書刊。

辛蒂・班納維德說，杜克已經準備好要開賣；風化組那時正在調查色情刊物——他已經看過第四組的報告——所有人都回報沒有線索，羅素・米勒死了，色情書刊調查不了了之。恩格凌兄弟說出凱斯卡的計畫，也談到他們如何到監獄拜訪米基・柯恩，而他拒絕資助這樁生意。他們認為柯恩因為道德觀而下令執行夜鴞殺人案——荒謬的想法——但是萬一夜鴞事件的開頭與米基有某種關係？艾斯黎送出一份報告說，他跟包伯・高羅戴談過這個推測，但是黑人嫌犯在那時脫逃——於是夜鴞命案就算在他們頭上。

接著看：

他的推測。

如果柯恩跟某個牢裡的壞蛋提到凱斯卡與恩格凌的計畫——或者是他手下大衛・戈德門說的？如果那個壞蛋被假釋出獄，放風聲要毀掉杜克的應召生意，可是他其實只是要準備假扮成杜克？如果他殺了杜克，偷走他一些衣服，最後恰好人在夜鴞被殺死——因為杜克常去那裡，或者更有可能的是——**某種犯罪談判談不攏，凶手們離開，然後再帶著散彈槍回來，把假扮成凱斯卡的人與五個無辜客人打死，讓整件事情看起來像搶劫？**

目前為止他的推測有以下漏洞：

他查過麥尼爾島監獄的假釋紀錄：在柯恩與恩格凌兄弟會面及夜鴞命案期間，出獄的黑人、拉丁裔與白人體型不是比凱斯卡大就是小。但是——柯恩可能談過凱斯卡提議合作搞色情書刊，風聲可能流傳到外面，假扮的人可能聽到的是他媽第四或第五手的消息。

推測之上還有推測，這些推測證明他有足以稱為警探的腦袋：

假設夜鴞命案是源起於色情書刊案件。這表示黑鬼們無罪，是真正的凶手把散彈槍栽贓到柯提斯的車裡——這表示有人看到夜鴞外面停著紫色水星轎車純屬巧合——凶手們不可能知道有三個黑人，被目擊在葛瑞菲斯公園開散彈槍，而且很自然會被警方當成頭號嫌犯。為了某種原因，凶手們搶在洛城警局找到柯提斯的車，並且把抹掉指紋的散彈槍栽贓在車內。事情有半打的發展可能性。

一、被羈押的柯提斯可能告訴律師車子藏在哪裡；凶手們或有人代替他們去找律師問這個資訊——或者可能脅迫律師想辦法讓柯提斯說出來。

二、黑人嫌犯可能把藏車地點洩漏給其他囚犯——也許是與凶手們勾結的受刑人。

三、他最喜歡這個推測，因為這最簡單：凶手們比洛城警局更聰明，他們自己搜索車庫，先找廢棄房屋後面的車庫——而警察卻是分區進行地毯式搜尋。

或者黑鬼們把地點告訴了其他受刑人，凶手們去找出獄的受刑人；或者一個不太可能的假設——警察裡有內線告訴他們警方如何分區進行搜索。不可能清查這段期間所有出獄的人：司法大廈看守所銷毀了一九三五到五五年的檔案，好把儲存空間清出來。

或者那三個黑人真的有罪。

或者是某些黑鬼四處駕車閒晃，在葛瑞菲斯公園開槍，在夜鴞殺了六個人。他們一直沒找到一九四八到五〇年的福特、雪佛蘭、水星轎車，因為紫色車漆是自己噴的，所以不會登錄在監理所檔案裡。

這是一個自認沒什麼大腦的人所做的推理——他並不認為命案是黑人幫派幹的，因為——

一九五四年中，恩格淩兄弟把他們的印刷廠賣掉，然後從地球表面上消失。兩年前，他發出尋人通報：沒有結果，在他持續追蹤的加州屍體通報上也沒發現符合的遺體：沒有那對兄弟，也沒有可能是凱斯卡本尊的屍體。六個月前，他在聖柏納迪諾追查案情時，得到一個重要線索。

他發現一個市民曾經看過蘇珊・南茜・雷佛茲跟一個外型符合凱斯卡的人在一起——就在夜鴞命案發生兩週前。他給那人看一些凱斯卡的大頭照；那人說，「很像，但不是他。」夜鴞鑑識報告中說，蘇珊・南茜「倒下」碰觸到隔桌的人：杜克・凱斯卡，但其實那是假冒者，她可能不認識他。為什麼他們會坐在**不同桌**？出乎預料之事：他曾想訪問雷佛茲的母親，以便有機會詢問蘇珊男友的事。但她拒絕跟他談。

為什麼？

巴德打包：紀念品、十磅重的文件。目前陷入僵局——妓女連續被殺命案沒有新線索，在他逼問米基・柯恩之前，夜鴞命案也不會有進展。走出辦公室到電梯——永別了，凶殺組。

艾德・艾斯黎走過時瞪著他。

他知道瑛內姿跟我的事了。

第四十四章

監視：漢克牧場超市，五十二街跟中央路。門上有個標示：「社福支票可在此兌現」。一月三日，發社會救濟金的日子——支票兌現了的人在人行道擲骰子。第五監視小組獲得線報——某個匿名女人說，她的男朋友要跟同伴去搶這間超市；她對男朋友很生氣，因為他跟她妹妹上床。傑克在前面盯著門口，約翰・佩提威契把車停在五十二街——他睥睨的樣子像是要殺人。

午餐：墨西哥玉米餡餅，伏特加烈酒。傑克打呵欠、伸懶腰，心中猜想：阿拉貢對上皮蒙鐵的拳擊賽誰會贏，還有艾里斯・洛威想要幹嘛——他今晚得去一個政治性晚宴跟他碰面。伏特加讓他的胃發燙；他尿很急。

汽車喇叭輕響——給他的訊號。佩提威契指著人行道。兩個白人進入超市。

傑克走過馬路。佩提威契也走過來。他們靠在門口往內看。搶匪站在收銀處，背對門口——一手拿著手槍，另一手抓滿鈔票。

沒看到老闆，也沒有客人。瞇眼望向遠處的走道，牆上有鮮血與腦漿。**滅音器手槍。後門還有一人接應。**

傑克開槍打搶匪的背。

佩提威契尖叫；後門傳來腳步聲；傑克胡亂開火，追趕上去。酒瓶在他頭頂碎裂：滅音手槍胡亂發射——沒有槍響，只有輕微悶響。在較遠的貨架走道上，兩個酒鬼死亡，一扇門正要關上。佩提威契開火，把門打飛——一個男人飛快跑過巷子。傑克把子彈都打完；那男人翻過圍籬。人行道那邊傳來大喊；賭骰子的人歡呼。傑克填彈，跳過圍籬，進入一個後院。一頭杜賓犬往他跳過來，對著他的臉齜牙低吼——傑克近距離槍殺牠。

那條狗吐血；傑克聽到槍聲，看著圍籬爆開。

兩個制服員警跑進後院。傑克把槍放下；他們還是開槍——沒有瞄準——把圍籬打得稀巴爛。傑克舉起雙手。「我是警察！警察！警察！」

他們慢慢接近，搜他的身——剛出道的菜鳥。比較高的那個小伙子找到他的證件。「嘿，你是溫森斯。你以前不是很紅嗎？」

傑克用膝蓋撞他老二把他放倒。年輕人倒下；另一個小子呆呆地看著。

傑克去找可以喝酒的地方。

□

他找到一個酒館，單杯烈酒點了一整排。喝兩杯讓他停止顫抖；再喝兩杯讓他開始發表敬酒前致詞。敬我剛剛殺掉的兩人：抱歉，我其實比較擅長開槍打手無寸鐵的平民。有人正在逼我退休，所以我想我就在服務二十年期滿之前，殺兩個真正的壞人。

敬我的太太：你以為你嫁給一個英雄，但你已經成熟並知道你錯了。現在你想要去念法學院，像爹地跟艾里斯一樣當律師。不必擔心錢的問題：爹地買了房子，爹地提高你婚姻生活的品質，爹地也將會付學費。等你讀到報紙，看到你先生幹掉兩個邪惡的搶匪，你會認為他們是他槍下首批亡魂。錯！一九四七年，緝毒急先鋒傑克就殺過兩個無辜民眾，他幾乎想要說出這個大祕密，只為了讓自己的婚姻恢復一點生氣。

傑克又乾了三杯。他一旦喝了足夠的酒，思緒就總會飄到某處——回到五三年的色情書刊事件。

他不怕被人恐嚇，他的證言可以保護他，哈金斯命案被塵封——《噤聲祕辛》想要重啟調查，但沒有進展。帕切特跟布列肯從未接觸他——他們手上有席德收集的溫老大醜聞檔案，但他們遵守雙方協議。他聽說琳跟巴德・懷特仍然在一起；那個聰明的妓女跟帕切特已經是回憶——那年血腥春天的壞消息。讓他不能平靜的是那批淫穢書刊。

他把那些書放在出租保險櫃裡。他知道它在那裡，知道它能讓他興奮——也知道喜歡這玩意兒會葬送他的婚姻。他投入婚姻，建立高牆把那年春天的事擋在外面。戒酒一段時間有幫助，婚姻也有幫助。但他所做的一切，卻沒有改變什麼——凱倫才剛開始發現他的真面目。

她看到他對「兩點」・伯金斯動粗；他在她父母面前說出「黑鬼」。她發現他與媒體的互相利用是謊話連篇。她看到他酒醉，很生氣。他討厭她的朋友們；他唯一的朋友——米勒・史丹頓——在他丟了《榮譽警徽》顧問工作之後就從他眼前消失。他已經厭倦凱倫，他轉向那些色情書刊，徹底沉迷。

他再度嘗試查出照片中的模特兒——仍無所獲。他去了提華納，買了其他黃色書刊——沒有收穫。他去找克莉斯汀・貝吉隆，找不到，發出電傳通報也沒用。既然沒辦法得到正品，他決定要仿冒。

他去買妓女，勒索應召女郎。他把她們打扮得像他書裡那些女人的模樣。他一次找三、四個，讓這些軀體在床單上連在一起。他給她們準備戲服，排演她們的姿勢。他模仿書中照片，拍攝自己的照片，想要重現照片場景；有時候他想到那些有血的照片就害怕：它們完全符合哈金斯謀殺案中屍體被支解的方式。

真正的女人從來無法像照片那樣讓他興奮：恐懼讓他不敢接觸「鳶尾花」——一切的源頭。他搞不懂凱倫在怕什麼——為什麼她不離開他。

最後一杯酒，告別所有的壞念頭。

傑克整理儀容，走回他的車。輪胎蓋不見了，雨刷刮片也壞了。刑案現場封條環繞漢克牧場超市，停車場裡有兩輛黑白警車。他的擋風玻璃上也沒有罰單，可能被破壞他車子的人偷走了。

□

他趕到時，宴會已經熱熱鬧鬧：艾里斯·洛威，擠滿共和黨大人物的飯店宴會廳。女人穿著晚禮服；男人穿著黑西裝。溫老大：棉質長褲，運動衫被噴到狗血。

傑克攔下一個侍者，從他托盤上拿了一杯馬丁尼。牆上裱框的照片吸引了他的視線。政治生涯發展紀錄：《哈佛法律評論》報導，一九五三年選舉，一張慷慨激昂的照片：洛威告訴媒體，夜鴞命案兇手在脫逃前已經認罪。傑克大笑，噴出琴酒，幾乎被橄欖嗆到。

他身後有人說：「你以前的打扮比較體面。」

傑克轉身。「我以前也算是很紅。」

「你穿成這樣有什麼好理由嗎？」

「有，我今天殺了兩個人。」

「原來如此。還有呢？」

「有，我從背後偷射他們，還殺了一條狗，在我的長官出現之前就閃人。另外有個新聞要告訴你：我最近都在喝酒。艾里斯，我們的對話開始變得無聊，所以我們就別拐彎抹角了。你想要我去對付誰？」

「傑克，小聲點。」

「老闆，你要去選哪個？參議員還是州議員？」

「傑克，現在不是討論這個的時候。」

「當然是。告訴我實話。你正在準備參加六〇年的大選。」

洛威悄聲說，「好，我告訴你，我要選參議員。我要請你幫一些忙，可是你現在的狀態讓我沒辦法拜託你。等你狀況好一點我們再談。」

現在有人在看他們講話：整個宴會廳。「拜託，我想要當你的白手套想得要命。我首先去找誰勒索？」

「**警佐，把音量放低。**」

音量反而提高。「你這王八蛋，我想說什麼就說什麼。是我幫你收拾了比爾·麥佛森，我把他弄昏再放到床上跟那個黑妞躺在一起，我他媽當然夠格知道你接下來要我去整誰。」

洛威沙啞地低語。「溫森斯，你完蛋了。」

傑克對著他的臉噴琴酒。「天啊，我他媽就希望這樣。」

第四十五章

「……我們不僅是帕克局長前幾天說的道德模範。我們是新舊警察工作模式的分隔線，舊體系的升遷得靠長官提拔，執法是透過威嚇，而在新的體系：將以不偏不倚的正義之名，菁英警察團隊大公無私地行使職權，若是內部有人被證明不符合菁英警察團隊要求其成員的高道德標準，我們會嚴格懲戒。最後，我們是洛城警局公眾形象的保護者。這一點請諸君謹記在心，尤其是在讀到對其他弟兄的申訴案，你有衝動想要原諒他們的時刻；尤其是在我指派你們去調查你們曾經共事也喜歡的弟兄時。我們的使命是追求嚴肅與絕對正義，不惜一切代價，請諸君謹記在心。」

艾德停頓一會兒，看著他的屬下：二十二個警佐，兩個副隊長。「男士們，以下是執行的細節。在我來之前，菲力普副隊長與史丁生副隊長全權監督現場調查工作。從現在開始，由我自己親自指揮第一線的調查工作，菲力普副隊長與史丁生副隊長則會輪流擔任我的執行官。送來的申訴案與情報提供的申請，將會先送到我的辦公室，我會讀過內容再分配任務。克雷納警佐與費斯克警佐會是我的個人助理，每天早上七點半他們會跟我開會。菲力普副隊長與史丁生副隊長，請在一小時後到我辦公室，討論我接手指揮你們目前偵辦案件的細節。男士們，會議到此為止，解散。」

眾人無聲地散去，大會議室空無一人。艾德在腦海裡重播他的演說，回想關鍵字句。「絕對正義」讓他想起瑛內姿・索托的聲音。

把煙灰缸清空，椅子拉直，告示板清理乾淨。把講台旁邊的旗幟拉勻，看看上面有沒有灰塵。回到他的演講，想到父親的聲音：「不符合菁英警察團隊要求其成員的高道德標準。」兩天前，他的演講會是實話。瑛內姿·索托的一番話讓它變成謊言。

旗幟滾了金邊。鍍金的機會主義：因為無能男人的憤怒，他殺了那些人。如果他們是夜鴞命案的凶手，他們就賦予這股怒氣意義：勇敢地伸張絕對正義。他把這個意義扭轉來證明大眾告訴他的話：你是洛城最偉大的英雄，你的前途無量。巴德·懷特的復仇，那傢伙蠢到無法理解這些：戴了綠帽，再加上一個女人的話，讓他在生涯高峰上踩著連篇謊言，鞭打著他得想盡辦法讓虛假的榮耀恢復真實。

艾德走進他的辦公室：乾淨整齊——一切就緒。辦公桌上有申訴表——他坐下，辦公。

傑克·溫森斯的麻煩大了。

一九五八年一月三日：在一次監視小組盯梢行動中，溫森斯開槍殺死兩名武裝搶匪——這些持槍歹徒在一家南區超市殺死三個人。溫森斯追捕第三名搶匪，追丟了之後，兩名不知道他是警官的巡警接近他。兩名巡警對溫森斯開槍，以為他是搶匪之一；溫森斯放下手槍，允許他們搜身——然後攻擊其中一個警員，在凶殺組與法醫抵達之前就離開現場。第三名嫌犯仍然在逃。溫森斯前往一場恭賀艾里斯·洛威的政治集會，洛威是他的姊夫。溫森斯應該是酒醉，用言語侮辱洛威，然後對他潑酒——全場賓客都看到了。

艾德瀏覽溫森斯的人事檔案。五八年五月就服務期滿可以領退休金——再見了，「垃圾桶」傑克——你就快可以退休了。一大疊他在緝毒組的報告：詳細到近乎吹噓的程度。在字裡行間可以讀出：溫森斯對輕微毒品犯罪很有興趣——尤其是好萊塢名人與爵士樂手。這證實了過去的謠言：他會打電話通知《噤聲祕辛》雜誌在現場拍他進行逮捕。血腥聖誕節之後，溫森斯也被懲戒，所以調至風化組；另一疊報告：簽賭與非法販酒，沒有熱情，很多吹噓文字。他在風化組待到五三年春天：羅素·米勒是該組主管，在夜鴞命案調查的同時，他們在偵辦色情書刊案件。有一件異常之事：溫森斯被派去查色情刊物，他卻反覆回報沒有線索，並認為此案其他同事也一無所獲，兩度提議停止調查。

非常不像傑克的行徑。

色情書刊跟夜鴞命案擦肩而過。

艾德回想。

恩格凌兄弟、杜克・凱斯卡、米基・柯恩。色情刊物被判定不是夜鴞命案的線索——三名黑人嫌犯已死，偵查結束。

艾德再讀一次檔案。多年來都把報告寫得轟轟烈烈，唯獨此案卻輕薄短小。溫森斯在五三年七月回到緝毒組——他寫報告又回歸原本模式，一直到他近來在監視小組也是如此。

相當異常。

與夜鴞命案同時發生。

五三年春天，另一個連結：席德・哈金斯謀殺案——懸案。艾德按下對講機。

「是，隊長？」

「蘇珊，幫我查出一九五三年四月，除了約翰・溫森斯警佐之外，還有誰也是風化組第四小隊的成員。查到之後，幫我找到他們。」

□

半個小時後結果出來。喬治・韓德森警佐與湯瑪斯・奇夫卡警員已經退休；路易士・史塔西在反詐騙組工作。艾德打電話給他主管；十分鐘後史塔西走了進來。

一個魁梧的男人，很高，駝背。有些緊張——政風處突然查問很嚇人。艾德指著他要他坐下。史塔西說，

「長官，這是關於……」

「警佐，這跟你沒有關係。這跟你在風化組的同事有關。」

「隊長，我在風化組是兩年前。」

「我知道，從五一年末到五三年夏天。我被輪調過去時，你剛好調走。警佐，你跟傑克・溫森斯在工作上互動很密切嗎？」

史塔西微笑。艾德說，「你為什麼在笑？」

「我在報上讀到溫森斯幹掉兩個搶匪，局裡的人說他還無故自行離開現場。這是重大違紀事件，所以我笑是因為我猜到他才是你感興趣的風化組刑警。」

「了解。你跟他在工作上有過密切合作嗎？」

史塔西搖頭。「傑克是不折不扣的獨行俠。你知道的，節拍跟大家不一樣。有時候我們會一起辦同樣的案子，但僅此而已。」

「五三年春天，你的小組在偵辦色情書刊案件，你記得嗎？」

「記得，那完全是浪費時間。骯髒的黃色書刊，浪費時間。」

「你自己的報告寫說沒有線索。」

「對，『垃圾桶』跟其他人也沒有頭緒。羅素・米勒德去共同指揮那個夜鴞命案的調查，然後色情書刊的案子就結束了。」

「你記得溫森斯那時有什麼怪異行為嗎？」

「不太記得。我記得他只是偶爾在隊部露臉，還有他跟羅素・米勒德互看不順眼。如我剛剛說的，溫森斯是個獨行俠。他不跟組裡的人來往。」

「那時有兩個經營印刷廠的人出面提到色情刊物的資訊，你記得米勒德有特別問你們這組嗎？」

史塔西點頭。「記得，跟夜鴞有關的東西，但並沒有後續結果。我們都跟老羅素說，那些色情刊物是怎麼樣也追查不到的。」

艾德的直覺似乎無效。「警佐，那時候洛城警局上下都在拚命追查夜鴞命案。你記得溫森斯對此案有什麼反應嗎？有什麼與平常不一樣的小地方嗎？」

史塔西說，「長官，我可以有話直說嗎？」

「當然。」

「那我告訴你，我一直認為溫森斯是個收黑錢的齷齪警察。先不管這個，我記得在查色情書刊那時候，他有些緊張。對於夜鴞命案，我會說他完全不感興趣。逮捕那些黑人嫌犯時他在場，我們的人找到車子跟散彈槍時他也在場，可是他似乎還是覺得此案無聊。」

直覺又來了——沒有根據，純憑第六感。「警佐，仔細想想。溫森斯在夜鴞命案與偵查色情書刊案件時的行為。他有什麼不尋常的地方嗎？**好好想想**。」

史塔西聳肩。「也許有件事，但我不覺得這有什麼——」

「就告訴我吧。」

「那時候溫森斯的辦公桌在我隔壁，有時候我可以清楚聽到他講話。我曾經在座位上聽到他跟杜德利・史密斯部分的對話。」

「然後？」

「然後史密斯要求溫森斯跟蹤巴德・懷特。他說懷特私人涉入一樁妓女命案，他不希望看到懷特做出什麼激烈的行為。」

皮膚有扎刺感。「你還聽到什麼別的？」

「我聽到溫森斯同意，剩下的都聽不清楚了。」

「這是在夜鴞命案調查期間？」

「是，長官。就在那時候。」

「警佐，席德・哈金斯那個搞醜聞雜誌的人，就是差不多在那時候被殺，你記得嗎？」

「記得，懸案一樁。」

「你記得溫森斯有談論它嗎？」

「不記得，但是謠傳他跟哈金斯是好兄弟。」

艾德微笑。「警佐，謝謝你。今天我們是私下談話，我不希望你告訴別人我們談話的內容。你了解嗎？」

史塔西起身。「我不會的，但我為溫森斯感到難過。我聽說再過幾個月他就滿二十年了。也許他突然離開現場是因為那些搶匪嚇到他了。」

艾德說，「再會，警佐。」

□

過去有某件事情不對勁。

艾德坐著，任辦公室門開著。掛金穗的旗幟就在外面——機會來敲門。

溫森斯有可能查到巴德・懷特的骯髒勾當。

直覺：五三年春天「垃圾桶」遇到某種讓他害怕的事情。

能把「色情書刊案件」跟夜鴞命案連結起來。

瑛內姿・索托對他的指控——他殺了三個無罪的人。
如果他在政風處調查中放過溫森斯一馬——
艾德按下對講機。「蘇珊，幫我接檢察總長洛威。」

第四十六章

米基·柯恩說，「我自己已經有很多煩心的事。我不知道什麼狗屁夜鴞命案跟狗屁色情刊物，聖經裡面也沒有寫，雖然我從沒讀過聖經。五年前我就對這個案子沒興趣，現在談它更是無聊。我有自己的問題要管，例如你看看我可憐的寶貝。」

巴德一看。米基老大的壁爐旁邊有一隻屁股開花的鬥牛犬——喘著氣，尾巴被夾板固定：柯恩說，「那是米基二世，我不久於狗世的繼承人。十一月有人企圖要炸死我，狗兒倖存下來，但我有很多套席狄沃西裝卻完蛋了。牠可憐的尾巴一直發炎，又老是食慾不振。來問陳年往事的警察對牠的健康有不好的影響。」

「柯恩先生——」

「我喜歡能以適當禮貌用語稱呼我的人。你剛說你叫什麼名字？」

「懷特警佐。」

「懷特警佐，那我就告訴你，我的生活可說是劫難不斷。我就像是你們宗教裡那個耶穌，把世界的重擔扛在自己背上。在監獄裡，那些狗屁惡棍攻擊我跟我的手下大衛·戈德門，大衛的腦袋被打壞了，假釋出獄，現在能夠在公開場合露鳥散步。他那話兒很大，所以我並不怪他想要做廣告，但是比佛利山莊警察觀念並不開放。現在他被送去卡馬里尤的精神病院進行九十天的觀察。如果這對你的耶穌來說還不夠痛苦，那我再告訴你，我坐牢的時候幫我照顧生意的一些伙伴被不明人士幹掉。現在我的多年兄弟不肯跟我合作。我的老天，「奇基」、李·華其斯、強尼·司坦普納托——」

阻止他滔滔不絕。「我認識司坦普納托。」

柯恩突然怒氣衝天。「狗屁強尼，聖經中的叛徒猶大就是他的中間名！拉娜・透納是他的耶洗別[1]，不是他的抹大拉的馬利亞[2]。他的老二就像探礦魔杖一樣引領他爬到她腳邊。沒錯，他的老二確實比大衛還長，但是奉被賜福的耶穌之名，是我提拔他從一個勒索小混混變成我的保鑣，現在他卻拒絕回到我的陣營，他寧可在『奇基』他媽的熟食店裡吃肥肉，巴結『兩點』柏金斯，我有可信消息來源指出，柏金斯跟狗類朋友玩插香腸遊戲。你剛說你的名字是懷特？」

「沒錯，柯恩先生。」

「溫德爾・懷特？**巴德**・懷特？」

「就是我。」

「孩子，你怎麼不告訴我？」

柯恩二世對著壁爐撒尿。巴德說，「我不知道你聽說過我。」

「我聽說過你，風聲到處流傳。據說你是杜德利・史密斯的手下。據說在這所謂的犯罪活動低潮期，你跟老杜以及他另外兩個打手一直為了民主維持洛城的治安。你們在嘉德納的一間汽車旅館，對著腎臟用警棍打下去，好刺激啊。也許現在，如果我可以讓我的老伙伴停止吃肥肉，離開脅狗的王八蛋，我就可以東山再起。我應該對你好一點，然後你跟老杜就會回報我。所以你說那件夜鴞舊案怎麼樣？」

他拿出準備好的說詞。「我聽說恩格凌兄弟去麥尼爾島拜訪過你，他們跟你談杜克・凱斯卡的生意。我想你或大衛・戈德門可能在放風廣場提過這件事，於是風聲就這樣傳開了。」

米基說，「沒有，不可能，因為我從沒跟大衛講過。確實，大家都知道我在牢房裡談生意，但是我可沒告訴這世上任何人。幾年前，有個艾斯黎來找我談這個話題。現在我特別優惠告訴你米基的精闢見解。我認為唯有在高利潤市場已經存在的前提下，色情刊物才是值得殺掉無辜民眾的高利潤產品。放棄這他媽的夜鴞命案，少年英雄轟掉的那三個黑人已經背上罪名，反正也真的有可能是他們幹的。」

巴德說，「我不認為凱斯卡在夜鴞被殺。我覺得死者是個模仿他的人。我認為這傢伙殺了凱斯卡，假冒他，最後在夜鴞出現。我認為一切都是起源於麥尼爾島。」

柯恩轉轉眼珠。「孩子，可不是我起的頭，因為我沒告訴任何人，我也不認為恩格凌兄弟會到放風廣場去放風聲。這個叫凱斯卡的小丑住哪？」

「銀湖區。」

「那就去清查銀湖丘陵。也許你會找到很棒的古董屍體。」

念頭一閃——聖柏納迪諾，蘇珊・雷佛茲家，她母親的視線瞄向一間額外增建的小屋。「謝謝，柯恩先生。」

柯恩說，「忘掉這件狗屁夜鴞命案。」

柯恩二世瞄準巴德的胯下撒尿。

□

聖柏納迪諾，希爾妲・雷佛茲。上一次她立刻把他趕出去；這一次他要追問男朋友的問題：蘇珊・雷佛茲被人看到跟一個長得像凱斯卡的人在一起——施壓、威嚇她母親說出來。

1 Jezebel。以色列的一位皇后，聖經中多處記載她邪淫暴虐、慫恿君王為惡的事跡。
2 Mary Magdalene。根據聖經記載，抹大拉的馬利亞是一名從良後忠心跟隨耶穌的妓女。

兩小時車程。聖柏納迪諾高速公路快要完工了，可以省下一半的時間。艾斯黎父子都發現了：那懦夫已經知道他跟瑛內姿的關係，那天相遇他別開視線就是明顯的證據。他們父子只是在等事情發展。但如果情況照他所希望的發展，他就可以更強力地反擊——艾斯黎**絕沒**想到他也能鬥智。

希爾妲．雷佛茲住在一個爛房子裡：牆面板搭的小屋外搭了一間空心磚房間。巴德走到屋前，檢查郵箱。威嚇能用的好材料：洛克希德公司的退休金支票、社會安全退休金支票、郡政府福利津貼支票。他按下門鈴。門打開一條縫。希爾妲．雷佛茲透過門鍊看向外面。「已經跟你講過了，現在我再說一次。我不相信你說的話，讓我可憐的女兒安息吧。」

巴德把三張支票排成扇形。「郡社會福利局叫我等你合作之後再給你支票。不配合，就沒支票拿。」

希爾妲尖叫；巴德把門鍊弄斷，走了進去。希爾妲往後退。「拜託，我需要那些錢。」

蘇珊．南茜在四面牆上微笑：在夜總會扭腰擺臀的照片。巴德說，「拜託，你配合一點吧？你記得上次我想問的事嗎？蘇珊搬去洛城之前，在聖柏納迪諾有個男朋友。我上次跟你講這件事，你看起來很害怕，現在也是。**你就說吧**。跟我講五分鐘，然後我就走。不會有人知道的。」

希爾妲的眼珠在轉：支票，那個增建的房間。「誰都不會知道？」

巴德把洛克希德那張支票給她。「誰都不會知道。說吧，你告訴我之後，我會把剩下的兩張給你。」

希爾妲直接對著女兒講話，門旁邊那張照片。「蘇珊，你告訴我你在雞尾酒館認識這個男人，我告訴你我不贊成你們交往。你說他是個好人，已經償還了他對社會的虧欠，但你不肯告訴我他的名字。有一天我看到你跟他在一起，你叫他唐或迪恩或狄克或狄什麼的，他說『叫我杜克，你要習慣這樣叫我』。然後有一天我出門，隔壁的詹森老太太看到你跟那男的在我們家，她覺得她聽到吵鬧聲……」

符合推測：「對社會的虧欠」等於「前科犯」。「你後來知道那男人的名字嗎？」

「沒有，我不知道。我……」

「蘇珊認識兩個姓恩格凌的兄弟嗎？他們住在聖柏納迪諾這裡。」

希爾妲瞇眼看著照片。「喔，蘇珊。我沒聽過這個名字。」

「蘇珊的男朋友有提過『杜克・凱斯卡』這個名字或提過色情刊物生意嗎？」

「沒有！凱斯卡是蘇珊遇害地點的死者之一，蘇珊是個好女孩，才不會跟骯髒的東西扯上關係。」

巴德給她郡政府津貼支票。「別激動。告訴我爭吵的事。」

希爾妲熱淚盈眶。「隔天我回家，我覺得我在新房間的地板上看到血跡，我才剛用我丈夫的保險金蓋了這個房子。蘇珊跟那男人回來，看起來很緊張。那男的在房子底下四處爬，還撥了一個洛杉磯的電話號碼，然後他跟蘇珊就出門了。一星期之後她就被殺了……還有……我，我覺得那些可疑的行為跟命案有關……我想這背後有陰謀也害怕被報復，所以案發幾天後，那個後來變成大英雄的警察來做背景調查時，我什麼都沒說。」

雞皮疙瘩：蘇珊・雷佛茲的男朋友跟假冒凱斯卡的人。「爭吵」：男朋友把凱斯卡殺掉——他可能來聖柏納迪諾找恩格凌兄弟談事情。蘇珊在夜鴞，去參加某種聚會，男朋友扮演凱斯卡——這表示凶手們從沒看過凱斯卡本人。

男朋友在房子底下四處爬。

巴德拿起電話，接線生，接通一個洛城電話號碼：貝爾電話公司警察資訊專線。一個職員接到電話。「請問是哪位需要資訊？」

「洛城警局懷特警佐。我人在聖柏納迪諾市，電話號碼是RA〇四六一七。我需要一九五三年三月二十日到四月十二日其間，所有從這個號碼撥到洛杉磯的通聯清單。記下來了嗎？」

職員說，「收到。」過了兩分鐘左右，那個職員回到線上。「警佐，三通電話，四月二日跟八日，都打到同一個號碼HO二一一一八。那是公共電話，位於日落大道與拉斯帕碼路。」

巴德掛上電話。這個電話亭離夜鴞咖啡館只有半英哩；這三通電話訂下交易或見面的時間——現在得格外小心。

希爾妲拿著面紙擦淚。巴德看到一張茶几上有手電筒。他拿起來往外跑。在增建小屋外，有條通道可以爬到地下室——只能勉強擠進去。往下爬，進了地下室。

塵土、成堆木板、前方有個長粗麻袋。臭味：樟腦丸、腐爛氣味。他匍伏前進到麻袋邊——樟腦丸跟腐爛氣味更強了。他戳戳麻袋，看到老鼠窩衝出老鼠。

陽光讓鼠群盲目，在他周遭亂爬。

巴德撕開麻袋。用手電筒照進去，老鼠、蓋著軟骨組織的骷髏頭。丟下手電筒，雙手撕開麻袋，老鼠跟樟腦丸在他面前。撕開一個大洞，頭蓋骨有個彈孔，骷髏手骨穿出袖子——法蘭絨上繡著「D.C.」。

他爬出去大口吸進空氣。希爾妲・雷佛茲在那裡等著。她的眼睛說，「神啊，拜託，不是那種東西。」清新的空氣；明亮的陽光幾乎讓人看不見。陽光給他一個靈感——他報復艾斯黎的方法。

他把醜聞消息洩漏給雜誌。《低語》雜誌有個人欠他人情——左傾刊物，他們為共產黨跟黑鬼喉舌，痛恨警察。

希爾妲已經幾乎快要失禁。「底下……是不是……有什麼東西？」

「只有一些老鼠。但是我要你在這裡等我。我等一下會拿一些大頭照給你看。」

「我可以拿最後一張支票嗎？」

信封上已經沾到老鼠屎。「拿去。這是艾德・艾斯黎隊長送給你的。」

第四十七章

很棒的偵訊室——沒有固定在地板上的椅子，沒有尿味。傑克看著艾德・艾斯黎。「我知道我惹了禍，但我不認為我捅了大簍子。」

艾斯黎：「你可能會好奇自己為什麼沒被停職。」

傑克伸懶腰。他的制服磨損得厲害——一九四五年之後他就沒穿過了。艾斯黎看起來很嚇人——清瘦、頭髮灰白，無框眼鏡讓他的雙眼看起來很冷酷。「我也在猜。我猜這是因為艾里斯對他所提出的申訴案改變了主意。怕影響大眾觀感之類的理由。」

艾斯黎搖頭。「洛威認為你對他的事業與婚姻是不好的影響，而離開犯罪現場並攻擊員警這兩件事就已經足以讓你停職並開除。」

「是嗎？那為什麼我沒被停職？」

「因為目前為止我替你向洛威與帕克局長求情。還有其他問題嗎？」

「有，錄音機跟速記員在哪裡？」

「我不要這裡有這兩樣東西。」

傑克把椅子往前拉。「隊長，你**想**要什麼？」

「我先用同一個問題問你。你想要把警察生涯沖到馬桶裡，還是想要再混幾個月服務期滿拿退休金？」

這不難回答：他想到跟凱倫說話時她的表情。「好，我會配合。你想要什麼？」

艾斯黎往前靠。「五三年春天，你的朋友兼生意伙伴席德・哈金斯被謀殺，當時羅素・米勒德指派兩個刑警去辦這個案子，他們告訴我你稱哈金斯是『人渣』，他屍體被發現那天早上，你顯然很激動。在那個時候，杜德利・史密斯要你跟蹤巴德・懷特，你也答應了。那時夜鴞命案正在調查中，而你在風化組查緝色情刊物，你反覆送出報告說沒有線索，可是你長期的習慣是把你寫的每份報告都加油添醋。此時，彼得與貝斯特・恩格淩出面，想提供證據說夜鴞命案與黃色書刊有關連。羅素・米勒德問你這件事，你繼續維持『沒有線索』的論調。在這件色情書刊調查中，你不斷地催促長官放棄偵辦。兩位刑警費斯克與克雷納警佐，聽到你勸艾里斯・洛威不要全力查辦哈金斯命案。你在風化組的同事回憶說，在調查色情書刊的期間，你異常地緊張，很長時間都不在隊部辦公室。傑克，可以請你幫我把以上的片段資訊組合起來嗎？」

全部都說對了——他知道自己目瞪口呆、眨眼、臉部抽搐。「你……他媽的……怎麼……」

「這不重要。現在我們聽你詮釋我想要什麼。」

傑克深呼吸幾口氣。「好，所以我跟蹤了巴德・懷特。老杜擔心他會為了某椿妓女命案抓狂，因為懷特對年輕女人有高度關心的傾向。好，所以我跟蹤他，沒發現什麼有價值的事。你跟懷特互相痛恨，大家都知道。你認為某一天他會為了狄克・史坦斯蘭向你報復，你之所以為我向洛威跟帕克求情，是為了交換懷特的把柄。**這是你想要的？**」

「那是其中的百分之二十，現在告訴我你查到懷特什麼事情。」

「例如？」

「譬如他跟女人的關係？」

「懷特喜歡女人，但不是什麼新聞。」

「在懷特通過警佐考試之後，政風處已經對他私生活進行調查。報告指出他跟一個名叫琳・布列肯的女人交往。懷特在五三年的時候就認識她？」

傑克聳肩。「我不知道。我從沒聽過這個名字。」

「溫森斯，你的表情告訴我你在騙人，但我們先不管這個布列肯小姐，我對她沒興趣。懷特在你跟蹤他的期間有跟瑛內姿・索托碰過面嗎？」

他幾乎笑出來。「沒有，至少在我跟蹤他的期間沒有。這就是你這麼激動的原因？你以為懷特跟你的——」

艾斯黎抬起一隻手。「我不會問你有沒有殺哈金斯，我不會要你完整交代那年春天的事，目前不會，或許永遠不會。你只要告訴我你對一件事的想法。你深入查過色情書刊案件，你**也**辦過夜鴞命案。你認為是那三個黑人犯下命案？」

傑克往後退了一點——遠離那一對眼睛。「我那時候就知道有些環節兜不起來。凶手如果不是你抓的那三個黑人，也許是其他黑人，也許他們知道柯提斯把他的車藏在哪裡，並栽贓散彈槍。也許這件案子跟那批色情書刊有關。但你在乎嗎？那些黑鬼強暴你的女人，所以你做的事沒錯。隊長，為什麼要問這些？」

艾斯黎微笑。傑克覺得這個神情像是一腳跨出懸崖的男人，只剩一腳在原地跳著。「隊長，這是怎麼——」

「你別管，我的動機是我的事情，以下是我初步的猜測。哈金斯以某種方式跟色情書刊產生關連，而他有你的醜聞檔案。這就是為什麼你會這麼在乎那些亂七八糟的事情。」

流沙。「對，我曾經做過一件很壞的事。你知道……媽的，有時候我覺得……有時候我覺得是誰發現都無所謂了。」

艾斯黎站起來。「我已經擺平對你的申訴案。所以你不會被送人評會，也不會被起訴。我跟帕克局長的協議之一，是規定你在五月自願退休。我告訴他你會同意，我也說服他完整的退休金是你應得的。他沒有質疑我的動機，我也不希望被你質問。」

傑克站起來。「那麼交換條件是？」

「如果夜鴞命案再被搞大，你跟你所知的一切都歸我管。」

傑克伸出手要握手。「老天，你已經變成一個冷酷的混蛋。」

一九五八年二月——三月紀事

夜鴞大屠殺事件有人枉死？神祕疑雲深不可測

《低語》雜誌，一九五八年二月號

大家還記得夜鴞命案的騷動，對吧？一九五三年四月十四日，三個拿著散彈槍的凶手進入氣氛歡愉的夜鴞咖啡館，就在陽光洛城的好萊塢大道邊，他們搶劫並殺掉三個員工與三個客人，根據估計搶走了三百塊美元，除以六之後等於每條人命只值五十塊。洛城警局以其熱誠本色投入本案偵辦，逮捕了三個年輕黑人，懷疑他們犯下這樁命案，並且指控他們綁架並強暴一位墨西哥女孩。洛城警局並不確定這三名黑人——「蜜糖雷伊」雷蒙・柯提斯、泰隆・瓊斯與勒羅伊・方譚——是否犯下了夜鴞命案，但是他們確信這三名青年強暴了二十一歲大學生瑛內姿・索托。夜鴞命案的調查持續進行，大眾非常關注此案，洛城警方也背負很大壓力要偵破這樁洛城的「世紀大案」。

洛城警局花了三星期追查沒有用的線索，然後發現凶器就放在柯提斯的車裡，而這輛車被放在洛城南區某個廢棄的車庫內。沒過多久，柯提斯、瓊斯跟方譚脫逃出司法大廈看守所。

一個青年刑警登場：洛城警局艾德蒙・J・艾斯黎警佐。他是二次大戰英雄，加州大學洛杉磯分校畢業，在一九五一年「血腥聖誕節」警察施暴醜聞中，作證密告他的同僚，他也是營建業鉅子普雷斯頓・艾斯黎的兒子，這位大亨興建了雷蒙・迪特淩的夢幻時刻主題樂園，以及龐大的南加州高速公路系統。接下來的劇情撲朔迷離。

其一：艾德・艾斯黎警佐愛上了強暴案受害者瑛內姿・索托。

其二：艾德・艾斯黎警佐找到柯提斯、瓊斯與方譚，並用散彈槍——可謂罪有應得——槍殺他們。

其三：一週後，艾德・艾斯黎警佐晉升隊長（連升兩級!!），他把嫌犯就地正法，解決了這樁洛城警局亟需迅速偵破的重案，讓其（被過度渲染?）聲譽不致掃地，因此獲得極大獎賞。

其四：艾德・艾斯黎**隊長**（這位富家少爺過世的母親留給他相當豐厚的私人信託基金），迅速跟瑛內姿・索托打得火熱，在他公寓附近買了一棟房子給她。

其五：《低語》雜誌獲得可靠消息來源，柯提斯、方譚、瓊斯與隱匿他們的羅倫・那瓦瑞特，在被英雄艾德・艾斯黎槍殺時，四人手無寸鐵……現在夜鴞命案發生將近五年後，故事再度有戲劇性發展。

《低語》是那些正經八百媒體所瞧不起的「八卦新聞」。我們不像《噤聲祕辛》一樣有力，我們總部在紐約，我們主要跑的是東岸的新聞。但我們確實在洛城有消息來源，其中一位是堅持正義的私家偵探，他希望保持匿名身分。這位先生多年來一直執著於夜鴞命案的調查，他做了廣泛的偵查工作，並且發現了一些驚人的真相。這位先生，我們將稱之為私家偵探X，接受本刊記者採訪，並揭露以下事情：

發現之一：在夜鴞命案偵辦期間，**彼得與貝斯特・恩格凌**兩兄弟（加州聖柏納迪諾的印刷廠經營者）出面，告訴當局**夜鴞命案死者戴伯特・凱斯卡（綽號杜克）**找上他們，提出要印刷色情書刊的計畫；他們也推測夜鴞命案是色情產業黑社會內部糾紛的結果。洛城警察急於將罪名扣在三名黑人頭上，因此不採信這對兄弟的說法，現在恩格凌兄弟似乎已經從地球表面消失了。

發現之二：希爾妲・雷佛茲是**夜鴞命案死者蘇珊・南茜・雷佛茲**（在聖柏納迪諾土生土長）的母親，她告訴私家偵探X，命案發生之前，她女兒有個神祕無名的男朋友Y，跟杜克・凱斯卡的外型很像，她甚至聽到Y告訴蘇珊・南茜：「叫我『杜克』，要習慣這樣叫我」!!雷佛茲太太無法從X密藏的大頭照中指認出那個男人。於是X推演出一個我們認為精采絕倫的理論！

X的理論：他認為神祕男友Y殺了杜克・凱斯卡，企圖搶過他的色情刊物生意，Y假冒凱斯卡，最後到夜鴞咖啡館跟三名真凶做交易。蘇珊・南茜坐在附近，看她的男朋友進行一場聰明交易。私家偵探X提出以下無可辯駁的證據來證明此理論：

雷佛茲太太說，男友Y看起來就像杜克・凱斯卡。

被指認為凱斯卡的屍體毀壞到難以正確辨識其身分。法醫最後的判斷，是以重建「部分」的假牙來比對他在監獄的牙醫病歷檔案——但另一份監獄紀錄顯示凱斯卡的身高是五呎八吋，而夜鴞現場發現的屍體身高為五呎九又四分之一吋。總而言之，在夜鴞咖啡館被殺的是假冒凱斯卡的人，而非他本人，鐵證如山。

我們相信此令人興奮的推斷，將會揭露非常有趣的真相——殺人不眨眼的洛城警局將因此而相當懊惱，三名黑人則可能因此證明是受到誣指為夜鴞命案凶手。《低語》雜誌敦促洛城地檢署，將夜鴞命案死者的屍體挖出重新勘驗；我們嚴正指責艾德・艾斯黎隊長冷血謀殺了四個社會的犧牲者，並且明確促請洛城警局：以正義之名，彌補你們的過錯！重啟夜鴞命案調查!!

摘錄：《舊金山紀事報》，二月二十七日

蓋茲維爾殺人案令警方困惑

一九五八年二月二十七日加州蓋茲維爾報導——一起怪誕雙人命案，讓舊金山北方六十英哩的蓋茲維爾小鎮居民陷入恐懼——也使曼恩郡警摸不著頭緒。

兩天前，在印刷廠擔任排版工人的彼得與貝斯特・恩格淩（分別為四十一與三十七歲），屍首在印刷廠隔壁的自家公寓裡被發現。根據曼恩郡警尤金・海契副隊長的說法，這兩兄弟是「有犯罪背景的可疑人物。」副隊長謹慎地對本報記者喬治・伍茲說明。

「這對恩格凌兄弟都有毒品前科。」海契副隊長說。「沒錯，他們已經幾年沒有再犯，但是他們仍是可疑人物。比方說，他們在印刷廠就是以假名工作。目前為止我們沒有線索，但我們認為他們是因為被逼問某些資訊而遭到凌虐。」

恩格凌兄弟在蓋茲維爾鎮東維度果路上的快手鮑伯印刷廠工作，他們就住在隔壁的公寓建築裡。他們的雇主是五十三歲的羅伯特・鄧其斯，他以為這對兄弟的名字是彼得與貝斯特・吉拉德，他在週二早上發現了他們的屍體。「彼得與貝斯特為我工作了一年，他們就像時鐘一樣準時出勤。週二早上他們上班遲到的時候，我就知道有不對勁的事情發生了。此外，印刷廠被人搜得亂七八糟，我想要找他們來幫我查出是誰幹的。」

恩格凌兄弟的真正身分是透過指紋電傳查對才發現的。他們遭射殺致死，海契副隊長確定凶手是用加掛滅音器的點三八左輪手槍行凶。「從死者身上拿出來的子彈上，經本局彈道鑑識專家發現有鐵屑痕跡。這一點顯示凶手用了滅音器，這也解釋了鄰居並未聽到槍聲報案的原因。」

海契副隊長不願意說明目前的偵辦進度，他僅表示目前正在運用所有標準調查方法。他表示兩名死者在被射殺之前都遭到凌虐，但他不願意描述犯罪現場。「我們不想讓這些資訊公開，」他說，「有時候媒體報導會讓好些瘋子來為這類案件自首，但其實根本不是他們幹的。保留刑案資訊可以幫助我們分辨嫌犯的說詞。」

就目前所知，彼得與貝斯特・恩格凌並沒有親人在世，他們的屍體目前存放在蓋茲維爾市法醫辦公室。海契副隊長促請所有可能知道本案相關資訊的人，盡快聯絡曼恩郡警局。

摘錄：《舊金山觀察家報》，三月一日

命案死者與洛城知名刑案有關連

二月二十五日，彼得與貝斯特・恩格凌在加州蓋茲維爾市被殺，曼恩郡警副隊長尤金・海契今天表示，他們是一九五三年四月洛城夜鴞命案的重要證人。

「昨天我們收到匿名線報，」海契副隊長告訴本報，「有個男人打電話通報此事，然後就掛斷。我們向洛城地檢署證實此事，他們說這是真的。我不認為這跟本案有什麼關係，但我還是打電話給洛城警局確認一下。他們不理我，所以我有些不高興。」

摘錄：《洛杉磯每日新聞》，三月六日

夜鴞復活——震驚新發現指出被殺嫌犯無罪

這是一則醜陋的新聞。《洛杉磯每日新聞》是洛城唯一勇於揭露惡行的報紙，也是南加州唯一以扒糞自豪的報紙，我們並不會迴避刊出這樣的報導。這則新聞戳破了一個英雄的形象，而許多人認為他是法治正義的完美典範。當英雄有致命的弱點時，本報相信揭發他們的缺陷給大眾檢視是我們的責任。現在這些重大問題，並不亞於引發這些問題的那樁犯罪，所以我們誠實地發出扒糞的不平之鳴。我們要抗議的目標：惡名昭彰的夜鴞命案——一九五三年四月，好萊塢一家咖啡館有六人遭搶劫後，殘酷地被散彈槍打死——此案並未真正破案，正義遭到嚴重扭曲。我們希望此案可以重啟調查，落實真正的正義。

雷蒙・柯提斯、勒羅伊・方譚與泰隆・瓊斯——您記得這些名字嗎？他們是三個黑人青年，不折不扣的罪犯與性侵犯，但洛城警局卻冤枉了他們。夜鴞命案事發後沒多久他們被逮捕，他們提出的不在場證明令人髮指：他們之所以不可能犯下命案，是因為他們當時綁架並輪姦一名叫瑛內姿・索托的年輕女性。他們在洛城南區某廢棄建築裡凌虐索托小姐，然後坦承他們開車載她四處跑，「賣」給他們的朋友性侵。他們把索托小姐交給一個叫席維斯特・費區的男人，然後一位洛城警察在拯救這名勇敢女子的過程中，槍殺了費區。

索托小姐拒絕配合警方調查，當時警方的偵辦重點是，亟需建立柯提斯、瓊斯與方譚在夜鴞命案當時的行蹤。他們是否跟她與其他涉嫌強暴犯在一起（除了費區之外沒指認出其他人）？他們是否有時間從洛城南區開車到好萊塢，犯下夜鴞命案，然後回來再凌虐她？在整段受辱過程中，她是否意識清楚？

到目前為止，這些問題仍無答案。

警方調查分成兩個方向：一、搜尋證據來確認瓊斯、柯提斯與方譚是凶手；二、基於這三名青年並未殺人僅犯下綁架與強姦罪的假設，來搜尋一般性證據，進行警方的標準調查。索托小姐仍然拒絕配合調查。在兩個調查方向都還沒有任何證據的時候，柯提斯、瓊斯與方譚逃獄，接著被我們先前提到的英雄給擊斃：洛城警局警佐艾德蒙·艾斯黎。

這位大學畢業生、二戰英雄、大名鼎鼎的普雷斯頓·艾斯黎之子——艾德·艾斯黎用夜鴞命案當跳板，追求他冷酷無情的個人野心。三十一歲他晉升為隊長，在本篇報導後不久，他將會晉升為督察長——才三十六歲，洛城警局史上最年輕的督察長。他被報導有可能當上共和黨候選人的次數，幾乎與他建築業鉅子父親在媒體曝光的次數一樣多。關於他有些謠言揮之不去：被殺的三名嫌犯手無寸鐵、檢察總長洛威杜撰三名嫌犯在逃獄前已經認罪。但大家所不知道的是，艾德·艾斯黎愛上了瑛內姿·索托，因此在調查期間縱容她不配合警方調查，後來他買了一棟房子給她，這五年來也一直與她維持親密關係。

現在，有兩項最新發展讓夜鴞命案有了更多疑點。

在一九五三年，一對兄弟出面成為夜鴞命案的重要證人。彼得與貝斯特·恩格凌聲稱，這起咖啡館屠殺案起源自企圖販售色情書刊的計畫，籌思這個計畫的是死者之一，綽號「杜克」的前科犯戴伯特·凱斯卡。洛城警局選擇忽視這個情報。然後在五年後，彼得與貝斯特·恩格凌在北加州小城蓋茲維爾遭到殘酷地殺害。二月二十五日發生的這起命案，目前尚未偵破，也完全沒有線索。但是一個長期無解的問題即將解開。

在聖昆丁監獄，一個名叫歐提斯·約翰·修鐵的黑人因犯，讀到舊金山報紙對於恩格凌兄弟命案的報導，裡面提及他們曾與夜鴞命案有些微連結。這篇報導讓修鐵想到一些事情。他要求跟助理典獄長面談，並提出驚人的自白。

歐提斯・約翰・修鐵是因為數起偷車案而入獄，他誠實表示自己配合調查是為了獲得減刑。他坦承自己是柯提斯、方譚與瓊斯「賣」瑛內姿・索托時的買家之一。在夜鴞命案當夜二時半至五時之間，他跟索托小姐以及三名青年在一起，**那正是在命案的可能案發時間內**。他告訴典獄長，他之所以沒有出面澄清三名嫌犯的清白，是因為他害怕自己也會遭到強姦罪的指控。他進一步表示，柯提斯的車裡有大量毒品，這就是為什麼他絕不把車子藏匿地點告訴警察。修鐵表示，自己最近成為基督教五旬節派信徒，這是他最後終於認罪的理由，但監獄當局卻抱持懷疑。修鐵請求在監獄內進行測謊，以證明他字字屬實，然後接受了四次測謊。他無庸置疑地通過了四次測謊。修鐵的律師墨里斯・瓦思曼，已經把公證過的測謊報告副本寄給本報與洛城警局。我們刊出了這篇報導，那洛城警局會怎麼做？

我們譴責以暴力解決案件的不公義。我們譴責劊子手艾德・艾斯黎的動機。我們在此公開要求洛城警局重啟夜鴞命案的調查。

摘錄：《洛杉磯時報》，三月十一日

公眾抗議夜鴞命案聲浪日漸升高

一連串沒有關連的事件，以及《洛杉磯每日新聞》一系列文章撩起的大火，正迫使洛城警局重新調查一九五三年的夜鴞謀殺案。

洛城警局局長威廉・H・帕克稱這起爭議是「點不燃的火藥桶。一切都是胡言亂語。一個墮落罪犯的證詞，與一起毫無關連的雙人命案，並不是一件已破案五年的案子重啟調查的理由。一九五三年我支持艾德・艾斯黎隊長的行動，現在我的態度也不變。」

帕克局長所指的雙人命案，是二月二十五日彼得與貝斯特・恩格淩命案，他們是夜鴞命案調查中的重要人證。證詞是指最近聖昆丁監獄的囚犯歐提斯・約翰・修鐵聲稱，他在夜鴞命案案發時間跟三名被指為凶手的嫌犯在一起。修鐵的律師墨里斯・瓦思曼拿出他的測謊紀錄，並表示「測謊圖表不會說謊。歐提斯是個有宗教信仰的人，他因為五年前沒有出面洗清三名無辜青年的罪名而有深深的罪惡感，現在他想看到正義被實現。他已經給了三名死者不在場證明，且通過測謊器的驗證，現在他想看到真正的凶手受到制裁。在洛城警局同意盡責地重啟調查之前，我將不會停止宣傳這件事。」

《洛杉磯每日新聞》地方新聞的編輯李察・敦士托也呼應此看法，「我們已經咬住重大事件，絕不會輕易放過。」

標題：《洛杉磯每日新聞》，三月十四日

我們控訴——洛城警局掩蓋夜鴞命案真相

標題：《洛杉磯每日新聞》，三月十五日

給劊子手艾斯黎的公開信

標題：《洛杉磯時報》，三月十六日
被定罪罪犯之律師訴請加州檢察總長重啟夜鴞命案調查

標題：《洛杉磯前鋒快報》，三月十七日
帕克對媒體表示：夜鴞案早已結案

標題：《洛杉磯每日新聞》，三月十九日
人民要求正義——洛城警局遭示威抗議

標題：《洛杉磯前鋒快報》，三月二十日
帕克／洛威如坐針氈
奈特州長：夜鴞命案是「火藥桶」

標題：《洛杉磯鏡報》，三月二十日
死亡的報酬——艾斯黎／索托愛巢獨家照片

標題：《洛杉磯觀察家報》，三月二十日
警方總機電話接不完：民眾表達對夜鴞案之意見

標題：《洛杉磯時報》，三月二十日
帕克支持艾斯黎立場堅定：「夜鴞命案不會重啟調查」

標題：《洛杉磯每日新聞》，三月二十日
正義必須貫徹！
警方必須負責！
立刻重啟夜鴞命案調查！

第四部

目的地：太平間

第四十八章

電話響起：媒體打來的機率是二十比一。艾德還是接起電話。「是？」

「艾德，我是比爾・帕克。」

「長官，你好嗎？謝謝你在《洛杉磯時報》裡的那些話。」

「孩子，我那是真心話。我們會堅強度過這個難關。瑛內姿反應如何？我是指針對媒體大幅報導。」

「我父親說她現在住雷蒙・迪特凌位於拉古納的房子。幾個月前我們分手了。我們走不下去了。」

「很遺憾。但瑛內姿是個堅毅的女孩。比起她所經歷過的事，這件事應該沒什麼。」

艾德揉揉眼睛。「我不確定這件事的風頭能過去。」

「我覺得會。蓋茲維爾警察在恩格凌兄弟命案上不會配合，聖昆丁監獄那個黑人是沒有價值的證人。他的測謊紀錄看起來是真的，但他的律師譁眾取寵又奸詐，一心只想把自己的客戶弄出——」

「長官，除此之外，我不認為我殺的人是夜鴞命案的凶手，而——」

「不要插嘴，也不要告訴我你天真到認為重啟調查會有任何一丁點好處，這是自取滅亡。現在我等著風頭過去，沙加緬度州政府的檢察總長也等著風頭過去。媒體負面報導、呼籲落實正義這類的事情總是會鬧一陣子然後就會過去。」

「如果不是只鬧一陣子？」

帕克嘆口氣。「如果州檢察總長下令州政府進行特別調查，我就會提出洛城警局反對他調查的禁制令，並且以我們自己的調查來對付他。這個策略已經獲得艾里斯・洛威的全面支持——但風頭**會**過去的。」

艾德說，「我不太確定我是不是希望風頭過去。」

第四十九章

反黑組值勤中：勝利汽車旅館六號房。巴德、麥克・布魯寧跟一個被綁在刑求椅上的舊金山流氓——喬・希法基，三度因高利貸而入獄，有人密報他搭火車來到洛城火車站。布魯寧拿水管打他；巴德一旁看著。

櫃子上放了一千四百塊美金——警方慈善基金捐款。現在正在狠狠教訓他離開本市，接下來要對付他的牙齒。巴德看看錶——四點二十分——杜德利遲到了。希法基尖叫。

巴德走進浴室。四面牆貼滿猥褻圖像，有些可追溯到一九五三年——他立刻想到夜鴞命案。害怕：夜鴞命案現在又是大新聞，老杜急著要找他談。他打開水龍頭，掩蓋外面的尖叫聲。他推敲了自己對夜鴞命案的涉入過程，覺得應該沒有漏洞。

沒有人知道是他把事情洩漏給《低語》——如果高層知道了，他應該會被召見——而且凱斯卡的屍體還在那棟房子下面。沒人知道是他把恩格凌兄弟與夜鴞命案的連結，洩漏給蓋茲維爾郡警。幸運事件：那對兄弟死了，又冒出聖昆丁監獄的黑人——他提出的不在場證明可能不假。他五三年隱匿的證物應該不會把自己扯出來——如果老杜略知他當年有隱匿什麼，應該也會覺得是跟他執著於凱西命案有關。老杜是夜鴞專案小組負責人，他應該希望這場風波結束——重啟調查會讓他看起來像個蠢蛋配角，但蠢蛋主角會是艾德・艾斯黎。帕克拚命阻擋案件重啟調查，說再度調查的機率只有五比一，所以艾德・艾斯黎有五分之一的機率會出糗——

希法基尖叫——門在晃動。

巴德把頭埋在洗手槽裡。鏡子旁邊有人塗鴉：梅格・葛倫威茲床上功夫很好，電洽AX七四〇二二。牆壁上都是女人的姓名；上星期洛城郡警發現一個死亡妓女，他把她加到名單上上：琳內特・愛倫・坎瑞克，二十一歲，五八年三月十七日死亡。被毆打，戒指造成的撕裂傷，三孔強姦——郡警不肯給他案發時間——

希法基開始胡言亂語。浴室已經熱到讓人受不了。

巴德走出去。希法基變成狂熱的線民。「……我知道很多事，我**聽說**很多事。像是米基出來之後，就是大幹一票的時候了。他蹲苦窯的時候，大家都安分得詭異，但是有一組槍手會幹掉代替他經營生意的人，這些特立獨行的槍手四處開槍，幹掉了米基的人馬，也幹掉那些想要搶他生意的人。以前大家都尊敬老杜，因為他是和事佬，但現在他什麼都不管。你想要掃黃嗎？啊！啊！你想要很棒的情報——」

布魯寧看起來很無聊。巴德走到庭院：雜草叢生，尖刺鐵絲網圍籬。十四個空房間——洛城警局以低價買下這棟建築。

「小伙子。」

杜德利站在人行道。巴德點了根菸，走過去。

「小伙子，抱歉我遲到了。」

「沒關係，你說有要緊事。」

「對，確實很要緊。小伙子，你還喜歡好萊塢刑警隊嗎？符合你的胃口嗎？」

「我比較喜歡凶殺組。」

「很好，我會想辦法讓你盡快歸隊。大眾媒體拚命嘲弄艾斯黎有沒有讓你開心一點？」

抽菸讓他咳嗽。「當然有。可惜這件案子不會重啟調查，讓他真的坐立難安。不過我的意思並不是想看你遇上麻煩。」

杜德利笑了。「我懂你矛盾的心情。我自己也覺得有些兩難，尤其是沙加緬度傳來情報，州檢察總長很快就會施壓重啟調查。萬一出了狀況，艾里斯・洛威已經準備好提請法院下禁制令，所以我很遺憾夜鴞命案又快要成為我們的燙手山芋，這一點應該錯不了。小伙子，這是政治內鬥。左傾的民主黨人已經抓住黑鬼被誣陷的議題，打算在初選時拿來當攻擊重點，而共和黨籍州檢察總長已經閃開攻擊並進行反擊。小伙子，你手上有什麼夜鴞命案資訊是沒給我看過的？」

早就準備好被問這一題。「沒有。」

「啊，那就好。除此之外，今晚我要你到勝利汽車旅館出個任務。一個塊頭很大的肌肉棒子需要被修理，老實說麥克跟狄克的塊頭恐怕無法讓他留下印象。小伙子，世界很小——我想這傢伙認識我們五三年的朋友杜克・凱斯卡。也許他可以給你一些情報，讓你繼續追你執著的凱西・珍威命案。小伙子，你是否還在乎美麗凱西的命運？」

巴德吞了口口水——喉嚨乾燥。

「小伙子，別把我剛問的事放在心上。你那種執著就像妓女一樣——她們可以從良，但是過去那一套行為模式難改。小伙子，今晚十點。振作精神。我很快就會有些課外活動給你做，那應該可以讓你再度恢復你過去令人畏懼的作風。」

巴德眨眼。

杜德利微笑，走向六號房。

他說的妓女指的是琳。而他允許他去查珍威命案，這表示他知道多少？

希法基尖叫——聲音穿透牆壁，傳到庭院的邊緣。

第五十章

高羅戴把消息透露給他：加州檢察總署準備好要施壓重啟調查，並且是由州政府來支付調查費用。艾里斯．洛威準備好要搶先一步——夜鴞命案重返洛城警局。現在重新調查的時機已經到了。

艾德在拉布瑞亞街一家咖啡館。傑克．溫森斯差不多該到了，桌上有些文件：夜鴞命案以及哈金斯命案的資料。

要點：聖昆丁監獄的那名囚犯所言是否屬實？很有可能，暫且不論其動機。

要點：恩格凌兄弟命案跟夜鴞命案有關連嗎？在曼恩郡警分享情資之前無從得知。

要點：夜鴞咖啡館旁的紫色車輛。直覺：那是一輛無關案情的車輛，真正的凶手們隨著媒體報導，搶在洛城警局之前找到了雷伊．柯提斯的車，把散彈槍栽贓在車內。這意味著——令人震驚——在葛瑞菲斯公園找到的擊發彈殼也是他們栽贓的。司法大廈看守所一九三五到五五年的紀錄被銷毀——如果凶手們已經得悉這批紀錄裡有相關線索，現在要找到此線索已經近乎不可能。叫克雷納跟費斯克去徹底調查與紫色車輛／栽贓散彈槍相關的各種可能性。

要點：死者麥爾坎．藍斯福，離職洛城警察、醉鬼、保全警衛。他跟造成夜鴞大屠殺的某種犯罪陰謀是否有關連？答案：不可能——經查證他長期光顧夜鴞咖啡館，且總在深夜前往。

艾德啜口咖啡，讓思緒清晰。政風處在警局內外都是自主運作，但也遭人辱罵；他已經讓克雷納跟費斯克為重啟調查進行準備工作——不管是洛城警局的調查，還是他自己的調查。溫森斯承認他跟蹤過巴德．懷特，並謊稱不知道懷特在五三年春天已經認識他偶爾相聚的女朋友——琳・布列肯。針對她安排了寬鬆的監視；費斯克才剛呈上一份報告。

謠傳這女人以前是妓女；她目前在聖塔蒙妮卡跟人合開一家女裝店。她的事業伙伴：皮爾斯・莫豪斯・帕切特，五十六歲。克雷納拿到一份財務報告：帕切特是個有錢的投資客，據稱他會幫生意伙伴找妓女。

在財務方面的重要情報：帕切特在好萊塢擁有一棟公寓建築。那裡發生過一起怪異槍擊事件——就在夜鴞命案的調查期間——案子是他接的，但並未逮捕到嫌犯——公寓一樓遭多發子彈擊中，裡面有性虐待狂的道具。管理員聲稱不認識公寓的所有人——他的薪水支票是用郵件寄來，開票給他的可能是個空頭公司。他知道房客名叫「拉瑪」，「一個金髮大塊頭」。管理員認為槍擊案是拉瑪所造成；好萊塢分局的偵辦報告指出，拉瑪在槍擊事件之後便失去蹤跡。此案結束調查。

「垃圾桶」遲到了。開始閱讀哈金斯命案的資料。

可怕的分屍方法，沒有具體嫌犯。許多人痛恨哈金斯。不痛不癢的調查——嫌疑曾短暫落在麥斯・佩爾茲跟《榮譽警徽》劇組——《噤聲祕辛》曾刊過一篇文章「揭發」佩爾茲對青少女的癖好。佩爾茲通過測謊；其他的劇組人員提出不在場證明。從字裡行間可推敲出——帕克認為死者是人渣，不太在乎本案。

「垃圾桶」還沒來。艾德翻閱關於不在場證明的報告。

麥斯・佩爾茲與未成年少女發生性行為——文件中如此暗示，但並未起訴。場記潘妮・傅威德跟丈夫在家裡；比利・迪特凌的不在場證明來自提米・瓦伯恩。場景設計師大衛・馬登斯——患有癲癇與多種疾病的病人——是由跟他同住的男護士傑利・瑪撒拉斯證明不在場。明星布瑞特・崔思參加派對；共同主演的演員米勒・史丹頓也是。沒有破綻——但哈金斯的死必定對溫森斯五三年春天的行徑產生關鍵影響。

「垃圾桶」走過來，坐下。單刀直入。「你打算要向局裡報告？」

「明天我會跟帕克碰面。我確定他將會宣布重啟調查。」

溫森斯大笑。「那你臉色就別那麼難看。如果你瘋狂到想要重啟調查，那你至少表現得快樂一點。」

艾德把六發彈殼放在桌上。「其中三發是我在你上次射擊練習之後拿到的，另外三發是從好萊塢分局證物櫃拿出來。擊發溝痕完全相同。傑克，五三年四月，你記得切拉莫雅路槍擊事件嗎？」

「垃圾桶」握住桌邊。「說下去。」

「切拉莫雅路那棟建築的所有人是皮爾斯・帕切特，這個所有權關係被隱藏得很好。在那裡發現性虐待狂的道具。帕切特跟琳・布列肯是同夥，她也是巴德・懷特的女朋友，而你否認認識她。當時你在風化組查一樁色情書刊案，色情書刊跟性虐待道具算是同一個領域。我們上次談話時，你承認哈金斯有你的檔案，這就是為什麼那時候你心神慌亂的原因。以下是我的大膽推論，如果說錯了請糾正我。布列肯跟帕切特是哈金斯的同夥。」

溫森斯用力緊握——餐桌搖晃。「所以你是個聰明的王八蛋。那又怎樣？」

「所以巴德・懷特也認識哈金斯？」

「不認識，我不認為——」

「關於帕切特跟布列肯，懷特知道多少？」

「我不知道。艾斯黎，聽著——」

「**你**才給我聽著。回答我的問題。你拿到了哈金斯針對你的檔案嗎？」

「垃圾桶」冒著汗。「有，拿到了。」

「誰給你的？」

「那個姓布列肯的女人。」

「你怎麼從她那邊弄到？」

「用自白書來威脅她。我寫了關於她與帕切特的供述，裡面有我查到他們的所有底細。我複印了副本，藏在好幾個保險箱裡。」

「而你——」

「對，副本還在我手上。而他們也有我檔案的複印本。」合理的猜測。「你在追查的黃色書刊是帕切特在賣？」

「對。艾斯黎，聽著——」

「溫森斯，**你**給我聽著。你還留著那些淫穢刊物嗎？」

「供述書跟那些書我都有。你若想拿到，必須免除我的隱匿證據罪。夜鴞命案破案的功勞我要分一半。」

「三分之一。如果懷特不加入，這個案子不可能破。」

第五十一章

勝利汽車旅館六號房。杜德利面對一個被鍊在刑求椅上的肌肉怪漢。桃・羅斯坦色眼看著《花花公子》。巴德看著她：這個男人婆警察穿著休斯飛機公司的連身裝。

杜德利瀏覽一份前科紀錄。「拉瑪・希頓，三十一歲。因持械攻擊而有一次定罪紀錄，曾在電信公司工作，他疑似幫『執法者』傑克・惠倫偷接簽賭專用電話。一九五三年四月棄保潛逃。小伙子，我認為稱你是組織犯罪的一份子並不過分，因此你需要接受再教育，學習文明社會的生活方式。」

希頓舔舔嘴唇；杜德利微笑。「你平和地配合我們，這對你有好處。你沒有吵鬧說什麼人權，反正你也沒有什麼人權，這表示你很聰明。我的工作是要嚇阻並圍堵洛杉磯的組織犯罪，我已經發覺動武經常是最有說服力的矯正方法。小伙子，我會問你問題，你會回答。如果我滿意你的答案，溫德爾・懷特警佐就會繼續坐在椅子上。好，你為什麼在一九五三年四月棄保潛逃？」

希頓結結巴巴。巴德反手打他巴掌——眼睛盯著牆壁，讓自己看不到他被打。左右左右左右——桃對他比出暫停手勢。

停火。杜德利：「給你一點教訓，讓你看看懷特警佐的能耐。從現在開始我會包容你的結巴。你還記得我的問題嗎？你為什麼在一九五三年四月棄保潛逃？」

結結巴巴：希頓緊閉眼睛。

「小伙子，我們在等你。」

希頓：「必—必須—須—出—出城。」

「啊，很好。是什麼事情讓你必須離開？」

「只—只是女—女人—問—問題。」

「小伙子，我不相信你。」

「真—真—真的。」

杜德利點頭。巴德打巴掌——他刻意伸展，假裝用了全力。桃說，「這傢伙可以承受更多痛苦。蜜糖你別撐了，讓你自己好過一點。五三年四月你為什麼蹺頭？」

巴德聽到布魯寧跟卡萊爾在隔壁房。他突然想到：五三年四月——夜鴞命案。

「小伙子，我高估了你的記憶力，所以讓我來幫你一把。皮爾斯‧帕切特。那時候你認識他，不是嗎？」

巴德背脊發涼：隱匿證據，杜德利不應該知道帕切特的存在——

希頓激烈扭動。

「啊，很好。我想我們碰觸到敏感神經了。」

桃嘆氣。「天啊，好棒的肌肉。我應該要有這樣的肌肉。」

杜德利大吼。

停止恐懼：杜德利正在進行重新調查，也許希頓有涉案。**如果他知道我藏了證據，我就不會在這裡了。**

桃拿警棍打希頓：手臂、膝蓋。肌肉堅毅地承受打擊：沒有尖叫，沒有抽泣。

杜德利笑了。「小伙子，你能忍受不適的門檻很高。請對以下這點發表感想：皮爾斯‧帕切特、杜克‧凱斯卡與色情刊物。請清楚說明，否則懷特警佐將會測試你的忍耐極限。」

希頓這一句沒有結巴。「肏你媽的愛爾蘭王八蛋。」

喔，喔，喔。「小伙子，你想學喜劇演員是吧？溫德爾，讓我們的組織犯罪份子看看你對無謂的喜劇橋段有什麼意見。」

巴德抓起桃的短棍。「老闆，你想要怎樣？」

「徹底且溫順的配合。」

「這是夜鴞命案調查嗎？你剛說杜克・凱斯卡。」

「我要他在所有問題上都給我徹底且溫順的配合。你對此有反對意見嗎？」

桃說，「懷特，你動手就對了。老天，我真應該有這樣的肌肉。」

巴德靠近。「讓我自己對付他。幾分鐘就好。」

「小伙子，回歸你的老方法了？你已經好一陣子對這種工作都提不勁。」

巴德悄聲說。「我打算讓他認為他可以單挑我，然後我狠狠修理他。你跟桃在外面等，好嗎？」

杜德利點頭，跟桃走出去。巴德打開收音機：廣告播著伊克歐茲的中古車很實在。

希頓拉動身上的鐵鍊。「肏你，肏那個愛爾蘭佬，肏那個混蛋男人婆。」

巴德拉過一張椅子。「我不喜歡這種東西，所以你乖一點，私下給我一些答案，然後我叫那個人放了你。懂嗎？不會因為你棄保而逮捕你。」

「肏你。」

「希頓，我想你認識皮爾斯・帕切特，也許你認識杜克・凱斯卡。你可以私下告訴我一些事，然後我會——」

「肏你媽。」

巴德把希頓連人帶椅丟出去。刑求椅橫著落地——橫檔脫落，架子垮了，收音機壞了，吐出雜訊。

巴德一手把椅子拉起來。希頓已經尿褲子。巴德聽到自己在講話，帶著奇怪的愛爾蘭口音。「小伙子，給我一些皮條客的情報。凱斯卡，一個叫杜特‧吉列的黑鬼——他們都幫一個叫凱西‧珍威的女孩拉過皮條。她被幹掉，讓我不爽。**小伙子**，你有關於他們的情報嗎？」

兩人四目相接——希頓眼睛睜得很大。他不再口吃，不敢再惹惱眼前這頭他媽的禽獸。「長官，我只當過帕切特先生的送貨司機，我跟一個叫卻斯特‧約克金的人。我們的工作就是配送這些……這些非法東西……而我根本不認識凱斯卡這個人。我聽說吉列是娘娘腔，我只知道他以前幫史貝德‧庫利的派對找妓女。你想知道史貝德的祕密嗎？我知道他抽鴉片，他是個墮落到極點的毒蟲。他現在正在吞雲吐霧，你快去逮他。但我不知道什麼妓女殺手，也不認識什麼凱西‧珍威。」

巴德搖著椅子——希頓繼續告密。

「長官，帕切特先生經營應召站。漂亮的馬子，都打扮得像電影明星。他最喜歡的就是一個叫琳的婊子，她看起來就像——」

巴德直接握住他的臉。那張面孔發紅，兩個大塊頭男人緊靠——環抱住他，把他抬起來。天花板突然變得好近，碎裂的灰泥牆壁變成黑色。

□

透過黑暗可以聽到問題與答案，透過薄紗可以聽到喊叫與啜泣——薄紗讓他看不到其他人的臉孔。色情刊物、凱斯卡、皮爾斯‧帕切特——整件事還是串不起來。聽到「琳‧布列肯」讓他擔憂，希頓沒有招出更多人名，黑幕竟是如此黑暗。米基‧柯恩，一九五三年你為什麼跑路——他聽到這個名字時把薄紗撕開。尖叫聲讓他變得心軟——腦海裡都是琳的樣貌。

金髮的琳是妓女，棕髮的琳是她自己。關於他跟瑛內姿的關係，琳這麼說：「對她好一點，不要告訴我細節。」琳會寫日記，他本來想要偷看，卻因為知道她吃定他而放棄這個念頭。琳的思考比他快兩步，她進出他的生活，正如同他進出她的生活。那層黑色薄紗鼓動著——問題與答案。黑暗的寂靜，光線照在碎裂的灰泥牆壁上。

勝利汽車旅館七號房：反黑組弟兄睡的床。通往六號房的門是開的。

巴德從床上翻起，站起來。他的頭很脹，下巴很痛，他把枕頭撥開好把頭埋進去。進了六號房，一片狼藉：刑求椅，牆壁上有血跡。希頓、桃、杜德利跟他的手下們都不在。凌晨一點十分——沒辦法想通那些問題與答案。

他頭昏腦脹地開車回家，累到沒辦法思考。他打開門鎖時打呵欠——頭頂上的燈亮了，某樣物事或某人抓住他。

他手腕被上了手銬。艾德・艾斯黎、傑克・溫森斯——大大方方地站在他面前。他看看兩旁：費斯克跟克雷納——政風處的混蛋——壓制他的雙手。

艾斯黎給他一巴掌。費斯克掐住他脖子，一根手指點著他的頸動脈。

他面前有個卷宗。

艾斯黎：「你升警佐的時候，政風處已經對你做過身家調查，所以我們已經知道琳・布列肯的事。五三年溫森斯跟蹤過你，他在這份供述裡把你、布列肯跟皮爾斯・帕切特的事全寫進去。你為了凱西・珍威命案去質問帕切特，你就像瘟疫一樣感染了夜鴞命案的每一部分。我需要你告訴我你知道的事，如果你不合作，我就會下令政風處立刻開始調查你隱匿證據的事。對於已經過去的夜鴞命案，局裡需要一個代罪羔羊——我的價值太高，不能被犧牲。如果你不配合，我就會用我每一分力量來毀掉你。」

掐住他脖子的手放鬆——巴德想要掙脫。克雷納跟費斯克使勁加強壓制力道。「你這混帳東西，我他媽要殺了你。」

艾斯黎笑了。「我不這麼認為，如果你配合的話，你隱匿證據的罪名就不會被追究，你可以分一部分功勞，還有額外的獎品——夜鴞命案跟你如此關心的連環妓女命案有關連。」

黑色薄紗再度浮現眼前。「琳？」

「她是我們第一個要偵訊的對象——使用潘多索鎮定劑。如果她是清白的，她就沒事。」

他還不知道《低語》的事，我手上還掌握聖柏納迪諾那具屍體。「等一切結束之後，我們再來算帳。」

第五十二章

徹夜未眠——溫森斯的供述讓他無法入睡。他並不需要的鬧鐘裝置——早晨六點廣播新聞，一個記者報導：夜鴞命案可能重啟調查，拿他與他父親**比較**——高速公路系統快要完成，夜鴞命案英雄現在變成壞人。停車場有人示威——共產黨同路人要求伸張正義。

他生涯最重要的一次會議，他很早就到了。

帕克的會議室已經準備好了——桌上有著記事本。艾德寫下，「帕切特」、「布列肯」、「帕切特跟哈金斯的『交易』——勒索？」；他在「哈金斯被肢解的方式與色情照片相同」畫底線——叫溫森斯把那些淫穢書刊帶到局裡。懷特提供的情報：「五三年，帕切特涉嫌販售淫穢刊物」、「帕切特／恩格淩兄弟與他們父親的化學背景」；「杜克・凱斯卡的住處遭搜索，電話簿黃頁裡聖柏納迪諾（印刷廠）那部分常被翻閱。」懷特仍在隱藏情報——他很清楚。

供述裡畫底線的部分：「帕切特（透過鳶尾花此一管道），涉及五三年風化組所追查的色情書刊（於特定範圍）販售案件；凱斯卡為這批色情刊物的銷售計畫四處奔走；色情刊物也跟哈金斯屍體被肢解有關連。」

結論：

至少是五年前的一連串犯罪陰謀，造成超過四起，也許高達十二起重大犯罪。

其他人成一路進來——帕克、杜德利・史密斯、艾里斯・洛威，迅速坐下。

帕克說，「我們將重啟調查。加州檢察總署想要搶這份工作，但是艾里斯已經申請禁制令來對付他們，因此我們將有兩星期的時間來釐清此案，並且讓本局再度獲得尊重。在沙加緬度派人南下，讓我們變成笑柄之前，我們還有兩星期，我要這個案子在十二天內被查清楚，在法律程序上無懈可擊，並且送到大陪審團面前。先生們，懂嗎？」

眾人點頭。洛威說，「我個人的處境很為難，因為柯提斯、瓊斯與方譚確實向我認罪。經過考慮之後，我必須承認他們是愚蠢且天真的男孩，在心理上容易被人暗示引導，所以——」

史密斯插嘴。「艾里斯，那已經是過去的事情了。我們只是抓錯黑人，那三個並不是在葛瑞菲斯公園開散彈槍的人。真正的凶手是某些黑人區的囂張惡徒，他們那時知道柯提斯把車藏在哪裡，然後把凶器栽贓進去。那些人熟悉黑鬼的地盤，就比我們早一步找到車子。夜鴞咖啡館旁邊被目擊的紫色車輛，純屬巧合，卻被凶手們拿來利用。我認為葛瑞菲斯公園那輛車是贓車或來自外州，無論如何講這件事已經沒有用了。我們必須先從掃蕩南方黑人區下手。」

艾德微笑——史密斯的方針切中他的計畫。「基本上我同意，我已經派了一個政風處幹員去清查舊車籍資料。但我們是不是進度太快了？我們不應該先建立指揮系統嗎？」

洛威咳嗽。「艾德，我認為你射殺那些惡棍是高尚的行為，不管你的動機為何。但我認為給你指揮權，只會讓媒體與大眾更為反感。我想在本次調查中你應該扮演輔助角色。」

憤怒傳遍全身。「我厭倦成為六點晨間新聞裡的壞人，我也厭倦媒體報導我的性生活。我是最棒的刑警——」

帕克插話。「你是我們最厲害的警探，我也理解你需要停損。但艾里斯說的對，這件案子跟你太切身了。我已經把指揮權交給杜德利。他會從凶殺組與各組挑人成立專案小組，接下來就由他負責。」

「那我呢？這件案子有我的份嗎？」

帕克點頭。「在合理的範圍內，我都可以答應你。」

必殺一擊。「我希望有機會運用政風處的自主權建立我自己的證據。我想要用政風處裡我的兩位個人助理，並且讓我選兩個人來做第一線調查工作。」

「這我沒問題。杜德利？」

「是，我覺得這很合理。小伙子，你想找誰幫你跑現場？」

「傑克・溫森斯跟巴德・懷特。」

史密斯幾乎傻眼。帕克說，「奇怪的組合，不過這也是件怪案。先生們，十二天。一分鐘都不能多。」

第五十三章

傑克從沙發上醒來，給凱倫寫紙條。

蜜糖——

你對我生氣也算公平，沒錯，我跟艾里斯的關係搞砸了。但讓我睡兩個月天殺的沙發並不合理，如果警局可以原諒我，那你應該也可以。我已經六星期沒喝酒了，如果你去看我衣櫃旁邊的日曆就知道。我不期待你認為這樣我們兩個就沒事了，但請把我的努力看在眼裡。我會努力——你想要去念法學院，很好，但我打賭你不會喜歡。五月我就會退休，也許我可在某間一流法學院附近的小鎮，找個警察局長的工作。我會努力，但是別對我這麼殘酷，因為我們的冷戰已經讓我快發狂，而現在我可不能發瘋，因為我現在又被調回便衣單位，調查一件對我來說很重要的案子。下星期我可能都會加班到很晚，但我會打電話跟你報平安。

傑克

他穿好衣服，等著電話響。廚房裡有咖啡，凱倫留了張紙條。

傑克——

我最近對你很壞。對不起，我覺得我們應該一起想辦法度過難關。我回家的時候你已經睡著，不然我就會邀請你進我的香閨。

凱倫

P.S. 辦公室一個小姐給我看這本雜誌，我覺得你可能會想看看。我知道你認識裡面提到的艾斯黎，這篇報導必定跟最近報紙上寫的新聞有關。

餐桌上：《低語》——「所有適合刊出的醜聞」。傑克邊翻閱邊微笑，接著翻到了夜鴞命案特輯。聳動的報導——「大無畏的私家偵探」、「有人假冒杜克・凱斯卡」、對於淫穢書刊的臆測。艾德・艾斯黎被痛批——艾斯黎被恨之入骨。靈光一閃：「私家偵探」巴德・懷特報復艾斯黎——這是在一月銷售的二月號，出刊之後才發生恩格凌兄弟命案，以及聖昆丁監獄黑人囚犯提出不在場證明的事件。這本雜誌在東岸流通，在洛城可能找不到。艾斯黎跟高層應該沒讀過——否則他應該會聽到風聲。

電話響起——傑克抓起電話。「艾斯黎？」

「對，你的調職案已經生效。懷特跟琳・布列肯談過，她同意接受偵訊時注射潘多索鎮定劑，我要你把她帶進局裡。她一小時後會在刑事局對面的中國餐館等。你去那裡跟她碰頭，帶她到政風處，如果她帶了律師，擺脫他。」

「聽我說，我看到一樣你應該看看的東西。」

「你把那女人帶來就對了。」

□

燒毀檔案五年後再度見到這女人——琳・布列肯在老王餐館喝茶。傑克透過窗戶看著她。

她還是美艷動人。現在是棕髮，三十五歲的美女引人注目。她看到他。傑克心跳加快：想到自己的那份祕密檔案。

她走出餐館。傑克說，「我並不希望看到妳被偵訊。」

「你讓它發生了。你難道不怕我手上有你的材料嗎？」有些不對勁：偵訊前五分鐘，她未免太冷靜了。

「我現在有個很恐怖的隊長罩我。如果那份材料流出來，我打賭他會讓它無效。」

「不要賭那些你輸不起的事情。我之所以會來，是因為巴德跟我說，如果我不來對他不利。」

「巴德還告訴你什麼？」

「關於你那個恐怖隊長的壞話。我們現在可以進去嗎？我想要速戰速決。」

他們過了馬路，從刑事局後面的樓梯上去。費斯克在政風處外面等他們，引導至艾斯黎的辦公室。恐怖的情境：恐怖隊長艾德・艾斯黎。雷・屏克，辦公桌上滿是醫療器材——藥劑玻璃瓶、針筒、測謊機——如果讓人說真話的藥品也沒用，測謊就是備案。

屏克讓針筒吸滿藥劑。艾斯黎用手指示意琳坐到一張椅子上。「布列肯小姐，請坐。」

琳坐下。屏克幫她的左臂消毒，綁上壓脈帶。艾斯黎，公事公辦。「我不知道巴德・懷特怎麼跟你說，但基本上這是與數起互有關連的犯罪陰謀相關的調查。如果你能提供我們有用的資訊，我們也準備好豁免任何你可能遭到起訴的罪名。」

琳握拳。「我不太會說謊。可以麻煩盡快完成這件事嗎？」

屏克抓著她的手臂注射。艾斯黎按下錄音機。琳的眼神變得迷茫——並不太像打了潘多索之後神智不清的樣子。艾斯黎對一支手握麥克風說，「證人琳・布列肯，一九五八年三月二十二日。布列肯小姐，請你從一百倒數回去。」

她馬上就出現口齒不清。「一百、九十九、九十八、九十七、九六……」

屏克檢查她的眼睛，點頭。傑克抓了張椅子坐下。她還是太冷靜了——他可以明顯感覺到。

艾斯黎清清喉嚨。「五八年三月二十二日，在場的除證人之外，有我、杜安・費斯克警佐、約翰・溫森斯警佐與鑑識組藥劑師雷・屏克。杜安，以速記方式記下對話。」

費斯克拿起筆記本。艾斯黎說，「布列肯小姐，你幾歲？」

有點口齒不清。「三十四。」

「你的職業？」

「商人。」

「你是不是聖塔蒙妮卡市薇若妮卡女裝店的老闆？」

「是。」

「你為什麼選『薇若妮卡』當店名？」

「我的私人玩笑。」

「請說明。」

「這名字來自我過去的人生。」

「怎麼說？」

作夢般的微笑。「我以前是個妓女，打扮成薇若妮卡・蕾卡的樣子。」

「誰說服你這麼做？」

「皮爾斯・帕切特。」

「了解。一九五三年四月，皮爾斯・帕切特有沒有殺害一個名叫席德・哈金斯的男人？」

「沒有。我的意思是我不知道。為什麼他要殺人？」
「你認識席德．哈金斯嗎？」
「認識。他是八卦記者。」
「帕切特認識哈金斯嗎？」
「不認識。我是說如果他真的認識哈金斯，他應該會告訴我他認識這個名人。」
謊話——藥效對她沒有完全發揮作用。她一定知道他明白她在說謊——她以為他會掩護她來自保。
艾斯黎：「布列肯小姐，你知道是誰在一九五三年春天，殺了一個名叫凱西．珍威的女孩？」
「不知道。」
「你認識一個名叫拉瑪．希頓的男人嗎？」
「認識。」
「請詳述。」
「他為皮爾斯工作。」
「哪方面？」
「司機。」
「什麼時候的事？」
「幾年前。」
「你知道希頓現在人在哪裡嗎？」
「不知道。」
「請詳述你的答案。」

「不知道，他跑掉了。我不知道他去了哪裡。」
「一九五三年四月，希頓是否曾企圖殺害傑克．溫森斯警佐？」
「沒有。」
那時候她也跟他這麼說。
「是誰想要殺他？」
「我不知道。」
「還有誰當過帕切特的司機？」
「郤斯特．約克金。」
「請詳述。」
「郤斯特．約克金，他住在長灘市某地。」
「皮爾斯．帕切特是否唆使女人賣淫？」
「是。」
「一九五三年四月，是誰殺了夜鴞咖啡館那六個人？」
「我不知道。」
「皮爾斯．帕切特是否透過被稱為鳶尾花的服務，販售各類非法物品？」
「我不知道。」
漫天大謊。她臉上有破綻：血管在跳。
艾斯黎：「泰利．拉克斯醫師是否幫帕切特的妓女整容，好讓她們更像電影明星？」
血管的跳動緩和下來。「是。」

「帕切特其實長期以來都在經營高級應召站？」

「是。」

「一九五三年春天，帕切特是否販售昂貴精緻的色情書刊？」

「我不知道。」

她指節發白。傑克抓起筆記本寫下：「帕切特是化學高手。琳在說謊，我認為她吃了什麼可以消除潘多索藥效的藥。抽她的血去檢驗。」

「布列肯小姐，你——」

傑克把筆記遞過去。艾斯黎瀏覽過，傳給屏克。屏克準備針頭。

「布列肯小姐，帕切特是否偷了席德・哈金斯的祕密檔案。」

「我不知——」

屏克抓住琳的手臂，抽血。琳亂動；艾斯黎把她抓住。屏克拉出針頭；艾斯黎把琳壓在他辦公桌上。她亂打亂踢——費斯克到她背後給她上手銬。她開始吐口水——命中艾斯黎的臉。費斯克把她扭到外面大廳。

艾斯黎把臉擦乾淨——他的臉發紅，臉色斑駁。「我自己並不太確定。我以為她可能真的搞不清楚。」

傑克把《低語》遞給他。「我知道她為什麼這麼會應付你的偵訊。隊長，你應該看看這個。」

恐怖：他漲紅的臉，他的眼神。艾斯黎讀了那篇報導，把雜誌撕成兩半。

「是懷特幹的。你去聖柏納迪諾找蘇珊・雷佛茲的母親談。我要讓那個妓女把一切都招出來。」

□

聖柏納迪諾這幾個字艾斯黎是用吼的：如幻燈片播放一般，傑克心中想像他讓那個妓女招供的畫面。電話簿裡有「希爾妲・雷佛茲」，依照地址路線來到她家：白色木板牆，有空心磚增建物。

一個看起來像老奶奶的人正為草皮澆水。傑克停車，把《低語》雜誌被撕開的地方用膠帶貼起來。那老女人看到他拔腿就往門口跑。

他跑過去。她尖叫，「讓我的蘇珊安息吧！」

傑克把《低語》拿到她面前。「有個洛城警察來找你談過，對吧？一個大約四十歲的大塊頭？你告訴他，在夜鴞命案發生之前沒多久，你的女兒有個男朋友，他長得像杜克・凱斯卡。他叫她要習慣稱他『杜克』。那個警察給你看一些大頭照，你認不出哪個是那個男朋友。這是真的嗎？你讀這篇報導之後告訴我。」

她迅速讀完，陽光刺得她瞇起眼。「但他說他是警察，不是私家偵探。他給我看的照片是警察拍的照片，我認不出哪個是蘇珊的男朋友也不是我的錯。我想要在正式紀錄中聲明，蘇珊死的時候還是處子之身。」

「女士，我確信她是——」

「我也要正式聲明，那個不知道是警察還是偵探的人，在我家增建屋底下檢查過，沒發現任何不對勁的事情。年輕人，你是警察對吧？」

傑克搖頭——他的頭感覺像一坨爛泥。「女士，你剛剛跟我說什麼？」

「我是告訴你，那個私家偵探警察先生大概兩個月前爬到我家底下，因為我告訴他在那件夜鴞命案前夕，就是你們拿來一直來折騰我的那件案子，蘇珊的男朋友跟另一個傢伙吵架之後，他也爬到屋子底下去。希望蘇珊跟其他死者都能安息。那個警察只發現老鼠，沒有什麼異樣情形，就在那裡。」

就在那裡。

老奶奶指著地面一處可爬進去的通道——就在那裡。

這他媽的不可能。巴德・懷特沒有這種腦筋扣住這麼厲害的牌不打。

傑克拿了一支手電筒爬下去——希爾妲．雷佛茲站著看，就在那裡。灰塵、腐爛、樟腦丸臭味——光線照在塵土、老鼠上，老鼠眼睛發亮。麻布袋，樟腦丸，包著軟骨的骨頭，一個兩眼之間有彈孔的骷髏頭。

第五十四章

艾德透過雙面鏡看著琳・布列肯。

克雷納正在偵訊她，他扮白臉為黑臉暖場——他就是黑臉。她再度被施打潘多索；雷・屏克正在驗她的血。關在偵訊室三個小時沒辦法讓她就範，她仍然以她的風格說謊。

艾德把喇叭聲音放大。克雷納：「我不是說我不相信你，我只是說我的警察經歷告訴我，皮條客通常恨女人，所以我不相信帕切特是這樣的大好人。」

「你必須看他的背景，他的小女兒夭折。我確信你們警察就算心態上沒辦法接受，也還是可以理解其中的因果關係吧。」

「那我們談談他的背景。你說過帕切特是投資客，在洛城立足已經三十年。你也說他撮合交易，對這些交易再解釋得清楚些。」

琳嘆氣，神情仍然瀟灑。「電影投資的交易，房地產與工程承包的交易。舉個例子給在座的影迷聽：皮爾斯投資了一些雷蒙・迪特凌早期的短片。」

太愜意了：巴德・懷特女朋友的皮條客，認識普雷斯頓・艾斯黎的好朋友。克雷納換錄音帶。艾德仔細打量這個妓女。

美麗——她之所以美，很重要的原因是她並不完美。她的鼻子太尖，額頭有抬頭紋。肩膀寬，手也大——形狀漂亮，正因為大而更為特出。男人與她共舞時，如果說了正確的話，她藍色的眼睛可能會跳舞；她或許認為巴德・懷特有與生俱來的正直性格，並因為他沒有試著用他沒有的特質去打動她，所以尊敬他。她的服裝打扮不高調，因為她知道這樣更能打動她想打動的人；她認為大部分的男人都軟弱，並深信她的腦袋可以讓她度過各種難關。他的推測讓他有個直覺：她的腦袋加上她預先吃進去的藥，使她成為不受潘多索影響的證人，而能以她的風格掩飾真相且不受懲罰。

「隊長，有電話找你。是溫森斯。」

費斯克拿著電話把線拉到最長交給艾德。

「溫森斯？」

「對，你要聽仔細了，因為那篇八卦報導是真的，而且後頭還有更多好戲。」

「懷特？」

「對，懷特就是那個假扮私家偵探的人，他大約兩個月之前去逼問過雷佛茲老太太。她告訴他，她女兒的男朋友長得像杜克・凱斯卡。還有另一件奇事。」

「**什麼？**」

「先聽我說。夜鴞命案發生前兩週，有個鄰居看到蘇珊跟男朋友在屋裡獨處，然後聽到他們跟另一個男人發生爭吵。那天稍晚有人看到男朋友爬到屋子底下。當懷特拷問老太太時，他打電話給電信公司查五三年三月中旬到四月中旬，從這個地址打到洛城的通聯紀錄。我也查了同樣的事，共有三通電話，都是打到好萊塢夜鴞咖啡館附近的公用電話。你以為這樣已經夠厲害，你還沒——」

「天殺的——」

「隊長，**聽我說**。懷特那天也爬到房子底下，告訴老太太底下什麼都沒有。我爬下去發現一具屍體，被一大堆樟腦丸包住以消除屍臭，腦部有一個他媽的彈孔。我把雷曼醫生找到聖柏納迪諾。他把杜克・凱斯卡的監獄牙齒紀錄帶來，法醫辦公室有份副本。結果完全符合。之前用部分牙床做的身分辨識錯了，正如那篇報導所說。媽的，我不敢相信懷特查出這一切，而且就把屍體留在那裡。隊長，你還在聽嗎？」

艾德抓住費斯克。「巴德‧懷特在哪裡？」

費斯克看起來嚇到了。「我聽說他跟杜德利‧史密斯北上。曼恩郡警決定鬆手提供恩格凌兄弟命案相關資料。」

轉向「垃圾桶」。「那篇文章說那女人看過一些大頭照。」

「對，懷特帶來一些標有『加州檔案局』字樣的照片。我們都知道那套資料比較好攜帶，所以我猜懷特並不想帶老婆婆來局裡看我們的檔案，反正她也沒辦法認出誰是那個男朋友。如果男朋友是夜鴞命案死者之一，我們就查得出來，因為雷曼醫生在五三年把他在監獄做的假牙碎片，從他口腔取出來。帶她到局裡看我們的檔案嗎？」

「就這麼做。」

費斯克拿起電話。屏克走過來，拿著一份化驗報告。「隊長，是治療精神疾病的實驗性藥物，非常罕見，用途是讓有暴力傾向的精神病患鎮靜下來。某個藥劑專業人士把它偷偷交給這位女士，因為只有專業人士才知道這種藥物可以消除潘多索的藥效。隊長，你應該坐下，你看起來好像快要心臟病發作。」

化學專家帕切特，恩格凌兄弟的父親：一個發展出精神疾病藥物化合物的藥劑師。巴德‧懷特的妓女在玻璃對面——現在獨自一人，錄音機運轉著。

艾德走進去。琳說，「又是你？」

「沒錯。」

「你要不就說出我的罪名，要不就釋放我。」

「我們還有六十八小時。」

「你們這樣沒有違反我受憲法保障的人權？」

「憲法保障人權不適用於這件案子。」

「**這件案子**？」

「別裝傻。就是皮爾斯．帕切特販售色情書刊的案件，裡面的照片與一起命案死者被肢解的方式完全相同，死者就是他已升天的『伙伴』席德．哈金斯。這件案子跟夜鴞命案裡某個企圖散布色情刊物的死者有關，而你的朋友巴德．懷特在死者真正身分的問題上隱瞞了重大證據。懷特叫你配合偵訊，你來這裡卻服用藥物來消除潘多索的藥效。這一點對你不利，但你還有機會跟我們合作，免除你**跟懷特**很多麻煩。」

「巴德可以照顧他自己。你看起來氣色很不好。臉全紅了。」

艾德坐下，關掉錄音機。「你根本沒感覺到藥效，對吧？」

「我只覺得好像喝了四杯馬丁尼，而四杯馬丁尼只會讓我更清醒。」

「帕切特讓你不帶律師接受偵訊是為了拖延時間，這點我很清楚。他知道你被找來是因為這是夜鴞命案二度調查的一部分，所以他至少知道自己是關鍵證人。就我個人看來，我不認為他會殺人。我對帕切特各種事業了解很多，如果你跟我合作，可以省掉他很多麻煩。」

琳微笑。「巴德說你很聰明。」

「他還說了什麼？」

「他說你是個軟弱、憤怒的人，想要超越父親的成就。」

不理會這句話。「那我們只要專注在我很聰明這部分就可以。帕切特是個化學家，雖然這是我的臆測，但我打賭他是法蘭茲．恩格凌的學生，而恩格凌是個藥學家，發展出類似帕切特給你注射來對抗潘多索的精神疾病藥物。恩格凌有兩個兒子，上個月他們在北加州被謀殺。這對兄弟在夜鴞命案調查過程中出面，並提及一個『瘋狂的老凱子』，他可以找到很多『高級妓女』。顯然這是指帕切特，顯然這與想賣色情書刊的杜克・凱斯卡有關係，而凱斯卡被認為是夜鴞命案的死者之一。顯然帕切特跟這一切脫不了關係，這是他不想碰到的棘手狀況，而你可以幫忙防堵麻煩發生。」

琳點了跟菸。「所以你非常、非常聰明。」

「對，而且我是非常棒的刑警，而且我手上已經有這條五年前的隱匿證據罪。我知道你燒毀檔案的事，我知道帕切特跟哈金斯打算聯手進行勒索。溫森斯拿來跟你達成協議的供述書我已經讀過，我對帕切特的各種勾當一清二楚，包括鳶尾花在內。」

「所以你假設皮爾斯手上有能夠毀掉溫森斯的材料？」

「對，為了保護洛城警局的聲譽，檢察總長跟我會使那份材料無效。」

緊張：琳放下香菸，把玩著打火機。

艾德說，「你跟帕切特不會贏。我有十二天的時間把這件事情搞定，如果我辦不到，我就會開始找次要的犯罪來辦。我至少可以找到十二條罪名掛在帕切特頭上，相信我，如果我不能破這件案子，我會想盡辦法讓自己比較有面子。」

琳瞪著他。艾德回瞪。「帕切特造就了你，對吧？你本來是來自亞利桑納州畢斯比的啦啦隊員，也是妓女。他教導你穿著打扮、談吐與思考，我對於成果非常佩服。但我只有十二天來保住我的前途，如果我失敗了，我也只好毀掉你跟帕切特。」

琳打開錄音機。「皮爾斯・帕切特的妓女在此正式聲明。我不怕你，我現在愛巴德・懷特愛到極點。他隱匿證據，且占了上風，這讓我很高興，你是個傻瓜才會低估他。我以前會嫉妒他跟瑛內姿・索托睡覺，但現在我尊敬那個可憐的女孩，她做出正確的判斷：她拋下一個道德懦夫去跟真男人在一起。」

艾德按下「抹除」、「停止」、「錄音」。「在此留下紀錄，羈押時間還有六十七小時，我下一次偵訊不會這麼客氣了。」

克雷納打開門，拿了一個檔案夾給他。「隊長，溫森斯把雷佛茲太太帶來了。他們正在看大頭照，他說你要這些資料。」

艾德走到門外。一個厚厚的檔案夾——亮光紙上印著色情照片。

上層的書：漂亮的年輕男女、露骨的動作、五彩繽紛的戲服。有些人的頭被剪下後貼回去——正如供述書所說——傑克想要用大頭照來找出模特兒的身分，他以為剪下來會比較好認。這些照片既醜陋又有藝術氣息——正如「垃圾桶」所說。

下層的那幾本——全黑封面——「垃圾桶」在垃圾堆裡發現的。第一批上了紅墨水的照片——被切斷的四肢噴出浮凸的紅色液體，模特兒們的孔洞都接在一起。符合命案的那一張：一個男生躺成大字形，他的姿勢跟哈金斯命案現場照片一模一樣。

震驚過後——叫模特兒擺這個姿勢的人，就是殺哈金斯的凶手。

艾德看最後一本書，無法動彈。一個漂亮的裸體男生，張開手臂——軀幹噴出紅墨／血液。熟悉，太熟悉的畫面，但這個畫面與哈金斯的驗屍照片無關。他翻閱下去，打開一個折頁：男孩、女孩，被切斷的四肢互相碰觸，紅墨水將他們連接起來。

他知道了。

他跑下樓到凶殺組，找出他們一九三四年的檔案，找到「洛倫・阿瑟頓，多重殺人命案」。三疊厚厚的卷宗，然後是照片——拍照的人就是凶手，他模仿弗蘭克斯坦博士，拿人體各部位重新組合。

剛被分屍的兒童。

他們的手腳被放在軀幹旁邊。

屍體底下墊著白蠟紙。

手指沾了血液在他們的四肢周遭畫線，白底紅線條，精細的設計跟紅墨色情照片完全一樣，四肢散落擺放的方式跟哈金斯的死狀相同。

艾德十指交扣，用力搥檔案櫃，十萬火急得趕去漢克公園。

□

普雷斯頓・艾斯黎的豪宅正在舉行宴會：專人代客停車，後院傳來樂聲——可能是在玫瑰花園辦派對。艾德從前門走進去，突然駐足不動——他母親的書房沒了。

取而代之的是：一個模型占據了長形空間——高速公路繞著城市紙板模型。標示方向的指示牌立於各處——這是完整的高速公路系統。

完美——這模型讓他跳出了淫穢照片帶來的迷茫。聖佩卓港裡的船隻、聖蓋博山脈、柏油路面上小小的車輛。普雷斯頓・艾斯黎最偉大的功業即將完成。

艾德把一輛模型車從海洋推到山麓。他父親的聲音：「我還以為你今天會在洛城南區忙。」

艾德轉身。「什麼？」

普雷斯頓微笑。「我以為你會拚命建功來彌補你最近的負面報導。」

毫無邏輯的話——他又想到阿瑟頓的照片。「父親，對不起，但我不明白你在講什麼。」

普雷斯頓大笑。「我們最近太少見面，以致連禮貌都疏忽了。」

「父親，有件事——」

「抱歉，我剛是指杜德利・史密斯今天告訴《洛杉磯論壇報》的說法。他說二度調查的重點是南區，你們在找的是另一個黑人幫派。」

「不對，這不是偵辦方向。」

普雷斯頓把手放在他的肩膀上。「艾德蒙，你看起來很害怕。你看起來不像個高階警官，你也不是來這裡參加我的完工慶功宴。」

那支手很溫暖。「父親，在警局之外，有誰看過阿瑟頓那些照片？」

「現在換我說『什麼？』你是說調查檔案裡的那些照片？好多年前我給你跟湯瑪士看過的照片？」

「對。」

「孩子，你在講什麼？那些照片是被封存的洛城警局證物，從來不給媒體或大眾看。現在你告訴我——」

「父親，夜鴞命案是其他幾件重大犯罪所導致的結果，黑人幫派跟本案無關。其中一件是——」

「那就用我教你的方式來解讀證據。我以前也遇過案子像——」

「沒有人遇過這樣的案子，我比你當刑警的全盛期還要厲害，而**我**從來沒遇過這樣的案子。」

普雷斯頓雙手用力拍在他肩上——艾德覺得肩膀麻了。「我對此感到遺憾，但這是真的，我有一件五年前的分屍命案與夜鴞命案有關連，這是前所未見的案子。死者被肢解的方式，與洛倫・阿瑟頓作案的方式**相同**，而且還跟一些浮凸印著紅墨的色情照片**一模一樣**，這些照片也與夜鴞命案有關係。這意味著某人看過阿瑟頓的照片，然後繼承他的犯罪手法，要不然就是你在一九三四年抓錯了嫌犯。」

父親連眼都沒有眨。「洛倫・阿瑟頓有罪，毫無爭辯餘地，他認罪，也有目擊證人證實。你跟湯瑪士看過他的照片，我相當懷疑那些照片有離開市中心凶殺組辦公室的可能性。除非你假設凶手是警察，但我認為這很荒謬。剩下唯一的解釋是阿瑟頓在被逮捕之前，把照片給了某人或某些人看過。你在讓你功成名就的案件上抓錯了人——但我可沒有犯這種錯誤。在你對父親大呼小叫之前，先好好思考一下。」

艾德往後退——他的雙腿擦過模型，撞下一塊高速公路。「我道歉，我應該問你的意見，而不是跟你一較長短。父親，阿瑟頓案你還有什麼事沒告訴我嗎？」

「我接受你的道歉，但我並沒有保留什麼，在我們一起研究辦案技巧的時候，我時常提到這個案例，我認為你知道的跟我一樣多。」

「阿瑟頓有**任何**同夥嗎？」

普雷斯頓搖頭。「完全沒有。他是典型獨來獨往的精神病患。」

深吸一口氣。「我想要跟雷蒙．迪特凌談談。」

「為什麼？因為他的一個童星被阿瑟頓殺害？」

「不是，因為一個證人指出迪特凌是夜鴞命案相關罪犯的熟人。」

「多久以前？」

「約三十年前。」

「此人姓名。」

「皮爾斯．帕切特。」

普雷斯頓聳肩。「我從沒聽過他，我也不希望你去打擾雷蒙。絕對不可以。只因為三十年前他認識某人，並不構成理由去打擾他這等身分地位的人士。**我會**問雷蒙關於那人的事，然後再向你回報。這樣可以嗎？」

艾德看著模型。催眠狀態：洛城巨幅擴張，艾斯黎建設公司控制住它。他父親的手現在變得溫柔。「兒子，你已經非常成功，也贏得了我絕對的尊敬。瑛內姿跟那些被你殺了的人，讓你受盡折磨，我認為你相當堅強地承受了這一切。但是現在，我要你思考一件事。夜鴞命案讓你得到今天的成就，如果二度調查可以明快得到結果，你就還能保住這份成就。相關的命案調查就算再有必要，也可能使你嚴重偏離了主要目標，而毀了你的事業。請記住這一點。」

艾德握住父親的雙手。「絕對正義。記得嗎？」

第五十五章

兩個命案現場都被封鎖——印刷廠、隔壁的住處。一個曼恩郡警——名叫海契的胖子。一個鑑識組的人話講不停。

現場一：快手鮑伯印刷廠後面的房間。巴德不停觀察杜德利，回想**他的**說詞：「我們以為你會殺了他，所以我們阻止了你。如果我們太過分，我很抱歉，但你很難控制。希頓跟一些很壞的人有關連，我會在適當的時機解釋清楚。」

巴德沒有逼他說明——老杜可能有他的把柄。

琳被羈押。

艾斯黎賞了他一巴掌。

鑑識組的指著一排翻倒的架子。「好，所以印刷廠門面看起來沒事，所以我們的兇手沒有在前面進行破壞。我們在這裡的菸灰缸找到菸蒂，兩種牌子，所以我們可以假設恩格淩兄弟在深夜加班。我們還可以假設兇手開了前門鎖，躡腳進門接近他們。門把上有手套指紋，證明了這一點，他進來，逼兩名死者打開我剛給你們看的那些櫃子，他沒找到他要的東西。他很生氣，把這些架子推倒在地板上，第四座架子上有手套指紋，指出兇手是一般身高的右撇子。兩兄弟打開了那些被翻倒的箱子——我們採集到很多紊亂的指紋，這表示兩兄弟此時有些恐慌。所以，兇手顯然沒找到他要的東西，然後押著兩兄弟穿過車道回他們的公寓。各位，請跟我走。」

走到戶外，跨過一條巷子。鑑識組的人拿著手電筒；巴德壓後。

琳很自滿——她相信她可以用腦袋打敗讓人吐實的藥物。

老杜可能有自己的獨家線索——但他還是宣稱凶手是黑鬼。

鑑識組的人說，「請注意車道上的塵土。屍體被發現的那天早上，我們的鑑識小組發現並拍下三組腳印，但是印痕太淺，沒辦法製作模型。有兩組腳印走在一組前面，這表示兩人是被槍逼著往前走。」

來到公寓社區院子。杜德利沉默不語——在飛機上他就沒什麼話。

《低語》會不會有效？

用那棟房子底下的屍體來對付艾斯黎——**要怎麼辦到？**

門上貼著封條——海契把它撕掉。鑑識組的人用萬能鑰匙開門。室內有燈——巴德先擠進去。

一片狼籍——都已經被鑑識過了。

在鋪滿整間屋子的地毯上有血跡，每一處都用膠帶標示出來。地板上有玻璃管——位置被圈起，並被裝在透明證物袋。散落四處：相片底片——幾十張——表面龜裂，被灼燒過。椅子傾倒，櫥櫃翻倒，沙發內的充填物被挖了出來。在最大一條裂縫裡塞著一個玻璃紙袋，上面標著「海洛英」。

鑑識組的人繼續長篇大論。「這些玻璃管裡面裝的化學物品，我們已經檢驗出是精神疾病藥物。底片大多數糊到看不清楚，但我們還是能辨認出它們大部分是色情照片。這些底片是被人用廚房冰箱裡的化學物品給弄壞：我們的同事有各類各樣的腐蝕性化學配方。在此我的假設是：彼得與貝斯特・恩格凌在被射殺之前遭到刑求。我想凶手一張張底片拿給他們看，問他們問題，然後拿化學藥劑灼燒他們——跟底片。他在找什麼？我不知道，也許他希望查出誰是照片裡的人。我們在沙發底下找到放大鏡，所以我才主張目前這個理論。此外，請注意沙發裡冒出來的塑膠袋，上面標示為『海洛英』，當然裡面的毒品已經被我們帶走了。共有四包被放在一個安全的地方。凶手沒帶走這些價值不菲的毒品。」

廚房裡也是一片混亂，冰箱開著——裡面標示化學符號的管子、瓶子被翻了出來。疊在洗碗槽的東西：看起來像印刷用平板。

鑑識人員指著這堆亂七八糟的東西。「先生們，我有另一個假設。在我的犯罪現場報告中，你們會注意到我列出了這裡至少有二十六種不同的化學物質。凶手用化學藥品刑求彼得與貝斯特・恩格凌，而且他知道哪些能夠灼燒皮膚。我會說他的刑求方法是因地制宜，所以我打賭這個人有工程、醫學或化學背景。現在我們去臥室。」

巴德心想：**帕切特**。

往臥室的路上都是血滴。一個小小的房間，十二呎見方的屠殺場。

兩具屍體的形狀被畫出來——一具在床上，另一具在地板上，兩處都有很多乾掉的血跡。床柱上綁著曬衣繩；地板上有更多繩子；床單上、地板上與床邊櫃上被貼著不少圓圈。一面牆上有彈孔被圈起來；鑑識組的展示軟木塞板上：更多灼燒過的底片。

鑑識人員：「底片上只有手套與恩格凌兄弟的指紋，我們採集了每張底片，然後把大部分放回原本的位置。在這塊板子上的，是在這間臥室發現，如你們所見，臥室是刑求與槍殺的地點。床上與其他地方的這些小圓圈，標示出恩格凌兄弟軀幹、手腳上被灼燒掉落的身體組織，如果你們仔細看地板，你們會看到化學藥品造成地毯有多處被燒焦的地方。兩兄弟都被裝了滅音器的點三八左輪手槍射兩槍。我們在子彈上發現的怪異線條顯示有滅音器，並解釋了為什麼沒人聽到槍聲。牆上的彈孔是我們真正的線索，要重建當時發生的事很容易。貝斯特掙脫綁住他的繩子，拿到槍，開了一槍讓凶手受傷，然後凶手搶回手槍斃了他。我們從牆上挖出的子彈上，有撕裂的白人皮膚與灰白手毛，血型是O型陽性。恩格凌兄弟都是AB型陰性，所以我們知道凶手被槍擊受傷。從臥室一路滴到客廳與底片上的血滴，顯示這凶手並未受重傷。海契副隊長的弟兄，在這條街的下水道裡發現一條染有O型陽性血液的浴巾，應該就是他的止血帶。我最後的假設是，這個禽獸對於這些底片真的很有興趣。」

海契說話了。「我們毫無進展。我們已經在周遭尋訪了幾十遍，仍然找不到目擊證人，而這對天殺的兄弟也沒有半個同夥可以讓我們去找。我們去診所、急診室、火車站、機場跟巴士站四處找，查有沒有人看到一個受傷的男人，一無所獲。如果這對兄弟有聯絡地址簿，應該被帶走了。沒人看到或聽到任何事情。就像我這位鑑識組的兄弟所說，這個凶手對這些底片非常在意，這些底片可能——我強調只是『可能』——跟你們幾年前辦夜鴞命案時他們出面有關係。那時候他們提出了黃色照片的理論，對吧？」

杜德利說，「他們確實這麼說，但沒有什麼證據。」

「洛城的報紙說你們開始重新調查。」

「對，沒錯。」

「隊長，我們沒更早決定跟你們合作是一件憾事，但這就先不管了。你們那件案子有沒有什麼新線索可以給我？」

杜德利微笑。「帕克局長授權我去拿一份你們的命案檔案副本來讀。他說如果我找到與我們案件有證據性連結的東西，他就會釋出恩格凌兄弟一九五三年證詞的逐字紀錄。」

「你說他們的證詞跟色情刊物有關，而我們的案件跟色情鐵定有關。」

杜德利點了根菸。「對，但你們的案子跟海洛英也很有關係。」

海契哼了一聲。「隊長，如果凶手對吸白粉有興趣的話，他應該會把藏在沙發裡的毒品偷走。」

「對，或者凶手只是個口吐白沫的瘋子，他看到那些底片後，為著他那難以理解的原因，而產生了瘋狂的反應。老實說，我對海洛英的偵察方向有興趣。你有證據顯示這對兄弟販賣或製造海洛英嗎？」

海契搖頭。「沒有，就**我們的**案子來說，我不認為跟毒品有什麼關連。你們在二度調查中有色情刊物的調查方向嗎？」

「目前還沒有。讀了你們的檔案之後，我會再跟你們聯絡。」

海契——快要發怒了。「隊長，你們大老遠來看我們的證物，而你們不給我們任何線索作為回報？」

「是帕克局長催我趕來，如果你們的案子確實與我們的有關連，他保證會全面與你們合作。」

「老大，你這些高調我可不喜歡聽。」情勢變得緊張——杜德利沒回話，露出大大的諂媚笑容。巴德走到人行道，站在租來的車子旁思考。

恐懼，等待時機。

杜德利走出來；海契跟鑑識組的人把印刷廠鎖起來。

巴德說，「老闆，最近我一點都搞不懂你。」

「小伙子，從何時開始？」

「比方說昨晚希頓的事。」

杜德利笑了。「昨晚你回到過去殘酷的樣子。這讓我的心暖起來，也讓我相信你仍有能力執行我為你計畫好的額外工作。」

「什麼工作？」

「時機成熟就知道了。」

「希頓怎麼了？」

「我們放了他，他已經得到教訓，而且領教過溫德爾·懷特警佐的厲害。」

「對，但你要逼問他什麼？」

「小伙子，你有工作之外的祕密，我也有我的。很快我們會一起把事情澄清。」

時機到了。「不。我只想知道我們兩個在夜鴞命案的立場是什麼。現在告訴我。」

「小伙子，艾德蒙・艾斯黎。我們的立場一致。」

「什麼？」——他聽得出自己的害怕。

「**艾德蒙・詹寧斯・艾斯黎**。自從血腥聖誕節之後，他就是你存在的理由，他也是你不告訴我某些事情的原因。我愛你，所以我尊重你不說出某些事的決定。現在你要回報我的愛，並且在接下來十二天尊重我不把事情說清楚的決定，然後你會看到他身敗名裂。」

「你是要——」像小孩子的聲音。

「你從來不認為他有什麼優點，所以我現在告訴你。身為人，他根本不值得理睬，但是身為警探，他甚至比我還厲害。上帝跟你都見證了我對這個我所鄙視的人有何看法。現在你可以尊重我有話不能說——就像我尊重你那樣？」

繼續追問。「不行。你他媽告訴我，你到底要我做什麼。解釋清楚。」

杜德利大笑，然後微笑。「現在只要聽我說，什麼都不必做。我已經知道賽德・葛林今年春天將要退休，去接掌美國邊境巡防局職位。新任刑事局局長不是艾德蒙・艾斯黎就是我本人。他即將晉升督察，占了些優勢，而且帕克個人比較喜歡他。我計畫利用我們兩個都隱匿的某些證據面向，盡快讓夜鴞命案水落石出，然後我可以在競爭中超前，並且在過程中毀掉艾斯黎。小伙子，再多擔待幾天，我保證你可以完成個人的復仇。」

局勢：同時對付艾斯黎跟杜德利，還是對付艾斯黎。

根本連選都不用選。

在追問之後：他告訴艾斯黎的那些小線索、艾斯黎的承諾——夜鴞命案與妓女連環命案有關連。「老闆，我能得到什麼好處？」

「除了看到我們的朋友垮台之外？」

「對。」

「以此交換你徹底交代你知道的事？比你告訴艾斯黎的更多？那是你同意當他偵查員協議的一部分。」

天啊，這個人什麼都知道。「對。」

呵呵呵。「小伙子，你可真會討價還價，但是刑警局長的特別調查員夠嗎？比方說跨區域的連環殺人命案？」

巴德伸出手。「成交。」

杜德利說，「你離艾斯黎遠一點，到勝利旅館去找個乾淨房間休息。一兩天內我會去那裡找你。」

「車子給你用，我有事情要先去舊金山。」

□

他花了四十塊坐計程車，車子越過金門大橋，腎上腺素讓他亢奮。背叛：不是生存下去的好方法，卻是勝出的絕招——不管大小事都是如此。艾斯黎有內部線報，還有可悲的「垃圾桶」傑克幫忙；杜德利則有近乎通靈的情報來源。轉變立場：當年他為了毀掉艾斯黎而對杜德利說謊；五年之後杜德利決定出擊：謊言被原諒，兩名警察，一隻火把。舊金山在遠方燈火通明，杜德利・史密斯的聲音：「艾德蒙・詹寧斯・艾斯黎」。光說出這個名字就令人發顫。

過了橋，在公共電話停車。長途電話：琳的電話，響十聲沒接。已經晚上九點十分，這令人擔心——她應該晚上就能從局裡回家。

進了市區來到目的地：舊金山警局刑事局總部。巴德別上警徽，走了進去。

凶殺組在三樓——牆壁上漆著箭頭指引他往上走。咿呀作響的樓梯，廣闊的隊部。夜間值勤時段沒什麼動靜：兩個男人坐著喝咖啡。

他們走過來。年輕的那個指著他的警徽。「洛城？有什麼需要幫忙的？」

巴德拿出他的證件。「你們有一件謀殺案，很像我洛城郡警的朋友遇到的那一件。他要我來看看你們的調查檔案。」

「隊長目前不在。也許你應該早上再來看看。」

較年長的那個人檢查他的證件。「你是那個老纏著妓女命案不放的人。隊長說你一直打電話來，非常討人厭。怎麼了，你又遇到另一樁妓女命案？」

「對，琳內特・愛倫・坎瑞克，上週在洛杉磯郡發生。拜託，讓我看檔案十分鐘，然後就不再煩你們。」

年輕警察：「你有沒有搞錯？隊長如果想讓你看檔案，他就會寄邀請函給你。」

年長警察：「隊長是個混蛋。我們那個死者的姓名跟死亡日期？」

「克麗絲・維吉尼亞・藍弗，五六年七月十六日。」

「好，我告訴你怎麼做。你去轉角那間檔案室，找到一九五六年懸案那一個櫃子，翻到R字部。你什麼都不能拿出來，在我們這位年輕人頭痛之前，你趕快離開。懂嗎？」

「懂。」

□

解剖照片：身上幾個孔洞有裂傷，臉部特寫——被打爛到認不出面孔，顴骨上嵌著戒指碎片。廣角鏡頭：屍體在克麗絲的住處發現——位於聖法蘭西飯店對面的爛房子。

性變態被逼問後的結果報告：本地的性變態被帶進局裡偵訊，因為沒有證據而釋放。戀腳癖、虐待狂皮條客，以及克麗絲的皮條客——當她被殺害時，他人在舊金山市立監獄裡。愛偷內衣褲的變態、強姦犯、常光顧克麗絲的嫖客——全都有不在場證明，其中沒有人與他讀過的其他檔案報告重疊。

案發周邊探訪報告：本地老百姓、聖法蘭西飯店的客人。翻了六張沒有用的報告之後，發現重要線索。

五六年七月十六日：聖法蘭西飯店一個服務生告訴刑警，他去飯店裡的拉利亞廳看史貝德・庫利的深夜演出，然後看到克麗絲・維吉尼亞・藍弗搖搖晃晃——「可能嗑了藥」——走進她住的那棟大樓。

重要線索——巴德凝坐不動，仔細思考。

思考：內特・愛倫・坎瑞克，上週死於洛杉磯郡。思考：一個沒有關係的密告者——拉瑪・希頓被拷打得屁滾尿流。思考：杜特・吉列——凱西・珍威前任皮條客——他為史貝德・庫利的派對提供妓女。史貝德抽鴉片，是一個「墮落的毒蟲」。史貝德也在洛城，他在日落大道商業區的牧場俱樂部表演——離琳內特・坎瑞克的住處只有一英哩。

第一個問題：史貝德應該沒有前科，所以沒有辦法查到他的血型——他加入過洛杉磯郡警畢凱勒茲警長的義警隊——公關宣傳用途——有前科的人是不能加入的。

繼續翻找，查閱法醫報告，「血液內含成分」。第二頁，重大發現——「未消化完的食物、精液、夾雜在食物裡的鴉片，濃度高到產生麻醉效果，牙齒中的焦油殘留物進一步證實是鴉片。」

巴德高舉雙手——彷彿他可以穿過屋頂把月亮拉下來。他雙手撞到天花板，回到地球後他思考——這不是一個人可以處理的任務，他正躲著艾斯黎，杜德利則根本不在乎。他看到一具電話，雙手又舉起撞天花板，他想到了一個伙伴。

艾里斯・洛威——姦殺案能讓他流口水。

他抓起電話。

第五十六章

希爾妲・雷佛茲用手點了一張大頭照。「那是蘇珊・南茜的男朋友。你現在可以帶我回家了嗎？」

賓果——矮胖強悍的類型，跟杜克・凱斯卡長得很像。迪恩（無中名）・凡蓋德，白種男性，生日：一九二一年三月四日，身高五呎八又四分之三吋，體重一百七十八磅，藍眼棕髮。因一起持械搶劫案被捕——四二年六月——被判坐牢十到二十年，五二年六月從佛森監獄被釋放，他服滿最低刑期——無須假釋。無其他逮捕紀錄——巴德・懷特的理論沒錯——夜鴞裡的死者是凡蓋德。

希爾妲說，「就是他——**迪恩**。蘇珊・南茜叫他『迪恩』，但他說『不對，你要習慣叫我杜克』。」

傑克說，「你確定？」

「對，我確定。連看了這些糟糕的照片六個小時，你還問我確不確定？如果我想說謊，我早就指其他人了。**拜託**，警官。你先是到我家底下找到屍體，然後你又要我看這些照片。現在可以請你帶我回家嗎？」

傑克搖頭表示不行。他思考著：是誰？從凡蓋德想到凱斯卡再想到夜鴞命案。在五三年的混亂之中，有一個可能的連結——恩格凌兄弟、凱斯卡，與米基・柯恩的接觸。他拿起電話，撥了零。

「總機，你好。」

「這是警方緊急事件。我需要轉接到華盛頓州普吉峽灣麥尼爾聯邦監獄的某個官員。」

「明白了。你的名字是？」

「溫森斯警佐，洛城警局。告訴他們我正在進行命案調查。」

「了解。往華盛頓州的線路目前——」

「可惡。我的電話號碼是MA六〇〇四二。你可以——」

「先生，我會嘗試幫你接通。」

傑克掛上電話。他看著牆上時鐘走了四十秒——**鈴鈴鈴**。「我是溫森斯。」

「我是麥尼爾監獄的副典獄長卡希爾。這件事跟命案有關？」

希爾妲•雷佛茲嘟著嘴——傑克轉身背對她。「對，我只需要一個答案。你有鉛筆嗎？」

「當然。」

「好。我需要知道一九五三年二月到四月之間，有沒有一個叫迪恩•凡蓋德的白人男性，凡人的凡，到麥尼爾監獄去探訪過獄友。我只需要知道是有還是沒有，以及他面會的所有獄友姓名。」

嘆息聲。「好，請稍待。這要花點時間。」

傑克邊等邊數過了幾分鐘——超過十二分鐘後卡希爾才回來。「答案是有，迪恩•凡蓋德，出生日期二一年三月四日，來探訪過囚犯大衛•戈德門三次：五三年三月二十七日、五三年四月一日、五三年四月三日。戈德門是因為逃漏稅而被關在這裡。也許你聽說過——」

思考大衛•戈德門——米基•柯恩的手下。思考凡蓋德最後一次面會日期——夜鴞命案兩週前，同時間恩格凌兄弟去拜會米基——他們說出了販售淫穢書刊的計畫。副典獄長說個不停——傑克直接掛他電話。夜鴞命案開始有搞頭了。

第五十七章

艾德開車載琳・布列肯回家，在逮捕她之前，最後一次嘗試讓她招供。她本來反對，最後還是讓他送她回家：今天她被偵訊注射了說真話的藥物，又吃了抵銷其藥效的藥，又接連被恫嚇——讓她看起來疲憊、精疲力盡。但她可說是精明、堅強，又有藥物預作準備；以致除了一些關於皮爾斯・帕切特的瑣事之外，她什麼也沒說——雖然，在她算計之下還是供出了一點東西。帕切特知道裝清白是沒有用的；琳講了她當應召女郎的故事——帕切特必須讓律師待命，以免這部分證詞被拿來起訴他。重啟調查的第一天完全瘋狂：杜德利・史密斯人在北加州蓋茲維爾，而他的手下在黑人區大肆掃蕩；溫森斯在雷佛茲家底下找到屍體，死者是迪恩・凡蓋德——他在夜鴞命案之前，去麥尼爾島面會過大衛・戈德門。找巴德・懷特來當偵查員，然後發現他把內幕洩漏給《低語》——之前相信他實在愚不可及。這些他都能承受：他是個專業刑警，習慣處理混亂的情況。但是阿瑟頓案跟他父親涉入的問題則完全不同。現在他覺得被懸在半空中，有種單純的直覺：夜鴞命案是個活物，超越任何警探的意志力——無論他是否能查辦證據，無論他是否能訂定計畫，或僅能跟著事態發展走，夜鴞命案都有一種要展露其恐怖的意志。

他有對付布列肯跟帕切特的計畫。

琳把菸圈吹出窗戶。「往前走兩個街區，然後左轉。你可以停在那裡，我家離街角很近。」

艾德還沒到就煞車。「最後一個問題。在局裡，你暗示你知道帕切特跟席德・哈金斯計畫要進行敲詐的勾當。」

「我不記得我有為這個說法背書。」

「你並沒有反駁。」

「我又累又煩。」

「你以間接的方式證實這件事。在傑克・溫森斯的供述書裡有寫。」

「也許溫森斯那部分的說詞是謊話。他以前是個名人。你不認為他也算是個愛誇張做作的人嗎？」

計畫開始。「對。」

「你覺得你可以信任他？」

他假裝苦惱。「我不知道。他讓我很頭痛。」

「就是說嘛。艾斯黎先生，你會逮捕我嗎？」

「我開始覺得逮捕你也沒有用。懷特叫你來接受偵訊時跟你說了什麼？」

「只叫我說老實話。你有給他看溫森斯的供述？」

真話——他很慶幸如此。「沒有。」

「我很高興，因為我確定裡面寫的都是謊話。為什麼你沒給他看？」

「因為他作為刑警的能力有限，他知道的愈少愈好。他也是調查本案的另一名敵對警官的徒弟，我不希望他把情報傳過去。」

「你講的是杜德利・史密斯？」

「對。你認識他？」

「不認識，但巴德經常提到他。我覺得他怕史密斯，這表示史密斯算是號人物。」

「杜德利很厲害，陰險到骨子裡，但我更厲害。你看時間已經很晚了。」

「我可以請你喝杯酒嗎？」

「為什麼？你今天還吐口水到我臉上。」

「那是當時的情境所造成。」

她的微笑讓他輕鬆便回以微笑。「那基於現在的情境，我就喝一杯。」

琳下車。艾德看著她走路：高跟鞋加上難熬的一天——可是她儀態還是婀娜多姿。她帶他到她的房子，打開門鎖，開了盞燈。

艾德進屋。雅緻的裝潢材質、藝術品。琳踢掉她的鞋，倒了兩杯白蘭地；艾德坐在沙發上——純絲絨。

琳到他身邊。艾德拿過他那杯，啜飲。

琳用雙手暖杯。「你知道我為什麼請你進來嗎？」

「你根本不在乎整件事，不會想要談條件，所以我猜你只是對我好奇。」

「巴德痛恨你的程度，遠超過他愛我或任何人。我現在開始明白理由了。」

「我並不需要聽你的看法。」

「我正要說讚美你的話。」

「下次再說，好嗎？」

「那我換個話題。瑛內姿・索托如何面對媒體曝光？報紙整天寫她的事。」

「她受到很大的衝擊，而我並不想談她。」

「我知道這麼多關於你的事讓你害怕。你沒有對等的資訊跟我抗衡。」

改變話題。「我有溫森斯的供述書。」

「但我覺得你懷疑其真實性。」

投出變速球。「你提到帕切特資助過雷蒙・迪特凌一些早期的電影。你可以說明一下嗎？」

「為什麼？因為你父親跟迪特凌有關係？你現在明白當名人之子有什麼壞處了吧？」

她一臉無辜狀，但擅於操弄話語機鋒。

「這只是一個警察想問的問題。」

琳聳肩。「皮爾斯幾年前無意間跟我提到這件事。」

電話響起——琳不理會。「我可以看得出來，你不想談傑克・溫森斯。」

「我可以看得出來你發現這一點。」

「最近我都沒在新聞裡看到他。」

「那是因為他把自己的一切都沖進馬桶。《榮譽警徽》、他跟米勒・史丹頓的友誼、所有的一切。席德・哈金斯被謀殺也對他產生影響，因為《噤聲祕辛》有一半的八卦都歸功於溫森斯的勒索要脅。」

琳啜飲白蘭地。「你不喜歡傑克。」

「對，但他供述裡的某部分我絕對相信。帕切特有席德・哈金斯私人醜聞檔案的複寫本，其中包括關於溫森斯的檔案。你承認這一點會對你有好處。」

如果她上鉤的話，現在她就會開始行動。

「我不承認有這件事，下一次談話時我會帶律師。但我可以告訴你，我想我知道這樣一份檔案的內容會有些什麼。」

第一步成功了。「什麼？」

「我想是一九四七年吧。溫森斯在海灘捲入一場槍戰。他那時嗑了藥，開槍射殺了兩個無辜民眾，一對夫妻。我的消息來源已經獲得證實，一個救護車醫護人員提出了證詞，那個治療傑克傷處的醫生也有公證過的陳述書。我的消息來源還包括驗血報告，顯示出他身體裡有毒品，當年沒有出面的目擊證人也給了證詞。隊長，你會壓下這些資料去保護一位弟兄嗎？」

「馬里布約會」案：「垃圾桶」的成名作。電話響起——琳任它響完。

艾德說，「老天爺。」他的驚訝用不著裝。

「沒錯。你知道，當我看到溫森斯的新聞時，我一直覺得他鐵腕對付毒蟲應該是有很黑暗的理由，所以我發現這件事之後並不吃驚。隊長，如果皮爾斯真的有複寫本，我確定他應該已經銷毀了。」

她最後那句話聽起來很假——艾德藉機說謊。「我知道傑克喜歡毒品，多年來局裡一直有這樣的謠言。我知道你在那些檔案上說謊，我也知道溫森斯會不擇手段把他的檔案拿回來。你跟帕切特不應該低估他。」

「就像你低估巴德．懷特那樣？」

她的微笑讓她變成標靶——有一瞬間他以為他會打她。她在他動手之前大笑；他往前靠吻了她。琳往後退，然後回吻他；他們滾到地板上褪下衣物。電話響起——艾德把話筒踢離掛勾。琳拉著他進入她體內；他們滾著，一起移動，家具被撞壞。結束的時候跟開始時一樣快——他可以感覺到琳的高潮。經過了幾十秒，夠了，休息。他的揣測在喘息之間發展，彷彿那是沉重到難以承受的負擔。

荒唐警察傑克．溫森斯，吸毒，像脫韁的野馬。他會想盡辦法把他的檔案拿回來，他必須拿到那份檔案。艾斯黎隊長必須利用他所知道的情報——但溫森斯嗑藥、酗酒、瀕臨瘋狂邊緣——

第五十八章

巴德在破曉時抵達洛城，下了午夜從舊金山發車的巴士。他的城市看起來怪異、新鮮——就像他生命中的一切。

他上了一輛計程車後打瞌睡；他一醒來就想到艾里斯・洛威：「聽起來像是很棒的案子，但多重命案很難處理，史貝德・庫利又是個公眾人物。我會派地檢署一組人去查，**你現在先別碰這個案子**。」接著想到琳：打了多次電話，電話最後被拿起來撥不通。很怪，但這是她的作風——她想睡的時候就不要任何打擾。

他不敢相信他的人生竟然這麼驚人。

下了計程車。他在門上找到一張紙條——信箋上印著「杜安・W・費斯克警佐」。

懷特警佐——

艾斯黎隊長要立刻見你（與《低語》雜誌跟房屋底下的屍體有關）。一回洛城立刻到政風處報到。

巴德笑了，打包衣物、個人檔案資料——妓女連續謀殺案、夜鴞命案——杜德利要求要看。他把紙條丟進馬桶，對著它尿尿。

□

他開車到嘉德納市，住進了勝利旅館：有乾淨被單、電熱爐、牆上沒有血跡的房間。去他的睡眠——他泡了咖啡，工作。

他對史貝德・庫利所知道的一切——寫滿了半頁。

庫利是奧克拉荷馬州的小提琴手、歌手，瘦子，也許超過四十五歲。他有兩張暢銷唱片，他的電視節目曾經紅極一時。他的貝斯手伯特・亞瑟・柏金斯，綽號「兩點」，跟一夥人因為與狗獸交而被捕，謠傳他有很多黑道朋友。

在調查方面：

拉瑪・希頓說史貝德抽鴉片；史貝德在舊金山的拉利亞廳演出——克麗絲・藍弗的死亡地點就在對面。克麗絲死時體內有鴉片；史貝德目前在洛城的牧場俱樂部演出，離琳內特・坎瑞克的公寓很近。拉瑪・希頓說，凱西・珍威的前任皮條客杜特・吉列幫史貝德的派對找妓女。

這些是間接證據，但很有力。

牆壁上接了一具電話——巴德拿起來撥到郡法醫辦公室。

「法醫辦公室，我是詹森。」

「我是懷特警佐，我想找哈里斯醫師。我知道他很忙，但告訴他我只有一件事要問。」

「請稍等。」過了幾秒，「警佐，這一次又有什麼問題？」

「關於你驗屍報告有一件事。」

「你根本不是郡警。」

「琳內特・坎瑞克胃部與血液內容物。告訴我吧？」

「這還不簡單，因為坎瑞克上週拿到我們的最佳胃袋獎。準備好了嗎？德國香腸加德式酸泡菜、薯條、可口可樂、鴉片、精液。天啊，真是厲害的最後晚餐。」

巴德掛上電話。艾里斯・洛威說別管。凱西・珍威說**放手去做**。

□

他開車到日落段的商業區，把犯罪模式調查清楚。

首先到牧場俱樂部，還沒營業，「史貝德・庫利跟牛仔韻律樂團每晚公演」。門口貼著一張宣傳照：史貝德、「兩點」，另外三個看起來像毒蟲。他們的手指沒戴很多戒指；照片底部有個印記：「經紀事務由納特・潘茲勒事務所負責，洛杉磯北沼澤大道六五三號」。

對街：熱狗屋，菜單上有德國香腸跟薯條。出了日落大道商業區，來到新月高地：知名的妓女出沒地點。往南一英哩到梅爾若斯大街與史維茨路交叉口：琳內特・坎瑞克的公寓。

太簡單了：

史貝德深夜去挑妓女，沒有目擊者。他有食物跟毒品，提議舒服地共度良宵，帶琳內特回家。他們吸毒、吃飽之後——史貝德把她打死，姦屍三次。

巴德往南轉到沼澤大道六五三號：一棟紅木尖頂房屋，郵箱旁掛著「納特・潘茲勒經紀事務所」。門敞開；裡面有個小姐在泡咖啡。

巴德走進去。小姐說，「有什麼事嗎？」

「老闆在嗎？」

「潘茲勒先生在講電話。你有什麼事嗎？」

旁邊有扇門——上面有黃銅「N.P.」姓名字首。巴德把門推開；一個老人大吼，「嘿！我在講電話！你是誰?收帳的?嘿,凱兒!拿份雜誌給這個小丑!」
巴德亮出警徽。老人掛上電話,手抵住辦公桌讓椅子往後退。巴德說,「你是納特・潘茲勒?」
「叫我老納。你要找經紀人?我可以給你演惡棍的工作。你這種原始人外型現在正流行。」
不理他的譏諷。「你是史貝德・庫利的經紀人,對吧?」
「對。你想加入史貝德的樂團?史貝德幫我賺錢,但我的黑人清潔婦唱歌比他好聽,所以也許我可以幫你找份差事,至少讓你在牧場俱樂部當門口警衛。小子,那裡有很多妞,像你這樣的壯漢可以釣到不少。」
「老頭,你講完沒?」
潘茲勒臉漲紅。「山頂洞人,你要叫我納特先生。」
巴德把門關上。「我需要看庫利的登台表演紀錄,從五一年之後。你想乖乖地配合還是怎樣?」
潘茲勒站起來,擋住檔案櫃。「酷斯拉,你別鬧了。我絕不會洩漏客戶資訊,就算拿法院傳票也沒用。所以給我滾,永遠別在出現在我面前。」
巴德把牆上的電話線扯下來;潘茲勒把第一層抽屜拉開。「山頂洞人,拜託你別動粗!我全靠這張臉來做生意!」
巴德翻找檔案夾,找到了「唐奈・克萊德・庫利」,丟到辦公桌上。一張照片掉到吸墨紙上:史貝德,十根手指上戴了四個戒指。粉紅紙、白紙、然後藍紙——依照年份整理的登台紀錄。
潘茲勒站著口中唸唸有詞。巴德對著日期。
珍・米瑞・罕雪,五一年三月八日在聖地牙哥被殺——史貝德同時間在當地的柯提茲天空俱樂部表演。五三年四月,凱西・珍威命案,牛仔韻律樂團在比多利托俱樂部表演——洛杉磯南區。雪倫、莎莉、克麗絲、瑪麗亞到琳內特,死亡地點分別是:貝克菲德市、亞利桑納州尼多市、舊金山、西雅圖、洛城;在酬勞支付表上面列出各場次的演出人員：多數時候貝斯手都是「兩點」·柏金斯，鼓手跟薩克斯風手則來來去去，史貝德·庫利**總是**領銜明星。在五名妓女的死亡日期、地點，他們都在當地。

藍紙濕到滴水——他自己的汗水。「樂團現在在哪裡？」

潘茲勒：「巴爾的摩飯店，別說是老納告訴你的。」

「沒問題，因為這是第一級謀殺罪，你就當我沒來過。」

「我對你發誓，我就像人面獅身獸一樣絕不吐露祕密。我的天啊，史貝德跟他那些下三濫團員。天啊，你知道去年他賺了多少錢嗎？」

□

他打電話告訴艾里斯·洛威這個線索；洛威很生氣：「我告訴過你別管這件事！我已經派了三個**文明**人去辦這件案子，我會告訴他們你查到的東西，但是你別再插手，回去辦你的夜鴞命案，**你懂我意思嗎？**」

他懂：凱西·珍威一直叫他**放手去做**。

巴爾的摩飯店。

他強迫自己慢慢開車過去，把車停在後面入口，禮貌地問櫃臺人員上哪去找庫利先生那群人。櫃臺人員說，「總統套房，九樓」；他冷靜地說「謝謝」，彷彿一切都變成慢動作，有一秒鐘他還以為自己在游泳。

上樓梯就像往上游泅泳——小凱西一直說殺了他。總統套房：雙併大門上有金絲裝飾——老鷹、美國國旗。他動動門把，門打開了。

上流人士變成白種垃圾——三個毒蟲躺在地板上不省人事。空酒瓶，煙灰缸亂丟，沒看到史貝德。客廳兩邊都有門——右邊那個房間傳出噪音。巴德踹門而入。

「兩點」・柏金斯躺在床上看卡通。巴德掏出手槍。「庫利在哪裡？」

柏金斯把一根牙籤丟進嘴裡。「酒醉中，我也差不多要醉了。你想要見他，今晚到牧場俱樂部來。他應該會登台。」

「廢話，他是頭牌紅星。」

「大多時候他都會登台。但史貝德最近不太穩定，所以有時候我會替補他。我唱歌跟他一樣好聽，又比他帥，所以好像沒人在乎。現在你可以離開，讓我享受我的娛樂嗎？」

「他在哪裡喝酒？」

「小子，把槍收起來。你頂多只能因為他沒付小孩生活費來抓他，可是史貝德早晚都會付。」

「跟贍養費無關，這是第一級謀殺罪，我聽說他喜歡鴉片。」

柏金斯咳出他嘴裡的牙籤。「你說什麼？」

「妓女。史貝德喜歡年輕女孩？」

「他不喜歡殺她們，只是像你我一樣喜歡跟她們親熱。」

「**他人在哪裡？**」

「拜託，我才不會告密。」

反手用手槍賞他一巴掌——柏金斯慘叫，吐出牙齒。電視聲音變吵：小孩子們吵著要吃家樂氏玉米片。巴德一槍把螢幕打壞。

「兩點」告密：「你去中國城的鴉片館找找看，拜託你他媽趕快走！」

凱西說殺了他。多年來巴德第一次想到自己的母親。

第五十九章

醫生說，「我已經跟你們艾斯黎隊長講過了，我告訴他跟戈德門先生訪談，很可能會徒勞無功——他大多時候都神智不清。但是既然他堅持要派你來這裡，我會再試一次。」

傑克環顧四周。卡馬里尤精神病院很恐怖：很多瘋子，牆上掛著瘋子的美術作品。「可以嗎？隊長希望取得他的陳述。」

「要是能拿到就算他好運。戈德門先生跟他的兄弟米基・柯恩，在麥尼爾島監獄被人拿刀與鐵管攻擊。看起來這些凶手的身分不明，柯恩相對上沒什麼受傷，而戈德門先生則遭到嚴重的腦部創傷。兩人都在去年七月假釋出獄，戈德門先生的行為變得相當怪異。十二月下旬，他因為在比佛利山莊公眾場所小便而被捕，法官命令他到這裡觀察九十天。他從聖誕節開始就住進本院，最近他又再度入院九十天。老實說，我們對他無計可施，唯一神祕的事情是柯恩先生來這裡探望過他，提議要出錢把戈德門先生送到一個私人療養院，但戈德門先生拒絕，表現出很害怕他的樣子。這不是很奇怪嗎？」

「也許並不奇怪。他在哪裡？」

「就在那扇門後面。請溫和對待他。他曾是黑道，但現在他只是個可憐人。」

傑克開了那扇門。一個四周都有軟墊的小房間；大衛・戈德門坐在一條也包了軟墊的長凳上。他需要刮個鬍子；他身上有消毒水的臭味。正張著嘴的大衛正瞄著一本《國家地理雜誌》。

傑克坐在他旁邊——戈德門移開。傑克說，「這地方爛透了。你應該讓米基幫你轉院。」

戈德門挖鼻孔，把鼻屎吃下去。

「大衛，你跟米基處得不愉快？」

戈德門拿那本雜誌給他看——赤裸的黑人揮舞長矛。

「很可愛，等到他們開始刊出白人照片，我就會成為訂戶。大衛，你記得我嗎？傑克．溫森斯？我以前在洛城警局緝毒組，我們以前常在日落大道巧遇。」

戈德門抓抓老二。他微笑，眼神呆滯無光。

「你是在演戲嗎？大衛，別鬧了。你跟米基在一起很久了。你知道他會照顧你。」

戈德門捏死一隻看不見的蟲子。「現在不會了。」

他的聲音是瘋子的聲音——沒有人可以裝得那麼像。「大衛，你知道迪恩．凡蓋德出了什麼事？你記得他嗎？他以前去麥尼爾島探望過你。」

戈德門挖鼻孔，把鼻屎抹在腳上。傑克說，「迪恩．凡蓋德。他在五三年去麥尼爾島找你，差不多同一段期間彼得與貝斯特．恩格凌去拜訪米基。現在你怕米基，而凡蓋德幹掉一個叫做杜克．凱斯卡的人，然後在他媽的世界聞名夜鴞大屠殺中也被幹掉。你還有剩下一點腦袋可以談談嗎？」

他的意識仍然朦朧。

「拜託，大衛。你告訴我之後，就不會覺得那麼悲哀。跟你的傑克叔叔聊聊。」

「荷蘭佬！他媽的荷蘭佬！米基應該知道要傷害我，但他沒有。可憐可憐我，米基，可憐可憐我，梅爾．哈里斯．柯恩，寬恕我的罪。」

他的嘴巴講話——但此人其他的部分都死了。傑克推敲：凡蓋德是那個荷蘭佬，他用意第緒語跟拉丁文所講的話，聽起來像是他背叛了米基。「來，繼續說。向你的傑克神父告解，我會讓一切都好好的。」

戈德門挖鼻孔；傑克推他一把。「快說！」

「荷蘭佬搞砸了！」

？？？？？——也許——在監獄中下令殺杜克・凱斯卡。「搞砸什麼，快說！」

戈德門以沒有靈魂的單調聲音說話。「被授權的那些傢伙被三個槍手砰砰砰。他媽的低調經營不是在辦舞會，米基以為他會分到魚，但是那個愛爾蘭笑面貓[1]把肉吃乾抹淨，米基只分到骨頭，米基老大會讓他死得很慘。可憐可憐我，米基，我可以信任你，不能信任他們，一切都被冷凍，我們拿不到，寬恕我……」

？？？？？？？？？？？「你講的那些人是誰？」

戈德門哼著一首走調的曲子，聽起來很熟。傑克聽出來那是爵士歌曲「搭乘A號列車」的旋律。「大衛，**告訴**我。」

大衛唱歌。「叭啪——叭叭叭叭叭叭叭可愛的火車叭叭叭叭可愛的火車。」

？？？？？？？？？？？？？？？？？？——更是不知所云，他的腦袋裡好像也有軟墊牆。「大衛，講話。」

瘋言瘋語：「吱吱吱，聽蟲子講話。聽貝蒂、班尼還有邦尼蟲講話。可憐可憐我，米基，我親愛的朋友。」

傑克把這些問號歸納成某種可能的假設：

恩格凌兄弟**在柯恩的牢房**見了他，向他提出凱斯卡的色情刊物計畫。米基發誓他不會告訴別人。戈德門發現這件事，決定要毀掉這件勾當，派了迪恩・凡蓋德去幹掉凱斯卡——或者是想要插一腳。？？？？？？？？——怎麼知道的——？？？？？——**他在柯恩的牢房裡裝了竊聽器**？

「大衛，**告訴我那隻蟲子**[2]**的事**。」

戈德門開始哼另一首爵士歌曲「心情正好」。

醫生打開門。「警官，到此為止。你已經打擾他夠久了。」

□

艾斯黎在電話上批准此事：到麥尼爾島監獄米基以前的牢房，找尋竊聽裝置的證據。文圖拉郡機場距離不遠——他要飛到普吉峽灣，搭計程車到那所監獄。包伯・高羅戴會派一個監獄管理局的人去那裡當窗口——麥尼爾監獄的行政人員對柯恩百般禮遇，可能是收賄提供服務，應該也被恐嚇過才會配合。艾斯黎認為竊聽的假設不太可能；他大聲抱怨巴德・懷特不見了——費斯克跟克雷納正在外面找他，那混帳可能是因為《低語》那篇報導與聖柏納迪諾那具屍體而逃跑——費斯克留了張紙條給他，提到這兩件事。帕克說，杜德利・史密斯正在研究恩格凌命案檔案，很快就會提出報告；琳・布列肯仍然不肯吐實。傑克說，「這一點要怎麼辦？」艾斯黎說，「午夜到太平餐坊。我們討論一下。」

恐怖艾德隊長最後那句話令人有不祥的預感。

傑克開車到文圖拉，搭上飛機——艾斯黎先打過電話，替他訂了機票。一個女空服員分發報紙；他拿了一份《洛杉磯時報》跟《洛杉磯每日新聞》，讀著夜鴞命案報導。

杜德利的手下翻遍黑人區，把黑人前科犯都抓進局裡，尋找**真正**在葛瑞菲斯公園開散彈槍的那些流氓。這全是狗屁：把散彈槍栽贓到雷伊・柯提斯車子裡的人，也把相符的彈殼放到公園裡，利用了媒體報導的地點線

1 Cheshire，《愛麗絲夢遊仙境》中那隻咧嘴而笑的貓。

2 Bug除了意指蟲子，也意指竊聽器。

索——只有高手才有這種腦袋跟膽量這麼做。麥克・布魯寧跟狄克・卡萊爾在七十七街分局管一個指揮所——全體刑警隊跟凶殺組派來的二十個刑警都依照指揮行動。凶手不可能是發狂的黑人——整件事開始看起來像一九五三年重現。《洛杉磯每日新聞》刊出照片：中央大道上擠滿揮舞抗議標語的黑鬼、艾斯黎買給瑛內姿・索托的房子。《洛杉磯時報》有一張漂亮的照片——瑛內姿在雷蒙・迪特凌的拉古納市房子外，遮著眼睛不被閃光燈照到。

傑克繼續讀下去。

加州總檢察署發布聲明：艾里斯・洛威以聲請禁制令的方式贏過他們，但他們仍對此案有興趣，當禁制令過期之後，他們將會干預——除非洛城警局在適當的時間內偵破亂七八糟的夜鴞命案，並且讓洛杉磯郡大陪審團滿意。洛城警局發布新聞稿——詳細敘述瑛內姿在一九五三年遭到輪暴，再溫暖地描述艾德・艾斯黎隊長如何幫助她重建人生。艾斯黎的老爸也上了版面：《洛杉磯每日新聞》大肆報導南加州高速公路系統的完工，並報導一件最近傳出的謠言：大亨普雷斯頓即將宣布參選州長，距離共和黨初選只剩兩個半月，在最後關頭宣布參選的策略，是為了利用高速公路完工帶來的媒體效應。他兒子的負面報導對他勝選機率有何影響？

傑克也計算一下自己的機率。他跟凱倫又重修舊好，因為她看到了他的努力；讓他們繼續維繫下去最好的方式，就是服務二十年期滿領退休金，離開洛城。接下來兩個月將是一連串躲避子彈的快跑：重啟調查，帕切特跟布列肯手上有他的把柄。這方面的機率就算不出來了——他是個害怕又疲倦的跑者——他開始覺得自己老了。艾斯黎心裡已經把這段短跑的計畫都想好了——深夜晚餐會議不是他的風格。布列肯跟帕切特可能會把他的醜事拿出來利用；帕克可能會壓下來以保護警局。但是凱倫會知道，他們脆弱的婚姻將會完蛋——因為她僅能勉強接受自己嫁給一個酒鬼跟收黑錢的警察。「殺人犯」是一顆他們都躲不掉的子彈。

在空中三小時；鬱悶苦思的三小時。飛機降落普吉峽灣；傑克搭了計程車往麥尼爾監獄。

醜陋：灰色方塊建築物蓋在灰色岩島上。灰色牆壁、灰色雲霧、灰色海水邊有鐵蒺藜。傑克在警衛亭下車；守門員檢查他的證件，點頭。鐵門滑進石頭裡。

傑克走進去。一個精瘦的小個子在大門緩衝區跟他碰面。「溫森斯警佐？我是監獄管理局的高達專員。」兩人熱烈握手。「艾斯黎有告訴你這是怎麼回事嗎？」

「包伯・高羅戴告訴我的。你在偵辦與夜鴞命案相關的犯罪，你認為柯恩的牢房可能被竊聽。我們要去找證據支撐這個理論，而我認為可能性很小。」

「為什麼？」

他們迎著風前進──高達談著此事。「柯恩在這裡獲得皇室的禮遇，戈德門也一樣。特權一大堆，訪客無限制，帶進他們那層牢房的東西也不太會檢查，所以竊聽器是有可能會裝進去。你認為戈德門背叛了米基？」

「類似的狀況。」

「確實有可能。他們的牢房相隔兩扇門，同在米基指定的那一層，因為這裡半數的牢房馬桶都壞了，裡面沒辦法關囚犯。你等一下就明白了，我已經把整排牢房都空出來並封鎖。」

過了幾個檢查崗哨，走進牢房區──六層牢房以貓道連接。他們上了樓梯來到一條走廊──六間空囚室。高達說，「這裡是閣樓。安靜，住的人少，還有一間不錯的日間休閒室可以打牌。我們有個線民說，要有柯恩同意才能讓受刑人住在這一區。你可想像這有多膽大妄為嗎？」

傑克說，「天啊，你很厲害，動作又快。」

「艾斯黎跟高羅戴有影響力，而此地的高層沒有時間準備。現在看看我帶來的好東西。」

在日間休閒室桌上：鐵撬、鑿子、木槌、細長的棍子末端加了鉤子。一條毯子上有錄音機，一捆鐵絲。首先我們把這一層拆了。我承認可能性很低，但我還是帶了錄音機，萬一發現錄音帶時可以派上用場。」

「我覺得有此可能性。戈德門跟柯恩去年秋天才假釋，但他們七月被攻擊，戈德門的腦袋被打壞了。我認為他是監聽的人，也許他腦袋已經受損到忘記把竊聽器材帶走。」

「廢話不多說。我們挖吧。」

□

他們開挖。

在柯恩的牢房裡，高達把鐵絲的一端放進暖氣出風口，再從戈德門囚室的出風口拉出另一端來，在兩間牢房之間的天花板上標示出一條線，開始拿木槌跟鑿子探索。傑克從米基這邊牆壁的通風管挖開一塊保護板，用那支鉤子伸進去到處敲。裡面除了錫板之外別無他物，並沒有電線剛好在裡面。挫折感：這是安裝麥克風的合理位置。通風管噴出熱氣，傑克改變主意，華盛頓很冷，暖氣開的時間太長，噪音會蓋過對話。他檢查牆壁跟天花板搜尋另一個管道——一無所獲——然後在出風口周邊尋找。在保護板旁邊的補土抹得不平均，上面還有些小洞；他用木槌猛敲，把半面牆都打掉。然後一個被補土蓋住的小麥克風帶著電線露了出來。那條電線跳出他的掌心，鑽回牆壁。五秒之後，高達站在那裡手拿那條電線——後面接著一台包著塑膠布的錄音機。「在兩間囚室中間的出風口旁有個祕洞。我們來聽聽看吧？」

□

他們在休閒室裡播放。高達把他的機器接起來，換了一盤錄音帶，按下按鍵——錄下竊聽錄音帶的內容。雜訊，有小狗叫聲，「好了，好了，小乖乖」——米基・柯恩的聲音。高達說，「他們讓他在囚室裡養狗。在美國才有這種事，對吧？」

柯恩：「小可愛，不要再舔你的小香腸。」更多狗叫，一長段無聲，錄音機停止運轉的聲響。高達說，「我剛算過時間。那是用聲音啟動的麥克風。五分鐘沒聲音就會自動停機。」

傑克把灰泥從手上拍掉。「戈德門怎麼換錄音帶？」

「他一定是用某種鉤子，就像我剛給你的那根桿子。他牢房的暖氣出風口柵欄鬆脫，因此我們可以知道有人探頭進去過了。老天爺，這玩意兒在裡面多久了？戈德門也得有幫手，這不是一個人可以完成的工作。你聽，是不是又啟動了？」

另一聲喀嚓，一個陌生的聲音：「下多少？我會叫警衛去下注。」

柯恩：「一千塊賭巴西里奧贏，那個義大利佬很凶惡。你順便去醫務所看一下大衛，我的天，那些惡棍把他變成一個呆瓜，我發誓我有生之日要把他們打成肉醬。」交疊的聲音，喃喃自語，米基溫柔地對狗講話，小狗汪汪叫。

確定了時間：戈德門跟柯恩此時已經被攻擊；米基預先下注賭去年九月的羅賓森對巴西里奧拳擊賽，九月他可能已經出獄——他在賠率降低之前先下注。

錄音機開開關關，在四十六分鐘的時間內，米基跟至少兩個男人玩牌，含糊不清地講話，沖馬桶。竊聽錄音機裡的帶子幾乎快結束了；開開關關，那條爛狗在號哭。

米基：「在這裡關了六年十個月，出獄前大衛．戈德門這個金頭腦卻被毀了。回家之前竟遇到這種事。米基二世，不要再舔你的下面，你這同性戀犬。」

陌生的聲音：「給牠弄隻母狗，牠就不必自舔了。」

柯恩：「老天爺牠動作靈巧，那話兒又大，牠就像海菲茲[3]彈小提琴那樣玩牠老二，跟約翰．司坦普納托一樣老二垂到靴子。說到靴子，我讀到海妲．哈潑[4]的專欄，看到約翰在討好拉娜．透納，他已經迷戀她這麼久了，她的下面一定像高級毛草一樣舒服。」

陌生男子大笑。柯恩：「你這馬屁精，別笑了，你以為我是諧星傑克·班寧[5]啊。我現在需要約翰卻找不到他，因為他忙著跟電影明星玩性愛遊戲。我那些授權加盟者一直被人做掉，我需要約翰去打聽是誰幹的，但是那個大老二色鬼卻不見蹤影！我要幹掉那些混蛋！我要那些打傷大衛的人消失在地球上！」

米基咳嗽又咳嗽。陌生男子：「李·華其斯跟亞伯·郜多鮑姆呢？你可以派他們去辦這件事。」

錄音帶結束。高達說，「米基講話可真有風格，但是這些跟夜鴞命案有何關連？」

「如果我告訴你沒有關連呢？」

3 Heifetz（1901-1987），小提琴大師。

4 Hedda Hopper（1985-1966），美國演員與八卦專欄作家。

5 Jack Benny（1885-1966），美國諧星，活躍在廣播、電視、電影圈，他的表演方式對後來情境喜劇影響甚深。

第六十章

他書房的一面牆現在貼滿圖表：夜鴞命案相關人士以橫線連接，直線將每個人連接到一大張紙板，上面寫著各類資訊——從溫森斯的供述書摘錄出來。艾德在邊緣寫下自己的筆記；他父親的電話仍然讓他震撼：「艾德蒙，我要競選州長。你最近的負面報導可能會傷害我，但這也就算了。我不希望媒體挖出阿瑟頓案，並將它與你那些案子連結起來，我也不希望雷蒙・迪特凌被打擾。你對這兩條線有任何問題就來找我，我們兩個私下把事情解決。」

他同意了，但耿耿於懷。這讓他覺得自己像個小孩——就像跟琳・布列肯上床讓他感覺像妓女。而圖表上冒出太多迪特凌的名字。

艾德畫斜線讓各條線交錯。

席德・哈金斯跟溫森斯在五三年發現的紅墨水色情照片有關連；色情照片跟皮爾斯・帕切特有關連。拉線到：克莉斯汀・貝吉隆跟她兒子戴洛及巴比・英吉，這些人拍攝色情照片，在夜鴞命案的前後消失無蹤。命令費斯克跟克雷納對他們發動新一波搜尋；想辦法查出其他模特兒的身分——第二次嘗試。把色情刊物／哈金斯這條線跟旁邊的阿瑟頓案連起來，前任督察普雷斯頓・艾斯黎願意接受請求，私下進行調查。

一條假設性的連結——皮爾斯・帕切特與杜克・凱斯卡。琳・布列肯否認；這是謊言。溫森斯供述說帕切特在賣凱斯卡計畫流通的色情刊物——**但是製作的人是誰**？哈金斯與帕切特／布列肯的關連：醜聞記者因為溫森斯打聽鳶尾花的事而害怕；琳告訴傑克，帕切特跟哈金斯正要一起做某件事，她現在否認這一點，又是謊言。他需要另一組圖表才能標示出謊言——他的房間容納不下這麼多謊話。

更多連線：大衛・戈德門連到曼迪恩・凡蓋德，連到凱斯卡，連到蘇珊・南茜・雷佛茲——在溫森斯從麥尼爾島回來報告之前，這條線尚無法理解；巴德・懷特顯然躲了起來，他被質疑可能隱匿了什麼線索。職業關連——帕切特、恩格淩兄弟跟他們的父親都有化學背景；帕切特據稱吸食海洛英，他跟泰利・拉克斯醫師有整容手術的連結，而這名醫生是一家戒酒戒毒療養院的院長。杜德利・史密斯向帕克報告，恩格淩兄弟被腐蝕性化學物質凌虐至死，此外沒有其他細節。結論：如要解釋每條互相牽連的線，關鍵在於帕切特——他的妓女、他的色情刊物模特兒，透過帕切特可以找到那個製作噴血色情照片的人，那個人殺了哈金斯，並拉出了最後一條線連往一九三四年他父親的成名案件。

太多條線得忽視。

帕切特資助迪特淩早期的電影。迪特淩的兒子比利跟男朋友提米・瓦伯恩使用鳶尾花的服務；瓦伯恩是巴比・英吉的同夥。比利在《榮譽警徽》劇組工作，這個劇組是哈金斯命案調查的頭號焦點。《榮譽警徽》的明星米勒・史丹頓曾是迪特淩旗下的童星，同時期的另一個童星小威利・溫納荷被謀殺——洛倫・阿瑟頓幹的？斜線——阿瑟頓連到淫穢刊物連到哈金斯；這些巧合未免太湊巧，他無法因為忠於家庭而切斷這些連結——阿瑟頓案十七年後，普雷斯頓・艾斯黎建造夢幻時刻樂園。

艾斯黎州長。刑警局長艾斯黎。

艾德想到琳，她的肉體讓他顫抖。迅速跳到瑛內姿——有一條新線索可以運用。

他開車到拉古納海灘。

□

擠滿了媒體：他們聚在車子旁，在雷蒙・迪特凌的草皮上玩牌。艾德繞到另一邊，往屋子跑去。他們看到他，追逐他。他來到門口，用力敲門環。門打開，直接走進去面對瑛內姿。她把門大力關上，上門拴。艾德走進客廳——夢幻時刻樂園在他周遭微笑。小玩意兒，瓷製塑像：咪老鼠、丹老鴨、花栗鼠。牆上的照片：迪特凌跟殘障兒童。已經付款的支票放在塑膠框裡——對抗兒童疾病的六位數字捐款。

「瞧！我有同伴了。」

艾德轉身面對她，「謝謝你讓我進門。」

「他們報導你的方式比報導我更糟，所以我想我欠你人情。」

她看起來臉色蒼白。「謝了。你知道這總會過去的，就像上次一樣。」

「也許。艾斯黎，你看起來很糟。」

「大家都這樣跟我說。」

「也許這是真的。如果你想留下來聊聊，沒問題，但請不要談巴德或現在的媒體報導。」

「我沒打算要談這些事情，但閒聊一向不是我們的特長。」

她走過來。艾德擁抱她；她抓住他的手臂，脫離他的懷抱。艾德擠出微笑。「我看到一些白頭髮。等你到我這年紀，你的頭髮可能會跟我一樣白。拿這當閒聊話題如何？」

「還不錯，我有更好的話題。普雷斯頓要競選州長，如果他惡名昭彰的兒子不要毀了他的機會的話，我會去當他的競選幹事。」

「州長老爸。他有說我毀了他的機會？」

「沒有。因為他絕不會說你的壞話，你也就盡量不要做出傷害他的事。」

外面的記者——艾德聽到他們大笑。「我也不希望父親受傷害。你可以幫我防止這件事發生。」

「怎麼做？」

「幫個忙。只有你我知道，誰都不能知道你幫這個忙。」

「什麼？說明一下。」

「這很複雜，也與雷蒙・迪特淩有關。你知道『皮爾斯・帕切特』這個名字嗎？」

瑛內姿搖頭。「不知道，他是誰？」

「他算是某種金主，我只能這樣告訴你。我需要你用你在夢幻時刻樂園的職位，去查他跟迪特淩在資金上有何往來。回溯到一九二〇年代末期，隱密行事。你可以幫我這個忙嗎？」

「艾斯黎，這聽起來像警方的事。而且這跟你父親有什麼關係？」

畏縮：懷疑這個一手拉拔他成長的人。「父親可能遇到某種稅務麻煩。我需要你查迪特淩的紀錄看有沒有關於他的東西。」

「很糟的麻煩？」

「對。」

「回溯到五〇年左右。他開始規畫夢幻時刻樂園的時候？」

「不，回溯到一九三二年。我知道你看過迪特淩電影製作公司的帳本，我知道你可以辦得到。」

「接著你會向我解釋原因。」

更加畏縮。「投票那天告訴你。拜託，瑛內姿，你愛他幾乎跟我愛他一樣多。」

「好吧，為了你的父親。」

「沒別的理由了？」

「好吧，為了你幫助過我，也為了你給我的這些朋友。如果這聽起來很冷酷，很抱歉。」

一座咪老鼠時鐘指著十點。艾德說，「我該走了，我在洛城還有個會議。」

「從後面出去。我想我還聽到那些禿鷹在門口盤旋。」

□

駕車回城時，畏縮感被消除了。

這算是刪去嫌犯的程序：

如果在阿瑟頓案時，他父親真的認識雷蒙•迪特凌，他有個好理由不透露這件事：在恐怖命案調查中曾接觸過某人，現在與此人做生意可能會令父親覺得尷尬。普雷斯頓相信警察與有影響力的平民交朋友，抵觸了鐵面無私的概念。如果他違背了自己的標準，那麼他不想讓人知道這件事是可以理解的。

愛與尊敬平息了畏縮的感覺。

艾德提早到了太平餐坊；領班說他的客人已經在等他。他走向自己最愛的座位——酒吧後面一個僻靜的位置。溫森斯在那裡，拿著一盤錄音帶。

艾德坐下。「那是從竊聽器拿出來的錄音帶？」

溫森斯把錄音帶裝進去。「對，裡面都是米基胡說八道，內容跟夜鴞命案無關。運氣不好，但我想我們可以判定戈德門背叛了米基，我覺得他應該聽到恩格凌兄弟向米基提出凱斯卡的勾當。他喜歡這樁生意，派了凡蓋德去幹掉杜克。這是目前為止我的推測。」

艾德看起來疲憊至極。「幹得好，傑克。這是真心話。」

「謝了，而且你竟然親切地改叫我的名字。」

艾德拿起菜單，在底下把口袋裡的東西掏出來。「現在是午夜，我顧不了什麼婉轉的禮貌。」

「你正在追查某件事情。在布列肯方面你查到什麼？」

「只有謊話。警佐，你說的沒錯，麥尼爾島這條線目前算沒希望了。」

「所以？」

「所以明天我會去找帕切特。我把政風處與杜德利那夥人完全切開，我會把泰利・拉克斯、卻斯特・約克金帶進局裡，還有每一個費斯克跟克雷納能找到的帕切特同夥。」

「對，那布列肯跟帕切特又如何？」

艾德眼前浮現琳裸體的樣子。「布列肯試過要說服我別相信你的供述。她密告了你那年在馬里布闖的禍，我則將計就計。」

「垃圾桶」的頭往下撞他那對緊握的拳頭。艾德說，「我告訴她你會想盡辦法把檔案弄回來。我告訴她你仍然喜歡毒品，跟一些組頭也有勾結。你準備要被送進人評會，而你想毀掉帕切特的生意。」

溫森斯抬起頭——臉色蒼白，留有指節的印痕。「所以向我保證你會擺平那份檔案裡的東西。」

艾德把菜單拿起來。底下：海洛英、苯甲胺興奮劑、彈簧刀、九釐米自動手槍。「你得去脅迫帕切特。他吸海洛英，所以你給他吸一些。如果你需要什麼東西振奮精神，我這裡也準備了。你得去逼他把你的檔案拿出來，並查出是誰製作噴血色情照片並殺了哈金斯。我正在準備一份劇本，明天晚上你就會拿到。你得去把帕切特嚇得半死，你得不擇手段拿到我們都想要的東西。我知道你辦得到，所以不要逼我威脅你。」

溫森斯微笑。他幾乎想起自己過去的模樣——威風凜凜的溫老大。「萬一情況變糟？」

「那就殺了他。」

第六十一章

鴉片煙霧讓他頭痛；中國佬頂嘴讓他頭更痛：「史貝德不在這裡，我這裡有警察罩的，我交過錢了！」關叔叔叫他去找辛胖子，辛胖子又叫他去阿拉美達街上一連串鴉片館——史貝德來過，但現在不在。「我已經交過錢了！」明叔叔、秦叔叔、張叔叔所講的話都一樣。中國城都跑遍了，他花了好幾個小時才摸熟這裡的狀況，他在敵人之間移動。陶叔叔拿出一把散彈槍；他把槍拿走，用警棍對付他，還是無法逼他招供。史貝德有來過，但現在不在——如果他再多吸一口鴉片煙，他就會倒地死亡或開始拿槍亂射。整個事件的總結：他掃蕩整個中國城，為了找出一個叫庫利的男人。

現在中國城沒有搞頭了。

巴德打電話到地檢署，把他柏金斯、庫利的線索告訴偵察隊隊長；那人只是一直打呵欠，無聊地掛了電話。來到日落大道商業區；牛仔韻律樂團在舞台上，但沒看到史貝德，這兩天也沒人看到他。土包子俱樂部、本地酒吧、夜店——都沒人看到史貝德・庫利。他媽的已經凌晨一點，除了琳那裡無處可去——要問她「你跑到哪裡去了？」還有一張床。

下雨了——傾盆大雨。巴德算著路上汽車尾燈來保持清醒：這些紅點有催眠效果。他開到諾丁罕路的時候幾乎虛脫——頭昏、四肢發麻。

琳站在門廊，看雨。巴德跑過去；她張開雙臂。他滑了一下，抓住她的身體穩住自己。她往後退。巴德說，「我很擔心。我昨晚一直打電話給你，然後事情就變得瘋狂。」

「怎麼瘋狂？」

「早上再說，故事太長現在我說不完。那件事怎麼——」琳撫摸他的嘴唇。「關於皮爾斯，我把你已經知道的事告訴他們，下雨讓我腦袋不清楚，我想告訴他們更多事情。」

「更多什麼事情？」

「我認為跟皮爾斯的關係該結束了。蜜糖，我們早上再說。我們的故事留待早餐再說。」

巴德靠在門廊的欄杆上。閃電照亮街道——琳的臉上有淚痕。「親愛的，怎麼了？是艾斯黎嗎？他欺負你？」

「是艾斯黎沒錯，但不是你想的那樣。我明白你為什麼這麼恨他了。」

「什麼意思？」

「他有與你所有的優點相反的特質。他跟我比較像。」

「我不懂。」

「因為他城府很深，所以有種可信度。我一開始討厭他，因為你討厭他，然後他這個人本身讓我意識到皮爾斯的某些事情。他告訴我一些無須告訴我的事，而我自己的反應讓我嚇了一跳。」

更多閃電——琳看起來極度悲傷。巴德說，「比方說？」

「比方說，傑克・溫森斯已經發狂，他想對皮爾斯報復。我明明應該關心，卻不太有什麼感覺。」

「你怎麼跟艾斯黎變得這麼友好？」

琳笑了。「**酒後吐真言**。蜜糖，你三十九歲，我一直等著看你因為做自己而精疲力盡。」

「今晚我精疲力盡。」

「我不是這個意思。」

巴德打開門廊的燈。「你會告訴我艾斯黎跟你之間發生了什麼事？」

「我們只是講話。」

她的粧都是淚痕——這是他第一次看到她不美麗的樣子。「所以告訴我怎麼回事。」

「早上再說。」

「不行，現在。」

「親愛的，我跟你一樣累了。」

她那小小的苦笑讓他明白了。「你跟他睡了。」

琳別開臉。巴德打她——一次、兩次、三次。琳正面迎接他的拳頭。巴德在明白他無法使她屈服之後住了手。

第六十二章

政風處——擠滿了人。

卻斯特・約克金，鳶尾花送貨員，在一號室；二號跟三號室裡：寶拉・布朗跟洛蘭・瑪瓦西，帕切特的妓女，分別扮演艾娃・嘉娜跟麗塔・海華絲。拉瑪・希頓、巴比・英吉、克莉斯汀・貝吉隆跟她兒子仍然找不到人；其他的色情刊物模特兒也找不到——費斯克跟克雷納查了很多前科犯照片，還是沒有結果。四號室裡：雪倫・柯斯坦莎，本名是瑪莉・愛麗斯・莫茲，她是依照溫森斯的供述去找來的——這女人把巴比・英吉保釋出獄，並且幫克莉斯汀・貝吉隆付了保證金。五號室裡：泰利・拉克斯醫師與他的律師——厲害的傑利・蓋斯勒。

雷・屏克在一旁準備好藥品，以防有人注射了反潘多索的藥物——目前為止這些人看起來體內沒有藥物。兩個警員在隊部站崗——內部偵訊——政風處自主調查的權力。

克雷納跟費斯克拷問莫茲跟假艾娃——他們準備好供述書副本、色情照片、案情概述。約克金、拉克斯跟假麗塔等候著。

艾德在他辦公室裡工作：溫森斯的腳本他寫到第三版。一個念頭揮之不去：如果琳・布列肯向帕切特完整報告過程，他應該會在警察逮人之前，把手下所有人都送走——正如同夜鴞命案發生前，英吉、貝吉隆跟她兒子立刻消失無蹤。這有兩個可能性——她有某種計謀，或者他們發生關係讓她困惑，她正在拖延時間以思考未來怎麼走。比較可能是前者——這女人一出生就沒再困惑過了。

他嘴裡還留有她身體的滋味。

艾德在紙上畫線。瑛內姿要去查迪特凌跟帕切特與他父親的連結——這個點子仍然讓他蹙額。兩個政風處幹員在外面找懷特——逮捕這個雜碎並讓他屈服。準備偵訊比利・迪特凌跟提米・瓦伯恩——小心處理，他們後台很硬。他們跟哈金斯命案以及哈金斯與帕切特的勾當有關係——溫森斯的供述裡說，哈金斯死時，他那邊的《榮譽警徽》檔案不見了，這很異常，因為這個影集是哈金斯長期關注的焦點。《榮譽警徽》劇組在此命案發生時都有不在場證明——再度閱讀此案檔案已經排入工作進度。

他排成迷陣的眾多案件，有一半看起來都像勒索。

一條連到外部議題的線——杜德利・史密斯發瘋似地想在黑人區快速破案。連到一個謠言：賽德・葛林將要在五月接掌美國邊境巡防局。一個理論性的假設：帕克將會以夜鴞命案作為挑選新任刑警局長的標準——他或杜德利。杜德利可能會派懷特來破壞他獨立辦案的能力；把所有的線都交錯，確保他對本案的推理萬無一失。

克雷納走進來。「長官，那個姓莫茲的女人不肯合作。她只說她用雪倫・柯斯坦莎的假名生活，當帕切特的人因為其他罪名被逮捕時，她去保釋他們。據我們所知，沒有人曾經因為替他工作而被逮捕。她說她沒辦法指出照片裡模特兒的身分，而你叫我從勒索的角度來偵訊她，但她保持沉默。關於夜鴞命案她一無所知——我相信她的說詞。」

「放了她，我要她去找帕切特，讓他恐慌。杜安從艾娃・嘉娜身上問出什麼？」

克雷納遞給他一張紙。「很多。這裡有重點，他正在進行正式偵訊錄音。」

「很好。你幫我去軟化約克金的態度。拿瓶啤酒給他，哄他。」

克雷納走出去時帶著微笑。艾德閱讀費斯克的筆記——

證人寶拉・布朗，一九五八年三月二十五日

一、證人供出多名帕切特妓女、妓男的客人（細節另列一張筆記並錄音）。

二、她無法指認照片中人的身分（似乎說的是真話）。

三、勒索的角度讓她開口——

◆帕切特給妓女、妓男獎金，獎勵他們讓客人說出生活中隱私的細節。

◆帕切特讓妓女、妓男在三十歲退休（顯然是他長期以來的做法）。

◆在到府提供性服務的時候，帕切特要妓女、妓男讓門或窗戶開著，好讓帶照相機的人可以拍照存證。妓女、妓男也對某些厚重的門用臘複製鎖頭內部模型。

◆帕切特雇用知名（顯然是拉克斯）整型醫生，來把妓女、妓男整得像電影明星好賺更多錢。

◆妓男從已婚同性戀客人身上敲詐金錢，並跟帕切特拆帳。

◆對夜鴞命案的問題感到無聊（顯然無涉案嫌疑）。

這樣大膽的變態行徑令人吃驚。

艾德走到成排偵訊室前，透過雙面鏡觀察。費斯克跟假艾娃講話；克雷納跟約克金喝啤酒。泰利・拉克斯在看雜誌，傑利・蓋斯勒在生悶氣。洛蘭・瑪瓦西獨自吞雲吐霧。這樣大膽的變態行徑令人吃驚——這女人有麗塔・海華絲的臉孔，頭髮是《蕩女姬黛》裡的造型。

他開了門。麗塔／洛蘭站起來，坐下，點了菸。艾德給她看費斯克的筆記。「瑪瓦西小姐，請讀這個。」

他讀了，咬著唇膏。「所以？」

「所以你是否承認這些是真的?」

「所以我有權利找律師。」

「在七十二小時之內不行。」

「你不可以把我留在這裡那麼久。」

「不可以」——發音是難聽的紐約腔。「不是在這裡,但我們可以把你關在女子監獄。」

洛蘭咬指甲,破了皮流血。「你不可以這樣。」

「我當然可以。雪倫・柯斯坦莎已經被羈押,所以她沒辦法保釋你。皮爾斯・帕切特已經被監視,你的朋友艾娃才剛供出你讀到的這些東西。她已經先開口,我只要你補上一些空白部分。」

啜泣。「我不可以這樣。」

「為什麼?」

「皮爾斯對我太好——」

打斷她。「皮爾斯已經完了。琳・布列肯已經轉為污點證人,接受警方的保護,我可以去找她問答案,也可以省下這個麻煩問你就好。」

「我不可以這樣。」

「你可以,你一定要說。」

「我不可以。」

「你最好說出來,因為光是在寶拉・布朗的陳述裡,你已經是十一項犯罪的共犯。你怕不怕監獄裡的那些男人婆?」

無回應。

「你應該害怕，但是那些女管理員更糟。那些大塊頭男人婆還拿著警棍。你知道她們拿那些來——」

「好好好！我告訴你！」

艾德拿出筆記本，寫下「時間順序」。洛蘭：「這不是皮爾斯的錯。那個男的逼他這麼做。」

「什麼人？」

「我不知道。說真的，我不知道。」

「時間順序」被畫線。「你何時開始為帕切特工作？」

「我二十一歲的時候。」

「告訴我年份。」

「一九五一。」

「他叫泰利·拉克斯幫你整型？」

「對！讓我變得更漂亮！」

「請你別激動。一秒之前，你說有個人——」

「我不知道他是誰！我沒辦法告訴你我不知道的事！」

「噓，請你安靜。你現在證實寶拉·布朗的陳述為真，你也說有個『男的』，**你不知道他的身分**，他逼迫帕切特進行陳述中的勒索計畫。這是否正確？」

洛蘭把菸放下，又點了一根。「對。勒索就是像抓住把柄要錢的意思，對吧。那這一點沒錯。」

「洛蘭，什麼時候？你知道**什麼時候**這個『男的』去找帕切特？」

她數著手指。「五年前，五月。」

「時間順序」被重重畫線。「也就是一九五三年五月？」

「對，因為我父親那個月死了。皮爾斯把我們找去，說我們必須做這些事情，他並不想做，是那個男的以某種把柄威脅他。他沒說這男人的名字，我也不認為其他同事知道。」

「時間順序」是夜鴞命案發生後一個月。「快點想，洛蘭。夜鴞命案。記得嗎？」

「什麼？就是有些人被槍殺那件案子？」

「算了。帕切特召集你們時還講了什麼？」

「沒了。」

「關於帕切特跟勒索**沒有別的**要補充嗎？記住，我不是問你有沒有去勒索。我不是要你承認自己犯罪。」

「在集合之前三個月左右，我聽到薇若妮卡——我是指琳——跟皮爾斯講話。他說他跟那個後來被殺的八卦雜誌記者打算合作勒索，皮爾斯會告訴他我們客戶的祕密……你知道，就是特殊癖好，那個人會以在《噤聲祕辛》爆料作為要脅。你明白的，不付錢就登上八卦雜誌的版面。」

勒索的理論獲得證實。直覺：在某些層面上，琳沒耍心機，她沒叫帕切特先準備——他絕對不會放任這些人被帶進警局。「洛蘭，克雷納警佐有給你看一些色情照片嗎？」

點頭。「我已經告訴過他，我再跟你講一次。我不認識這些照片裡面的任何人，這些照片讓我頭皮發麻。」

艾德走出偵訊室。杜安·費斯克站在走道。「長官，您真有一套。你質問他『那個男人』是誰時，我回去問艾娃，她證實這件事，但也不知其身分。」

艾德點頭。「告訴她麗塔跟約克金已經被羈押了，然後放了她。我要她回去找帕切特。克雷納跟約克金談得怎麼樣？」

費斯克搖頭。「那個男人很強硬。他擺明就是挑戰唐不敢逼供。在我們需要巴德·懷特的時候，他人在哪裡？」

「有趣，但別再說了。現在我要你帶拉克斯跟蓋斯勒去吃午餐。拉克斯是自願接受訊問，所以態度好一點。告訴蓋斯勒這是牽涉多重命案的重大犯罪，也告訴拉克斯只要他配合調查，他其他相關的非法行為都不會被追究，我們也會以書面保證他不必出庭作證。告訴他我們已經寫好了，如果他想要確認的話可以打電話給艾里斯·洛威。」

費斯克點頭，他走到五號室。艾德監視一號室的雙面鏡。

約克金對著鏡子裝模作樣：做鬼臉，比中指。清瘦，往前梳的高捲式髮型蓋住他的眼睛，頭髮很油。手臂上有紅腫——可能是針頭注射留下的痕跡。

艾德打開門。約克金說，「嘿，我知道你是誰。我讀過你的新聞。」

確認那些紅腫處是疤痕沒錯。「新聞報導過我了。」

咯咯笑。「**警察大人**，這件案子被報導好久了。你說過，『我從不打嫌犯，因為那表示警察墮落到罪犯的層次。』你想聽我的答案？我絕不告密，因為警察都是王八蛋，逼迫老百姓招供讓你們很爽。」

「你講完沒？」——這是巴德·懷特的慣用台詞。

「還沒。你爸爸給咪老鼠從後面上。」

雖然害怕，但他還是做了——用手肘撞約克金的喉嚨。約克金張大嘴巴；艾德繞到他身後銬了他，把他推到地板上。

雖然害怕，但雙手仍然平穩：爹地，你看，我不怕。

約克金退縮到角落。

害怕，但使出巴德·懷特另一招：拿一張椅子，往嫌犯頭頂附近的牆壁甩過去。約克金想要爬走；艾德把他踢回原來的角落。現在動作慢下來：不要讓聲音嘶啞，不要讓眼鏡後的眼神變軟弱。「**全說出來**。我要知道色情書刊的事，還有其他你透過鳶尾花在賣的東西。**全說出來**。先從你手上的針孔痕跡講起，為什麼帕切特這種聰明人會信任你這樣的毒蟲。你現在搞清楚一件事——帕切特已經完了，我是你唯一可以談認罪協商的人。**你明白我講的話嗎？**」

約克金猛點頭表示明白。「我是試駕飛行員！我替他飛！試駕飛行員！」

艾德解開手銬。「再說一次。」

約克金揉著自己的脖子。「我是白老鼠。」

「什麼？」

「我讓他用我的身體測試海洛英。這裡跟那裡，一次注射一點。」

「再講一次，慢一點。」

約克金咳嗽。「皮爾斯拿到從柯恩那邊偷來的海洛英——多年前傑克．德拉格納那批貨。巴茲．米克斯這個人把一些貨留給彼得與貝斯特．恩格凌，只是一點樣品，兩兄弟拿給他們老爸，他算是個化學大師。他在大學教過帕切特，他把海洛英交給帕切特之後就死了，好像是心臟病。另外有一個人，我不知道他的名字，所以別問我，他殺了米克斯之類的。他拿到剩下的海洛英，大概有十八磅這麼多。多年來皮爾斯都用他手上的海洛英研究化合物配方。他想要製造最便宜、最安全、最好的毒品。我只是……我只是挨了一些針當實驗白老鼠。」

這幾條線交錯了，令人震驚。「你五年前幫鳶尾花送貨，對吧？」

「對，沒錯。」

「你跟拉瑪．希頓。」

「我好幾年沒看到拉瑪了，你不可以把拉瑪的帳算在我頭上！」

艾德拉過一張椅子，作勢揮舞。「我並不想。回答我一個問題，如果我喜歡你的答案，我就欠你一次人情。這是藥物實驗，你接受測試，所以你應該有點本事。五三年是誰在你們好萊塢倉庫外面開槍打傑克・溫森斯？」

約克金畏縮。「是我。皮爾斯叫我做掉他。我不應該在倉庫外面開槍的。我搞砸了，皮爾斯很生氣。」

逮到帕切特了：企圖謀殺警察。「他因此怎麼懲罰你？」

「他胡亂拿我做實驗。他給我注射各種不好的配方，他說他必須刪掉這些可能性。他逼我嗑這些爛藥很不舒服。」

「所以你恨他？」

「老兄，皮爾斯不是普通人。我恨他，但我也喜歡他。」

艾德把椅子推開。「你記得夜鴞槍擊案嗎？」

「當然，幾年前。這有什麼關係——」

「你別管，有一件重要的事。如果你告訴我這件事，我就給你一份免罪的書面保證，然後送你接受證人保護，直到帕切特被關為止。卻斯特、黃色書刊。你記得五年前鳶尾花在賣那些雜交照片？」

約克金點頭表示知道。

「照片上用紅墨表現噴血，你記得嗎？」

約克金微笑——現在他很積極想告密。「這個故事我很清楚。皮爾斯真的會被抓？」

距離腳本演出還有十小時。「可能就在今晚。」

「那為了報復他給我嗑爛藥，我整死他。」

「卻斯特，你慢慢告訴我。」

約克金站起來，伸展雙腿。「你知道皮爾斯最賤的地方是什麼嗎？我嗑藥神智不清的時候，他會在我身邊講那些事情，彷彿我記不得他講過什麼，根本不擔心我會礙事。」

艾德拿出筆記本。「盡量按照時間順序講。」

約克金揉揉喉嚨，咳嗽。「好，皮爾斯曾經送走一批小姐，大概是我們在賣那些色情書刊的時候。某個人，我不知道他的名字，他說服其中一些小姐跟她們的嫖客拍那些色情照片，然後他做成書來找皮爾斯要錢，讓他可以到處賣這玩意兒，你明白的，他向皮爾斯保證會分紅。皮爾斯喜歡這個點子，但是他不想讓他旗下的小姐或她們的嫖客曝光。他向那個人買了一堆書，透過鳶尾花來賣，他說這個是封閉式流通，就像測試市場，這樣他可以追蹤這批書的流向。」

過去的案情支線交會：封閉式流通並沒那麼封閉，風化組拿到被丟掉的書刊——溫森斯被派去偵辦。「卻斯特，說下去。」

「那個製作色情書刊的傢伙，以某種方式從皮爾斯那邊弄到了恩格凌兄弟的資訊，知道他們有印刷廠，有錢他們什麼都幹。他找了一個代理人，讓這個人去接觸那對兄弟。你知道，就是大量印刷這玩意兒拿去賣。」

代理人：杜克・凱斯卡。案情圖表：柯恩連到恩格凌兄弟，恩格凌兄弟連到帕切特，再連到麥尼爾監獄裡的柯恩——然後接到戈德門與凡蓋德。**海洛英跟色情刊物連了起來**。「卻斯特，你怎麼知道這些事情？」

約克金大笑。「我那時嗑藥嗑得天旋地轉，而皮爾斯自己用鼻子吸安全的白粉。他對我講個不停，好像在對狗講話一樣。」

「所以帕切特不再搞色情刊物，對吧？他最有興趣的是賣海洛英。」

「不對。幾年前那個拿十八磅海洛英給皮爾斯的男人？他很喜歡這種色情刊物。他有一份清單，上面列著有錢變態以及南美洲的聯絡人。他跟皮爾斯保有一批原創照片好幾年，然後他們在某個神祕的地方印了新的書。他們把這些貨放在某個倉庫裡，我不知道在哪裡，等著要拿出來賣。我想皮爾斯是在等風頭過去。」

各線之間沒有新連結。腦海浮現一個詞：**獲利動機**。色情刊物本身有風險；但二十磅的海洛英製造出來賣會有幾百萬美金的獲利。約克金說，「我再跟你講一件事，以免你反悔跟我講好的協議。皮爾斯在他家旁邊裝了一個保險櫃，有陷阱保護，錢、毒品、各種玩意兒都藏在裡面。」

艾德一直想著「金錢」。

約克金：「嘿，回答我啊！你要新的倉庫地址嗎？長灘市林登路八八一九號。艾斯黎，回我話！」

「卻斯特，你可以在牢房裡吃牛排。這是你應得的。」

□

新的案情支線——艾德拿出費斯克跟克雷納的總結報告，補上了約克金、瑪瓦西吐露的事情。

海洛英跟色情書刊交會。「那個男人」製作淫穢刊物，他就是殺害席德・哈金斯的凶手，他的代理人是杜克・凱斯卡——迪恩・凡蓋德殺了凱斯卡，大衛・戈德門可能下令殺人，也可能只是接觸過凱斯卡——戈德門因為在米基・柯恩的牢房裡裝竊聽器，而聽到色情書刊的提議。柯恩無所不在——他的海洛英被偷之後，落到恩格淩家族跟「那個男人」手上，他帶了十八磅海洛英給帕切特去研製毒品，「那個男人」也愛色情書刊，說服帕切特從一九五三年的試作版製作出新書。直覺：柯恩就像八年前的派西先生，不斷進出監獄，雖然是焦點人物，但是在一堆案件中從未弄髒自己的手。一條線拉到結論：夜鴞命案至少是半專業的人幹的，目的是搶走帕切特的海洛英與色情刊物生意。凱斯卡企圖要自己賣色情書刊，成為這場殺戮的重點。他是否讓人誤解了他的重要性？還是凶手們刻意幹掉凡蓋德，那他們知不知道他假冒凱斯卡？多條線拉到組織犯罪的陰謀，至少是一批半專業的人，可是在這期間所有的黑道不是死了就是失去活動能力：恩格凌老爹跟兩個兒子——死亡；大衛・戈德門變成傻子；米基・柯恩被周遭的活動搞迷糊了。問題：是誰做掉恩格凌兄弟？另一條恐怖的線：一九三四年的洛倫・阿瑟頓案。這怎麼有可能？

費斯克敲門。「長官，我把拉克斯跟蓋斯勒帶回來了。」

「然後？」

「蓋斯勒給我一份他準備好的聲明。」

「念出來。」

費斯克拿出一張紙。「『關於我與皮爾斯・帕切特的關係，本人泰利・拉克斯醫師有以下公證之聲明。我與皮爾斯・帕切特的關係純屬專業往來，我為他一些男性與女性友人進行各類整型手術，讓這些本來已經貌似知名影星的男女更為神似。有未經證實的謠言說，帕切特雇用這些年輕人是為了賣淫，但對此我並無肯定的證據。本人立誓。』接下來就是些制式文字。」

艾德說，「杜安，這還不夠，你帶約克金跟麗塔・海華絲過馬路進拘留所。罪名是協助與教唆犯罪，逮捕日期先空著。讓他們每個人打一通電話，然後去長灘市抄了林登路八八一九號。那是鳶尾花的倉庫，我確定帕切特已經清空了，但你還是去搜查。如果你發現那裡乾乾淨淨，把那裡砸了，讓門開著就離開。」

費斯克吞口水。「呃，長官？砸掉？嫌犯逮捕日期留空白？」

「**把那裡砸了並寫進報告。還有，不要懷疑我的命令。**」

費斯克說，「呃，是，長官。」艾德關門，按對講機叫克雷納。「唐，請拉克斯醫生跟蓋斯勒先生進來。」對講機大聲傳來「是，長官。」接著他悄聲說：「隊長，他們很火大。我想應該先讓你知道一下。」

艾德打開門。律師跟醫生怒氣沖沖地走進來。

沒握手。蓋斯勒說，「老實說，比起我要向拉克斯醫生收的鐘點費來說，那頓午餐根本少得可憐。我認為醫生自願來這裡卻讓他等這麼久，是一件應該要受到譴責的事。」

艾德微笑。「我道歉。我接受你們提出的正式聲明，我也沒有什麼問題要問拉克斯醫師。我只有一件事想請你們幫忙，而我也將重重回報。蓋斯勒先生，請你把帳單寄給我，你知道我可以負擔這筆費用。」

「我知道你的父親負擔得起。請說下去，目前你的話我還聽得下去。」

艾德對拉克斯說，「醫生，我知道你認識誰，你也知道我認識誰。我知道你有處理合法的嗎啡治療。幫我一件事，我保證當你的朋友。」

拉克斯用手術刀清指甲縫。「《洛杉磯每日新聞》說你快玩完了。」

「他們誤解了。醫生，皮爾斯・帕切特與海洛英。告訴我你聽說的謠言就好，我不會問你是從哪聽來的。」

蓋斯勒與拉克斯交頭接耳——他們走出門外低聲耳語。拉克斯先開口。「我聽說皮爾斯跟一些非常壞的人有關連，他們想控制洛杉磯的海洛英交易。你知道，他是化學高手，他多年來一直在發展一種特殊配方，添加賀爾蒙跟精神疾病藥物，很特別的化合物。我聽說這種藥讓一般海洛英相形失色，我也聽說它已經準備好量產販售。隊長，你欠我一次人情。傑利，相信這人的話，把我的帳單寄給他。」

□

半專業、專業——他的新線索都指向**海洛英**。艾德打電話給包伯・高羅戴，留言給他的祕書：夜鴞命案可能有契機——打電話給我。辦公桌上一張照片留住他的目光：瑛內姿跟他父親在箭簇湖合照。他打電話給琳・布列肯。

「喂？」

「琳，我是艾斯黎。」

「天啊，哈囉。」

「你沒去找帕切特，對吧？」

「你以為我會嗎？你設計好要我去找他？」

艾德把那張照片蓋起來。「我要你離開洛城一星期左右。我在箭簇湖有個房子，你可以住那裡。今天下午就走。」

「皮爾斯……」

「我之後再告訴你。」

「你會來找我嗎？」

艾德確認溫森斯的腳本。「我一準備好某件事就會去。你有看到懷特嗎？」

「他來了又走了，我不知道他在哪裡。他還好嗎？」

「還好。不對，糟了，我不知道。在箭簇湖費南多餐廳跟我碰面，就在我的房子旁邊。傍晚六點？」

「我會到。」

「我還以為你會需要我說服你。」

「我已經說服我自己很多事情了。出城讓一切變得更簡單。」

「琳，**為什麼**？」

「我猜是因為大勢已去。你認為不漏口風是種英雄行徑嗎？」

第六十三章

巴德在勝利旅館醒來。窗外有暮色——他從昨天半夜睡到現在。他揉揉眼睛，史貝德·庫利遍尋不著。他聞到菸味，看到杜德利坐在門邊。

「小伙子，做了惡夢？你說夢話罵人。」

夢魘：瑛內姿被媒體糟蹋，他的錯——他為了對付艾斯黎而害了她。

「小伙子，你睡著的模樣讓我想到我的女兒們。你也知道我關心你就像關心自己的孩子。」

他的汗濕透床單。

「案子進行的如何？下一步是什麼？」

「接下來你聽我說。長期以來，我跟一些同事都在圍堵重大犯罪，就是為了有朝一日可以享受分紅，而那一天就快到了。你是我的同仁，你將會有豐厚的報酬。小伙子，我們會獲得龐大的財富。想像一下，有一種方法可以讓骯髒黑鬼乖乖的，你可以想見這會有什麼好處。有個桀驚不馴的義大利佬，你過去曾經打過交道，我想你在控制他別搗亂這方面特別有用。」

巴德伸展身軀，折指節。「我是指夜鴞命案重啟調查。你可以講白話文嗎？」

「要我直說的話就是艾德蒙·詹寧斯·艾斯黎。小伙子，他正拚命想要證明琳做了壞事。他要在他給你的那些傷口上灑鹽。」

電流通過全身。「你知道我們的事。我早該知道的。」

「我不知道的事很少，而我願意為你做一切事情。小伙子，懦夫艾斯黎已經染指你唯一愛過的兩個女人。想些厲害的手段給他難看。」

第六十四章

他們立刻開始做愛——艾德知道此時無聲勝有聲，琳也有同樣的感覺。小屋有霉味，床沒鋪好——上次跟瑛內姿睡過之後留下的狀態。艾德沒關燈：他看到愈多，就愈不會亂想。這樣能幫助他度過這關；他數著琳的雀斑好延遲自己的高潮。兩人都放慢步調，彌補剛開始從沙發滾下的激情。琳有淤青；艾德知道是巴德・懷特打的。對於緊繃時刻的性愛來說，他們很溫柔；完事之後長長的擁抱，感覺像是他們謊言的報償。他們一開始講話就停不下來。艾德好奇誰會先開口提「巴德・懷特」。

琳先說了。巴德是說服她對帕切特說謊的支點：警方調查是個笑話，他們只是在瞎搞一通。懷特知道帕切特比較輕微的罪行，她擔心皮爾斯如果反擊的話，他會陷入麻煩。皮爾斯也許會試圖買通他，他認為每個人都貼上了價格，但他不明白她的溫德爾是不能被收買的。巴德讓她想很多事情；她愈想愈痛心；某個警察隊長親吻一個轉業妓女，而時機正好是她唯一會讓他接近的時刻，再加上大勢已去的氛圍，皮爾斯雖然造就了我，但他骨子裡壞到極點，如果我讓他垮台，說不定我可以重獲他從我身上拿走的某些人性。

艾德蹙著眉聽這番話，他自知無法回報她的坦誠——現在傑克・溫森斯正赤腳潛入帕切特的豪宅，艾德得靠琳讓他恐慌，在這之前費斯克已經拿消防斧破門進入他的倉庫，而他的人馬已經被拷問並逮捕。琳以話語回應他的沉默——她拿出日記讀摘要，逃亡戀人的展示與講述，這就是她的陳述。好笑、悲傷——嘲笑過去的老把戲，關於免下車餐廳女侍賣淫的獨白幾乎讓他笑出來。琳談及瑛內姿與巴德——他愛她很多地方，但大多時刻只能保持距離，因為她的憤怒遠超過他的，這讓他有無力感，偶爾共度一晚已是他能承受的極限。她不嫉妒

——所以艾德自己開始嫉妒，幾乎迫使他吶喊出各種問題：海洛英跟勒索，驚人大膽的變態行徑，你到底知道多少？她給他的禮物讓他無法平靜；放在他胸口上柔軟的小手讓他回以同樣的坦誠，然後他會開始訊問或說謊，只是為了找些話題來講。

他直接談起家庭，從過去到現在。小艾德黏媽媽，湯瑪士是金童，他參加高中舞會時，哥哥身中六槍身亡。他們家是一脈相承蘇格蘭場警探名門。瑛內姿，他因為懦弱而殺了四個黑人；杜德利・史密斯瘋狂尋找適合的代罪羔羊，希望讓艾里斯・洛威與帕克局長接受那是本案的解決方法。他莽撞地去找偉大的普雷斯頓・艾斯黎，他的地位崇高難以撼動。艾德又提到浮印紅墨的色情刊物跟死掉的醜聞記者、二十四年前被活體解剖的兒童、他父親與雷蒙・迪特凌都有牽連。一口氣說完所有事情之後，琳吻他的唇，他摸著她的淤青睡著了。

第六十五章

流氓警察溫老大——必須承認艾斯黎選角選的很好。他在倉庫被抄的同時，打電話給帕切特——他說，「好，我跟你談。今晚十一點，你自己一個人來。」

他帶著隱藏錄音機，掛在防彈背心上。

他帶了一包海洛英、一把彈簧刀、一支九釐米自動手槍。艾斯黎給的苯甲胺被他沖進馬桶，他不需要這玩意兒。

他走到門前，按門鈴——沿路都帶著登台前的恐慌。帕切特打開門。他的雙眼翻白，如艾斯黎所預測——他有吸白粉的毒癮。

傑克依照劇本演出：「嗨，皮爾斯」——語氣充滿蔑視。帕切特把門關上。傑克把那包毒品往他臉上丟去，擊中他的臉，掉到地板上。

即興表演。「送你當作和解的禮物。不過這比不上你拿約克金當實驗品用的貨。你知道我的姊夫是本市檢察總長嗎？如果你跟我談妥條件，我可以讓他也幫忙。」

帕切特：「你從哪弄來的？」冷靜，他鼻子吸進去的毒品讓他顯不出恐懼來。

傑克掏出彈簧刀，用刀刃輕劃他的脖子。他感覺到血流下來，用手指抹血舔掉——奧斯卡獎等級的瘋子。「我從一些黑鬼那裡勒索來的。你對這都很清楚，對吧？《噤聲祕辛》雜誌以前常報導我。你跟席德·哈金斯很有淵源，所以你應該曉得。」

沒有恐懼。「五年前你給我帶來麻煩。我手裡仍然握著你檔案的複寫本，我認為說你已經破壞我們協議並不過分。我猜你已經給你上司看過你的供述書。」

一手掌心抵在刀尖，輕輕一推把刀收回。流了些血，接著是艾斯黎寫的關鍵對白。「在情報方面我遠遠贏過你。我知道你拿到柯恩與傑克·德拉格納那次交易的海洛英，也明白你拿它來幹嘛。我知道你五三年在賣的淫穢書刊，我也知道你跟你的妓女玩勒索的把戲。我只想要我的檔案跟一些資訊。你給我這些東西，我就把艾斯黎隊長掌握的一切線索搞砸。」

「什麼資訊？」

字字句句依照腳本。「我跟哈金斯有協議。條件是毀掉我的檔案再給我一萬元，交換我手中掌握洛城警局高層的某些醜聞。我早就知道席德將要跟你一起搞勒索，我也沒去追查鳶尾花的事——你知道這是真的。在我拿到錢跟檔案之前，席德就被殺了，我認為凶手拿到這兩樣東西。我需要這筆錢，因為我還撐不到服務期滿就要被踢出警局，我要幹掉這個搶我錢的混蛋。五三年那時候你並沒**製作**那些色情刊物，製作者是那個殺席德跟搶我錢的人。告訴我他是誰，我就跟你合作。」

帕切特微笑。傑克微笑——再逼問一次，然後就要揮手槍扁他。「皮爾斯，夜鴞命案是黃色書刊跟海洛英所造成——都是你的東西。你想要因此被判死刑嗎？」

帕切特拿出一把手槍，對傑克開三槍。裝了滅音器的槍聲——子彈打碎錄音機，從防彈背心彈開。

又開三槍——兩槍中防彈背心，一發打偏。

傑克躲進一張桌子下，爬出來時用手槍瞄準。手槍卡彈，帕切特跳到他身上，不小心擊發兩槍差點打中帕切特。帕切特的臉靠得很近，他掏出彈簧刀，亂捅一刀，一聲尖叫——刀刃刺中肉體。

帕切特的左手被刀釘在桌上。又一聲尖叫，他的右手彎曲——上面插著一支針筒。裝著毒品的針筒就在附近，拿起來一刺，送他到九霄雲外舒服。步槍槍聲，「亞伯，不要！李，不要！」火光、硝煙，傑克滾離帕切特的身體，以便他能夠活著再度享受注射毒品的快感，也許還能看到帕切特手被刀釘在桌上的可笑模樣。

第六十六章

他腦裡的時鐘都亂了，他的手錶已經不走了——他不確定今天是星期三還星期四。夜鴞命案「揭密」耗了整個晚上——杜德利對案情的理解遠超過他，可是杜德利根本連筆記都不做。他在午夜離開，他強硬的話語激勵了巴德，這個強悍刑警今晚沒有人要對付。老杜的對手是艾斯黎：偵破夜鴞命案，毀掉艾德的前途，留給惡警巴德·懷特的話：「想些厲害的手段給他難看。」他滿腦子只想殺人——這樣才足以報復艾德對琳做的一切；他亂七八糟的腦內時鐘裡，以殺害洛城警局隊長作為發條——如果再這樣胡思亂想下去，他真的會去殺人。凌晨某個時間點，他想起凱西·珍威——凱西當年的模樣。在深夜她為他找到一個對手——殺她的凶手。

史貝德·庫利讓他站了起來。

他去巴爾的摩飯店，跟牛仔韻律樂團談過——史貝德還是不在，「兩點」·柏金斯出去找樂子。地檢署夜間值勤人員不理他——他們有在辦這件案子嗎？再度穿越中國城，經過他的公寓——兩個政風處條子的車停在他家門口。他到漢堡攤大口吞下食物，晨光慢慢出現，一疊《洛杉磯前鋒報》告訴他今天是星期五。夜鴞命案頭條：黑人抗議警方施暴，帕克局長承諾徹查。

前一秒他還覺得累，下一秒卻覺得亢奮。他試著要依照廣播報時來調整手錶時間；指針卡住；他把價值一百塊的古恩牌手錶丟到車窗外。疲倦了，他看到凱西；亢奮時，他看到艾斯黎跟琳。他開車到諾丁罕路找車子。

沒看到白色派克轎車——琳總是停在同一個位置。巴德走路繞建築物一圈——沒看到艾斯黎的藍色普利茅斯轎車。一個鄰居買牛奶正要回家。她說，「早安。你是布列肯小姐的朋友，對吧？」

老雞婆——琳說她會偷窺別人家的臥室。「沒錯。」

「就像你看到那樣，她不在家。」

「對，你應該不知道她去哪裡？」

「這個嘛……」

「這個什麼東西？你看到他跟一個男人在一起？高個子、戴眼鏡？」

「我沒看到。年輕人，注意你的講話方式。這個什麼東西，真是粗魯。」

巴德亮出警徽。「女士，你這個什麼東西？你本來要告訴我某件事。」

「在你講話粗魯之前，我本來要告訴你布列肯小姐去了哪裡。我昨晚聽到她跟管理員講話。她在問路。」

「**去哪？**」

「箭簇湖，在你講話粗魯之前，我本來就要告訴你的。」

□

在艾斯黎的住處，瑛內姿曾經告訴他，那間小屋掛了三面旗：美國國旗、加州州旗、洛城警局旗幟。巴德開車到箭簇湖，繞著湖走，發現目標：旗幟在風中飄盪，沒看到藍色普利茅斯。琳的派克停在車道。緊急煞車停在門廊前，跳上階梯。巴德打破玻璃，拉開門拴。這些聲響無人回應——客廳有霉味，布置得像鄉間狩獵小屋。

他走進臥室。汗臭味，床上有口紅印。他把枕頭裡的羽絨踢出來，翻倒床墊，看到底下有一本皮裝筆記本。這一定是琳的「紅字」[1]——這些年來她時常提到她的日記。

巴德抓起日記，正要撕開——就像他上次從書脊撕開電話簿那樣。那股氣味讓他住手——如果他不看，他就是個懦夫。

翻到最後一頁。琳的筆跡，黑墨水粗體，是他買給她的金色鋼筆。

一九五八年三月二十六日

再寫艾的事情。他才剛開車離開，我看得出來，昨夜他告訴我的一切讓他很懊惱。在早上的光線中，他看起來很脆弱，沒戴眼鏡蹣跚走向浴室。我憐憫皮爾斯不幸遇到這樣一個男人，他基本上很害怕卻剛毅不拔。艾做愛就像我的溫德爾，彷彿他希望永遠持續下去，因為當性愛結束，他必須回到他本來的模樣。他或許是我遇過唯一像我一樣歷盡風霜的男人，他如此精明、謹慎又小心，你總是會感覺到他在動腦筋，因此你總會希望能跟他在黑暗中交談，好讓簡單的話不會變得過度複雜。他如此聰明又實際，以致懷看起來幼稚，而不像他實際上那麼有英雄氣概。跟他的兩難局面比較，我背叛皮爾斯的友誼與照顧這件事似乎相當幼稚。這個男人長期以來偏執地渴望父親的肯定，這難處必定影響了他踏出的每一步，可是他仍繼續前進，令我驚嘆。艾並沒講太多細節，但是他基本上說的是，五年前皮爾斯販售的一些較具美感的色情書籍，有圖片與哈金斯被肢解的模樣相同，也跟殺人狂洛倫•阿瑟頓的作案方式相同，這個殺人狂在一九三〇年代被普雷斯頓•艾斯黎逮捕。普雷斯頓即將宣布參選州長，現在艾認為他父親當初是以錯誤的方式破阿瑟頓案，並暗示他懷疑普雷斯頓在辦那件案子時跟雷蒙•迪特凌建立了生意關係（阿瑟頓殺害的人之一是迪特凌旗下的童星）。另一個詭異的難處：艾，我太過精明的實際派，他認為自己的父親是道德典範跟辦案之神，因此害怕去

1 出自美國小說家霍桑的經典作品《紅字》（*The Scarlet Letter*），故事關於清教徒文化中的外遇通姦之罪。

相信普通的無能與理性的生意自利行為，其實都在可接受的人類行為範疇之內。他擔心偵破數件「夜鶚相關」案件，將會讓世人看到普雷斯頓犯下的錯誤，並毀掉他贏得州長選戰的機會，顯然他更擔心的是去接受他父親只是凡人，這一點尤其困難，因為他從來也不認為自己是凡人。但是他將會繼續偵辦他的案件，他內心深處似乎心意已決。雖然我很愛他，但我的溫德爾在同樣的情況下，應該只會射殺所有相關的人，然後找個比較聰明的人來清理屍體，例如他老是提到的杜德利·史密斯，溫文儒雅的愛爾蘭佬。在散步、早餐與三杯濃咖啡之後繼續再寫。

他把日記撕開——沿著書脊直撕，再左右橫撕，皮與紙都裂成碎片。

拿起電話，直撥政風處。鈴鈴，「政風處，我是克雷納。」

「我是懷特。叫艾斯黎聽。」

「懷特，你麻煩大——」電話裡出現新聲音。「我是艾斯黎。懷特，你在哪？」

「箭簇湖。我剛讀了琳的日記，你老爸的故事我全知道了，阿瑟頓跟迪特凌。**他媽的完整故事**。我要去抓一個嫌犯，等我找到他，你老爹就要上六點晚間新聞了。」

「我跟你談個條件。先聽我說。」

「休想。」

□

回到洛杉磯，用老方法找史貝德：中國城、日落大道商業區、巴爾的摩飯店，自從時間亂掉之後，這是他第三次搜索了。老中開始看起來像牛仔韻律樂團，牧場俱樂部的人眼睛則變成中國佬瞇瞇眼。史貝德每個常去的地方都查了三遍——但他的經紀人那邊只查過一次。

巴德開車到納特．潘茲勒經紀事務所。連接門開著——老納先生正在吃三明治。他咬了一口說，「慘了。」

「史貝德最近演出都缺席。他應該讓你損失不少錢。」

潘茲勒慢慢把一隻手放到辦公桌後。「原始人，如果你知道我的客戶給我帶來多少麻煩。」

「你的語氣聽起來不太在乎。」

「總是會有些害群之馬。」

「你知道他人在哪裡？」

潘茲勒舉起一隻手。「我猜是在冥王星，跟他的好朋友傑克丹尼爾牌威士忌在一起。」

「你那隻手在做什麼？」

「抓我的老二。你想要我上次想給你的工作？週薪五百塊，但你必須分經紀人一成。」

「他在哪裡？」

「他在雲深不知處。下星期再來問我，等你有點大腦時再寫信給我。」

「這樣想打發我？」

「原始人，我要是知道，我敢不告訴你這個凶神惡煞？」巴德一腳把他踢下椅子。潘茲勒摔到地板上；椅子翻倒旋轉。巴德伸手從辦公桌底下拉出用繩子綁起來的包裹。他踩著包裹一拉繩結——裡面是乾淨的黑色牛仔襯衫。

潘茲勒站起來。「林肯高地。山米．林家的地下室，別說是老納告訴你的。」

□

林家炒麵：中國城附近的百老匯街上。餐廳後面有停車位；後門可進入廚房。從屋外無法進入地下室，地下出風口噴出蒸氣。巴德繞這餐館一圈，聽到出風口傳來人聲。猜測廚房地板有拉門。

他在廚房裡找到停車位，從後門進去。兩個中國佬在炸肉，一個老頭在剝鴨子的皮。輕鬆發現活門：拉起爐子旁邊的棧板就是。

他們發現他。年輕中國佬說著聽不懂的話；老頭揮手叫他們安靜。巴德拿出警徽。

老頭摩擦手指。「我們付過錢了！付過了！付過了！你走！」

「老伯，史貝德・庫利。你去地下室告訴他，老納帶換洗衣物來了。快點快點。」

年輕人包圍他。老頭揮舞切肉刀。

「史貝德付過錢了。你現在走！快走！我付過錢了！」

巴德發現地板上有條線。老頭踩在上面。

巴德揮舞警棍——老頭腰部中棍。他撞向爐子，臉撞到火圈，頭髮起火。年輕人衝上來；巴德一棍把兩人打倒，他們摔在地板上交纏在一起——巴德打他們的肋骨。老頭把頭泡進水槽，臉部焦黑還是衝了上來。

猛力揮棍打向膝蓋——老頭倒下但仍緊握住切肉刀。巴德踩在他手上，壓碎手指——老頭慘叫鬆手。巴德把他拖到爐子旁，把棧板踢開。他把活門拉起，拉著老頭往下走。

煙：鴉片的、蒸氣的。巴德踢一腳讓老頭安靜。透過煙霧可以看到：抽鴉片的人躺在床墊上。

巴德把這些煙蟲踢開。都是中國佬——他們嘟囔著、拍打著，然後又吸鴉片回到九重天。煙霧：在他面前、進入他的鼻子、大口呼吸讓他把煙都吸進肺裡。蒸汽就像指引信號，後面有一間蒸汽桑拿室。

他把門踹開。透過霧氣：赤裸的史貝德・庫利，三個裸體女孩。呵呵笑著，手腳交纏——在濕滑的磁磚長凳上雜交。史貝德完全被包在女人堆裡，讓你沒辦法開槍打他而不傷到其他人。

巴德把牆上蒸汽開關關掉。蒸汽停止，霧氣漸消。史貝德回頭看。巴德拔槍。

殺了他。

庫利迅速動作：把兩個女孩緊併在一起變成人肉盾牌。巴德走進去——把手腳拉開，有人用指甲抓他的臉。女孩們滑跤，跌跌撞撞滾出了門口。史貝德說，「我的老天爺。」

他抽了鴉片，仍然在自己的夢幻世界裡逍遙。最後的儀式，延長這一刻。「凱西・珍威、珍・米瑞・罕雪、琳內特・愛倫・坎瑞克、雪倫——」

庫利大吼，「**去你的，是柏金斯幹的！**」

這一刻斷裂——巴德看到他的槍扳機已經半扣。他周遭有五顏六色環繞；庫利講話如連珠砲。「我看到『兩點』跟最後那個女孩在一起，那個坎瑞克。我知道他喜歡傷害妓女，最後那個女孩死掉被電視新聞報導的時候，我問過他。『兩點』，他喜歡把我嚇得半死，所以我就逃到這裡快活。先生，你一定要相信我。」

顏色閃過：「兩點」・柏金斯，壞胚子一個。一個顏色在閃——青綠色，在史貝德的手上。「那些戒指，你在哪弄到的？」

庫利拉了一條浴巾蓋大腿。「『兩點』，他會做戒指。他巡迴時都會帶一套戒指工具組。這些年來他常講一些曖昧的笑話，什麼戒指可以在做貼身工作時保護他的手，現在我知道他是指什麼意思了。」

「鴉片。他有辦法弄到嗎？」

「那個爛毒蟲會偷我的貨！先生，你一定要相信我！」

開始相信了。「在命案發生的日期，你剛好都在案發地點。只有**你**。你的登台紀錄顯示有不同的混蛋跟著你巡迴，所以你怎麼——」

「『兩點』，四九年開始他就是我的巡迴演出經理，他總是跟著我到處跑。先生，你一定要相信我！」

「**他在哪裡？**」

「我不知道！」

「女朋友、好朋友、其他變態。**說**。」

「就我所知，那個可悲的混球沒朋友，只有一個義大利佬強尼・司坦普納托。先生，你一定要相信——」

「我相信你。如果你警告他逃走，你相信我會殺了你嗎？」

「讚美耶穌，我相信。」

巴德走進煙霧裡。中國佬仍然昏昏沉沉，老頭已經只剩半條命。

檔案資料處那邊關於柏金斯的資訊：

在加州沒有前科，在阿拉巴馬州的假釋期間表現良好——四四年到四六年他跟一夥人因獸交罪被捕入獄。曾短暫當過樂手，沒有任何登記地址。確認強尼・司坦普納托是他的同夥——李・華其斯跟亞伯・郜多鮑姆也是——全都是黑道份子。巴德掛上電話，想起曾經跟傑克・溫森斯聊過一次——他曾經在《榮譽警徽》的派對上修理「兩點」——強尼、郜多鮑姆跟華其斯也在場。

小心行事：強尼以前是他的線民，強尼恨他，畏懼他。

巴德打電話給監理所，拿到強尼的電話號碼——響十聲，沒人接。又打了兩通沒人接的電話：一通打到巴爾的摩旅館找牛仔韻律樂團，另一通到牧場俱樂部。接著去「奇基」・郜多鮑姆的熟食店——奇基跟強尼很熟。

開車到皮可街，甩掉一身煙味。有一股強烈的想法：在柏金斯落單的時候殺了他。然後是艾斯黎。

巴德停車，透過車窗觀察。生意清淡的午後，目標——強尼跟「奇基」坐在一張桌邊。

他走進去。他們發現他，低語。他好幾年沒看到他們了——亞伯變胖，強尼仍然是光鮮亮麗的義大利佬。

「奇基」揮手。巴德拉了張椅子拿過去。強尼說，「溫德爾・懷特。**老鄉**，近來如何？」

「一言難盡。你跟拉娜・透納近來如何？」

「更是一言難盡。誰告訴你的？」

「米基。」

郃多鮑姆大笑。「她的洞一定像三街隧道一樣深。強尼今晚跟她要去墨西哥的阿卡波卡，而我只能靠萬能雙手排遣寂寞。懷特，什麼風把你吹來了？自從狄克・史坦斯蘭來我這邊工作之後，我就沒看過你了。」

「我要找『兩點』・柏金斯。」

強尼輕點桌子。「那就去問史貝德・庫利。」

「史貝德不知道他在哪。」

「那為什麼問我？米基告訴你『兩點』跟我很熟？」他並沒問平常人會問的問題：你為什麼要找他？大嘴巴「奇基」也太安靜了。「史貝德說你跟他認識。」

「我們確實認識。**老鄉**，我們認識好久了，所以我告訴你實話，我好幾年沒看過『兩點』。」

投出變速球。「你才不是我的**老鄉**，你這死義大利王八蛋。」強尼微笑，也許鬆了口氣，他們重拾過去警察對線民的遊戲。看「奇基」一眼——這胖子強作鎮靜。「亞伯，你跟柏金斯很熟，對吧？」

「不熟。『兩點』太瘋狂了。我跟他只是他媽的偶爾打個招呼而已。」

謊話——柏金斯的檔案紀錄可不是這麼寫。「所以也許我搞混了。我知道你們跟李・華其斯很好，我聽說他跟『兩點』很熟。」

「奇基」大笑——過度誇張。「有沒有搞錯。強尼，我覺得溫德爾真的搞糊塗了。」

強尼說，「他們兩個就像油跟水攪和不在一起。很熟？別鬧了。」

莫名其妙幫華其斯講話。「你們兩個才別鬧了。我以為你們會立刻問我這是怎麼回事。」

「奇基」把面前的餐盤推開。「你沒想過我們根本不在乎嗎？」

「有，但你們喜歡講八卦，打聽小道消息。」

「那你就告訴我們吧。」

謠言：「奇基」曾因為某人叫他猶太佬而把他打死。「我會告訴你們，今天天氣不錯，而我除了與油條義大利佬跟肥猶太佬打好關係之外，沒其他事可做。」

亞伯呵呵笑，輕拍巴德的手臂表示別開玩笑。「你真是討人厭。所以你找『兩點』做什麼？」

巴德用力回拍他一下——「猶太小子，這他媽的不關你的事」對強尼投變速球。「米基現在出獄了，你在做什麼？」

噠、噠、噠——他的尾戒敲著一瓶席列茲牌啤酒。「你不會有興趣的事情。我這邊的事情都圍堵好了，所以你別操心。那**你**在做什麼？」

「我正在進行夜鴞命案二度調查。」

強尼敲得太用力——酒瓶幾乎傾倒。「奇基」臉色蒼白。「你該不會認為『兩點』……」

司坦普納托：「拜託，亞伯。『兩點』幹下夜鴞命案，真是大大的玩笑。」

巴德說，「我得去尿尿。」走進洗手間。他關上門，數到十，打開一條門縫。兩個混蛋拚命講話——「奇基」用餐巾擦臉。巴德思考線索。

嫌疑：「兩點」犯下夜鴞命案。

溫森斯在一場派對上看到華其斯、強尼、「奇基」跟柏金斯在一起——也許是夜鴞命案前一年。

反黑組抓了喬・希法基來拷問，他說：三人槍手小組幹掉代柯恩操盤的加盟者，也殺掉新冒出頭的黑道。勝利汽車旅館的那番話在腦裡迴盪。

巴德拔槍，放回去，又拿起槍。

「圍堵好了。」

杜德利最愛用的詞──「圍堵」。

杜德利在旅館對他說的話：「圍堵」、「分紅」、「有個桀驁不馴的義大利佬，你過去曾經打過交道」──強尼・司坦普納托以前是他的線民，很恨他。老杜即將「完全揭露真相」。拉瑪・希頓被抓來──拷問夜鴞命案情報，桃・羅斯坦也在場，而她是「奇基」・郃多鮑姆的表妹──

巴德洗把臉，冷靜地走回去。強尼說，「尿完很舒服？」

「對，你剛說的沒錯。我有一些舊案要找『兩點』，但我對夜鴞命案有個直覺。」

冷靜的強尼：「是嗎？」

冷靜的奇基：「是另一批黑鬼，對吧？我所知道的都是從報紙看來的。」

巴德：「也許，但如果不是另一批黑鬼，那麼夜鴞旁邊那輛紫色車子就是栽贓。兩位，保重。如果你們看到『兩點』，告訴他打電話到局裡找我。」

冷靜的強尼手敲不停。

冷靜的「奇基」咳嗽，冒汗。

冷靜的巴德其實沒那麼冷靜：他走出來上車，繞過街角停在公用電話旁。電話公司警用專線，他媽的等了好久。

「喂，請問是哪位需要資訊協助？」

「洛城警局懷特警佐，我要追蹤電話。」

「警佐，何時要進行？」

「**現在**。這是命案緊急事件，我要追的是一家餐廳的私人與公用電話。**現在開始**。」

「請稍待。」

電話轉接中——換了另一個女人。「警佐，你到底需要什麼協助？」

巴德無法再冷靜。「皮可街跟退伍軍人路交叉口的亞伯快餐店。接下來天殺的十五分鐘內，那裡所有打出去的電話。小姐，這件事千萬不能搞砸。」

「我們並無法實際進行電話追蹤。」

「可惡，那就查電話是打給誰的。」

「好吧，如果是命案緊急事件的話。你現在的號碼是？」

巴德念出公用電話上的號碼。「GR四八一一二。」

哼了一聲。「那就查十五分鐘。下一次給我們多一點前置時間。」

巴德掛上電話——杜德利杜德利杜德利杜德利杜德利——電話鈴聲響起，打斷了他痛苦等待的時間。他抓起電話，不安地摸著捧著話筒。「是？」

「兩通電話。一通打到DU三二七五八——電話所有人是桃・羅斯坦小姐。第二通打到AX四六八一一，杜德利・L・史密斯先生的住所。」

巴德丟下話筒。那個職員從某個安全、平靜的地點繼續說個不停，而他將永遠看不到安全跟平靜——琳、警徽的保障都沒了。

杜德利・連恩・史密斯隊長犯下夜鴞命案。

第六十七章

傑克・溫森斯招供。

他坦承在聖安納托孤兒院的年代，把一個女孩弄大了肚子；他坦承殺害史考金夫婦；他承認自己帶了一個火辣黑人女孩去陷害比爾・麥佛森；也承認把毒品栽贓給查理・帕克；並且幫《噤聲祕辛》雜誌勒索毒蟲。他拚命要從床上爬起來，雙手比十字架禱告。他胡言亂語說可憐可憐我，米基，還有砰砰砰砰可愛的火車。他認罪他毆打過不少毒蟲，幫艾里斯・洛威拿黑錢。他乞求他的妻子原諒他搞過他媽長得像電影明星的妓女。他承認他喜歡毒品，也沒資格敬愛耶穌。

凱倫・溫森斯站在旁邊哭泣：她雖然聽不下去，卻得聽下去。艾德試著把她趕出去，她不肯。他在箭簇湖附近打回局裡；費斯克把訊息告訴他：皮爾斯・帕切特昨夜被射殺身亡，他的豪宅被燒成灰燼。消防隊員在後院發現溫森斯——吸入火場黑煙，防彈背心有破洞。他們送他到中央醫院，一個醫生幫他抽血檢驗。結果：「垃圾桶」被人注射實驗藥物，某種海洛英製的精神疾病藥物化合物。他會活下去，他身體沒有大礙——等到體內的毒品排出去就沒事了。

一個護士擦溫森斯的臉；凱倫急忙掏面紙。艾德確認一下費斯克的便條：「已電話聯絡瑛內姿・索托。迪特凌的金錢往來方面仍無發現。迪特凌對這方面的查詢起了疑心？她神祕兮兮沒交代——杜恩」

艾德把紙條揉掉之後丟了。溫森斯赤腳闖虎穴——而他同時間在跟琳親熱。某人殺了帕切特，把他們兩個留在火場。

他們就像艾斯黎父子般將被火吞噬——拿著火把的人是巴德・懷特。

他無法直視凱倫。

「隊長，我這邊有個消息。」

費斯克站在走廊。艾德走過去，領他離開門口。「什麼事？」

「雷曼醫師完成驗屍解剖。帕切特的死因：兩把不同的步槍射出五發點三〇的子彈。雷・屏克已經做完彈道測試，結果凶槍符合河濱郡過去曾發布的犯罪通報。我查過了，五五年五月，沒有線索的懸案。兩個男人在一家酒館外面被槍殺。看起來像幫派行凶。」

一切都跟海洛英有關係。「你只有這些事要說？」

「還有。巴德・懷特在中國城砸了一間鴉片館，把三個中國佬打個半死。他進去問問題，亮出警徽，然後就大打出手。其中一人透過他的人事檔案照片指認他。賽德・葛林要政風處調查，這個案子是我接到的。長官，要下命令去抓他嗎？我知道你想找他，葛林刑事局長說這件事由你決定。」

艾德幾乎笑了。「不用下令抓他。」

「長官？」

「我說不用，所以別再說了。你跟克雷納去辦以下的事情。聯絡米勒・史丹頓、麥斯・佩爾茲、提米・瓦伯恩跟比利・迪特凌。叫他們今晚八點到我辦公室接受訊問。告訴他們**是我**負責調查，如果他們不希望消息曝光的話，那就別帶律師來。然後去幫我拿凶殺組那邊洛倫・阿瑟頓案的檔案。警佐，彌封檔案夾，我不希望你看裡面內容。」

「長官……」

艾德轉身。

凱倫站在門口，眼裡沒有淚水。「你覺得傑克做了那些事情嗎？」

「對。」

「絕不能讓他發現我知道。你可以保證不告訴他嗎？」

艾德點頭，看著病房內。溫老大乞求讓他領聖餐。

第六十八章

監理所檔案室——箱子疊到肩膀的高度。為了尋找佐證——查明強尼跟奇基的嫌疑。資料一份接一份翻閱——他極度亢奮，可以同時間思考案情並查監理所檔案。

巴德猜測司坦普納托、郃多鮑姆跟李・華其斯是夜鴞命案的凶手；他們槍殺了新興黑幫份子跟加盟柯恩生意的人。「兩點」・柏金斯跟他們同一掛——其他三人並不知道他打死妓女——他們會認為這是不入流的行徑，不會坐視不管。杜德利是頭子——他不可能扮演其他角色。杜德利說那些給他工作的話，是為了嘗試拉他入夥；把拉瑪・希頓抓來拷打，是因為老杜要把帕切特那邊可能出紕漏的地方解決掉——巴德猜測帕切特跟杜德利應該算是同夥，希頓應該是死了，而布魯寧跟卡萊爾也是同夥。「圍堵犯罪」、「利潤分配」。這可說是杜德利企圖控制洛城種種非法勾當——他還想把夜鴞命案栽贓給另一批黑鬼。

巴德撕開數個紙箱：汽車登記檔案，五三年四月初。依照上課學到的方法來思考：他認為停在夜鴞外面的車子是刻意被停在那裡；柯提斯車裡的散彈槍，葛瑞菲斯公園裡的彈殼也都是栽贓——凶手緊盯案情發展，幸運地先找到那輛水星轎車，找到一些黑鬼當替死鬼。大錯特錯——洛城警局裡有內鬼在做這些事情。他們讀犯罪報告，盯上某些開車兜風開散彈槍的黑人——把罪責都算在他們頭上——他們推測逮捕那些黑人的警察可能會殺了他們，全案到此為止。

所以他們找了一輛符合犯罪報告描述的車。他們確保那輛車在夜鴞咖啡館外面能被人看見。他們不會偷車——警察不會冒險深夜偷車而遭逮捕。他們也沒買紫色車子——他們買了一輛不同顏色的車再漆上不同顏色。

巴德繼續工作。亂七八糟的檔案毫無邏輯：水星、雪佛蘭、凱迪拉克、洛城、沙加緬度、舊金山，這輛車應該會用假名登記車主。幸運的是：車主的種族、出生日期與身高體重資料，會同時附在原始購買證明的複寫本上。他可以依據這些資訊刪去不符合的車輛，就像他在學校所學的方法：四八到五〇年的水星轎車，南加州買主，車主資訊拿來跟杜德利、司坦普納托、華其斯、郃多鮑姆、柏金斯、布魯寧跟卡萊爾比對。經過好幾小時的翻找，整理出厚厚一疊資料——然後有一份奇怪的檔案感覺相當可疑。

一九四八年灰色底漆水星牌雙門轎車，購買日期是一九五三年四月十日。車主：瑪格麗特・露意絲・瑪齊，白種女性，生日一九一八年七月二十三日，頭髮跟眼珠都是棕色，五呎九吋，兩百一十九磅重。車主地址：洛城東牛津路一八〇四號。電話號碼：NO三三七五八。

非常有嫌疑——因為這是胖女人桃・羅斯坦的體型。牛津路是南北向，不是東西向。從熟食店打給桃的那通電話——DU三三七五八——那個白癡男人婆把自己的號碼掛在不同的區碼之後。

然後買一點紫色油漆。

巴德歡呼，對空氣揮拳，把箱子踢開。一天之內他破了兩件案子——只要有人肯相信他的話。他已經準備好了，卻不能動手。關於杜德利只有間接證據——沒有強有力的佐證。杜德利的地位太高，難以撼動，沒有人像他一樣亟於扳倒他。

除了艾斯黎之外。

第六十九章

監視他從小住到大的那棟房子。他沒辦法進去訊問他的父親；他沒辦法要求父親幫忙。他沒辦法告訴父親他把祕密告訴了一個女人——然後提供一個殘暴敵手毀掉父親的手段。他把阿瑟頓案檔案帶著——裡面的內容他都已經知道了，製作那批淫穢書刊並殺掉席德・哈金斯的人，跟阿瑟頓犯下的命案有密切的關連。也許他才是真凶——普雷斯頓・艾斯黎將會因為自尊而駁斥這些真相。他不能進屋；他無法停止思考。於是他轉而回顧過去。

他的父親買了這棟房子給他母親；其實房子是拿來滿足父親的自尊心——明確表現出艾斯黎家族已經超越中產階級。他們在聖誕節時從未在草皮上放燈飾——普雷斯頓・艾斯黎說這是下層階級才會做的事。湯瑪士從陽台上摔下來——卻有忍痛不哭的氣質。他父親幫他辦了一個「凱旋退伍」慶祝會——僅邀請了對他生涯有助益的人出席：市長、市議員與洛城警局高層。

亞瑟・迪斯潘走向他的車，看起來很虛弱，一邊手臂包著繃帶。艾德看著他開車離去，亞瑟是他父親的左右手，也常給他誠懇直率的建議。亞瑟曾說他不是當刑警的料。

豪宅顯得巨大而冰冷。艾德開車回到醫院。

□

「垃圾桶」醒了，費斯克幫他作了筆錄。艾德站在門口觀察。

「……我依照艾斯黎的劇本走。我不記得我實際上說了什麼，但帕切特拔槍打我。艾斯黎給我的那把爛槍卡彈，帕切特拿針筒扎我。然後我聽到槍聲，還有『亞伯，不要，李，別這樣，不要。』。我已經把所有經過都告訴你了。」

外面走廊有人朗聲道：「亞伯・郃多鮑姆、強尼・司坦普納托跟李・華其斯。夜鴞命案是他們幹的。『兩點』・柏金斯也跟他們同夥，等我告訴你們還有誰涉案，你們準備嚇得屁滾尿流。」

艾德聞到他的汗味、他的氣息。懷特把他推開進了病房——有力但不粗暴。「我們兩個結的樑子先放到一邊。你有聽到我剛說的嗎？」

這些名字他知道：黑道份子，跟海洛英脫不了干係。懷特看起來瘋了——邋遢、狂熱。費斯克說，「長官，你要我……」

艾德動動肩膀——懷特立刻把放在他肩上的手放下。「給我兩分鐘，**隊長**。」

恐懼——但要**拿出隊長的樣子**。「杜安，你去喝杯咖啡。懷特，在我為那些中國佬被打的事情修理你之前，你最好說些讓我感興趣的話。」

費斯克走出去。艾德說，「傑克，你留下來。懷特，快講重點。」

懷特把門關上。衣冠不整：衣服骯髒，雙手沾染墨水。「『垃圾桶』，還好我在收音機上聽說你的事。我不知道你人在這裡，要不然我就會嘗試全部自己搞定。」

病床上的溫森斯看起來有些不安。「搞定**什麼**？亞伯跟李，你認為是指亞伯・郃多鮑姆跟李・華其斯幹掉帕切特，你好好解釋清楚。」

艾德：「懷特，你看起來像是基礎犯罪學的學生，好像你已經把犯罪歷程都寫好了。」

懷特微笑——完全像個神風特攻隊。「我追查一連串妓女命案已經好幾年。首先是一個叫凱西・珍威的女孩。五三年差不多在夜鴞命案的時候她被殺掉。她是杜克・凱斯卡的女朋友。」

艾德點頭。「我知道這件事。你通過警佐考試的時候，政風處已經對你個人做過調查。」

「是嗎？但你不知道的是，幾年前我的案子就破了。我以為凶手是史貝德・庫利——在那些妓女遇害的城市與日期，他的樂團都在那裡。但我錯了。庫利把真正的凶手供出來——伯特・亞瑟・柏金斯。」

溫森斯開口了。「我相信『兩點』會殺女人。他這個人變態到骨子裡。」

懷特說，「你應該很清楚，因為庫利說他跟強尼・司坦普納托很好，在五二年的時候，你告訴我你曾經發現他跟強尼、『奇基』跟李・華其斯一起鬼混。庫利告訴我，強尼跟『兩點』很熟，所以我去找了強尼。」

艾德說，「好，所以你去找司坦普納托。」

懷特點了根菸。「沒什麼收穫。現在我告訴你，過去幾年來，杜德利・史密斯一直利用我去當反黑組的打手。你知道他的說話方式？『圍堵』是他最喜歡的詞。圍堵犯罪，圍堵這圍堵那。他一直試探我，想給我一些其他方面的工作，有天晚上他說，我可以讓那個怕我的『桀驁不馴義大利佬』乖乖就範。強尼・司坦普納托怕我——他以前是我的線民，我那時把他修理得很慘。你們知道老杜是所謂的黑社會和事佬？有天晚上，他、卡萊爾跟布魯寧在勝利旅館修理一個叫拉瑪・希頓的人，我還以為這是反黑組的任務。狗屁——杜德利問他的問題都是關於夜鴞命案——色情刊物、皮爾斯・帕切特。」

艾德睜大雙眼：這不會是真的吧。「所以你去找司坦普納托問柏金斯的下落。」

「對。我去『奇基』的熟食店，強尼跟『奇基』在那裡。我問強尼『兩點』的事，他講的話很有嫌疑。『奇基』更是露出馬腳，他們都說謊，說什麼『兩點』只是一個點頭之交。他們都否認『兩點』跟李・華其斯很熟，可是我知道的可不是這樣。強尼用『圍堵』這個詞，這可不是強尼會用的字眼。這些傢伙都有嫌疑，然後我說我在進行夜鴞命案的二度調查，他們幾乎嚇得失禁，說什麼『兩點』怎麼會是凶手，呵呵。我離開，繞到公共電話，叫電信公司追蹤熟食店十五分鐘內撥出的電話。兩通——一通打給桃・羅斯坦，她是杜德利的好朋友，也是『奇基』的表妹，另一通打到杜德利家裡。」

溫森斯說，「肏他媽的怎麼會這樣。」

艾德伸手要拔槍——不對——懷特是個警察。「給我佐證。」

懷特把菸蒂彈到窗戶外面。「基礎犯罪學。那三個黑人不是凶手，所以老杜跟他那幫人刻意把一輛車停在夜鴞咖啡館外。我去監理所查過，檢查過五三年四月的車籍登記，這一次鎖定的車主是白人。桃・羅斯坦在四月十號買了一輛四八年的灰色水星牌轎車。她用了假名、假地址，但是那個蠢婊子卻用了她真的電話號碼，只把區碼換掉。」

溫森斯看起來十分震驚。艾德拚命控制自己想大聲喊出**杜德利**的衝動。「就在夜鴞命案發生之前，我深夜在好萊塢分局加班。史貝德・庫利在樓下的退休派對上演出，我看到柏金斯四處走來走去。聽聽看這個理論：麥爾坎・藍斯福，當過洛城員警。他是夜鴞命案中被遺忘的死者，而他幹警察的大多數時間都是在好萊塢分局。凶手之一是否對藍斯福懷有怨恨？那一晚柏金斯是否偷走了那件事的檔案？凶手們知不知道藍斯福是夜鴞常客，並以此來計畫要幹掉凱斯卡或冒充凱斯卡的人，順便在夜鴞同時收拾兩個人？」

懷特回答。「杜德利要我去調查藍斯福的背景，可能是因為他認為我會搞砸。我去查藍斯福的偵辦紀錄，什麼都找不到。我相信這個理論。」

狂喊杜德利的衝動已經被壓抑住。溫森斯：「費斯克告訴我帕切特的事，帕切特如何拿到柯恩與德拉格納交易的那批海洛英，他跟一個無名氏壞蛋準備要賣這批毒品，那個壞蛋顯然是杜德利。現在我知道老杜確實是那次交易的保鑣，多年前就有這個謠言——有個叫巴茲・米克斯的傢伙搶劫那次交易，老杜帶了一批人去追殺他。費斯克說，帕切特拿到被搶白粉的大部分，一部分來自恩格凌兄弟跟他們的父親，另一部分顯然是來自杜德利這個惡棍。好，所以我正在想的是——藍斯福會是那個追殺小組的成員嗎？杜德利是在追殺行動中拿到毒品？」

懷特搖頭——這對他來說是新資訊。「這些事情的細節你再多告訴我一點，因為我有一條線索跟這有關連。老杜大談他圍堵的狗屁，他還說什麼要讓黑鬼乖乖安分，現在聽起來他是在講海洛英。」

艾德說，「沒問題。傑克，你想想戈德門的事——從凡蓋德的角度。把那條線跟我們的新線索結合起來。」

「垃圾桶」站起來，扶著病床護欄站穩。「好，我們假設大衛・戈德門跟杜德利、司坦普納托、『奇基』、華其斯跟桃同一夥。我不懂他們如何能信任像『兩點』這樣的神經病，但先不管。反正他們都聯合起來陰謀對付米基。懷特，你還不知道這件事，大衛・戈德門在麥尼爾島米基的牢房裡裝了竊聽器。我打賭杜德利跟他的朋友從一開始就跟戈德門同夥，但管他的，誰知道他們是怎麼串在一起。戈德門聽到恩格凌兄弟去找米基談杜克・凱斯卡的色情書刊生意。」

艾德抬起一隻手。「卻斯特・約克金說，那個拿大部分海洛英給帕切特的人——我們假設是杜德利——對淫穢刊物很有興趣，而他還提到『南美洲的聯絡人跟有錢變態的郵寄地址』。我一直好奇色情刊物要怎麼獲利，現在看看杜德利的人脈，這件勾當似乎比較有可能做了。」

溫森斯說，「讓我來接下去。老杜戰後曾在巴拉圭的美國戰略情報局[1]分處工作，而三九年前後他在風化組服務，所以我知道他有那些人脈，但這件事稍後再談。現在我們知道戈德門去找史密斯跟司坦普納托，告訴他們賣色情書刊的計畫。大家，尤其是老杜，都喜歡這個點子，他們決定要搶過這門生意。可能是想黑吃黑吧，我不知道。戈德門自己私下派了迪恩・凡蓋德這個到監獄探望過他的人，去找杜克談。凡蓋德則決定要自己搶走杜克的應召站跟色情書刊生意。戈德門看過他本人，但是監獄外面的人從來沒見過他。長得像凱斯卡，所以他可以冒充凱斯卡去談生意。等到他的冒充被揭穿時，他已經跟監獄外的人都打好關係，戈德門也就不會追究他的行為。所以凡蓋德搬到聖柏納迪諾去接近恩格凌兄弟。他跟蘇珊・雷佛茲談戀愛，並做掉了杜克。他至少認識監獄外這幫人其中的一個，他用雷佛茲家附近的公用電話聯絡他們，要求跟他們碰面。他口氣強硬，建議要在公眾場所見面，他認為只要蘇珊坐在旁邊，他就會安全無事。這幫人之一想到藍斯福常去夜鴞，於是說要在那裡碰頭。老杜或他其中一個手下，就在夜鴞命案**前夕**接觸帕切特，告訴他要清理他那邊的門戶。帕切特不知道究竟會發生什麼事，但他叫克莉斯汀・貝吉隆母子跟巴比・英吉離開洛城，此時我正在風化組開始要追查這批色情書刊。」

病房開著冷氣——艾德覺得每一個字都讓室溫升高。「讓我來排一個事件順序，就從凡蓋德假扮凱斯卡聯絡監獄外那幫人開始。我們知道杜德利喜歡色情圖片，我們知道他從柯恩與德拉格納交易之後，一直私藏著十八磅海洛英。聽聽看這個推理：他侵入凱斯卡的公寓，發現一樣東西引導他去找帕切特，這樣東西提到他的化學背景，以及他跟恩格凌醫生的連結。他去找帕切特，他們達成協議——產製這批海洛英，販賣色情書刊。他很訝異帕切特也有同樣的想法，也驚訝於他已經從恩格凌醫生那得到一些海洛英。現在不管是什麼理由，杜德利希望幹掉凱斯卡跟藍斯福——他想要讓帕切特嚇破膽。他是個警察，他已經讀過那些黑人在葛瑞菲斯公園發射散彈槍的報告。他設計好在夜鴞碰面，他知道藍斯福一定會在那裡，而傑克說的沒錯——他雖然沒把話講明，但他叫帕切特清理門戶。接下來，命案調查的廣度超過杜德利的預期——因為那三個黑人在逮捕時並沒有立刻被殺，也沒招供。他叫懷特去查凱斯卡的背景，他可能**不知道**是柏金斯殺了那個女孩珍威，但大致來說他希望懷特盡量不要涉入——他希望懷特遠離有可能讓凱斯卡與夜鴞命案連結起來的線索。」

1 Office of Stratefic Services，中央情報局（CIA）的前身。

兩人都看著巴德・懷特。這個狂熱的男人：「好，杜德利派我去查凱斯卡的背景，是因為他認為我會搞砸。但是我檢查凱斯卡的住處時，發現那裡的指紋都被擦掉，而且我認為有某人試穿過他的衣服。杜德利的手下把那裡的指紋擦乾淨，但是他們沒碰電話簿，我看得出來其中聖柏納迪諾印刷廠名錄常被翻閱。現在我有個理論。在查凱斯卡背景時，我在聖費南度谷地一家汽車旅館碰到凱西・珍威。兩天後她被姦殺。我離開汽車旅館時，我覺得被人跟蹤，但我後來忘了這檔事。我認為跟蹤我的人是柏金斯。我想老杜派人去跟蹤凱斯卡的同夥，只是為了即時了解命案調查的動態，這解釋了為什麼這部分案情我從沒告訴別人，可是他卻非常清楚。所以『兩點』這個強姦犯瘋子，看到凱西便拿她當作案對象。也許杜德利知道他殺了她，也許他不知道。無論如何他都他媽的得付出代價。」

溫森斯點了根菸，咳嗽。「我們沒有證據，但是我有一些東西可以補充。第一，雷曼醫生從帕切特體內取出五顆點三〇口徑子彈，他說這與河濱郡一樁懸案所用的子彈相符。大衛・戈德門在卡馬里尤瘋言瘋語時，他說了關於三個槍手的事。他還講了一些瘋話讓我想個不停，但想不出任何意義。艾斯黎，你聽過我在麥尼爾島發現的錄音帶嗎？」

艾德點頭。「你說的沒錯。沒什麼特別值得注意的東西，只是提到了一些黑幫刺殺行動。」

懷特：「還有很多黑幫犯罪沒有破案。我之所以知道，是因為有個嫌犯在反黑組拷問時說出一些相關訊息。總是三個槍手一組，柯恩生意的加盟者跟新興黑道份子被做掉。謎底很簡單：司坦普納托、華其斯跟郃多鮑姆，他們負責保持黑社會表面的平靜，好讓米基可以被假釋。他們也為了『圍堵』這門勾當而想要維持平靜，他們認為等米基出獄之後可以利用他或幹掉他。我的猜測是要幹掉他。他們派人在監獄伏擊柯恩跟戈德門——戈德門被出賣了。米基的房子被炸掉，但米基倖存。在短期之內他們會做掉他，然後他們就可以好好圍堵一場，因為老杜是反黑組頭子，他也有帕克他媽的——要怎麼說，授權令？——讓他把外地黑道趕出洛城。你們他媽的敢相信嗎？」

垃圾桶大笑。「太妙了，小伙子，太妙了。這些刺殺行動都是為了準備一件事：讓老杜賣帕切特的海洛英。他獲得重啟調查的指揮權，所以他可以找到另一批代罪羔羊，他也準備好要賣海洛英了。他先把色情刊物藏好，並沒警告帕切特重啟調查的事，因為他已經計畫要殺他。他沒碰琳・布列肯，因為他知道帕切特沒讓她知道他最惡劣的勾當。他讓她到局裡接受偵訊，因為他認為她會拖延艾斯黎這邊的調查進度。」

琳・布列肯。

艾德作了個苦臉，移向門口。「我們仍不知道是誰製作色情刊物並殺了哈金斯。恩格凌兄弟命案也沒破案，那樁案子看起來不太專業。懷特，你跟杜德利北上蓋茲維爾，他提出的報告只是輕輕帶過——」

「這又是另一件瘋狂的命案。那屋裡到處都是海洛英，而凶手卻把毒品留下。他用化學藥劑凌虐那對兄弟，並用酸性溶劑腐蝕了一堆色情照片底片。鑑識組的人說他認為凶手試圖辨認照片裡的人。化學物質讓我想到帕切特，但我又想到他一定已經知道照片裡的人是誰。我其實不覺得他們的海洛英跟我們這批海洛英有關係，那對兄弟多年來不時會賣毒品。化學家跟毒販，如果帕切特想要他們的毒品，他應該會偷走海洛英。我認為那對兄弟是被某人殺掉，我不知道，這個人不是這些犯罪的核心人物。」

「垃圾桶」嘆氣。「**沒有證據**。帕切特跟恩格凌全家都死了，老杜可能殺了拉瑪・希頓。在鳶尾花的倉庫，你什麼都沒查到。懷特大搖大擺去找司坦普納托跟部多鮑姆，表示杜德利現在已經提高警覺，他正在處理**他那邊**可能出紕漏的地方。我不認為我們有辦法辦成這個案子。」

艾德已經想清楚了。「卻斯特・約克金告訴我，帕切特在豪宅外面有個裝置陷阱的保險櫃。現在房子已經有人守衛，洛城西區警局已經派了一組人過去。在大概一天之內，我會去把警衛撤走。保險櫃裡也許有什麼東西可以讓杜德利罪證確鑿。」

懷特說，「所以現在要幹嘛？沒有證據，司坦普納托今天又要跟拉娜•透納去阿卡波卡。現在怎麼辦？」

艾德打開門——費斯克在外面喝咖啡。「杜安，去跟瓦伯恩、史丹頓、比利•迪特凌跟佩爾茲聯絡。把碰面時間地點改成八點在市中心的史泰勒飯店。打電話到飯店去訂三間套房，然後打電話給高羅戴，叫他打電話到這裡給我——告訴他是急事。」

費斯克去找電話。溫森斯說，「你要從哈金斯命案著手。」

艾德轉身背對懷特。「**動動腦筋**。杜德利是警察。我們需要證據，我們今晚就有可能拿得到。」

「我來對付史丹頓。我們以前是朋友。」

整理思緒——迪特凌旗下童星，普雷斯頓•艾斯黎。「不……我是說你想做這件事嗎？」

「隊長，這也是我的案子。我已經走到這一步，我為你去面對帕切特時還差點被幹掉。」

評估風險。「好吧，史丹頓交給你。」

「垃圾桶」揉揉臉——蒼白，滿是鬍渣。「我有沒有……我是說凱倫在這裡，而我昏迷的時候……我有沒有……」

「她不知道任何你不想讓她知道的事。你現在回家，我想跟懷特談。」

溫森斯走出去——一天老了十歲。

懷特說，「辦哈金斯命案全是狗屁。現在應該鎖定杜德利。」

「不對。首先我們需要爭取一些時間。」

「保護你的爹地？天啊，我還以為我常為女人做蠢事，你還比我更蠢。」

「你**仔細想想**。你想想杜德利是什麼人，想想讓他垮台會有什麼後果。你想清楚，我會跟你做個交易。」

「我跟你講過，**不可能**。」

「你會喜歡這個條件。你不要聲張我父親跟阿瑟頓案的事，我會把杜德利跟柏金斯交到你手上。」

懷特笑了。「抓他們？他們本來就逃不出我的手掌心。」

「不是。我會讓你殺了他們。」

第七十章

艾斯黎的規矩令人厭惡：不能打人，比利跟提米後台太硬不能動粗。在飯店玩黑臉／白臉也令人生厭——他們應該去勝利旅館拷打杜德利才對。包伯・高羅戴對付麥斯・佩爾茲；「垃圾桶」拷問米勒・史丹頓。艾斯黎已經向高羅戴說明過狀況——除了阿瑟頓案之外全部的內情。他認為他可以告發杜德利・史密斯了，但艾斯黎沒怎麼提老杜跟「兩點」・柏金斯馬上就有人要先走了。他媽的艾斯黎不讓他離開視線範圍——艾斯黎一步步帶著巴德釐清案情，彷彿他們是可以互相信任的搭檔。整個案情可以被拼湊出來是驚人之舉，艾斯黎的腦袋好得嚇人——但是他要是不知道一件事的話，就是笨蛋一個：杜德利跟「兩點」被收拾之後，接著就輪到普雷斯頓・艾斯黎。理由很簡單：狄克・史坦斯蘭的仇必須要報。

巴德觀察著——透過浴室的門縫。

那對同性戀並肩坐著；白臉警察先生客客氣氣。是，他們買了鳶尾花的毒品；是，他們在「社交上」認識皮爾斯・帕切特。是，皮爾斯吸海洛英，我們聽說他賣色情書刊——但是**我們**從來不耽溺在這種事情上。以禮相待：這對玻璃還以為帕切特命案是他們被請到大飯店問話的原因。艾斯黎隊長絕對不會耍狠——普雷斯頓・艾斯黎要競選州長，雷蒙・迪特凌可是重要的資助金主。

艾斯黎大聲說。「先生們，有件舊命案可能與帕切特命案有牽連。」

巴德走進來。艾斯黎說，「這位是懷特警佐。他有一些問題要問兩位，然後我想我們就可以結束了。」

提米・瓦伯恩嘆氣。「這並不讓人吃驚。米勒・史丹頓跟麥斯・佩爾茲在隔壁兩個房間，上一次警察偵訊我們所有人，就是在那個爛人席德・哈金斯被殺的時候。所以**我**並不訝異。」

巴德拉過一張椅子。「你為什麼說『爛人』？你殺了他？」

「喔，警佐，**真是的**。你看我像會殺人的人嗎？」

「對，很像。靠扮演老鼠生活的人，一定什麼都做得出來。」

「警佐，**拜託**。」

「此外，哈金斯命案發生時，**你**沒被找來局裡問話。比利跟你講過這件案子？也許在床上跟你呢喃過？」

比利・迪特凌對艾斯黎。「隊長，我不喜歡這個人的語氣。」

艾斯黎說，「警佐，講話正經一點。」

巴德笑了。「你們別假腥腥了，但算了。在哈金斯命案上，你們兩個互相提供不在場證明，現在已經過了五年，你們又在帕切特命案上互相提供不在場證明。就我看來很可疑。我對玻璃的看法是，他們連在同一張床睡五分鐘都很難，更何況是睡五年。」

瓦伯恩：「你這個畜生。」

巴德拿出一張資料。「這是哈金斯命案的不在場證明。你跟比利睡在同一張床上，麥斯・佩爾茲在搞未成年少女。米勒・史丹頓在一個派對上，而你們的同性戀好朋友布瑞特・崔思也剛好在那裡。《榮譽警徽》劇組可真是美國人典範。場景設計師大衛・馬登斯在家跟男護士在一起，所以他可能也是玻璃。我想要的——」

艾斯黎套招演出：「警佐，注意你的用詞，講重點。」

瓦伯恩氣得七竅生煙；比利假裝很無聊。但是剛剛那一番話讓他有反應——他的視線從白臉移到黑臉上。

「重點是，哈金斯在被殺時，對《榮譽警徽》非常感興趣。帕切特五年後也被殺，而他跟哈金斯是伙伴。眼前這兩個同性戀都跟《榮譽警徽》有關係，也說出了帕切特勾當的私密細節。隊長，如果一隻動物走路、講話、叫聲都像鴨子，那牠就是鴨子——不是老鼠。」

瓦伯恩說，「呱、呱，你這白癡。隊長，你可以告訴這個人他在對什麼身分的人講話嗎？」

艾斯黎神情嚴肅。「警佐，這些紳士不是嫌犯。他們是自願接受訪談的人士。」

「長官，我不懂這有什麼差別。」

艾斯黎惱怒。「兩位先生，為了讓這件事徹底了結，請告訴這位警佐。你們兩位是否**認識**哈金斯本人？」

兩人搖頭。巴德發怒——艾斯黎撰寫的腳本。「如果發出老鼠叫聲又跑得快，那就是同性戀老鼠。隊長，**你想想**。這兩個人向鳶尾花買毒品，他們承認他們知道帕切特吸白粉、賣黃色書刊。他們清楚帕切特勾當的底細，卻宣稱不知道帕切特跟哈金斯是伙伴。我建議問問他們帕切特的那些小生意，看他們知道多少。」

艾斯黎舉起雙手——裝出拿巴德沒辦法的樣子。「先生們，那就再問幾個更仔細的問題。再重申一次，你們坦承的任何非法情事都不會被追究——也不會傳出去。警佐，你明白嗎？」

他媽的太精采了：讓他們準備好交代是誰製作了濺血色情照片。「垃圾桶」說提米被那玩意兒嚇到——五三年他給提米看過。你得承認艾斯黎有膽識——他們愈接近色情照片的祕密，也就愈接近他老頭跟阿瑟頓案。

「是，長官。」

提米跟比利都帶著一種神情：上等人被下等人糟蹋的無奈。艾斯黎接著上場。「還有，警佐——由我來問問題。」

「是，長官。你們兩個說實話。你們要是說謊，我一定知道。」

艾斯黎嘆口氣。「只有幾個問題。第一，你們知道帕切特幫生意伙伴找應召女郎嗎？」

兩人點頭表示知道。巴德說，「他也經營男妓。你們兩個有沒有叫過外送？」

艾斯黎：「警佐，不要講話。」

提米往比利那邊靠過去。「這個下流問題我不屑回答。」

巴德眨眼。「你好可愛。我要是進監獄，我希望跟你關在同一間。」

比利作出對地吐口水的動作。艾斯黎轉眼珠——請神幫助我們擺脫這個野人。「下個問題。你們知道帕切特雇用整型醫生來讓他旗下妓女外型像電影明星？」

提米說，「知道。」比利說，「知道。」

艾斯黎微笑，彷彿這是日常工作。「你們也知道這些賣淫男女都聽帕切特指揮，進行其他犯罪行為？」讓他們面對帕切特與哈金斯合夥「勒索」的問題。艾斯黎告訴過他內情：洛蘭／麗塔說，在帕切特正準備要跟哈金合夥時，「這個男人」讓帕切特勒索他的「客戶」——**就在夜鴞命案發生之後**。動腦一想——也許這能把杜德利扯進來。「王八蛋，回答隊長的問題。」

比利說，「艾德，叫他住嘴。真的，這太過分了。」

巴德大笑。「**艾德**？喔喔，我忘了，老闆。你爹地跟他爹地是好朋友。」

這時艾斯黎真的火了——臉紅、顫抖。「懷特，閉嘴。」

兩個玻璃很高興——微笑、竊笑。艾斯黎說，「先生們，請回答問題。」

提米聳肩。「講清楚點。什麼其他『犯罪行為』？」

「更清楚地說是黑函恐嚇。」

他們靠在一起的兩隻腳突然扯開——巴德清楚地看到了。艾斯黎摸摸領帶打出暗號——**使出全力**。

推敲後的結果：強尼‧司坦普納托就是「這個男人。」他是恐嚇勒索的老手，而且看起來並沒有收入來源。基礎犯罪學——洛蘭‧瑪瓦西說過，勒索是從五三年五月開始——杜德利那幫人已經跟帕切特結盟。

「對，**黑函勒索**。已婚嫖客、變態跟同性戀都可能被恐嚇。這就像職業風險。你有被某個玩伴勒索過嗎？」

現在比利轉眼珠表示不耐。「我們並不召妓，不管是男的還女的。」

巴德把椅子拉近他們。「你旁邊的親密愛人是男妓巴比・英吉的同夥。如果發出鴨叫聲，那準是鴨子。所以呱、呱，快說出是誰恐嚇你們。」

艾斯黎表情嚴峻。「先生們，你們知道任何帕切特旗下賣淫者的名字嗎？」

比利擺出陽剛姿態。「他是納粹黨徒，我們不需要回答他的問題。」

「肏你媽。你老在陰溝裡爬，必定會遇到老鼠。你有聽過一個可愛的小玻璃名叫戴洛・貝吉隆？要是想找女人的時候，有沒有找過他媽媽？戴洛就是這樣——『垃圾桶』傑克・溫森斯有一本色情書刊，裡面有他們母子穿溜冰鞋性交的照片。你們這兩個死玻璃雜種，你們是靠著一根棒棒糖浮在陰溝裡，所以——」

瓦伯恩：「艾德，叫他住口！」

艾斯黎：「警佐，別說了！」

巴德，感覺昏眩，彷彿腦裡有個人正在餵他台詞。「說什麼鬼話。這兩個怪胎跟帕切特的不法勾當很有關係。他們一個是電視明星，一個有名人爹地。兩個錢太多的臭玻璃簡直就是他媽的等人來勒索嘛。你不覺得這很有道理嗎？」

艾斯黎——**停止施壓**——他一根手指放在領子上。「我為懷特警佐的表達方式道歉，但是他說的有點道理。先生們，為了正式紀錄請再回答一次。你們兩位是否知悉帕切特或他的妓女們的勒索行徑？」

提米說，「不知道。」

比利說，「不知道。」

巴德準備好要說悄悄話。

艾斯黎往前傾。「你們有沒有被敲詐過？」

他們又說沒有——兩個同性戀在涼快舒服的房間裡冒汗。巴德輕聲說，「強尼・司坦普納托。」

玻璃們僵住不動。巴德說，「《榮譽警徽》的醜聞。他要的是不是這個？」

瓦伯恩正要開口——比利讓他閉嘴。艾斯黎：慢慢來，頭腦發脹的男人說辦不到。「他掌握了你父親的醜聞？那個他媽偉大的雷蒙・迪特淩？」

艾斯黎比出停止的暗號，頭昏的男人露出猙獰表情：狄克・史坦斯蘭吸毒氣。「骯髒事。小威利・溫納荷，洛倫・阿瑟頓跟兒童連續命案。**你的父親**。」

比利顫抖，指著艾斯黎。「**他的**父親！」

四人面面相覷，瓦伯恩的啜泣打破了沉默。比利扶他起來，擁抱他。

艾斯黎說，「出去。你們可以走了。」

他表情哀傷，而非生氣或恐懼。

比利陪提米走出去。巴德走到窗前。艾斯黎走過去，對著對講機麥克風說話。「杜安，瓦伯恩跟迪特淩要走了。你跟唐跟蹤他們。」

巴德打量他——比自己高一點，但塊頭只有一半。他不知為何說，「我剛剛不應該這麼做。」

艾斯黎望出窗外。「很快就結束了，所有的一切。」

巴德低頭。費斯克跟克雷納站在門口，那對同性戀已經跑到人行道上。政風處的人追趕他們——一輛公車讓警察追不上。公車衝過——沒了比利跟提米的身影。費斯克跟克雷納站在街上，看起來像傻瓜。

艾德開始大笑。

某件事情讓巴德也笑了。

第七十一章

他們重溫過往時刻；米勒．史丹頓喝著客房服務送來的香檳。傑克把他的台詞講完：帕切特與哈金斯、淫穢刊物、海洛英、夜鴞命案。他看得出來米勒知道些什麼；他看得出來米勒想說。

套老交情：他如何教米勒當警察，他又怎麼帶米勒去中央大道找女人，最後抓到亞特．派伯吸毒。高羅戴探頭進來，說麥斯．佩爾茲是清白的——聽麥斯的說法花了一個小時。米勒淚水迷濛——五八年將是《榮譽徽》影集最後一季。他們失去聯絡令他很遺憾，但溫老大的行徑太瘋狂，成為演藝圈裡眾人唾棄的人。懷特跟艾斯黎在隔壁爭執——傑克切入重點。

「米勒，有什麼事情你非告訴我不可？」

「傑克，我不知道。都是陳年往事了。」

「這些亂七八糟的事情**由來已久**。你認識帕切特，對吧？」

「你怎麼知道？」

「合理的猜測。隊長的檔案說，帕切特資助了迪特凌早期的一些電影。」

史丹頓看看杯子——已經空了。「好吧，我很早就認識帕切特。這說來話長，但我不懂這跟你有興趣的事情有何關係。」

傑克聽到側門刮過地毯的聲音。「我只知道我說了『帕切特』這個名字之後，你就很想告訴我一些事情。」

「可惡，在你身邊我覺得自己不像個警察。我覺得自己像是快要演完影集的肥胖演員。」

傑克看向別處——讓這男人喘息一下。史丹頓說，「你知道很久以前我在迪特凌的影集裡演個胖小孩，那時候小威利・溫納荷是個大明星。我以前在表演學校常看到帕切特，我知道他算是迪特凌的生意伙伴，因為我們的家教老師暗戀他，告訴我們這些小孩他是誰。」

「然後？」

「然後小威利從學校被綁架，被弗蘭克斯坦博士大卸八塊。你知道這件案子，很有名。警察抓到一個叫洛倫・阿瑟頓的人。他們說他殺了小威利跟其他的兒童。傑克，接下來的部分比較難說出口。」

「那就快點講。」

連珠砲一般。「迪特凌先生跟帕切特來找我。他們給我吃鎮定劑，告訴我我必須跟一個比較大的男孩去警局。我十四歲，年紀比較大的那個可能十七歲。帕切特跟迪特凌先生先指導我，然後我們去警察局。我們跟普雷斯頓・艾斯黎談，那時他是個刑警。我們告訴他帕切特跟迪特凌先生教我們說的話——我們看過阿瑟頓在演藝學校附近遊蕩。我們指認凶手是阿瑟頓，艾斯黎相信了我們。」

演員的刻意停頓。傑克說，「天殺的，**然後呢**？」

講話速度慢下來。「我後來沒再看過那個大男孩，我連他的名字都不記得。阿瑟頓被判刑處死，我並未被要求出庭作證。那應該是三九年沒錯。我還在迪特凌的演員陣容裡，但我只是個天真無邪的孩子。迪特凌先生派了一組明星去參加乾河谷高速公路的啟用典禮，只是為了宣傳。普雷斯頓那時候已經是營建大亨，剪綵的人是他。我聽到迪特凌先生、帕切特跟泰利・拉克斯在講話，你知道拉克斯吧。」

緊張得令人全身發麻。「米勒，別賣關子。」

「傑克，我永遠忘不了他們說的話。帕切特跟拉克斯說，『我有藥可以讓他不再傷害任何人，你也已經幫他整過型。』拉克斯說，『我會找個人看管他。』迪特凌先生，我永遠忘不了他的語氣。他說，『我已經給普雷斯頓‧艾斯黎一個替死鬼，讓他相信除了洛倫‧阿瑟頓之外還有一個凶手。我想這個人現在欠我太多人情，已經不會傷害我了。』」

傑克摸摸自己——他以為自己已經停止呼吸。開始呼吸之後——全身緊繃，雙眼看向門口的艾斯黎跟懷特——兩人靠得很近，呆若木雞。

第七十二章

現在他所有的案情線都用墨水畫上連結。

紅色墨水製作的肢解圖像，噴血的墨水瓶。看板上有雷蒙・迪特凌、普雷斯頓・艾斯黎跟卡通角色們，全是罪犯組成的卡司。墨水顏色：紅色，綠色代表賄款、黑色代表哀悼——死去的配角們。懷特跟溫森斯已經知情，他們可能會告訴高羅戴——他把他們趕出飯店時心裡很清楚。不管他有沒有警告他父親，結果都一樣。他可以繼續查案，或者坐在這個房間裡看著自己的人生在電視上爆炸。

已經過了好幾個小時——他無法拿起電話。他打開電視，看到他父親出席高速公路啟用典禮，他把槍管放進嘴裡，同時間他父親說著陳腔濫調。扳機扣到一半——畫面淡出至廣告。他開了四槍，轉動槍筒，讓槍管抵著頭。他扣了兩次扳機，彈室裡沒有子彈，他不敢相信自己做出的事。他把手槍丟出窗戶——一個醉鬼把它從人行道撿起，對天空開槍。他大笑、啜泣，撞家具讓自己昏過去。

又過了幾個小時，什麼事也沒做。

電話響起——艾德閉著眼睛伸手去抓。「呃……喂？」

「隊長，是你嗎？我是溫森斯。」

「是我。什麼事？」

「我跟懷特在局裡。我們剛接到一通報案電話，接下這個案子。地址是北新罕布夏路二二〇六號，比利・迪特凌的家。比利跟一個不知名的男性死了。費斯克已經先過去。隊長，你還在聽嗎？」

不不不——有聽到。「我要出發了……我會到場。」

「好。順帶一提，懷特跟我沒有把史丹頓講的話告訴高羅戴。我想應該讓你知道這一點。」

「警佐，謝謝你。」

「你該謝的是懷特。他才是你該擔心的對象。」

□

費斯克在現場跟他碰面——汽車頭燈照亮這棟仿都鐸式房屋——多輛黑白警車，鑑識組車輛停在草皮上。

艾德跑過去；費斯克簡報。「鄰居女人聽到叫聲，等了半小時後報警。她看到一個男人跑出來，開比利・迪特淩的車離開。開沒多遠他撞上一棵樹，下車跑走。我作了筆錄。白種男性，四十出頭，一般體型。長官，進現場前你要有心理準備。」

屋內閃光燈發亮。艾德說，「**把這裡封鎖起來**。凶殺組或分局的警察都不准進來。不要告訴媒體，我不要迪特淩的父親知道這件事。叫克雷納封鎖那輛車，然後去找提米・瓦伯恩。**盡快找到他**。」

「長官，他們甩掉我們的跟監。我對這件事感覺很糟，好像這是我們的錯。」

「這不重要，聽我的話去做就對了。」

費斯克跑向他的車；艾德進屋看現場。

比利・迪特淩倒在滿是血跡的白色沙發上。喉嚨插著一把刀；肚子上插著兩把。他的頭皮在地板上，被一支冰鑿釘在地毯上。幾呎之外：一個四十幾歲的白種男人——被開腸剖肚，幾把刀插在他臉頰上，眼睛被兩把餐具叉子刺進去。藥品膠囊泡在地板血灘裡。

沒有花俏的屍體肢解——凶手現在顧不了這件事。

艾德走進廚房。三九年帕切特告訴拉克斯：「我有藥可以讓他不再傷害任何人，你也已經幫他整過型。」櫥櫃被翻亂；叉子湯匙掉到地板上。雷蒙・迪特凌三九年曾說：「給他代罪羔羊。」到處都有血腳印——他的凶手來回幾次拿裝飾品。拉克斯：「我會找個人看管他。」洗碗槽裡有一片頭皮。「普雷斯頓・艾斯黎那時候已經是營建大亨。」牆壁上有血手印，基礎犯罪學中精神變態者激情犯罪的典型模式。

艾德瞇眼看著血手印——掌紋跟指紋都清清楚楚。瘋狂之下什麼都忘了：凶手按下掌印以留下個人印記。

回到客廳。「垃圾桶」傑克站在六個鑑識組員之間。閃光燈讓人眼花，沒看到巴德・懷特。

「垃圾桶」說，「另一名死者是傑利・瑪撒拉斯。他是男護士，算是《榮譽警徽》場景設計師大衛・馬登斯的保姆。馬登斯話很少，有癲癇之類的病。」

「他有整型疤痕？」

「脖子跟背部到處都是植皮疤痕。我有一次看過他打赤膊。」

鑑識組員現在擠滿了客廳——艾德領著溫森斯走到外面門廊。空氣涼爽，車燈明亮。「垃圾桶」說，「馬登斯的年紀接近史丹頓講的那個大男生。拉克斯幫他整型，所以米勒在片場認不出他來。他背上那些植皮痕跡，表示他可能動過多次手術。老天爺，你現在這個表情。你打算要辦到底？」

「我不知道。我想再查一天，看看我們能找到什麼杜德利的犯罪證據。」

「也看看懷特會不會背後捅你一刀。他明明可以把整個故事告訴高羅戴，可是沒有。」

「懷特對這件案子跟大家一樣熱衷。」

「垃圾桶」笑了。「對，就像你一樣。老闆，如果你跟高羅戴想要以正當程序處理這個亂七八糟的案子，你最好把這傢伙關起來。他會去殺杜德利跟『兩點』，相信我，他做得出來。」

艾德笑了。「我告訴他可以動手。」

「你**讓他**動手——」

打斷他的話。「傑克，這件事交給你。在馬登斯家外面盯梢，並看看你能不能找到懷特，然後——」

「他正在追柏金斯，我怎麼能——」

「你試試看就對了。不管找不找得到他，明天九點我們在米基・柯恩家碰頭。我們去逼問他杜德利的事。」

溫森斯環顧四周。「我沒看到凶殺組的人出現。」

「你跟費斯克接到通報電話，所以凶殺組不知道。我可以把消息封鎖在政風處裡約二十四小時。在媒體發現之前，這件案子都是我們的。」

「不對馬登斯發布全面通緝？」

「我會打電話派政風處一半的人力去抓他。他是個嗜血的精神變態。我們會抓到他的。」

「假設我找到懷特。你不會希望他把陳年往事講出來吧，更何況還牽涉到你父親。」

「留他活口。我想要跟他談。」

溫森斯說，「比起瘋狂程度，懷特還略遜你一籌。」

□

艾德把此案封鎖起來。

他致電帕克局長，告訴他自己手上有一件跟政風處相關的雙屍命案，他對死者的身分保密。他叫醒了五個政風處幹員，告訴他們大衛・馬登斯的事，派他們出去找他。他讓報警的女鄰居吃了鎮定劑後去睡覺，請她保證不會對媒體洩漏「比利・迪特淩」這個名字。媒體抵達——他拿平凡人的假身分安撫他們，讓他們離開。他走到街區盡頭勘驗那輛車——克雷納在那裡看管它——一輛派克牌加勒比轎車，兩個前輪都在人行道上，車頭撞上一棵樹。駕駛座、儀表板跟排檔桿——血跡斑斑，擋風玻璃外面有完整的血手印。克雷納把車牌拿下來；艾德叫他把這輛車開回家藏起來，然後加入其他搜索幹員的行列。基於禮貌從公用電話打了兩個電話：通知蘭帕特分局的值勤主管，以及市立殯儀館的值勤法醫。他說謊：帕克希望這起命案可以保密二十四小時——不要對媒體發言，驗屍報告不要外傳。凌晨三點四十分，凶殺組高階主管還是沒到場——帕克給了他徹底的偵辦權。

此案封鎖成功。

艾德走回凶宅。安靜——沒有記者，沒有圍觀民眾。屍體位置被膠帶標示——屍體被送走了。鑑識組員尋找指紋，把證物裝袋。費斯克站在廚房門口，看起來很緊張。「長官，我找到瓦伯恩了。瑛內姿・索托跟他在一起。我憑直覺南下到拉古納跑一趟。你告訴過我索托小姐認識他。」

「瓦伯恩怎麼跟你說？」

「什麼都不說。他說他只跟你談。我告訴他命案的消息，在我們開車回來的路上他哭得半死。他說他準備好要作筆錄了。」

瑛內姿走出來。她非常悲痛，指甲咬到見血。「這全都是你的錯。都是你害比利被殺。」

「我不懂你的意思，但我很遺憾。」

「你先要我祕密調查雷蒙，現在你又幹出這種事。」

艾德走向她。她打他耳光，揍他。「別再來煩我們！」

費斯克抓住他，慢慢把她推到外面。溫柔地，手沒使勁，聲音放低。艾德沿著走廊看各房間裡面。

瓦伯恩在書房裡，把牆上的照片拿下來。明亮的眼睛水汪汪，語氣過於輕快。「如果我繼續做這件事，我就沒事了。」

一張團體照被拿下來。「我需要一份完整的筆錄。」

「喔，我會給你。」

「馬登斯殺了哈金斯、比利跟瑪撒拉斯，再加上小威利跟那些兒童。我需要知道為什麼。提米，看著我。」

提米拿下一張被框起來的照片。「我們一九四九年就在一起。我們各自有點不適當的行為，但我們總是在一起愛著彼此。艾德，不要告訴我什麼抓到凶手繩之以法的場面話。我真的沒辦法承受這件事。我會告訴你你想知道的，但講話盡量不要太粗俗。」

「提米——」

瓦伯恩拿相框砸牆壁。「大衛•馬登斯，你這天殺的！」

玻璃碎裂。照片落地時正面朝上。雷蒙•迪特凌捧著一個墨水瓶。「從色情照片開始。傑克•溫森斯五年前跟你講過，他認為你沒說實話。」

「你又要拷問我？」

「你不配合的話就會變成拷問。」

提米把一疊相框排好。「傑利•瑪撒拉斯逼大衛做出那種奇怪的……骯髒東西。傑利是個很壞的人。他當大衛的保姆很多年了，是他控制大衛要吃的藥物讓他……相對上正常一點。有時候他會加大或減少劑量，讓大衛接案做一些商業美術設計，而酬勞則到了他手上。雷蒙付傑利錢去照顧大衛。他幫大衛找了在《榮譽警徽》裡的工作，也好讓比利可以照顧他——從影集一開始，比利就是攝影指導。」

艾德說，「別講太快。傑利•瑪撒拉斯跟大衛•馬登斯從哪裡找到模特兒？」

提米抱著他的那些照片。「鳶尾花。瑪撒拉斯跟他們的交易很多年了。他有錢的時候就會召妓，他也認識皮爾斯那邊很多退休的小姐，還有很多……在性方面勇於冒險的人，都是那些小姐告訴他的。他發現很多鳶尾花客戶對特殊色情書刊有癖好，他說服以前跟過皮爾斯的小姐，讓他偷窺他們的性派對。傑利拍照片，大衛也拍照片，然後傑利增加大衛的劑量，叫他作拼貼的工作。用紅墨水當血都是大衛的點子。傑利雇用了電影公司的某個美術指導，用這些照片做成書，然後拿給皮爾斯看。你聽得懂嗎？我不知道**你**知道哪些事情。」

艾德拿出筆記本。「米勒・史丹頓告訴我們一些背景資料。帕切特跟迪特凌在阿瑟頓連續殺人案時已經是伙伴，你知道我認為真凶其實是馬登斯。你繼續說下去。如果我需要你釐清什麼，我會告訴你。」

提米說，「好吧。如果你不知道的話，我告訴你，紅墨水照片跟阿瑟頓案受害者的死狀類似。皮爾斯・帕切特看到那些書時還不知道這件事，我猜只有警察才看過蒐證照片。他也不知道大衛・馬登斯是殺死小威利凶手的新身分，所以當瑪撒拉斯想出這個賣書計畫去找皮爾斯投資時，他只以為這是拿他旗下妓女跟客人當模特兒的淫穢刊物。他拒絕了瑪撒拉斯，但他確實買了一些並透過鳶尾花管道銷售。然後瑪撒拉斯去找一個叫杜克・凱斯卡的人，那人又去找恩格凌兄弟。艾德，你們費斯克先生暗示這一切跟夜鴞命案有關，但我不——」

「我稍後告訴你。你談到五三年初，目前我都跟得上。你繼續依照時間順序講。」

提米把那些照片放下。「然後帕切特去找席德・哈金斯。他跟哈金斯即將合夥去進行某種敲詐，這我什麼都不知道，皮爾斯告訴哈金斯關於瑪撒拉斯跟他那些色情書刊的事。哈金斯查了瑪撒拉斯的底細，知道他常在《榮譽警徽》片場出現，這讓哈金斯產生興趣，因為他一直想要揭露這部影集的醜聞，刊在《噤聲祕辛》上。皮爾斯給哈金斯幾本他沒拿去鳶尾花賣的書，然後哈金斯去接觸瑪撒拉斯。哈金斯要求他提供影集明星的資訊，如果他不合作的話，哈金斯威脅要揭發他賣淫穢書刊的事。傑利給了他一點關於麥斯・佩爾茲的小材料，等到那被報導之後又給了他一些內幕。然後哈金斯被殺了，當然這是傑利逼大衛去做的。他降低他的藥量，讓他發瘋。大衛回復他原本……他殺那些小孩的方式。瑪撒拉斯之所以這麼做，是怕哈金斯會繼續勒索他。他跟大衛一起去，從哈金斯家偷走關於《榮譽警徽》的檔案，包括一份關於他與大衛的未完成檔案。我不認為他那時知道皮爾斯已經跟哈金斯合夥要進行敲詐，所以有那些檔案的複寫本，他也不知道皮爾斯曉得哈金斯把原始的檔案藏在哪家銀行。」

有三個重要的問題浮現；首先需要更多佐證。「提米，溫森斯五年前訊問你的時候，你的行為很可疑。你那時候知道是大衛・馬登斯製作淫穢書刊嗎？」

「知道，但我不知道馬登斯是什麼背景。我只知道比利會照顧他，所以我什麼都沒告訴傑克。」

第一個問題。「你怎麼知道這一切？你剛告訴我的所有事情。」

提米的雙眼清亮。「我今晚發現的。在飯店被你們問完話之後，比利要我解釋為什麼那個討厭的警察暗示強尼・司坦普納托有涉入。這些年來比利知道大部分的內情，但他想知道其他的事情。他去拉古納海灘雷蒙的房子。雷蒙從皮爾斯那邊知道近期的事情，他把整個故事告訴比利。我只是在旁邊聽。」

「瑛內姿也在場。」

「對，她全聽到了。親愛的，她認為是你的錯。說你打開了潘朵拉的盒子。」

她知道的話，他父親可能也知道了。大家都知情，已經跟公諸大眾差不多。「所以這些年來是帕切特供應讓馬登斯穩定的藥物。」

「對，他體弱多病，經常腦部發炎，而這就是他最危險的時候。」

「迪特凌幫他找了在《榮譽警徽》劇組的工作，好讓比利可以照顧他。」

「對。哈金斯被殺之後，雷蒙讀到屍體被肢解的情形，心想這聽起來像是過去那些兒童命案。他聯絡帕切特，他知道帕切特跟哈金斯是朋友。雷蒙告訴帕切特大衛的身分，帕切特開始害怕。雷蒙不敢讓大衛離開傑利的身邊，他一直付傑利大筆金錢好讓大衛一直服藥。」

重要問題之二。「提米，你對這個問題應該準備好了。為什麼雷蒙・迪特凌為了大衛煞費苦心？」提米把一張照片轉過來——比利，方臉男人。「大衛是雷蒙的私生子。他是比利同父異母的弟弟，你看看他。泰利・拉克斯幫他動了這麼多次手術，讓他跟我親愛的比利相較簡直醜得不能看。」又開始悲傷起來——艾德在他失控之前插話。「今晚發生了什麼事？」

「今晚雷蒙告訴比利一切，一直追溯到哈金斯——他完全不知道這方面的事。比利要我跟瑛內姿留在拉古納。他告訴我他要去傑利家把大衛偷偷帶走，然後等他體內的藥效過去。他一定這樣做了，而瑪撒拉斯一定採取了報復行動。我看到地板上那些藥丸……天啊，大衛一定是發瘋了。他無法明白誰是好人誰是壞人就……」

第三個問題。「在飯店時，你對強尼・司坦普納托有反應。為什麼？」

「司坦普納托長年勒索皮爾斯的客戶。他抓到我跟另一個男人在一起，從我這逼問出一部分大衛的故事。不多，我只說雷蒙資助大衛生活費。那時候……我知道的並不多。司坦普納托一直在準備一份檔案，要讓雷蒙拿出大把鈔票。他不斷用紙條威脅比利，但我不認為他知道大衛的真正身分。比利試圖說服他父親找人殺了他。」

陽光透過窗戶照進來——照在提米臉上時剛好眼淚又潰堤。他拿著比利的照片，一隻手蓋著大衛的臉。

第七十三章

七點鐘，一個政風處的人來接替他盯梢——他竟然拿著槍歪躺在門口睡著了，讓那人不太高興。沒人進出過這棟房子——瘋狂嗜血的大衛・馬登斯並未亮相。政風處幹員說，馬登斯仍然在逃；艾斯黎隊長下令：今晚九點到米基・柯恩家跟他與巴德・懷特碰頭。傑克走到一台公共電話前，憑著直覺行動。他打回局裡——杜德利・史密斯目前「因家庭緊急事件請假」。布魯寧跟卡萊爾在「加州之外」工作——七十七分局刑警隊長現在暫時成為夜鴞命案最高負責人。打電話到女子監獄：郡警桃・羅斯坦「因家庭緊急事件請假」。直覺：他們除了推理之外別無證據，杜德利正在收拾那些可能出紕漏的人。

傑克開車回家，從白日夢中醒來：大衛・戈德門的瘋言瘋語。他所說的「荷蘭佬」應該是迪恩・凡蓋德，「愛爾蘭笑面貓」是杜德利。「加盟的那些傢伙被三個槍手砰砰砰」——這是指那三個槍手——司坦普納托、華其斯、郃多鮑姆——把新興黑道幹掉。「叭叭叭叭叭叭叭可愛的火車」——？？？？？瘋話——可能是帕切特的藥物對他造成某種副作用。

凱倫的車子不在。傑克走進去，看到咖啡桌上有些東西：飛機票、紙條。

傑克——

夏威夷，請注意日期，五月十五日，你正式退休的那天。我們將有十日十夜可以重新認識彼此。今晚共進晚餐。我在沛靈諾餐廳預約了位子，如果你還在工作，打電話給我，我會取消。

凱倫

P.S. 我知道你心裡在猜，所以我告訴你。你在醫院的時候，說了夢話。傑克，我知道那些最糟糕的事情，但我不在乎。我們永遠不必討論。艾斯黎隊長也聽到了，但我不認為他在乎。（他並不像你說的那麼壞。）

很愛你的凱倫

傑克試著哭泣——哭不出來。他刮了鬍子，淋浴，穿上褲子跟他最好的獵裝——內搭夏威夷衫。他開車到布蘭塢，心想周遭的一切看起來都煥然一新。

□

艾斯黎站在人行道，拿著錄音機。巴德・懷特站在門廊——一定是政風處的人找到他。傑克加入之後三人到齊。

懷特走過來。艾斯黎說，「我剛跟高羅戴談過。他說沒有具體證據，我們不能去找洛威。馬登斯跟柏金斯還在逃竄，司坦普納托跟拉娜・透納在墨西哥。如果米基沒給我們什麼證據，那我就直接去找帕克。徹底揭發杜德利。」

從門口傳來：「你們要不要進來？你們要是想找我麻煩，至少在室內找我麻煩。」

米基・柯恩穿著睡袍，戴著猶太小帽。「找麻煩的最後機會！你們進不進來？」

他們走向門口。柯恩關上門，指著一具小小金棺材。「米基二世，我的狗兒子已經過世。你們這些王八條子，讓我分心別去想真正的傷痛吧。殯儀館的那些蠢貨以為他們埋葬的是個侏儒。現在你們說吧。」

艾斯黎發言。「我們來告訴你是誰殺了你那些加盟者。」

「什麼『加盟者』？你要是繼續談這件事情，我就會拿出憲法第五修正案[1]來對付你們。你手上拿那玩意兒是啥？」

「強尼・司坦普納托、李・華其斯跟亞伯・郤多鮑姆。他們加入了一個集團。一九五〇年你跟德拉格納交易卻被劫的海洛英，目前在他們手上。他們一直在殺你的加盟者，他們也試圖在麥尼爾島幹掉你跟大衛・戈德門。他們炸你的房子卻沒殺死你，但是他們早晚會成功的。」

柯恩大笑。「就算是那些老伙伴已經離開我的人生，也不想回頭跟我在一起，但他們可沒有那麼聰明能鬥垮米基老大。」

懷特：「戈德門曾跟他們合作。他們背叛了他，企圖在麥尼爾島做掉你們兩個。」

柯恩現在臉色蒼白。「不可能！就算是再過六十萬年，大衛也不會這樣對待我！永遠不可能！你就像共產黨一樣在搧風點火！」

傑克說，「我們有證據。大衛在你的牢房裝了竊聽器。這就是恩格凌兄弟跟你的對談內容外傳的原因，誰知道還有什麼消息走漏出來。」

「謊話連篇！就算是大衛加上其他所有人，還是沒有那種本領來搞我！」

艾斯黎操作錄音機——錄音帶呼呼轉動，「老天爺牠動作靈巧，那話兒又大，牠就像海菲茲彈小提琴那樣玩牠老二，跟約翰・司坦普納托一樣老二垂到——」

柯恩大發雷霆。「不可能！不可能！這世界上沒有人能夠這樣整我！」

艾斯黎按下播放鍵。「拉娜一定有很棒的陰戶」——停止，播放——撲克牌賭局，馬桶沖水聲。米基踢了棺材一腳。「好了！我相信你的話！」

傑克：「現在你該知道為什麼戈德門不肯讓你送他去療養院。」

柯恩用帽子擦臉。「就連希特勒也沒本事做出這種事。誰能夠這麼有大腦又這麼狠？」

懷特說，「杜德利・史密斯。」

「喔，老天爺。我可以相信他幹得出這種事。不……在我過世的至親面前，告訴我你在開玩笑。」

「洛城警局隊長跟你開玩笑？米基，這是真的。」

「我不相信。給我證明，給我證據。」

艾斯黎說，「米基，你給**我們**一些證據。」

柯恩坐在棺材上。「我想我知道是誰企圖幹掉我跟大衛。柯曼・史丹、喬治・馬達連諾跟薩爾・邦溫特。他們正在被送往聖昆丁監獄的途中。等他們到了，你可以找他們談，問他們是誰付錢要殺我跟大衛。我本來打算要做掉他們，但是我問不到一個好價錢，這些監獄殺手都是惡棍。」

艾斯黎收起他的錄音機。「謝了。等囚車抵達時，我們會在那裡等他們。」

柯恩哀嘆一聲。

懷特說，「克雷納留給我一張紙條。『奇基』跟李・華其斯今天早上應該會在熟食店碰面。我看我們去拷問他們。」

艾斯黎說，「我們動手吧。」

1 第五修正案明定，任何人不得被迫證明己身犯罪。

第七十四章

亞伯快餐店：客滿，「奇基」站在收銀台後。懷特臉貼在窗戶上看。「李・華其斯坐在右邊一張桌子旁。艾德一手放在槍套上——空的——他的自殺式行為。「垃圾桶」開了門。

門口鈴聲響。「奇基」看過來，伸手往收銀台底下摸去。艾德看到華其斯已經發現情勢緊張，他好像在扯平他的褲子，但可瞥見他腰間有傢伙。

客人吃飯、聊天。女侍走動。「垃圾桶」走向收銀台，懷特盯著華其斯。櫃臺下的槍突然被拿出來。

艾德把懷特拉到地板上。

「奇基」跟溫森斯臥倒。

交火——六槍——窗戶被射破，「奇基」打中一堆罐頭。尖叫，恐慌奔跑，盲目濫射——華其斯對著門口亂開槍。一個老人吐血倒下；懷特站起來開槍，目標正在移動——華其斯往後逃向廚房。懷特腰帶上掛著另一把槍——艾德跌撞著抓過那把槍。

兩人對華其斯開槍。艾德開槍——華其斯轉身抓著自己的肩膀。懷特開槍射偏了；華其斯絆倒，爬了幾步站起來——他用槍抵著一個女侍的頭。

懷特走向他。溫森斯走左翼；艾德走右翼。華其斯近距離打爆那女人的腦袋。

懷特開槍。溫森斯開槍。艾德開槍。沒擊中——女侍的屍體挨了他們的子彈。華其斯慢慢後退。懷特跑向前；華其斯把臉上的腦漿抹掉。懷特把槍裡的子彈打光——全部命中頭部。

尖叫聲，眾人爭相擠出門口，一個男人從窗戶碎玻璃撞出去。艾德跑向櫃臺，把出口拴上。

「奇基」躺在地板上，血從胸部傷口汩汩湧出。艾德站到他面前。「供出杜德利。告訴我杜德利有參與夜鴞命案。」

警笛大作。艾德一手圈耳，彎腰湊過去。

「好樣的。我的天啊，小伙子。」

湊得更近。「夜鴞命案是誰幹的？」

血湧上喉嚨。「我。李。強尼。『兩點』開車。」

「**亞伯，供出杜德利**。」

「好樣的，小伙子。」

警笛聲震耳欲聾。吼叫，腳步聲。「夜鴞命案。**為什麼？**」

「奇基」咳血。「毒品。黃色書刊。凱斯卡得死。藍斯福當年有去追毒品，他常在夜鴞出沒。強尼被盯得很緊，所以『兩點』去偷。有人說的話嚇到帕切特。一石二鳥，凱斯卡跟藍斯福。藍斯福想要錢，因為他知道追毒品的人有誰。」

溫森斯蹲下。餐廳轟隆作響：幾百萬個聲音。櫃臺有血——艾德想到大衛・馬登斯。靈光一閃——迪特凌的演藝學校——離比利的家只有一英哩。「亞伯，他現在沒辦法傷害你。」

「奇基」開始哽噎。

「亞伯——」

「還可以傷害，還可以。」

意識逐漸模糊——「垃圾桶」捶他胸口。「你這混蛋，告訴我們線索！」

「奇基」從脖子上扯下星形金飾，含糊不清地說。「猶太戒律。強尼想要幹掉監獄那些人。Q線列車。桃有帶槍。」

溫森斯看起來快發狂。「是火車，不是巴士。這是清理門戶的行動。戈德門知道這件事，他的瘋話透露這件事。艾斯黎，可愛的火車（cute train）其實是指**Q線火車**（Q train）。柯恩說那些在監獄要刺殺他的人就在這班車上。」

艾德伸手去拿那顆金星。「**你快去打電話**。」

「垃圾桶」跑了出去。艾德站起來，呼吸這片混亂：警察、碎玻璃、救護車車尾對著窗戶載運屍體。巴德・懷特吼著命令，一個洋裝上有血跡的小女孩吃著甜甜圈。

「垃圾桶」回來——更加焦急。「那班列車十分鐘前從洛城發車。一節車廂裡有三十二個囚犯，列車上的電話不通。我打電話給克雷納，叫他去找桃・羅斯坦。隊長，這一切都是設好的局。克雷納沒有留給懷特那張紙條——這一定是杜德利幹的。」

艾德緊閉雙眼。

「艾斯黎——」

「好，你跟懷特去追那班火車。我會打電話給郡警跟高速公路巡警，叫他們準備一條分支軌道給火車走。」

懷特走過去，對艾德眨眼。他說，「謝謝你幫我一把。」他踩在「奇基」的臉上直到他斷氣為止。

第七十五章

一輛警用機車跟他們會合，高速引領他們下了波摩納高速公路。上坡走到一半：你可以看到加州中央鐵路的鐵軌，有一列火車往北行駛——貨運列車，囚犯車廂在第三節——窗戶有柵欄，加了鋼板的車門。沿路可見方太拿市郊的街道——來到臨接軌道的山坡上——大批人馬已經在此待命。

九輛巡邏車，十六個警察帶著防毒面具跟鎮暴散彈槍。山坡上有狙擊手，還有兩名機槍手，三人帶著催淚瓦斯手榴彈。在彎道邊緣：一頭大雄鹿站在軌道上。

一個郡警把散彈槍跟防毒面具遞給他們。「你們那個克雷納打電話到指揮所，他說那個叫羅斯坦的女人，在警方抵達她公寓時就死了。她要不是上吊自殺，就是有人絞死她。不管怎樣，我們必須假設她已經把那些槍送到火車上。有四個警衛跟六個火車工作人員在列車上。我們已經準備好催淚瓦斯，會叫車裡的人說出暗號——每列運囚火車都有一個暗號。要是聽到他們沒事，我們就發出警告並待命。要是沒有回應，我們就衝進去。」

火車警笛響起。某人大喊，「來了！」

狙擊手們蹲下。拿催淚瓦斯手榴彈的人趴下臥倒。消防隊員跑到一排松樹後面——巴德在近處找到一棵樹。傑克在他旁邊找掩護。

列車駛過彎道——煞車拉上，軌道上有火星。火車頭停下來——發出極大噪音停在障礙物之前。

擴音器：「郡警！說出暗號表明身分！」無聲——過了十秒。巴德看到火車頭的車窗有藍色囚衣閃過。

「郡警！說出暗號表明身分！」

沉默——然後有人發出鳥叫聲。

負責催淚瓦斯的人衝往火車窗戶——手榴彈擊穿玻璃，穿過柵欄進了車廂。機槍對第三節車廂開火——打完一整個彈匣把門轟掉。

煙霧，吼叫聲。

有人大叫，「動手！」

車門冒出煙霧——穿著卡其衣服的人跑在煙霧中。一個狙擊手射倒一個；某人大喊，「不對，他們是自己人！」

警察湧向那節車廂——戴上防毒面具，拿起散彈槍。傑克抓著巴德。「他們不在那一節！」

巴德跳上第四節車廂的平台。拉開車門——裡面有個警衛死了，囚犯們在裡面瘋狂亂跑。

巴德開火，退彈殼，開槍——三人倒地，一個拿著手槍瞄準他。巴德退彈殼，開槍，沒打中——那人旁邊的木箱爆開。傑克跳上平台——那個囚犯開了一槍。傑克臉部中彈，摔到鐵軌上。

開槍那人跑走。巴德開槍，未擊中。他丟下散彈槍，拔出自己的點三八——一、二、三、四、五、六槍——全命中背部，人都死了他還是繼續發射子彈。車廂外有嘈雜聲——囚犯在「垃圾桶」屍體旁的軌道上。郡警在他們後面近距離開槍——散彈與血，空氣變成黑與紅。

一顆催淚瓦斯手榴彈爆炸——巴德邊跑進五號車廂邊想吐。槍林彈雨：穿囚衣的白人射殺穿囚衣的黑人，穿卡其服的警衛則射殺所有穿囚衣的。他跳下火車，跑向樹林。

軌道上都是屍體。

囚犯像活靶一樣被狙擊手幹掉。

巴德來到松樹林，上了車，猛地加速越過軌道，輪軸擦過鐵軌。車子左搖右晃開進一個小峽谷，輪胎在碎石上打滑。一個高個子男人站在一輛車旁。巴德看到他是誰，直接往他衝去。

那人拔腿就跑。巴德的車側面擦撞那輛車，然後打滑停下。他下了車——踉踉蹌蹌，剛剛撞上儀表板讓他滿臉血。「兩點」・柏金斯走過來開槍。

巴德一腳中彈，身體側邊也中彈。有兩發沒擊中，另一發打中肩膀。最後一發沒打中——柏金斯把槍丟下，拔刀。巴德看到他手指上戴了幾只戒指。

「兩點」拿刀一刺。巴德覺得胸口撕裂，他拚命想握拳卻沒辦法。「兩點」把頭放低，冷笑——巴德用膝蓋猛擊他老二，把他的鼻子咬下來。柏金斯尖叫；巴德咬他的手臂，用身體的重量壓上去。

他們滾動。柏金斯發出禽獸般的嘶吼。巴德猛擊他的頭，並覺得自己手臂脫臼了。

「兩點」把刀丟下。巴德拿起刀——那些殺女人的戒指讓他眼睛睜不開。他把刀丟了，用一雙受傷的手活活把柏金斯打死。

第七十六章

帕切特的豪宅全毀了——兩英畝的焦灰與殘礫。草地上有牆面板，游泳池裡有燒焦的棕櫚樹。房子本身只剩斷垣殘壁——倒塌灰泥牆，濕透的灰燼。在六百萬兆平方英吋的土地上尋找裝有陷阱的保險櫃。

艾德踢著瓦礫搜尋。大衛・馬登斯盤旋在他心頭——他一定在**那裡**，一定是這樣才對。

樓板陷入地基，木樑還沒清走。木材倒成一堆堆，濕透的布料疊成一個個小丘——沒看到任何金屬亮光。這個任務可能需要動用十個人搜索一星期，還得有個技術人員對付裝有陷阱的保險櫃。繞過屋子來到庭院。

水泥打造的後門廊——現在只剩燒焦的家具。堅固的水泥——沒有裂痕或溝槽，也沒有通往保險櫃的明顯洞口。泳池畔小屋也成廢墟。

三呎高的木頭——如果馬登斯在**那裡**的話，就得費不少工夫。繞過泳池——燒焦的椅子，跳水平台。手榴彈的插銷漂浮在水上。

艾德把漂浮的棕櫚樹踢開。蕨葉裡有瓷器碎片；手榴彈碎片嵌進樹幹裡。趴下瞇著眼睛看水裡：膠囊，看起來像雷管的黑色方塊。泳池較淺那端的階梯上有爆裂的石膏——金屬格子露出來，更多藥丸。檢查草皮——燒焦的草從泳池延伸到房屋。

保險櫃的所在，有手榴彈跟炸彈保護。火焰會直升天際，得要拆除陷阱炸彈——只是有此可能性。

艾德跳進水裡，拆掉石膏板——藥丸跟泡泡浮上水面。雙手並用——石膏、水、氣泡，金屬門被拉開。藥丸大噴發，檔案夾被塑膠套包住，現金與白粉也裝在塑膠袋裡。在數不清的塑膠包之後，只剩一個又深又黑的洞。全身濕透的他在車子與泳池之間來回——陽光炙熱——他把所有發現的東西裝車之後，他幾乎已經乾了。他最後又跑了泳池一趟，以防他在那裡：在水下深處撈著藥丸。

□

車子的暖氣讓他暖和起來。他開車到迪特凌的演藝學校，翻過圍籬。

安靜——週六——沒有課程。典型的操場——籃框，壘球場。所有東西上都有咪老鼠——從籃板到壘包。

艾德走到南面圍籬——這一面最接近比利・迪特凌的住宅。鐵網上有皮膚組織——有人拉鐵網翻過去的跡象。褪色的柏油上有黑點——血，很容易追蹤。

越過操場，沿著樓梯下到鍋爐間的門。門把上有血，室內有光。他拿出巴德・懷特的備用手槍，走進去。

大衛・馬登斯瑟縮在角落。房間很熱——這男人的血衣汗濕。他露出牙齒，扭曲牙齒發出號叫。艾德把藥丸丟給他。

他抓過藥丸吞下去。艾德瞄準他的嘴，無法扣下扳機。馬登斯凝視著他。時間變得很奇怪——讓他們兩人與一切隔絕。馬登斯睡著，嘴唇往內捲。艾德看著他的臉，試著燃起怒火。艾德還是無法殺他。

時間又回來了：往前快跑。審判，精神狀態的公聽會，普雷斯頓・艾斯黎因為讓這個怪物逍遙法外而遭譴責。時間逼著他扣扳機——他還是無法動手。

艾德扛起這個男人，把他送上他的車。

□

太平洋療養院——馬里布峽谷。

艾德告訴大門警衛叫拉克斯醫生下來——艾斯黎隊長想要回報他的協助。警衛指了一個停車位給他。艾德停車，扯開馬登斯的襯衫。可怕——他身上有一條大疤。拉克斯走過來。艾德拿出兩袋白粉，兩疊千元大鈔。他把這些東西放在車頂，搖下後車窗。拉克斯走到旁邊，確認了後座的人。「我認得這個整容結果。這是道格拉斯・迪特凌。」

「說得這麼輕鬆？」

拉克斯點點白粉。

「往生的皮爾斯・帕切特的貨？隊長，你先別發火。我聽說你並不是童子軍。你希望我為你做什麼？」

「此人終生在上鎖病房中接受照顧。」

「我認為這可以接受。你是出於憐憫，還是希望挽救我們未來州長的聲譽？」

「我不知道。」

「這不是典型的艾斯黎答案。隊長，你享受一下我們這裡的庭園景觀。我會派幾個看護來清理這裡。」

艾德走到露台，眺望海洋。太陽、海浪——也許有些鯊魚在海裡獵食。他身後有台收音機開著——

「……以下是更多關於監獄列車逃獄未遂事件的消息。高速公路巡警發言人告訴記者，目前的死亡人數為囚犯二十八名，警衛與火車工作人員七名。有四名郡警受傷，而知名洛城警察與前任《榮譽警徽》影集警務顧問，約翰・溫森斯警佐，被射殺身亡。溫森斯警佐的搭檔是洛城警佐溫德爾・懷特，他目前傷勢嚴重在方太拿市綜合醫院接受治療。懷特追捕並殺死這場逃獄行動的接應者，經過指認這名死者是『兩點』伯特・亞瑟・柏金斯，他是與黑社會掛勾的夜總會演藝人員。醫療團隊目前正努力挽救英勇的懷特警佐，雖然他的存活機會被認為相當渺茫。加州高速公路巡警的喬治・拉克利隊長稱這是場悲劇——」

他的淚水讓海洋在視線中模糊。懷特眨眼說，「謝謝你幫我一把。」

艾德轉身。怪物、毒品、鈔票——都過去了。

第七十七章

泳池祕藏之物：二十一磅海洛英，美金八十七萬一千四百元，席德・哈金斯醜聞檔案的複寫本。檔案內容有：勒索用照片、皮爾斯・帕切特犯罪集團的紀錄。「杜德利・史密斯」的名字沒出現——強尼・司坦普納托、伯特・亞瑟・柏金斯、亞伯・邰多鮑姆、李・華其斯、桃・羅斯坦、麥克・布魯寧警佐、狄克・卡萊爾警員的名字，也沒出現。襲擊柯恩與戈德門的薩爾・邦溫特、柯曼・史丹跟喬治・馬達連諾在逃獄事件中被殺。大衛・戈德門在卡馬里尤州立醫院再度接受偵訊——但他無法作出連貫的供述。洛杉磯郡法醫辦公室判斷桃・羅斯坦是自殺。大衛・馬登斯住進太平洋療養院的上鎖病房裡。在亞伯快餐店被射殺的三名無辜民眾，他們的親屬對洛城警局提告，控訴他們的魯莽危及民眾安全。逃獄事件上了全國新聞版面，被稱為「藍色囚衣大屠殺」。倖存的囚犯告訴郡警局刑警，數名武裝囚犯的口角導致槍枝易手——很快地車廂內每個囚犯都解放了。但是種族衝突升高，在警方抵達之前，脫逃行動就失敗了。

傑克・溫森斯獲追贈洛城警局英勇勳章。葬禮完全沒邀請洛城警局人士。遺孀拒絕會見艾德・艾斯黎隊長。

巴德・懷特拒絕死去。他仍在方太拿市綜合醫院的加護病房裡。雖然他的傷勢造成嚴重休克、神經性創傷、失血過半，他還是存活下來。琳・布列肯陪著他。他無法說話，但可以點頭回答問題。帕克局長將英勇勳章頒贈給他時，懷特把手從吊帶裡抽出來，好把勳章丟到局長臉上。

過了十天。

聖佩卓的一間倉庫被火災夷為平地——在現場發現了色情書刊的碎片。刑警認為這場火災是「專業縱火」，但卻毫無線索。該棟倉庫為皮爾斯・帕切特所有。卻斯特・約克金與洛蘭・瑪瓦西二度被偵訊。在他們提不出重要線索後被飭回。

艾德・艾斯黎把海洛英燒掉，把檔案跟鈔票留著。他最後的夜鴞命案報告中，沒有提及杜德利・史密斯，也未提大衛・馬登斯是一九三四年小威利與其他五名兒童命案的凶手，但現在大衛・馬登斯因為殺害席德・哈金斯、比利・迪特凌與傑利・瑪撒拉斯，而遭到全面通緝。普雷斯頓・艾斯黎的名字完全未被提起。

帕克局長舉行記者會，宣布夜鴞命案此次已經正確地破案了。凶手是「兩點」伯特・亞瑟・柏金斯、李・華其斯與「奇基」亞伯・邰多鮑姆——他們的動機是殺掉迪恩・凡蓋德，這個前科犯假冒成「杜克」戴伯特・凱斯卡，因而造成先前身分辨識的錯誤。這次殺戮被認為是恐嚇策略，他們企圖接管皮爾斯・莫豪斯・帕切特的罪惡王國，此人最近也遭謀殺。加州檢察總署審閱了艾德・艾斯黎隊長多達一百一十四頁的全案總結報告，宣布該署並無異議。艾德・艾斯黎再度獲得偵破夜鴞命案的功勞。在電視轉播的典禮上，他晉升為督察長。

次日，普雷斯頓・艾斯黎宣布他將尋求共和黨州長提名初選。在緊急進行的民調中，他衝至第一名。

強尼・司坦普納托從阿卡波卡回來，搬進拉娜・透納位於比佛利山莊的家。他一直留在家裡，不敢冒險外出，他目前持續被杜安・費斯克與唐・克雷納所領導的小組監視。帕克局長與艾德・艾斯黎稱他是夜鴞命案的「漏網之魚」——現在大眾暫時被凶手伏法所安撫，而他是可以餵給大眾的唯一倖存凶手。司坦普納托一旦離開比佛利山莊進入洛城，就會被逮捕。帕克想要在他一跨過洛城市界，立刻逮捕他好登上頭版——帕克願意耐心等候。

夜鴞命案、比利・迪特凌與傑利・瑪撒拉斯命案仍是新聞焦點。但兩案從未被揣測有何連結。提米・瓦伯恩拒絕發表意見。雷蒙・迪特凌發布新聞稿表達喪子之痛。他讓夢幻時刻樂園歇業一個月以表哀悼之意。他在拉古納海灘的房子裡離群索居，照顧他的人是友人兼助理瑛內姿・索托。
麥克・布魯寧警佐與狄克・卡萊爾警員仍然因緊急事故請假中。
在夜鴞命案二次調查之後的記者會，以及洛城警局與地檢署的會議中，杜德利・史密斯隊長仍是要角。在賽德・葛林為恭賀艾德・艾斯黎榮升督察長的驚喜派對中，他還擔任司儀的角色。他雖然知道司坦普納托仍然在逃，且因被全天候監視而無法暗殺，卻從未表現出些許慌張。他彷彿不在乎司坦普納托可能在近期內會被逮捕。
普雷斯頓・艾斯黎、雷蒙・迪特凌、瑛內姿・索托並未與艾德・艾斯黎聯絡，亦未恭賀他晉升與扭轉了媒體負面報導。
艾德清楚他們都知情。他假設杜德利也知情。溫森斯死了，懷特還在為生命奮戰。只有他跟高羅戴知道內情——但高羅戴對於他父親與阿瑟頓案則一無所知。
艾德想要立刻殺了杜德利。
高羅戴說，你乾脆自殺算了，你殺杜德利就等於自殺。
他們決定等風頭過去，好好對付他。
巴德・懷特讓他難以等下去。
他手臂上插著管子，手指上有骨折固定夾板。他的胸口縫了三百針。數顆子彈把骨頭打碎，把動脈打裂。他的頭骨補了塊了鐵片。琳・布列肯照顧他——她不敢看艾德的眼睛。懷特不能講話——未來能夠開口的可能性不大。他的眼神卻表示得很清楚：杜德利、你父親。你要怎麼處置他們兩人？他一直想比出V型勝利手勢。去看過他三次，艾德才恍然大悟：他是指勝利（Victory）汽車旅館，反黑組的總部。
他去了那裡，發現了懷特調查妓女連續被殺案件的詳細筆記。這份筆記是一個天資有限的人，努力追查困難懸案，並查出大部分案情的紀錄。因為他頑強的怒氣，讓他精采地超越了極限。絕對正義——無名、無官階、無榮譽。關於恩格凌兄弟的一句話，指出了殺他們的凶手仍然逍遙法外。在勝利汽車旅館的十一號房——他第一次真正認識了巴德·懷特。

艾德知道為什麼他要自己過去——並接手偵辦巴德的案件。

他只向電信公司調出通聯紀錄，訊問了一個人，就確認了案情，並準備要實現絕對正義。電視新聞說，雷蒙·迪特凌每天在夢幻時刻漫步——把自己的悲痛裝在一個無人的幻想王國裡。他會用一整天為巴德·懷特實現他的正義。

□

一九五八年，耶穌受難日。晨間新聞報導普雷斯頓·艾斯黎走進聖詹姆士聖公會教堂。艾德開車到市政府，走到艾里斯·洛威的辦公室。

時間尚早，櫃臺小姐還沒來。洛威坐在辦公桌前閱讀。艾德輕輕敲門。

洛威抬頭看了一眼。「艾德督察長。請坐。」

「我站著就好。」

「喔？是公事？」

「算是。上個月巴德·懷特從舊金山打電話給你，告訴你史貝德·庫利是性侵殺人犯。你說你會派地檢署一組人去調查，但你沒有。庫利已經大方捐了一萬五千塊到你的競選基金。你從你在新港市的自宅打電話到巴爾的摩飯店，跟庫利樂團某個成員講話。你叫他警告史貝德跟其他人，有個瘋狂條子會去找他們的麻煩。懷特去逼問『兩點』·柏金斯，也就是真正的凶手。他叫懷特去追史貝德，他可能認為懷特會殺了庫利，讓他的犯罪就此結束調查。柏金斯接到你的警告，開始避風頭。他躲夠了，就跑出來把懷特打到住院不能動彈。」

洛威很鎮靜。「你無法證明這些。你什麼時候開始這麼關心懷特？」

艾德把一份檔案放在辦公桌上。「席德·哈金斯有關於你的檔案。你為了募款而去敲詐，為了錢而撤回刑案告訴。他也有麥佛森被陷害的資料，皮爾斯·帕切特有一張你吸男妓老二的照片。你不辭職的話，我就公開這些東西。」

洛威──面如槁灰。「我會一起把你拉下來。」

「請便。你這麼做我會很開心。」

□

在高速公路上他看到：火箭樂園跟「保羅的世界」重疊──一艘太空船從山裡冒出來，巨大的空曠停車場。他走平面道路來到大門口，讓警衛看了他的警徽。那人點頭，把柵欄拉起。

兩個人影在大徒步區走動。艾德停車，走向他們。夢幻時刻樂園靜到可以聽見針落地。瑛內姿看到他──她是迪特凌的支柱，一手放在他手臂上。他們耳語，瑛內姿走開。

迪特凌轉身。「督察長。」

「迪特凌先生。」

「叫我雷蒙。我很想說你怎麼這麼晚才來找我？」

「你知道我會來？」

「對。你父親不認為如此，並繼續進行他的計畫，可是我比較明智一點。我很感謝有機會可以在此地把事情說出來。」

「保羅的世界」在他們面前——假雪讓人眼睛睜不開。迪特凌說，「你父親、皮爾斯跟我都是夢想家。皮爾斯有不正當的夢想，我的夢想是良善的。你父親的夢想是鐵面無情的——我猜你也是一樣。在你評斷我之前，應該先明白這一點。」

艾德靠在欄杆上，準備好。迪特凌對著他那座山講話。

□

一九二〇年

他的第一任妻子瑪格麗特死於車禍——她生了他的兒子保羅。一九二四年——他第二任妻子珍妮絲生下次子比利。他跟瑪格麗特結婚後，曾跟一名精神狀況有問題的女人菲・博恰德有外遇。一九一七年她為他生下兒子道格拉斯。他給她錢讓私生子的事情保密——他是前途大好的年輕電影工作者，希望人生不要橫生枝節，也願意付錢解決事情。只有他跟菲知道道格拉斯的父親是誰。道格拉斯只知道雷蒙・迪特凌是一位仁慈的朋友。

道格拉斯跟著母親成長；迪特凌常去拜訪，過著兩個家庭的人生：瑪格麗特過世後，保羅與比利就跟著他與新妻子珍妮絲生活——這個可憐的女人後來跟他離婚。

菲・博恰德喝鴉片酊。她強迫道格拉斯看雷蒙為了錢而製作的色情卡通。這卡通是皮爾斯・帕切特計畫的一部分——藉此賺取他們合法事業的資金。這些電影既色情又暴力——裡面有會飛的怪物強姦殺人。這個概念是帕切特的——他把自己吸毒之後的幻想寫在紙上，作為迪特凌的創作素材。道格拉斯變得對飛行以及其性潛力極為著迷。

迪特凌愛道格拉斯——儘管他常生氣，也時有怪異舉動。他鄙視另一個兒子保羅——他拘於小節、愚蠢，像個小暴君。但道格拉斯跟保羅的外形神似。

迪特凌成名了；道格拉斯・博恰德變壞了。他跟菲一起住，觀看他父親夢魘般的卡通——鳥把兒童從學校操場叼走——帕切特的幻想被畫在底片上。他進入青春期時開始偷竊、凌虐動物、躲進脫衣舞場後排位置。他在那裡認識了洛倫・阿瑟頓——這個邪惡的人找到了共犯。

阿瑟頓對肢解著魔；道格拉斯則對飛行痴迷。他們都對攝影有興趣，也對兒童有性慾。他們想出一個點子，要把兒童創造成他們想要的規格。

他們開始殺害兒童，打造複合體小孩，同時也把他們的工作過程拍攝下來。道格拉斯殺鳥提供羽毛當素材。他們需要一張漂亮的臉；道格拉斯提議用小威利・溫納荷——這將是對「雷蒙叔叔」的致意——這位「叔叔」的早期作品讓他覺得很興奮。他們誘拐了小威利，將他分屍。

報紙稱殺童凶手為「弗蘭克斯坦博士」——預設了凶手只有一人。普雷斯頓・艾斯黎督察長指揮警方調查。他查到洛倫・阿瑟頓這個假釋中的兒童性侵犯。他逮捕阿瑟頓，發現了他設在車庫的屠宰場跟他收藏的照片。阿瑟頓供認犯行，說這都是他一個人幹的，他並未供出道格拉斯，還表示他希望一死以當上死亡之王。媒體歌頌艾斯黎督察長，也回應他的呼籲：知道阿瑟頓相關情事的民眾請出面作證。

迪特凌去找道格拉斯。他一個人在他房裡，發現了一個裝滿遭屠宰鳥屍的皮箱，還有包在乾冰裡的兒童手指。他立刻**明白**了。

他也覺得自己有責任——他為了快速賺錢所做的淫穢影片創造了一個怪物。他質問道格拉斯，因而知道可能有人看到他在小威利被綁架的時間點，出現在學校附近。

進行保護措施：

一個精神科醫師收取保密費後，為道格拉斯看診：他是精神病態人格，又加上腦部化學物質不平衡讓病情加重。治療：終生服用適當的藥物，讓他保持穩定。迪特凌跟帕切特是朋友——他是懂這類藥物的化學家。皮爾斯提供內在保護，皮爾斯的朋友泰利・拉克斯提供外在保護。

拉克斯幫道格拉斯整出一張新面孔。阿瑟頓的律師拖延審判進程。普雷斯頓・艾斯黎一直在找證人——而且媒體大肆幫他協尋。迪特凌相當恐慌，然後想出了大膽的計畫。

他把藥餵給道格拉斯跟年幼的米勒・史丹頓吃。他教他們說看到阿瑟頓**獨自**綁架了小威利——在此之前他們因為害怕而不敢出面——害怕弗蘭克斯坦博士會來找他們。兩個男生把故事告訴了普雷斯頓・艾斯黎；他相信了他們；他們指認了那個惡魔。阿瑟頓認不出來他整過型的朋友。

兩年過去。阿瑟頓被審判、定罪、處死。拉克斯再度為道格拉斯動刀，讓他的面孔與作證時完全不同。他用帕切特的藥來保持鎮靜，住在私人醫院的病房裡——由男護士看管。迪特凌變得更加成功。然後普雷斯頓・艾斯黎來敲他家的門。

他帶來的消息：一個現在年紀較長的小女孩出面作證，表示她看到迪特凌的兒子保羅跟阿瑟頓在一起——就在小威利被綁架那天，在學校。

迪特凌心知那其實是道格拉斯——他跟保羅就是相像到這種程度。他給了艾斯黎一大筆錢讓他放棄追查。艾斯黎拿了錢，然後又想要還回來。他說，「為了正義。我要逮捕那個孩子。」

迪特凌看到自己的娛樂帝國崩壞。他看到猥瑣無腦的保羅脫罪，他看到道格拉斯還是被捕——由他作品產生的壞影響毀了他兒子。他堅持要艾斯黎把錢留著——艾斯黎沒有反對。他問艾斯黎有沒有別的方法。

艾斯黎問他保羅是否有罪。

迪特凌說，「有。」

艾斯黎說，「處決。」

迪特凌同意了。

他帶保羅去內華達山脈露營。艾斯黎在那裡等著。他們在男孩的食物裡下藥；艾斯黎在他睡著時開槍殺死他，然後把他埋了。全世界都以為保羅在雪崩中失蹤——全世界都相信這個謊言。迪特凌本來以為他會恨這個男人。但艾斯黎的神情告訴迪特凌，正義的代價讓他也成為另一個受害者。他們現在有了羈絆。普雷斯頓・艾斯黎放棄了警察生涯，用迪特凌提供的創業資金去蓋房子。湯瑪士・艾斯黎被殺時，迪特凌是他第一個打電話通知的對象。

他們創建事業的同時都付上家人死亡的沉重代價。

□

迪特凌說完了。「以上這些是我相當可悲的圓滿結局。」

山脈、火箭、河流——似乎全都在微笑。「我的父親從來不知道道格拉斯的事？他真的認為保羅有罪？」

「是。你可以原諒我嗎？看在你父親的面子上。」

艾德拿出一個鍊扣。金色橡樹葉——普雷斯頓・艾斯黎的督察長徽章，這是哥哥傳給他的——父親先送給湯瑪士。「不行。我要提交報告給本郡大陪審團，請求將你以謀殺兒子的罪名起訴。」

「給我一個星期處理事情？我能跑哪去，我這麼有名。」

艾德說「好。」然後走向他的車子。

□

高速公路模型不見了——被競選海報所取代。亞瑟・迪斯潘正在把裝傳單的箱子打開，他手臂上沒有繃帶——但有標準的槍傷疤痕。

「哈囉，艾德。」

「父親在哪？」

「他很快就會回來。恭喜你升上督察長。我應該打個電話給你，但這邊的事情亂七八糟一堆。」

「父親也沒打給我。你們都假裝一切沒事。」

「艾德……」

亞瑟左邊臂部鼓起——他仍然帶槍。「我剛跟雷蒙・迪特凌談過。」

「我們不認為你會去找他。」

「亞瑟，給我你的槍。」

迪斯潘槍柄朝前遞過去。有裝滅音器的痕跡，史密斯與威森點三八手槍。

「為什麼？」

「艾德……」

艾德把子彈退出來。「迪特凌全都告訴我了。那時候你是父親的左右手。」

他看起來很自豪。「小子，你知道我的信念。一切都是為普雷斯頓。我一直都是他忠實的助手。」

「你知道保羅・迪特凌的事。」

迪斯潘把槍拿回來。「知道，我也很早就知道他不是真凶。四八年左右我接到線報，證明小威利被綁走的時間，那孩子其實在別的地方。我不知道雷蒙是不是合法地讓保羅接受制裁，但我沒辦法告訴普雷斯頓他殺了無辜的孩子，這會讓他很傷心。我也不能破壞他跟雷蒙的友誼——這樣會傷他太重。你知道阿瑟頓案不斷驅策我去查出真相。我就是必須知道是誰殺了那些孩子。」

「而你從未查出來。」

迪斯潘搖頭。「沒有。」

艾德說，「接著談恩格凌兄弟的事。」

亞瑟拿起一張海報：普雷斯頓站在建築方格藍圖前面。「我去局裡探班。我知道那時是五三年。在風化組告示板上我看到那些照片——俊男美女雜交的畫面。這個設計讓我想起阿瑟頓拍的照片，我知道只有我跟普雷斯頓跟幾個警察看過這些照片。我試過要追查這些照片，但無功而返。過了一陣子，我聽說恩格凌兄弟在夜鴞命案調查時，提出了關於色情刊物的證詞，可是你們沒有從這條線查下去。我認為他們是一條線索，但我找不到他們。去年末，我接到線報說他們在舊金山一家印刷廠工作。我北上去找他們談。我只想查出是誰製作那些色情刊物。」

懷特的筆記：可怖的凌虐。「只是跟他們談談？我知道那裡發生了什麼事。」

他展現出一種糟糕的自尊心。「他們以為我去勒索他們。情勢變得不妙。他們有一些以前那批色情刊物的底片，我想辦法讓他指認那些人的身分。他們有一些海洛英跟精神疾病藥物。他們說他們認識一個闊佬，他打算要賣某種海洛英配方，會讓全世界如痴如狂，但他們應該還知道更多。他們嘲笑我，叫我『老伯』。我以為他們一定知道是誰製作這些色情刊物。我不知道……我只知道後來我發狂了。我想我那時把他們當成殺害那些兒童的凶手。我以為他們會在某方面上傷害普雷斯頓。艾德，他們嘲笑我。我認為他們是毒販，我覺得跟普雷斯頓比起來，他們微不足道。而你眼前這個老頭把他們兩個除掉。」

他把競選海報撕成了碎片。「你毫無理由殺了兩個人。」

「不是毫無理由。是為了普雷斯頓。我拜託你不要告訴他。」

「又是另一個受害者」——也許是正義唯一放過的受害者。

「艾德，不能讓他知道。也不能讓他知道保羅・迪特凌是無辜的。艾德，拜託。」

艾德把他推開，在大宅中行走。他母親的掛毯讓他想到琳。他的舊房間讓他想到巴德跟傑克。整棟房子讓他感覺很骯髒——都是用髒錢買的。他走下樓，在門口看到父親。

「艾德蒙？」

「我要以謀殺保羅‧迪特凌的罪名逮捕你。過幾天我會來帶你進局裡。」

父親文風不動。「保羅‧迪特凌是個精神變態殺手，他理應接受我給他的制裁。」

「他是清白的。無論如何這還是一級謀殺罪。」

父親毫無一點悔意。不動如山，毫不退讓，全無懼色，剛直而難以對付。「艾德蒙，現在你精神狀態不太穩定。」

艾德走過他身旁。他的道別：「你逼我做了那些壞事，可惡。」

□

來到市中心的太平餐坊：明亮的地方，坐滿了正直的好人。高羅戴在酒吧，啜飲馬丁尼。「關於杜德利有個壞消息。你不會想聽的。」

「不可能比我今天聽到的事情更糟。」

「是嗎？杜德利可以安全脫身了。拉娜‧透納的女兒剛拿刀捅了強尼‧司坦普納托。警方才到場他就他媽的掛了。費斯克就在對街監視，看到救護車跟比佛利山分局的警察把強尼送走。現在沒有證人也沒有證據可以指控杜德利。好極了，**小伙子**。」

艾德抓起那杯馬丁尼，喝乾。「肏死杜德利。我有一大堆帕切特的錢當資金，我要把那個愛爾蘭王八蛋給毀了，就算他媽的跟他同歸於盡也沒關係。小伙子。」

高羅戴大笑。「督察長，我可否提出一個觀察？」
「當然。」
「你講話的方式愈來愈像巴德・懷特。」

一九五八年四月紀事

摘錄：《洛杉磯時報》，四月十二日

大陪審團檢視夜鴞命案證據；宣布本案結束

幾乎在事件發生剛好五年後的今天，洛城與洛杉磯郡正式告別了南加州的「世紀犯罪」，也就是惡名昭彰的夜鴞命案。

一九五三年四月十六日，三名槍手進入好萊塢大道上的夜鴞咖啡館，以散彈槍殺害三名員工與三名客人。作案動機被預設為搶劫，嫌疑很快就落在三名黑人青年身上，他們也因此遭到逮捕。這三人為雷蒙・柯提斯、泰隆・瓊斯與勒羅伊・方譚，他們逃獄後因拒捕而被殺。據稱這三人在逃亡前曾向檢察總長艾里斯・洛威認罪，於是本案被視為偵結。

四年又十個月後，一名聖昆丁監獄的囚犯歐提斯・約翰・修鐵出面提供資訊，讓許多人相信這三名青年並未犯下夜鴞命案。修鐵說，就在咖啡館慘案發生的同時，他跟柯提斯、瓊斯與方譚三人在一起，輪暴一位年輕女性。修鐵的證詞通過測謊，這點使得公眾大聲要求對本案重啟調查。

二月二十五日發生了彼得與貝斯特・恩格凌命案，讓重啟調查的呼聲更高。這對兄弟曾有運毒前科，他們是一九五三年夜鴞命案的關鍵證人，在當時他們聲稱這場屠殺的起因是關於色情刊物的糾葛。恩格凌命案目前仍未偵破。曼恩郡郡警副隊長尤金・海契說，「毫無線索。但我們仍在努力中。」

夜鴞命案重啟調查，揭露了本案與色情刊物的關連。三月二十七日，富有的投資客皮爾斯・莫豪斯・帕切特在布蘭塢自宅遭到槍殺身亡，兩天後警察槍殺了亞伯拉罕・郃多鮑姆（四十九歲）跟李・彼得・華其斯（四十四歲），這兩人被認為是殺害帕切特的凶手。同日稍晚，發生惡名昭彰的「藍色囚衣大屠殺」。在槍戰中死亡的罪犯包括：「兩點」伯特·亞瑟·柏金斯，他是與黑道有關係的夜總會歌手。郃多鮑姆、華其斯與柏金斯被認為是夜鴞命案的凶手。洛城警局的杜德利·史密斯隊長有以下的說明——

「夜鴞命案的源頭，是大規模散布淫穢內容的計畫，這些色情刊物不但可憎且泯滅人性。郃多鮑姆、華其斯與柏金斯企圖殺害夜鴞的客人『杜克』戴伯特·凱斯卡，他是獨立的色情刊物商人，後來接手了帕切特的色情刊物生意。不過，真正被殺的其實是迪恩·凡蓋德，他是假冒凱斯卡的罪犯，他是因為頂替凱斯卡才去咖啡館。夜鴞命案將會被後世認為是命運殘酷且捉摸不定的證明，我很高興這件案子終於被解決了。」

時任隊長，現在是督察長的艾德蒙·艾斯黎，是完成夜鴞命案二度調查的大功臣，他說本案終於偵破了；雖然謠傳有第四名凶手在被逮捕前夕突然死去。「這是無稽之談。」艾斯黎說。「我已經對郡大陪審團仔細報告過本案，我自己也提出充分的證言。他們接受我的調查結果。全案結束。」

但結案的代價不菲。即將接任美國邊境巡防局長的洛城刑警局長賽德·葛林說，「純就花費與累積的調查人力工時來說，夜鴞命案是史上第一。這是一生難逢的大案，為了釐清案情的代價非常非常高。」

摘錄：《洛杉磯鏡報》，四月十五日

洛威辭職大震撼；司法界議論紛紛

南加州司法界紛紛猜測：洛城檢察總長艾里斯·洛威為什麼昨天辭職？結束旭日東升的政治生涯？四十九歲的洛威在他每週例行記者會上宣布辭職，他提到自己精神耗弱，想回到民間執業。他身邊的助理說，突然引退非常不像他的作風。地檢署也很震驚地表示：洛威看起來勝任愉快，健康狀況良好。

刑事主任檢察官羅伯特・高羅戴告訴記者：「我很訝異，而我不是容易被震撼的人。艾里斯背後的動機是什麼？我不知道，去問他。等市議會指派代理檢察總長時，我希望被指派的人是我。」

震波過去之後，有人開始表示讚美。洛城警局威廉・H・帕克描述洛威是一個「精力充沛、公正不阿的犯罪剋星。」帕克的左右手，杜德利・史密斯隊長說，「我們會想念艾里斯。他是正義的盟友。」奈特州長跟諾里斯・鮑森市長發電報給洛威，請他重新考慮辭職之事。本報無法聯繫上洛威本人提供回應。

摘錄：《洛杉磯前鋒快報》，四月十九日

夢幻時刻樂園三人自殺：留下悲痛與不解

三名死者在夢幻時刻樂園一起被發現，目前該樂園正值暫時歇業以哀悼大人物兒子之死。普雷斯頓・艾斯黎（六十四歲），曾任洛城警官，建築業大亨與政壇新星；瑛內姿・索托（二十八歲），這間世界最知名樂園的公關主任，也是夜鴞慘案的關鍵證人。第三人是雷蒙・迪特凌（六十六歲），現代動畫之父，這位天才幾乎一手創造了卡通這種藝術形式，他也打造了夢幻時刻樂園來紀念在悲劇中喪生的兒子。洛城與全球都表達了巨大的悲痛與不解。

上週三人一同在夢幻時刻的大徒步區被發現。現場沒有遺書，但郡法醫弗列德利・紐巴爾迅速排除他殺嫌疑，認定三人為自殺。三人都服用了致命劑量的罕見精神疾病藥物。新聞媒體報導了各界的哀悼——艾森豪總統、奈特州長與威廉・諾蘭參議員等人，都對三人家屬表達慰問之意。艾斯黎與迪特凌留下了大筆財產：營建業大亨立遺囑表示他的建築王國留給他的長期助手亞瑟・迪斯潘，而一千七百萬美元的財產則留給兒子艾德蒙，現任洛城警局警官。迪特凌將他龐大的股權交付信託，並要求將此基金與未來夢幻時刻樂園利潤分配給多家兒童慈善組織。儘管法律上的問題都已解決，但大眾的震驚與哀傷並未消滅，揣測他們自殺動機的說法滿天飛。

索托小姐曾與普雷斯頓・艾斯黎之子艾德蒙有過一段情，近期關於她與夜鴞命案的關連，她都拒絕回應。迪特凌因為最近其子比利被殺而心煩意亂。然而艾斯黎最近才慶祝過他最偉大的成就，也就是將南加州高速公路系統建造完成，他也才剛宣布要參選州長。在他死前不久進行的民調指出，他的支持率正在上升，也被看好將贏得共和黨提名。對他來說，似乎沒有合理的動機去結束自己的生命。最接近普雷斯頓・艾斯黎的人——迪斯潘與兒子艾德蒙——都拒絕發表回應。

慰問信件與獻花堆滿夢幻時刻樂園與艾斯黎位於漢克公園的住處。加州各地都降半旗哀悼。好萊塢痛失一位電影鉅子。成千上萬的人都在問「為什麼？」

艾斯黎與迪特凌都是大人物。瑛內姿・索托是不幸但堅強的女性，她成為兩人所信任的助手與至交。在他們死前，三人都修改了遺囑，表明他們希望死後可以一起海葬。昨天三人已迅速進行了海葬，沒有宗教儀式也無人觀禮。夢幻時刻樂園保安主管處理了相關細節，但不願透露安葬地點。許許多多的人仍然在問「為什麼？」

諾里斯・鮑森市長不明白為什麼。但他確實說了一段相當適切的悼詞。「簡單地說，這兩個人象徵了一個願景的實現——洛城是個迷人的城市，有高水準的生活品質。雷蒙・迪特凌與普雷斯頓・艾斯黎，比任何人都更能體現建立本市的那些偉大與良善的夢想。」

第五部

你們離開之後

第七十八章

艾德穿著他的深藍色制服。

帕克微笑，把金星掛在他的雙肩上。「艾德蒙‧艾斯黎，洛城警局副局長，兼任刑事警察局局長。」

掌聲，閃光燈。艾德與帕克握手，他看看來賓。政客、賽德‧葛林、杜德利‧史密斯。琳在大廳後面。

更多掌聲，一排人跟他握手。鮑森市長、高羅戴、杜德利。

「小伙子，你表現得太精彩了。我很期待在你的領導下工作。」

「隊長，謝謝。我確信我們會共事愉快。」

杜德利眨眼。

市議員成列走過，帕克帶著賓客去享用點心。琳留在門口。

艾德走過去。

琳說，「我完全無法相信。我放棄了一個身價一千七百萬的大人物，去跟一個領退休金的殘廢。親愛的，我們要去亞利桑納州。那裡的空氣對退休人士很好，我對當地也熟。」

過去一個月來她老了——從美麗轉為高雅。「何時？」

「現在，在我後悔之前。」

「打開你的皮包。」

「什麼？」

「打開就對了。」

琳打開皮包——艾德丟進一個塑膠包裹。「趕快用掉，這是髒錢。」

「多少？」

「足夠把亞利桑納州買下來。懷特在哪裡？」

「在車上。」

「我陪你走過去。」

他們繞過派對會場，從側面樓梯下樓。琳的帕克轎車停在輪值主管的車位，罰單夾在擋風玻璃上。艾德把罰單撕掉，看了後座。

巴德・懷特。雙腿裝了鐵架，他的頭髮被理光，還有縫合痕跡。雙手沒有夾板——看起來很有力。嘴巴被鐵絲固定，讓他看起來很呆。

琳站在幾呎之外。懷特想微笑，卻露出扭曲的臉。艾德說，「我向你發誓，我會收拾杜德利。我向你保證我會做到。」

懷特抓住他的雙手，用力握住直到他們都皺眉。艾德說，「謝謝你幫我一把。」微笑，大笑——巴德透過鐵絲硬擠出笑容。艾德摸他的臉。「你是我的救贖。」

樓上傳來派對的嘈雜聲——杜德利・史密斯的笑聲。

琳說，「我們該出發了。」

「我曾經有過機會贏得你的心嗎？」

「有些人贏得全世界，有些人只得到從良妓女一起搬到亞利桑納。你是前者，但說真的，我並不羨慕你，你的良心沾染了太多鮮血。」

艾德親吻她的臉頰。琳上車，拉上車窗。巴德把雙手壓在玻璃上。

艾德也把他的手放在玻璃另一面，手掌只有巴德一半大。車子開動——艾德手貼著車窗跟著跑。轉進車流，輕按喇叭表示道別。

晉升副局長的金星。他孤獨一人與死者們共存。